Dalila

Das funkelnde Herz des Todes

Unsterblich

Fantasyroman, Band 1 von 3

Dieses Buch ist auch als E-Book erhältlich.

~ www.dalila.at ~

Cover: Alexander Kopainski
Lektorat: Jil Aimée
Korrektorat: Anna Dörscheln
Schlusskorrektorat: Stephanie Schmid
Druck: Booksfaktory
Vertrieb: Nova MD

Impressum: Dalila Reinold, Steinreichweg 53, A-6414 Mieming
E-Mail: dalila@dalila.at

ISBN: 978-3-98595-744-6

www.instagram.com/dalila_raffeel

Anmerkung: Die abwechselnd gewählte männliche bzw. weibliche Form steht jeweils Pars pro Toto, wechselt je nach Kontext und stellt keinerlei Bewertung des jeweiligen anderen Geschlechts dar.
Dieses Buch könnte Trigger enthalten. Mehr Informationen darüber findest du auf der Webseite www.dalila.at

Für Sybille und Helmut.

Ohne euch wäre diese Trilogie nicht möglich gewesen.

»Es gibt nur zwei Arten, sein Leben zu leben:
Entweder so, als wäre nichts ein Wunder, oder so,
als wäre alles ein Wunder.«
(Albert Einstein)

Unsterblich

Eine unerträgliche Hitze. Rauch und panische Schreie. Diese drei Dinge gehören zu meinen allerersten Erinnerungen.
Ich war damals erst ein paar Monate alt, inzwischen sind über fünfzehn Jahre vergangen. Trotzdem sehe ich auch heute noch nachts in meinen Träumen meine Mutter, wie sie verzweifelt versucht, mich zu retten.

Obwohl ich nicht gerettet werden musste, denn ich bin unsterblich. Aber viele andere in meiner Nähe sind dem Tod geweiht.

Das wusste meine Mom leider nicht, sonst hätte sie überlebt. Auch mein Dad ahnte nichts davon und wurde für sein Unwissen bestraft.

Das Zauberbuch

»Du musst mir helfen, es ist etwas ganz Schlimmes passiert!«, flüsterte ich panisch.

»Miracle? Bist du das?« Martin, mein Arzt, hörte sich sehr verschlafen an. Bestimmt hatte ich ihn geweckt, denn es war bereits weit nach Mitternacht.

»Ja, ich bin's«, wimmerte ich. »Bitte komm ganz schnell, ich brauche dringend deine Hilfe.« Er war der einzige Mensch in der Cincinnati-Jugendpsychiatrie, dem ich vertraute.

Er räusperte sich, im Hintergrund raschelte etwas, wahrscheinlich die Bettdecke. »Was ist denn los? Wie bist du überhaupt an das Stationshandy gekommen?«

»Hab mich heimlich aus meinem Zimmer geschlichen und es geholt, als Nachtschwester Fanny kurz den Pflegestützpunkt verlassen hat«, antwortete ich ihm ehrlich. »Ich musste es tun, Martin, ich weiß nicht mehr weiter.« Vor Verzweiflung musste ich schluchzen. Ausgerechnet jetzt war der wichtigste Mensch in meinem Leben im Urlaub und alles fühlte sich wie eine hinterhältige Verschwörung an. Fast so, als hätten alle nur darauf gewartet, dass mein einziger Beschützer nicht bei mir war.

»Ganz ruhig, Miracle! Was ist denn passiert?«

Es dauerte einige Sekunden, bis ich meine Sprache wiedergefunden hatte. Ich wischte mir mit den Fingern über meine Augen, um die Tränen zu trocknen. »Am Nachmittag kam eine Frau von der Kinderfürsorge vorbei«, erzählte ich endlich. »Sie sagte, ich würde entlassen und müsste bald nach Sunville ziehen.« Wieder schluchzte ich laut. Das durfte einfach nicht geschehen! Nur noch Martin konnte mir jetzt helfen, all meine Hoffnung lag auf seinen Schultern.

»Bitte was?« Sofort klang er hellwach. »Warum solltest du ohne meine Zustimmung entlassen werden? Und wo zur Hölle ist Sunville?«

»Irgendwo in Virginia.« Ich fühlte mich so verloren wie noch nie. Von Ohio fortgebracht zu werden, klang in meinen Ohren wie eine nicht zu bewältigende Weltreise. Ich hatte Cincinnati, meine Geburtsstadt, noch nie verlassen, und das hatte einen verdammt guten Grund. »Die sagten, ich hätte eine Tante, die mich zu sich holen wolle.«

»Eine Tante aus Virginia? Aber du hast doch keine Verwandten mehr?« Ich hörte ihn laut durch das Telefon atmen, er verstand das Ganze also genauso wenig wie ich. »Tut mir leid, jetzt bin ich selbst verwirrt. Das höre ich zum ersten Mal.«

»Martin, du bist mein Arzt! Bitte sag mir, dass du etwas dagegen tun kannst. Bitte, Martin. Du musst mir helfen! Ich kann hier nicht raus, es werden viele Menschen sterben müssen, wenn mich diese Tante zu sich holt. Sie wird bald tot sein, das weiß ich ganz genau! So wie viele andere auch, die wegen meines Fluches sterben müssen …« Japsend brach ich ab, da ich durch die aufkommende Panik nur noch schwer Luft bekam.

»Beruhige dich, Miracle. Hast du dein Spray griffbereit? Nimm zwei Pumpstöße davon.«

»Geht … nicht …« Keuchend hielt ich mir den Bauch, denn meine beruhigende Medizin lag auf meinem Nachtkästchen. Zu weit weg von mir, ich fühlte mich jetzt nicht imstande, sie zu holen. »Kann nicht … atmen.«

»Dann konzentriere dich. Langsam durch die Nase ein- und durch den Mund ausatmen, genau so, wie wir es geübt haben.«

Es kostete mich viel Kraft, diese Atemübung umzusetzen. Meine Lunge brannte spürbar, mein Brustkorb war wie zugeschnürt. »Martin, bitte komm her.« Es war nur ein erschöpftes Wimmern, welches über meine Lippen drang.

»Du musst dein Spray nehmen. Wo bist du jetzt?«

Mein Blick ging zur Tür hinüber. Dort brannte ein gedimmtes Nachtlicht direkt über der Steckdose. Die einzige Beleuchtung hier im Raum, ich hatte in der Eile die Deckenlampe nicht angeknipst. »In meinem Badezimmer«, erklärte ich leise, denn ich kauerte zwischen Waschbecken und Duschkabine auf dem kühlen Fliesenboden. Mehr Versteckmöglichkeiten gab es nicht und auch hier konnte man mich schnell entdecken …

»Dann geh jetzt bitte raus und nimm dein Spray. Das ist wichtig, Miracle. Du willst doch mit mir reden, damit ich dir helfe, oder? Dazu musst du aber ruhig sein und in keine Panikattacke verfallen, okay?«

»Okay«, flüsterte ich kaum hörbar. »Aber was mache ich, wenn mich Schwester Fanny erwischt?« Womöglich war ihr der Diebstahl des Handys schon aufgefallen und sie suchte in allen Zimmern danach.

»Wenn du weiter leise flüsterst, dann wird sie dich nicht bemerken. Deine Tür ist wie immer geschlossen, oder nicht? Da du dein Zimmer nie ohne mich verlässt, wird sie das Handy bei dir nicht suchen. Ich rede nachher mit ihr und erkläre alles, dann bekommst du keine Probleme. Klingt das gut für dich?«

Martin war seit vielen Jahren mein Fels in der Brandung. In Situationen wie diesen zeigte er mir, dass er nicht nur mein Arzt, sondern auch ein echter Freund war.

»Du musst bitte kommen«, erklärte ich ihm immer wieder und schlich mich auf wackeligen Beinen aus dem kleinen Bad. In meinem Zimmer brannte die Nachttischlampe. Direkt unter ihr lag das Spray. Ich setzte mich zitternd auf die Bettkante und sprühte mir zweimal in den Mund. Es dauerte nur einen kurzen Moment, bis es zu wirken begann.

Erleichtert nahm ich einen tiefen Atemzug und entspannte mich allmählich. »Ist erledigt«, teilte ich Martin mit.

»Sehr gut«, sagte er erleichtert. »Und nun hör mir bitte ganz genau zu. Kannst du das für mich tun?«

»Ja.« Ich nickte.

»Die Kinderfürsorge kann dich als Dauerpatientin nicht einfach entlassen, auch wenn sie das Sorgerecht für dich trägt. Ich bin seit sechs Jahren dein behandelnder Arzt, ohne meine Zustimmung kannst du nicht einmal für einen Kurzbesuch aus der Klinik. Hast du das verstanden?«

»Die haben mir aber etwas anderes gesagt«, wandte ich ein.

»Ich bin ganz ehrlich zu dir: Ich weiß nicht, was da hinter meinem Rücken abgesprochen wurde, aber gleich morgen früh gehe ich der Sache nach und komme danach in die Klinik.«

»Gleich morgen früh«, wiederholte ich leise. Auf sein Wort war bisher immer Verlass gewesen, dennoch verspürte ich eine große Angst, dass etwas schiefgehen könnte. »Was tue ich, wenn sie recht haben und ich nach Virginia gehen muss?«

»Das werde ich nicht ohne Weiteres zulassen. Bitte hör mir jetzt gut zu, damit du weißt, wie so ein Fall unter normalen Umständen abläuft. Zuerst müsste ich deine Tante kennenlernen und in Erfahrung bringen, warum sie bisher in unseren Unterlagen nicht aufgetaucht ist und woher sie plötzlich von dir weiß. Dann müsste ich dich auf ein Treffen mit ihr vorbereiten, das würde wahrscheinlich einige Wochen dauern. Schließlich bist du wegen sehr schwerer Traumata und Angstzuständen seit deinem neunten Lebensjahr in der Jugendpsychiatrie. Du kannst ja nicht einmal bei schönem Wetter in den Park gehen, weil du ständig in Panik gerätst, dass jemand wegen dir sterben könnte. Darum würde ich anhand deiner Fortschritte entscheiden, wann du so weit bist, diese ominöse Tante zu sehen. Erst dann könnten wir die ersten Annäherungsversuche starten und du würdest sie in einem geschützten Rahmen kennenlernen. Nach mehrmaligen Treffen und wenn ich der Meinung bin, dass es einen guten Verlauf nimmt, würden wir eine Therapie beginnen, die dich allmählich für ein Leben außerhalb der Klinik trainiert. Kannst du mir folgen?«

»Glaub schon«, antwortete ich müde. Mein Spray beruhigte mich nicht nur, es machte mich zu Beginn etwas schläfrig. »Du wolltest mir gerade erklären, dass ich mir keine Sorgen machen muss, weil wir Zeit haben?«

»Genau«, bestätigte Martin. »Du bist Angstpatientin und es wäre völlig kontraindiziert, dich einfach zu einer fremden Person zu entlassen. Tante hin oder her. Das geht so nicht. Keine Ahnung, was sich die Kinderfürsorge dabei denkt. Allein mit dir während meiner Abwesenheit zu sprechen, ist ein absolutes Unding, das werde ich so nicht stehen lassen.«

»Ich hatte ja schon befürchtet, dein dreiwöchiger Urlaub könnte möglicherweise viel zu lange sein«, kommentierte ich, ließ es aber nicht allzu vorwurfsvoll klingen. Jetzt war Martin gerade mal zwei Wochen fort und mein Leben lag bereits in

Trümmern. Wie sollte das nur werden, wenn ich wirklich mit dieser Tante mitgehen musste.

»Dass diese Zeit für dich eine halbe Ewigkeit bedeutet, ist mir schon klar«, sagte er entschuldigend. »Aber meine Schwester hat geheiratet. Ab und zu muss ich mich auch um meine Familie kümmern, das verstehst du doch?«

»Sicher.« Ich fühlte mich seiner Familie irgendwie zugehörig, obwohl ich sie nicht mal kannte. Auch wenn Martin das für mich durch seine Stellung offiziell nicht sein durfte, so war er doch wie ein Pflegevater für mich. Sonst vertraute ich keiner Menschenseele auf diesem Planeten, der für mich bisher die reinste Hölle gewesen war. Meine Gefühlswelt verstand nur er, sonst keiner. »Du kommst aber gleich in der Früh her?«, bohrte ich nach, denn ohne seine absolute Zusage würde ich heute bestimmt nicht schlafen können.

»Noch ehe der Hahn kräht, gehe ich der Sache nach und komme danach zu dir«, bestätigte er. »Nun geh und bring Schwester Fanny das Handy wieder zurück. Ich werde ihr dann erklären, warum du es gemopst hast. Du hättest sie nämlich auch darum bitten können.«

»Haha«, erwiderte ich gedehnt. »Als die Frau von der Kinderfürsorge fort war, wollte ich Hilfe von deiner Vertretung Dr. Green, aber er hat mir verboten, dich im Urlaub zu stören, und mir stattdessen empfohlen, mit Dr. Taylor zu reden.«

Martin blies langsam, aber geräuschvoll die Luft aus. »Dann werde ich auch mit Dr. Green reden müssen. Dr. Taylor ist schließlich seit dem Vorfall vor sechs Jahren nicht mehr für dich zuständig. Das steht groß in deiner Akte, direkt auf der ersten Seite, das hatte ich dir doch einmal gezeigt, damit du mir glaubst. Erinnerst du dich?«

Ich zuckte kurz zusammen, als er den *Vorfall* ansprach. An jenem Tag starb ein junger Pfleger durch meine Schuld. Sean. Er wollte mich über das Treppenhaus zum Musiktherapieraum bringen, stolperte jedoch und riss mich schwungvoll mit sich. Wir brachen uns beide das Genick und waren auf der Stelle tot. Das war das letzte Mal, dass mein Fluch zugeschlagen hatte, denn danach wurde Martin auf mich aufmerksam und nahm sich meiner an. Da er einer der wenigen Menschen war, die bisher auf wundersame Weise von meinem Fluch verschont geblieben waren, konnte ich mich ihm im Laufe der Jahre immer mehr öffnen und ihm schließlich vertrauen.

»Den Akteneintrag haben sie bestimmt absichtlich übersehen«, erklärte ich frustriert. »Dr. Taylor wollte auch nie hören, warum ich lieber alleine in einem Zimmer bin, anstatt an den Gruppentherapien teilzunehmen.«

»Darüber brauchen wir jetzt nicht zu reden, Miracle. Keiner wird dich je wieder zwingen, an den Gruppenaktivitäten teilzunehmen. Dafür hatte ich mich ja immer wieder starkgemacht und das wird auch so bleiben. Du sollst dich absolut sicher fühlen.«

»Wenigstens einer versteht mich.« Tja, obwohl er mir das mit dem Fluch immer noch nicht glaubte. Aber das nahm ich ihm nicht mal übel, denn es war schon sehr verrückt, dass ich immer wieder gestorben war und dennoch überlebt hatte. Dass dies in anderen Ohren unglaublich klang, musste man mir nicht erst erklären. Ich hatte ja auch keine Erklärung dafür. Ich wusste nur, dass mich bei jedem Tod ein Engel immer wieder ins Leben zurückschickte.

An solche Engel und Wunderheilungen glaubte Martin aber nicht. Irgendwann hatte ich aufgehört, ihn davon überzeugen zu wollen. War besser für uns beide.

»Es wäre gut, wenn du dich schlafen legst«, sagte Martin fürsorglich. »Du musst dir keine Sorgen mehr machen, ruhe dich jetzt aus. Bring aber vorher das Handy zurück.«

»Mach ich«, murmelte ich und rutschte von der Bettkante. »Ich lege jetzt auf, du kannst Schwester Fanny in circa einer Minute anrufen. Sagst du ihr bitte, dass es mir leidtut?«

»Es wäre höflicher, wenn du dich selbst bei ihr entschuldigst. Aber wir alle kennen ja deine Situation.« Er ließ es locker klingen.

»Danke für alles«, hauchte ich. »Bis morgen?«

»Ja. Schlaf gut.«

»Du auch.« Wir beendeten unser Telefonat. Vorsichtig und leise öffnete ich die Tür und schaute hinaus in den Flur. Das tat ich immer, wenn ich mein Zimmer ausnahmsweise verlassen wollte. Zuerst musste ich mir absolut sicher sein, dass kein Mensch auf dem Gang war, denn ein Zusammentreffen mit mir war sehr riskant. Zu meinem Glück war niemand unterwegs, darum huschte ich hinaus und blieb im Schatten eines breiten Türrahmens stehen. Von hier war der gläserne Stützpunkt gut zu überblicken, die Tür stand weit offen. Keiner da.

Schwester Fanny war entweder mit der Suche nach dem Handy beschäftigt oder bei einem Patienten. Das war gut, so brachte ich sie nicht unnötig in Gefahr.

In Windeseile rannte ich von meinem Versteck in den Stützpunkt zu ihrem Schreibtisch, legte das Handy darauf ab und war schneller wieder in meinem Zimmer als gedacht.

Dort angekommen atmete ich erst einmal durch, denn mein Herz pochte vor Aufregung und der Rennerei so laut, dass man es sicher bis nach draußen hören konnte.

Martin hatte mir zwar einige Sorgen nehmen können, dennoch kreisten meine Gedanken nur um diese Tante, von deren Existenz ich zuvor nichts gewusst hatte. Wie sie wohl war? Warum tauchte sie ausgerechnet jetzt auf? Nach all den Jahren? Und warum wollte sie mich mitnehmen, obwohl sie mich nicht kannte? Wusste sie nichts von dem Fluch? Hm. Bestimmt wusste sie nichts davon. Ansonsten würde sie sich von mir fernhalten, schließlich waren durch meine Schuld meine Eltern, Großeltern und drei Pflegefamilien gestorben. Von den Vorfällen in meiner ersten Zeit hier in der Klinik ganz zu schweigen … Nein, diese Tante konnte davon nichts wissen, sie würde mich ansonsten meiden, da war ich mir sicher.

Grübelnd legte ich mich ins Bett und streckte die Beine aus. Das zuvor genommene Spray half mir, mich zu entspannen, und bald einen tiefen Schlaf zu finden.

Erst in den frühen Morgenstunden wurde ich wach und begann erneut, über alles nachzudenken. Obwohl es erst dämmerte, zog ich mich an, kämmte meine langen dunkelblonden Haare durch und wusch mich. Danach setzte ich mich auf die breite Fensterbank.

Gedankenverloren sah ich durch die Eisenstäbe hinter dem Fenster und betrachtete im ankommenden Morgen den Ahornbaum, welcher draußen im Hof stand.

Jemand, der meine Geschichte nicht kannte, hätte vielleicht Mitleid mit mir, ich aber war froh über diese Eisenstäbe, denn sie beschützten die Menschen vor meinem Fluch. Sie hielten mich von der Welt dort draußen fern.

Leise seufzend dachte ich weiter über die neue Situation mit meiner Tante nach und blickte durch die vergitterte Scheibe. Der Ahornbaum wechselte bereits vom kräftigen Sommergrün in sein wunderschönes Herbstkleid. Diese Zeit war einfach magisch für mich, die Natur zeigte Vergänglichkeit und das in einem Farbfeuerwerk wie keine andere Jahreszeit. Der Tod malte alles in Rot, Gelb und Orange und hauchte dem Herbst noch einmal leuchtendes Leben ein. Ich konnte mich an schönen Tagen nie daran sattsehen, wie die Sonnenstrahlen dieses besondere Herbstleuchten hervorriefen, und verbrachte dann Stunden damit, die Blätter im Wind zu betrachten, die sich bewegten, als tanzten sie ihren ganz eigenen letzten Walzer.

So saß ich eine sehr lange Zeit still und rührte mich erst, als es dreimal an der Tür klopfte.

Das vereinbarte Zeichen, dass mein Frühstück draußen stand. Ich ging hinüber und lauschte. Da ich nichts Auffälliges hören konnte, öffnete ich die Tür einen Spaltbreit und lugte hinaus, aber kein Mensch war in Sichtweite. Mein Essen stand auf einem kleinen Geschirrwagen. Ich nahm das Tablett mit ins Zimmer und stellte es auf den kleinen Esstisch, der neben dem Fenster stand. Die Trinkschokolade ließ ich mir schlückchenweise schmecken, während ich das Brötchen mit Butter und Erdbeermarmelade schmierte und herzhaft hineinbiss.

Wo Martin wohl gerade war? Bestimmt redete er in diesem Moment mit der Kinderfürsorge und Dr. Taylor. Ich stellte mir vor, wie er allen Beteiligten klarmachte, dass nur er alle wichtigen Entscheidungen für mich treffen durfte. Danach würde er sicher diese mir unbekannte Tante anrufen und alles in Erfahrung bringen, was für den Anfang wichtig war.

Ich wüsste zu gern, wer sie war. Eine tief verborgene Sehnsucht nach Familie kam in mir hoch und führte mir meine Einsamkeit wieder einmal schmerzhaft vor Augen. Ich unterdrückte diese Gefühle, denn an Familie durfte ich jetzt nicht denken, das würde nur wieder Verlust bedeuten … Und davon hatte ich bereits genug erlebt.

Die Morgensonne ging immer weiter auf und ließ das gebrauchte Geschirr vor mir schimmern, als ihre leuchtenden Strahlen darauf trafen. Ich sah auf die Wanduhr.

Mist. Ich hatte total die Zeit vergessen.

In ein paar Minuten begann schon mein Onlineunterricht!

Eilig stapelte ich das Geschirr aufs Tablett zurück und brachte es nach draußen zum Geschirrwagen. Danach setzte ich mich an den Schreibtisch und widmete mich meinen Schulpflichten, aber nicht, ohne immer wieder einen prüfenden Blick auf die Uhr zu werfen.

Stunden vergingen, ohne dass Martin kam, und so wurde meine innere Unruhe immer größer. Ich wurde dieses mulmige Bauchgefühl einfach nicht los, egal wie oft ich mir seine Erklärung in Erinnerung rief, dass ich nichts zu befürchten hätte.

Irgendwann zuckte ich gedankenverloren zusammen, denn jemand klopfte an die Tür und riss mich in die Gegenwart zurück.

»Hey, ich bin's! Lässt du mich rein?«, fragte Martin, der nie ungebeten in mein Zimmer kam.

Seine warme Stimme ließ mich sofort aufspringen, denn für mich stand ja gerade nicht Dr. Martin Carter draußen, sondern mein Ersatzvater.

»Ich wusste, du würdest mich nicht im Stich lassen«, gab ich zur Begrüßung erleichtert von mir, während ich beschwingt die Tür öffnete. Jetzt, wo er da war, würde alles gut werden. Ganz sicher.

Aber dann bemerkte ich seinen Gesichtsausdruck und in meinem Magen drückte es sofort nervös.

»Guten Morgen, Miracle.« So sehr er sich bemühte, normal zu wirken – es funktionierte absolut nicht. Seine sorgenvolle Miene zeigte mir nämlich deutlich, dass er sehr schlechte Nachrichten mitbrachte. Ich kannte ihn nur zu gut, etwas anderes kam mir deswegen erst gar nicht in den Sinn.

»Nein«, hauchte ich entsetzt und machte einige Schritte rückwärts, denn ein unbarmherziger Gefühlssturm schoss durch alle meine Zellen und drohte, mich mit sich zu reißen. Alles in meinem Kopf drehte sich nur noch darum, dass irgendeine Tante kommen würde und dann viele Menschen durch meine Schuld sterben mussten. Von meinem eigenen Sterben ganz zu schweigen. »Ich werde diese Klinik nicht verlassen«, stellte ich klar. Meine Hände wurden feucht und begannen zu zittern.

Martin bemerkte die Alarmsignale sofort. »Versuche, ruhig zu bleiben. Wo ist dein Spray?« Er kam ins Zimmer und drückte eilig die Tür hinter sich ins Schloss. »Bitte, setz dich, du weißt, wenn dir schwindelig wird, verstärkt das deine Ängste noch mehr.«

Kalter Schweiß überzog meinen gesamten Rücken bereits, ich atmete immer aufgebrachter, während ich noch einen Schritt rückwärts machte.

»Ich werde diese Klinik nicht verlassen«, wiederholte ich mit bebenden Lippen. Dieses Zimmer war mein einziger Zufluchtsort, nur hier konnte ich dem Tod entgehen.

Martin sah sich um, entdeckte das Spray auf meinem Nachtkästchen und holte es. »Mund auf«, bestimmte er mit seiner autoritären Doktorenstimme.

Ich wehrte mich nicht, da ich wusste, dass es besser war, die Notfallmedizin zu nehmen. Es dauerte nur kurz, schon begann sie zu wirken. Ich setzte mich auf mein Bett und blickte ihn matt an. Sein sonst so liebes, rundliches Gesicht war gezeichnet von Sorgen. Grund genug, dass sich meine Augen mit Tränen füllten. »Versprich mir bitte, dass ich hierbleiben kann.« Noch während ich es flehend aussprach, wusste ich tief in meinem Inneren, dass alles längst beschlossen war.

Martin fuhr sich durch die kurzen braunen Haare, atmete tief ein und drehte sich den Schreibtischstuhl zurecht, um darauf Platz zu nehmen.

»Es tut mir so leid«, erklärte er behutsam und brachte mich damit noch mehr zum Weinen. »Das habe ich auch noch nie erlebt.« Sein Bedauern war greifbar. »Ich hätte nicht gedacht, dass so was in der heutigen Zeit, mit all den Gesetzen, die das Kindeswohl schützen, möglich ist. Denn das Gericht hat tatsächlich in einem Eilverfahren dem Antrag auf Sorgerecht bereits stattgegeben. Ohne mich zuvor anzuhören.« Er machte eine kleine Pause und sah mich mitfühlend an. »Ich habe mich gerade mit Dr. Taylor und dem Chefarzt der Klinik gestritten, denn die beiden tragen einen großen Anteil an der Entscheidung des Gerichtes, da sie zugestimmt haben und …«

Martin brach ab, denn ich konnte ihm nicht weiter zuhören. Verzweifelt legte ich mich aufs Bett, zog die Beine an und weinte meinen Kummer hinaus. Die weiße Bettdecke unter mir bekam nasse dunkle Flecken.

»Wie können sie so etwas tun?«, schluchzte ich.

»Diese Geschwindigkeit, die Art und Weise … Ganz ehrlich? Ich habe leider keine Antwort darauf.«

Meine Traurigkeit vermischte sich mit Wut. »Bin ich für alle nur die dumme Teenagerin, die nichts zu sagen hat? In einer Woche werde ich sechzehn Jahre alt. Andere machen in dem Alter ihren Führerschein! Und ich darf nicht mal entscheiden, wo ich leben will?«

»Leider nicht.« Obwohl er es nur leise sagte, so hatte er es dennoch unwiderruflich ausgesprochen. Seine Worte wogen schwer auf meiner Seele.

»Du musst etwas dagegen unternehmen«, flehte ich.

Langsam hob er die Schultern, rang sichtlich um Worte. So kannte ich ihn nicht. »Miracle«, setzte er schließlich leise und bedeutungsvoll zu einer Antwort an. Ich richtete mich auf, sah in seine braunen Augen, da ich spürte, dass er mir etwas Wichtiges mitteilen wollte.

»Dir zu sagen, dass ich mit deiner Entlassung nicht einverstanden bin, ist unprofessionell, da es für die nächsten Schritte kontraproduktiv ist. Und dennoch sag ich's dir, denn du sollst echt nicht denken, ich würde dir in den Rücken fallen, im Gegenteil. Ich möchte, dass du mich als Verbündeten siehst, als jemanden, der dich in den nächsten Stunden unterstützt und dir den Rücken stärkt.«

Das machte mich stutzig. Nächsten Stunden?

»Wie meinst du das?«

»Ich muss das Pflaster leider schnell abreißen«, murmelte er, dann nahm er einen sehr tiefen Atemzug. »Du wirst noch heute entlassen.«

»Nein!« Trotz der beruhigenden Medizin pochte mein Herz so stark, als würde es aus meiner Brust herausspringen wollen. »Bestimmt nicht!«, schrie ich vor Wut, Entsetzen und Angst. »Das wirst du doch nicht zulassen!« Meine Finger krallten sich in die weiße Bettdecke unter mir.

Martin reagierte nicht auf meinen lauten Ausbruch.

»Ich habe alles getan, was ich konnte«, erwiderte er entschuldigend. »Es waren gute Anwälte im Spiel und da deine Tante zugesichert hat, deine Therapie nahtlos fortzusetzen, kamen auch keine Einwände seitens der Klinik. Die Kinderfürsorge machte sich vor Gericht für deine Tante stark, alle waren der Meinung, du seist in einer familiären Umgebung besser aufgehoben als hier in einem Einzelzimmer, völlig isoliert von den an...«

Ich schnitt ihm das Wort ab. »Du weißt, warum! Ich will weder sterben noch andere mit in den Tod reißen! Nur ich werde von dem Engel wieder ins Leben geschickt, weil ich unsterblich bin, Martin. Die anderen bleiben tot! Das weißt du doch alles! Warum hilfst du mir denn nicht?«

Martin sah mich mit warmem Blick an, antwortete aber nicht, sondern erklärte mir das weitere Vorgehen. »Uns bleiben nur wenige Stunden«, sagte er mit Nachdruck. »Wenn du mir erlaubst, dann bereite ich dich jetzt auf das Treffen mit deiner Tante vor. Interessiert es dich denn gar nicht, wie sie heißt? Wo sie bis jetzt gelebt hat?«

»Es interessiert mich einen Scheiß«, antwortete ich ablehnend, obwohl es nicht stimmte. »Alle aus meiner Familie sind tot. Auch diese Tante wird nicht lange leben, das wirst du schon sehen. Sie wird sterben wie viele andere, die mir zu nahe kommen. Bald sitze ich wieder hier, weil mich keiner haben will ... So wie ich keine Pflegefamilie mehr bekommen habe, da alle Angst vor mir hatten. Hast du das etwa vergessen?«

»Du musstest viel Traurigkeit in deinem bisherigen Leben erfahren, Miracle. Das heißt aber nicht, dass deine Zukunft ebenfalls mit Unglück gepflastert ist.«

Ich schnaubte. »Mein Fluch, Martin. Denk an meine Worte.«

»Sie heißt Grace.«

Verwundert sah ich ihn an.

Er lehnte sich etwas vor und stützte seine Ellbogen auf den Oberschenkeln ab. »Grace Blue. Sie ist die kleine Schwester deines Vaters. Er war acht Jahre alt, als sie geboren wurde.«

Ich wurde hellhörig. »Mein Dad hatte eine Schwester?«

»Ja.« Er nickte. »Die Behörden wussten davon, aber man konnte sie nicht ausfindig machen, darum wurde sie in unseren Klinik-Unterlagen nie erwähnt«, erklärte er und redete weiter, ohne zu fragen, ob ich das alles hören wollte. »Bereits im Teenageralter ist sie von zu Hause ausgezogen, lebte ein paar Monate bei der Familie einer Schulfreundin, bevor sie über Umwege nach England ging, dort die Schule beendete und studierte. Sie änderte ihren Namen von Blueberry in Blue, war ein paar Jahre in der französischen Schweiz, ehe sie nach Paris zog.

Dort eröffnete sie einen eigenen Schmuckladen und unterrichtete bis vor Kurzem an einer Elitehochschule Kunst und Design. Sie ist eine begnadete Künstlerin, ich habe mir vorhin ihren Onlineshop angesehen und den handgefertigten filigranen Silberschmuck bewundert.« Martin hörte auf zu erzählen und setzte sich wieder gerade hin.

Das waren sehr viele Infos auf einmal. Ich versuchte, trotz des Gefühlschaos in mir, alles in meinem Kopf zu sortieren, aber viele Fragen schwirrten darin umher und suchten nach Antworten. »Warum ist sie von ihrer Familie weg? Warum hat sie den Namen geändert? Und warum kam sie nicht nach Cincinnati zurück, als ihre Eltern und ihr Bruder gestorben sind? War ihr das etwa egal? War ich ihr egal?«

Martin schüttelte den Kopf. »Sie hat erst vor ein paar Wochen davon erfahren. Auch von dir.«

Hä? Jetzt verstand ich die Welt nicht mehr. »Wie ist denn so etwas möglich?«

»Jeglicher Kontakt war abgebrochen«, erklärte er. »Laut den Angaben deiner Tante war ein großes Tabuthema der Grund, warum sie von zu Hause ausgezogen ist. Deine Tante ist nämlich queer. Sie hatte sich als lesbisch geoutet, aber ihre äußerst konservativen Eltern sind mit dieser Art von Sexualität nicht klargekommen, sie wollten, dass sie sich sofort in Therapie begibt. Ein Zusammenleben wurde durch die andauernden Streitigkeiten einfach unerträglich – für alle Parteien.«

Dass meine Großeltern ihre eigene Tochter vertrieben hatten, musste ich erst einmal sacken lassen. Als die beiden starben, war ich noch klein, aber meine Erinnerungen an Granny und Grandpa waren bisher nur positiv gewesen. »Warum bestand denn kein Kontakt zu meinem Vater?«, fragte ich verunsichert nach.

»So, wie ich das verstanden habe, hat deine Tante Grace in Europa ein ganz neues Leben begonnen. Ich denke, die Streitereien hinterließen so große Narben in der ganzen Familie, dass es kein Zurück mehr gab.« Martin musterte mich aufmerksam, fast so, als würde er abwägen, ob er den nächsten Schritt gehen konnte oder nicht. »Willst du ein Foto von ihr sehen?«, fragte er schließlich.

Seine Frage brachte mich sofort aus dem Gleichgewicht, meine Gefühle fuhren Achterbahn, es schleuderte mich ohne Sicherheitsgurt zwischen Angst und Freude hin und her.

Martin hatte es wieder einmal geschafft, das Gespräch so zu lenken, dass meine Gegenwehr etwas entschwunden war. Aber nur etwas.

»Wenn ich jetzt Ja sage, heißt das nicht, dass ich mit ihr gehen werde«, stellte ich sofort klar. »Natürlich freue ich mich, dass ich noch eine lebende Verwandte habe. Trotzdem bleibe ich hier. Sie soll schließlich weiterleben.«

Martin ignorierte meine Bemerkung natürlich wieder gekonnt. »Ich habe die Infomappe mit den Fotos vor der Tür abgelegt. Moment ...« Er stand auf und holte sie.

»Du hast das alles schon geplant?«, fragte ich stutzig und strich mir die langen Haare hinter das Ohr.

»Ich habe nur vorausgedacht.« Er lächelte schmal, öffnete die Mappe und gab sie mir.

Mein Blick fiel sofort auf das erste große Foto, ich starrte regelrecht darauf. Martin blieb noch einige Sekunden neben mir stehen, dann setzte er sich wieder auf den Drehstuhl.

»Sie sieht ja fast genauso aus wie ich«, flüsterte ich erstaunt. Diese leicht gewellten dunkelblonden Haare und die zierliche Figur. Ihre Augen sahen bei näherem Hinsehen grau-grün aus. Bei meinen überwog das Grün.

Ich blätterte weiter. Auf allen Fotos lächelte sie, was sie äußerst sympathisch wirken ließ. Für einen Moment bedauerte ich, sie nicht zu kennen, denn obwohl ich mich hier in der Klinik wohlfühlte, beneidete ich doch die anderen Patienten. Diese wurden von ihren Familien besucht und wenn die Therapie zu Ende war, durften sie nach Hause. Meine Heimat war einzig dieses Zimmer. Aber auch, wenn sich Martin bemühte, er konnte mir nicht die Geborgenheit geben, die mir fehlte. Die Wärme und die Liebe, nach der sich mein Herz so sehr sehnte. Das waren jedoch alles Gefühle, die ich mir strikt verbot und die ich vor ihm niemals eingestanden hätte. Menschen vor mir zu beschützen, war wichtiger als meine eigenen Bedürfnisse.

»Danke, dass du sie mir gezeigt hast«, sagte ich, klappte die Mappe wieder zu und reichte sie Martin. Er beugte sich vor und nahm sie an sich. »Ich weigere mich trotzdem. Sag meiner Tante Grace bitte, dass ich ihre Mühe sehr zu schätzen weiß, aber keinen Kontakt haben möchte. Wenn du es ihr persönlich erklärst, wird sie es bestimmt verstehen.«

»Das habe ich schon versucht, Miracle«, erwiderte er leise. »Sie wartet gerade in meinem Büro, denn sie möchte dich jetzt kennenlernen. Am Nachmittag geht euer Flug. Wir können nichts mehr dagegen tun, mir sind die Hände gebunden. Das Einzige, was ich erreichen konnte, war, dass ich via Videochat weiterhin dein Therapeut sein darf und du die begonnene Onlineschule nicht wechseln musst. So kannst du deine Gewohnheiten erst mal fortführen. Es tut mir leid, dass das alles ist, bitte lass uns das Beste daraus machen.«

Seine Worte versetzten mich in eine Schockstarre. Mit großen Augen sah ich ihn an, war völlig fassungslos. Meine Tante war hier? Sie würde mich heute noch mitnehmen?

»Bestimmt nicht!«, fauchte ich energisch. »Ich bin ja nicht in der Jugendpsychiatrie, weil ich verrückt bin, sondern weil …«

»Hör auf«, unterbrach er mich streng. Natürlich wusste er, was ich gerade sagen wollte. Er kannte mich gut – zu gut. »Deine Tante ist hier, sie wartet, bis ich grünes Licht gebe. Gebe ich das nicht, wird sie mit Dr. Taylor kommen. Du kannst entscheiden, mit wem du den Weg gehen willst.«

Mein inneres Warnsignal schaltete auf Rot, da würde es auch bleiben. »Willst du verantwortlich sein, dass sie stirbt?« Ich sah ihn herausfordernd an. »Wenn ja, gib grünes Licht.«

»Ich verstehe deine Ängste, Miracle. Ehrlich, das tue ich. Verstehe du bitte meine Zwickmühle. Denn während wir hier reden, werden deine Entlassungspapiere fertig gemacht.«

Meine Augen füllten sich wieder mit Tränen. »Ich habe keine Wahl?«, flüsterte ich.

»Du hast die Wahl, ob du deiner Tante eine ehrliche Chance gibst oder nicht. Lerne sie kennen, ich weiß, ihr werdet euch gut verstehen. Sie ist ein wirklich warmherziger, lieber Mensch, sie wird alles tun, um dir eine gute Zukunft zu ermöglichen.«

Ich antwortete ihm nicht darauf, denn meine Zukunft lag für mich gerade in Trümmern. »Lässt du mich bitte alleine? Ich brauche einen Moment nur für mich.«

Er zögerte, dann nickte er und stand auf. »Halbe Stunde?«

»Ja«, hauchte ich und ließ meinen Blick aus dem Fenster zum Ahornbaum gleiten. Ich hörte, wie Martin den Raum verließ und die Tür hinter sich schloss.

Verzweifelt bedeckte ich mein Gesicht mit den Händen und schluchzte leise hinein.

Es war also beschlossen. Man zwang mich, diesen geschützten Raum zu verlassen. Meine allerschlimmsten Befürchtungen waren eingetroffen.

Einige Zeit weinte ich, dann wurde ich ruhiger. Teilnahmslos schaute ich auf die Bettdecke hinunter. Alles fühlte sich an, als wäre ich in einem schlechten Traum gefangen. Nebel legte sich um mein Herz, ich hatte das Gefühl, erdrückt zu werden.

Plötzlich erschien ein kleines Buch mitten auf der weißen Bettdecke vor mir. Es war aufgeklappt.

Ich blinzelte, denn ich war der Meinung, mein Gehirn hätte mir gerade einen Streich gespielt. Aber dieses Buch lag tatsächlich da! Erschrocken wich ich zurück. Wie war das möglich? Hatte es zuvor schon dagelegen und ich es nur nicht bemerkt? Bestimmt! Sicher hatte es Martin mitgebracht und ich war in Gedanken woanders gewesen. Ich streckte die Hand aus, wollte es an mich nehmen. Aber als auf der bisher leeren Seite wie von Zauberhand eine Schrift erschien, zog ich die Finger ruckartig zurück.

Mein Herz kam kurzzeitig ins Stocken.

Was geschah hier gerade?

Neugierig und verblüfft beobachtete ich, wie die Textzeile immer länger wurde.

Mira, du kannst wirklich beruhigt mit deiner Tante mitgehen. Es wird weder dir noch ihr etwas geschehen, ich passe unentwegt auf euch auf. Versprochen.

Oh mein Gott! Was? Wie war das möglich? Mein Herz begann nun zu rasen. Unwillkürlich griff ich an meine Brust. Im nächsten Moment erschienen erneut Worte in der schönsten Handschrift, die ich je gesehen hatte.

Bitte hab keine Angst.

Ich sollte keine Angst haben? »Was geschieht hier?«, flüsterte ich und befürchtete, ich wäre nun doch verrückt geworden. Oder war ich eingeschlafen und träumte nur? Ich schüttelte den Kopf. Nein. Ich war wach. Meine Augen weiteten sich, denn eine weitere Zeile wurde geschrieben.

Alles wird gut werden. Geh mit deiner Tante mit. Ihr seid sicher.

Fantasierte ich etwa? Ungläubig griff ich nun doch nach dem Buch. Der Text sah aus, wie mit schwarzer Tinte und Füller geschrieben. Ich las alles noch mal durch.

»Mira?«, sprach ich verwundert aus.

Wäre dir Miracle lieber?

Ich hielt die Luft an.

Jetzt schrieb diese unsichtbare Hand auch noch, während ich das Buch in den Händen hielt! Wie funktionierte das? Ich hob den Kopf und sah mich um. Nein, ich war alleine. Hm … Prüfend berührte ich die Blätter und testete deren Beschaffenheit, um sicherzugehen, dass es sich wirklich um herkömmliches Papier handelte. Dann klappte ich das kleine Buch zu und sah es mir zum ersten Mal genauer an. Es war eindeutig handgemacht, die liebevollen Details sofort erkennbar.

Große Schmetterlinge zierten den Einband aus Stoff, an den Ecken hatte es hübsche Metallbeschläge und die Ränder waren mit schwarzem Garn genäht, samt kleinen Perlen aus Holz.

Am schönsten fand ich allerdings die längliche blaue Feder auf der Vorderseite. Von welchem Vogel die wohl stammte? Ich tastete mit den Fingerspitzen über die Feder und hörte ein leises Klingeln. Im nächsten Moment fand ich, was das Geräusch verursacht hatte, denn unter der Feder hatte sich ein kleines rundes Glöckchen versteckt. Lächelnd berührte ich es, wieder klingelte es leise.

Dieses Buch war wirklich etwas ganz Besonderes, ich spürte es mit jeder Faser meines Körpers. Neugierig öffnete ich es wieder und meine Augen wurden groß, denn da stand tatsächlich schon wieder eine neue Zeile!

Du kennst mich als deinen Engel.

Ich hielt erneut die Luft an. Wie bitte? Meinen Engel?

Ach du heilige …

Ein leichter Schwindel überkam mich, darum ermahnte ich mich, wieder zu atmen. Doch das fiel mir bei dieser Offenbarung gerade schwer!

»Oh, ich wusste, dass du existierst!« An meiner eigenen Stimme erkannte ich, wie aufgebracht ich gerade war. Endlich hatte ich einen Beweis in meinen Händen!

Das soll aber alles unser Geheimnis bleiben, Mira.

Scheiße, konnte der Gedanken lesen?!

»Hey, seit Jahren glauben alle, ich würde mir das alles nur zusammenreimen, und jetzt soll ichs für mich behalten? Warum?«

Weil ich dich darum bitte. Du wirst mir diesen Wunsch doch nicht abschlagen?

Verdammt! Ich grummelte leise. Noch ehe ich etwas darauf erwidern konnte, tauchten neue Wörter aus schwarzer Tinte auf.

Mira, ich höre jetzt auf zu schreiben. Martin kommt. Grace wird erst mit achtundneunzig sterben. Beruhigt dich das? Geh mit ihr, ich beschütze euch auf der Reise, vertrau mir bitte. Das alleinstehende Haus am See in Sunville wird dir bestimmt gefallen. Es wird dir dort sehr gut gehen, du bist da in Sicherheit, das verspreche ich dir.

Seine Worte erreichten mein durchgeschütteltes Herz.

»Warum nennst du mich Mira?«, fragte ich schnell.

Vielleicht erzähle ich es dir irgendwann.

An der Tür klopfte es. »Kann ich reinkommen?«

Es war Martin.

»Ich brauche noch einen Moment!«, rief ich und starrte auf die Zeilen in meiner Hand. Ich glaubte dem Engel jedes Wort. Schließlich begleitete er mich seit meiner Geburt, ich sah ihn jedoch immer nur ganz kurz, wenn ich starb, aber dennoch fühlte es sich so an, als wäre er öfter bei mir.

Martin wurde ungeduldig und klopfte wieder.

Ich bin an deiner Seite. Geh raus und lerne unbesorgt deine Tante kennen. Hab keine Angst, niemandem geschieht etwas.

Mein Engel hatte mir abermals geschrieben. Ich wusste nicht, ob ich lachen oder weinen sollte. Das war so unrealistisch, dass ich es nicht fassen konnte!

Vor Aufregung schlotterte ich am ganzen Körper.

»Komme gleich!«, rief ich Martin zu, um mir noch etwas Zeit zu verschaffen. Schließlich kommunizierte der Engel zum ersten Mal mit mir, diesen besonderen Augenblick wollte ich am liebsten in die Länge dehnen. Ein paarmal atmete ich tief durch, klappte das kleine Buch zu und drückte es an mich.

Ich hielt die Luft an.

Plötzlich fuhr ein zartes Beben durch mich hindurch. In den ersten Sekunden konnte ich es nicht zuordnen, doch dann verstand ich, was eben geschehen war. Es fühlte sich so an, als würde mich der Engel berühren – ganz sanft und doch so stark, dass ich es nun deutlich spürte. Schlagartig waren all meine Ängste wegen meiner Tante fort.

Benommen schüttelte ich den Kopf. Hä? War das gerade wirklich geschehen? Ich fühlte mich viel besser. Meine Sorgen waren immer noch leicht da, aber mein Kummer schien fort.

An der Tür klopfte es wieder, Martin öffnete sie und blickte vorsichtig herein. »Kann ich nun endlich reinkommen?« Dass er höflich fragte und sich an unsere Abmachung hielt, wusste ich sehr zu schätzen.

»Ja«, gab ich knapp zur Antwort, rutschte vom Bett und stand auf. »Warte, ich ziehe mir noch ein anderes Shirt an.« Beschwingt ging ich zum Kleiderschrank und holte mir eines, das nicht so ausgeleiert war. »Dann können wir zu Grace gehen.«

Während ich im Badezimmer verschwand, registrierte ich aus dem Augenwinkel den verblüfften Gesichtsausdruck von Martin.

»Einfach so? Wo ist dein Widerstand geblieben?«, fragte er.

Mein Blick fiel auf das Buch, welches ich gerade am Rand des Waschbeckens abgelegt hatte, damit ich mich umziehen und frisieren konnte. »Du sagtest, ich hätte die Wahl. Und ich habe mich für meine Tante entschieden.« Oh Mann. Wenn Martin wüsste! Das Buch und die Zeilen darin schoben mich mit einer Kraft an, die ich nicht verstehen konnte …

Zum ersten Mal in meinem Leben wollte ich nicht länger nachdenken und hadern, sondern jemandem vertrauen, der mir bisher in meinen schlimmsten, ja dunkelsten Momenten geholfen hatte.

Der Engel hatte mir nicht nur oft mein Leben, sondern eben auch diese innere Ruhe geschenkt. Mein Drang, zu Grace zu gehen, war jetzt größer als alles andere. Ich musste dringend zu ihr. Endlich hatte ich die Chance auf eine Familie und ihr würde nichts geschehen.

Darauf vertraute ich.

Zeit für Veränderungen

»Fertig«, verkündete ich, als ich aus dem Bad kam. Das kleine, in Stoff gebundene Buch mit den Perlen und der blauen Feder drückte ich fest an meine Brust, es gab mir Halt. »Wo ist meine Tante? Immer noch in deinem Büro?« Das klang selbst für mich etwas zu überschwänglich, denn in Wahrheit war ich extrem nervös. Nicht mehr lange und ich würde mein einziges noch lebendes Familienmitglied kennenlernen.

Martin sah mich verdutzt an. Für ihn waren meine Verwandlung und der dazugehörige Tatendrang gerade nicht nachvollziehbar. »Ja, ist sie«, bestätigte er und musterte mich irritiert. »Du wirkst verändert. Hast du was vor, oder meinst du es ernst?«

Glaubte er echt, ich hätte etwas geplant? Was sollte das sein? Ich schüttelte den Kopf. »Kein blöder Plan. Absolut ehrlich.« Ich ging zur Tür, öffnete sie einen Spalt und blickte in den Flur hinaus. Da jemand vorbeiging, mussten wir warten.

Diese Vorsichtsmaßnahme konnte ich nicht ablegen, auch nicht wegen des Engels, der mir gerade ganz nahe war.

»Kannst du bitte vorgehen?«, bat ich.

»Wie immer«, sagte er nickend, doch mein Verhalten war ihm augenscheinlich suspekt. »Ich hatte gedacht, wir würden zuerst nochmal darüber reden?«

»Das können wir in deinem Büro auch tun«, kommentierte ich und forderte Martin mit einer Handbewegung auf, zu gehen. Unter anderen Umständen hätte ich darauf bestanden, dass meine Tante zu mir ins Zimmer kam. Aber etwas drängte mich hinaus. Ob es der Engel war? Hm. Ich spürte seine Anwesenheit jetzt noch deutlicher, das fühlte sich total gut an.

»Na, dann komm.«

Martin ging etwas schneller als ich und war mir immer einen halben Schritt voraus. So sah er zum Glück nicht, wie ich nervös an meinem Shirt zupfte und aufgewühlt an meiner Lippe kaute. Wie sollte ich Grace nun begrüßen? Wie würde sie auf mich reagieren? Würden wir den Besuch wirklich alle unbeschadet hinter uns bringen können? Meine Gedanken kreisten wie ein sich viel zu schnell drehendes Karussell.

Als wir an seinem Büro ankamen, atmete ich tief durch, um mich zu beruhigen. Martin wartete zuvorkommend ein paar Sekunden und als er sah, dass ich bereit war, öffnete er die Tür.

Meine Tante saß bereits auf der gemütlichen Sitzgruppe und lächelte mich an. Sie war äußerst schlank, sehr modisch gekleidet und nur ganz wenig geschminkt. Da sie von Natur aus hübsch war, hatte sie viel Schminke auch gar nicht nötig.

Ich begrüßte sie mit einem schüchternen »Hi« und hockte mich sofort auf den freien Sessel neben ihr. Das Buch legte ich dabei nicht aus der Hand. Es war mein Schutzschild, die spürbare Anwesenheit meines Engels half mir ebenfalls. Beides gab mir Mut. Auch Martin, der jetzt Platz nahm.

»Das ist Ihre Nichte Miracle«, stellte er mich vor.

»Ich bin Grace. Es ist so schön, dich endlich kennenzulernen«, sagte sie und kramte sofort in ihrer Handtasche. »Ich weiß, dass du in einer Woche deinen sechzehnten Geburtstag feierst. Das hier ist natürlich kein Geburtstagsgeschenk. Zu dem besonderen Anlass bekommst du etwas anderes von mir. Ich wollte heute aber nicht mit leeren Händen kommen, darum habe ich dir eine Kleinigkeit mitgebracht.«

Ihre kinnlangen, leicht gewellten Haare fielen nach vorn, während sie in die Tasche schaute. Sie fand schnell, wonach sie gesucht hatte, und überreichte mir freudestrahlend eine kleine Schatulle.

Als ich diese an mich nahm, spürte ich ein Zittern in den Händen. »Danke, das wäre nicht nötig gewesen«, sagte ich und musste mich räuspern. Wo war plötzlich meine Stimme abgeblieben? Ich war wohl nervöser, als ich gedacht hatte.

Grace lächelte nur und tat so, als würde ihr meine Unsicherheit nicht auffallen. Darüber war ich echt froh.

Neugierig schob ich den Deckel des Geschenks nach oben. Zum Vorschein kam ein wunderschönes Armkettchen aus

Silber mit verschiedenen bunten Anhängern: eine Libelle, ein kleiner Schmetterling, eine Blume, ein Mond, eine Sonne und eine kleine Blaubeere.

»So wunderschön«, flüsterte ich und nahm das filigrane Schmuckstück ehrfürchtig heraus.

»Möchtest du es gleich anlegen?«, fragte sie mich.

»Sehr gerne.« Ich liebte es auf Anhieb, schließlich hatte ich absolut keinen Schmuck. Weder Ohrringe noch sonst etwas so Hübsches.

Sie beugte sich zu mir, um zu helfen, den Verschluss richtig einzuhaken. Dabei fiel mein Blick auf ihr Handgelenk. »Du hast ja genau das gleiche«, flüsterte ich erstaunt.

Grace lächelte wieder. »Ich habe die zwei Kettchen nur für uns angefertigt. Es gibt sie kein weiteres Mal. Die Blaubeeren stehen für uns beide, die anderen Anhänger symbolisieren den Naturkreislauf.«

Als ich das Silberkettchen an meinem Handgelenk spürte und gleichzeitig zu ihrem schaute, traten ungewollt Tränen in meine Augen. »Wo warst du all die Jahre?«, brachte ich nur mühsam heraus. In diesem Moment fühlte ich mich ihr so verbunden, dass ich selbst darüber erschrak.

Eigentlich sollte sie mir fremd sein, doch das war sie nicht.

Auch über Grace' Augen legte sich ein Tränenschleier.

»Hätte ich früher von dir und den Unfällen gewusst, wäre ich sofort gekommen, als mein Bruder Charles verunglückte.«

»Das hättest du bestimmt nicht überlebt«, rutschte mir heraus. Ich hielt sofort beide Hände vor meinen Mund. Der Satz ließ sich allerdings nicht mehr zurücknehmen.

Grace war total perplex und blickte unsicher zu Martin, der rettend einschritt. »Miracle musste in der Vergangenheit viele gravierende Verluste erdulden«, erklärte er. »Darum lebt sie in ständiger Angst, dass in ihrer Gegenwart etwas Schlimmes geschehen könnte.«

Meine Tante schenkte mir einen mitfühlenden Blick. »Ich werde lernen, wie ich damit umgehen kann. Du sollst nicht das Gefühl haben, etwas vor mir verheimlichen zu müssen. Schon gar nicht, wenn du wegen etwas Angst hast. Ab nun bin ich für dich da, Süße.«

Mein Blick verharrte in ihren grau-grünen Augen. Es schien, als verstünde sie, was in mir vorging. Das gab mir Hoffnung. Ein kleiner Funke nur, aber er brannte spürbar in mir.

»Du kannst mir helfen, indem du immer ganz ehrlich bist«, fuhr sie fort. »Ich weiß, dass ich dich mit dem raschen Umzug überrumple, Dr. Carter hat mich bereits darüber aufgeklärt.« Sie sah kurz zu ihm, bevor sie mich wieder ansah. »Darum will ich mich bei dir entschuldigen. Dr. Taylor hatte absolut keine Bedenken, sie meinte, dass ein schneller Wechsel gut wäre, da du dich seit Jahren fast nur in deinem Zimmer aufhältst.«

»Dr. Taylor kennt mich nicht«, stellte ich leise klar und sah auf mein Handgelenk, an dem nun das wunderschöne Kettchen baumelte. »Ich bin mit neun in diese Klinik gekommen, innerhalb weniger Monate starben meine beste Freundin, danach eine Zimmergenossin und kurz darauf Pfleger Sean, weil ...« Ich brach mit dünner Stimme ab und ließ den Satz in der Luft hängen. »Jedes Mal, wenn jemand in meiner Nähe stirbt, sterbe ich automatisch auch. Ich musste mich deswegen im Zimmer verstecken. Verstehst du das?«

Grace machte eine Miene, die ich nicht zu deuten wusste. »Ich kann mir gut vorstellen, dass immer ein Teil von dir gestorben ist.«

Ihre Antwort war logisch, aber entsprach nicht der Wahrheit. Ich wollte sofort ehrlich sein. »Meine einzige und beste Freundin Jessica ist drüben im Hallenbad der Klinik ertrunken«, erzählte ich schonungslos. »Sie wollte sich an mir festhalten und drückte mich mit unter Wasser. Es dauerte nicht lange, da füllte sich auch meine Lunge, ich ertrank und sank tot auf den Boden des Beckens.«

Martin unterbrach mich. »Miracle, du bist damals nicht gestorben, sonst würdest du nicht hier sitzen. Darüber haben wir mehrfach gesprochen.«

»Ich. War. Tot.« Mit Nachdruck betonte ich jedes Wort und sah Grace tief in die Augen. »Immer wenn ich sterbe, und das kommt bei mir ganz schön oft vor, schwebe ich in der

Dunkelheit. Dann kommt ein Engel, er schickt mich wieder zurück in meinen Körper, der danach plötzlich ganz heil ist. Weißt du, wie es sich anfühlt, wenn tausende Liter Wasser über dir sind und du die Augen aufreißt? Dir plötzlich bewusst wird, dass du eben tot warst? Du siehst, dass deine einzige und beste Freundin mit starrem Blick im Wasser treibt und tot bleiben wird, nur weil dein Fluch zugeschlagen hat?«

»Miracle, bitte!«, versuchte Martin, mich wieder zu unterbrechen.

Grace schüttelte den Kopf und hob die Hand ein wenig an. »Nein. Bitte, lassen Sie sie reden. Ich will das hören.«

Er gab nach und nickte.

»Mehr gibt es dazu eh nicht zu sagen«, erwiderte ich leise. »Dass du mir nicht glaubst, nehme ich dir nicht übel. Aber ich will, dass du weißt, was mir sonst noch widerfahren ist. Als Granny und Grandpa den Autounfall hatten, saß ich nämlich auf der Rückbank und habe mir alle meine Knochen gebrochen. Ich wäre nicht mehr am Leben, hätte mich der Engel nicht gerettet. Auch bei dem Unfall mit dem Boot meiner Pflegeeltern oder dem Hangrutsch bei der anderen Pflegefamilie starb ich. Aber am schlimmsten war der Tod bei dem Tornado. Mein Brustkorb wurde von einem spitzen Holzbalken des eingestürzten Daches gepfählt, ich starb nur ganz langsam und musste tatenlos mit anhören, wie meine kleine Pflegeschwester verzweifelt schrie und irgendwann verstummte, weil sie verblutet ist ...« Ich wischte über meine Wangen, da ich angefangen hatte zu weinen.

Grace griff tröstend auf meinen Arm und hielt mich beruhigend fest. »Du bist nicht mehr allein. Wir stehen das gemeinsam durch.« Ihr kullerten ebenfalls Tränen über die Wangen. »Ab heute kannst du nach vorne blicken, okay? Wir werden ganz viele neue, wunderschöne Erinnerungen schaffen, damit diese alten Erlebnisse nach und nach verblassen.«

Ihre Worte ließen mich leise schluchzen. »Darüber wäre ich wirklich froh«, antwortete ich schniefend. »Aber ich hab Angst. Verstehst du das?«

»Die habe ich auch«, antwortete sie mit einer Sanftheit, dass mich ihre Worte fast streichelten. »Ich habe Angst, dass ich dir nicht genüge. Ich kann deine Mom und deinen Dad nicht ersetzen, sondern dir nur Tante Grace sein. Aber ich verspreche dir, immer mein Bestes zu geben. Gibst du uns beiden denn eine Chance, eine Familie zu sein?«

Ich sah sie an. So unendlich viele Jahre hatte ich mich nach einer Familie gesehnt, nun war da endlich jemand, der mich aufrichtig haben wollte. Wie oft hatte ich am vergitterten Fenster gesessen und sehnsüchtig geseufzt? Da draußen in der Welt musste es noch etwas anderes geben als das, was ich hier in der Jugendpsychiatrie seit meinem neunten Lebensjahr täglich erlebte. Ich wünschte mir von Herzen, einmal mit nackten Füßen im Morgentau über eine Wiese rennen zu können, ausgelassen zu lachen und dabei die Hände in den Wind zu strecken. Ich wünschte es mir so sehnlichst. Wie gern würde ich fleißige Bienen beobachten, Erdbeeren pflücken, laut Musik hören und dazu tanzen …

Während ich darüber nachdachte, wanderten meine Fingerspitzen über den Schmetterlingseinband des Büchleins, die Holzperlen und die blaue Feder. Das kleine runde Glöckchen bimmelte leise.

Der Engel hatte es mir vorhin mitsamt seinem Versprechen gegeben, dass nichts passieren würde. Konnte ich darauf vertrauen?

Ich hörte tief in mich hinein und fühlte seine Präsenz, mir war, als würde er jetzt gerade neben mir stehen und wollen, dass ich die Worte laut aussprach. Darum nahm ich einen langsamen, aber tiefen Atemzug. »Ich habe riesengroße Angst. Wahrscheinlich die größte Angst in meinem bisherigen Leben, trotzdem werde ich mit dir kommen.«

Ich konnte sehen, wie eine große Anspannung von ihr abfiel, sie atmete erleichtert auf. »Ich habe für uns ein sehr abgelegenes Haus mit einem kleinen See gekauft, so sind wir für uns. Du kannst dich dort allmählich an ein Leben außerhalb dieser Klinik gewöhnen und dich auf dem großen Grundstück austoben.«

»Das klingt wunderschön«, erwiderte ich und lächelte. Es war wie ein weit entfernter Traum, ich konnte das alles noch nicht fassen und verinnerlichen. Doch dann dachte ich an die Reise und wurde wieder ernst. »Ich weiß nur nicht, wie ich mit dem Fliegen klarkomme«, gestand ich leise meine Furcht.

»Wir bleiben die ganze Zeit zusammen. Der Flug dauert von Ohio bis Virginia nur eineinhalb Stunden, du wirst sehen, schon heute Abend bist du in deinem neuen Zimmer, blickst auf die Reise zurück und denkst dir, dass alles total einfach ging.«

Unwillkürlich stellte ich mir diesen besonderen Raum vor. Mein Zimmer. Mit Vorhängen, Bildern an den Wänden, bunter Bettwäsche mit Blumenduft und einem Fenster ohne Gitter. Das war wunderschön, dennoch beschleunigte sich mein Herzschlag bei dem Gedankenbild unangenehm.

»Ich habe einen Koffer und einen Rucksack für dich gekauft«, eröffnete mir Grace. »Willst du alleine packen, oder soll ich mitkommen und dir helfen?«

Packen? Jetzt schon? »Äh, darf ich die Sachen denn mitnehmen? Alles, was ich habe, gehört der Klinik.« Mein Blick wanderte fragend zu Martin, der ruhig neben uns saß und dem Gespräch lauschte.

»Du kannst alles mitnehmen«, bot er mir an.

»Auch den Laptop?«

Er nickte. »Du brauchst ihn für den Onlineunterricht. Schon vergessen? Und damit wir per Videochat reden können.«

»Was ist mit dem Bild mit den vielen Hundewelpen im Korb? Ich mag es.« Schließlich war es das einzige Bild in meinem Zimmer und ich hatte all die Jahre diese kleinen Hunde angesehen und mir einen eigenen zum Knuddeln gewünscht.

Martin schmunzelte. »Wenn du es haben möchtest, pack es ein. Ich werde ein anderes an den Nagel hängen, dann fällt keinem auf, dass die Stelle leer ist.«

»Okay, danke, dann gehe ich jetzt packen«, nuschelte ich.

Er richtete sich gerade auf, unsere Blicke trafen sich.

»Miracle, du weißt, was das alles bedeutet, ja?« Er wartete kurz auf meine Antwort, ich nickte knapp. »Ich werde deiner Tante noch ein Rezept für deine Notfallmedizin mitgeben, du steckst dir das Spray bitte griffbereit in die Tasche. Warte nicht ab, sondern nimm das Medikament schnell, sobald du spürst, dass Panik in dir hochkommt. Und vergiss die Atemübungen nicht, die wir trainiert haben. Am besten setzt du dich, noch ehe der Schwindel kommt. Wir werden regelmäßig Termine vereinbaren, wenn du zwischendurch ein Gespräch brauchst, schicke mir bitte eine Nachricht an mein Privathandy. Ich habe deiner Tante schon die Nummer gegeben ...«

Während er redete, betrachtete ich ihn wehmütig. Viele Therapeuten und Ärzte hatten bisher meinen Weg gekreuzt. Aber keiner von ihnen war annähernd so wichtig für mich geworden wie Dr. Martin Carter. Ich war mir sicher, ihm ging es genauso. Auch wenn es in seinem Beruf unprofessionell und verboten war, eine persönliche Bindung zu einem Patienten aufzubauen, wir hatten uns liebgewonnen.

»... hörst du mir noch zu?«, erkundigte er sich.

Die letzten Sätze hatte ich nicht mehr gehört, trotzdem nickte ich. »Ja, klar. Danke. Das Spray ist mein ständiger Begleiter, du musst dir keine Sorgen machen.«

Er runzelte nachdenklich die Stirn, dann lachte er leise. »Ich hab dich gerade gefragt, ob ich dir deine Lieblingsschokolade als Proviant besorgen soll.«

Ich kicherte. »Bitte einen ganzen Karton davon, du bist der Beste.«

Sein Lachen ebbte ab. »Dann bringe ich dich jetzt in dein Zimmer. Während du packst, bespreche ich noch die letzten Einzelheiten mit deiner Tante.«

»Ist gut.« Wie mechanisch stand ich auf, meine Finger krallten sich um das kleine Buch, es gab mir so viel Halt. »Dann bis später?«, fragte ich meine Tante.

Ihr Blick ruhte auf mir. »Darf ich dich umarmen?«, fragte sie vorsichtig und ihre Bitte irritierte mich etwas. War ich bereit, schon jetzt eine solche Nähe zuzulassen?

Zögerlich gab ich nach und nickte.

Sie stand auf und nahm mich liebevoll in den Arm. Es dauerte einen Moment, bis ich es erwiderte. »Alles wird gut, Süße. Ich bin jetzt da.« Liebevoll strich sie mit der Hand über meinen

Rücken. Diese innige Berührung war ungewohnt, es fühlte sich aber gut an und ich spürte sie noch, als Martin mich bereits ins Zimmer zurückgebracht hatte. Jenes Zimmer, welches so viele Jahre mein einziges Zuhause gewesen war und ich bald für immer verlassen würde.

Von meinen Gefühlen überwältigt, setzte ich mich aufs Bett, nahm das kleine Buch und einen Stift zur Hand und schlug die nächste freie Seite auf. *Danke,* schrieb ich hinein und hoffte, der Engel würde es lesen.

Mein neuer Koffer glänzte im Metall-Look und bot Platz für alles, was ich mitnehmen wollte. Der grüne Rucksack blieb allerdings fast leer. Ich hatte ja kein Handy, nicht einmal eine Geldbörse konnte ich mein Eigen nennen. Aber das war egal, denn ich hatte das Allerwichtigste im Rucksack verstaut: das Zauberbuch.

Der Beweis, dass ich nicht verrückt war. Doch obwohl mir der Engel versichert hatte, dass nichts geschehen würde, begannen meine jahrelangen Ängste energisch anzuklopfen. Ich versuchte so gut es ging, sie zu ignorieren. Trotzdem kamen Gedankenbilder in mir hoch, die mir unzählige Unfallmöglichkeiten während der Reise zeigten …

Brennende Autos, eingestürzte Brücken, Feuerwehrleute, Notärzte, schrille Sirenen und Blaulicht … Diese Bilder waren einfach nur schrecklich, ich wollte sie nicht haben.

»Das Taxi ist schon da.«

Ruckartig fuhr ich herum. »Ach, du bist es«, sagte ich erschrocken. Meine Tante stand in der Tür, Martin gleich hinter ihr.

Beide kamen herein, Martin trat näher. »Entschuldigung, wir haben nicht angeklopft.«

»Dass ich heute entlassen werde, ist für uns beide etwas chaotisch, was?«

»Stimmt.« Er lächelte und kratzte sich verlegen am Nacken. »Ich gebe zu, dass auch ich mehr Zeit gebraucht hätte.«

Ein so offenes Eingeständnis rechnete ich ihm hoch an. Ich schaute zu Grace, die bemüht war, beim Anblick meines einfachen Zimmers reaktionslos zu bleiben. »Keine Luxussuite mit haufenweise Deko, aber ich war immer gerne hier«, erklärte ich mit hochgezogenen Schultern. Der Raum war nicht groß, der Schreibtisch bestand aus Metall, ebenso das Bettgestell. Lediglich der kleine Esstisch war aus Holz und das einzige Bild, welches mit den vielen Hundewelpen etwas Wärme in mein Zimmer gebracht hatte, lag bereits im Koffer. »Bitte sag, dass du bunte Bettwäsche für mich hast«, witzelte ich, um die Situation für uns alle aufzulockern. »Und einen flauschigen Teppich vielleicht?«

Grace schmunzelte liebevoll in meine Richtung. »Das wartet tatsächlich alles auf dich, ich hoffe, es wird dir gefallen – und wenn nicht, dann besorgen wir dir was anderes.«

»Die kratzige weiße Bettwäsche loszuwerden, reicht vorerst«, gab ich lächelnd zurück.

Martin griff nach dem Henkel des Koffers. »Hast du dein Spray schon genommen?«

»Nein. Hätte ich sollen?«

»Ja, vorsorglich. Das habe ich dir vorhin im Büro doch erklärt.«

Mist. »Sorry, vergessen.« In Wahrheit hatte ich nicht zugehört. Ich holte das Spray aus dem kleinen aufgesetzten Fach meines Rucksacks und sprühte mir zweimal in den Mund.

»Wirkt sehr schnell«, erklärte Martin meiner Tante unterdessen. »Normalerweise nur bei Bedarf verwenden, aber heute müssen wir eine Ausnahme machen. Um sicherzugehen, dass sie die Flugreise ohne Panikattacke übersteht.«

»Und wenn die Wirkung nachlässt?«, erkundigte sie sich.

»Sie hält einige Stunden an, keine Sorge.«

Ich steckte meine Medizin in den Rucksack zurück, ehe ich einen Riemen über meine Schulter zog und zur Tür ging. »Ich wäre so weit.« Vier Worte, die allzu leicht über meine Lippen kamen, in meinem Inneren herrschte allerdings ein Wirrwarr von ängstlichen Gedanken, die mir Martins Wunderspray nicht nehmen konnten. Wenigstens machte mich die Medizin etwas matt und unterdrückte meine Ängste zum Großteil. Komplett verschwunden waren sie leider nicht.

»Miracle, es ist wirklich okay, wenn du nervös bist«, merkte er mit besorgtem Gesichtsausdruck an. »Du musst nichts überspielen.«

»Können wir den Abschied bitte einfach schnell hinter uns bringen?«

Grace warf mir einen sanften Blick zu, ehe sie zur Tür ging.

Er zögerte noch einen Augenblick, dann nahm er den Koffer hoch. »Natürlich.«

Ich ließ beiden den Vortritt. Grace, die mit meiner Berührungsangst wegen anderer Menschen keine Erfahrungen hatte, marschierte einfach in den Flur. Martin hingegen machte den automatischen Blick in beide Richtungen, zum Glück war keiner unterwegs. Das änderte sich allerdings, nachdem wir um die Ecke bogen. Ich hielt instinktiv die Luft und meine Schritte an, da standen einige Leute in einem Gespräch zusammen.

»Geht's?«, fragte er mich. »Du wirst auf der Reise vielen Menschen begegnen …«

»Ja«, presste ich heraus und zwang mich, weiterzugehen.

Meine Tante sah sich schon besorgt nach mir um, ich wollte ihr zeigen, dass ich stark war, und hoffte, dass mich der Engel nicht verlassen hatte, denn gerade spürte ich ihn nicht mehr so gut wie zuvor.

Der Weg von meinem Zimmer zur breiten Eingangstür der Jugendpsychiatrie war qualvoll und kräftezehrend, darum atmete ich tief erleichtert ein, sobald wir die Schiebetür passiert hatten und draußen beim Taxi standen.

Der Fahrer hievte mein Gepäck in den Kofferraum.

Martin sah mich an. »Du musst mir schreiben, wenn ihr angekommen seid, und vergiss nicht: Ich bin immer für dich da.«

»Das weiß ich doch.« Traurig erwiderte ich seinen Blick. Dann umarmte ich ihn fest. »Danke für alles«, murmelte ich in sein Hemd. Er erwiderte meine Umarmung und tätschelte meinen Rücken. Danach löste ich meine Arme von ihm und stieg mit Grace ins Taxi.

Ich schaute aus dem Fenster, als wir losfuhren, denn Martin winkte uns. Eine Träne kullerte über meine Wange. Ich hatte nicht damit gerechnet, wie nahe mir der Abschied von ihm gehen würde. Grace spürte meine Traurigkeit.

»Es ist in Ordnung, alles wird gut«, flüsterte sie und legte den Arm um mich. Ganz kurz ließ ich diese angenehme Nähe zu. Doch schon als wir die Auffahrt hinter uns gelassen hatten und durch das Tor fuhren, welches das Klinikgelände von der Außenwelt abgrenzte, rutschte ich wieder etwas von ihr fort.

Aufgewühlt betrachtete ich die vorbeiziehenden Häuser und Autos. Was gerade an Eindrücken auf mich einprasselte, war sehr viel, beinahe schon zu viel.

So viele Jahre hatte ich in meinem Zimmer gesessen, um andere Menschen vor meinem todbringenden Fluch zu beschützen. Und nun bewegte ich mich unter ihnen und sollte einfach so darauf vertrauen, dass nichts geschehen würde?

Ich schluckte hart und sank etwas tiefer in den Sitz. Meine kompletten Urängste kamen erbarmungslos hoch und ließen sich nicht wieder vertreiben.

Gerade fuhren wir auf das Flughafengelände und hielten an. Tante Grace stieg zuerst aus. Ich fühlte mich wie eine scheue Maus, die vorsichtig ihre Nase aus dem Mauseloch steckte, um zu überprüfen, ob draußen Gefahren lauerten.

Leider lauerten die überall. Ich schluckte den Kloß im Hals hinunter, aber er kratzte und drückte dennoch. Mit so vielen Menschen hatte ich nicht gerechnet. Die Empfangshalle glich einem richtigen Ameisenhaufen, alle liefen durcheinander, keiner schien einem festen Weg zu folgen und dennoch hatten alle irgendwie ein bestimmtes Ziel.

Besser wurde es erst, als wir nach dem Check-in endlich im Wartebereich saßen. Grace hatte uns Sitzplätze am äußeren Rand der Reihen besorgt, trotzdem beobachtete ich nervös die Menschen rundherum. Das alles war so neu für mich. Was für andere Normalität war, überforderte mich total. Nervös zupfte ich an den Bändern meines Rucksackes und war total dankbar, dass mich Martin ermahnt hatte, das Spray vorsorglich zu nehmen. Ohne meine Medizin hätte mich auf dieser Reise bestimmt eine Panikattacke in die Knie gezwungen.

»Hier, damit kannst du dich ablenken.« Grace drückte mir ihr Smartphone in die Hand, da sie mein nervöses Bänderzupfen bemerkt hatte.

Ich nahm es, blickte aber verunsichert zu ihr auf. »Ähm«, gab ich langgezogen von mir.

»Du weißt doch, wie das geht?«

»Mit meinem Laptop kann ich umgehen«, erklärte ich sehr leise, damit es keiner hören konnte. »Ein Smartphone hatte ich noch nie in den Händen.« Das Handy in der Klinik war altmodisch, mit Tastatur.

»Alles klar. Macht nichts.«

Geduldig zeigte sie mir die wichtigsten Funktionen und wie ich mir ein Spiel zum Zeitvertreib herunterladen konnte. Ich kam mir blöd vor, schließlich war ich fast sechzehn, wirkte auf sie aber bestimmt wie ein Kleinkind.

»Du bekommst ein eigenes Smartphone, sobald wir daheim sind«, versprach sie mir.

»Das ist lieb von dir, aber ich brauche keines. Ich habe ja nur Martin und dich zum Telefonieren. Sonst kenne ich keinen.«

»Das wird sich ändern«, behauptete sie sorglos. »Wir können es morgen kaufen, du brauchst auch noch anständige Schuhe und eine warme Jacke. Ich habe deine Garderobe nicht gesehen, aber ich denke, wir werden dich neu einkleiden, oder?«

Panik durchzuckte mich. Einkaufen? Ich?

In einem Laden wie normale Leute?

Klar, was ich anhatte, waren alles abgetragene Sachen von der Fürsorge. Spenden von irgendwelchen Menschen, die das Zeug nicht mehr gebraucht hatten.

Was Neues hatte ich dringend nötig.

»Können wir die Jacke im Internet bestellen?«, fragte ich mit einem trockenen Hals.

»Besser, du probierst sie im Laden an, du sollst dich darin ja wohlfühlen.«

Klang logisch. »Eigentlich brauche ich keine Jacke. Meine Schuhe sind noch recht neu.« Waren sie nicht. Keine Ahnung, wer die vor mir angehabt hatte. »Mir machen die ganzen Menschen gerade zu schaffen«, erklärte ich flüsternd. »Jetzt an

Einkaufen zu denken, geht nicht. Ich bin schon froh, wenn ich das hier überstehe.«

Tante Grace presste nachdenklich ihre Lippen zusammen. »Was kann ich tun, damit es dir besser geht?«

Diese Frage ließ sich nicht einfach beantworten, schließlich drehten sich meine Gedanken gerade darum, dass ein Unglück geschehen würde. Jederzeit könnte sich die Lampe über uns lösen und uns zerquetschen. Oder etwas explodierte oder jemand stürzte, wie der Betreuer in der Klinik, und ich würde mir dann ebenfalls das Genick dabei brechen.

Ganz egal, was es sein würde, es gab unzählige Möglichkeiten, um zu sterben und jemanden in den Tod mitzureißen.

»Alles gut. Ich schaffe das«, sagte ich tapfer, denn ich wollte sie nicht mit meinen Ängsten beunruhigen.

»Gleich kannst du dich erholen«, antwortete sie und zeigte auf die Stewardess, die gerade damit begonnen hatte, das Gate zu öffnen und die Fluggäste einzulassen.

Erst als ich im Flieger auf meinem Sitzplatz am Fenster saß und wir abhoben, ging es mir etwas besser. Ich schaute gespannt hinaus. Die stetig kleiner werdende Stadt zeigte mir, dass ich Cincinnati tatsächlich verließ, und die Spiele am Handy halfen mir, die Flugzeit gut zu überstehen.

Das Auschecken funktionierte ebenfalls reibungslos, da ich ganz nah bei meiner Tante blieb und mir in Gedanken immer wieder vorsagte, dass der Engel auf uns aufpasste.

Leider fühlte ich ihn nicht mehr so stark wie in der Klinik. Darum musste ich darauf vertrauen, dass er trotzdem bei mir war, und meine Medizin tat ihr Übriges, sodass ich halbwegs ruhig bleiben konnte.

Wir verließen endlich den Flughafen und gingen zur Parkgarage. Meine Tante hatte ihren nagelneuen silbernen Honda hier abgestellt, wir verstauten unser Gepäck darin und stiegen ein.

»Ab nach Hause.« Sie legte lächelnd die Hände auf das Lenkrad.

Ich lächelte zurück, danach schaute ich aus dem Fenster, denn ich wollte von der schönen Landschaft nichts verpassen. Zum Glück wohnten wir nicht in Stadtnähe, sondern auf dem

Land. Die üppige Natur zu sehen, war wunderschön. Viel zu lange hatte ich schon darauf verzichten müssen.

Immer wieder schielte ich verstohlen zu ihr hinüber und überlegte, ob mir diese Frisur auch stehen würde. Die kinnlangen dunkelblonden Haare wirkten an ihr jugendlich und wenn sie ihr etwas ins Gesicht fielen, strich sie die Strähnen mit einer beiläufigen Handbewegung hinters Ohr. Das sah sehr hübsch und elegant aus.

»Kannst du mir die Haare auf Kinnlänge abschneiden?«, fragte ich geradeheraus.

»Deine Länge ist wunderschön. Warum willst du sie verändern?«

»Mir gefällt deine Frisur viel besser.«

»Danke.« Sie schmunzelte und schien geschmeichelt. »Besser, ein Friseur macht das. Ich könnte nachfragen, ob wir am Abend hinkönnen, wenn keine anderen Kunden mehr im Laden sind. Was hältst du von der Idee?«

Bei ihr klang immer alles so einfach. Gut, sie hatte ja auch meinen Fluch und die dazugehörigen Sorgen nicht. »Das wäre wunderbar, danke«, antwortete ich, da ich sie nicht vor den Kopf stoßen wollte. »Sag mal ... wirst du Frankreich vermissen?« Ich sah sie neugierig an.

»Ja.« Sie nickte. »Aber ich werde den Umzug niemals bereuen. Sobald Aline da ist, wird unser Leben hier perfekt sein.«

Überrascht zog ich die Augenbrauen hoch. »Aline?«

Meine Reaktion machte sie stutzig. »Du wusstest nichts von meiner Lebensgefährtin? Das stand in den Akten. Noch ist sie in Frankreich, da sie sich um alles kümmert, ehe unsere Wohnung verkauft wird und sie mit dem Arbeitsvisum in die Staaten kann. Sie ist eine sehr begnadete Sterneköchin, du wirst sie bestimmt mögen.«

»Nein, ich wusste nichts von ihr. Aber ich freue mich schon, sie kennenzulernen.« Es war eine völlig neue Situation für mich, dennoch freute ich mich, nun eine Familie zu haben. Es bestand für mich kein Zweifel, dass der Engel auch Aline beschützen würde, schließlich hatte er in das Buch geschrieben, dass es mir in Sunville gutgehen und mir nichts geschehen würde.

Ich befühlte das silberne Kettchen an meinem Handgelenk und nahm die kleine Blaubeere zwischen Daumen und Zeigefinger. Die Anhänger glänzten so sehr, dass sie zu leuchten schienen. Es machte mich glücklich, diesen besonderen Schmuck zu besitzen.

Etwa fünfzehn Minuten später waren wir endlich am Ziel. Dort, in einer einsamen Straße, parkte meine Tante den Honda in der Einfahrt eines großen Anwesens. Es dämmerte schon, kühle Luft strömte mir entgegen, als ich die Tür öffnete, sie roch feucht. Lag bestimmt an dem See, den ich von hier aus leider nicht richtig erkennen konnte, da mir viele Büsche und Bäume die Sicht versperrten.

Gemeinsam gingen wir zum Haus hinüber und die paar Stufen zur Veranda hoch. Sie sperrte die Tür auf, voller Neugierde ging ich hinein und sah mich um.

Es war gemütlich eingerichtet, aber es fehlten noch viele Kleinigkeiten. Persönliches eben. Es gab noch keine Kuscheldecke auf dem Sofa, es hingen keine Bilder an den Wänden, was etwas trostlos aussah. Fast wie mein Zimmer in der Klinik.

Tante Grace beobachtete mich und hatte offensichtlich die gleichen Gedanken. »Das ist für uns beide ein Neuanfang, wir richten uns hier gemeinsam ein. Du möchtest bestimmt dein Zimmer sehen?«

»Ich kann's kaum erwarten«, antwortete ich aufgeregt.

»Die Treppe hoch, den Flur entlang und dann rechts.«

Die Tür fand ich auf Anhieb, Grace hatte meinen Namen in Zierschrift auf das Holz geklebt. *Miracle.* Eine angenehme Wärme erfüllte mich, ich ging hinein, knipste das Licht an und fühlte mich sofort wohl. Das Bett war riesig und den viertürigen Kleiderschrank würde ich nie im Leben füllen können!

Ich hatte sogar ein eigenes Badezimmer mit Fenster, Dusche und Wanne. Auf dem Waschbeckenrand lagen eine neue Zahnbürste, Haarbürste, Shampoo und was man noch so alles brauchte. Ich inspizierte die Schränke und fand Handtücher und einen Föhn.

Nachdem ich das Badezimmer ausgiebig begutachtet hatte, ging ich zu meinem riesengroßen Bett, legte endlich den

Rucksack ab und zog das Zauberbuch heraus. Das sollte hier in der Schublade meines Nachtkästchens seinen festen Platz finden. Als ich die Schublade öffnete, musste ich schmunzeln. Grace hatte jede Menge Süßigkeiten für mich darin verstaut.

Ich legte das Zauberbuch auf mein Kissen und setzte mich auf die Bettkante.

»Magst du es?« Grace erschien im Türrahmen und hatte meinen Koffer mitgebracht.

»Ich liebe es!« Ich strahlte ihr entgegen. »Danke, es fühlt sich gut an, hier zu sein.«

Sie schenkte mir ein verlegenes Lächeln. »Ich freue mich auch, dass wir beide nun hier wohnen.« Grace stellte den Koffer neben meinem Bett ab. »Wenn du die Vorhänge tauschen möchtest, ist das kein Problem. Ich war mir auch nicht sicher, welche Bettwäsche du haben willst. Sag Bescheid, wenn du lieber eine andere hättest. Du hast doch bestimmt eine Lieblingsfarbe?«

»Ich mag alle Farben. So eine schöne Bettwäsche hatte ich noch nie«, antwortete ich dankbar.

»Wenn du Hunger hast, bediene dich in der Küche.«

»Danke. Ich weiß, es ist noch nicht so spät, aber ich werde mich gleich hinlegen, ich bin total fertig.«

»Dann wünsche ich dir eine wunderbare erste Nacht. Ich schlafe am Ende des Flures. Melde dich jederzeit, wenn du etwas brauchst.« Sie ging aus dem Zimmer.

»Gute Nacht«, sagte ich noch schnell, ehe sie verschwand.

Obwohl ich lieber weiter mein Zimmer bestaunt hätte, öffnete ich den Koffer und holte mein Schlafzeug heraus, denn mir fielen vor Müdigkeit beinahe die Augen zu. Die alte Zahnbürste warf ich in den Mülleimer, denn zum Neuanfang gehörte eindeutig die neue.

Danach versank ich in meinem himmlisch weichen Kissen. Ich schlief so selig, als wäre ich auf einer Wolke gebettet.

Von Neugierde angetrieben schlug ich gleich am Morgen die Bettdecke zurück und stand sofort auf, schließlich gab es viel zu entdecken.

Zuallererst schob ich die Vorhänge zur Seite und öffnete mein Fenster, denn ich wollte den See bestaunen. Aber da war so viel

Morgennebel, dass ich es auf später verschob. Also tapste ich über die Treppe nach unten, der Duft frischer Waffeln lockte mich wie magnetisch an. Grace war in der Küche zugange, Tee dampfte aus der Kanne, die bereits auf dem Tisch stand. Sie hatte schon alles vorbereitet. Sogar hübsche Servietten lagen schön gefaltet neben den Tellern.

»Guten Morgen. Na, gut geschlafen?« Sie lächelte fröhlich, als sie mich sah.

»Und wie.« Ich blieb im Türrahmen stehen und beobachtete, wie sie das Waffeleisen mit Teig füllte. Ich hatte mir immer ausgemalt, wie es sein würde, noch eine Mutter zu haben. Nun wusste ich es. Grace war zwar nicht meine Mom, aber sie war nah dran.

»Was stehst du da herum?«, fragte sie nach einer Weile. »Setz dich, ich habe schon Waffeln für dich fertig. Nur zu, du brauchst nicht schüchtern zu sein.«

»Ich wollte mir das Bild einprägen«, erklärte ich verlegen.

Tante Grace warf mir einen verständnisvollen Blick zu. »Du musst dir das Bild nicht einprägen. Ich und leckeres Frühstück gehören ab nun zu deinem Alltag.«

Das hatte ich mir seit vielen Jahren gewünscht. »Darüber bin ich total froh.« Ich zog einen Stuhl zurück und setzte mich. Auf dem Tisch stand so viel, dass ich zuerst nicht wusste, was ich nehmen sollte. Ich entschied mich für die Schokoladensoße, die ich genüsslich über die Waffeln verteilte.

Grace setzte sich zu mir und ließ es sich ebenfalls schmecken. »Ich muss nachher zur Shadylight Academy fahren«, erklärte sie während des Essens. »Die brauchen noch ein paar Unterschriften von mir.«

»Shadylight Academy?«

»Oje. Davon weißt du auch nichts?«

Ich schüttelte den Kopf. »Martin hatte kaum Zeit, mir alles zu erzählen.«

»Macht nichts«, winkte sie ab, kaute schnell ihren letzten Bissen fertig und schluckte hinunter. »Dann hole ich das jetzt nach. Also, die Shadylight ist eine Privatschule, etwa fünfzehn, zwanzig Minuten von hier. Ich unterrichte dort ab Januar, gleich nach den Weihnachtsferien, Kunst.«

»Wie in Paris? Da warst du doch an einer Schule, oder?«

»Ja«, bestätigte sie nickend. »Ich würde mir wünschen, dass du an der Shadylight den Unterricht besuchst. Könntest du dir das vorstellen?«

Oh nein! Vor Panik kribbelte mein Bauch sofort unangenehm.

»Niemals, Tante Grace. Ich hätte zu viel Angst. Verstehst du das?«

»Ich sagte ja nicht, dass es sofort sein muss«, schwächte sie ab. »Eine Highschool zu besuchen, ist nun mal was ganz anderes als der Onlineunterricht. Du würdest gleichaltrige Teenies kennenlernen.«

Ich antwortete nicht sofort darauf, mühte mich ab, das Bauchkribbeln loszuwerden, indem ich bewusst ruhig atmete. Grace hatte sich schon so viele Gedanken gemacht, ich wollte sie nicht andauernd an meine Ängste erinnern, da ich mir blöd vorkam.

Und wie eine Last …

»Gehen wir nach dem Frühstück zum See?«, lenkte ich ab.

Sie stieg darauf ein. »Natürlich. Sehr gerne.«

Draußen hing immer noch etwas Herbstnebel auf der Wiese, trotzdem machten wir uns wenig später auf den Weg. Da wir hier so abgelegen wohnten, konnte ich mich endlich frei bewegen, und das genoss ich natürlich sofort.

Der See war ein Traum! Kleine Steine knirschten unter meinen Sohlen, überall summte und brummte es. Wie sehr ich solche Geräusche vermisst hatte! Ich ging zu dem kleinen Holzsteg und sog die herrlich frische Luft in meine Lungen. Das Wasser plätscherte unter dem Steg, am anderen Ufer wuchsen viele Gräser, die ich aber kaum sehen konnte, weil der Morgennebel sie fast verschluckte. Es hatte etwas Mystisches an sich, was mir sehr gefiel.

Grace beobachtete mich einige Schritte entfernt mit einem Lächeln auf den Lippen.

Wir blieben nicht lange, da sie zur Shadylight Academy fahren musste. Ich packte unterdessen aus und stellte das Bild mit den Hundewelpen auf die Kommode in meinem Zimmer, ich würde es später aufhängen.

Dann nahm ich das Zauberbuch und las noch mal alle Zeilen, ehe ich den Stift zückte.

Wir sind hier ganz sicher, ja?, fragte ich den Engel und wartete. Aber es kam keine Antwort. *Bitte versprich es mir,* kritzelte ich noch hinein.

Da er nicht antwortete, vertrieb ich mir die Zeit und inspizierte die restlichen Räume. Das Haus war einfach nur toll! Vor allem die breite Schaukel auf der Veranda gefiel mir. Ich setzte mich mit angezogenen Füßen darauf und wartete, bis meine Tante zurückkam.

Als der silberne Honda in die Einfahrt fuhr, hüpfte mein Herz vor Freude, da ich Grace wirklich vermisst hatte.

»Ich habe dein Smartphone gekauft, Martins und meine Nummer sind schon eingespeichert«, teilte sie mir fröhlich mit.

»Du bist die Beste, danke!«

Ich half ihr, alle Einkäufe ins Haus zu bringen. Danach setzten wir uns auf die Couch und guckten etwas fern.

»Ich habe eine Überraschung für dich«, eröffnete mir Grace in einer Werbepause.

»Echt? Was ist es denn?«

Sie schmunzelte. »Heute Abend können wir zum Friseur. Der Besitzer lässt den Laden nur für uns beide offen. Er sagte, er würde das sehr gerne für uns machen.«

Sie blickte mich erwartungsvoll an.

Verdammt.

Nun war ich in der Zwickmühle.

Einerseits wollte ich unbedingt meine Haare so schön haben wie sie, andererseits erwachten abrupt alle Ängste. Meine Tante gab sich so große Mühe, aber ich war gefangen in meinen schlechten Erfahrungen.

»Es wird bestimmt nichts passieren«, fügte sie voller Zuversicht hinzu.

»Hm«, machte ich nachdenklich. Nie und nimmer wollte ich sie vor den Kopf stoßen. Sie bemühte sich extra um einen privaten Friseurbesuch, das jetzt abzulehnen, traute ich mich nicht.

»Nur, wenn du immer nahe bei mir bleibst.« Diese Bedingung musste ich stellen. Da sie noch lange nicht sterben würde, war sie mein absoluter Sicherheitsanker, um einem tödlichen Unglück aus dem Weg zu gehen.

»Geht klar.« Grace lächelte entspannt.

Wenig später aßen wir eine leckere Gemüsesuppe zu Mittag, räumten gemeinsam den Tisch ab und spazierten anschließend eine richtige Runde um den See. Ich knipste mit meinem neuen Smartphone einige Fotos und schickte sie Martin.

Da sich der Nebel endlich komplett verzogen hatte, konnte ich nun alles sehen. Viele Bäume wuchsen auf dem Grundstück, etwas vom Haus entfernt gab es sogar einen kleinen Schuppen. Darin befand sich außer Staub allerdings nur ein altes, verrostetes Fahrrad. Wir verließen den Schuppen wieder und erkundeten das Gelände weiter.

Hier zu sein, war so schön!

Es gab kein Wort, mit dem ich ausdrücken konnte, wie es war, den Wind wieder in meinem Gesicht zu spüren. Den Geruch von feuchtem Moos zu riechen oder mit den Fingern über Gräser zu streichen. Es gab so vieles zu entdecken! Wir fanden sogar einen uralten Apfelbaum. Es war bereits Oktober, die meisten Äpfel waren schon angeknabbert oder abgefallen, aber einen guten konnten wir noch ergattern. Mutig kletterte ich die Äste hoch. Grace fotografierte mich, wie ich lachend fast vornüberkippte, aber danach den Apfel triumphierend in die Höhe hielt.

Mit roten Wangen und kalten Fingern freute ich mich über die absolute Freiheit und überhörte geschickt die leise unheilvolle Stimme in meinem Kopf, die mich den ganzen Tag über immer wieder vor dem Friseurbesuch warnte.

Ich höre dir zu

Am Abend fuhr ich trotz des komischen Bauchgefühls mit Grace nach Sunville. Ich war fest entschlossen, meine langen dunkelblonden Haare auf Kinnlänge abschnippeln zu lassen, und hoffte, dass meine Wellen danach wieder besser zum Vorschein kommen würden. So wie bei Grace. Sie war mein Vorbild, ich wollte auch so hübsch sein wie meine Tante.

Sie parkte den Wagen in der Nähe des Friseursalons in einem fast leeren Parkhaus. Zum Glück war außer uns keiner unterwegs, wir liefen die Treppe nach unten und kamen an eine kaum befahrene Straße. Diese überquerten wir, mussten anschließend noch durch eine Gasse, und schon waren wir in der Einkaufsstraße von Sunville.

»Dort hinten ist der Friseur.« Grace zeigte in die entsprechende Richtung.

Ich verharrte auf der Stelle, war mit einem Mal hin- und hergerissen. Die Einkaufsstraße strahlte mit vollen bunten Schaufenstern und Lichtern, einige der Läden hatten noch geöffnet. Dadurch waren hier viele Menschen unterwegs. Eine mir sehr gut bekannte Unruhe stieg in mir auf.

Grace ging zwei Schritte weiter, erst dann bemerkte sie, dass ich nicht mehr an ihrer Seite war, und blieb ebenfalls stehen.

»Ich hatte erwartet, keine Menschen anzutreffen«, erklärte ich entschuldigend.

Sie verzog den Mund. »Willst du lieber nach Hause?«

Meine Gedanken wirbelten mir nur so durch den Kopf. Da waren meine Ängste, die energisch anklopften, aber auch das Gefühl der Freiheit, welches ich den ganzen Tag über gespürt hatte, und natürlich das Versprechen des Engels.

»Schon gut«, nuschelte ich und setzte mich wieder in Bewegung. »Ich schaffe das schon.« Wenn Tante Grace wie ein Schutzschild nah bei mir blieb, würde bestimmt nichts geschehen. Noch besser wäre gewesen, wenn ich den Engel gespürt hätte …

»Das Spray hast du eingesteckt?«

»In meiner Jackentasche, immer griffbereit.«

»Na, dann mal los.«

Grace blieb immer schützend an meiner Seite. Wir marschierten eilig den Gehweg entlang. Hastig und voller Neugierde sog ich die vielen Eindrücke der beleuchteten Schaufenster in mich auf. Sie waren voll mit Verlockungen und es war ewig her, dass ich durch so eine Straße gegangen war. Ich versuchte, mich zu erinnern, und glaubte, dass ich sechs Jahre alt gewesen sein musste. Damals hatte mich meine Pflegemutter mitgenommen, um mit mir durch die Straßen zu bummeln, ehe das nächste Unglück über mich hereinbrach.

Ich schob die Erinnerungen an meine Vergangenheit fort, sie machten mich nur traurig.

Bald konnte ich den Friseurladen erkennen. Trotzdem blieb ich einen Moment vor dem Schaufenster des Juweliers stehen, da ich etwas entdeckt hatte.

»Schau, da gibt es ein ähnliches Armband wie unsere.« Es hatte aber nur Blumen und Schmetterlinge als Anhänger.

Grace beugte sich hinunter. »Stimmt«, bestätigte sie. »Aber unsere sind absolute Unikate.«

Damit hatte sie recht. Ich richtete mich wieder auf und schaute auf die Seite. Zwei Männer kamen in unsere Nähe. Sie unterhielten sich angeregt mit je einem Becher Kaffee in der Hand.

Grace kreischte plötzlich laut auf.

Ihre Hände griffen nach mir, aber sie fischte nur vergeblich in der Luft herum, ohne mich zu erwischen. Zur selben Zeit quietschten Autoreifen, jemand hupte in Dauerschleife, einige Menschen schrien. Einer der Männer wurde erfasst, mich schleuderte es auch nach hinten.

Holz zerbrach, Mauerwerk bröckelte. Das Glas des Schaufensters klirrte und verteilte sich rundherum in vielen kleinen Scherben auf dem Gehweg und der Straße.

Der Alarm des Juweliergeschäfts schrillte in meinen Ohren.

Was war geschehen?

Das war alles so schnell gegangen!

Kurz wurde mir schwarz vor Augen. Ein stechender, fast schon lähmender Schmerz fuhr durch meinen Körper.

Keuchend beugte ich mich vornüber, sah das Metall des weißen Wagens und erkannte knallrotes Blut darauf. Ich erstarrte vor Schreck, die Schmerzen ließen mich zittern, ich konnte mich nicht mehr bewegen. Ein Teil des Wagens steckte tief in meinem Fleisch, die Schmerzen waren so unbarmherzig und schrecklich, ich wollte schreien. Laut um Hilfe schreien, aus meinem Mund kam jedoch nur ein verzweifeltes Stöhnen.

»Bleib ruhig!« Grace war schnell bei mir, zum Glück war sie unverletzt. »Ich bin bei dir.« Sie war kreidebleich im Gesicht und presste zitternd ihre Hand auf meine Stirn. Es brannte.

Meine Augen weiteten sich. Wem gehörte all dieses Blut? War das alles meines? Wieder stöhnte ich nur, wollte schreien oder weinen, stattdessen sackte ich in mich zusammen. Mein Kopf hämmerte, unerträgliche Schmerzen schossen erbarmungslos hindurch.

»Hilfe ist gleich da.« Grace drehte sich zu jemandem um. »Nun rufen Sie endlich den verdammten Notruf!«, schrie sie laut. »Haben Sie vergessen, wie man ein Handy bedient? Ich kann nicht telefonieren! Sehen Sie nicht, wie stark sie blutet?«

Notruf? Blut? Ach ja, das an mir. Es war einfach überall. Mein Herz pochte verzweifelt, mit jedem Herzschlag drang mehr Blut aus meinen tiefen Wunden am Bauch. Ich verzog schmerzerfüllt mein Gesicht und schnappte hilflos nach Luft.

»Was ist los?«, brachte ich mühsam heraus. Wieder wurde alles schwarz, für ein paar Sekunden war ich wie weggetreten, um mich herum herrschte vollkommene Stille.

Die Alarmglocke schrillte im nächsten Augenblick wieder in meinen Ohren, es war ein widerlich hohes Geräusch.

Jemand tätschelte meine Wangen. »Miracle, du musst wach bleiben«, hörte ich Grace. Ihre Stimme klang weit entfernt. »Nein, sie ist eingeklemmt! Sehen Sie das nicht?!«

»Können Sie erkennen, wo sie verletzt ist?«

»Sie hat eine Platzwunde am Kopf. Und da ist ein Blechteil, das in ihrem Bauch steckt.«

»Oh mein Gott. Zu viel Blut. Das ist zu viel Blut.«

»Bewegen Sie keinesfalls das Auto oder den Schrank hinter ihr!«

»Aber da läuft Benzin aus. Was ist mit dem Fahrer?«

»Er ist bewusstlos, der Gurt lässt sich nicht öffnen.«

Die Stimmen überschlugen sich.

»Wir brauchen schnell Hilfe! Ist ein Arzt hier?«

»Kann jemand die Alarmglocke abstellen?«

»Vergessen Sie das blöde Ding, verdammt noch mal! Nun helfen Sie mir doch endlich mit dem Gurt!«

»Hilfe! Meine Nichte verblutet! Beeilen Sie sich bitte!«

Da waren noch andere Stimmen, die hektisch durcheinanderredeten. Um mich herum brach die Hölle los, während mir heiß und kalt zugleich wurde und ich gegen ein lähmendes Zittern ankämpfen musste.

»Süße, halt still«, flehte Grace, als ich mich aufrichten wollte.

Mein rechter Arm war eingeklemmt, ein erneuter Schmerz schoss durch mich hindurch. »Grace, mein Bauch tut so weh«, hustete ich. Mein Mund füllte sich mit Blut. Panik ergriff mich.

Sie hielt beschützend meinen Kopf. »Himmel! So hilft uns bitte endlich jemand!«

»Ich kann den Rettungswagen hören«, sagte eine männliche Stimme. »Oscar, mein Kumpel, halte durch!«

Wieder musste ich husten. Dabei spürte ich, dass meine Eingeweide nicht mehr an ihrem Platz waren. Grace hielt meinen Kopf weiter fest an sich gedrückt und presste eine Hand auf die stark blutende Platzwunde. Ich schielte etwas nach unten und sah endlich deutlicher, was geschehen war. Das Auto hatte mich in den Laden hineingeschoben. Ich klemmte zwischen dem Wagen und der Ladentheke. Der Mann von vorhin lag eigenartig verdreht nicht weit von mir entfernt.

Ich verstand endlich, was geschehen war.

Mein Fluch hatte zugeschlagen.

»Grace …« Ihr Name kam nur noch hauchend aus meinem Mund. Blut gurgelte nach oben und nahm mir den Atem.

»Schhh, nicht reden«, schluchzte sie unter unzähligen Tränen. »Alles wird gut.«

»Grace … ich bin nicht lange fort …«, versuchte ich, sie zu beruhigen. Mir war kalt. So unendlich kalt, ich kannte das nur zu gut. Da sich ihre Stimme immer weiter entfernte, wusste ich, dass ich gerade starb. »Grace, keine Angst«, hauchte ich abermals und nahm dafür all meine letzten Kräfte zusammen. »Du darfst nicht vergessen, dass ich unsterblich bin.«

»Oh, mein Mäuschen, es tut mir so leid«, schluchzte sie herzzerreißend. »Es tut mir so leid, es ist alles meine Schuld.«

»Nein, das ist es nicht.« Wieder musste ich husten. Meine Lungen brannten, als wären sie zerfetzt worden. »Ich komme gleich wieder«, flüsterte ich und zitterte vor Kälte. »Bin gleich wieder da …« Eine Dämmerung legte sich über meine Augen, mein Herz machte seine letzten Schläge.

Das fühlte sich schrecklich an.

»Hilfe! Warum hilft mir denn niemand!« Grace weinte und klang so verzweifelt. »Süße, nicht die Augen zumachen, bleib bei mir. Bitte bleib bei mir.« Sie streichelte meine Wange. »Es tut mir so leid. Es ist alles meine Schuld …«

Die Dämmerung wurde zur Nacht. Mein Atem war fort, ebenso mein Herzschlag.

Zuerst bemerkte ich nur die Eiseskälte, dann verschwand auch diese. Dunkelheit umgab mich, sie trieb mich weit weg, irgendwo anders hin. Zeit und Raum lösten sich auf, da war nichts mehr, absolut nichts mehr.

Dann erschien ein kleiner Lichtpunkt.

Und ein Schatten.

»Engel?«, rief ich in die Stille hinein, aber es kam kein allzu lauter Ton aus meinem Mund. Er verebbte in der Dunkelheit. Wie immer.

Der Schatten kam immer näher, ich erkannte ihn. Natürlich war es mein Engel. Er war groß, aber ich sah nur seine verschwommenen Umrisse. Ein gräuliches, aber warmes Licht umgab ihn, rundherum blieb es stockfinster.

»Warum ist das gerade geschehen?«, fragte ich voller Verzweiflung. »Du hast mir doch Schutz versprochen!« Er war fast bei mir, aber er antwortete nicht. »Bitte hilf mir! Ich will nicht mehr vom Tod verfolgt werden. Warum bin ich verflucht? Warum hast du den Unfall nicht verhindert?«

Seine verwischten Umrisse wurden nicht deutlicher, obwohl er nun ganz nah bei mir war. Ich spürte seine Energie, diese Vertrautheit zwischen uns.

Wir kannten uns seit meiner Kindheit.

Er berührte mich und küsste meine Stirn.

Ganz kurz blieb die Zeit stehen.

Eigenartigerweise genoss ich diese selige Berührung, ich hätte sie am liebsten festgehalten. Sie war wie eine tiefe, ganz besondere Freundschaft, eine Verbindung, die es nur zwischen uns beiden gab. Leider dauerte sie nur ganz kurz an. Nicht einmal einen Wimpernschlag lang. Dann kehrte alles Laute zurück.

»Miracle!« Grace rief wiederholend meinen Namen.

Ich sog laut Luft in meine Lungen und riss die Augen auf. Obwohl ich in ein Wirrwarr von Stimmen und Sirenen zurückkam, war ich völlig klar im Kopf.

»Bring mich schnell von hier weg«, sagte ich bestimmend, aber leise zu Tante Grace.

»Du bist schwer verletzt, der Rettungswagen ist eben vorgefahren. Ich dachte, du wärst tot …«

»Ich war tot.« Ich schnappte mir mit meiner linken Hand ihren Arm und drückte ihn fest, damit sie mich richtig ansah. »Bring mich hier weg. Sofort. Sie werden unangenehme Fragen stellen.«

»Beruhige dich bitte«, erwiderte sie. »Das ist der Schock. Du hast sehr viel Blut verloren. Dass du überhaupt wieder …« Sie brach ab.

Dass sie meine äußerst verrückten Worte für einen Schock hielt, war sonnenklar. Ich stemmte mich vom Wagen ab und versuchte, mich selbst zu befreien. Aber ich steckte fest.

»Bitte nicht bewegen.« Ein Sanitäter kam zu uns geeilt.

»Ein Blechteil steckt in ihrem Bauch«, erklärte ihm Tante Grace sofort. »Sie war einige Zeit ohnmächtig, nun ist sie wieder ansprechbar.« Sie ließ mich los und trat einen Schritt zurück, damit er Platz hatte.

»Es geht mir gut. Mir war nur ganz kurz schwindelig«, stellte ich klar.

Eine Frau kam zu uns. »Ich bin Dr. Wilson. Weißt du, was geschehen ist? Kannst du sprechen?« Sie bückte sich zu mir und leuchtete in meine Augen. »Welcher Tag ist heute?«

»Der elfte Oktober«, entgegnete ich schnell. »Ich hab mich nur erschrocken.« Eine dünne Ausrede für das, was eben geschehen war.

»Normale Pupillenreaktion«, redete Dr. Wilson vor sich hin, nahm das Stethoskop und begann, meinen Herzschlag zu überprüfen. Der Sanitäter leuchtete gleichzeitig mit einer Taschenlampe zum Metall an meinem Bauch.

»Ich bin unverletzt. Der Mann im Auto hat einen Doktor nötiger als ich.« Ich wollte nur schnell weg von hier. »Kann mir bitte jemand hochhelfen? Das ist das Einzige, wobei ich wirklich Hilfe brauche.« Das todbringende Metall steckte zwar nicht mehr in meinem Bauch, aber ich war immer noch eingeklemmt. Vor allem mein rechter Arm klemmte zwischen Auto und Ladentheke, ich war nicht imstande, ihn eigenständig herauszuziehen.

»Lass mich nur machen, Mädchen«, sagte die Ärztin ruhig. »Du musst dich nicht sorgen, bei dem Mann ist schon jemand. Ich kümmere mich jetzt um dich.« Sie nahm eine Kanüle und legte an meinem linken Arm einen Zugang für eine Infusion.

Obwohl ich nicht wollte, hielt ich still. »Es geht mir wirklich gut«, beharrte ich weiter, diesmal etwas lauter, aber sie wollte mir offenbar nicht zuhören.

Grace kam wieder näher und streichelte über meinen Kopf. »Miracle, es ist okay.«

Die Situation machte mich auf unberechenbare Weise total wütend. Ich bemühte mich, aber ich war nicht mehr in der Lage, diese Wut abzubremsen.

Voller Zorn kniff ich die Augen zusammen. »Hör mir bitte zu, wenn ich dir etwas sage!«, knurrte ich mit zusammengebissenen Zähnen. »Es. Geht. Mir. Gut!« Ich betonte energisch jedes Wort. »Ich. Bin. Unsterblich!« Es war mir scheißegal, dass mich gerade andere Menschen hören konnten. »Bring mich bitte von hier weg! Ich will sofort nach Hause!«

Alle Erwachsenen ignorierten meinen kleinen Wutanfall. Auch meine Tante.

Es hatte keinen Sinn, alle hatten bereits ihre feste Meinung gebildet. Ich ergab mich, nahm einen tiefen, gefrusteten Atemzug und ließ die Prozedur schweigend über mich ergehen.

Die Ärztin nahm Grace zur Seite. »Wir können keine offene Wunde feststellen, sie hat durch den Aufprall aber mit Sicherheit starke innere Verletzungen. Ich bin ehrlich zu Ihnen. Das ist leider schlimmer als eine offene Wunde. Wir können eine mögliche Blutung erst im Krankenhaus stoppen, sobald wir wissen, welche Organe genau verletzt sind.«

»Keine offene Wunde? Das ist unmöglich«, widersprach Grace entsetzt. »Ich habe ihr Blut sogar auf meinen Fingern, sehen Sie? Ich habe eindeutig offenes Gewebe gefühlt und mit eigenen Augen gesehen, dass ein Blechteil in ihrem Bauch steckt. Schauen Sie bitte noch einmal nach.«

»Franklin, leuchte noch mal her«, bat die Ärztin. Sie und der Sanitäter überprüften jeden Zentimeter an meinem Bauch, aber dort, wo das Blech noch vor Kurzem in mir war, fanden sie keine Verletzung mehr.

Hätte ich gekonnt, hätte ich am liebsten trotzig die Arme verschränkt. So jedoch konnte ich sie alle nur wütend anfunkeln. Weil mir wieder einmal keiner zugehört hatte. So viele Jahre hatte man mir nicht zugehört! Die Erwachsenen behielten immer ihre eigene, festgefahrene Meinung. Ich war in ihren Augen nur ein Kind, das unter Schock stand und wirres Zeug faselte.

»Mein Arm schläft ein. Können Sie bitte endlich das Auto von mir wegschieben?« Ich sagte es ruhig und sehr höflich. Lieber hätte ich allerdings herumgeschrien.

»Das ist kein gutes Zeichen«, sagte die Ärztin sehr besorgt. »Kannst du deine Finger noch bewegen?«

»Sicher.« Ich rollte mit den Augen und grummelte. »Ich bin unverletzt. Können Sie das bitte endlich feststellen?« Okay, das war frech, aber ich hatte es satt, dass man mir nicht zuhörte.

»Miracle, sie wollen dir nur helfen.« Grace beugte sich nah zu mir und flüsterte es mir zu.

Ich sah ihr in die Augen. »Ich bin unsterblich«, entgegnete ich ganz leise. »Das stand in meiner Akte. Du hast sie doch gelesen. Warum zweifelst du daran? Warum zweifelst du an mir? Denkst du, ich wäre verrückt? Warum hörst du mir nicht zu? Warum hast du mich aus der Klinik geholt, wenn du mir nicht zuhörst?«

Die Vorwürfe verschlugen ihr die Sprache. Sie schaute mich erschrocken an, viele Gedanken huschten ihr übers Gesicht.

Die Ärztin gab grünes Licht und die Feuerwehr begann endlich damit, alles vorzubereiten, damit sie den Wagen wegziehen konnten. Jemand kam und brachte eine Decke. Ein anderer breitete eine silberne Folie aus und legte sie vorsichtig über das aufgebrochene Metall des Autos und mich. Als ich glaubte, dass mir niemand Beachtung schenkte, unternahm ich meinen allerletzten Versuch.

»Schau sofort auf meinen Bauch und sieh den Unterschied zu vorher«, flüsterte ich meiner Tante zu.

Sie blinzelte nur unsicher.

»Grace, sieh hinunter«, zischte ich leise, aber bittend. »Du hast das Blechteil gesehen. Du hast auch das viele Blut gesehen, das aus meinem Mund und meiner Platzwunde am Kopf gekommen ist.«

Ihr Kopf nickte zwar, aber es dauerte noch, bis ihre Gedanken in die richtige Richtung gingen.

»Guck endlich nach«, flüsterte ich fordernd. »Da ist keine Wunde mehr. Weder an meiner Stirn noch am Bauch. Ich kann ganz normal atmen, das Blut ist nicht mehr in meiner Lunge. Glaubst du etwa, das verschwindet von alleine?«

Völlig verunsichert blickte sie zwischen mir und dem Notfallteam hin und her.

Meine Augen verengten sich wieder. »Nimm deine Hand und fasse an meinen Bauch oder meine Stirn.«

Sie hörte, was ich sagte, aber sie reagierte nicht.

Meine Wut verflog und wurde zur Traurigkeit. Meine ganzen Gefühle schwappten über. Tränen traten in meine Augen und kullerten die Wangen hinunter. »Warum hörst du mir denn nicht zu? Warum glaubst du mir nicht, du siehst es ja selbst. Ich erfinde das ja nicht. Grace, hörst du? Ich war eben tot. Du hast es selbst miterlebt. Ich bin gerade an meinem eigenen Blut erstickt …« Ich schluchzte leise und verzweifelt.

»Das ist alles meine Schuld.« Grace weinte mit mir. Sie war total überfordert und zerging in Selbstvorwürfen. Sie verstand mich nicht.

»Greif endlich zu meinem Bauch hinunter«, bettelte ich heulend. »Ich habe keine einzige Schramme mehr am Körper. Woher kommt das viele Blut, Grace? Du hast gesehen, wie es aus meinem Bauch geflossen ist. Das Blut ist ja immer noch da!«

In ihrem Blick veränderte sich etwas. Würde sie sich der Wahrheit öffnen?

Die Ärztin kam mit zwei Sanitätern wieder. Grace wurde wortlos zur Seite geschoben und ich konnte nicht mehr aufhören, bitterlich zu weinen, weil ich diese ganze Situation so unerträglich und schrecklich fand. Und weil sie weinte und Angst um mich hatte.

Die Leute von der Feuerwehr gaben mir eine Halskrause, stützten mich vorsichtig und fanden viele beruhigende Worte für mich. Das war unglaublich fürsorglich und lieb, ich hätte jedoch jemanden gebraucht, der endlich die Wahrheit anerkannte. Natürlich verstanden alle mein bitterliches Weinen falsch, sie schoben meine Tränen auf den Schock und versteckte Verletzungen. Da ich ihnen nicht die Wahrheit sagen konnte, presste ich die Lippen aufeinander und redete kein Wort mehr. Das tat so unendlich weh.

Es erklang ein reißendes Geräusch von Metall, welches über den Boden geschliffen wurde. Damit wäre ich endlich frei gewesen, aber von dem Moment an, als der Unfallwagen von mir entfernt wurde, ging alles ganz schnell.

In Wahrheit hätte ich aufstehen und beschwingt zu Fuß nach Hause gehen können, aber bevor ich reagieren konnte, legte man mich auf eine Trage, zog die Gurte stramm, drückte mir eine Sauerstoffmaske ins Gesicht … und schon lag ich im Rettungswagen und wurde mit Blaulicht und laufender Sirene ins Krankenhaus gefahren.

Dort verabreichten sie mir Medikamente, die ich nicht brauchte, sie machten Untersuchungen, die überflüssig waren. Und zu allem Übel steckten sie mich auch noch in ein Zimmer neben der Notaufnahme, um mich zu beobachten. Ich sagte kein einziges Wort mehr.

Grace stand direkt neben dem Vorhang und lauschte dem Gespräch von drei Ärzten, die nach einer Diskussion feststellten, dass mir laut der Untersuchungsergebnisse absolut nichts fehlte. Das viele Blut erklärten sie sich, indem sie ein starkes Nasenbluten erfanden. Totaler Schwachsinn!

Grace schob während des Gespräches den Vorhang etwas zur Seite und warf mir einen verunsicherten Blick zu.

»Wir werden sie trotzdem über Nacht hierbehalten«, sagte einer der Ärzte. »Morgen soll sie jemand von der Psychiatrischen untersuchen. Der große Schock hat mit Sicherheit ein erneutes Trauma in ihr ausgelöst, vor allem bei ihrer Vorgeschichte.«

Wieder blickte Grace zu mir. Sie wusste ja, dass ich ihn hören konnte. Ich sagte aber nichts zu ihr. Meine Antwort bekam sie dadurch, dass sich ungewollt eine Träne löste und langsam hinunterkullerte. Ich war so unendlich traurig, weil sie mir nicht zugehört hatte.

»Wenn ihr körperlich nichts fehlt, dann nehme ich sie mit nach Hause«, sagte sie nach einer Denkpause. »Ich kümmere mich darum, dass sie gleich morgen früh mit ihrem eigenen Therapeuten sprechen kann.«

Ein Hoffnungsschimmer kam in mir empor, wurde aber sofort wieder zunichtegemacht.

Der Arzt schüttelte den Kopf. »Da sie bereits seit Jahren in Behandlung ist, können wir sie jetzt nicht heimgehen lassen. Womöglich ist sie nach so einem Vorfall suizidgefährdet.«

Ich drehte mich zur Seite und schloss die Augen. Suizidgefährdet … Selbstmord war für jemanden, der unsterblich war, bestimmt keine Möglichkeit, einem Trauma zu entfliehen …

Grace schob den Vorhang weiter auf und kam zu mir. »Ich bin gleich wieder da, okay?«

Meine Reaktion darauf blieb aus. Ihr Blick war mitfühlend auf mich gerichtet, sie verzog nur den Mund und ging.

Die Ärzte verschwanden ebenso. Nur ein Pfleger blieb vor dem Vorhang stehen. Ich sah seine breiten Schultern, er schielte immer wieder unauffällig zu mir. Offenbar war er hier, um mich zu beobachten, das kannte ich von der Jugendpsychiatrie. Die ganze Situation fand ich einfach nur unerträglich.

Ganz kurz überlegte ich, ob ich einfach ganz schnell aufstehen und zur anderen Seite fortrennen sollte. Aber wohin? Die hätten mich sicher schnell gefunden und auf die psychiatrische Abteilung verlegt. Darum war ich verdammt dazu, diese Ohnmacht zu ertragen. Ich konnte nichts tun und hasste es. Ich hasste das alles so sehr.

Mein Fluch war einfach nur schrecklich.

Grace blieb lange fort. Als sie endlich zurückkam, brachte sie eine Krankenschwester mit.

»Wir gehen jetzt nach Hause«, eröffnete mir meine Tante.

Überrascht setzte ich mich auf. Meinte sie das ernst?

Die Krankenschwester nahm lieblos meinen linken Arm. »Locker lassen«, sagte sie, schon war die Infusion aus meinem Arm. Sie drückte mir noch ein Pflaster auf die Einstichwunde, dann ging sie wieder.

Verblüfft schaute ich zu Grace. »Ich darf echt heim?«

»Ja.« Sie nickte und hob die Entlassungspapiere hoch, damit ich sie sehen konnte. »Ich habe mich gerade mit dem Arzt gestritten. Da ich gewonnen habe, kannst du jetzt nach Hause.«

Eilig rutschte ich vom Bett, schlüpfte in die Schuhe und zog mir überhastet die Jacke an. Wir redeten kein Wort, während wir den Flur entlanggingen und das Krankenhaus verließen. Der silberne Honda parkte nicht weit entfernt. Wir stiegen ein und fuhren schweigend nach Hause.

Dort angekommen, entledigte ich mich sofort des Einweg Krankenhaushemdes, welches ich immer noch anhatte. Meine andere Kleidung war blutig, das Oberteil zerrissen. Die Schuhe hatten auch ein paar Spritzer abbekommen. Grace nahm sie ohne ein Wort und verschwand damit in der Waschküche. Ich ging hoch und wusch mich bestimmt eine halbe Stunde unter der Dusche sauber. Danach schlüpfte ich ins Bett, obwohl ich hellwach war.

Alles drehte sich. Nicht durch einen Schwindel, sondern aufgrund der Erlebnisse, die sich im Sekundentakt durch alle meine Körperzellen bohrten.

Mechanisch griff ich nach dem Zauberbuch und zückte meinen Stift:

Hallo Engel, warum hast du dein Versprechen gebrochen? Sagtest du nicht, dass du mich immer beschützen würdest? Warum hast du mich angelogen? Warum tust du mir das an …

Ich war nicht imstande, weiter zu schreiben, da ich so wütend und gleichzeitig traurig wegen des Fluches war.

Hilflos zog ich die Bettdecke über meinen Kopf und unterdrückte einen Schrei, der sich aus meiner Kehle lösen wollte. Hätte ich gekonnt, wär ich am liebsten abgehauen, um all dem zu entfliehen. Lange wälzte ich mich im Bett hin und her, es schien kein Ende zu nehmen.

Grace klopfte irgendwann vorsichtig an die Tür. »Schläfst du schon, Miracle?« Kurz war es still. »Ich würde gerne mit dir reden.«

Wollte ich sie sehen? Natürlich wollte ich sie sehen. Ich war nicht sauer auf sie, es machte mich alles nur so traurig. Sie konnte ja nichts dafür. Würde sie mir jetzt vielleicht zuhören? Hoffnungsvoll schob ich die Decke nach unten und setzte mich auf. »Bin wach. Komm rein.«

Ihre Wangen waren immer noch blass. Sie brachte mir Kekse sowie eine Tasse mit heißer Schokolade und stellte alles auf das Nachtkästchen. Ihr Blick huschte besorgt über mein Gesicht, während sie sich auf die Bettkante setzte und mich für eine Umarmung näher zu sich zog. Ich erwiderte ihre Geste, denn die Geborgenheit tat nach den vielen schlimmen Erlebnissen wirklich gut.

Wir lösten uns aus der Umarmung.

»Es tut mir so leid«, sagte sie schließlich. Ihre Finger strichen dabei liebevoll über meine Schulter. »Gerade habe ich in der Küche gesessen und versucht, den Abend zu begreifen. Aber je mehr ich darüber nachdenke, desto unbegreiflicher wird es.« Sie seufzte leise. »Miracle, ich wusste von deinen Ängsten und warum du in der Jugendpsychiatrie warst. Ich wusste auch, warum du dich in einem Einzelzimmer versteckt hast. Aber alles, was ich bisher verstanden oder angenommen habe, ist hinfällig. Ich habe mir vorhin deine Akten noch mal durchgelesen. Sie waren schon immer mysteriös gewesen, aber noch gut erklärbar. Nach heute Abend ergeben einige Einträge aber tatsächlich einen Sinn. Ich habe auch im Internet recherchiert und nach Wundern gesucht, aber nichts Derartiges gefunden.«

Wunder? Wie konnte sie von Wundern reden? Mein Leben war ein Fluch!

Grace nahm langsam ihre Hand von meiner Schulter und strich sich damit nachdenklich die Haare hinter das Ohr. »Ich höre dir jetzt zu«, sagte sie und ein ehrlich gemeintes Versprechen lag in den Worten, die so wichtig für mich waren. »Erzähle mir bitte alles.«

»Alles? Du willst alles hören? Ich bin unsterblich, Tante Grace. Verstehst du das denn?«

»Ich versuche, es zu verstehen, Süße.« Sie seufzte. »Fang einfach an. Ich bemühe mich, es zu begreifen, aber sei nicht beleidigt, wenn ich etwas Zeit dafür brauche, okay?«

»Ich habe ja auch Zeit gebraucht, um es zu kapieren«, gestand ich ihr, senkte den Blick und schaute auf den Teppich hinunter. Dann holte ich ganz tief Luft und sah sie wieder an. »Da ist wirklich ein Engel, Tante Grace. Ein echter und wahrhaftiger Engel, ich habe dich nicht angelogen. Er heilt immer meine Wunden, wenn ich gestorben bin.« Ich brach ab und musterte ihr Gesicht. Aber sie verzog nicht eine Miene, darum redete ich weiter.

»Es hat begonnen, als das Feuer ausgebrochen ist«, setzte ich fort. »Obwohl ich da erst ein Baby war, kann ich mich durch meine Träume an alles erinnern. Das Feuer hatte sich schnell im ganzen Haus ausgebreitet, wir waren im Schlafzimmer gefangen. Mom hat geweint und gehustet, sie war so verzweifelt, hat gebetet und Gott um Gnade angefleht … Wir sind beide durch den Rauch erstickt.« Ich beugte mich ein wenig vor und sah ihr tief in die Augen. »Grace«, hauchte ich. »Da habe ich den Engel zum allerersten Mal gesehen. Ich war tot. Ich schwöre dir, ich war mausetot. Aber der Engel schickte mich wieder zurück ins Leben und so konnte mich die Feuerwehr komplett unverletzt meiner verstorbenen Mutter aus den Armen nehmen und in Sicherheit bringen.« Ich wischte mir über die Wange, um die Tränen zu trocknen. »Aber warum hat er Mom sterben lassen? Warum hat er ihr nicht auch geholfen?« Verzweiflung lag in meiner Stimme. »Dad war so traurig, er hat so viel geweint. Er zog mit mir zu Granny und Grandpa, die tagsüber auf mich aufpassten, damit er arbeiten konnte. Und als ich dann knapp drei Jahre alt war, hatten wir den Autounfall.«

Meine Hände ballten sich zu Fäusten. »Ich schwöre dir, Grace, ich saß die ganze Zeit im Auto, hatte mir alle Knochen gebrochen und war genauso tot wie Granny und Grandpa. Dann kam der Engel und schickte mich zurück. Das machte er auch mit mir, als ich mit Dad den Stromschlag erlitt. Und die Geschichten mit den drei Pflegefamilien kennst du ja. Einmal sind wir alle ertrunken, einmal wurden wir beim Wandern von einem herabrutschenden Hang zerquetscht und dann war da noch der Tornado. Leider hat der Engel immer nur mich zurückgeschickt. Alle anderen mussten sterben, sogar die Pflegegeschwister.«

Ich machte eine kurze Pause, um durchzuatmen. »Du kannst dir echt nicht vorstellen, wie schlimm das ist, wenn wegen dir ständig Menschen sterben. So wie heute der Autofahrer und der Mann mit dem Kaffeebecher. Nur mich hat der Engel gerettet. Aber ich schwöre dir, ich habe keine Ahnung, warum er das immer macht. Du hast gesehen, dass ich schwer verletzt war, oder? Du hast doch mitbekommen, dass ich tot war. Du warst direkt neben mir. Du musst doch meinen Puls gefühlt haben? Hast du meinen Puls gefühlt und auch bemerkt, als er verschwand? Bitte sag, dass du meinen Tod mitbekommen hast …« Ich war total aufgebracht und zitterte, als ob mir kalt wäre.

»Ich habe es mitbekommen«, beruhigte mich Grace. Sie strich mir über die Hand. »Aber ich dachte, ich hätte es mir vor Schreck bloß eingebildet.«

Natürlich dachte sie das. Ganz kurz schwiegen wir.

»Als sie dich untersucht haben und nicht einmal einen Kratzer feststellen konnten, war mir sonnenklar, dass etwas nicht stimmte.« Grace blickte nach oben, sie rang sichtlich um Worte. »Miracle, ich verstehe das nicht«, flüsterte sie und musste schlucken. »Da war eine Platzwunde auf deiner Stirn und Blut sprudelte aus deiner Bauchwunde. Nicht einmal deine eingeklemmte Hand hat einen blauen Fleck. Ich zerbreche mir den Kopf, verstehe wirklich nicht, wie das möglich ist. Wo ist die tiefe Wunde auf deiner Stirn abgeblieben? Ich kann sie mir doch nicht eingebildet haben?«

Ich griff zu meinem Zauberbuch und blätterte es auf. »Lies bitte selbst. Das hat der Engel geschrieben.«

Grace nahm es an sich und las.

»Er hat das geschrieben!«, wiederholte ich mit Nachdruck. »Kein anderer Mensch kam da ran. Nur der Engel hatte Zugriff, auch das Buch ist von ihm. Es lag plötzlich auf meinem Bett.«

Sie gab mir das Zauberbuch wieder zurück, äußerte sich aber nicht dazu.

»Ich bin nicht verrückt.« Aufgebracht zog ich mein Oberteil etwas hoch und zeigte ihr meinen unversehrten Bauch. »Da, sieh selbst.«

»Ich habe es gesehen, das ist es ja. Und das muss ich erst noch verarbeiten.«

»Was sagst du zu den Zeilen im Zauberbuch? Du glaubst mir doch, oder?« Ich deutete auf die geschriebenen Zeilen.

»Miracle, ich glaube dir. Ich war ja heute dabei. Aber das ist so unheimlich …«

Mir fiel die Textzeile mit ihrem Sterbealter ins Auge. Oje, hätte ich ihr das verraten dürfen? Ich sah sie mit angehaltener Atemluft an. »Es tut mir leid. Nun weißt du dein Sterbealter.«

Sie streckte die Beine der Länge nach aus und legte die Knöchel übereinander. »Also, achtundneunzig ist ein cooles Alter. Mach dir keine Gedanken. Dass ich so steinalt werde, war die angenehmste Nachricht heute.«

Das brachte mich einen Augenblick zum Lächeln. »Ich bin nicht irre, Tante Grace«, sagte ich dann leise. »Ich bin auch nicht ängstlich, ich bin nur unsterblich. Warum ich damit andere

Menschen in den Tod reiße, weiß ich aber nicht. Es belastet mich sehr.«

Sie dachte darüber nach. »Darauf habe ich leider auch keine Antwort. Und es tut mir so unendlich leid, dass du so viel durchleiden musstest.«

Wir schwiegen einen langen Moment.

»Könntest du heute Nacht bei mir schlafen?«, fragte ich sie dann.

»Ich wollte dich eben dasselbe fragen.« Sie nickte. »Das schlimme Erlebnis müssen wir beide noch verarbeiten.«

»Ja«, bestätigte ich. »Der Schreck ist noch da.« Ich hörte in meinem Kopf immer noch das Geschrei der anderen und die schrille Alarmglocke des Juweliergeschäfts.

Grace stand auf. »Sollen wir das Sofa unten ausziehen und uns mit einem Film ablenken?«

»Das ist eine gute Idee. Ich bin nämlich gar nicht müde.«

»Ich bin auch noch total aufgekratzt. Aber zusammen stehen wir das durch. Versprochen.«

Hoffnung und eine richtige Familie

Ich rutschte vom Bett, schnappte mir meine Decke und ein Kopfkissen und tapste ihr hinterher. Wir verwandelten das Wohnzimmer in ein Fernseh-Schlafzimmer und ließen den schrecklichen Abend an uns vorüberziehen, ohne noch ein Wort darüber zu verlieren. Irgendwann musste ich zwischen all den Filmen eingeschlafen sein.

Als ich wach wurde, war es bereits hell. Grace telefonierte oben mit Aline, ich konnte sie bis hierher hören. Das schnelle französische Geplapper verriet sie sofort.

Ich verzog mich in die Küche, um das Frühstück zu machen, aber ich kam zu spät. Sie hatte schon alles vorbereitet, die aufgebackenen Brötchen waren herrlich knusprig. Ich stibitzte mir sofort eines, schmierte ordentlich Nuss-Schokocreme darauf und biss genüsslich ab. Leider musste ich alleine zu Ende frühstücken. Grace telefonierte selbst dann noch, als ich mich schon angezogen und mir die Zähne geputzt hatte. Meine Zimmertür ließ ich einen kleinen Spalt offen, startete den Laptop und begann mit meinen Schularbeiten.

Ich ackerte mich durch die Englisch-Aufgaben, schrieb einen Aufsatz fertig und machte mit Mathe weiter. Gerade notierte ich die Aufgaben in meinem Heft, um sie dort auszurechnen, da meldete sich Martin per Videoanruf.

»Hi Miracle«, begrüßte er mich, nachdem ich den Chat gestartet hatte. »Ich weiß, du hast jetzt Unterricht, dennoch habe ich vergeblich gewartet, dass du mich anrufst.«

»Du hast auf meinen Anruf gewartet?« Ich schluckte trocken.

»Das Krankenhaus von Sunville hat sich bei mir gemeldet«, verkündete er.

Schlagartig wurde mir flau im Magen. »Warum denn?«, fragte ich unschuldig und spielte mit meinem Stift herum.

Martin zog beide Augenbrauen hoch. »Sag du es mir. Was könnte denn so Wichtiges geschehen sein, dass mich der Sozialarbeiter direkt von dort aus anruft?«

Das machte mich stutzig. »Sozialarbeiter?«

»Tja.« Martin kratzte sich am Nacken und fuhr sich fahrig durch die kurzen Haare. »Der diensthabende Arzt hat der Kinderfürsorge gemeldet, dass er eine Kindeswohlgefährdung vermutet.«

»Echt jetzt? Wieso das denn?« Schockiert hielt ich den Atem an, mir war bei dem Unfall ja nichts passiert! Warum meldete der Arzt so etwas der Kinderfürsorge? Außerdem hatte Grace das bereits abgeklärt, ich war offiziell samt Papieren entlassen worden. Wäre ich abgehauen, hätte ich das ja noch verstanden.

»Du fragst dich, wieso? Weil Ärzte sehr oft lieber vorsichtig sind, wenn es um solche Dinge geht. Indem er es meldet, ist er aus der Verantwortung, sollte doch etwas geschehen. Ich hoffe, ich konnte die Lawine noch abbremsen, die er damit ins Rollen gebracht hat. Miracle, die Sache ist ernst, ich habe die letzten zwei Stunden damit verbracht, mit allen möglichen Leuten zu telefonieren und allen Beteiligten zu erklären, dass du bei mir bereits in Behandlung bist.«

Ich kaute auf meiner Lippe. »Du weißt also schon, was passiert ist?«

»Das Wunder von Sunville? Davon hat in eurer Gegend bestimmt schon jeder gehört. Lest ihr denn keine Zeitung?«

»So schnell wird doch keine Zeitung gedruckt.« Oder etwa doch?

»Online! So eine Sensation verbreitet sich nun mal wie ein Lauffeuer.«

Ich rollte mit den Augen und verzog den Mund. »Ich hätte mich wohl gleich heute Morgen nach dem Aufstehen melden sollen.« Mit dem Stift kritzelte ich nebenbei die vorgedruckten Karos in meinem Heft nach.

»Das wäre toll gewesen.« Martin klang gewollt sarkastisch. Den passenden Gesichtsausdruck legte er auch noch auf.

»Entschuldigung.« Ich lehnte mich zurück, ohne das Kritzeln zu unterbrechen. »Danke der Nachfrage, es geht mir gut.«

»Das soll ich dir glauben?« Er schüttelte den Kopf. »Keinem geht es nach so einem Unfall gut. Du bist zwar ohne einen Kratzer davongekommen, aber trotzdem müssen wir über deine Gefühle reden.«

»Mittlerweile habe ich Übung darin, Unfälle zu überleben.«

»Und ich, dich danach seelisch wieder aufzupäppeln.«

Ich lächelte schmal. »Der war gut.«

»Ich weiß«, betonte er selbstgefällig. »Und nun rede bitte mit mir. Wie kam es denn genau zu dem Unfall? Aus den Medienberichten geht nur hervor, dass wie durch ein Wunder ein Teenager überlebt hat. Und vom Krankenhaus weiß ich, dass du starkes Nasenbluten hattest und sie dich dabehalten wollten. Aber es heißt, deine Tante hätte dem Arzt sehr lautstark widersprochen. Das hat ihm im Nachhinein noch schwer im Magen gelegen, darum hat er es der Kinderfürsorge gemeldet und so weiter und so fort.« Er fuhr mit dem ausgestreckten Finger Kreise in die Luft. »Den Rest weißt du ja schon. Danach liefen die Telefone heiß …«

»Schon gut«, nuschelte ich. Immer noch kritzelte ich mit dem Stift in meinem Heft herum. Nichts Bestimmtes. Total sinnlose Muster. Damit hörte ich auch nicht auf, als ich Martin ausführlich vom gestrigen Abend berichtete.

Wie immer lauschte er meinen Worten, ohne mich zu unterbrechen, und machte sich nebenbei Notizen. Ich erzählte ihm alles. Okay, fast alles. Das mit dem Engel verschwieg ich lieber, brachte ja nichts, er glaubte mir sowieso nicht. Martin erfuhr von mir nur das, was er wahrscheinlich schon vom Krankenhaus wusste.

Zusammengefasst: Ein schrecklicher Unfall, ich hatte Glück, einen leichten Schock und Nasenbluten erlitten. Mehr durfte ich nicht sagen, da ich keine Schwierigkeiten bekommen wollte. Das Prozedere war mir allzu gut bekannt.

»Willst du auch mit Tante Grace reden?«, fragte ich dann. »Ich kann sie holen.«

»Muss nicht sein. Ich habe ihr bereits geschrieben und rufe sie später auf ihrem Handy an.«

»Danke, Martin. Hat gerade gutgetan, mit dir zu reden.«

»Morgen hören wir uns wieder. Und bitte, wenn etwas ist, benutze dein Telefon.«

»Mach ich. Danke noch mal!«

Wir winkten uns kurz zu, dann beendeten wir den Anruf.

Seufzend riss ich die Seite mit der Kritzelei aus meinem Heft und widmete mich wieder den Matheaufgaben.

Ich hätte Martin so gern alles über den Schriftverkehr mit dem Engel und meinen erneuten Tod erzählt …

Da ich neugierig auf das Telefonat zwischen Martin und Grace war, öffnete ich meine Zimmertür etwas weiter. Draußen im Flur war es ruhig. Aber schon ein paar Sekunden später hörte ich das Handy von Grace klingeln. Das war jetzt sicher Martin. Selbstverständlich lauschte ich heimlich, denn ich war gespannt, wie viel sie ihm verraten würde. Ohne uns abgesprochen zu haben, tischten wir ihm dieselbe Geschichte auf. Das war gut und beruhigte mich.

Nachdem die beiden aufgelegt hatten, fuhr Grace nach Sunville, um noch mal persönlich bei der Kinderfürsorge vorzusprechen. Sie würde die Leute dort überzeugen, da war ich mir absolut sicher.

Ich lernte inzwischen weiter für die Schule, das lenkte mich von allem ab. Außerdem hinkte ich etwas in Amerikanische Geschichte hinterher, das wollte ich endlich aufholen.

Am Nachmittag rief mich Grace zu sich in die Küche.

»Komm, setz dich.« Ihre Hand zeigte einladend auf einen Stuhl. Haarbürste, Schere und Klammern lagen auf dem Tisch.

»Du schneidest mir jetzt die Haare?«

»Ich vermute, an deinem Wunsch hat sich nichts geändert?«

»Nein.«

»Dann setz dich. Ausflüge sind erst einmal gestrichen, ich hoffe, du verstehst das.«

Und ob ich das tat! »Die habe ich mir schon selbst verboten.« Ich setzte mich, Grace legte mir ein Handtuch um die Schultern.

»Quelle coiffure veux-tu?«, fragte sie theatralisch auf Französisch und hielt sich eine Hand an die Brust. »Wie willst du deinen Haarschnitt, junge Dame?« Sie machte einen äußerst übertriebenen Knicks und zauberte mir damit ein Lächeln auf die Lippen.

»Bitte den gleichen bezaubernden Schnitt wie bei Ihnen«, erwiderte ich spaßig.

»Na, hoffentlich wird es bezaubernd«, betonte sie mit einem verschmitzten Lächeln. »Wenn es ein wenig schief wird, schneiden wir einfach in einem Monat nach.«

Ich musste lachen. Der Schatten des Vorabends verflog rasch, wir hatten einfach nur noch Spaß und alberten herum. Wir ließen das Unfallthema wie die langen Haare zu Boden fallen, die mir Grace schmunzelnd abschnippelte.

»Ohne jetzt eingebildet zu wirken …«, sagte ich, als ich mich danach ausgiebig im Spiegel betrachtete. »… aber ich sehe verdammt gut aus.«

Grace nickte lächelnd. »Du bist ein sehr hübsches Mädchen.«

Ich schüttelte den Kopf, die gewellten dunkelblonden Haare fielen in mein Gesicht und ich musste lachen, da es so befreiend war. »Das fühlt sich total gut an. Danke!«

»Hab ich gern gemacht.«

»Ich glaube, es gibt nichts, was du nicht gut kannst.« Ich umarmte sie voller Freude. Danach sprang ich hoch in mein Zimmer und schnappte mir das Zauberbuch.

Lieber Engel, du hast mir immer noch nicht gesagt, was ich tun kann, um dem Tod für immer zu entfliehen! Wie bekomme ich den Fluch gelöst? Ich habe jetzt fast alles, was ich brauche. Ein tolles Zuhause und eine Tante. Hilf mir bitte. Ich will ja nur normal leben. Deine Miracle Blueberry.

Hoffnungsvoll klappte ich das Zauberbuch zu und drückte es an meine Brust. Das kleine runde Glöckchen bimmelte kurz. Nach einigen Minuten guckte ich vorsichtig nach, aber er hatte nicht geantwortet. Das enttäuschte mich nicht nur, es machte mich auch niedergeschlagen und traurig. Ich schwor mir, ihm einfach so oft zu schreiben, bis er wieder seinen schwarzen Füller nehmen und endlich antworten würde.

Keine Stunde später löste ich mein eigenes Versprechen ein und setzte den Stift erneut an.

Hallo Engel, was kann ich tun, um solche Unfälle künftig zu vermeiden? Deine Miracle Blueberry.

Und eine halbe Stunde danach schrieb ich wieder in mein Zauberbuch.

Hallo Engel, auch wenn du mich ignorierst, weiß ich, dass du meine Worte liest. Antworte mir bitte endlich. Deine Miracle Blueberry.

Grace rief nach mir, denn die letzten Sonnenstrahlen wollte sie noch unbedingt mit mir auskosten. Ich eilte zu ihr und gemeinsam marschierten wir wenige Minuten später eine ausgedehnte Runde um den See und kochten danach einen Nudelauflauf. Während dieser im Ofen garte, lief ich nach oben, um meine Mission fortzuführen.

Hallo Engel, du musst mir doch irgendwann antworten. Du als Himmelswesen erfüllst den Menschen vielleicht auch Wünsche? Wenn ja: Ich wünsche mir, endlich frei von dem Fluch zu sein! Deine Miracle Blueberry.

»Essen ist fertig!« Die Stimme von Grace klang gedämpft, weil die Tür geschlossen war.

Ich klappte das Buch zu und nahm es kurzerhand mit nach unten. Ab jetzt würde ich ihm ständig schreiben. Immer und immer wieder. In jeder Lernpause, vor dem Zähneputzen, nach dem Zähneputzen, sobald ich im Bett lag, einige Minuten später. Einzig nachts legte ich es notgedrungen aus den Händen und als ich am Morgen aufwachte, rubbelte ich mir über die Augen, schon textete ich ihn weiter zu. Seine Antworten blieben allerdings aus.

Zähneknirschend legte ich das Buch schließlich auf mein Nachtkästchen. Es war wirklich grausam, was dieser Fluch mit mir machte, durch ihn wagte ich es nicht mehr, dieses Grundstück auch nur für einen Schritt zu verlassen.

Morgen war schon der sechzehnte Oktober. Morgen hatte ich Geburtstag. Meinen sechzehnten.

Echt toll … Andere feierten an dem Tag eine große Party. Mit Freunden, Verwandten, Nachbarn. Ein genervtes Stöhnen kam aus meinem Mund. Ich ließ mich rückwärts ins Bett fallen und starrte zur blöden Decke hinauf. Es war zermürbend.

Nach einiger Zeit drehte ich mich wieder auf die Seite und zog das Zauberbuch zu mir. Nachdenklich betrachtete ich den Stoff, die aufgedruckten Schmetterlinge, die Perlen und die blaue Feder. Das Buch war wunderschön, aber es nervte mich, da er einfach nicht zurückschrieb. Es war frustrierend.

Noch ein Versuch.

Engel, nun antworte doch endlich! Ist es denn so schwer für dich, mir Hoffnung zu schenken? Vielleicht ist mein Geburtstag ja Anlass genug! Miracle Blueberry.

Da nach zehn Minuten immer noch keine Antwort gekommen war, lief ich deprimiert nach unten, um fernzusehen.

Grace bemerkte meine miserable Laune und lenkte mich mit einem Brettspiel ab. Voller Frust schrieb ich vor dem Einschlafen bestimmt noch zehn Einträge. Manche waren wütend. Einige entschuldigend. Andere flehend.

Den letzten brachte ich nicht mehr zu Ende, da mir die Augen zufielen und ich mit der Wange auf dem Buch einschlief.

Als ich die Lider wieder aufschlug, war es bereits hell und mein Zauberbuch lag offen auf meinem Nachtkästchen.

Eine knallgelbe Sonnenblume lag obendrauf.

Ich richtete mich auf und nahm gedankenlos die Sonnenblume an mich. Sie roch nach nichts, aber sie war wunderschön. Lächelnd streichelte ich über die Blütenblätter, dann fiel mein Blick unvermittelt auf das Buch. Erst jetzt erkannte ich die schwarze Tinte!

Happy Birthday, Mira. Eine Freundin wartet auf der Veranda auf dich.

Erschrocken fasste ich an meine Brust. Mein Herz war eindeutig für einen Moment stehengeblieben. Nun pochte es vor Aufregung aber umso schneller, sodass ich es bis in die Ohren hören konnte. Sie rauschten regelrecht.

»Grace!«, schrie ich laut und polterte samt Zauberbuch aus meinem Zimmer. »Tante Grace!«, rief ich wieder und wieder, während ich über die Treppe nach unten rannte. Dass ich nicht hinfiel, war schon ein Wunder.

»Was ist passiert?« Grace kam erschrocken aus der Küche. Sie hatte eine Schürze umgebunden und einen Löffel mit

Tortencreme in der Hand. Auf dem Tisch stand eine Geburtstagstorte, die sie wohl gerade verzieren wollte.

»Buch!«, rief ich und eilte an ihr vorbei. »Geantwortet! Veranda!« Ich stürmte zur Tür, riss sie auf und blieb ruckartig stehen.

Zwei braune Augen sahen mich treuherzig an. Vor mir saß ein kleiner Hund, goldbraun mit weißer Brust, ebenso mit weißer Schnauze und Stirn. Der Welpe hatte eine rote Schleife umgebunden und sah mich an, als hätte er schon zu lange auf mich gewartet.

Ich stand nur da, war wie versteinert.

Grace schob sich an mir vorbei. »Ein Hund? Wer hat den Hund hier angeleint?« Sie ging über die Veranda zur Treppe und sah sich um. Aber da war keiner.

»Ein Geschenk meines Engels.« Als ich es laut aussprach, wurde mir klar, wie wahnsinnig das klang.

»Bitte was?« Sie kam wieder zu mir.

Ich drückte ihr das Zauberbuch in die Hand und bückte mich endlich zu dem süßen Welpen hinunter. Er wedelte sofort mit dem Schwanz und schleckte meine Hand ab. Ich nahm ihn auf den Arm, um ihn zu herzen.

»Das ist unfassbar«, flüsterte Grace. Ihre Miene wechselte von überrascht über ungläubig zu nachdenklich. »Ich kann gerade nichts dazu sagen«, teilte sie mir mit. »Mein Gehirn kann das echt nicht verarbeiten.«

Ich ignorierte ihre Verwirrtheit und kicherte. Das Hundebaby schlabberte mir nämlich gerade die ganze Wange ab. »Hey, das kitzelt«, sagte ich lachend. »Wer bist du denn? Erzähl mal. Wie hat dich der Engel hierhergebracht?« Der Welpe antwortete natürlich nicht, er schleckte bloß an meinem Ohr und schnüffelte an meinen Haaren herum. Kichernd knuddelte ich ihn und vergaß dabei, dass meine Tante mit verdattertem Blick neben mir stand.

»Bist du mir böse, wenn ich Dr. Carter anrufe?«, wollte sie wissen.

Ich schaute verdutzt. »Warum willst du Martin anrufen?«

»Es ist ja nicht so, dass ich dir nicht glaube. Aber vielleicht hat er den Welpen organisiert. Dann ergäbe das alles einen Sinn für mich. Ich brauche das.«

»Steht doch im Zauberbuch, von wem der Hund ist.« Für mich war die Sache klar. Ich ging wieder ins Haus hinein und hockte mich samt Welpen auf das Sofa.

Grace kam hinterher und blickte misstrauisch zu uns.

»Das darf er doch, oder? Darf er auf das Sofa?«

»Er ist eine Sie«, stellte sie klar. »Wenn ihre Pfoten sauber sind, darf sie von mir aus auch aufs Sofa.«

Ich strahlte meiner Tante entgegen. »Das heißt, ich darf sie behalten?«

»Die Frage hat sich doch erübrigt. Du müsstest dein Gesicht sehen. Wie könnte ich dir den Hund wegnehmen, wenn sie dich schon in der kurzen Zeit so glücklich macht?«

»Juhu, du bleibst hier«, jubelte ich leise und knutschte sie ab. Daraufhin wurde sie übermütig und begann damit, an ihrer roten Schleife herumzuziehen. Ich löste den Knoten am Hals, darunter kam ein Halsband zum Vorschein, an dem eine silberne Marke mit Gravur baumelte. »Hope«, las ich laut ab. »Oh, sie hat schon einen Namen! Hallo, Hope, du zuckersüßes kleines Hundchen. Na, wo ist denn der kleine Wauwau? Ja, so fein machst du das … So ein liebes flauschiges Fellchen …«

Grace setzte sich auf die Sofalehne, während ich mich einem kleinen Anfall von Babysprache ergab, und guckte immer wieder auf den Eintrag in meinem Zauberbuch. Ich schenkte ihr kaum Beachtung, da ich so voller Glück mit Hope spielte.

Irgendwann sah ich Grace an. »Nun ruf schon Martin an und überzeuge dich, dass er nichts damit zu tun hat.«

»Das würde dich nicht stören?«

Ein kleines bisschen schon. »Nein«, antwortete ich knapp. Nach dem Anruf würde sie bestimmt davon überzeugt sein, dass es mein Engel war, der mir Hope geschenkt hatte.

»Süße, ich will nicht, dass du denkst, ich würde an dir zweifeln«, seufzte Grace und holte ihr Telefon. »Es ist nur diese innere Stimme, die keine Ruhe gibt und mir viele mögliche

Argumente liefert, warum dir ein Engel keinen Hund schenken kann.«

Ich zuckte nur mit den Schultern, da ich sie ja verstand. Grace hatte den Engel noch nie gesehen, natürlich war das alles sonderbar für sie.

Rasch widmete ich mich wieder Hope und schmuste mit ihr. Sie war so was von niedlich, ihre weißen Pfötchen und vor allem die weiße Schnauze gefielen mir.

»Wir werden bestimmt gute Freundinnen«, flüsterte ich in ihr Ohr. »Du kannst dem Engel sagen, dass ich mich sehr über sein Geschenk freue. Aber das ändert nichts daran, dass ich auch Menschenfreunde brauche.« Das würde ich ihm heute bestimmt noch ins Zauberbuch schreiben.

Hope sprang an mir hoch und schnüffelte schwanzwedelnd an meinem Hals.

»Hi, Dr. Carter, entschuldigen Sie die frühe Störung …« Grace ging in die Küche, um dort ungestört zu telefonieren. Bald darauf kam sie zurück. »Er hat dir keinen Hund geschenkt, sein Paket beinhaltet deine Lieblingsschokolade, es sollte heute noch ankommen«, teilte sie mir enttäuscht mit.

»Fall geklärt.« Wusste ich ja schon. Nun wusste sie es auch. »Auf die Schokolade freu ich mich!«

»Ich werde das Gefühl nicht los, dass es vielleicht auch wer aus Sunville gewesen sein könnte«, sinnierte sie laut.

Ich verdrehte die Augen. »Echt jetzt? Wer denn? Es kennt mich hier doch keiner!« Wie kam sie auf so etwas?

»Na ja, da war dein Unfall … Vielleicht hatte jemand Mitleid und herausgefunden, wo du wohnst, und wollte dir eine Freude machen.«

»Nein. Keiner verschenkt einen Hund an jemand Fremden!«, stoppte ich ihren Gedankengang. »Das war der Engel. Er hat mir ins Zauberbuch geschrieben und mir eine Sonnenblume geschenkt.« So viele Beweise und sie sah sie nicht!

»Eine Sonnenblume?«

Ich rannte nach oben, holte die Blume und drückte sie Grace in die Hand. »Die lag heut Morgen in meinem Zimmer, direkt auf dem Buch.«

Sie blies langsam die Luft aus. »Also, dazu fällt mir jetzt auch nichts mehr ein.«

»Den Engel gibt es wirklich. Er existiert! Versteh das doch endlich.«

Grace nickte kaum merklich und seufzte ganz leise. »Ich wollte dich mit einer Torte überraschen.« Das klang eher nach einer Entschuldigung. Als wäre ihr Geschenk weniger wert als das des Engels. Okay, der zuckersüße Welpe war wirklich nicht zu toppen, dennoch freute ich mich total über ihre Torte.

»Die Überraschung ist dir gelungen!«, tönte ich deshalb übertrieben dankbar. »Kann ich dir helfen, sie fertig zu verzieren?«

»Das wirst du schön bleiben lassen. Ich stelle jetzt deine Sonnenblume ins Wasser und mache die Torte fertig. Du gehst bitte mit Hope Gassi, damit sie nicht auf den Teppich pinkelt. Du weißt schon, dass ein Hund viel Arbeit ist?«

»Ja!«, rief ich und strahlte vor Freude. »Ich werde ihr viele Tricks beibringen!«

»Dann fang schon mal damit an und bringe ihr den wichtigsten Trick bei: stubenrein zu werden. So, wie sie gerade herumschnüffelt, muss sie dringend nach draußen.«

Ich sprang auf, schlüpfte in die Schuhe und rannte mit Hope so lange auf der Wiese herum, bis sie ihr Geschäft verrichtet hatte. Ihre feuchten Pfoten hinterließen einige Spuren, als wir anschließend in die Küche gingen, in der Grace gerade die Kerzen auf die Torte steckte. Ich holte mir ein Küchentuch und wischte den Boden damit sauber.

»Happy Birthday, Süße.« Lächelnd entzündete meine Tante die Lichter und stimmte ein kurzes Lied an. Ich pustete sofort freudig die kleinen Flammen aus.

Mein Wunsch war klar: Vom Fluch befreit zu werden.

Grace holte mein Geschenk, doch das war nicht nur eines, sondern viele. Sie kam mit riesengroßen Einkaufstüten anmarschiert. »Ich hoffe, das passt dir alles. Entschuldige, dass ich nichts verpackt habe, aber das wären einfach zu viele Päckchen geworden«, sagte sie und begann damit, ein Kleidungsstück nach dem anderen aus den Tüten zu ziehen.

»Das ist ja eine komplett neue Garderobe!« Ich staunte. »Danke! Das sind ja super Teile.« Ich freute mich tierisch darüber. Endlich Klamotten, die nicht abgetragen waren, und endlich schöne Unterwäsche! Grace hatte an alles gedacht. Sogar an Turnschuhe und Winterstiefel.

Nach der Modenschau – ja, ich probierte übereifrig alles an – machten wir uns über die Torte her. Sie schmeckte herrlich nach Buttercreme und Blaubeeren, Grace war einfach die beste Tante der Welt!

Etwas später setzte ich mich wieder auf das Sofa und schmuste ausgiebig mit Hope. Es war Liebe auf den ersten Blick!

Grace war inzwischen nach Sunville gefahren und kam mit Futter, Leine und Spielzeug zurück. Ich freute mich so sehr darüber, vor allem, da sich Grace ebenfalls schnell in den süßen Welpen verliebte.

Die Anfangszeit mit Hope war aufregend, ich brachte ihr viel bei und sie lernte schnell. Wir kuschelten, knutschten, spielten, rannten herum und schliefen gemeinsam. Der Engel hatte mit seinem Geschenk recht behalten: Diese Freundin hatte ich wirklich dringend gebraucht. Ihre Anwesenheit ließ den Unfall beim Juwelierladen schnell verblassen.

Als Dankeschön druckte ich ein Foto von Hope aus und klebte es in das Zauberbuch.

Mit einem riesengroßen Danke darunter.

Einige Wochen vergingen, der Herbst neigte sich dem Ende zu und der Winter hielt Einzug. Als ich eines Morgens sorglos aufwachte und aus dem Fenster blickte, hätte ich vor Freude am liebsten laut gekreischt. Die Landschaft war überzogen mit einer wunderbaren weißen Schneedecke, viele dicke Flocken fielen tänzelnd vom Himmel. Ich rannte mit Hope die Treppe hinunter, schlüpfte noch in Schlafklamotten in meine Stiefel und eilte hinaus.

Direkt in der Einfahrt blieb ich stehen, reckte das Gesicht nach oben und streckte beide Arme zur Seite.

Oh, wie gut sich das anfühlte! Das war mein erster Schnee seit vielen, vielen Jahren!

Hope bellte vor Freude und tollte umher. Für sie war Schnee komplett neu. Ich musste kichern und nahm sie hoch. »Na, Olaf, du Schneemännchen, du siehst ja aus wie überzuckert.« Ich wischte über ihren Kopf, darunter kam das Fell wieder zum Vorschein.

Wir stapften zurück ins Haus. Nach einem schnellen Frühstück schippten Grace und ich den Schnee aus der Einfahrt und freuten uns über den ersten gemeinsamen Schneemann.

Weitere Wochen zogen ins Land, die Zeit verging so rasant, das lag bestimmt daran, dass ich mich hier so glücklich fühlte. Ehe ich mich versah, war Anfang Dezember. Bald stand Weihnachten vor der Tür.

Grace war schon vor Stunden losgefahren, um einen Baum zu besorgen. Ich hörte sie hupen, als sie in die Einfahrt fuhr. Natürlich rannte ich sofort raus und musste lachen.

»Das ist kein Baum, das ist ein Monster!«

Der Baum war riesig, er bedeckte das komplette Autodach und ragte hinten weit darüber hinaus.

»Unser erstes gemeinsames Weihnachtsfest!«, trällerte Grace gut gelaunt. »Ich will, dass es unvergesslich für dich wird!«

»Das ist es jetzt schon.« Ich strahlte. »In der Jugendpsychiatrie gab es immer nur einen ganz kleinen Baum. Dafür am Weihnachtstag warme Kekse.«

»Die Kekse musst du dir erst noch verdienen«, witzelte Grace übermütig und begann damit, die Schnüre vom Dachträger zu lösen. »Hilf mir bitte, unser Weihnachtsmonster hinein zu tragen. Dann machen wir uns heiße Schokolade und schmücken ihn.«

Wir holten den Baum vom silbernen Honda und trugen ihn ins Wohnzimmer. Grace fand schnell den perfekten Platz dafür, direkt neben dem Fenster und nahe beim Sofa.

Nicht nur die heiße Schokolade zauberte mir glückliche rote Wangen, sondern vor allem das Schmücken des Baumes. Am Abend hatte sich das *Monster* in einen wunderschönen Weihnachtstraum verwandelt, er leuchtete und funkelte in vielen Farben, sodass ich mich kaum sattsehen konnte.

Natürlich schickte ich Martin ein Foto davon und es dauerte nicht lange, schon schrieb er zurück: *Wow, Miracle, den tollen Baum hätten wir auch gerne in der Klinik.*

Ich antwortete ihm mit einigen passenden Smileys, dann musste ich das Handy weglegen, denn Hope fand gerade Spaß daran, mit den Weihnachtskugeln zu spielen. Davon musste ich sie dringend abhalten.

Später, als ich im Bett lag, erfüllte mich immer noch das glückselige Gefühl des heutigen Tages. Ich nahm mein Zauberbuch zur Hand und schrieb meinem Engel.

Hallo lieber Engel, bald ist Weihnachten. Ich freue mich schon sehr darauf und gleichzeitig habe ich eine riesengroße Angst davor, denn Aline wird zum Fest zu uns kommen. Darum habe ich zu Weihnachten nur einen einzigen Wunsch: Bitte, beschütze sie vor meinem Fluch. Sie muss leben und darf nicht sterben. Hörst du? Wird sie vielleicht auch so alt wie Tante Grace? Verrätst du es mir? Oder kannst du sie auch so beschützen wie Martin? Deine Miracle Blueberry.

Ich legte das Buch offen auf mein Nachtkästchen und hoffte, er würde mir antworten, um mich zu beruhigen. Denn je näher Alines Ankunft rückte, desto nervöser wurde ich.

Gleich am nächsten Morgen sah ich erwartungsvoll nach. Und wurde enttäuscht. Keine Antwort. Das machte mich unsagbar traurig, meine alten Ängste wuchsen dadurch wieder.

Sie ließen mich auch am Vormittag während meines Unterrichts nicht in Ruhe, und so sehr ich mich abmühte, ich blickte ständig ins Zauberbuch, welches offen neben mir auf dem Schreibtisch lag. Zu meinem Bedauern wartete ich vergeblich. Er antwortete nicht.

Zur Mittagszeit kam Tante Grace ins Zimmer. Sie brachte die frische Wäsche und stellte den Korb neben dem Kleiderschrank ab.

Danach warf sie einen prüfenden Blick auf meine Schulunterlagen. »Kommst du gut voran? Wenn du Unterstützung brauchst, sag es ruhig.«

»Geht schon«, murmelte ich und tippte meinen Satz noch zu Ende. »Danke für die Wäsche.«

»Mach ich doch gerne.« Sie lächelte, dann veränderte sich ihr Blick, denn sie schaute auf mein offenliegendes Zauberbuch. »Denkst du, Aline ist in Gefahr?« An ihren Augen konnte ich die Angst um ihre Freundin ablesen.

»Ich wollte dich nicht beunruhigen«, sagte ich hastig und klappte es zu. »Das hättest du nicht sehen sollen.«

»Tut mir leid. Das lag da so …«

»Mein Fehler.« Ich drehte mich zu ihr. »Tante Grace, ich mache mir einfach nur Sorgen. Schon zu viele Menschen sind wegen mir gestorben, darum hoffe ich auf eine Antwort von meinem Engel.«

Grace schwieg einen Moment. Auf ihrem Gesicht zeichneten sich viele Sorgen ab. »Ich hatte bereits die gleichen Gedanken, aber ich habe sie bis jetzt immer verdrängt.«

Nun schwiegen wir beide.

Ich wusste gerade nicht, was ich sagen sollte. Mein Leben war in den letzten Wochen zu schön gewesen, ich wollte nicht glauben, dass wieder ein so schreckliches Unglück geschehen könnte.

»Der Engel wird antworten, dann wissen wir mehr«, versprach ich ihr, obwohl ich das nicht konnte. Sie zu trösten, war jedoch das einzig Richtige in dem Moment.

»Ich hoffe es.« Sie sagte es leise, dennoch spürte ich das Gewicht ihrer Worte. Dann lächelte sie ein wenig. »Bestimmt wird alles gutgehen.«

Herrje. Nun tröstete sie tatsächlich mich. Um sie nicht weiter zu beunruhigen, stieg ich darauf ein. »Ich freue mich schon, wenn Aline endlich da ist.«

»Ich vermisse sie schrecklich.«

»Das weiß ich, Tante Grace. Danke, dass du meinetwegen so lange auf sie verzichtest.«

Sie bückte sich zu mir und küsste meine Wange. »Hab dich lieb, Süße.« Dann ging sie aus meinem Zimmer und ich schlug sofort das Zauberbuch wieder auf.

Lieber Engel, dieses Mal musst du mir antworten. Das ist verdammt wichtig, hörst du! In nicht mal drei Wochen kommt Aline.

Versichere mir bitte sofort, dass es ihr in meiner Nähe gut gehen wird! Danke!

Dieses Mal klappte ich es zu und verstaute es in meinem Nachtkästchen, damit Grace nicht wieder aus Versehen einen Blick hineinwerfen konnte.

Mein Engel antwortete den ganzen Nachmittag nicht. Ständig guckte ich nach, irgendwann ließ ich es bleiben. Es waren ja noch fast drei Wochen bis zu ihrer Ankunft. Sie wollte am einundzwanzigsten Dezember kommen, Grace hatte diesen besonderen Tag bereits mit Leuchtstift im Kalender angemalt.

Am Abend schrieb ich die nächste Nachricht. Am nächsten Morgen eine weitere. Dass er nicht antwortete, frustrierte mich immer mehr. Es wäre ja nicht so gewesen, dass es ihn große Mühe gekostet hätte. Ein paar Zeilen zu schreiben, war bestimmt nicht zu viel verlangt! Vor allem bei diesen besonders lebenswichtigen Fragen.

Eine ganze Woche verging, ehe es geschah.

Ich hatte mir gerade im Badezimmer die Zähne geputzt, lief zurück in mein Zimmer und konnte meinen Augen kaum trauen. Das Buch lag geöffnet auf meinem Bett, eine große Tafel meiner Lieblingsschokolade lag daneben. Mit pochendem Herzen stürmte ich regelrecht hin und las die heiß ersehnte Antwort.

Mira, bitte glaube mir. Ich verspreche, alles zu tun, was in meiner Macht steht, um euch zu beschützen.

Mein Herz machte einen freudigen Sprung. Ich behielt das Zauberbuch in der Hand, rannte, so schnell mich meine Beine tragen konnten, zu Grace, die im Wohnzimmer vor dem Fernseher saß. »Schau! Er hat geantwortet!«, jubelte ich vor Freude und gab es ihr so schwungvoll, dass das kleine runde Glöckchen bimmelte.

Sie überflog die Zeilen, fasste sich sofort erleichtert an die Brust. »Oh Gott, nun kann ich endlich wieder ruhig schlafen.«

»Ich auch.« Ich ließ mich beschwingt auf das Sofa plumpsen und fühlte mich um einige Sorgen und Ängste leichter. »Dieses Weihnachtsfest wird perfekt.« Lächelnd sah ich zu Tante Grace.

Diese prägte sich die Antwort meines Engels offenbar gut ein, denn sie schaute immer noch darauf.

»Ja, es wird perfekt werden«, sagte sie endlich und erwiderte mein Lächeln.

Ich nahm das Buch wieder an mich und lief nach oben. Dort schlüpfte ich unter die Bettdecke und schrieb dem Engel ein riesengroßes Dankeschön unter seinen Eintrag. Die Schokolade legte ich in die Schublade meines Nachtkästchens, danach kuschelte ich mich an Hope und schlief ein.

Der einundzwanzigste Dezember stand bald vor der Tür. Grace fieberte dem besonderen Datum entgegen, strich im Kalender die vergangenen Tage aus. Ich freute mich mit ihr. Nur noch zweimal schlafen, dann würde ich endlich Aline kennenlernen. Wir backten extra viele Kekse, das komplette Haus roch nach warmem Gebäck und Weihnachtsdüften. Aus der Stereoanlage in der Küche tönte gerade passende Musik, ich tauchte mit Grace am Küchentisch die Kekse in flüssige Schokolade, da klingelte ihr Smartphone.

»Oh Chérie«, säuselte sie, stand auf und plapperte weiter auf Französisch.

Ich verstand natürlich kein Wort, an der Tonlage von Grace erkannte ich jedoch, dass Aline keine guten Neuigkeiten hatte. Es war ein sehr kurzes Gespräch.

»Sie kommt nicht«, teilte mir Grace traurig mit und setzte sich wieder an den Tisch. Sie verbarg ihre Tränen vor mir und wischte sich über die Augen.

»Ist was passiert?«, fragte ich vorsichtig nach.

»Nichts allzu Schlimmes«, beruhigte sie mich schnell. »Aber ihre Mutter muss an der Hüfte operiert werden, Aline wird bei ihr bleiben, bis sie sich wieder selbstständig versorgen kann.«

Meine Gedanken wirbelten nur so in meinem Kopf herum. Grace traurig zu sehen, fühlte sich nicht gut an. »Du musst zu ihr fliegen, Tante Grace. Wenn genügend Lebensmittel hier sind, kann ich mich gut selbst versorgen.«

»Oh, Süße, das geht nicht. Ich kann und darf dich hier nicht alleine lassen.«

»Du würdest aber gerne zu ihr fahren, oder?«

»Ja, natürlich. Ich vermisse sie sehr.«

»Nach den Weihnachtsferien beginnst du aber deine Arbeit an der Shadylight Academy, der beste Zeitpunkt, um nach Frankreich zu fahren, ist jetzt.«

Grace seufzte langgezogen. »Ich kann dich nicht alleine lassen. Das geht nicht.«

Ein drückendes Schweigen legte sich zwischen uns. Im Hintergrund lief ein fröhliches Weihnachtslied von The Jackson Five, die gute Stimmung war jedoch hinüber. Grace blieb noch kurz sitzen, dann verließ sie wortlos die Küche. Ich schaute ihr traurig hinterher. Während ich die Kekse fertig dekorierte, zermarterte ich mir meinen Kopf, wie ich sie umstimmen könnte, trotzdem zu fliegen. Dann fiel mir Martin ein, ich schrieb ihm sofort und fragte, ob er in den Weihnachtsferien zu mir kommen könnte und erklärte ihm die Situation. Er war ja der Einzige, den ich fragen konnte.

Seine Antwort kam rasch: *Miracle, das tut mir so leid. Leider kann ich zu dieser Jahreszeit nicht fort. Wir haben zu viele Neuzugänge in der Abteilung und ich habe keine Vertretung. Nur die Ärzte mit eigenen Familien und Kindern bekommen derzeit frei, ich muss leider die Stellung halten.*

Enttäuscht las ich seine Zeilen und antwortete ihm.

Okay, danke. Fragen kostet ja nichts. Wünsche dir schöne Weihnachtstage.

Wieder einmal hasste ich meine Situation. Wäre da nicht dieser blöde Fluch, könnte Grace jemand anderen zum Aufpassen herholen oder mich einfach allein lassen. Mit sechzehn war ich ja nun wirklich kein Kind mehr.

Und doch fühlte ich mich manchmal so.

Durch das Fortbleiben von Aline war unser Weihnachtsfest einige Tage später sehr betrübt. Grace bemühte sich sehr, richtige Stimmung wollte jedoch keine aufkommen. Ich wollte sie trösten und lenkte sie so gut wie möglich ab. Meine Tante blieb dennoch traurig, was mich nicht verwunderte. Ihre Stimmung hob sich erst wieder, als sie nach den Ferien ihre Arbeit an der

Shadylight Academy begann. Nun konnte sie wieder künstlerisch tätig sein, sie strahlte regelrecht und zeigte mir ihre ersten Werke aus Ton. Wunderschöne Engelsfiguren, bunte Schalen und Becher sowie Dekostecker für den Garten.

Ich hing förmlich an ihren Lippen, wann immer sie mir von den Schülern erzählte, denn es waren schließlich meine ersten Erfahrungen mit einer richtigen Highschool. Ich selbst lernte immer noch allein am Laptop und sehnte mich trotz meiner Angst danach, in eine normale Schule zu gehen. Da Grace von meinem Fluch wusste und den Unfall samt meinem Sterben im Juweliergeschäft miterlebt hatte, war das Thema Schulbesuch natürlich komplett vom Tisch.

Meinen Highschool-Abschluss würde ich online machen.

Leider war ich dazu verdonnert, dieses einsame Leben zu führen, um andere Menschen vor meinem Fluch zu beschützen.

Wenigstens hatte ich Grace und Hope und ein tolles Grundstück samt See. Zumindest dieses Glück zu haben, fühlte sich gut an.

Der Winter zog an uns vorüber, Januar und Februar waren klirrend kalt, daher freuten wir uns, als im Frühling die Sonne endlich wieder mehr Wärme brachte und die ersten Tulpen blühten.

Sobald die Tulpen wiederum verblüht waren, legten wir uns einen Gemüsegarten an. Die Radieschen und Karotten wuchsen unter meiner Pflege besonders gut. Ich liebte es, unseren tollen Garten mit Grace in eine frühsommerliche Farbenpracht zu verwandeln. Sie verzauberte ihn mit ihren Tonfiguren, ebenso die Veranda, dort standen bald überall kunstvolle Dinge.

Hope war inzwischen zu einer wunderschönen Junghündin herangewachsen. Ihr goldbraunes Fell am Rücken strahlte regelrecht, wenn die Sonne darauf schien. Sie liebte es, in den Maulwurfshügeln auf der Wiese hinter dem Haus zu buddeln und zu schwimmen. Sobald es warm genug war, plantschte ich mit ihr in unserem traumhaften kleinen See herum.

Aline unternahm drei weitere Versuche, um zu uns zu kommen. Doch jedes Mal, wenn sie ihren Flug gebucht und die Koffer gepackt hatte, brauchte ihre Mutter sie wieder dringend. Die bereits betagte Dame hatte sich zwar gut von der schweren Hüftoperation erholt, aber es gab ein paar Rückschläge, was die Reha betraf.

Grace war daher völlig aus dem Häuschen, als ihr Aline das heiß ersehnte, dieses Mal wirklich endgültige Ankunftsdatum mitteilte: zweiter Juni. Dieser wichtige Sommertag rückte schnell näher, dieses Mal verdunkelten keine ängstlichen Gedanken meinen Himmel, denn Aline würde es hier gutgehen, mein Engel würde sie beschützen. Das stand schwarz auf weiß in meinem Zauberbuch und ich vertraute darauf.

Um ihre geliebte Aline, die begnadete Sterneköchin, zu überraschen, besorgte Grace einen nagelneuen und äußerst modernen Gasgrill. Wir schmückten ihn mit einer großen roten Schleife und schoben ihn hinters Haus zwischen den Gartentisch und die knallbunten Blumenrabatten.

Grace fuhr am zweiten Juni gleich am Morgen, schon vier Stunden eher, los, um ihre Liebste vom Flughafen abzuholen. Ich freute mich für sie und nutzte die Wartezeit für einen ausgedehnten Spaziergang mit Hope. Dabei warf ich meiner Hündin immer wieder ein Stöckchen. Sie liebte diese Art von Spiel und da ich so viel Zeit mit ihr verbrachte, hörte sie inzwischen recht gut auf meine Kommandos. Es brauchte meistens nur einen Pfiff, schon stoppte sie das Herumschnüffeln und raste zu mir zurück.

Der Engel hatte mir mit dieser Freundin wahrhaftig Hoffnung geschenkt. Ohne sie wäre mein Alltag einfach zu eintönig gewesen. Hartnäckig, wie ich war, hatte ich dem Engel eine ganze Weile lang immer wieder dieselben Fragen geschrieben, aber eine Antwort blieb er mir noch immer schuldig. Irgendwann hatte ich es bleiben lassen und mein Zauberbuch endgültig im Nachtkästchen verstaut, es brachte ja nichts und ich wollte mich nicht verrückt machen.

»Wir gehen besser wieder zurück, Hope.« Langsam schlenderte ich weiter. Hope rannte zu dem Stöckchen zurück, nahm es ins Maul und lief an mir vorbei, um es vor mir mitten auf den Weg zu legen. Ihre Spielaufforderung an mich. Ich nahm den Ast hoch und warf ihn weit von mir fort.

Das tat ich einige Male, während wir zum Haus zurückschlenderten. Unsere Ankunft war genau richtig, denn ich konnte bereits sehen, wie Grace' silberner Honda heranfuhr. Wir begannen zu rennen. Hope war natürlich vor mir da und begrüßte Grace mit fröhlichem Bellen und aufgeregtem Schwanzwedeln.

»Une fille si belle!« Aline lachte, als sie ausstieg. »Oh, wie wunderschön du doch bist!« Sie kam mir sofort mit offenen Armen entgegen. »Ich habe so lange gewartet, um dich endlich umarmen zu können!«

Ihr Akzent klang total interessant. Sie trug ihre dunklen Haare ganz kurz, was ihr außerordentlich gut stand, vor allem kamen so die vielen Ohrringe gut zur Geltung. Ich mochte sie sofort, es war so schön, dass sie hier war.

Nun war unsere Familie vollständig.

»Hi Aline, endlich bist du da«, erwiderte ich und ließ das überschwängliche und herzliche Umarmen über mich ergehen. Die europäische Mentalität war sofort erkennbar, denn die Umarmung dauerte lange an und sie lachte und plapperte auf Französisch weiter, während sie mich schunkelte und herzte. Ich verstand kein Wort, aber das war mir egal. Trotzdem nahm ich mir vor, in der nächsten Schulstufe heimlich Französisch zu belegen. Das wäre bestimmt eine schöne Überraschung für Aline.

»Ich glaube, sie bekommt keine Luft mehr«, kommentierte meine Tante grinsend.

Aline ließ mich laut lachend los. »Es ist doch alles gut, Demoiselle?«

»Klar, es ist alles gut«, bestätigte ich und half ihr mit dem Gepäck.

Der ganze Wagen war voll, wir mussten ein paarmal laufen, um alles ins Haus zu bringen. Danach gingen wir in die Küche.

Grace setzte sofort Kaffee auf und plapperte mit Aline so schnell in ihrer Sprache, dass ich kaum ein einzelnes Wort heraushören konnte. Manchmal fiel, so glaubte ich, mein Name. Mehr verstand ich allerdings nicht. Das war auch der Grund, warum ich mich entschuldigte und erklärte, dass ich noch viele Hausaufgaben zu erledigen hätte. In Wahrheit wollte ich den beiden den Moment für sich geben. Tante Grace hatte so lange auf ihre Freundin verzichten müssen, dass ich ihnen diese gemeinsame Zeit von Herzen gönnte.

Einige Stunden später, nachdem sich Aline am Nachmittag etwas hingelegt und von der langen Reise erholt hatte, holte mich Grace, um ihrer Freundin unsere Überraschung zu zeigen. Wir brachten sie hinter das Haus.

»Oh, wie wunderbar!« Aline war sofort begeistert von dem modernen Gasgrill und bedankte sich überschwänglich bei uns. »Ich werde euch heute ein Essen zubereiten, welches ihr nicht so schnell vergessen werdet!«

Grace warf mir einen lachenden Blick zu. »Wir sind ausgehungert, Chérie, du kannst sofort loslegen. Miracle hilft dir bestimmt gerne, sie ist sehr neugierig, was das Kochen betrifft.« Sie zwinkerte mir zu.

Damit hatte sie nicht unrecht, selbst zu kochen, war etwas, was mir in der Klinik jahrelang verwehrt worden war. Ich griff zur Grillzange und hob sie hoch.

»Bin startklar«, sagte ich kichernd.

Gut gelaunt gingen wir in die Küche und während Grace und Aline das Fleisch vorbereiteten, deckte ich den Tisch, stellte eine kleine Vase in die Mitte und pflückte ein paar Blumen aus unserem Garten. Aline sollte sich bei uns wohlfühlen und ich wollte ihr zeigen, wie gern ich sie hier hatte.

Danach holte ich die Salate und Soßen aus der Küche, es dauerte nicht lange, da kamen die beiden ebenfalls hinter das Haus. Schon kurz darauf brutzelte unser Essen auf dem Grill. Es roch herrlich, wir setzten uns einen Moment, während wir warteten, bis es fertig war.

Die beiden schauten sich ständig tief in die Augen, ich spürte, wie sehr sie sich liebten. Ich gab ihnen kurz Zeit für sich und ging zum Grill, um die Würstchen zu begutachten. Sie würden bald fertig sein, das restliche Fleisch dauerte noch etwas.

Ohne zu hinterfragen, nahm ich die Grillzange und wendete die Würstchen und alles andere.

»Demoiselle! Nicht das Fleisch!«, tadelte Aline und kam zu mir herüber.

Grace blieb sitzen und goss schon mal Limonade in die Gläser. Da ich das Fleisch bereits in der Grillzange hatte, legte ich es wieder auf dieselbe Seite zurück. Auf keinen Fall wollte ich Aline verärgern. Unsere Küchenchefin ließ es sich nicht nehmen, alle Stücke genauestens zu überprüfen. Da ich lernen wollte, auch so gut zu kochen wie sie, beobachtete ich all ihre Handbewegungen.

Aline legte eine Hand auf meine Schulter und streichelte mich leicht. »Grace hatte recht, du bist eine ganz bezaubernde junge Dame. Wir werden viel Spaß zusammen haben.«

»Davon bin ich überzeugt. Grace ist so glücklich, dass du hier bist, und ich auch.«

Aline ließ mich los und würzte das Fleisch noch etwas nach. »Wenn dir die Küche so große Freude macht, können wir morgen Cupcakes backen. Hast du Lust darauf?«

Meine Augen wurden groß, denn meine Fantasie spielte sofort verrückt. Schon oft hatte ich im Fernsehen Backwettbewerbe geguckt und die kuriosesten Verzierungen bewundert, ich konnte mich an den knalligen Farben nie sattsehen. »Kannst du mir zeigen, wie man diese bunten Zierfiguren zaubert?«

Ihre Augen leuchteten so fröhlich. »Ich kenne alle Tricks! Oh Demoiselle, das wird uns beiden großen Spaß machen!«

Mein Herz pochte vor Freude. Nun war sie endlich hier, wir waren schon jetzt eine richtige Familie und Grace so glücklich zu sehen, fühlte sich einfach nur gut an.

Plötzlich ertönte ein lauter Knall.

Es warf uns beide durch die Luft, die unerträgliche Hitze des Feuers war sofort überall.

Hilfe! Ich brannte lichterloh! Alles, was ich wahrnahm, waren Flammen, sie verzehrten meine Haut, die Haare, mein Leben.

Panische Schreie von Grace vermischten sich mit dem lauten Gebell von Hope. Durch die Explosion und das Feuer war ich nicht mehr in der Lage, zu atmen. Der Tod brach binnen Sekunden so schnell und unbarmherzig über mich herein, dass ich ihn erst verstand, als ich die hellen Schattierungen meines Engels sah.

Das Ultimatum

»Warum?«, schrie ich verzweifelt und wütend in seine Richtung. »Warum lässt du das zu? Warum kannst du mich nicht vor diesem Fluch beschützen? Warum nur vor dem Tod? Und warum musste das jetzt wieder passieren? Was hast du mit mir vor? Du hast versprochen, dass du uns beschützt! Du Lügner! Ich hasse dich!« Ich war am Ende und wenn ich ehrlich war, wollte ich nicht mehr zurück ins Leben. Obwohl ich nicht gesehen hatte, was genau mit Aline geschehen war, so wusste ich durch meine vergangenen Erfahrungen genau, dass sie die Explosion nicht überlebt hatte. »Ich habe so lange auf eine Familie verzichten müssen! Kaum sind wir vereint, werden wir wieder auseinandergerissen! Wie kann ich Grace noch in die Augen schauen? Wie?«

Der Engel antwortete nicht. Seine verschwommenen Umrisse näherten sich mir immer mehr. Meine Verzweiflung wurde größer, je näher er mir kam. Nur jetzt, nur hier, im Angesicht des Todes konnte ich ihn direkt zur Rede stellen. Nur jetzt, da mein Körper tot war und ich in einer Art Zwischenwelt schwebte, hatte ich wirklichen Zugang zu ihm. Das Zauberbuch war nichts im Vergleich zu diesem direkten Moment.

»Bitte, rede endlich mit mir!«, flehte ich. »Bitte, antworte mir!«

Um uns herum war es komplett schwarz. Es war nicht diese mir bekannte Dunkelheit, die mir Angst machte, sondern die Tatsache, vollkommen hilflos und auf ihn angewiesen zu sein.

Kraftlos sank ich auf die Knie. »Ich bitte dich … bitte, rede mit mir …« Meine Stimme war nur noch ein Nebelhauch in der Unendlichkeit.

Da berührte er mich sanft an der Wange, seine Berührung fühlte sich an, als würde er meine Seele streicheln. Ich wollte etwas sagen und konnte es nicht mehr, ich fühlte nur noch diese kurze, aber tiefe Berührung. Vergeblich versuchte ich, sein Gesicht zu erkennen, spürte nur seine Finger auf meiner Haut.

Dieses warme Licht um ihn herum entmachtete mich, es brachte mich zum Schweigen, wieder war da diese Vertrautheit zwischen uns, diese besondere Verbindung, die bereits seit so vielen Jahren bestand. Und dann nahm ich seinen Kuss auf meiner Stirn wahr. Der Kuss meines Engels, der nur mich von dem kalten Tod befreite und ins Leben zurückschickte.

Mir stockte der Atem, es stank nach Rauch und verbranntem Fleisch. Meine Kleidung war schwarz wie die eines Schornsteinfegers, sie dampfte immer noch wegen der Hitze und hatte einige löchrige Brandstellen. Aus meiner Kehle drang ein hoher Schrei, der so verzweifelt klang, dass ich ihn selbst nicht ertrug. Er hörte nicht auf. Der Schrei schmerzte in meinem Hals wie tausende von Nadeln.

Aline lag nicht weit von mir entfernt und brannte immer noch. Grace kam gerade mit dem Feuerlöscher aus dem Haus gerannt, aber für ihre Freundin war es zu spät. Sie war tot. Das war so unfassbar. Sie hatte wegen mir sterben müssen. Ich schrie und schrie und tat das Einzige, was ich in diesem Moment tun konnte: Ich lief davon.

Meine Sicht war durch die vielen Tränen verschwommen, und es war mir egal, ob ich etwas sehen konnte. Nichts war mehr von Belang. Ich verdiente dieses Leben nicht. Wie würde ich meiner Tante jemals wieder in die Augen sehen können? Ich hatte ihre große Liebe ermordet! Sie würde mich auf ewig dafür hassen! Ich hasste mich ja selbst dafür.

Ich flüchtete in den Wald, meine Hündin winselte qualvoll und rannte mir hinterher. Dünne Äste schlugen mir ins Gesicht, sie kratzen über meine Haut. Ich kämpfte mich durch Büsche, raste zwischen den Bäumen hindurch und wollte mich am liebsten in Luft auflösen.

Während ich rannte, kam diese tiefe Angst in mir hoch, sie nahm mir meine Atemluft.

Meine Finger krallten sich panisch an einem Baumstamm fest, aber ich rutschte ab. Keuchend brach ich auf dem Waldboden zusammen, rollte einen Hang hinunter und blieb in hohem

Gras liegen. Mit letzter Kraft versuchte ich, genügend Sauerstoff in meine Lungen zu bekommen, bis mir schwindelig wurde und mich eine lange Ohnmacht ereilte.

Diese Schwärze war willkommen, sie wirkte erlösend.

Ich lag auf der Erde im Gras, Hope hatte sich neben mir zusammengerollt, ich spürte ihre warme Nähe. Eine Mondsichel schimmerte durch die Blätter der Bäume über mir und es war kühl geworden, sodass es mich fröstelte. Ich wollte mich bewegen, aber es ging nicht. Weder meine Beine noch meine Arme gehorchten mir.

Wie erstarrt lag ich da, hatte den schwarzen Nachthimmel mit unzähligen Sternen über mir und das Einzige, was ich machen konnte, war, zu weinen.

Die Tränen flossen nur so über meine Wangen, sie wollten nicht versiegen.

Mir war so kalt.

Mein Kopf tat so weh.

Dann wurde es wieder dunkel, eine erneute Ohnmacht brachte mich wieder lange fort. Geweckt wurde ich in den frühen Morgenstunden von Hope, die mir über das Gesicht schleckte, an meinen Händen zog und laut bellte.

Ich wollte sie anfassen oder ansehen, aber es ging nicht, denn ich konnte kaum was erkennen und sah nur schemenhaft, dafür hörte ich gut. Da war ein Stimmengewirr, es kam immer näher.

»Hier drüben ist sie!«, rief ein Mann. Schon kamen alle angerannt, lautes Getrampel erschütterte den Boden, Hunde bellten durcheinander. Der Mann war zuerst bei mir. »Wir haben die ganze Nacht nach dir gesucht …« Seine Stimme entfernte sich von mir.

Erst im Krankenhaus wurde ich wieder wach. Ich blinzelte benommen und hatte Mühe, mich zu orientieren.

Warum war ich hier?

Sowie meine Erinnerungen zurückkamen, wollte ich lieber wieder in die Ohnmacht flüchten, die Realität war einfach zu grausam für mich. Viel zu viele Tode hatte ich bereits über mich ergehen lassen müssen, unzählige Menschen waren wegen mir gestorben. Jetzt damit klarkommen zu müssen, auch noch Aline ermordet zu haben, war ein Ding der Unmöglichkeit für mich.

Das dachten sich bestimmt auch die Ärzte, denn man hatte mir meine linke Hand an die Metallstangen des Bettes gebunden. Dadurch konnte ich nicht mehr fortlaufen, musste mich dem stellen, was nun kommen würde.

Ich wollte so gern sterben, in diesem Moment erschien mir der endgültige Tod als einzige Lösung.

Dieses unbändige Gefühl verstärkte sich noch mehr, als Tante Grace ins Zimmer kam. Ihr Gesicht war verheult, ihr Blick besorgt. Ich schämte mich in diesem Augenblick so sehr für meine Existenz wie noch nie zuvor. Wäre ich nicht angebunden gewesen, hätte ich aus dem Raum rennen und mich vor ihr und der Welt verstecken können.

»Es tut mir so leid, Tante Grace«, schluchzte ich, da mich der Kummer erneut überwältigte und schüttelte. »Ich wollte das nicht, das musst du mir glauben! Ich habe es nicht kommen sehen …« Ein Weinkrampf erfasste mich und schüttelte mich völlig durch.

Grace eilte zu mir, schlang ihre Arme um mich und weinte mit mir. »Oh Schätzchen, der Unfall ist doch nicht deine Schuld. Bitte, hör auf, so zu denken.«

»Es ist aber mein Fluch, das weißt du doch«, beharrte ich heulend. »Ich bin dir nicht böse, wenn du mich wieder nach Cincinnati zurückschickst.«

Sie löste sich aus der Umarmung, nahm mein Gesicht in beide Hände und sah mich eindringlich an. »Ich werde dich nicht fortschicken, Miracle. Niemals. Ganz egal, was geschieht, wir sind eine Familie, hörst du?«

Meine Augenbrauen schoben sich traurig zusammen. Ich schluchzte abermals, wollte ihr etwas von dem Schmerz abnehmen, den sie gerade ertragen musste. Grace drückte mich wieder an sich, obwohl ich sie hätte trösten müssen. Das lief alles so falsch. Aline lebte nicht mehr. Mit dieser Schuld musste ich nun irgendwie fertig werden.

»Ich will nicht mehr leben«, wimmerte ich. »Ich ertrage das nicht mehr. Ich will sterben.«

»Sag so etwas nie wieder. Ich bin so froh, dass du mir nicht auch noch genommen wurdest.« Sie fuhr sanft über meinen Rücken. Da spürte ich, wie sie sich etwas wegdrehte. »Wir wären gerne allein«, sagte sie.

Ich sah noch, wie eine Krankenschwester gerade aus dem Zimmer ging. Grace umarmte mich wieder fester, das Unglück hatte uns beide schwer getroffen, wir brauchten einander jetzt. Schweigend gaben wir uns Halt und weinten.

Etwas später kam ein Arzt und bat Grace zu einem Gespräch nach draußen. Sie küsste liebevoll meine Wange, dann ging sie hinaus.

Obwohl die Tür geschlossen war, hörte ich sie laut reden. Sie war wütend, ich verstand allerdings nur Wortfetzen und plötzlich wurde es still.

Grace kam nicht zurück, was mich sehr verunsicherte. Eine lange Zeit verging, bis endlich zwei Pfleger ins Zimmer kamen. Wortlos lösten sie die festgestellten Bremsen meines Bettes und klappten die Sicherheitsbügel an den Seiten hoch.

Hallo? Unhöflich! Warum erklärten sie mir nichts? »Wohin bringen Sie mich? Wo ist meine Tante?« Ich setzte mich auf, aber einer drückte mich gewaltsam an der Brust nach unten, damit ich mich wieder hinlegen musste.

»Schön ruhig bleiben«, sagte er nur.

»Hey, Finger weg!«, wehrte ich mich. »Sagen Sie mir auf der Stelle, warum Sie mich aus dem Zimmer schieben!« Hastig schaute ich mich um. Sie rollten mich den Flur entlang. »Grace!«, rief ich und setzte mich wieder auf. »Grace, wo bist du?«

»Leg dich hin, Mädchen«, grummelte der Pfleger, welcher das Bett am Kopfende schob.

»Das werde ich nicht machen«, sagte ich trotzig. »Grace!« Ich schrie, so laut ich konnte.

Der Pfleger am Fußende deutete mir, endlich still zu sein. »Wenn du so weiterschreist, müssen wir dich ganz fixieren und dir ein Beruhigungsmittel verabreichen.«

Jetzt ging mir ein Licht auf. »Ihr verlegt mich in die Psychiatrie?«

Er nickte nur, ohne mich anzusehen.

Völlig fertig ließ ich mich in das Kissen zurückfallen. Der Pfleger hatte recht. Von nun an musste ich die Klappe halten. Ich hatte in der Jugendpsychiatrie oft genug miterlebt, wie mit Patienten umgegangen wurde, die sich gegen alles wehrten. Meistens bekamen sie Medikamente, die ihre Sinne derart vernebelten, dass sie willenlos waren. Oder sie wurden mit Gurten am Bett festgeschnallt. Es war daher besser, das Spiel hier mitzumachen.

Die beiden Pfleger schoben mich in ein leeres Zimmer.

»Hallo Miracle«, sagte eine freundliche Krankenschwester und zog den Stöpsel von einer Spritze.

»Was ist das?«, wollte ich wissen, schon stach sie in meinen Arm. Anstatt eine Antwort zu bekommen, fiel ich in einen schnellen Schlaf. Sie hatte mich tatsächlich ausgeknockt!

Irgendwann wurde ich von meinen eigenen Schreien geweckt. Ich war in einem Albtraum gefangen gewesen, musste die Explosion und den Tod von Aline erneut erleben. Dieser verzweifelte, helle Schrei drang nun wieder aus meiner Kehle und riss mich aus dem Schlaf.

Es war Nacht. Das Licht im Zimmer nur gedämpft. Eine Träne rollte aus meinem Augenwinkel. Ich ließ sie nach unten auf das Kissen tropfen. Weitere kullerten hinterher, ich fand keinen Schlaf, sondern heulte, bis es Morgen wurde und eine Krankenschwester Frühstück brachte.

Ich rührte es nicht an. Ich trauerte.

Da ich direkt neben dem Fenster lag, blickte ich ohne Unterlass in den Himmel und auf die Häuserdächer hinaus.

Schon wenig später kam ein Arzt zu mir. Er war schon ein älteres Semester, hatte ergraute Haare und eine blaue Krawatte blitzte unter seinem weißen Kittel hervor. »Guten Morgen, Miracle. Ich bin Dr. Branston.« Er öffnete den Gurt an meiner Hand. »Das ist jetzt nicht mehr nötig. Wie geht es dir heute? Ich bin hier, um mit dir über den Vorfall zu sprechen. Du weißt, was geschehen ist?«

»Ich möchte bitte meine Tante anrufen«, bat ich höflich, setzte mich auf und rieb mein Handgelenk.

»Es tut mir leid, du darfst momentan nicht telefonieren und auch keinen Besuch empfangen.«

So war das also. »Dann möchte ich mit meinem Therapeuten sprechen. Sein Name steht bestimmt in meiner Akte. Dr. Martin Carter.«

»Ich bin ja jetzt hier. Dr. Carter ist nicht länger für dich zuständig.«

»Was? Warum nicht zuständig?« Ich war sofort wütend. Das hatte er bestimmt nicht zu entscheiden! »Was fällt Ihnen ein!« Meine Augen verengten sich zu Schlitzen. »Holen Sie Dr. Carter oder meine Tante Grace Blue her! Ich werde mit Ihnen kein Wort mehr wechseln.«

»Miracle, es ist in Ordnung, wenn du wütend bist.«

»Wütend? Sie entscheiden nicht über meinen Kopf hinweg, wer mein Therapeut ist! Ich rede ausschließlich mit Dr. Carter, denn Sie sind bestimmt nicht mein Arzt!« Ich schlug die Zähne zusammen, atmete bewusst tief durch. Dann entspannte ich meine Miene, schaute an ihm vorbei aus dem Fenster und ignorierte ihn gekonnt.

»Es ist wichtig, jetzt darüber zu reden«, lautete sein nächster Versuch.

Nun drehte ich ihm den Rücken zu und zog die Bettdecke höher, als würde ich schlafen wollen.

»Wie du willst, ich komme später wieder.« Er verließ das Zimmer, darüber war ich froh.

Ich blieb dabei und zog mein Schweigen beinhart durch. Dr. Branston kam an diesem Tag noch einige Male zu mir, danach ein Dr. Hastings und am nächsten Morgen wieder Dr. Branston. Man schickte mir auch eine junge Ärztin, die wirklich sehr sympathisch wirkte. Fast tat sie mir leid, weil sie sich solche Mühe gab, doch es war zwecklos, denn egal wer das Zimmer betrat, alle mussten auf meine Stimme verzichten.

Fünf Tage vergingen, fünf ganze Tage, in denen ich mich für den Unfall hasste und mein Schweigegelübde eisern durchzog.

Ich aß nur das Nötigste. Das hatte etwas von Eigenbestrafung, ich genoss es sogar ein wenig.

Am sechsten Tag, nachdem ich mein fades Mittagessen wieder einmal achtlos hatte stehen lassen, kam endlich meine Rettung. Mein Herz machte einen freudigen Sprung.

»Es tut mir leid, dass es so lange gedauert hat.«

Obwohl er noch nicht ganz bei mir war, sprang ich auf und fiel ihm in die Arme. Endlich war er hier. Endlich war ich mit meinem Kummer nicht mehr allein. Und endlich würde ich erfahren, warum Grace nicht zu mir durfte.

»Erklärst du mir bitte, was los ist?«, bat ich sofort.

Martin erwiderte die feste, aber kurze Umarmung mit einem Arm, im anderen trug er eine Tasche. »Wir mussten leider mit einem Anwalt gegen die Klinik und die Kinderfürsorge einschreiten«, erklärte er, stellte die Tasche ab und ging ans Fenster, um hinauszuschauen. »Die wollten deiner Tante die Vormundschaft entziehen.« Er winkte mich zu sich. »Sie wartet dort unten auf dich. Da wir hier auf der geschlossenen Station sind, haben sie nur mich hereingelassen, nachdem wir heute vor Gericht in einem Eilverfahren gewonnen haben.«

Ich ging ebenfalls ans Fenster und schaute hinunter. Tante Grace stand dort unten an der Straße und schaute zu uns herauf. Als sie mich erkannte, winkte sie, ich winkte zurück. Obwohl sie weit entfernt war, wirkte sie blass und abgeschlagen. Grace tat mir so unendlich leid, es musste ihr schrecklich gehen.

Ich drehte den Kopf zu Martin. »Was bedeutet das jetzt? Warum muss ich hier sein?«

»Eine Krankenschwester hat gemeldet, dass du nicht mehr leben möchtest. Sie bezeugte, es aus deinem Mund Grace gegenüber gehört zu haben, somit wurdest du als höchst suizidgefährdet eingestuft.«

»Scheiße«, nuschelte ich, obwohl ich mir so etwas schon gedacht hatte. An meine Worte zu Grace konnte ich mich leider noch gut erinnern. »Aber das war doch nicht ernst gemeint!«

»Das wollte deine Tante ja klarstellen. Aber damit hat sie alles nur noch schlimmer gemacht, denn der Chefarzt hier glaubt, dass sie an einem eigenen Trauma in Form von Verdrängung leidet und sich nicht ordentlich um dich kümmern kann. Durch deine Vorgeschichte mussten die Ärzte deine Worte sehr ernst nehmen.«

Wut und Verzweiflung fuhren in meinen Bauch. Die hatten sich wohl alles so zurechtgelegt, wie sie es sehen wollten. »Und nun?« Ich hatte Angst vor der Antwort.

»Setzen wir uns.« Martin deutete auf mein Bett.

Ich schnaubte ein wenig vor Frust, dann kroch ich aufs Bett und ließ die Beine hinunterbaumeln. Martin holte sich einen Stuhl und rückte ihn zurecht. Erst jetzt fiel mir der Besucherausweis an seiner Brust auf.

»Nun sag schon«, drängelte ich. »Darf ich hier raus? Muss ich wieder mit nach Cincinnati?«

»Ja und nein«, antwortete er. »Ich konnte das Gericht überzeugen, sie akzeptierten meine Fachmeinung dazu. Vor allem, da ich dich schon Jahre betreue und dadurch besser qualifiziert bin, als die Ärzte hier. Wir warten jetzt nur, bis deine Entlassungspapiere fertig sind, danach wirst du unter meine Aufsicht gestellt.«

Ich hob fragend eine Augenbraue. Wie meinte er das?

Er lehnte sich zurück und legte die Hände in den Nacken. »Das bedeutet, dass ich für die nächste Zeit dein Babysitter bin. Du hast ab jetzt also einen privaten Arzt. Wie ein Promi.« Er zwinkerte schmunzelnd und lockerte damit die Stimmung ein wenig. »Grace hat mir euer Gästezimmer angeboten, ich habe mich von der Arbeit in der Klinik vorübergehend beurlauben lassen.«

Meine Kinnlade rutschte nach unten. »Das machst du für mich?«

»Miracle«, sagte er in ernstem Tonfall. »Zum einen liegst du mir sehr am Herzen, zum anderen habe ich keine andere Möglichkeit. Du hast hier bisher kaum gegessen und nicht gesprochen, daher wollten sie dich in eine strengere Einrichtung nach Arlington verlegen lassen.« Er kratzte sich nachdenklich am Nacken und ließ die Hände wieder nach unten sinken. »Dich dort rauszubekommen, wäre sehr viel schwerer gewesen und hätte eure Situation nur verschlimmert. Du brauchst Grace und sie braucht dich. Jetzt erst recht, nach allem, was geschehen ist.« Beim letzten Satz senkte er die Stimme. Er meinte Alines Tod, er musste es nicht erst aussprechen, ich verstand ihn auch so.

Ich presste beschämt die Lippen zusammen. »Sie hasst mich bestimmt.«

»Denkst du, sie hätte sich die letzten Tage mit Anwälten und dem Gericht herumgeschlagen und alles darangesetzt, dass ich herkomme, wenn dem so wäre?«

Mein Blick glitt zum Fußboden. »Es fällt mir leichter, zu glauben, dass sie mich hasst, weil ich mich selbst hasse.«

»Was glaubst du, woher dieses Hassgefühl kommt?«

»Weil ich verflucht bin.« Ich dachte nach und musste mich korrigieren. »Ich hasse eigentlich nicht mich, sondern nur den Fluch.«

»Wir erleben im Leben immer wieder Situationen, die wir nicht kontrollieren können. Hass und Wut zu verspüren, ist ganz normal. Aber du darfst dich nicht quälen, es ist wichtig, endlich zu akzeptieren, dass solche Unfälle geschehen. Du kannst keinen Einfluss darauf nehmen.«

»Schon klar.« Ich baumelte mit meinen Beinen, während ich über alles nachdachte. »Wie geht's Grace mit allem?«, wollte ich wissen. Bestimmt nicht gut, sie tat mir so leid.

»Deine Tante ist eine starke Persönlichkeit, aber das Unglück hat auch sie tief getroffen. Durch dein Weglaufen und die Situation mit dem Krankenhaus hatte sie leider noch keine Zeit, um zu trauern.« Martin beugte sich vor und legte die Unterarme auf seine Oberschenkel. »Ich habe mich lange mit ihr unterhalten. Damit sie in die Trauerarbeit gehen kann, halte ich es für wichtig, dass sie sich selbst um Alines Abschied kümmert. Da ich nun hier bin, wird sie in den nächsten Tagen nach Frankreich fliegen und die Urne persönlich zu ihrer Mutter bringen. Schaffst du es, ihr diesen Freiraum zu geben, damit sie einige Zeit in Frankreich bleiben kann?«

Darüber musste ich keine Sekunde nachdenken. »Sie muss abschließen können, natürlich bekommt sie alle Zeit, die sie dafür braucht.«

»Ja, sie muss abschließen können.« Er nickte bestätigend. »Und wenn sie wiederkommt, wird es sich zwischen euch sehr viel besser anfühlen.«

»Versprichst du mir das?«

»Ich gebe lieber Prognosen, nur ungern Versprechen.« Er schmunzelte wieder. »Aber all meine Prognosen treffen immer ein, das weißt du doch«, meinte er väterlich.

»Meistens«, räumte ich ein.

»Alles wird gut, Miracle.«

»Wenn ich jedes Mal Geld dafür bekäme, wenn das jemand zu mir sagt …«

Ich rutschte vom Bett und schaute wieder durch das Fenster hinunter auf die Straße. Grace stand immer noch am selben Platz und wartete geduldig auf uns. »Dauert es noch lange, bis die Papiere fertig sind?« Mein fragender Blick schwenkte zu Martin.

»Du kannst dich schon mal fertig machen. Wir holen sie bei der Stationsschwester gemeinsam ab. Hier in der Tasche sind frische Klamotten für dich.« Er gab sie mir.

Dankbar nahm ich sie und zog mich an. Endlich aus dem kratzigen Krankenhauspyjama zu kommen, war eine Wohltat für meine Haut.

Meine Tante kam rasch zu uns, als wir endlich durch die Türen nach draußen gingen. Erleichtert nahm sie mich in die Arme. »Ich bin so froh, dich zu sehen.«

»Es tut mir so leid, Tante Grace«, murmelte ich an ihre Schulter.

»Ich will weder eine Entschuldigung noch Selbstanklagen hören«, stellte sie klar. »Sag mir stattdessen, was ich dir zum Abendessen kochen soll. Es ist wichtig, dass du wieder normal isst. Du bist sehr schmal und käseweiß geworden.«

»Bratkartoffeln wären toll«, sagte ich hastig. Das war das erste Gericht, welches mir eingefallen war. Dabei hatte ich nur schnell antworten wollen, damit sie sich nicht mehr sorgte.

Wir gingen zum Wagen und fuhren nach Hause. Hope sprang sofort an mir hoch, sie begrüßte mich überschwänglich und wich mir nicht mehr von der Seite. Da sie sogar mit ins Badezimmer kommen wollte, nahm ich sie kurzerhand mit. Ich musste unbedingt duschen, um den Geruch des Krankenhauses loszuwerden.

Die Haare trocknete ich nur schnell mit dem Handtuch ab, schon schlüpfte ich in ein gemütliches Shirt und eine weiche Schlabberhose und rannte nach unten. Grace stand bereits am Herd und kochte für uns.

Sie schenkte mir ein Lächeln, als sie mich sah. Es wirkte liebevoll und traurig zugleich. »Jetzt siehst du schon etwas besser aus. Sobald du gegessen hast, wird es dir auch besser gehen.«

Ich nickte bloß, holte eine Flasche Limonade aus der Kühlung, drei Gläser aus dem Schrank und setzte mich. Während ich mir die Limo eingoss und trank, warf ich immer wieder einen Blick auf Grace. Ich wollte sie fragen, wie es ihr ging, aber ich traute mich nicht. Einmal war ich kurz davor, aber Martin kam in die Küche und hielt mich unbewusst davon ab.

Da die Kartoffeln fast fertig waren, stand ich auf und begann damit, den Tisch zu decken.

Martin streichelte Hope, die sich vor ihm in Pose warf, als er sich setzte. »Auf den letzten Fotos wirkte sie kleiner«, stellte er fest.

»Sie hatte noch einen Wachstumsschub«, antwortete ich. Damit war ein einfaches Gespräch eröffnet. Wir redeten den ganzen Abend nur über den Hund, den See und die guten Bratkartoffeln.

Die Frage, wie es Grace ging, lag mir dennoch ständig auf der Zunge. Die Angst vor der Antwort war allerdings so groß, dass ich mir strengstens verbot, nachzufragen.

Im Wohnzimmer stand ein Foto von Aline. Grace hatte eine schwarze Schleife über das Bild gebunden, einige Kerzen brannten daneben. Die Frage nach ihrem Befinden hatte sich damit erübrigt. Es ging ihr bestimmt beschissen. Wie sonst?

Natürlich würde sie das mir gegenüber nicht zugeben, stattdessen blickte sie mich dauernd besorgt an.

Ehe ich nach dem Essen hoch in mein Zimmer ging, umarmte ich sie. Wortlos. Grace erwiderte die Umarmung voller Gefühl, sagte ebenfalls kein Wort, stattdessen gab sie mir einen Kuss auf die Wange.

»Schlaft gut.« Mit einem traurigen Gefühl im Bauch lief ich nach oben in mein Zimmer.

Bevor ich das Licht ausmachte, um zu schlafen, blätterte ich das Zauberbuch auf. Ich schrieb auf eine leere Seite:

WARUM TUST DU MIR DAS AN?!?

Mehr Worte brauchte der Engel nicht.

Schon am nächsten Vormittag machte sich Martin nützlich und bat uns zu einer Sitzung. Sie war tränenreich, keiner der beiden konnte mich überzeugen, meine Schuldgefühle abzulegen. Dennoch tat die Aussprache gut.

Grace stieg zwei Tage später mit der Urne in ein Flugzeug Richtung Frankreich. Erst als sie fort war, stellte ich mich der Wirklichkeit und ging hinters Haus. Alles war fortgeräumt. Der Gasgrill stand nicht mehr da, sogar den Tisch mit den Stühlen hatte Grace weggeräumt. Nur noch das verbrannte Gras war Zeuge des grausamen Unfalls … Neben dem schwarzen Fleck, wo der Grill gestanden hatte, gab es noch zwei weitere. Einer, wo Aline gestorben war, der andere Brandfleck war meiner. Ich stand wie gelähmt da und zwang mich, nicht zu weinen.

Martin kam zu mir. »Das Gras wird wachsen und mit der Zeit wird auch das Unglück in deiner Erinnerung verblassen.«

»Ist das eine Prognose?«

»Nein, diesmal ist es ein Versprechen.«

Seufzend ließ ich meinen Blick von den verbrannten Stellen zu Hope wandern. »Darf ich alleine mit ihr spazieren gehen?«

»Denkst du, es wäre klug, wenn ich dich vierundzwanzig Stunden streng überwachen würde?«

Ich schüttelte den Kopf.

»Du warst all die Jahre nicht suizidgefährdet«, merkte er an. »Ich halte dich auch jetzt nicht dafür und glaube nicht, dass du wegrennst. Oder?«

Ich kannte Martin zu gut. Er fragte, damit die Frage gestellt war, und nicht, weil er es vermutete. »Wohin sollte ich denn rennen, Martin? Ich bin hier zu Hause. Und du bist da, worüber ich froh bin.«

Er schwieg für einen Augenblick. »Du kannst gerne wieder mit Hope das tun, was du immer gemacht hast. Der Sommer ist schön, es spricht nichts dagegen, wenn du ihn genießt. Ich fände das sogar sehr gut. So kommst du auf andere Gedanken. Dich nur noch auf die vergangenen Unglücksfälle zu konzentrieren, solltest du bleiben lassen. Und hey, endlich hast du ein riesengroßes Einzelzimmer mit einem Wald und einem See.«

»Du hast recht.« Ich nickte und pfiff nach Hope, um zum Haus zu gehen. Auf der Veranda lag ihr Frisbee, ich nahm es und schnappte mir noch ein paar Leckerlis, die ich in die Hosentasche steckte. Bevor ich ging, drehte ich mich noch mal zu Martin um, der sich auf die Hollywoodschaukel gesetzt hatte und die Nase in ein Buch steckte. »Ich würde ja sagen, dass du mitkommen kannst, aber ich wäre gerne mit Hope allein.«

»Schon gut, ich genieße inzwischen den Horror-Krimi.« Er wirkte gelassen und las weiter in seinem Stephen-King-Roman.

Ich ging über die kurze Treppe nach unten und an den See hinunter. Dort schlenderte ich am Ufer entlang und warf ein paarmal das Frisbee. Hope freute sich, sie sprintete im Eiltempo hinterher, um es noch in der Luft zu fangen.

Wir ließen den See hinter uns, gingen über die Wiese und in den Wald hinein, denn ich wollte zum Apfelbaum. In seinem Schatten setzte ich mich nieder, zu Beginn an nichts denkend, dann dachte ich an die dämliche Unterstellung der Ärzte, ich würde Selbstmordgedanken hegen.

Ginge ja gar nicht …

Hm. Oder doch?

Ich zog die Beine an und legte mein Kinn auf meine Knie. Hope buddelte unweit von mir ein Loch in die Erde. Hinter ihr verstreuten sich unzählige Brocken auf dem Boden. Ich beobachtete sie dabei. Sie machte das ohne Unterlass und ohne lange darüber nachzudenken, ja, sie hatte nicht mal ein Ziel. Sie tat es einfach …

Plötzlich schnellte ich hoch, denn ich hatte eine Idee! Ob das Buddeln in der Erde mich darauf gebracht hatte oder die

Gedanken über Suizid, war mir nicht klar. Auf alle Fälle wusste ich jetzt, was ich tun musste, wenn ich eine Veränderung herbeiführen wollte.

Eilig machte ich mich wieder auf den Rückweg, steuerte auf die Veranda zu. Hope lief mir wie immer hinterher.

»Hab was vergessen«, murmelte ich nur, als ich an Martin vorbeiging, und holte mein Zauberbuch aus dem Zimmer. Danach ging ich hinunter zum See, denn so konnte ich für Hope noch ein paarmal das Frisbee werfen und dem Engel schreiben, ehe mich der Mut verließ.

Hallo Engel, du hattest nun wirklich lange genug Zeit, um mir meine Fragen zu beantworten. Darum muss ich dich leider vor die Wahl stellen: Entweder du antwortest mir jetzt sofort ausführlich, oder ich schlage einen anderen Weg ein, um dich zur Rede zu stellen.

Miracle Blueberry.

Hoffnungsvoll klappte ich das Buch zu und drückte es an meine Brust. Um nicht zu übereilt hineinzugucken, warf ich Hope ein paarmal das Frisbee. Als ich schließlich wieder ins Zauberbuch blickte, klopfte mein Herz aufgeregt.

Enttäuscht starrte ich auf die leere Stelle, die er hätte benutzen sollen. »Scheiße«, hauchte ich leise, denn was ich nun tun musste, erforderte viel Überwindung. Konnte ich diese wirklich aufbringen? Ich war mir nicht ganz sicher. Fest stand allerdings, dass sich etwas ändern musste. Und zwar jetzt und nicht erst in ferner Zukunft.

Darum stellte ich mich vor die Wahl, denn ich hatte genau zwei Möglichkeiten: Die erste war, den Fluch zu akzeptieren. Die zweite bedeutete, mich endlich gegen ihn zu wehren.

Ich war mutig genug für die zweite Möglichkeit. Meine Idee nahm immer mehr Form an, je länger ich darüber nachdachte, und während ich so am See saß und auf das Wasser schaute, desto klarer wurde auch, wie genau ich es anzustellen hatte.

Schon heute Nacht sollte es geschehen. Ich wollte es nicht vor mir herschieben, sondern schnell hinter mich bringen. Und ich musste es vor meinem *Babysitter* verbergen. Er durfte absolut nichts mitbekommen, denn die Konsequenzen daraus wollte und konnte ich mir nicht einmal ausmalen. Es wäre zu schlimm gewesen.

Also benahm ich mich beim Abendessen wie immer und gaukelte rechtzeitig Müdigkeit vor. Nicht, dass er noch auf die blöde Idee kam, einen Film mit mir angucken oder ein Brettspiel spielen zu wollen. Ich musste ihn schnell abwimmeln, damit er bald zu Bett ging.

Martin bekam durch meinen ausgeklügelten Plan von meinem Vorhaben absolut nichts mit. Okay, ich war den Tag über etwas schweigsam gewesen, weil meine Gedanken immer wieder abgeschweift waren, aber das war nichts, worüber er sich sorgen musste.

Gegen elf Uhr schnarchte er endlich. Ich wartete noch bis Mitternacht, um wirklich ganz sicherzugehen, dass er auch tief und fest schlief.

Dann ging ich in mein Badezimmer, sperrte die Tür ab und öffnete mein Armband, um es auf das Kästchen neben dem Waschbecken zu legen. Mein Puls raste vor Aufregung, ich holte den Rasierer, den ich für meine Beine und Achseln verwendete, und pulte die Klinge mit der Pinzette heraus. Danach nahm ich ein Handtuch, legte es vor die Duschwanne und kniete mich darauf. Ich beugte mich weit über den niedrigen Rand und streckte die Arme aus.

Zögernd hielt ich inne. Sollte ich es wirklich tun? Was, wenn es schiefging und er mich dieses Mal nicht zurückschicken würde? Aber das war doch meine einzige Möglichkeit! Oder?

Ich musste es versuchen, darum redete ich mir unentwegt gut zu. Ich wollte mich ein für alle Mal gegen den Fluch wehren. Ich musste mich jetzt umbringen, damit ich weiterleben konnte. Ohne andauernd zu sterben und andere damit zu ermorden. So wie es jetzt war, konnte und wollte ich nicht weitermachen. Alines Tod musste der allerletzte gewesen sein, den ich zu verantworten hatte, darum musste ich es tun.

Ich holte ganz tief Luft, hielt sie sekundenlang an und sammelte all meinen Mut.

Die Rasierklinge anzusetzen, war nicht so schlimm wie erwartet, aber dann zuzudrücken und tief in mein Fleisch zu schneiden, um die Pulsadern zu erwischen, war nicht einfach. Und doch machte ich es. Ich zog einen langen Schnitt. Aber nicht, ohne die Augen zuzukneifen und leise wie eine Schlange zu zischen, denn das tat echt verdammt weh.

»Verflucht«, flüsterte ich zu mir selbst, mein Blut floss wirklich schnell aus meinem Körper. Es war hellrot und kam in Schüben. Um mein Bad nicht übermäßig zu bekleckern, beugte ich mich weit vornüber. Mein Plan war bis ins kleinste Detail durchdacht und ausgeklügelt.

Leider nur bis zu einem gewissen Punkt: Denn mit dem Blutverlust ging einher, dass sich mein Körper dagegen wehrte.

Adrenalin und Kälte ließen mich im Wechsel zittern und dem Impuls, doch weiterleben zu wollen, konnte ich nur schwer entgegenwirken.

Jedoch flüsterte ich ständig dieselben Worte: »Ich bin unsterblich. Ich bin unsterblich. Ich bin unsterblich.« Immer und immer wieder.

Eine kaum zu ertragende Todesangst meldete sich lauter zu Wort, als mir schwindelig wurde und es langsam Richtung Ohnmacht ging. Bis ich wegdämmerte und mein Herz nicht mehr pumpen konnte, weil das ganze Blut den Abfluss hinunterfloss, dauerte es zum Glück nicht lange.

Dann war ich tot.

Die Dunkelheit war mir inzwischen genauso vertraut wie der helle Lichtpunkt und der Schatten, welcher binnen Sekunden vor mir erschien. Der Engel kam auch dieses Mal, zumindest darauf war Verlass.

»Engel, ich weiß, dass du mich hörst!«, rief ich ihm zu. »Du musst jetzt endlich mit mir reden! Ich bitte dich nicht darum, ich verlange es von dir!« Meine Hände ballten sich zu Fäusten, ich war fest entschlossen.

Er schwebte stetig näher, wieder sah ich kein Gesicht, sondern nur verschwommene Umrisse.

»Rede mit mir!«, verlangte ich lautstark. »Ich schwöre dir, ich werde so lange wiederkommen, bis du endlich mit mir redest«, verkündete ich ihm drohend.

Der Engel war fast bei mir.

»Hörst du mir überhaupt zu?«, donnerte ich ihm entgegen.

Nun war er da, berührte mich und schon verschlug es mir die Sprache. Diese Nähe entwaffnete mich völlig. Er gab mir einen sanften Kuss auf meine Stirn. Wie immer.

Mist! Ich erwachte wieder gänzlich ohne Wunden, aber ich war nicht mehr über die Duschwanne gebeugt, sondern lag daneben. Sofort setzte ich mich auf.

»Du glaubst mir wohl nicht«, knurrte ich leise, rutschte wieder zu der nun blutigen Duschwanne und zog den nächsten Schnitt. Diesmal ohne zu zögern, denn ich wollte ganz schnell wieder zu ihm. Meine Arme hielt ich weit nach vorn gestreckt, denn ich musste unbedingt vermeiden, dass Martin später auch nur einen Blutstropfen in den Fliesenfugen entdeckte.

Während ich gegen meine Körperreaktionen, die fast unerträglichen Schmerzen und Krämpfe ankämpfte und gleichzeitig darüber nachdachte, wie ich vermeiden konnte, dass Martin meine masochistische Gräueltat bemerkte, gluckerte mein hellrotes Blut den Abfluss hinunter. Endlich wurde mir schwummrig, kurze Zeit später erwachte ich in der Dunkelheit und sah den hellen Lichtpunkt vor mir.

»Ha!«, rief ich kämpferisch. »Damit hast du nicht gerechnet, oder?« Das klang viel schadenfroher, als ich beabsichtigt hatte. »Ist das jetzt Beweis genug, dass ich nicht aufgebe? Glaubst du mir jetzt, dass ich in Wahrheit stärker bin als das schwache Mädchen, das du immer retten musst? Rede endlich mit mir!«

Der Engel kam wie immer näher. Und wieder sagte er nichts. Keinen Ton. Das war doch nicht zu fassen!

»Du musst mit mir reden, Engel«, verlangte ich mit Nachdruck und voller Zorn. »Ich kann und will so nicht mehr weitermachen. Weißt du …«

Er war mir inzwischen so nah, dass ich nicht mehr sprechen konnte. Seine Berührung so angenehm und vertraut, sein Kuss so zärtlich und liebevoll.

»Argh«, machte ich genervt, da ich wieder auf dem Badezimmerboden lag. Ich war wie immer, wenn ich zurückkam. Hellwach, voller Energie und ganz klar im Kopf. Darum rutschte ich rüber, beugte mich über die Duschwanne und nahm mir ein drittes Mal das Leben.

Ich beobachtete das Blut, wie es aus meinem Körper floss, und spürte, wie sich mein Herzschlag veränderte. Da ich genau wusste, was in den nächsten Minuten geschehen würde, war die Angst nun nicht mehr so übermächtig.

Dennoch flüsterte ich unaufhörlich: »Ich bin unsterblich, ich bin unsterblich, ich bin unsterblich, ich bin unsterblich …« Bis ich nicht mehr flüstern konnte, da meine Organe nacheinander ihren Dienst einstellten und mein Kreislauf versagte.

Dann war ich in der Stille. Nur Schwärze umgab mich, bis wieder der kleine Lichtpunkt auf mich zukam.

»Ich will Antworten!«, schrie ich mit aller Kraft in seine Richtung. »Erlöse mich von diesem Fluch!«

Seine verschwommene Gestalt schwebte zu mir.

»So hilf mir doch endlich oder rede wenigstens mit mir! Ich will endlich wissen, warum dieser Fluch auf mir lastet!«

Er war bei mir. Ich spürte das warme gräuliche Licht, welches ihn umgab. Sein Engelskuss entwaffnete mich erneut. Ganz kurz genoss ich den Moment, schon nahm ich die kühlen Fliesen unter mir und an meiner Wange wahr. Ich stützte mich mit der flachen Hand ab und setzte mich auf. Ehe ich wieder zur Dusche hinüberrutschte, nahm ich mir eine Sekunde und dachte über all das nach. Machte ich irgendetwas falsch? Sollte ich an sein Gewissen appellieren? Bisher hatte ich immer darauf gedrängt, dass er mir antwortete.

Hm … Ich kroch hinüber und betrachtete mein eigenes Blut. Das war alles so abartig und dumm, kein anderer Mensch würde mein Vorhaben gutheißen. Es war sogar für mich schwer zu kapieren, dass so etwas überhaupt möglich war.

Meine Finger griffen wie von selbst zur Rasierklinge. Das vierte Mal zu verbluten, hatte schon fast was von einer perversen Routine. Aber es gab keine andere Möglichkeit für mich. Ich musste es tun, wenn ich ohne Tragödien leben wollte!

Die Schwärze und Kälte des Todes erreichten mich erneut, der vertraute Lichtpunkt erschien und sein Schatten kam schnell näher. »Weißt du, wie es ist, wenn ständig Menschen wegen dir sterben?«, schrie ich ihm zu. »Ich will nicht mehr sterben, sondern normal leben, hörst du?! Ich will endlich zur Schule gehen! Ich hatte ja noch nicht mal einen Freund! Bald werde ich siebzehn und bin auf ewig dazu verdammt, Single zu sein!« Das und vieles andere rief ich ihm zu. Er blieb leider immer noch stumm. Nach seinem Kuss fühlte ich wieder die kühlen Fliesen unter mir.

Nun war ich stinksauer.

Ein Blick auf die Uhr zeigte mir, dass schon über drei Stunden vergangen waren, seit ich damit begonnen hatte, mich umzubringen. Entschlossen rutschte ich wieder zur Dusche und füllte den Abfluss mit meinem kostbaren hellroten Blut.

Acht ganze Male. Ich starb in dieser Nacht achtmal. Und achtmal schickte er mich zurück, ohne ein Wort mit mir zu wechseln. Nach dem letzten Versuch brach ich ab, da ich wegen der irrsinnigen Situation weinen musste. Ich brachte mich ja nur um, weil ich leben wollte. Mein Gesicht war schnell tränennass, ich sprühte trotzdem die Duschwanne und die Fliesen mit Putzmittel ein und spülte mit heißem Wasser nach, bis kein Blut mehr zu sehen war.

Die Morgendämmerung hatte längst eingesetzt, als ich zu Hope ins Bett kroch. Sie hatte nichts mitbekommen, da ich vorsorglich leise Musik angemacht hatte. Erschöpft schlief ich ein, ans Aufgeben dachte ich aber nicht.

Auch am nächsten Abend wartete ich, bis aus Martins Zimmer kein einziges Geräusch mehr kam, außer sein leises Schnarchen. Das war mein Startschuss.

Vielleicht war ich töricht, aber ich war absolut entschlossen, alles zu tun, damit so ein Unglück wie mit Aline nie wieder geschehen würde. Nie wieder!

In der zweiten Nacht ging alles viel leichter. Ich hatte nun genügend Erfahrungen gesammelt und wusste, wie ich es anzupacken hatte, um möglichst schnell zu sterben. Mein Ziel war es, den Engel zum Antworten zu zwingen. Das Zauberbuch lag offen und in Sichtweite, er hätte jederzeit hineinschreiben können. Aber er tat es nicht.

Heute brachte ich mich ganze neun Mal um. Das waren neunmal Schmerzen, Todeskämpfe und neunmal warf ich ihm unzählige Argumente entgegen, damit er endlich reagierte.

Seine einzige Reaktion bestand jedoch aus dem Kuss, der mich immer wieder entwaffnete und ins Leben zurückschickte.

Ich hätte auch ein zehntes Mal geschafft, aber es dämmerte bereits und die Gefahr, dass mich Martin nun erwischte, war einfach viel zu groß.

Die dritte Nacht brach herein. Gegen Mitternacht starb ich das erste Mal. Meinen zuvor aufgestellten Rekord zu halten und neunmal zum Engel zu reisen, schaffte ich spielend. Mit jedem Mal, das er mir nicht antwortete, wurde ich wütender.

In der vierten Nacht, ich hatte mich bereits fünfmal selbst ermordet, beugte ich mich wieder über die Duschwanne.

Ich schnitt in geübter Perfektion meine Pulsadern durch und wartete darauf, auszubluten. Kurz bevor mein Tod kam, hörte ich ein Geräusch. Es erklangen weit entfernte Worte, die ich nicht verstand, sie verschwanden einen Wimpernschlag später schon wieder. Ich war schon fast hinüber, darum ergaben die Worte keinen Sinn für mich. Dann war ich tot, der Schatten des Engels raste dieses Mal förmlich auf mich zu. Er wartete nicht ab, bis ich ihm etwas zurief, sondern tat es zuerst.

»Hör auf damit!« Seine Worte hallten in der Dunkelheit nach, sein Ton war so verzerrt, als würde ein starker Wind gehen.

Oh mein Gott! Ich war total aufgeregt, denn endlich sprach er mit mir. »Das werde ich nicht tun«, beharrte ich. »Ich komme so lange wieder, bis du deinen Fehler erkennst und nachgibst!«

»Hör auf damit«, sagte er wieder, seine Stimme wehte regelrecht davon. Schon war er mir zu nah, ich war nicht mehr imstande, etwas zu sagen, er berührte mich sanft und schickte mich mit einem Kuss zurück in mein Badezimmer.

Meine Finger ballten sich zu Fäusten. »Jetzt erst recht«, beschloss ich. Das war eben ein kleiner Sieg gewesen, nun aufzugeben, wäre schwach. Ich war aber nicht schwach!

Sofort krabbelte ich wieder zu der Duschwanne, schnitt mir die Adern auf und freute mich das allererste Mal, zu sterben.

Allein meiner Unnachgiebigkeit war es zu verdanken, dass ich in der Dunkelheit erschien und der Engel auf mich zuraste.

»Ich kann das jede Nacht machen!« Meine Tonlage war mehr als angriffslustig.

»Ich auch!«, kam sofort zurück. »Aber du musst damit aufhören.« Kurz war es still. »Bitte.« Das letzte Wort klang fast, als würde er mich anflehen. Wie absurd.

Ich bemühte mich, sein Gesicht zu erkennen, leider vergebens. »Beantwortest du meine Fragen? Befreist du mich von dem Fluch?«

»Gib mir etwas Zeit.« Der Engel war mir gerade so nah, dass ich seine verschwommenen Umrisse gut sehen konnte. Aber er war noch so weit entfernt, dass ich mit ihm reden konnte, ohne dass es mir die Sprache nahm.

»Wie viel Zeit?«

»Ich weiß es nicht«, gab er ehrlich zu und seine Stimme klang wieder wie ein wehender Wind. »Ich lasse mir etwas einfallen.«

»Versprichst du es mir?«

»Ja.«

»Wenn du dein Versprechen nicht hältst, dann …«

»… wirst du weitermachen«, unterbrach er mich und seufzte. »Ich habe schon verstanden.«

»Du bekommst ab heute drei Wochen«, sagte ich mutig. Ein Ultimatum zu setzen, erschien mir richtig. Die Zeit des Wartens auf seine Antworten war vorbei, ich starb ja nicht aus Spaß oder Dummheit, sondern einzig, weil ich mein Leben von ihm einforderte.

»In Ordnung. Du musst jetzt gehen, du darfst nicht so lange hier sein, das ist nicht gut für dich.«

Oha, machte er sich etwa Sorgen um mich? »Drei Wochen«, wiederholte ich schnell, da er gerade wieder näherkam. Seine Berührung ließ mich verstummen, sein Kuss schickte mich zurück.

Als ich meine Augen aufschlug, verspürte ich zum ersten Mal seit Langem ein regelrechtes Glücksgefühl in all meinen Zellen, es hielt allerdings nur einen kurzen Moment an. Danach musste ich so schluchzen, dass ich mein Gesicht mit meinen Händen bedeckte und leise hineinheulte. Ich war fix und fertig, hatte meine Kraftgrenze eindeutig überschritten, aber es war richtig gewesen. Ich weinte leise, die vielen Selbstmorde machten mir richtig zu schaffen. Mein Körper war müde, mein Geist ausgelaugt.

Eigentlich hätte ich erleichtert sein sollen, doch nun begann die Zeit des Wartens, des Ultimatums. Die nächsten drei Wochen auszuhalten, ohne durchzudrehen, würde bestimmt nicht einfach werden. Am liebsten wäre ich sofort ins Bett gegangen. Stattdessen säuberte ich heulend das Bad, achtete akribisch darauf, ja nichts zu übersehen, und steckte die Rasierklinge in den Rasierer zurück. Leider hielt sie nicht mehr, das Ding war kaputt. Ich schmiss es kurzerhand in den Mülleimer und eilte in mein Zimmer zurück.

Hope freute sich schwanzwedelnd, als ich endlich ins Bett kam.

Mein Schlaf dauerte nur kurz an, der Morgen kam viel zu schnell. Noch immer fühlte ich mich total ausgelaugt.

Um dem Engel zur Sicherheit noch mal eine klare Botschaft zu senden, schrieb ich fett in mein Zauberbuch:

AB HEUTE DREI WOCHEN!

Unerwarteter Besuch

Eine ganze Woche verging, ohne dass etwas Besonderes geschah. Ich erledigte online fleißig die letzten Schularbeiten und Prüfungen für dieses Schuljahr, bald würde ich Ferien und endlich Pause von der Lernerei haben.

Die Hitze des Sommers war inzwischen so unerträglich geworden, dass tagsüber lange Spaziergänge mit Hope nicht möglich waren. So blieben mir meistens nur gemeinsames Plantschen im See mit meiner Hündin oder Brettspiele spielen mit Martin. Obwohl er ein guter Gegner war, hatte ich bald genug von Scrabble oder Backgammon, mein Interesse wurde erst wieder geweckt, als Martin von einer Shoppingtour ein Schachspiel aus Sunville mitbrachte. Ich hatte noch nie Schach gespielt, etwas Neues zu lernen, machte mir daher Spaß.

Die zweite Woche startete also damit, dass ich in die hohen Künste des Schachs eingeweiht wurde. Da wir viel Zeit zur Verfügung hatten, verstand ich es schnell und schaffte es sogar, Martin einmal schachmatt zu setzen.

Wir saßen Mittwochabend im Wohnzimmer bei einer weiteren Partie und gerade, als es langsam kniffelig wurde, klingelte es an der Tür. Beide schreckten wir hoch.

»Nanu? Wer hat sich denn um diese Uhrzeit in die Einöde verirrt?« Martin staunte und ging zur Haustür. Als er sie öffnete, reckte ich neugierig den Kopf, um besser sehen zu können, blieb aber sitzen. Das Geräusch eines laufenden Motors drang leise ins Wohnzimmer. Ich streckte mich ein bisschen weiter und sah schließlich eine alte Frau im Türrahmen. Sie hatte schulterlange dunkelgraue Locken mit vereinzelten silbernen Haaren, die hell glänzten.

»Schön, dass Sie zu Hause sind«, sagte sie. Ihre Stimme hatte einen tiefen und sympathischen Klang. »Wir wollten schon vor ein paar Tagen vorbeikommen und uns vorstellen. Wir sind gerade in das lange leerstehende Haus der Newmans eingezogen.«

Der Geruch von warmer Schokolade breitete sich aus und kitzelte in meiner Nase. Ich rutschte noch ein kleines Stück am Sofa entlang, um die Frau besser sehen zu können. Sie hielt einen rechteckigen Frischhaltebehälter, darüber lag ein Küchentuch. Ich war neugierig, was sich darin befand. Dem Geruch nach bestimmt etwas Leckeres.

»Das Haus ist mir nicht bekannt«, sagte Martin entschuldigend. »Ich dachte, hier gäbe keine direkten Nachbarn? Ich bin aber auch nicht von hier, sondern aus Ohio.«

»Macht nichts«, betonte sie locker. »Dann haben wir ja schon etwas gemeinsam. Wir kennen bisher kaum jemanden in dieser Gegend. Das Newman-Haus steht etwa zehn Minuten von hier und näher zu Sunville, trotz der großen Entfernung wollten wir uns vorstellen.«

Martin nickte, als er verstand. »Sie müssen wissen, dass nicht ich in diesem Haus wohne, sondern Grace Blue mit ihrer Nichte. Ich bin nur hier, damit Miracle in Grace' Abwesenheit nicht alleine ist.« Er ging etwas zur Seite und deutete mit einer Handbewegung in meine Richtung. Die alte Frau schaute mich nur kurz an und dann wieder zu Martin, da er weiterredete. »Grace ist derzeit in Frankreich auf einem Begräbnis. In drei oder vier Wochen wird sie wieder hier sein und Sie können sie persönlich kennenlernen.«

»Von dem Unglück haben wir bereits gehört. Schrecklich«, flüsterte die alte Frau und warf mir einen sehr mitfühlenden Blick zu. Anschließend deutete sie hinter sich. »Wir haben euch Brownies mitgebracht. Ich hoffe, ihr habt kurz Zeit für uns?«

Martin blickte an ihr vorbei zur Einfahrt. Dann drehte er sich wieder mir zu und wollte gerade den Mund aufmachen, um mich zu fragen, da schüttelte ich bereits meinen Kopf, und zwar heftig.

Kein Besuch, das ertrug ich nicht! »Nein«, hauchte ich ihm zu, aber es war zu spät. Die alte Frau winkte jemandem hinter ihr zu, dann drängte sie sich einfach an Martin vorbei, schon stand sie im Wohnzimmer.

Draußen wurde der Wagen abgestellt. Ich hörte, wie eine Autotür zuschlug und Schritte auf dem Kies ertönten.

Ich sank sofort tiefer. Noch war der Fluch nicht gebannt, Menschen in meiner Nähe waren absolut gefährdet. Ich überlegte fieberhaft, was ich tun könnte, um sie zu schützen. Einfach hoch ins Zimmer zu rennen, wäre eine Möglichkeit gewesen, aber ehe ich mich versah, setzte sich die alte Frau zu mir.

»Hallo, ich bin Sefora«, sagte sie und musterte mich. »Du bist Miracle?« Ich nickte mit angehaltenem Atem. »Freut mich«, fuhr sie fort. »Ah, du spielst Schach? Mein Enkelsohn Luc liebt Schach, aber er ist zu gut darin, darum spiele ich lieber Rummy mit ihm. Kennst du es? Wenn du es hast, können wir gerne eine Runde spielen.« Sie lachte tief und kurz. »Oder mehrere Runden. Wenn ich einmal zu spielen anfange, kann ich nicht mehr damit aufhören.« Wieder stoppte sie ihren Redeschwall, um in tiefem Ton zu kichern. »Aber in meinem Alter ist das normal. Als ich noch so jung war wie du, war ich viel unterwegs.«

Ich war total überfordert und verängstigt, schaute Hilfe suchend zu Martin, der mit jemandem auf der Veranda ein paar Worte wechselte. Dass ich hier saß und lieber flüchten wollte, bekam er dadurch leider nicht mit.

»Warum brauchst du so lange, Luc?«, rief Sefora in Richtung Tür. »Nun komm schon. Schau, sie spielt Schach. Vielleicht schlägt sie dich, das wäre ja mal was.« Sie lachte ein wenig hämisch und strich sich die dunkelgrauen Locken über die Schulter zurück.

Martin kam wieder herein, blieb jedoch in der Tür stehen und behielt den Knauf in seiner Hand. Er machte nur kurz Platz, um jemanden hereinzulassen. Ängstlich schaute ich zu dem Besucher. Das musste Seforas Enkelsohn Luc sein. Hope, die bis jetzt auf dem Fußboden an meinen Beinen gelegen hatte, sprang auf, rannte zu ihm und begrüßte ihn überschwänglich. Er bückte sich und streichelte sie. Da er eine Baseballkappe trug, konnte ich sein Gesicht nicht erkennen, nur die schwarzen kurzen Haare, die an der Seite sichtbar waren.

Dafür begutachtete ich schon mal ausgiebig seine Kleidung. Jeans, T-Shirt und ein kurzärmeliges Hemd darüber. Sah alles nagelneu aus, vor allem, wenn ich seine Turnschuhe mit den meinen verglich. Zwar waren meine auch recht neu, aber ich war so oft im Gelände unterwegs, dass sie inzwischen total alt aussahen. Der Typ dort drüben bewegte sich bestimmt keinen Schritt in die wahre Wildnis.

Als Martin die Tür zugedrückt hatte, lächelte er auf Hope hinunter, da sie sich im Kreis drehte, um ja überall gestreichelt zu werden.

»Oh, wie süß, der Hund mag dich.« Sefora war entzückt.

»Alle Hunde mögen mich«, erwiderte Luc ein wenig selbstgefällig, tätschelte Hope ein letztes Mal und erhob sich endlich.

Als ich sein Gesicht sah, schaute ich sofort weg und tat so, als wäre mir eine Schachfigur hinuntergefallen. Er war nämlich nicht nur groß und gut gebaut, sondern extrem attraktiv. Bestimmt hatte er in seiner Schule jede Menge weiblicher Fans …

In diesem Augenblick wünschte ich mir nichts mehr, als dass er sofort wieder verschwand, denn er schwebte in meiner Nähe in Lebensgefahr, ebenso wie seine Großmutter. Und obwohl er mir sehr gefiel, beschloss ich, ihn nicht zu mögen.

Ich unterstellte ihm einfach eine Arroganz, damit er mir unsympathisch war. Das vereinfachte die Sache für mich enorm, auch wenn ich ihm damit vielleicht Unrecht tat. Ich musste unbedingt alles daransetzen, dass er schnell unser Haus verließ.

»Darf ich euch etwas zu trinken anbieten?« Martin mimte den perfekten Gastgeber, die Besucher nickten. Er schwenkte seinen Arm und machte eine einladende Geste. »Setz dich, Luc, ich hole euch etwas, bin gleich wieder da.«

Auweia. Luc kam in meine Richtung.

»Hi, ich bin Luc«, sagte er mit freundlicher, warmer Stimme.

Verdammt! Bitte, bitte nicht näherkommen! Seine Großmutter war bereits in Gefahr, er selbst war eindeutig zu jung, um zu sterben!

»Und ich muss was erledigen«, schoss es wie ein blitzschneller Pfeil aus mir heraus. Ich schnellte hoch und huschte eilig an ihm vorbei. Das war mega unhöflich, aber ich musste sofort zu Martin. Dieser war schon auf dem Weg in die Küche. Ich überholte ihn und lief mit schnellen Schritten hinter die Küchentür, damit die anderen mich nicht mehr sehen konnten.

»Bitte, Martin«, flüsterte ich so leise wie möglich. »Du musst sie schnell loswerden. Wenn sie nicht gehen, geschieht ein großes Unglück, das spüre ich.«

»Deine Angst ist vollkommen unbegründet«, flüsterte er zurück, ging zur Spüle und drehte den Wasserhahn auf. Er winkte mich zu sich. Das laufende Wasser sollte wohl dafür sorgen, dass seine Worte nicht bis ins Wohnzimmer drangen. »Miracle, das hier ist eine jener Situationen, über die wir oft gesprochen haben. Es ist nichts, vor dem du Angst haben musst. Kontakte gehören zum Leben dazu.«

»Ich habe keine Angst«, versuchte ich, richtigzustellen. »Mein Fluch ist eine Tatsache, Martin. Mach bitte, dass sie verschwinden.«

Er schaute unauffällig in die Richtung unserer unerwarteten Gäste und holte Gläser aus einem Schrank, die er absichtlich laut scheppern ließ. »Du kannst dich nicht ständig nur verstecken, Miracle«, flüsterte er. »Auch du brauchst im Leben Sozialkontakte, und das hier ist eine gute Übung für dich. Ich bin ja dabei, das sollte dir genügend Sicherheit geben. Wo ist dein Spray?«

»Im Schrank dort drüben, aber darum geht es nicht.«

»Genau darum geht es. Lass dich nicht von deinen Ängsten beherrschen. Nimm vorsorglich einen Sprühstoß, dann kannst du dich entspannen.«

»Ich geh in mein Zimmer und bleibe dort, bis sie weg sind«, beschloss ich.

»Das wirst du nicht tun«, beharrte er und füllte Limonade in eine Karaffe. »Sei nicht unhöflich. Du wolltest aus der Klinik hinaus ins normale Leben, nun ist der nächste Schritt fällig. Dazu gehören nun mal echte Menschen.«

»Echte Menschen«, frotzelte ich. Die alte Frau ging ja noch, aber … »Der Typ sieht aus, als wäre er einem kitschigen Magazin entsprungen.«

Martin weitete die Augen. »Ach, darum geht's.«

Ich brauchte eine Sekunde, bis ich seinem Gedankengang folgen konnte. »Nein, darum geht es nicht!«, korrigierte ich hastig.

»Sie sind beide in Lebensgefahr, solange sie in meiner Nähe sind.« Warum kapierte er das nicht? Wie viele Beweise brauchte er denn noch?

Martin ging zum Schrank und holte das Spray heraus. »Mund auf.«

»Nein«, sagte ich trotzig.

Er ließ nicht locker und schenkte mir seinen strengen und äußerst autoritären Doktorblick. Jeder Hund würde bei so einem Blick unterwürfig werden. Mir blieb nichts anderes übrig, als deutlich mit den Augen zu rollen und den Mund zu öffnen.

Er verpasste mir, ohne zu zögern, die verordnete Dosis.

»Und nun bleib nah an meiner Seite und knüpfe endlich Sozialkontakte. Du lebst hier, sie leben hier, ihr werdet euch also immer wieder mal begegnen.«

»Wenn sie sterben, ist es nicht meine Schuld«, nuschelte ich und gab meinen Widerstand auf. Das Spray fuhr meine aufgewühlten Gefühle etwas nach unten.

Martin drehte den Wasserhahn wieder zu, reichte mir die Karaffe und nahm selbst die Gläser. »Wir sollten den Besuch nicht länger warten lassen.«

Ich folgte ihm. Aber nicht, ohne ihm bitterböse und extrem grimmige Blicke zuzuwerfen. Er bemerkte es, aber ignorierte mich einfach.

»Es hat etwas gedauert«, entschuldigte er sich, platzierte die Gläser auf dem niedrigen Wohnzimmertisch und drehte sich zu mir um. Ich stand gleich hinter ihm und hielt mich an der Karaffe fest, die er mir schließlich mit einem strengen Blick aus den Händen nahm und in die Tischmitte stellte. »Setz dich«, sagte er und sein strenger Ton schwang unmissverständlich mit. Er nahm Platz. Widerwillig setzte ich mich auf die freie Stelle neben ihm und war froh, dass Hope zu mir kam und ihren Kopf auf meine Knie legte. So konnte ich sie kraulen und auf sie hinunterschauen. Klar, mein Verhalten den Besuchern gegenüber war unhöflich, aber sie sollten spüren, dass ich sie nicht hierhaben wollte.

Ein langer Moment des Schweigens folgte.

»Liegt das Newman-Haus auch so abgelegen wie dieses hier?«, fragte Martin, um ein Gespräch zu beginnen.

»Es steht etwas abseits, aber nicht so einsam wie eures«, erwiderte Sefora. Sie nahm dankend die Karaffe hoch und schüttete etwas Limonade in die Gläser. »Zu eurem See würde ich aber nicht Nein sagen. Ich liebe es, zu schwimmen, vor allem am Morgen. Das muss in einem eigenen See wirklich herrlich sein. Schwimmst du oft, Miracle?« Sie schaute zu mir, ich hob nur kurz meinen Blick, nickte zur Antwort und guckte wieder zu Hope hinunter.

»Oje, oje, oje. Da scheint jemand schüchtern zu sein.« Sie lächelte in meine Richtung, aber ich gab ihr keine Reaktion und das Schweigen von eben breitete sich erneut zwischen uns aus. Es war sehr unangenehm. Am liebsten hätte ich mich irgendwohin verkrochen.

»Wie alt bist du, Miracle?«, fragte sie nach einer Weile neugierig. Ich sah sie wieder kurz an. Ihre Augen wirkten noch recht jung, obwohl unzählige Falten sie umkreisten. Dadurch war ihr Alter nur schwer einzuschätzen. »Bestimmt in Lucs Alter, er ist achtzehn«, antwortete sie sich selbst. »Ihr könnt ja mal gemeinsam etwas unternehmen. Er kennt hier leider noch keinen. Du kannst ihm die Gegend zeigen. Ich habe gehört, in Sunville gibt es drei Kinos. Leider bietet nur eines davon dieses supermoderne 3D an, das ihr jungen Leute so mögt. Ich kenne das noch nicht. Vielleicht sollten wir gemeinsam ins Kino gehen? Es gibt nichts Besseres als eine gemeinsame Unternehmung, um sich kennenzulernen. Wann habt ihr Zeit dafür?« Sefora blickte fragend in die Runde.

Ich drehte meinen Kopf zu Martin und sah ihn bestürzt an. Er wusste, dass ich so was auf keinen Fall wollte, und ich war gespannt, was er nun sagen würde.

»Kino ist nicht so unser Fall«, lautete seine ausweichende Antwort.

Sehr geschickt. Ich widmete mich wieder Hope.

»Was ist mit dir, Luc? Gehst du auf die Sunville High?«, fragte Martin.

»Ich habe bis jetzt zuhause Privatunterricht bekommen«, antwortete er.

Natürlich. Bestimmt hatte er drei Privatlehrer, die zu ihm nach Hause kamen, damit er sich die neuen Turnschuhe nicht schmutzig machen musste. Einer davon unterrichtete ihn sicher am Klavier oder an der Geige. Er war zu einhundert Prozent ein verwöhntes Muttersöhnchen. Diese Annahme war mir lieber, es war besser, wenn ich ihn nicht mochte und das zeigte ich ihm auch, indem ich ihn ignorierte und nicht mal kurz ansah. Bald würde er sich nicht mehr wohlfühlen und von selbst gehen wollen. Dieser Impuls würde ihm schließlich das Leben retten.

Luc trank einen Schluck von seiner Limonade. »Gehst du auf die Sunville High oder auf die Shadylight Academy?«, fragte er mich direkt.

Prima. Nun musste ich antworten, wollte aber nicht. Meine Kiefermuskeln spannten sich an, ich presste die Lippen aufeinander und starrte auf Hopes Fell.

»Sehr schüchtern«, glaubte Sefora, erkannt zu haben.

Klar. Schüchtern. Das erklärte die todbringende Situation mit dem Fluch am besten. Geht endlich, wenn ihr nicht sterben wollt! Oh Mann!

»Sie wird zu Hause unterrichtet.« Martin lächelte mir zu. »Aber Grace, ihre Tante, ist an der Shadylight Kunstlehrerin.«

»Eine Künstlerin also«, erwiderte Sefora und machte ein gespielt erstauntes Gesicht.

»In der Tat, und äußerst begabt, wenn ich anmerken darf.« Martin nickte und erzählte unserem unerwarteten Besuch ausführlich von der eigenen Schmuckkollektion, dem Webshop und den Tonskulpturen, die an der Shadylight unter Grace' Anleitung entstanden. Er zeigte ihnen sogar die drei Engelsfiguren, die bei uns im Wohnzimmer einen Platz gefunden hatten. Die alte Frau war begeistert.

Luc lauschte interessiert, irgendwann griff er nach der Vorratsdose, hob sie hoch und hielt sie in meine Richtung. »Avia hat viel Schokolade in den Teig gerührt. Du magst doch bestimmt Schokolade?«, fragte er mit charmanter Stimme.

Avia? Hieß seine Mutter so? Ich liebte Schokolade, aber das musste der eingebildete Abschlussballkönig nicht wissen. »Danke, ich mag keine Schokolade, davon wird mir schlecht.«

Diese Lüge kam ganz bewusst sehr patzig aus meinem Mund. Das sollte ihm helfen, gehen zu wollen. Ich kraulte Hope weiter. Jedoch nicht, ohne kurz verstohlen in seine Richtung zu schielen.

Martin holte sich beherzt einen Brownie, damit die Situation nicht so peinlich war, und Luc die Vorratsdose wieder abstellen konnte. »Ich hab nichts gegen Schokolade.« Er biss herzhaft hinein und kaute ein paarmal. »Sie sind eine gute Köchin«, lobte er. »Die besten Brownies, die ich je gegessen habe.«

Aus Versehen rollte ich auffällig mit den Augen, denn das war jetzt wirklich etwas übertrieben. So gut konnten sie auch nicht sein. Obwohl sie lecker dufteten.

»Ich habe lange nichts mehr gebacken«, merkte sie an. »Das sind die ersten Brownies seit ein paar hundert Jahren.« Sie wechselte einen Blick mit Luc, dann kicherte sie über ihren eigenen Scherz. »Da wir jetzt umgezogen sind, komme ich bestimmt wieder öfter dazu, eine Küche zu benutzen.« Ihre Augen weiteten sich, denn sie hatte offenbar eine Idee. »Ich würde gerne für euch etwas kochen. Darf ich euch zum Abendessen einladen? Vielleicht schon morgen. Was ist das für ein Tag? Ich bin ja schon alt und vergesslich. Ah, jetzt fällt es mir wieder ein. Heute ist ja Mittwoch, dann ist morgen Donnerstag.« Sie blickte abwechselnd zu mir und Martin, wartete aber nicht auf eine Antwort. »Oh, ja, Donnerstag würde für uns gut passen«, redete sie weiter. »Oder, Luc? Was meinst du? Ist morgen gut?« Sie stellte die Frage so eigenartig, dass es beinahe abgesprochen klang.

»Wood Road 17«, sagte er und nickte. »An der großen, alten Eiche vorbei, das Newman-Haus ist dann nicht mehr zu übersehen.«

»Diese Woche sind wir leider schon verplant«, lehnte Martin höflich ab.

Ich nahm einen dankbaren Atemzug.

Sefora beugte sich etwas zu ihm. »Oh, ihr müsst aber kommen, ich bestehe darauf! Ihr dürft nicht ablehnen, ich werde euch ein Abendessen zubereiten, das ihr nie wieder vergessen werdet. Bitte, wenn ihr nicht kommt, müsste ich denken, ihr würdet unsere Gastfreundschaft nicht annehmen wollen. Bei uns in der Familie ist es Tradition, dass man neue Nachbarn zum Essen oder auf einen Kaffee einlädt …«

Verdammt! Dieser Besuch nahm eine Richtung an, die ich nicht haben wollte. Die alte Frau würde so lange auf Martin einreden, bis ihm die höflichen Ausreden ausgingen, da war ich mir sicher.

»Hope muss dringend pinkeln«, log ich. Bereits einen Wimpernschlag später war ich an der Eingangstür und stolperte mit meiner Hündin die Treppe der Veranda hinunter. Ich wollte diesen Besuch keine Sekunde länger ertragen müssen. Sozialkontakte hin oder her, die beiden mussten verschwinden, wenn sie weiterleben wollten, keinesfalls würde ich einem weiteren Treffen zustimmen.

Ich lief in der Dämmerung zum Seeufer hinab und blieb stehen, um tief durchzuatmen. Das Spray half mir zwar dabei, meine Gefühle zu unterdrücken, dennoch blieb ich klar im Kopf und wusste, dass der Fluch gefährlich für die beiden war. Lebensgefährlich! Ich glaubte zwar nicht, dass Martin einem Abendessen tatsächlich zustimmen würde, aber früher oder später würden bestimmt wieder solche Situationen auf mich zukommen. Erst wenn der Engel den Fluch von mir genommen und ich frei war, konnte ich solche Einladungen annehmen.

»Bitte entschuldige. Avia kann sich manchmal nicht beherrschen.« Lucs Schritte, die auf dem Kies knirschten, kamen näher.

Ich erschrak und wollte nicht, dass er zu mir kam. »Ich wäre gerne allein«, sagte ich, ohne den Blick auf ihn zu richten.

Er lief trotzdem weiter und stellte sich schließlich neben mich. »Avia hatte recht. Euer See ist traumhaft.«

»Avia?«

Luc blickte mich von der Seite an. »Das ist Latein und bedeutet Großmutter.«

Ich zog eine Augenbraue hoch. War er etwa wirklich ein hochtrabendes Muttersöhnchen, das lateinische Wörter benutzte, um cool zu wirken?

Hope kam mit einem Ast angerannt und legte ihn vor uns auf den Kies. Luc bückte sich und warf das Stück Holz schwungvoll am Ufer entlang. Dann steckte er die Hände in die Hosentaschen.

»Ihr bekommt nicht oft Besuch hier draußen, was?«

»Wir sind lieber alleine.«

»Gehst du deshalb nicht zur Schule?«

»Ich gehe nicht hin, weil ich lieber alleine bin. Du kannst dich also entfernen.«

»Schon verstanden.« Er lächelte hörbar. »Es ist lange her, dass man mir eine so deutliche Abfuhr erteilt hat.«

Natürlich war der heiße Schönling nicht daran gewöhnt. »Hast du damals auch nicht darauf reagiert?«

Nun kicherte er. Offensichtlich amüsierte es ihn, dass ich so patzig zu ihm war. »Du bist wohl eine harte Nuss.«

Seine Bemerkung ärgerte mich. »Die harte Nuss bist eher du, wenn du nicht verstehst, dass du gehen sollst, obwohl ich es mehr als deutlich gemacht habe.«

»Wow«, hauchte er bewundernd. »Sind in der Gegend alle hübschen Mädchen so forsch?«

Das klang ja fast, als würde ich ihm damit imponieren. Ich schnaubte, drehte mich um und ging zum Haus zurück. Hope rannte voraus, stellte sich vor die Eingangstür und wartete schwanzwedelnd auf mich. Als ich öffnete, rannte sie sofort hinein. Ich ging schnurstracks in die Küche, da ich zum einen Durst hatte und zum anderen nicht mehr ins Wohnzimmer wollte. Darum griff ich nach der Limoflasche, drehte den Schraubverschluss ab und trank direkt daraus.

Luc stand plötzlich in der Tür. Ich wandte mich eilig um, zeigte ihm somit meinen Rücken und ignorierte ihn wieder. Ihm ab nun nur noch die kalte Schulter zu zeigen, half bestimmt, damit er endlich verschwand. Noch einen Tod eines anderen Menschen konnte und wollte ich nicht mehr verkraften müssen.

»Wir gehen jetzt«, sagte er ganz ruhig. »Die Einladung zum Abendessen steht. Es würde mich sehr freuen, dich morgen wiederzusehen und näher kennenzulernen. Wenn du zusagst, wirst du es nicht bereuen, Mira.«

Es fuhr mir sofort in den Bauch. Ich drehte mich um und sah ihn zum ersten Mal richtig an. Nicht imstande, auch nur einen Ton von mir zu geben.

In seinem dunklen Blick lag etwas Wildes und Geheimnisvolles, er zog einen Mundwinkel höher und schmunzelte. Dann verschwand er.

Mein Herz setzte für einen Moment aus. Völlig verdattert stand ich da und musste mich dazu zwingen, weiterzuatmen und die Luft nicht anzuhalten. Hatte ich mich eben verhört? Ich kramte in meinem Kurzzeitgedächtnis: Nein, er hatte eindeutig den Namen Mira verwendet. Ein Zufall? Das konnte nur ein Zufall sein!

»Lief doch gut«, behauptete Martin und unterbrach damit meine Gedanken. Er kam gerade mit den Gläsern und der Karaffe in die Küche. »Sie haben die Brownies dagelassen, ich bringe ihnen die Tage mal die Vorratsdose zurück.«

Ich war immer noch erstarrt.

»Keine Angst, die Einladung zum Abendessen habe ich natürlich nicht angenommen«, erklärte er. »Das ginge zu weit, so was würde ich dir nicht zumuten. Nicht zu diesem Zeitpunkt. Aber irgendwann bist du in der Lage, auch so was zu tun.«

Ich hörte ihm nur mit halbem Ohr zu. Meine Gedanken kreisten immer noch um Luc und dieses selbstsichere Schmunzeln, als er bemerkt hatte, dass ich ihn gehört hatte.

War es also doch kein Zufall gewesen?

Meine Starre löste sich. Ich rannte an Martin vorbei und riss die Eingangstür auf. Sefora saß bereits im Wagen. Luc stand noch daneben und machte den Eindruck, als hätte er auf mich gewartet.

»Warum hast du mich eben Mira genannt?«, kam es wie aus der Pistole geschossen aus meinem Mund.

Er blickte mir direkt in die Augen. »Du weißt, warum.« Ein spitzbübisches Lächeln erschien auf seinem Gesicht. Dann stieg er ein und fuhr los.

Ich sah ihnen hinterher, bis die Lichter des Wagens nicht mehr zu erkennen waren. Konnte das wirklich sein? Nein, oder doch? Ich schüttelte den Kopf, da ich so verwirrt war.

»Was ist los?«, fragte Martin, als ich die Treppe zur Veranda nach oben nahm.

»Alles gut. Ich wollte nur Tschüss sagen«, schwindelte ich.

Den restlichen Abend ging ich all seine Sätze immer und immer wieder gedanklich durch. Aber ich kam nicht drauf. Oder ich kam darauf und wollte mich der Wahrheit nicht stellen. Weil es zu erschreckend, zu unglaublich wäre …

Wir saßen gerade am Esstisch, ich stocherte gedankenverloren in meinem Abendessen herum. Martin beobachtete mich, wie ich vor mich hinstarrte, dann kam der Therapeut in ihm zum Vorschein. »Dich hat der Besuch doch mehr mitgenommen, als ich zunächst vermutet habe. Du weißt, dass es sehr unhöflich gewesen wäre, ihnen nichts zu trinken anzubieten? Auch wenn du Kontakte zu Menschen meidest, Grace wird den einen oder anderen brauchen, um langfristig hier glücklich zu werden. Am besten reden wir darüber und du sagst mir, was genau dir Schwierigkeiten bereitet hat.«

»Es ist nichts«, lautete meine dünne Ausrede.

»Ich kenne dich zu lange. Natürlich ist was.«

»Eigentlich habe ich gerade überlegt, ob wir nicht doch morgen zu dem Abendessen gehen sollten«, offenbarte ich ihm. »Du hast recht. Wir leben hier und ich will mich nicht von meinen Ängsten beherrschen lassen.«

Er zog beide Brauen hoch. »Das kommt jetzt überraschend«, gab er zu.

»Ich kann ja vorsorglich das Spray verwenden«, schlug ich vor.

Er dachte darüber nach. »Ich denke, das wäre in deinem Stadium viel zu früh.«

»Das wissen wir aber erst, wenn wir es ausprobiert haben. Auf was soll ich warten? Bis ich alt und grau bin?«

Martin aß schweigend weiter, während er die Vor- und Nachteile abwog.

»Schon klar, mein heutiger Auftritt war nicht sonderlich höflich«, gab ich zu. »Aber ich kann mich auch normal benehmen, versprochen.«

»Es geht nicht um dein Benehmen, sondern um deine tiefsitzende Urangst. Und die ist nun mal, dass jemand in deiner Nähe stirbt.«

»Sie werden es schon überleben«, sagte ich so daher und schob mir eine volle Gabel in den Mund.

Martin legte sein Besteck ab und lehnte sich zurück. »Es ist dir ernst damit?«

Ich nickte schnell ein paarmal hintereinander.

»Wie kommt es zu diesem Sinneswandel?«

»Luc war ja auch draußen am See und es ist nichts passiert«, erinnerte ich ihn und log einfach. »Er hatte ein paar gute Argumente. Ich finde ihn nett, er ist in etwa so alt wie ich und …«

»… er gefällt dir«, redete Martin dazwischen. »Ich verstehe.«

»Na, dann ist ja alles klar und wir können morgen zu dem Essen gehen.« Ich brach ein Brötchen entzwei und stopfte mir einen Brocken davon in den Mund.

»Wenn schon, dann sollten sie besser zu uns kommen«, warf Martin ein. »Hier fühlst du dich wohler, du kannst im Notfall dein Zimmer aufsuchen. Es bietet dir mehr Sicherheit.«

»Werde ich nicht brauchen«, beharrte ich. »Es ist an der Zeit, dass ich rausgehe und lebe wie ein normaler Teenager.« In Wahrheit wollte ich herausfinden, warum er mich Mira genannt hatte. Er kannte bestimmt meinen Engel, eine andere Erklärung fiel mir im Moment nicht ein.

Martin beäugte mich kritisch. »Wenn er dir gefallen hat, warum warst du so abweisend?«

»Ich war total nervös. Der erste Junge in meinem Leben, du verstehst schon … Kannst du ihre Telefonnummer herausbekommen? Du solltest sie rechtzeitig anrufen, damit sie Bescheid wissen.«

»Bist du dir absolut sicher?«

Ich nickte, während ich an dem Brötchen knabberte.

»Mal sehen, wie du morgen darüber denkst.«

Für ihn war die Sache klar, er sah das mit seinem Therapeutenblick. Die irre Jugendliche wusste ja nicht, was sie wirklich wollte. Ich musste also energischer werden.

»Super, Martin. Ganz toll«, motzte ich. »In knapp vier Monaten werde ich siebzehn und habe weder eine Freundin noch einen Freund vorzuweisen. Ich kenne niemanden außer dich und Grace! Ganz toll, Martin. Du versaust mir mein allererstes Date!« Ich knallte die Gabel laut auf den Teller und schob den Stuhl zurück. »Wenn ich meine Jugend verpasse, dann hast du Schuld daran!« Ich setzte meine grimmigste Miene auf und trampelte wütend aus der Küche.

Er wollte Normalität von mir, ich gab sie ihm. Es war Schluss mit dem ängstlichen Mädchen, ich musste einer Spur nachgehen. Auch wenn sie sich als falsch herausstellen würde und ich in eine unheilvolle Gefahr rannte, musste ich es wenigstens probieren.

Mein Gefühl sagte mir: Irgendetwas stimmte nicht mit Luc. Die Art, wie er mich in der Küche und auch später am Wagen angesehen hatte, war nicht normal. Und dass er mich mit Mira angesprochen hatte, machte alles nur noch seltsamer.

Er wusste etwas. Bestimmt hatte er auch Kontakt zu einem Engel. Vielleicht sogar zu meinem?

Das würde erklären, warum er den Namen Mira kannte. Was, wenn er unter einem ähnlichen Fluch litt? Oder demselben? Schließlich bekam er ebenfalls Privatunterricht. Aber würde er dann einfach so, ohne Angst, jemand anderen besuchen? Hm.

Ich musste es herausfinden! Natürlich gab es noch andere, warum war ich nicht eher daraufgekommen? Vielleicht hatte mein Engel ihn zu mir geschickt? Möglicherweise konnte er mir in seinem Namen all die Fragen beantworten, die mich schon so lange quälten? So musste es sein! Nun ergab das alles einen Sinn. Ich ging ziellos in meinem Zimmer umher, während ich grübelte. Meine Gefühle wechselten von unsicher zu aufgeregt.

Nach einigen Minuten klopfte Martin an meine Tür. Ich öffnete ihm.

»Miracle, wenn du denkst, dass du so weit bist, dann will ich dich nicht blockieren«, erklärte er. »Ich werde die Einladung annehmen. Aber sobald du morgen Abend einen Hauch von Panik verspürst, fahren wir sofort wieder nach Hause.«

»Geht klar.« Mir entwich ein Lächeln. Es galt zwar nicht Martin, aber er erwiderte es. »Gute Nacht, schlaf gut«, sagte ich noch, ehe ich die Tür wieder zudrückte.

Eilig setzte ich mich aufs Bett und nahm mein Zauberbuch und einen Stift zur Hand.

Hallo Engel, danke, dass du mir Luc geschickt hast. Ich hoffe, er hat auch wirklich alle Antworten auf meine Fragen und eine dauerhafte Lösung für mich. Deine Miracle Blueberry.

Selig ließ ich mich zurückfallen. Hope nahm das als Anlass, um über mein Gesicht zu schlecken. »Igitt, nicht.« Ich drückte sie weg und verschwand im Badezimmer, um in meine Schlafsachen zu schlüpfen. Während ich mir die Zähne putzte, fiel mein Blick zufällig auf den Mülleimer. Der Rasierer lag nach eineinhalb Wochen immer noch da und erzählte von meinen Schandtaten. Ich war einfach zu faul gewesen, den Eimer auszuleeren, da er noch nicht ganz voll war.

Ich spülte meinen Mund sauber, danach zupfte ich ein paar Taschentücher aus der Box und legte sie zusammengeknüllt über den Rasierer, um ihn zu verstecken.

Die ganze Nacht wälzte ich mich unruhig hin und her, einige Male wurde ich sogar richtig wach. Mein Kopf war übervoll mit Fragen, ich lechzte förmlich nach den Antworten. Andauernd überlegte ich, wie es zu dem Fluch gekommen war. Bestimmt hatte eine böse Hexe einen meiner Vorfahren verflucht und ich musste dafür büßen. Irgend so etwas musste es sein. Ich konnte es jedenfalls nicht kontrollieren, aber nun hatte ich den Entschluss gefasst, alles zu tun, um endlich normal leben zu können.

So etwas wie ein 3D-Kino klang für mich wie für jemand anderen ein Flug zum Mars. Unerreichbar! Das würde sich bald ändern, dieses Versprechen gab ich mir selbst.

Die Bibliothek

Überpünktlich fuhren wir am nächsten Abend an der alten Eiche vorbei und steuerten auf das Newman-Haus zu. Es wirkte nicht, als ob es lange leer gestanden hätte, im Gegenteil. Die helle Fassade war komplett saniert, die gepflasterte Einfahrt ebenso. Das Haus war bestimmt viermal größer als unseres. Sie hatten einen großen, gepflegten Garten mit englischem Rasen, und ich konnte ein Stück von einem Pool erkennen. Alles zusammen brachte mich sofort zu der Annahme, dass mein erster Eindruck gestern richtig gewesen war. Diese Familie hatte offensichtlich viel Geld.

Martin riss mich aus den Gedanken. »Du willst immer noch nicht umkehren?«

»Dort drüben kannst du den Wagen parken«, antwortete ich selbstbewusst.

»Sicher?«

»Brauchst du es schriftlich?«

»Du mutierst immer mehr zur aufsässigen Teenagerin.«

»Äh … ja. Das wolltest du doch, oder? Normales Verhalten.«

Martin lachte leise. »Ja, genau das wollte ich.« Er stellte den Motor ab und zog den Schlüssel aus dem Zündschloss.

»Genieße die Lorbeeren, Meister. Das habe ich nur deiner herausragenden Therapie zu verdanken.« Ich grinste ihm ungeniert ins Gesicht und stieg aus. Natürlich spürte ich, wie er mich prüfend beobachtete. Darum zeigte ich mich zum allerersten Mal so, wie sich auch andere Menschen verhielten. Normal.

Dass mir das Herz dabei vor Angst bis zum Hals schlug, verbarg ich geschickt.

Gemeinsam gingen wir zur Tür, Martin drückte auf die Klingel. Ein Dienstmädchen öffnete uns kurz darauf, was mich nicht verwunderte.

Stinkreiche Menschen hatten nun mal Personal.

Wie ätzend.

»Willkommen. Sie werden bereits erwartet.« Die junge Frau zeigte zum Eingangsbereich und den Flur entlang.

Martin ging vor, ich lief mit etwas Abstand hinter ihm. Sie schloss die Tür, dann überholte sie uns. Der Eingangsbereich war nicht protzig, sondern überraschenderweise ziemlich normal eingerichtet. Er war halbrund, zwei Treppen gingen an beiden Seiten nach oben. In der Mitte des Foyers standen eine antike Bank und jede Menge Grünpflanzen. Die wuchsen dort bestimmt gut, sie hatten schließlich direktes Licht von oben durch das runde Deckenfenster.

Im Flur hingen viele Bilder. Alles gemalte Ölporträts mit blonden Menschen. Ich konnte keine Familienähnlichkeiten zu Sefora und Luc ausmachen, darum schenkte ich ihnen nur kurz Beachtung. Wahrscheinlich hingen die noch von den Newmans dort.

Das Dienstmädchen öffnete ganz hinten eine Flügeltür. »Mrs. Muertoni, Ihre Gäste sind hier.«

»Oh, wie wunderbar!«, erklang Seforas Stimme.

Sowie wir durch die Flügeltüren schritten, sahen wir, dass sie gerade die Servietten an der gedeckten Tafel arrangierte. Offenbar machte sie trotz Dienstpersonal einiges selbst. Das ließ sie äußerst sympathisch auf mich wirken.

Martin schüttelte ihre Hand zur Begrüßung. »Dass es so festlich wird, wussten wir nicht«, bemerkte er entschuldigend.

Sie lachte leise in Tischrichtung. »Ich habe zu dick aufgetragen, ich weiß. Aber das gute Porzellan wollte wieder einmal aus dem Schrank.«

Ich trat einen Schritt vor. »Sieht sehr schön aus.«

»Nimm doch Platz«, erwiderte sie. »Luc kommt gleich, er musste noch schnell nach Sunville, um etwas zu besorgen.«

Na, hoffentlich war das wichtig genug, um mich warten zu lassen. Ich setzte mich an die Längsseite der Tafel und schaute mich um. Die Einrichtung gefiel mir, hatte Stil und war nicht allzu protzig. Einige antike Stücke fanden sich hier, aber auch viel Modernes. Da vermischten sich wohl die Generationen.

»Geht's dir gut?«, fragte Martin flüsternd, als Sefora kurz den Raum verließ.

»Total gut.« In Wahrheit hatte ich gerade mein Spray in der Hosentasche ertastet. Diesen neuen Ort und die vielen Eindrücke musste ich erst einmal sacken lassen. Und dann war da noch die Anspannung wegen Luc. Wie würde er sich heute verhalten? Würde ich bald die Gelegenheit bekommen, alleine mit ihm zu reden und all meine Fragen zu stellen?

Sefora schickte das Dienstmädchen mit einer Flasche Wein zu Martin. Sie selbst kam mit einer Schale voller Gebäck zurück, stellte sie auf dem Tisch ab und setzte sich. Die beiden begannen ein längeres Gespräch über das Haus, wann es erbaut worden war und dass sie ursprünglich aus New York stammten. Ich lauschte und war froh, dass sie mich nicht wieder mit so vielen Fragen durchlöcherte, wie gestern.

Endlich betrat Luc den Raum. »Ihr hättet mit dem Essen nicht auf mich warten müssen.« Er kam mit überraschend schnellen Schritten herein, ging zuerst zu seiner Großmutter, küsste sie auf die Wange, dann schüttelte er Martin die Hand. Plötzlich stand er ganz nah bei mir. Ehe ich mich versah, hatte ich eine Sonnenblume in den Händen. »Für dich«, sagte er so charmant, als hätte er es extra einstudiert.

Martin und Sefora wechselten einen vielsagenden Blick und stießen mit ihren Weingläsern an. Mir verschlug es die Sprache. Jedoch nicht, weil Luc heute so unglaublich heiß aussah, das imponierte mir überhaupt nicht. Es war die Anspielung auf meinen Geburtstag und die Sonnenblume, die auf meinem besonderen Buch gelegen hatte.

Er warf mir einen amüsierten Blick zu, was mir bewies, dass er sehr wohl über alles Bescheid wusste. War er vielleicht in der Lage, mit dem Engel direkt zu kommunizieren?

Ich kam nicht dazu, ihn danach zu fragen, denn schon wurde das Dinner eröffnet. Luc nahm mir gegenüber Platz, legte sich Fleisch und Kartoffeln auf den Teller. Ich schaute tatenlos auf meinen leeren hinab, denn ich war noch in Gedanken bei der Sonnenblume. Luc bemerkte es, nahm die Platte mit dem Fleisch hoch und bot sie mir auffordernd an. Ich hob den Kopf und sah ihn direkt an.

»Da ist keine Schokolade dran«, kommentierte er rotzfrech und mit einem Funkeln in den Augen.

»Na, Gott sei Dank. Wenn sich der Zucker bei dir ansetzt, brauchst du dringend eine Fettabsaugung.« Meine ebenso freche Antwort ließ ihn leise auflachen.

Er trank langsam von seinem Wasser, schaute wieder zu mir und hob herausfordernd eine Augenbraue. »Gefällt dir mein Geschenk?«

»Ich steh mehr auf Orchideen.«

»Um die Sonnenblume zu besorgen, musste ich in drei Blumenläden«, beschwerte er sich.

Nun trank ich von meinem Wasser. »Das hättest du mal besser bleiben lassen.« Ich stellte das Glas ab und zog ebenfalls eine Augenbraue hoch. Was er konnte, schaffte ich mit links.

Er verkniff sich ein Lachen.

Während des Essens beobachtete ich ihn verstohlen. Heute trug er keine Baseballkappe. Seine kohlrabenschwarzen Haare waren oben etwas länger als an den Seiten und wohl bewusst zerzaust. Wahrscheinlich brauchte der Schönling zehn Stunden im Badezimmer, bis die Haare so gut saßen. Heute bemerkte ich auch sein Tattoo. Es begann hinter dem linken Ohr und schlängelte sich seitlich über den Hals zur Schulter. Warum war es mir gestern nicht aufgefallen? Okay, gestern hatte ich nur damit verbracht, ihn ganz bewusst zu verachten. Darum hatte ich ihn kaum angeschaut. Heute würde sich das ändern. Nun wollte ich mir alle Details von ihm einprägen. Dieses besondere Tattoo zum Beispiel. Die tribalen Muster erinnerten mich an die Tätowierungen der Urvölker auf Hawaii. Oder eher an die Wikinger? Ein Volk in Afrika vielleicht? Mist. Ich hätte in Weltgeschichte besser aufpassen sollen.

Luc bemerkte, wie ich ihn fast schon anstarrte, und schmunzelte unverschämt eingebildet in meine Richtung.

Ich rollte absichtlich übertrieben mit den Augen, schnitt eine Grimasse und blies gelangweilt die Luft aus, damit er wusste, dass er mich extrem nervte. Gott sei Dank waren Martin und

Sefora so in ihr Gespräch vertieft, dass sie meine Gesichtsentgleisungen nicht bemerkten. Martin glaubte, Luc hätte es mir angetan. Mein allererster Schwarm sozusagen. Das sollte er ruhig weiterhin denken, denn so musste ich ihm das mit dem möglicherweise gemeinsamen Engel nicht erzählen.

Ob Luc auch unsterblich war? Hm … konnte ich kaum glauben. Dann wäre er sicher nicht so locker. Wenn er das Gleiche durchgemacht hätte wie ich, lägen ihm bestimmt auch ein paar dunkle Schatten auf der Seele. Er wirkte aber, als wäre ihm noch nie etwas Schlimmes zugestoßen.

Ich musterte unauffällig seine Großmutter. Sicher waren ihre Haare einmal so schwarz gewesen wie seine. Ihre nun dunkelgrauen Locken kräuselten sich an ihren Schultern, sie trug einen hübschen Halsschmuck aus Leder mit einem grünen Stein darin. So etwas hatte ich noch nie gesehen. Ihr Oberteil, eine lockere Tunika mit Blumenmustern an der Knopfleiste, erinnerte mich an eine Reportage im Fernsehen, die über europäische Gypsys berichtet hatte. Vielleicht stammten sie ja von diesen ab? Die fand ich schon immer cool, denn unter denen war das Wahrsagen und Kartenlegen Normalität, die waren richtig begabt darin. Ich sah heimlich zwischen Luc und seiner Großmutter hin und her. Konnte es sein, dass er solch ein Hellseher war? Oder seine Großmutter?

Wenn sie keine Gypsys waren, dann vielleicht Magier? Ich widmete mich wieder meinen grünen Bohnen und grübelte.

Oh, oh … Was, wenn ihre Vorfahren meine Ahnen und damit auch mich verflucht hatten? Wollten sie den Fluch von mir nehmen oder sich nur davon überzeugen, ob er immer noch fortbestand? Ich sank etwas tiefer in den Stuhl, meine Gedanken fuhren Achterbahn und schleuderten meine Gefühle ohne Sicherheitsgurt hin und her.

»Das Dessert werden wir im Wintergarten einnehmen«, hörte ich Sefora sagen. Meine Grübelei hatte mich so weit fortgebracht, dass ich das Ende des Essens nicht mitbekommen hatte. Ich guckte nach unten. Mein Teller war fast leer. Ich schob eilig den Rest der Soße zusammen und hievte sie auf die letzte Kartoffel.

Sefora schaute zu mir. »Ich habe für dich ein schokoladenfreies Dessert zubereitet.«

»Für uns gibt es Schokomousse.« Luc grinste breit.

Prima. Er hatte mich durchschaut.

Natürlich liebte ich Schokolade. Mist! Ich tat, als hätte ich seine spitze Bemerkung nicht gehört.

»Vielen Dank, Sefora, das weiß ich sehr zu schätzen«, erwiderte ich höflich und aß die letzte Kartoffel mit extra viel Genuss.

Die anderen waren längst fertig. Sefora stand auf. »Bitte folgt mir.«

Ich legte die Serviette neben dem Teller ab und schob den Stuhl zurück. Auf das schokofreie Dessert hatte ich absolut keinen Bock, aber das musste ich wohl oder übel essen, um Luc keine Genugtuung zu verschaffen. Ich dachte an die Tafel Schokolade in meinem Nachtkästchen und wusste schon jetzt, dass ich sie vor dem Zubettgehen restlos auffuttern würde.

Der Wintergarten war toll. Mit Rattanmöbeln, vielen Zimmerpflanzen und einem kleinen Brunnen, der Nebel über eine Steintreppe nach unten fließen ließ. Gefiel mir. Ich blieb davor stehen und entdeckte einen kleinen weißen Stein in der Mitte, der in allen Farben des Regenbogens wechselte.

Luc hatte sich bereits sein Glas mit Schokomousse geholt, stellte sich demonstrativ neben mich und begann es übertrieben genussvoll auszulöffeln.

»Ich hoffe, du erstickst daran«, flüsterte ich.

Er lachte leise. »Willst du kosten?«

»Danke, mir ist der Appetit neben dir vergangen.«

»Schade. Es wäre noch genug da gewesen.«

»Dann hast du ja genügend Versuche, daran zu ersticken.« Ich ließ ihn stehen und setzte mich zu Martin und Sefora auf einen der Rattansessel.

Luc gab sich Mühe, nicht zu grinsen. Vergeblich. Er kam zu uns und setzte sich auf den Sessel neben mich. Als er nicht hersah, zwinkerte mir Martin zu. Ich schenkte ihm ein Lächeln, das sowohl verlegen wirkte als auch verschwörerisch. So unterstrich ich meine Schwindelei, ich würde auf Luc stehen.

»Lass es dir schmecken.« Sefora reichte mir mein Dessert. »Mango mit Kokos.«

Scheiße. Ich mochte weder Mango noch Kokos.

»Vielen Dank, Sefora«, säuselte ich und aß sofort den ersten Löffel davon. Ich hasste den Geschmack von Kokos und unterdrückte ein leichtes Würgen, überspielte es aber mit einem dankbaren Lächeln, denn Sefora wartete auf meine Reaktion.

»Wow, sehr lecker«, log ich in Perfektion.

Damit war sie zufrieden. Sie führte das Gespräch mit Martin fort, in dem es um weltweite Reiseziele ging. Nicht mehr lange und beide wussten gegenseitig, wo sie bereits ihren Urlaub verbracht hatten.

Da konnte ich nicht mitreden, ich war noch nie in Urlaub gewesen.

Luc beugte sich ganz nah zu mir. »Lust auf eine Partie Schach?«, raunte er ganz leise in mein Ohr. »Dachte, wir verziehen uns in die Bibliothek.« Sein warmer Atem kitzelte mich so sehr, dass es mich fröstelte.

Ich wich von ihm ab, damit ich ihn ansehen konnte. »Wo ist die Bibliothek?« Nun bekam ich endlich die Chance, allein mit ihm zu reden. Natürlich wollte ich sofort mit ihm gehen.

Luc ließ sich absichtlich mit der Antwort Zeit. Er genoss es regelrecht, mich zappeln zu lassen. »Avia, wir ziehen uns für ein Schachspiel zurück«, sagte er endlich.

Ich stellte das angebrochene Dessert auf den Tisch und stand mit ihm auf.

»Wohin wollt ihr gehen?«, fragte Martin.

»Nach oben in die Bibliothek.« Luc war schon fast aus dem Wintergarten.

Das gefiel Martin gar nicht. »Ihr bleibt besser hier, damit wir euch im Auge behalten können.«

Luc drehte sich wieder um und wollte gerade antworten, aber Sefora legte ihre Hand auf Martins Arm. »Es ist nur harmloses Schach. Die beiden wollen bestimmt nicht den ganzen Abend nur mit uns verbringen.«

Martin sah nun mich an. »Ihr könnt hier spielen.« In seiner Stimme lag wieder dieser autoritäre Ton. »Du weißt, warum du in meiner Nähe bleiben musst.«

Dagegen konnte ich nichts sagen, sonst hätten unsere Gastgeber erfahren, dass ich unter strenger ärztlicher Beobachtung stand, und das wollte ich nicht. Unsicher schaute ich zu Luc.

»Kein Problem, ihr könnt ja auch nach oben kommen, wenn ihr mit eurem Kaffee fertig seid«, schlug er vor.

»Eine gute Idee«, bestätigte Sefora und trank genüsslich einen kleinen Schluck aus ihrer schneeweißen Porzellantasse. Irgendwie erweckten die beiden wieder den Eindruck, als hätten sie sich abgesprochen. Das bestätigte sich auch, als sie sich gegenseitig einen vielsagenden Blick zuwarfen.

Ich sah Martin an, hob beide Augenbrauen und hoffte auf seine Zustimmung. Er zögerte einige Sekunden, dann nickte er.

»Lasst aber die Tür offen, wir kommen bald zu euch.«

Das war für Luc das Zeichen, zu verschwinden. Ich wirbelte herum und eilte ihm hinterher. Er durchquerte bereits im Schnellschritt das Esszimmer.

»Ein höflicher Mensch würde warten«, beschwerte ich mich leise, denn er verlangsamte nicht mal annähernd sein Tempo und war schon im breiten Flur.

»Die Bibliothek ist im oberen Stock.« Er eilte mit großen Schritten den Flur entlang, an den Ölporträts vorbei und nahm die Treppe nach oben. Immer zwei Stufen auf einmal.

»Sag mal, bist du auf der Flucht?« Mein Atem wurde keuchend.

Er stoppte abrupt und drehte sich zu mir um. Fast wäre ich mit ihm zusammengestoßen.

»Vielleicht will ich so lange wie möglich mit dir alleine sein?«, flüsterte er und eine besondere Aufforderung lag in seinen Augen.

»Du bist ganz schön eingebildet«, gab ich unbeeindruckt zurück.

Er kam absichtlich näher und sah mir tief in die Augen.

Dann zog er frech einen Mundwinkel hoch und schmunzelte amüsiert.

»Du gefällst mir, Mira.« Schon drehte er mir wieder den Rücken zu und rannte weiter die Treppe hinauf.

Kopfschüttelnd folgte ich ihm. Auch wenn er gut aussah, er war zu eingebildet, um mich erobern zu können. Meinen ersten Freund stellte ich mir ganz anders vor. Normal und total nett, jemand, mit dem ich lachen konnte und bei dem ich mich wohlfühlte. Dieser Luc war das Gegenteil von dem Freund, den ich mir ausgemalt hatte. Unter anderen Umständen würde ich keinerlei Interesse an ihm hegen. Aber der Engel hatte ihn ausgewählt und ich erhoffte mir Antworten.

Nur deshalb war ich hier.

Die Bibliothek lag am Ende des Flures. Sie beherbergte eine beträchtliche Büchersammlung. Auf der linken Seite stand ein runder Tisch mit einem Schachspiel, sowie zwei Stühle. Rechts war ein Ledersofa und üppige Grünpflanzen standen direkt am Fenster. Dort war auch ein alter, verblichener Globus. Ich ging neugierig hin und drehte ihn langsam.

Luc blieb mitten im Raum stehen und beobachtete mich.

»Nun stell schon deine Fragen«, drängte er mich mit einem Mal.

Dass er einfach so und ohne Übergang damit herausplatzte, überraschte mich. Ich wandte mich um und machte eine unschuldige Miene. »Welche Fragen?«

Er atmete schneller, schob beide Hände in die Hosentaschen seiner Jeans und wirkte plötzlich nicht mehr so hochtrabend und selbstsicher wie zuvor. Oder stellte er mich gerade auf die Probe? Wollte er, dass ich mit dem Offenlegen des Themas begann? Mein Bauchgefühl sagte mir, dass es so war. Ich schaute wieder zum Globus und schubste ihn noch mal an.

»Ich habe viele Fragen«, redete ich auf den Globus hinunter. »Die erste wäre, warum du von meinen Fragen weißt?«

Hinter mir war es für einen Moment eigenartig still. Ich drehte mich wieder um.

Luc legte den Kopf leicht schräg und sah mich schweigend an. Dann ging er zu einem Schrank, nahm eine Flasche Bourbon Whiskey heraus und schüttete sich etwas davon in ein Glas.

»Bist du nicht zu jung, um Alkohol zu trinken?«, fragte ich verblüfft.

»Ach, Mira.« Er seufzte. »Wenn du wüsstest.« Er setzte das Glas an und trank den ganzen Bourbon in einem Zug leer. Sofort goss er sich noch etwas nach.

»Spinnst du?«, zischte ich. »Wenn das die beiden sehen, gibt's Probleme.« Warum tat er denn so was Dummes?

Luc ignorierte meine Maßregelung, behielt das Glas in der Hand, schwenkte es und schaute hinein. »Du musst die Fragen stellen, Mira«, forderte er, ohne mich anzusehen. »Die Zeit wird knapp.« Er trank auch dieses leer und stellte es neben der Whiskeyflasche ab.

»Warum wird die Zeit knapp?« Sein eigenartiges Verhalten verwunderte mich sehr.

»Dein Psychiater wird bald kommen und die Chance, deine Fragen ungestört zu stellen, erlischt damit. Aber wer weiß, vielleicht brauchst du ja doch noch Zeit, um mit den Antworten klarzukommen?« Endlich drehte er sich wieder um und sah mich direkt an.

Aber was ich in seinem Blick erkannte, gefiel mir gar nicht. Etwas Unheimliches lag darin.

»Wer bist du?«, fragte ich vorsichtig. Und woher wusste der Typ überhaupt von meinem Psychiater?

»Was denkst du denn?«, lautete seine Gegenfrage.

Hastig überlegte ich und ging einige Möglichkeiten durch. War er nur unsicher, oder warum verhielt er sich jetzt so komisch?

»Du kennst meinen Engel«, schlussfolgerte ich einfach.

Er zog beide Augenbrauen kurz hoch, dann nickte er.

»Bist du auch unsterblich?«, lautete meine zweite Frage.

Wieder nickte er. »Ja.«

Mein Mund formte sich zu einem lautlosen O.

»Frag weiter.« Seine Stimme klang nun etwas tiefer.

»Woher weißt du von der Sonnenblume?«, wollte ich als Nächstes wissen.

Luc presste den Kiefer zusammen und schwieg. Ich ging zu dem Tisch mit dem Schachspiel und setzte mich. Er antwortete mir nicht. »Überlegst du gerade, ob du es mir verraten möchtest?«, fragte ich ihn.

»In der Tat. Ja.«

Ich nahm die weiße Königin vom Spiel und bewunderte einen Moment diese wundervolle Schnitzkunst. Das sollte ihm Zeit geben, um sich zu entscheiden. Aber er schwieg weiterhin. »Nun sag schon«, forderte ich ihn leise auf, als ich die Königin wieder an ihren Platz zurückstellte. »Woher weißt du das mit der Sonnenblume?«

Er knirschte hörbar mit den Zähnen, ehe er sich einen Ruck gab. »Ich habe sie dir zum Geburtstag geschenkt«, offenbarte er und an seiner Stimme erkannte ich, wie schwer es ihm fiel, diese Worte auszusprechen. Er musterte mich prüfend, um zu sehen, wie ich darauf reagierte.

Meine Kinnlade ging nach unten. »Du bist der Engel?«, flüsterte ich fast lautlos.

Ganz langsam, fast im Zeitlupentempo, nickte er wieder.

Oh mein Gott! Konnte das wahr sein? Meine Blicke huschten prüfend über ihn, meinen Engel hatte ich mir komplett anders vorgestellt. Keinen achtzehnjährigen Teenager in Jeans und Turnschuhen.

»Du veralberst mich gerade«, gab ich entschieden zurück und warf ihm einen bitterbösen Blick zu. »Das ist nicht witzig, Luc.«

»Ich heiße eigentlich Lucien«, stellte er richtig.

Nun schwieg ich ihn an. Was sollte ich auch sagen?

»Wie du bemerkst, fällt es mir nicht leicht, dir die Wahrheit zu erzählen, Mira …«

Jetzt fiel ich ihm doch ins Wort. »Warum nennst du mich immer so? Ich heiße Miracle und nicht Mira.«

»Mira ist aber dein richtiger Name. Deine Mutter hat dich so genannt, denn es ist der Vorname ihrer eigenen Mutter, die drei Monate vor deiner Geburt gestorben ist.« Seine Worte kamen leise aus seinem Mund. »Aber eine Krankenschwester hat deinen Vater überredet, dich Miracle zu nennen, weil du ein Wunder für sie warst.«

Bitte was? Woher wollte er das wissen? Ich schnappte lautlos nach Luft. »Luc, bitte …«

»Lucien«, korrigierte er mich, ging zur Tür und blickte in den Flur hinaus. »Wir müssen gehen, Mira.«

»Was? Wohin denn?« Wieso sollten wir jetzt gehen, Martin und Sefora würden ja gleich kommen. Das überforderte mich alles sehr.

Lucien kam zu mir. »Sie kommen bald die Treppe hoch«, teilte er mir mit. »Wir müssen jetzt los, damit wir weiter ungestört miteinander reden können.« Er ging zu einem vollen Bücherregal und schob es zur Seite. Spielend leicht, als hätte es kein Gewicht! Dahinter kam eine gemauerte Wand zum Vorschein.

Mein Herz pochte sofort schneller. »Was geht hier vor sich?« Er fing an, mich zu ängstigen.

Lucien zeigte auf die Ziegelwand. »Wenn wir hier hindurchgehen, treten wir aus der Erdenzeit aus. Martin wird nicht bemerken, dass wir fort waren. Es wird für ihn sein, als wäre nichts Besonderes geschehen. Das ist wichtig, Mira. Keiner darf von deinem Geheimnis erfahren.« Diese Worte kamen leicht über seine Lippen, mir lagen sie jedoch schwer auf dem Herzen.

Wie bitte? Sagte er eben, wir müssten durch diese Wand gehen? Was meinte er mit Erdenzeit? Gab es noch eine andere? Mein Kopf schwirrte wie der Raum, in dem ich mich befand. Alles drehte sich, ich stand auf und zog mein Spray aus der Hosentasche.

Lucien war sofort bei mir, nahm es mir ab und legte es auf den Tisch neben das Schachspiel. »Das brauchst du nicht, Mira.« Er fixierte mich mit seinem Blick. »Du hast dich vier Nächte lang selbst ermordet, um mir zu begegnen. Da hast du mir vertraut. Bitte vertraue mir auch jetzt, ich bringe dich unversehrt wieder zurück, okay?« Er flüsterte, seine hauchende, ja, fast windähnliche Stimme erinnerte mich an unser Gespräch in der Dunkelheit, als ich tot war.

Ich nickte, war nun total verstummt. Und es lag nicht nur an seiner Nähe.

Er hob mein Kinn mit Daumen und Zeigefinger, ich versank in seinem Blick. »Wir müssen das jetzt tun. Es gibt so viel, über das wir reden müssen. Die Zeit dafür haben wir aber nur hinter dieser Wand.«

Wieder nickte ich nur, denn ich war nicht fähig, auch nur ein Wort zu formulieren.

Vom Flur her drangen entfernte Stimmen zu uns. Lucien nahm meine Hand und zog mich zu der gemauerten Wand. Ohne Vorwarnung drückte er mich eng an sich und umarmte mich. Mit einer Hand hielt er meinen Kopf, mit der anderen presste er meinen Körper noch fester an sich. Ich fühlte seinen Herzschlag. Und dann war da plötzlich diese Vertrautheit, die ich sonst nur nach meinem Tod verspürte. Diese besondere Verbindung, sie war einzigartig. Ich war ihm völlig ausgeliefert, entmachtet, da er mir so nahe war.

Er hob mich an und machte einen Schritt in die Ziegelmauer hinein. Sie schien nicht zu existieren, es war, als würden wir durch Luft gehen. Lucien behielt noch einige Sekunden seine Hände an meinem Kopf und Rücken, dann ließ er mich sanft los. Ich zwang mich, regelmäßig zu atmen, denn bis eben hatte ich die Luft angehalten.

Wir standen in einem komplett anderen Raum! Wie war das möglich?

Ich legte sofort meine Handfläche auf die gemauerte Wand, durch die wir gerade gekommen waren, aber sie war hart. Wie Stein. Waren wir da eben tatsächlich hindurchgegangen?

»Wie kann das sein?« Die Verwunderung darüber stand mir ins Gesicht geschrieben.

»Mira, ich werde dich erst wieder zurückbringen, wenn du alles erfahren hast. Wir sind gerade aus der Zeitlinie der Erde ausgetreten, hier vergeht die Zeit sehr viel langsamer. Du kannst dich also entspannen.«

»Wo …« Ich musste mich räuspern, da mein Hals wie Sandpapier kratzte. »Wo sind wir hier?«

Der Raum sah so abnormal normal aus. Jedenfalls nicht, wie ich mir den Himmel vorgestellt hatte. So stellte ihn sich bestimmt kein Mensch vor. Der Fußboden bestand aus abgeschliffenen Holzbrettern mit schöner Maserung, neben uns standen eine lange Kommode, ein Schreibtisch mit Leselampe sowie ein Drehsessel. Ein runder grün melierter Teppich lag in der Mitte.

An den Wänden, die penibel weiß gestrichen waren, hingen einige Nahaufnahmen von roten und gelben Blüten. Ich sah noch zwei Regale mit Büchern, konnte aber leider kein Fenster entdecken. Dafür stand nicht weit von mir entfernt ein recht modernes Ecksofa, daneben hatte ein niedriger, unförmiger Tisch seinen Platz gefunden. Dort lag ein bereits begonnenes Schachspiel. Die zwei Türen links und rechts vom Sofa waren verschlossen.

Lucien verfolgte geduldig meine Blicke, während ich mir alles einprägte.

»Hinter dieser Tür befindet sich mein Schlafzimmer«, erklärte er, ging hinüber zur rechten und schubste sie auf. Ich sah nur ein Stück eines Bettes, schwarze Bettwäsche lag darauf. Lucien ließ sie geöffnet und ging zur anderen Tür. Sie bestand aus dickem, fast schwarzem Holz und wirkte sehr schwer. »Diese hier ist absolut tabu für dich. Hörst du? Du darfst sie niemals öffnen. Hast du verstanden?«

Das klang sehr bedrohlich. »Was verbirgt sich dahinter?«, fragte ich vorsichtig.

»Das ist jetzt nicht von Belang«, stellte er klar. »Es ist gefährlich für dich, wenn du dich nicht an diese Regel hältst.«

Ich glaubte ihm nicht. Dahinter waren bestimmt andere Engel, die ich nicht sehen durfte. Ein himmlisches Geheimnis oder so was. Menschen waren hier vielleicht verboten? Das war mir im Moment aber egal. Der Raum, in dem ich mich gerade befand, und die Tatsache, eben durch eine steinharte Wand gegangen zu sein, verwirrten mich schon genug.

»Du hast mich in dein privates Zimmer gebracht?« Mein Blick ruhte fragend auf ihm.

»Nur hier ist es sicher für dich.« Er ging zum Sofa. »Setz dich«, sagte er locker und ließ sich auf den weichen Kissen nieder.

Ich musste schlucken. »Du willst auf dem Sofa sitzen und mit mir plaudern?«

»Was erwartest du?«, fragte er. »Das Bett ist tabu für dich.«

Da war er wieder, dieser freche und selbstsichere, etwas aufgeblasene Typ. Ich unterdrückte das kindische Gefühl, ihm die Zunge rausstrecken zu wollen.

»Nun setz dich doch endlich.«

»Entschuldige, ich muss das erst noch verdauen.«

»Das kannst du auch im Sitzen.«

Damit hatte er nicht unrecht. Ich ging hinüber, setzte mich in gebührendem Abstand zu ihm aufs Ecksofa. Dabei starrte ich ihn förmlich an und versuchte, irgendwie mit der Situation klarzukommen.

»Den Himmel habe ich mir so aber nicht vorgestellt«, gab ich leise zu.

»Ich habe extra saubergemacht«, lautete seine sinnfreie Antwort. »Was stört dich an meinem Zimmer?«

»Nichts«, nuschelte ich.

Wir schwiegen einen Moment.

»Es tut mir leid, dass ich dich so überrumpelt habe«, sagte er schließlich. »Aber zu meiner Verteidigung muss ich dir sagen, dass ich lieber noch gewartet hätte, mich dir zu zeigen. Da du mich aber dazu gezwungen hast, musste ich das jetzt tun.«

»Was genau meinst du? Mich von der Erde in den Himmel zu entführen?«

»Das auch«, räumte er ein und legte den Kopf ein wenig schräg. »Ich hatte erwartet, du würdest mich mögen, und ich bekäme die Möglichkeit, in Ruhe mit dir zu reden. Aber du kannst mich offensichtlich nicht ausstehen und lehnst mich ab, seit du mich gesehen hast. Darum habe ich meinen ursprünglichen Plan verworfen und jetzt sitzen wir hier.«

Ach, so war das also. »Du hast doch nicht ernsthaft erwartet, dass ich mich freue, wenn du in der Tür stehst?«

»Sieh mich doch an, keine sagt Nein zu diesem Gesicht.«

Er wollte es witzig sagen, aber mir war nicht zum Lachen zumute.

»Wow«, hauchte ich. »Ziemlich eingebildet, findest du nicht?«

Er zuckte mit den Schultern. »Du warst ja sofort abweisend zu mir.«

Autsch, er wirkte tatsächlich beleidigt. »Normalerweise sterben Menschen in meiner Nähe«, stellte ich sofort klar. »Du warst mir dabei völlig egal, ich musste nur an den Fluch denken.«

»Der Fluch«, flüsterte er und seine Miene wurde sehr nachdenklich. »Was würdest du sagen, wenn ich dir mitteile, dass es kein Fluch ist, dass du nicht sterben kannst?«

Ein langes Gespräch

»Was ist es dann?« Ich nahm ein kleines Kissen und drückte es mir an den Bauch, um etwas festhalten zu können.

Sein Atem ging plötzlich schwerer, er rang um Worte und stand auf. »Mira … ich …« Er ging ein paar Schritte vom Sofa weg und in den Raum hinein, dann drehte er sich wieder um. »Ich … ich bin«, stammelte er.

»Du hast Angst, es mir zu sagen?«, erkannte ich. Er nickte. »Was ist es?«, fragte ich. »Kein Fluch? Was ist es dann? Eine Strafe? Warum sterben Menschen wegen mir? Bin ich ein Todesengel oder so etwas, und du mein Schutzengel? Was ist es, Lucien? Bitte, sag es mir doch endlich!« Ich schnaubte aufgebracht, meine Stimme wurde etwas lauter. »Mein Kopf platzt gleich, da sind sooo viele Fragen. Ich brauche dringend deine Hilfe, das Unglück mit Aline muss das letzte gewesen sein, mehr ertrage ich nicht. Bitte, hilf mir doch endlich. Das ist alles so schrecklich. Ich kann so einfach nicht weiterleben …«

»Schon gut«, sagte er schnell. »Du hast mit deinen vielen Selbstmorden ja deutlich gemacht, dass du so weit bist, die Wahrheit zu erfahren.«

»Du hättest mir ja sonst niemals geantwortet«, warf ich ihm vor.

»Ich hatte nicht gedacht, dass du so weit gehen würdest«, gestand er leise und setzte sich wieder aufs Sofa. »Aber dann hast du es tatsächlich getan und ich habe mich darüber gewundert. Anschließend hast du es immer wieder und wieder getan und danach hast du nicht mehr damit aufgehört.«

»Es lag an dir, mich daran zu hindern«, machte ich deutlich.

Seine Augen verengten sich etwas, er nickte nachdenklich. »Ich weiß. Aber ich konnte noch nicht und wollte zu Beginn herausfinden, wo deine Grenze liegt. Du hast mir jedoch gezeigt, dass du eine Willenskraft besitzt, die überirdisch ist.«

Ich sah ihn ungläubig an. »Das klingt ja fast, als hätte es dir gefallen?«

»Das hat es auch. Es gefiel mir sehr, wie du deine Entscheidung, ganze dreiunddreißig Mal in den Tod zu gehen, so entschlossen durchgezogen hast«, antwortete er ehrlich und seine Aufrichtigkeit fuhr mir in den Bauch.

Warum fand er das gut? Ich hatte mir vier Nächte lang Gewalt angetan, mein Blut war dreiunddreißig Mal den Abfluss hinuntergeflossen. Was war daran gut? Was stimmte nicht mit ihm?

»Zu sterben ist schrecklich«, flüsterte ich, weil ich seine gemeinen Worte nicht verstand. Wie konnte er es gut finden, dass ich Unmengen an Schmerzen erlitten hatte?

»Und trotzdem hast du dich umgebracht, Mira. Immer und immer wieder. Nur um mit *mir* zu reden.«

Ich spürte, wie Tränen in meine Augen drangen. »Warum bist du so gemein? Sind Engel als Himmelswesen nicht immer nur gut zu Menschen? Warum hast du vier Nächte gewartet, bis du endlich mit mir geredet hast?«

»So einfach ist das nicht. Mir ging die Puste aus, auch an mir geht sowas nicht spurlos vorüber. Und es wurde gefährlicher, mit jedem Mal. Außerdem musste ich vermeiden, dass dich mein Vater entdeckt.«

»Ähm«, antwortete ich langgezogen. Ich verstand ihn gerade überhaupt nicht. Warum gefährlich? »Ist nicht Gott dein Vater?«

Lucien nahm einen sehr langen und tiefen Atemzug. »Nein. Gott ist nicht mein Vater und ich bin in Wahrheit auch kein Engel.« Er sagte es leise und sehr geheimnisvoll. »Ich bin ein unsterbliches Wesen, Mira. Mein Vater ist der Tod.«

Ich riss überrascht die Augen auf. Das konnte er nicht ernst meinen!? Ich suchte vergeblich in seinem Gesicht nach einem Anzeichen, dass er gerade scherzte. Aber er sagte die Wahrheit. Seine Augen wirkten auf einmal so dunkel und düster.

Vor Angst sprang ich vom Sofa auf und ging einige Schritte fort, denn plötzlich war mir alles klar: Er war böse! Durch und durch böse!

»Ich will sofort wieder zurück«, verlangte ich mit zitternder Stimme, aber er reagierte nicht darauf, sondern sah mich nur ruhig an, als würde er beobachten wollen, wie ich kleiner, schwacher Mensch auf ihn reagierte.

Das brachte mich auf die Palme. »Kein Wunder, dass dir meine Selbstmorde gefallen haben, du Sadist!«, schrie ich wütend und war kurz froh, dass mich Martin hier nicht hören konnte. »Du hast dich wahrscheinlich daran ergötzt! Was bist du? Ein Dämon? Du bist von Natur aus böse, wenn dir gefallen hat, wie ich ausblute! Du bist der Teufel! Bestimmt heißt du nicht Lucien, sondern Lucifer!«

»Bitte beruhige dich, Mira«, versuchte er mich zu beschwichtigen. »Genau vor dieser Reaktion hatte ich Angst.«

»Ja, was zur Hölle hast du denn erwartet?«, donnerte ich zornig in seine Richtung. »Dass ich dir alles verzeihe, nur weil du gut aussiehst? Du hast über all die Jahre zugelassen, dass ich glaubte, die Schuldige zu sein! Für was? War ich ein Spiel für dich, ein Zeitvertreib? Du hast mich sterben lassen und mir das Gefühl gegeben, andere Menschen durch meine bloße Anwesenheit umgebracht zu haben! Aber du bist der Böse, Lucien. Ich will nichts mit dir zu tun haben. Bring mich sofort wieder zurück! Ich sterbe lieber für immer, als noch eine Minute in einem Raum mit dir zu sein!« Hinter meinen Augen entstand ein pochender Schmerz. Ich schloss sie und drückte mit der flachen Hand auf meine Stirn. Das half nicht wirklich, aber es war besser, als nichts zu tun.

Ich hörte ihn nah vor mir atmen und schreckte zurück. »Geh bloß weg von mir«, drohte ich ihm und machte einen Schritt rückwärts.

»Mira, du musst keine Angst vor mir haben«, sagte er ruhig, aber ich fuhr zusammen.

»Du bist ein sadistischer Dämon«, keuchte ich zitternd und machte noch einen Schritt zurück. Aber hinter mir war nun die Wand, durch die wir gekommen waren. »Du bist mein Fluch!« Ich ballte verkrampft die Hände zu Fäusten und lehnte den Rücken an die Ziegelmauer. Mein Kopf hämmerte inzwischen stark, der Raum drehte sich und mein Atem schien aus den

Lungen entwichen zu sein. Ich dachte an das helfende Spray, welches hinter dieser Mauer lag, und an Martin, der mich nach Hause fahren konnte. »Bitte, lass mich gehen«, flehte ich atemlos.

Lucien blieb auf der Stelle stehen und sah mich ausdruckslos an. »Du kannst nicht gehen«, sagte er nach einer langen Pause. »Nicht, solange du nicht die ganze Geschichte kennst.«

Ich schaute hinunter auf den Boden, weil ich seinen Anblick nicht länger ertrug. »Die ganze Geschichte interessiert mich echt nicht mehr. Du hast mit mir gespielt, Lucien. Mein Leben lang. Ich war noch ein kleines Kind, verdammt! Du bist abgrundtief böse, daran ändert auch der Rest der Geschichte nichts. Denn welchen Grund könntest du haben, mich über all die Jahre so zu quälen?«

Er kam langsam näher, beugte sich etwas zu mir und suchte meinen Blick, aber ich drehte meinen Kopf weg. Er richtete sich wieder auf. »Du kannst mich hassen und als böse bezeichnen, aber das alles war weder mein Wunsch noch eine Spielerei von mir. Und es ändert auch nichts an der Wahrheit. Ich habe dich beschützt, Mira. Ich habe dir immer meinen Lebensatem eingehaucht und dich ins Leben zurückgeschickt.« Sein Brustkorb bewegte sich langsam und kraftvoll auf und ab. Dann ging sein Atem etwas schneller. »Nur weil ich der Sohn des Todes bin, bin ich noch lange kein Dämon oder ein Sadist. Du siehst mich völlig falsch.« Die letzten Worte kamen leise aus seinem Mund.

Er wartete noch einen Moment, dann ging er aus dem Raum in sein Schlafzimmer. Geräusche erklangen, die sich wie klirrendes Glas anhörten. Als er wieder zurückkam, hielt er ein Glas mit einer braunen Flüssigkeit in der Hand. Vermutlich Whiskey, wie vorhin.

Er lehnte sich mit der Schulter an den Türrahmen. »Du musst dich jetzt zusammenreißen, Mira. Ehe du nicht alles gehört und verstanden hast, werde ich dich nicht zurückbringen. Du musst wissen, warum ich sämtliche Regeln meines Vaters gebrochen habe und dich nicht sterben lassen konnte.«

»Die Probleme mit deinem Vater sind mir scheißegal«, knurrte ich abwehrend. »Ich will nach Hause.«

»Das geht nicht.« Er trank das Glas mit dem Alkohol leer, als wäre es Wasser. »Du selbst hast entschieden, die Wahrheit erfahren zu wollen. Nun stehst du kurz davor und lehnst die Antworten ab?«

»Da wusste ich auch noch nicht, dass ich es mit dem Sensenmann zu tun bekomme. Ich dachte, du wärst ein Engel, du wärst gut.« Ich rutschte mit dem Rücken nach unten, bis ich auf dem Holzboden saß. Kraftlos zog ich die Beine an meine Brust und hielt mich daran fest. »Ich bin dir doch völlig ausgeliefert«, flüsterte ich dann. »Welche Wahl habe ich, als dir zuzuhören?«

Lucien runzelte die Stirn, als er erkannte, dass ich recht hatte. »Das wollte ich nicht, Mira«, sagte er mitfühlend. »Ich habe kaum Erfahrungen mit Menschen, aber dich mag ich sehr.«

»Was für ein Glück ich doch habe«, flüsterte ich müde, meine Stimme flatterte. »Der Sprössling vom Tod mag mich. Wer hätte das gedacht?«

Er stellte das leere Glas neben sich auf dem Boden ab, kam näher und ging vor mir in die Hocke. »Bitte, Mira«, sagte er sanft. »Bitte, höre mir zu, damit du verstehst, was geschehen ist. Wenn du mich dann immer noch hasst, ist das dein gutes Recht. Ich verspreche dir, du wirst mich niemals wieder sehen, wenn du es nicht willst.«

»Ist mein Fluch dann endlich gebrochen?«, fragte ich mit dem Blick auf den Holzboden gerichtet. Ich wollte ihn nicht ansehen. Das Atmen fiel mir so schwer.

»Nein. Zumindest jetzt noch nicht«, machte er deutlich.

Nun sah ich ihn doch an. Seine dunklen Augen waren eigenartigerweise nicht mehr so unheimlich wie zuvor. Ich verstand nicht, warum.

»Warum lässt du mich nicht sterben, Lucien?«, fragte ich verzweifelt und schnappte nach Luft. »Warum das alles?«

Er schwieg kurz. »Dein erster Tod geschah nicht, als deine Mutter bei dem Feuer starb«, offenbarte er mir schließlich leise.

Ich weitete geschockt meine Augen, mein Herz pochte schneller. »Bitte was?« Das konnte er unmöglich ernst meinen. Ehe ich eine ordentliche Frage formulieren konnte, sprach er weiter.

»Mira, du hättest eigentlich bei deiner Geburt sterben sollen, aber etwas ist geschehen, was mich fortan an dich band.« Lucien legte den Kopf etwas schräg. »Es ist eine sehr lange Geschichte und es ist an der Zeit, dass du sie hörst. Ich möchte aber voranstellen, dass ich dich sehr bewundere. Du hast eine Stärke, wie ich sie noch nie bei jemandem gesehen habe.« Er machte eine kleine Pause und blickte zu Boden. »Ich liebe dich«, kam es sehr leise über seine Lippen. »Es ist aber keine romantische Liebe, sondern etwas anderes. Lässt du es mich erklären?« Er hob den Blick und sah mir wieder in die Augen.

Ich konnte nicht antworten. Hatte er eben gesagt, dass er mich liebte? Und es dann wieder zurückgenommen? Das verwirrte mich noch mehr, mein Kopf hämmerte und ließ mich nicht denken. Der kalte Schweiß an meinem Rücken verhieß nichts Gutes, ebenso meine tauben Finger.

Er sah mich besorgt an und erhob sich. »Möchtest du etwas trinken? Ich habe auch Wasser hier.«

Ich schüttelte zuerst den Kopf, dann nickte ich. »Ja, bitte.« Es half vielleicht dabei, die Kopfschmerzen ein wenig zu lindern. »Das Spray würde mir besser helfen.« Ich war so aufgewühlt wie noch nie. Meine tauben Finger zitterten, ich mühte mich ab, wollte die sich anbahnende Panikattacke nicht zulassen.

»Dass es dir jetzt so schlecht geht, wollte ich wirklich nicht.« Seine sanfte Stimme klang entschuldigend. »Du musst keine Angst vor mir haben, ich möchte, dass du dich wohl bei mir fühlst.«

»Sehr schwierig«, merkte ich an. »Kann ich jetzt meine Medizin haben?«

»Du brauchst sie nicht.« Lucien streckte mir seine offene Hand entgegen.

Erwartete er jetzt etwa, dass ich sie nahm?

»Bitte, steh auf«, sagte er ein klein wenig fordernd. »Dann geht es dir rasch besser.«

Ich knetete meine tauben Finger, kämpfte dagegen an, wollte nicht klein beigeben. Lucien beobachtete mich einige Sekunden, dann bückte er sich, schob ganz schnell seine Arme unter meine Beine und Achseln und hob mich einfach hoch.

Schon bei seiner ersten Berührung brach mein kompletter Widerstand ihm gegenüber. Bei seiner zweiten Berührung, er drückte mich sanft an seine Brust, fühlte ich wieder diese besondere Verbindung zwischen uns. Dieses Gefühl kannte ich so gut, nur der Kuss auf meiner Stirn fehlte. Und dass ich zuvor gestorben war.

»Du fühlst das auch?«, fragte er leise. Er bewegte sich keinen Schritt, sondern blieb auf der Stelle stehen.

Ich nickte verlegen. »Und du? Warum ist das so?«

»Das ist ja das Sonderbare daran. Ich weiß es nicht.«

»Meine Kopfschmerzen sind fast fort. Wie kann das sein?« Mein Atem ging wieder gleichmäßig, die Finger waren voller Gefühl und all meine Ängste verschwunden. Komisch.

»Ich denke, das ist das Band zwischen uns.«

»Was genau ist das?«

»Lass es uns gemeinsam herausfinden.« Er schmunzelte und legte seinen verschmitzten Gesichtsausdruck wieder auf. »Willst du statt Wasser lieber Whiskey?«

Ich überlegte, ob das ein Scherz war. »Du kannst mich wieder runterlassen.«

»Also Wasser.« Er schmunzelte wieder und trug mich zum Sofa. Dort setzte er mich behutsam ab und verschwand in seinem Schlafzimmer.

Als er fort war, vermisste ich seine Nähe sofort. Zugleich wollte ich sie nicht haben, denn nun, wo wir wieder Abstand zueinander hatten, bekam ich wieder ein mulmiges Bauchgefühl. Mein Verstand sagte mir, dass ich vorsichtig sein musste. Meine Gefühle schienen so durcheinander, dass ich sie absolut nicht zuordnen konnte. Obwohl er sagte, ich müsse keine Angst vor ihm haben, blieb ich dennoch misstrauisch. Aber ich war nun bereit, mir seine Geschichte, seine Sicht der Dinge anzuhören. Nur er hatte die Antworten. Ich musste ihm also zuhören.

»Bitte schön. Einmal Wasser.« Lucien kam wieder in den Raum. Mit einer Whiskey- und einer Mineralwasserflasche. Er stellte beides neben das Schachspiel auf den unförmigen Tisch. Ehe er sich setzte, holte er noch schnell sein Glas, welches immer noch auf dem Fußboden stand. »Wenn du doch einen Schluck

Bourbon haben möchtest, bediene dich«, sagte er, goss sich selbst welchen ein und füllte mein Glas mit Wasser.

Ich griff sofort danach. »Danke«, sagte ich räuspernd und trank davon. Das sprudelnde Wasser war eine Wohltat für meinen Hals. Danach stellte ich das Glas zurück auf den Tisch und musterte Lucien. Er saß ruhig da und beobachtete mich. »Falls ich dich vorhin beleidigt habe, so tut es mir leid«, äußerte ich kleinlaut. Ich war immer noch misstrauisch, aber die Bezeichnung, er wäre Lucifer, tat mir jetzt irgendwie leid. Sein Halten vorhin hatte mich verändert. Keine Ahnung, was das alles zu bedeuten hatte, aber meine Angst vor ihm war komplett verflogen.

»Mir tut es leid. Ich wusste ehrlich gesagt nicht, wie ich beginnen sollte, dir alles zu erklären. Das alles ist auch nicht einfach für mich. Es gibt so viel, was du nicht weißt ...« Er brach ab und ließ den Satz in der Luft hängen.

»Dann fang ganz vorne an«, schlug ich vor und lehnte mich zurück, um ihm zu zeigen, dass ich ab nun zuhörte.

Lucien nippte an seinem Whiskey, er behielt das Glas in der Hand und schaute nachdenklich in die bräunliche Flüssigkeit. Sekunden vergingen. »Du musst wissen, dass mein Vater, der Tod, nach sehr strengen Regeln lebt.« Er machte wieder eine sekundenlange Pause, ehe er weiterredete. »Eine dieser Regeln lautet, dass er seinen Nachfolger erkennt, wenn dieser geboren wird.« Lucien seufzte. »Leider fiel diese Aufgabe auf mich, und das, obwohl ich der Jüngste bin. All meine Geschwister wollten meine Position, ich würde sie am liebsten abtreten, aber das geht leider nicht.« Er seufzte erneut, dann sah er mich endlich an. »Irgendwann wird mir mein Vater all seine Macht übertragen und das Imperium an mich abgeben. Er selbst wird den Zeitpunkt entscheiden. Bis dahin muss ich mich ihm unterwerfen und er ist besonders streng, was mich betrifft ...«

Ich hob meine Hand, um ihn zu unterbrechen. »Ich dachte immer, der Tod wäre ein Zustand oder ein Wesen, welches die Menschen zu sich holt. Warum redest du von Imperium und Machtübergabe?«

»Mein Vater herrscht über beide Welten. Über eure sowie über unsere«, erklärte er.

Aha. Ich verstand nur Bahnhof. »Und warum erklärst du mir jetzt, dass du der besondere Prinz bist? Was hat das mit meinem Fluch zu tun?«

»Es ist kein Fluch und ich bin kein Prinz«, stellte er sofort klar. »Ich musste von vorne beginnen, darum erzähle ich dir das alles. Da ich sein Nachfolger bin, kann ich viel mehr als meine Geschwister. Ich habe bei deiner Geburt vor fast siebzehn Jahren nämlich einen Fehler begangen und im Buch der Toten etwas geändert. Das war mir aber nur möglich, da mir Vater bereits etwas von seiner Macht verliehen hatte, damit er mich unterrichten kann.«

Geschockt sah ich ihn an. Was bedeutete das nun? Meinte er mich mit dem Fehler? Buch der Toten? Noch nie gehört! »Kannst du bitte etwas schneller erzählen? Zusammengefasst? Mir schwirrt der Kopf, da ich so viele Fragen habe.«

»Das geht nicht mit wenigen Worten.« Lucien hob entschuldigend beide Schultern. »Aber ich bemühe mich, es abzukürzen.« Er trank noch einen Schluck seines Whiskeys, stellte das Glas auf den Tisch und legte einen Arm auf die Sofalehne. Dadurch war er mehr zu mir gedreht.

»Ja, bitte mach das.« Ich zog ein Bein an und drehte mich ebenfalls etwas.

»Ich hoffe, du verstehst mich nicht falsch«, schickte er voraus. »Aber als Sohn vom Tod fasziniert mich alles rund um das Sterben, so, wie eine Hebamme die Geburt und alles rund um Babys fasziniert. Darum gehe ich immer wieder mal auf die Erde und beobachte Menschen beim Ableben.

Dabei bin ich für sie völlig unsichtbar, da ich mich in einer anderen Ebene befinde. An dem Tag, an dem du geboren wurdest, war ich wieder einmal unterwegs. Zufällig in Ohio, im St. Vincent Krankenhaus in Cincinnati, in dem deine Mutter gerade in den Wehen lag. Du musst wissen, dass ich es immer voraussehe, wenn jemand bald stirbt. Diesen Menschen umgibt dann ein besonderes Energieflimmern und dieses strahlte direkt aus dem Bauch deiner Mutter. Die Hebamme erkannte an den

Herztönen, dass etwas nicht stimmte, für einen Kaiserschnitt war es jedoch zu spät. Als du geboren wurdest, warst du ganz blau, die Ärzte bemühten sich um dich, gaben dir sofort Sauerstoff und untersuchten dich gründlich. Sie stellten fest, dass deine Lunge missgebildet war, sie konnten nichts für dich tun. Dein Flimmern wurde immer stärker.

Neugierig trat ich näher an den Untersuchungstisch, ich wusste, es würde nur noch Sekunden dauern, bis du stirbst und deine Seele in die Zwischenebene eintritt. In diese Ebene gehen alle Seelen, die gestorben sind, ehe ihre Reise weitergeht. Es gibt unzählig viele Ebenen ... aber das ist eine andere Geschichte.

Ich war also bei meinem Erdenbesuch in so einer anderen Ebene, dennoch konnte ich dir über den Kopf streicheln, ich wollte, dass du weißt, dass du beim Übergang nicht alleine bist.

Plötzlich fühlte ich eine Hitze in meiner Brust und ein helles Funkeln erstrahlte direkt aus meinem Herzen. Im selben Augenblick beugte ich mich, ohne nachzudenken, vor, legte meine Lippen auf deine Stirn und übertrug dir meinen Lebensatem. Das war wie ein Zwang, ein magnetisches Band, ich war nicht imstande, etwas dagegen zu tun. Es ging alles so schnell!

Erst nach dem Kuss war ich wieder Herr über meine Sinne und konnte zurückweichen. Da hast du die Augen geöffnet und mich angesehen. Dein Blick war für ein neugeborenes Baby fast zu reif und klar, das helle Funkeln aus meinem Herzen spiegelte sich in deinen Augen und auf deinem Gesicht. Dieser Moment dauerte nur einen Wimpernschlag an, aber er war so intensiv, dass ich sofort wusste, dass ich dich liebte. Noch nie hatte ich derart gefühlt und es verwirrte mich so sehr, dass ich ein paar Schritte nach hinten machte. Der Abstand zwischen uns ließ das Funkeln in meinem Herzen versiegen. Du hast sofort tief Luft geholt und geschrien. Die Ärzte nannten dich ein Wunder, denn nach ausgiebigen Untersuchungen stellten sie fest, dass deiner Lunge absolut nichts fehlte. Die Missbildung, an der du eigentlich hättest sterben sollten, war fort. Ebenso dein Energieflimmern. Ich war geschockt, konnte mir das alles nicht erklären und teleportierte mich in Vaters Arbeitszimmer. Dort liegt nämlich das Buch der Toten, in diesem erscheinen alle Namen derer, die sterben.

Natürlich stand auch dein Name dort, du hättest ja nicht überleben sollen ... Mira Blueberry, denn so wollten dich deine Eltern nennen, ehe das Wunder geschah und sie dich auf Drängen der Krankenschwestern in Miracle umbenannten.

Ich selbst stand vor einem riesengroßen Problem. Du warst nicht tot, deine Todesursache, die missgebildete Lunge, war verschwunden und ich bekam Panik, hatte Angst, dass mein Vater davon erfuhr. Darum löschte ich deinen Namen aus dem Buch, um es wieder richtigzustellen.« Lucien hörte auf zu reden und zog traurig die Mundwinkel nach unten. »Tut mir leid. Das zu hören, ist bestimmt nicht einfach für dich.«

Ich schniefte leise, denn ich hatte angefangen zu weinen. »Ich weiß nicht, was ich sagen soll«, erwiderte ich und wischte über meine Wangen. »Das ist so unglaublich. Du hast mir gerade erzählt, dass es mich ohne dich gar nicht gäbe.« Ich hätte keinen Atemzug ohne ihn machen können ... Das zu begreifen, war so unfassbar.

Er presste die Lippen zusammen. »Da ist leider noch mehr, was ich dir sagen muss. Vieles wird schwer werden. Für dich und für mich. Dadurch, dass ich deinen Namen aus dem Buch gelöscht habe, trat ich aus Versehen eine Lawine los. Das war ein riesengroßer Fehler und ich weiß bis heute nicht, wie ich ihn rückgängig machen kann.«

Noch schwerer? »Wie meinst du das?«, fragte ich mit dünner Stimme.

Lucien blickte mich schuldbewusst an. »All deine darauffolgenden Tode folgten wegen dieses einen Fehlers, es tut mir so leid. Bei keinem erschien mehr wie sonst üblich dein Name in dem Buch, ich habe dich nämlich aus Versehen aus dem kompletten System gelöscht.«

Bitte was? »Kapier ich nicht.« Das klang ja schrecklich!

Er nahm einen langsamen Atemzug und kratzte sich am Kopf. »Oh Mann, das ist so kompliziert ...« Er redete lange nicht weiter.

Das Schweigen brachte mich auf die Palme. »Nun fang einfach irgendwo an!«, schnauzte ich ungehalten und zu laut. Dieser kleine Ausbruch kam selbst für mich überraschend. Meine Gefühle fuhren immer noch Loopings in der Achterbahn meines Herzens.

»Entschuldige.« Er hob die Hand, die Handfläche zu mir gewandt. »Ich habe mir zuvor so viele Gedanken gemacht, wie ich dir alles am besten erklären kann, und nun dreht sich alles in meinem Kopf.« Seine Hand sank zurück auf die Sofalehne. Er wirkte mitgenommen.

»Wie bei mir«, sagte ich, diesmal mit ruhiger Stimme. »Vielleicht beginnst du damit, mir zu erklären, was es mit diesem Buch genau auf sich hat. Wenn du meinen Namen gelöscht hast, musst du ihn ja auch wieder eintragen können.« Oder stellte ich mir das nur so einfach vor? Ich war gespannt auf seine Antwort. Nicht mehr im *System* zu sein, klang nämlich schrecklich. Das war, als ob er mich zwar gerettet, aber von allem anderen abgetrennt hätte.

Lucien öffnete den Mund, um zu antworten, ich unterbrach ihn hastig, denn ich hatte eine Idee. »Du kannst meinen Namen nicht eintragen, weil ich sonst sofort mausetot umfalle?« So musste es sein! Oh weh!

Er verzog den Mund zu einem leichten Lächeln. »Nein. Das würde ja bedeuten, ich könnte dich ermorden. In Wahrheit *kann* ich dich nicht sterben lassen. Verstehst du das? Ich kann nicht, auch wenn ich wollte. Immer wenn du stirbst, funkelt mein Herz ganz hell und es zieht mich zu dir in die Zwischenebene. Dort bin ich aus irgendeinem Grund gezwungen, dir meinen Lebensatem zu übertragen.«

»Gezwungen? Du musst mich also retten?« Ich riss die Augen auf, konnte das alles kaum glauben. »Die Zwischenebene ist also diese Schwärze nach meinem Tod?«

»Ja.« Er nickte. »Unsere Familie ist die einzige, die diese Zwischenebene betreten kann. Das ist es, was uns ausmacht. Wir können uns teleportieren und in allen Ebenen der Welten wandeln, das ist unsere besondere, einzigartige Gabe. Wie bereits gesagt, es gibt viele Ebenen, du kennst aber nur diese

Zwischenebene. Kurz bevor jemand stirbt, erscheint der Name im Buch der Toten und wir, also meine ganze Familie, holen die Seelen in der Zwischenebene ab und öffnen für sie das Portal, damit sie ins Licht gehen können. Ohne uns würden die verstorbenen Seelen in der Zwischenebene bleiben, sich dort auflösen und mit der Schwärze verbinden.« Lucien sah mitfühlend aus. »Für einen Menschen nicht einfach zu verstehen, ich weiß.«

Damit hatte er recht. »Das klingt so, als wärt ihr die Retter der Seelen. Für uns Menschen ist der Tod allerdings etwas total Schlimmes.«

»Für dich auch?«

Das kam sehr schnell aus seinem Mund. Seine Frage war eigenartig und doch verstand ich, warum er sie stellte. »Ja.« Ich nickte und hielt inne. »Oder nein, so schlimm auch wieder nicht. Schlimmer finde ich, dass andere Menschen wegen mir sterben. Warum ist das so? Warum konntest du Aline nicht beschützen? Oder Jessica? Oder Mom und Dad?«

»Wenn ein Name im Buch erscheint, ist seine Zeit nun mal abgelaufen. Es steht nicht in meiner Macht, diese Menschen zu retten.« Er schwieg ganz kurz. »Nur bei dir ist es anders. Mein funkelndes Herz zwingt mich dazu, auch wenn ich es nicht verstehe.«

Unvermittelt schaute ich auf seine Brust. Sie war sehr muskulös, fast schon zu muskulös für einen Achtzehnjährigen, sonst konnte ich aber nichts Besonderes erkennen. »Ich sehe nichts. Warum funkelt es jetzt nicht?«

»Weil ich bei einem Magier war und das helle Funkeln verbergen ließ. Ohne seine Hilfe könnten wir jetzt nicht nebeneinandersitzen, ohne dass ich leuchten würde wie ein Scheinwerfer. Es ist allerdings immer noch da, ich fühle es. Noch mehr, wenn ich jetzt in deiner Nähe bin. Aber wenn du stirbst, sehe ich es trotz der unterdrückenden Magie deutlich, da strahlt es mit seiner kompletten Gewalt aus meiner Brust, sodass es mich selbst blendet.« Er beobachtete, wie ich auf alles reagierte.

Als er das mit dem Magier ausgesprochen hatte, wurde mir klar, dass ich besser aufhören sollte, ihn mit Fragen zu bombardieren, damit ich ihn nicht andauernd unterbrach. Leider waren es zu viele Fragen, die sich in den letzten Jahren angehäuft hatten, und jetzt kamen immer noch mehr dazu. Darum fiel es mir sehr schwer, mich zurückzunehmen. Ich hielt kurz den Atem an, dann pustete ich ihn langsam wieder aus. »Okay, ehe ich noch verwirrter werde, erzähle deine zuvor begonnene Geschichte weiter«, bat ich schließlich und mühte mich ab, mich zu entspannen.

»Wir haben ja Zeit«, sagte er und goss sich etwas Whiskey nach. Er trank seelenruhig davon. »Willst du etwas essen? Knabberzeug?« Sein Blick ging kurz zur Schlafzimmertür. Dort bewahrte er bestimmt nicht nur den Alkohol auf, sondern auch Essbares. Vielleicht hatte er Schokolade?

»Nein danke«, lehnte ich ab. »Ich will endlich alles hören. Alles, verstehst du?«

Ein leises Seufzen verließ ihn. Offenbar wollte er das Erzählen der Geschichte etwas hinauszögern. »Du bist bereits viel öfter gestorben, als dir in Erinnerung geblieben ist«, gestand er mir nach einer kurzen Pause. »Willst du das auch alles hören? Ganz sicher?«

Ich schluckte hart. Noch öfter? Waren die vielen Unglücke nicht genug gewesen? Am liebsten hätte ich mich irgendwohin verkrochen und versteckt, aber das ging nicht.

»Damit ich es verstehe, lass bitte nichts aus, nur weil du mich schonen möchtest.« Ich hörte meinen eigenen Satz, war mir aber nicht sicher, ob ich das tatsächlich alles hören wollte.

Lucien nickte und senkte den Blick. Ich hatte das Gefühl, dass ihm etwas schwer auf der Seele lag. »Ich habe dich vom Tag deiner Geburt an beobachtet«, offenbarte er mir dann.

Das fühlte sich unheimlich an und schockierte mich total, dennoch reagierte ich nicht darauf, wollte ihn nicht schon wieder unterbrechen.

Er wartete noch kurz, dann redete er weiter. »Ich fand mit der Zeit heraus, dass ich nur in einem Umkreis von zwei Schritten neben dir funkle. Überschreite ich diese Grenze, wird mein Herz wieder normal. Das hat mich fasziniert, ebenso das Gefühl der Liebe, welches ich dir gegenüber empfinde. Aber wie gesagt, das ist eine freundschaftliche, beschützende Liebe. Keine romantische …« Er machte wieder kurz Pause und sah mich an. Erneut zeigte ich ihm keine Reaktion. Was hätte ich dazu auch sagen sollen? Dass mich das alles gerade tief erschütterte?

Lucien fuhr fort. »Als ein paar Monate später das Feuer in eurem Wohnhaus ausbrach und du in den Armen deiner Mutter am Rauch erstickt bist, war ich gerade hier in meinem Zimmer und las in einem Buch. Ich ahnte zu dem Zeitpunkt nicht, dass du in Gefahr warst. Mein Herz begann sich schnell und ohne Vorwarnung zu verändern, da waren diese Hitze, das Kribbeln und das Funkeln. Schon zog es mich in die Zwischenebene. Es riss mich förmlich zu dir hin und ohne es zu wollen, gab ich dir wieder den Kuss und meinen Lebensatem. Was dann geschah, war faszinierend. Deine Seele glitt zurück in deinen Körper, der wieder vollständig geheilt war. Zum Glück fanden dich die Feuerwehrmänner und brachten dich schnell in Sicherheit. Ansonsten wärst du in dem tödlichen Rauch bestimmt noch mal gestorben.« Lucien neigte den Kopf. »Es tut mir leid, dass es deine Mom damals nicht geschafft hat«, flüsterte er leise. »Ich weiß, du hättest sie noch gebraucht, du warst ja noch so klein. Aber ich hatte keinen Einfluss darauf. Ich hätte ja auch dich nicht gerettet, wären da nicht mein eigenartiges Herz und der Zwang dazu gewesen.

Nach dem Vorfall eilte ich zum Buch der Toten, um zu sehen, ob dein Name dort geschrieben stand. Ich fand ihn allerdings nicht, blätterte Hunderte von Seiten durch, jedoch umsonst. Das verwirrte mich sehr, schließlich sterben nur diejenigen, deren Namen dort erscheinen. Du hättest also überhaupt nicht sterben sollen. Von da an wurde ich richtig unruhig. Ich lief andauernd im Zimmer auf und ab, grübelte die Nächte durch.

Dein Vater zog mit dir inzwischen in ein kleines Haus am Stadtrand von Cincinnati und engagierte ein Kindermädchen für dich, damit er arbeiten gehen konnte. Ich besuchte dich oft, erlebte mit, wie du laufen lerntest und deine ersten Wörter gebrabbelt hast. Manchmal, wenn außer dir keiner im Raum war, zeigte ich mich dir. Deine quietschenden Lacher waren herrlich und einige Male sang ich dich heimlich in den Schlaf. Natürlich konnte ich nicht immer zu dir, ich musste auch noch meinen

Dienst in der Zwischenebene verrichten. Wir wechseln uns nämlich immer ab, mein Vater bestimmt, wer von uns die Seelen ins Licht bringt. Daher konnte ich nicht rund um die Uhr bei dir sein ... Obwohl ich es gewollt hätte ...

Aber zurück zum Thema. Dein dritter Tod ereilte dich, als du eineinhalb Jahre alt warst. Ich war gerade bei meinem Vater im Arbeitszimmer, plötzlich spürte ich abermals diese Hitze in meiner Brust, es kribbelte bereits. Ich entschuldigte mich flüchtig bei ihm, rannte schnell nach draußen. Zum Glück noch rechtzeitig, denn ich wollte und musste vermeiden, dass mein Vater bemerkte, was mich antrieb. Das funkelnde Herz zeigte mir, dass du in Gefahr warst, schon befand ich mich in der Zwischenebene und musste dir wieder den lebensspendenden Kuss geben. Erst danach erfuhr ich, was geschehen war. Dein Kindermädchen hatte mit dir einen Autounfall gehabt, der Wagen hatte sich mehrfach überschlagen und war auf dem Dach liegengeblieben. Durch meinen Lebensatem war dein Körper wieder unversehrt, du lagst heulend neben den Autotrümmern. Ich habe dich in meinen Armen gehalten und getröstet, bis die ersten Helfer eintrafen und dich finden konnten.« Er unterbrach seine Erzählung, als er bemerkte, wie meine Finger zitterten.

Ich schaute ebenfalls auf meine Hände und versuchte das Zittern zu verbergen, indem ich sie zu Fäusten ballte. Die Geschichte mit dem Kindermädchen brachte meine Welt noch mehr ins Wanken, als sie es ohnehin schon tat.

Lucien beobachtete mich. »Das war erst der Anfang, Mira, es kommt noch viel mehr«, sagte er und klang besorgt. »Ich denke, ich weiß, was dir helfen könnte, um ruhig zu bleiben, aber ich weiß nicht, ob du es annehmen möchtest?«

»Was denn?« Selbst meine Stimme zitterte.

Es war die Vorangst – bald würden bestimmt noch mehr unliebsame Nachrichten auf mich einprasseln.

Lucien klopfte auf das Sofakissen neben sich. »Du könntest dich an mich lehnen.«

Oh.

Unsicher wog ich die Möglichkeiten ab. Er war mir völlig fremd und sehr vertraut zugleich.

»Ich kann auch zu dir rüberrutschen«, lautete sein nächster Vorschlag.

»Ähm.« Sollte ich? Als er mich vorhin auf dem Arm gehalten hatte, waren meine Kopfschmerzen schließlich verschwunden.

Er schmunzelte verschmitzt. »Ich beiße nicht.«

»Das weiß ich noch nicht«, kommentierte ich rasch, gab mir einen Ruck und setzte mich neben ihn. Ohne zu zögern, legte er seinen Arm um mich, schon war da wieder diese sonderbare Vertrautheit, diese Verbindung. Ich war ihm so nah, dass ich sein Parfum riechen konnte, und versuchte, nicht weiter darüber nachzudenken, dass wir uns erst gestern kennengelernt hatten. Schließlich kannten wir uns in Wirklichkeit seit meiner Geburt. Irgendwie …

»Geht's wieder?« Er schaute auf mich herunter.

Ich nickte zur Antwort. Wir tauschten einen langen Blick. Seine Augen hatten gerade eine Tiefe, die ich nicht ergründen konnte, und doch so sehr entschlüsseln wollte.

Drei Wege

»Dein vierter Tod geschah ein halbes Jahr später im Winter«, sagte er dann behutsam. »Ein paar Wochen nach deinem zweiten Geburtstag, als eure Nachbarin mit dir spazieren ging. Die Wege waren eisig, sie wollte mit dir eine Straße überqueren, da kam ein Bus ins Rutschen und überfuhr euch beide. Ich war zu dem Zeitpunkt hier in meinen Räumen, mein funkelndes Herz zwang mich zu dir, ich war total machtlos, konnte mich nicht dagegen wehren und musste dir den Kuss übertragen. Meine Verzweiflung wuchs, leider stand dein Name erneut nicht im Buch der Toten und ich hatte so gehofft, er würde von selbst wieder auftauchen. Nach diesem Vorfall machte ich mir noch größere Sorgen und suchte Rat bei meiner Großmutter. Da sie mich großgezogen hatte, war sie schon immer meine absolute Vertrauensperson. Natürlich war sie geschockt, als ich ihr von dir erzählte, und sie forderte sofort einen Beweis. Wir teleportierten uns zu dir, damit sie mein funkelndes Herz selbst sehen konnte, wenn ich den Abstand mit den zwei Schritten nicht einhielt. Avia hatte so etwas auch noch nie gesehen und entschied, es vorerst zu verheimlichen. Wir hofften beide, dass es so plötzlich verschwinden würde, wie es gekommen war.«

»Wie eine Krankheit?«, fragte ich dazwischen.

»Ja.« Er lächelte. »So in etwa. Wir hofften sehr, es würde sich bestimmt auflösen. Keiner von uns wollte Vater Bescheid geben, denn dieser hätte getobt.«

»Ist dein Vater sehr böse?« Ich fragte es sehr vorsichtig.

»Nein, absolut nicht. Er ist ein mächtiger, stets aufrichtiger Mann. Aber er hätte mich hart zur Rechenschaft gezogen, denn er ist sehr streng. Ich hatte daher richtig Schiss vor ihm, denn im Buch der Toten deinen Namen zu löschen, war ein klarer Machtmissbrauch. Das hätte ich niemals tun dürfen. Und ich hatte noch mehr Angst davor, was er wegen dir entscheiden würde.

Avia und ich waren uns sicher, er würde einen Weg finden, dich sterben zu lassen, damit er die heilige Ordnung wiederherstellen konnte.« Lucien hob seine Hand und strich flüchtig über meine Wange. Ein sanfter Schauer durchfuhr mich bei der Berührung. »Ich wollte dich aber nicht verlieren«, sagte er und klang ehrlich. »Avia zeigte nach einem langen Gespräch Verständnis dafür. Sie machte mir jedoch deutlich, dass es nicht richtig war und gegen alle Regeln unserer Familie sprach, aber sie hielt mich nicht davon ab, dich weiterhin zu besuchen.«

»Hatte sie denn keine Angst vor der Strenge deines Vaters?«

»Avia?« Er schüttelte den Kopf. »Sie ist die Rebellin in unserer Familie und tanzt öfter aus der Reihe, als ihm lieb ist. Erst vor ein paar hundert Jahren hatte sie sich auf den Bahamas in einer Villa mit unzähligen Partys und ihrem Liebhaber vergnügt. Als Vater davon erfuhr, tobte er wie ein tosender Sturm, aber meine Großmutter nahm das in Kauf. Weißt du, sie schlägt gerne mal über sie Stränge.« Lucien unterdrückte ein Lachen, dann wurde er wieder ernst. »Du darfst das nicht missverstehen. Natürlich hat sie trotz allem großen Respekt vor ihrem Sohn, schließlich ist er der Tod, sein Wort ist das Gesetz.«

Ich dachte darüber nach. »Dann war dein Großvater, also ihr Mann, einmal der Tod, ehe er starb und seine Macht auf deinen Vater überging?« Das alles musste bestimmt so sein wie bei der Thronfolge von Königsfamilien oder so.

Wieder schüttelte er den Kopf. »Nein. Großvater ist nicht tot, er ist wie wir unsterblich, aber sie sind lange getrennt. Weder er noch Großmutter besitzen die Gabe, diese Macht übernehmen zu können. Meine Urgroßeltern, die ersten ihrer Art, trugen sie jedoch beide. Sie hatten viele Kinder, doch erst als mein Vater, ihr Enkel, geboren wurde, konnten sie endlich den Nachfolger in ihm erkennen. So viele Nachkommen und nur einer trug diese Gabe in sich.«

»Wie dein Vater in dir?«

»Ja«, seufzte Lucien. »Wie mein Vater in mir.« Er beugte sich zum Tisch und angelte sich das Glas, um einen Schluck zu trinken. Aufmerksam, wie er war, bot er mir ebenfalls einen Schluck an.

»Das ist Alkohol«, machte ich deutlich.

»Ich vergaß. Du bist ja noch so jung.« Er zog einen Mundwinkel höher, lächelte schräg und gab mir das Glas mit dem Wasser.

»Du solltest das auch nicht trinken«, kommentierte ich, ehe ich mein Glas an meine Lippen setzte. So alt war er nun auch wieder nicht. Zumindest sah er nicht so alt aus.

Lucien zuckte mit den Schultern. »Ich bin damit aufgewachsen.«

Wirklich? Obwohl ich mich mehr für seine Familie und das Drumherum interessierte, wollte ich nun endlich weiter unsere gemeinsame Geschichte hören. »Wie ging es dann weiter? Wann geschah mein fünfter Tod?« Oder mein sechster? Hoffentlich hatte ich richtig zugehört. Bei all den Unfällen konnte man leicht den Überblick verlieren, selbst wenn es ums eigene Leben ging.

»An diesen kannst du dich erinnern, er geschah, als du um die drei Jahre alt warst.«

»Granny und Grandpa«, hauchte ich traurig.

»Ja.«

Über den schweren Autounfall mussten wir nicht reden, er war mir noch gut im Gedächtnis. »Und danach kam der Stromschlag mit meinem Vater?«, fragte ich, denn auch darüber wusste ich Bescheid.

»Nein. Zuvor geschah im Kindergarten ein weiteres Unglück.«

Das Wort Kindergarten fuhr mir in den Bauch. »Noch eines?« Wollte ich das wirklich hören?

»Ja, noch ein Unglück«, sagte er nickend. »Nur wenige Wochen nach dem Unfall mit deinen Großeltern. Es zog mich wie immer mit einem funkelnden Herzen in die Zwischenebene. Nachdem ich dir den Kuss gegeben hatte, eilte ich sofort zur Unglücksstelle. Sirenen von den Einsatzfahrzeugen waren zu hören, auf dem Kindergartengelände war Hektik ausgebrochen. Ein Gasleck hatte eine Explosion ausgelöst und ein großes Loch im Gebäude hinterlassen. Zwei Betreuerinnen und drei Kinder verloren dabei ihr Leben. Eigentlich vier Kinder, aber dich fand man ohne einen Kratzer, dafür schlafend neben den Trümmern. Wie das immer zustande kommt, verstehe ich bis heute nicht.

Du stirbst, wir sehen uns in der Zwischenebene, danach ist dein Körper geheilt, manchmal liegst du sogar woanders. So, wie bei dem Kindergarten oder bei den Autounfällen, wo ich dich an einem anderen Ort, als an deinem Todesplatz gefunden habe.

Ich hatte inzwischen damit begonnen, in unserer großen Bibliothek nach Büchern zu suchen, die von Wundern handelten, leider fand ich nichts Ähnliches, also begann ich damit, auch andere Büchereien zu besuchen. Die Welt ist groß, ich fand viel Lesestoff, nicht nur bei uns, sondern auch bei euch auf der Erde. Doch keine Literatur konnte mir beantworten, was es mit dem funkelnden Herzen und dem magnetischen Band in der Zwischenebene auf sich hatte, und Vater konnte ich nicht fragen. Erst als der Unfall im Kindergarten geschah, kam ich auf manches selbst. Im Nachhinein war ich sauer auf mich, denn ich hätte es viel eher kapieren müssen. Dein Name erschien ja nie im Buch, die Namen der anderen, die ebenfalls beteiligt waren, aber schon. Es war also das Gesetz der Anziehung, welches dich zu den Menschen brachte, die starben, nicht umgekehrt. Nicht du bist daran schuld, sondern die anderen. Du musstest wegen ihnen sterben, verstehst du das?«

Mein Gesicht wurde länger. Mit einem Mal kullerten unzählige Tränen über meine Wangen, es waren Tränen der Erleichterung. »Ich habe sie wirklich nicht umgebracht?«, fragte ich weinend. »Keinen von ihnen?«

»Du kannst dich endlich von der Schuld freisprechen, Mira. Niemand hat wegen dir sterben müssen, das Gegenteil war und ist der Fall. Wenn jemand die Schuld dafür trägt, dann ich. Da ich deinen Namen gelöscht habe, zieht es dich zu Sterbenden hin. Das Gesetz der Anziehung reißt dich immer in den Tod der anderen mit.«

Ich sah ihn noch kurz an, dann bedeckte ich mein Gesicht mit beiden Händen und schluchzte hinein. Ich war nicht schuld am Tod meiner Eltern! Auch nicht an Jessicas Tod oder dem von Aline. Diese Offenbarung war befreiend, eine riesengroße Last fiel von meinen Schultern.

Lucien zog mich nah an sich und hielt mich fest, während ich es begriff. »Du kannst dir nicht vorstellen, wie leid mir das alles tut«, flüsterte er in mein Haar. Seine Hände streichelten über meinen Rücken. »Ich hoffe, du verzeihst mir irgendwann.«

»Ohne dich würde ich nicht leben, Lucien«, antwortete ich schluchzend. »Dass das Löschen meines Namens solche Tragödien auslösen würde, konntest du ja auch nicht wissen.«

Ich konnte ihm nicht böse sein, keine Ahnung, wie ich in seiner Situation gehandelt hätte. Keiner von uns beiden trug Schuld, das verstand ich nun. Das alles zu wissen, war so erlösend, ich konnte es nicht fassen! Ich war nicht verflucht! Diese Erkenntnis ließ mich vor Glück schweben und zugleich bitterlich weinen.

»Nein, das konnte ich nicht wissen«, sagte er entschuldigend und schwieg eine Weile. Er ließ mir Zeit, damit ich mich wieder fangen konnte.

»Geht schon wieder«, murmelte ich schließlich und wischte über meine Wangen. Seine körperliche Nähe war mir inzwischen so vertraut, dass ich mich nicht aus der Umarmung lösen wollte. Und dennoch tat ich es, rückte wieder ein Stück von ihm ab. Das schien mir passender zu sein.

Lucien sah mich voller Gefühl an. »Soll ich weitererzählen? Oder möchtest du eine Pause machen?«

»Keine Pause«, sagte ich, obwohl ich inzwischen müde geworden war. Seine Erzählungen und das Weinen eben hatten mich ziemlich mitgenommen. »Gibt es noch einen Tod, von dem ich nichts mehr weiß?«

»Zuerst käme die Geschichte mit dem Magier.« Er ließ es interessant klingen.

»Ein richtiger, echter Magier? Er kann tatsächlich zaubern?«

Lucien nickte und zog beide Augenbrauen hoch. »Er ist echt und auch ein unsterbliches Wesen. Sein Name ist Corbeau Vallant, er ist ein Herzog und in Menschenjahren gerechnet, viele, viele Millionen Jahre alt. Großmutter kennt ihn seit einer Ewigkeit.«

Das klang uralt. Total unrealistisch für mich. »Wie kann man bitte so lange leben?«

Lucien lachte auf. „Unsterblich heißt, man lebt ewig", erklärte er. »Für einen Menschen bestimmt schwer zu verstehen.«

Ich nickte bestätigend. »Gibt es viele solcher Magier?« Meine Neugierde war groß. Gerade fühlte ich mich, als hätte man mich in einen Film gezogen.

»Einige. Die größten in meiner Welt sind Vallant und der tote Magier.«

»Ein toter Magier, wie soll das gehen?«, wiederholte ich verwundert.

»Ein Junge, du würdest ihn vielleicht auf zwölf schätzen. In Wahrheit ist er ebenfalls sehr alt und mit Vorsicht zu genießen, aber das ist jetzt nicht wichtig, du wirst ihm nie begegnen.«

»Vallant schon?«

»Auch nicht, ich hätte dir auch nie von ihm erzählt, weil ich dich nicht mit meiner magischen Welt verunsichern will. Aber da der Herzog in unsere Geschichte involviert ist, musste es sein. Avia hat ihn nämlich zurate gezogen. Du musst wissen, dass Corbeau Vallant unserer Familie seit jeher dient, darum vertraut ihm meine Großmutter. Sie wollte von ihm erfahren, ob mein funkelndes Herz seinen Ursprung in schwarzer Magie hat.«

»Hat es?«

»Nein. Er konnte keine schwarze Magie ausmachen. Er sagte, er hätte noch nie etwas so Mächtiges gesehen. Das Einzige, was er für mich tun konnte, war, das Funkeln so zu verbergen, dass ich nicht mehr leuchte, wenn ich direkt neben dir stehe. Nun strahle ich nur noch, wenn du stirbst.« Lucien schmunzelte ein wenig. »Deine persönliche Alarmanlage sozusagen.«

Ich musste leise auflachen.

»Herzog Vallant fragte mich regelrecht über dich aus. Er wollte mir einreden, es Vater zu beichten. Erst als ich ihm erklärte, dass ich es nicht konnte, weil ich dich liebe und inzwischen nicht mehr will, dass du stirbst, verstand er mich. Aber nur, da ich ihm auch klarmachte, dass ich keinerlei Interesse an einer Beziehung zu einem Menschenmädchen habe. Mira, du musst verstehen, so etwas gibt es bei uns nicht. Wir verabreden uns nur mit anderen Unsterblichen, alles andere entspräche nicht den Regeln und Sitten meiner Welt. Einfach undenkbar.«

»Schon kapiert«, erwiderte ich und musterte ihn. So steinalt wie er mir weismachte zu sein, wirkte er gerade nicht. »Aber ich war ein kleines Kind. Warum habt ihr über so etwas überhaupt gesprochen?«

»Weil ich von Anfang an dieses Gefühl hegte. Vallant und Großmutter glaubten, dass sich mein Wunsch ändern würde, sobald du erwachsen wärst. Aber dem ist nicht so. Meine Liebe ist unerschütterlich, aber anders eben. Sehr schwierig zu erklären.«

»Musst du nicht, ich denke, ich verstehe es.« Wahrscheinlich liebte er mich so wie ein Vater oder Bruder. Oder Onkel, ein guter Freund eben. »Wie ging es weiter?«

Lucien kratzte sich an der Schläfe, dann fuhr er sich durch die Haare. Schlagartig wirkte er nervös, setzte zum Reden an, verwarf es aber wieder.

»Was ist los?«

Er guckte kurz nach oben und blies dabei leise die Atemluft aus. »Das Nächste wird schwer für dich werden«, gestand er mir dann. Sein Gesicht war dabei so traurig, dass er mir leidtat, obwohl es um mich ging.

»Egal, was es ist, ich will es hören.« Behutsam legte ich meine Hand auf seine und hielt ihn fest.

Seine Finger schlossen sich um meine, er nickte.

Wir schwiegen einen langen Moment.

»Es geht um deinen Vater«, sagte er schließlich leise und musste sich räuspern, um weiterreden zu können.

Ich strich mit meinem Daumen über seinen Handrücken, wollte ihm Mut machen. Dass mein Vater tot war, wusste ich bereits. Schlimmer konnte es wohl nicht werden. Oder doch? Plötzlich wurde ich unsicher und ließ seine Hand wieder los.

Lucien sah mir in die Augen, ein leichtes Bedauern lag darin. »Dein Dad ahnte, dass etwas nicht stimmte«, begann er langsam zu erzählen und holte tief Luft. »Ich war bei meinen ständigen Besuchen bei dir ja überwiegend nur in deinem Kinderzimmer, denn nur dort konnte ich mich dir zeigen und mit dir spielen.

Einmal hörte ich jemanden weinen und ging deswegen zu deinem Vater. Er saß auf dem Bett in seinem Schlafzimmer und schaute schluchzend auf die Wand. Dort hingen unzählige Fotos und Zeitungsberichte von den Unfällen, an denen du beteiligt gewesen bist. Zu jedem hatte er sich Notizen gemacht, diese Klebezettel hingen ebenfalls an der Wand.

Offenbar war für ihn klar, dass alles zusammenhing. Erst da bemerkte ich, dass er an einer schweren Depression litt. Da ich mich immer nur um dich gekümmert hatte, war mir das leider bis dahin verborgen geblieben.« Lucien blickte mich wieder voller Mitgefühl an, denn für mich war es schrecklich, zu erfahren, dass mein Vater gelitten hatte. Vorsichtig nickte ich Lucien zu, dass er fortfahren konnte.

»Dein nächster Tod ereilte dich in der Stadt. Es war an einem kalten Februartag, das Unglück im Kindergarten war erst ein paar Monate her. Dein neues Kindermädchen nahm dich mit zum Einkaufen und musste auch zur Bank. Nichts Aufregendes, möchte man meinen. Aber beim Hinausgehen löste sich über dem Eingang eine Reklametafel, fiel sechs Stockwerke in die Tiefe und begrub einen Mann und dich unter sich. Die Medien berichteten landesweit über das Wunder, denn obwohl der Mann von dem schweren Gewicht nahezu plattgedrückt worden war, hast du unverletzt darunter gelegen und warst lediglich kurz ohnmächtig. Dein Vater ließ dich von diesem Tag an nicht mehr aus dem Haus. Er kündigte dem Kindermädchen, sperrte dich in dein Zimmer ein und tat nur noch das Nötigste. Er ließ dich auch immer wieder mal einige Stunden alleine, die restliche Zeit verbrachte er vor dem Fernseher. An der Wand in seinem Schlafzimmer hing inzwischen ein gelber Zettel, auf dem in Großbuchstaben stand: *Ich muss die Welt vor meiner Tochter beschützen!*«

»Was?« Ich schnappte nach Luft und spürte, wie Tränen über meine Wange kullerten. Diese Erzählung über meinen Dad brannte lichterloh in mir.

Lucien fing eine Träne von mir auf. »Pause?« Er strich sachte über meine Wange, um sie zu trocknen.

»Nein«, schniefte ich. »Es tut weh, aber ich will es hören.« Meine Stimme war kaum vorhanden.

»Okay«, sagte er nickend. »Du sagst mir aber, wenn du eine Pause möchtest?«

»Bitte, rede einfach weiter.« Ich wischte meine Wangen trocken.

Lucien blickte sehr traurig zu mir, seine Mundwinkel gingen nach unten. »Seine Depression wurde immer schlimmer … Da es deinem Dad so schlecht ging, begann er, dich mehr und mehr zu vernachlässigen«, fuhr er zögernd fort. »Es war zermürbend, Mira … Ich besuchte dich nun auch tagsüber sehr oft und blieb nur fern, wenn ich meinen Dienst in der Zwischenebene verrichten musste. Wir spielten, ich brachte dir Süßigkeiten oder etwas anderes zu essen mit. Dein Vater saß überwiegend mit einer Flasche Bier vor dem laut aufgedrehten Fernseher, er vernachlässigte durch die Depression auch sich selbst und war total dem Alkohol verfallen. Manchmal, so schien es mir, vergaß er dich sogar ganz. Vielleicht trank er auch, damit er das alles vergessen und vor seinen Gefühlen flüchten konnte. Wann immer er seinen Rausch ausschlief, entführte ich dich an die frische Luft, ging mit dir auf den Spielplatz oder in den Wald. Und jedes Mal, wenn ich wieder zu mir nach Hause musste, löschte ich dein Gedächtnis, damit du nichts ausplaudern konntest. Ich ließ dir nur so viel an Erinnerung, dass du wusstest, dass wir uns kannten und es in Ordnung war, wenn ich wieder in deinem Zimmer erschien.

Als mein Herz das nächste Mal funkelte und mich in die Zwischenebene beförderte, hatte dein Vater euch beiden den Stromschlag verpasst. Er hinterließ einen Abschiedsbrief, in dem stand, dass er nicht mehr mit der Last und dem Wissen weiterleben könne, dass sein eigenes Kind ein Todesengel war. Er schrieb, dass er glaubte, es würde auch ihn bald erwischen und er es besser fand, auf seine Weise zu gehen und dich mitzunehmen, damit du keinem Menschen mehr schaden könntest.« Lucien atmete tief durch, ich stand unter Schock, wollte aber, dass er weitersprach, denn ich spürte, dass die Geschichte noch lange nicht zu Ende war.

»Mira, es tut mir leid, aber danach tat ich wieder etwas, das mir nicht zustand. Aber ich fand es in diesem Moment richtig. Ich sammelte alle Zeitungsberichte ein, säuberte die Wand mit den Notizen, vernichtete den Abschiedsbrief und manipulierte dein Gedächtnis, damit du den Selbstmord deines Vaters und den Mord an dir nur noch als Unfall in Erinnerung behalten würdest. Ich wollte dich damit schützen. Die Polizei glaubte ja auch an einen Unfall. Sie glaubte an eine Tragödie, welche dich als Vollwaise zurückließ.

Mir war klar, dass du nicht am Tod deines Vaters schuld warst. Seine Zeit war eben vorbei, ob er durch einen Selbstmord, eine Krankheit oder einen Unfall starb, spielte dabei absolut keine Rolle. Sein Name war im Buch der Toten erschienen, er wäre auf alle Fälle gegangen. Durch seinen Selbstmord hätte er jedoch seine inzwischen fünfjährige Tochter sehr schwer belastet. Darum musste ich es für dich vertuschen, mit dieser Last wollte ich dich nicht leben lassen …

Ich hoffe, du kannst mir verzeihen, ich habe dir damit eine Erinnerung genommen, von der ich damals jedoch glaubte, sie sei unerträglich für dich.«

Schweigend starrte ich auf das Schachspiel, welches vor uns auf dem unförmigen Tisch stand. Ich war fassungslos. Nein, zutiefst erschüttert. Aber nicht wegen Luciens Gedankenmanipulation, sondern einzig und allein, weil mein eigener Vater so große Angst vor mir gehabt hatte, dass er mich ermorden wollte.

Lange brachte ich kein einziges Wort über meine Lippen.

Lucien verfiel ebenfalls in ein Schweigen.

Irgendwann hob ich den Kopf und sah ihn an. »Danke, dass du mir meine Erinnerungen genommen hast.« Es war mehr gehaucht als gesprochen.

Er verzog den Mund. Dann nahm er meine Hand, ich erwiderte die Berührung, denn sofort durchströmte mich Wärme. Diese Geborgenheit tat gerade sehr gut.

»Ich habe lange überlegt, ob ich dir das alles sagen soll. Aber ich wollte keine Geheimnisse mehr vor dir haben, nichts soll mehr zwischen uns stehen.«

»Ich bin froh, dass du dich für die Wahrheit entschieden hast«, flüsterte ich.

»Weißt du, ich habe ganz verzweifelt nach Hilfe gesucht. Ich war in unzähligen Büchereien, sogar in Esoterikläden auf der Erde, auf geheimen Märkten und Schamanentreffen. Ich gab mich natürlich nicht zu erkennen, war auf der Suche nach Rat, bekam jedoch keinen. Niemand wusste, wie man dem Gesetz der Anziehung entgehen konnte. Es ist ein universelles Gesetz, daher unvermeidlich. Das Schwierige nach dem Tod deines Vaters war, dass man dich wegen dieses Gesetzes ausgerechnet in die Pflegefamilien vermittelte, die bald starben. Sie zogen dich an. Eine Tragödie war schlimmer als die andere. Dann steckte man dich in die Klinik, mittlerweile warst du ja schon neun Jahre alt. Anfangs schien alles gut zu gehen. Doch dann vergiftete sich deine Zimmergenossin, weil sie nicht mehr leben wollte, und gab dir aus reiner Verzweiflung auch davon zu trinken. Dass kurz darauf deine Freundin Jessica an ihrem unerkannten Herzfehler starb, war schlimm für dich, und der Sturz des Pflegers brachte das Fass schließlich zum Überlaufen. Ich war verzweifelt, aber du fandest dann selbst einen Weg, dem Gesetz zu entgehen. Dass du dich dafür in einem Zimmer verbarrikadieren musstest, war wiederum schlimm für mich. Es ging dir zwar gut und du warst in Sicherheit, aber die Sehnsucht nach Normalität war stark vorhanden.

Natürlich war sie das …

Ich brauchte wirklich sehr lange, um endlich auf den rettenden Gedanken zu kommen, damit du wieder mehr Freiheiten bekommen konntest. Die Idee kam mir, als du wieder einmal stundenlang durch das Fenster auf den Ahornbaum hinausgeblickt hast. Eine Familie ging draußen vorbei, da entwich dir ein sehnsüchtiger Seufzer. Und bei mir machte es klick. Rasch verschaffte ich mir Zugang zu deinen Akten, um nachzuforschen, wie die Äste deines Familienbaumes verzweigt waren. In all den Papieren wurde nur ein einziges Mal eine Tante erwähnt und das auch nur im Zusammenhang mit dem Erbe. Das war für mich der Startschuss, nach Grace zu suchen.

Ich fand sie schlussendlich mit der magischen Hilfe von Corbeau Vallant in Frankreich. Deine Tante ging ein paarmal in der Woche in ein Café, um zu frühstücken, dort legte ich ihr eine Zeitung auf ihren Stammtisch. Es war eine sehr alte Zeitung, ich hatte sie aus dem Archiv in Cincinnati besorgt, aber so erfuhr sie endlich von dem Unfalltod ihrer eigenen Eltern. Sie wollte natürlich umgehend Kontakt zu ihrem Bruder aufnehmen, hörte von seinem Ableben und schlussendlich auch von dir. Es war das erste Mal, dass ich direkt etwas tun konnte, um dir zu helfen. Natürlich recherchierte ich vorsorglich ihr Sterbedatum. Ein Vorteil, Mitglied meiner Familie zu sein.

Grace war und ist die Richtige für dich, das war mir sofort klar. Sie engagierte umgehend einen Anwalt, kündigte noch im selben Moment ihre Arbeit an der Hochschule und widersetzte sich den Einsprüchen von Aline, nicht zu übereilt zu handeln. Binnen kurzer Zeit schaffte sie es, alle bürokratischen Hürden auszuradieren, um dich aus der Klinik zu holen. Deine Tante war wirklich rasend schnell mit allem, sie ist eine sehr starke und selbstbestimmte Frau.«

»Das ist sie«, bestätigte ich.

»Ihr seid euch so ähnlich.« Lucien nickte. »Damit sie eine Chance bekam, übernahm ich die letzte Hürde persönlich, indem ich dir das besondere Buch schenkte und hineinschrieb. Das musste ich tun, sonst hättest du dich mit Händen und Füßen gewehrt. Mein Ziel war es, von da an alle Menschen von dir fernzuhalten, die bald sterben würden. Das hatte ich nämlich in der Vergangenheit versäumt. Uns ist es ja strikt verboten, sich so in die Belange der Menschen einzumischen, aber dieses Verbot akzeptiere ich nun nicht mehr. So viele Jahre waren vergangen, so viele tote Menschen um dich herum. Ich wollte dich von da an komplett von dieser Bürde befreien, wollte endlich mehr für dich tun.

Also habe ich manche Menschen manipuliert, nicht zum Flughafen zu fahren oder dieselbe Strecke mit dem Auto zu nehmen, damit ihr beide freie Bahn hattet. Endlich fand ich einen Weg, den ich für dich ebnen konnte. Der Unfall beim Juwelier kam aber auch für mich überraschend. Ich war gerade in einer uralten, streng geheimen Bücherei in Rom unter einer Kathedrale. Dadurch bekam ich nichts von eurem Ausflug mit und konnte das rasende Auto nicht abwenden. Mein funkelndes Herz zeigte mir, dass du Hilfe brauchtest. Ich hasse mich dafür, es nicht vorhergesehen zu haben, ich hätte dich besser beobachten müssen …

Der Unfall hatte zumindest den Vorteil, dass du mit deiner Tante nun offen darüber reden konntest. Sie hat ja selbst gesehen, dass nicht alles mit rechten Dingen zuging, und ist somit der erste Mensch, der dir wahrhaftig glaubt.

Dennoch kann sie dir deine Einsamkeit und den damit verbundenen Schmerz nicht nehmen. Glaub mir, Mira, ich war oft kurz davor, mich dir zu zeigen, aber ich hatte Angst vor deiner Reaktion. Schließlich ist unsere gemeinsame Vergangenheit ja nichts, was sich eben mal erzählen lässt. Es war ja gestern und heute schon schwer, zu dir durchzudringen.«

Lucien drückte lächelnd meine Hand. Ich schmunzelte verlegen, denn er hatte recht.

»Wo war ich?«, fragte er. »Ach ja. Obwohl Avia absolut dagegen war, wollte ich mich an deinem Geburtstag bei dir melden. Du konntest keine Party oder irgendetwas anderes erleben und warst traurig deswegen. Darum habe ich die Sonnenblume gepflückt und nach langem Suchen den perfekten Hund für dich gefunden. Da du mich um Hoffnung gebeten hattest, habe ich sie Hope getauft. Sie sollte dir eine gute Freundin sein, ich wollte dir zeigen, dass du nicht alleine bist. Bis zu Alines Umzug blieb dann alles ruhig, dein Leben hatte sich um ein Vielfaches verbessert. Ein paarmal musste ich jemanden auf der Straße oder beim Wandern umleiten, damit dessen Tod nicht auch dich erwischte. Aber ganz egal, was ich auch tat, Alines Tod konnte ich nicht verhindern. Ich wusste ihr Sterbealter, aber nicht das genaue Sterbedatum. Es war wie verflucht oder vorherbestimmt, denn all meine Mühen, dich da rauszuhalten oder sie so zu manipulieren, damit sie woanders starb, waren sinnlos.

Ich schaffte es, dass sie einige Male ihren Flug umbuchen musste, und ich hoffte immer, dass sie in Frankreich sterben würde. Aber es kam auf sonderbare Weise anders. Diese magnetische Anziehung zu ihrem Tod war zu stark und als du nach der Explosion in der Zwischenebene verzweifelt um Hilfe gerufen hast, fasste ich einen Entschluss. Dieser festigte sich noch mehr, als du im Wald ohnmächtig wurdest. Du warst in diesem Moment nicht alleine, Mira. Ich war die ganze Zeit bei dir, aber ich konnte nichts tun, denn ich durfte mich dir da noch nicht zeigen. Das hätte dich nur erschreckt.

Ich hatte es so satt, dass ich nur unsichtbar für dich da sein konnte, hätte ich da bereits den Mut gehabt, mich dir zu offenbaren, wäre vieles anders gekommen. So brachten sie dich ins Krankenhaus, man sperrte dich in ein Zimmer und ließ deine Tante nicht mehr zu dir. Ich war fix und fertig. Avia gab nach langem Betteln nach, sie redete mit meinem Vater, damit ich vom Dienst in der Zwischenebene befreit wurde und wir beide auf unbestimmte Zeit auf die Erde konnten. Viele meiner Geschwister hatten das bereits lange vor mir getan. Sie studierten in Rom oder Paris oder mischten sich für Jahrzehnte auf andere Art unter die Menschen. So lernen wir nämlich die menschliche Denkweise kennen. Vater besteht für gewöhnlich darauf, dass wir die Menschen auch lebend beobachten und nicht nur im Tod, um mehr Mitgefühl für ihren Lebensprozess zu entwickeln. Wir sehen ja nur ihre Seelen, sobald sie tot sind, und selbst da nur einige Sekunden.

Bis zu jenem Tag hatte ich mich geweigert, da ich Menschen zwar im Sterbeprozess interessant fand, aber nicht so sehr, dass ich bei ihnen leben und mich mit ihren für mich sonderbaren Traditionen auseinandersetzen wollte. Erst durch dich änderte sich das natürlich.

Vitus, mein Bruder, beschaffte uns die nötigen Papiere, meine Schwester Celia öffnete uns den Zugang zum Familienvermögen. Das war für genau solche Zwecke über Jahrhunderte angehäuft worden. Nun mussten wir nur noch ein passendes Haus finden, das Newman-Anwesen war perfekt dafür. Es bot meiner Großmutter etwas Luxus und mir eine neue Nähe zu dir. An jenem Abend, an dem wir den Vertrag beim Makler unterzeichneten und ich zum allerersten Mal ein Smartphone in den Händen hielt, funkelte mein Herz erneut. Es kam absolut überraschend für mich, du hattest nämlich damit begonnen, dich umzubringen. Zuerst war ich allerdings fasziniert von deinem Tun, habe dich beobachtet und deine Stärke bewundert. Ich dachte, du würdest schon damit aufhören, ich hatte ja meinen Plan, dich bald aufzusuchen, damit wir uns auf normale Art kennenlernen konnten. Aber du wolltest nicht aufgeben. Auch in der nächsten Nacht nicht.

Avia warnte mich, sie bestand darauf, dass ich mich zurückhielt. Sie glaubte, du würdest es nicht durchhalten und schnell aufgeben. Keiner von uns beiden dachte, dass du das so knallhart durchziehen würdest. Aber du hast mich eines Besseren belehrt und jedes Mal, wenn ich dir den Atem gegeben habe, wurde ich müder. All das zehrte an mir. Ich war nicht einmal mehr fähig, in dein Zauberbuch zu schreiben, musste den ganzen Tag durchschlafen, denn ich hatte absolut keine Kraft mehr. In der dritten Nacht war ich so fertig, dass ich mich kaum noch auf den Beinen halten konnte.

Ich hätte dir so gerne geantwortet, aber ich konnte nicht. Es zog mich durch das unsichtbare Band immer so schnell zu dir, dass ich es nicht schaffte, auch nur ein Wort zu sprechen. Du weißt ja selbst, wie es dir immer die Sprache verschlägt, wenn ich bei dir bin. Avia spornte mich an, sie meinte, ich müsse mehr kämpfen, um Abstand zu halten, damit wir miteinander reden konnten. Du musst wissen, die Zwischenebene ist unendlich groß. Ich schwebte nie, ich raste in einer Geschwindigkeit auf dich zu, dass mir jedes Mal fast schwindelig wurde. Der Sog war leider zu stark, ich mühte mich ab, leider ohne Erfolg …«

Ich unterbrach ihn verblüfft. »Für mich sah es nicht so aus, als ob du rasen würdest.«

»Normalerweise kann ich diese Ebene betreten und darin wandeln, wie ich das will. Bei dir habe ich allerdings überhaupt keine Kontrolle darüber. Dieser Magnetismus, oder was immer das auch ist, nimmt mir jede Handlungsfähigkeit. Selbst Avia kapiert es nicht und sie kennt die Zwischenebene wie ihre Westentasche.«

»Ich versuche, es mir vorzustellen, aber das ist gerade schwer«, gab ich zu. »Ich selbst befand mich nämlich immer an derselben Stelle und habe mich nie fortbewegt. Müsste es mich nicht ebenfalls magnetisch anziehen? Oder?«

»Du kannst dich in der Ebene nicht fortbewegen, weil du ein Mensch bist. Nur wir können das. Verstehst du?«

Ich nickte. »Ja, ich denke schon. Wie ging es dann für dich weiter?«

Lucien nahm einen Schluck von seinem Whiskey. »Wieder war ich den ganzen nächsten Tag platt. Ich konnte nicht mal mehr etwas essen, schlief so lange, bis mein Herz erneut funkelte und mich in die Zwischenebene riss. Danach schleppte ich mich entkräftet zu Avia. Ich bin unsterblich, aber meine Lebensenergie war fast am Nullpunkt angelangt, sodass ich tatsächlich Angst hatte, es könnte mich umbringen, wenn ich dir noch weiter meinen Lebensatem übertragen müsste. Meine Großmutter machte sich ebenso große Sorgen um mich, sie sah, wie schwach ich inzwischen geworden war. Natürlich wäre ich nicht daran gestorben, das geht ja nicht, aber so eine Schwäche zu haben, ist uns nicht bekannt, daher machten wir uns tatsächlich Gedanken darüber.

Zum Glück hatte sie endlich die rettende Idee. Wir banden uns aneinander, damit sie sich abstemmen und mir so helfen konnte, den Abstand zu dir zu halten. Sonst hätte ich nie die Möglichkeit bekommen, mit dir zu reden.

Bereits beim ersten Mal erkannte sie, dass die Gewalt so übermächtig war, dass wir uns besser vorbereiten mussten. Wir brauchten ein paar Anläufe, dann endlich gelang es uns.

Mit dir dort zu reden, war sonderbar. Ich hätte dir am liebsten so viel gesagt, aber ich wollte mich an meinen Plan halten. Der war, dich erst in Ruhe kennenzulernen, damit du dich nicht ängstigst. Und ich hatte noch einiges zu tun. Um mich in der Menschenwelt einzufügen, musste ich nämlich zuerst lernen, wie sie zu gehen, und mich nicht andauernd zu teleportieren, und ich musste den Führerschein machen, mich in die Technik einlesen und so weiter. Darum brauchte ich noch einige Zeit, ehe wir schlussendlich vor deiner Tür stehen konnten.

Ich hatte niemals vorgehabt, dich mit allem so zu überrumpeln. Und ich hatte wirklich riesengroße Angst, dass du mich ablehnst … Was du dann ja auch getan hast.«

»Bei deinem Plan hast du offenbar vergessen, dass ich dachte, ich würde euch beide bei eurem Besuch ermorden.«

»Ähm … ja«, sagte er und fuhr sich verlegen am Hinterkopf über die kurzen Haare. »Ich dachte, du findest mich so umwerfend, dass du all deine Ängste einfach vergisst.«

»Du bist wohl nicht so umwerfend, wie du dachtest.«

Er lachte auf. »Ja, Mist. Mein Fehler.« Er schmunzelte noch kurz, dann wurde er wieder ernst. »Mira, mir ist klar, dass das alles sehr viel für dich ist und du wahrscheinlich sofort nach Hause möchtest, um das sacken zu lassen. Ich kann dich jedoch erst zurückbringen, wenn du dich entschieden hast und dich mit der Entscheidung wohlfühlst. Andernfalls wird Martin etwas mitbekommen. Für ihn ist auf der Erde nur wenig Zeit vergangen, er geht jetzt gerade im Zeitlupentempo die Treppe hoch. Wir müssen uns daher bei der Rückkehr beide so benehmen, als wäre absolut nichts geschehen. Sonst bemerkt er, dass etwas nicht stimmt. Verstehst du?«

»Das verstehe ich.« Klang logisch. Martin war zu gut in seinem Job. »Was meinst du mit Entscheidung?«

»Es gibt drei Wege für dich, die du gehen kannst«, erklärte er. »Der erste wäre mein eigener ausgeklügelter Plan. Ich könnte bei dir auf der Erde bleiben und immer, wenn du das Haus verlässt und etwas unternehmen möchtest, gehe ich mit dir und beschütze dich vor dem Gesetz der Anziehung. Du könntest dann ganz normal in die Schule gehen, ins Kino oder etwas anderes unternehmen. Der Vorteil wäre, dass mir dabei nichts entgeht. Der einzige Nachteil würde sein, dass ich immer in Sichtweite wäre. Denn nur so könnte ich wirklich rechtzeitig erkennen, ob du zu flimmern beginnst und ich dich beschützen muss.

Beim zweiten Weg ändert sich nicht viel für dich. Ich beschütze dich so gut es geht im Verborgenen und halte mich sonst aus deinem Leben fern. Es bleibt aber das Risiko, dass mir etwas entgeht.

Der dritte Weg wäre, dass ich dir das Gedächtnis lösche und dieses Gespräch für dich nie stattgefunden hat. Martin würde Avia und mich ebenfalls vergessen. Du kannst natürlich frei wählen, ich bin dir nicht böse, wenn du den dritten Weg wählst, weil dir alles zu viel ist.«

Wir sahen uns in die Augen. Sein dunkler Blick war fragend.

»Nun liegt es an dir«, sagte er leise. »Du weißt jetzt, dass ich kein Engel bin und dass der Fluch kein Fluch ist, sondern ein funkelndes Herz mit einer Macht, die so groß ist, dass selbst der Tod sie nicht bezwingen kann.«

Ich brauchte einen Augenblick, ehe ich antworten konnte. »Kann ich darüber nachdenken?«

»Natürlich.« Er nickte. »Nimm dir die Zeit, die du brauchst.«

Obwohl er es mitfühlend sagte, erkannte ich an seinem Gesichtsausdruck, dass er etwas enttäuscht darüber war. Bestimmt hatte er sich erhofft, ich würde sofort etwas dazu sagen, doch das konnte ich nicht. Ich war inzwischen nicht nur sehr müde geworden, sondern brauchte tatsächlich etwas Zeit, um über alles nachzudenken. Er hatte recht. Am liebsten wäre ich jetzt daheim in meinem Zimmer, würde mich mit Hope auf dem Bett zusammenrollen und meinen Kummer hinausweinen. Nicht nur die vielen Tode, von denen ich zuvor nichts gewusst hatte, belasteten mich. Es war vor allem die Geschichte mit meinem Vater, die mir zu schaffen machte.

Ich guckte verstohlen zu Lucien, sein Blick lag nachdenklich auf der Whiskeyflasche. Ich mochte ihn. Ohne ihn konnte ich nicht leben. Dass er gerade so traurig wirkte, tat mir leid. Darum rutschte ich wieder ein Stück näher.

Er sah mich sofort an und ließ zu, dass ich mich einfach an ihn lehnte. Seinen Arm legte er quer über meinen Rücken. So blieben wir sitzen, während jeder seinen Gedanken nachhing.

Das funkelnde Herz

In dem Moment als ich meine Augen aufschlug, wusste ich, dass es kein Traum gewesen war. Ich war tatsächlich in Luciens Armen eingeschlafen! Ganz langsam blickte ich zu ihm hoch. Er schlief tief und fest, mein Kopf lag direkt auf seiner Brust.

Oh Mann … Ich hielt die Luft an. Vorsichtig schob ich mich unter seinem Arm heraus, achtete darauf, ihn dabei nicht zu wecken.

Das Licht im Raum war gedimmt, es brannte nur eine Lampe an der Wand hinter uns. Der Schein ließ seine schwarzen Haare schimmern, sie wirkten dadurch fast wie Samt.

Ich betrachtete sein schlafendes Gesicht, es war mir inzwischen so vertraut geworden.

»Scheiße«, flüsterte ich fast lautlos, rieb mir über die Stirn und versuchte, einen klaren Kopf zu bekommen. An meiner Seite lag also der Sohn des Todes persönlich … tatsächlich und wahrhaftig … und ich konnte nicht sterben, weil er wiederum mich nicht sterben lassen konnte. Aus irgendeinem unerklärlichen Grund waren wir miteinander verbunden …

Ein grässliches Gedankenkarussell fing an, sich in meinem Kopf zu drehen. Zuerst ließ ich es einige Runden laufen, dann stoppte ich es und fasste meine Entscheidungsmöglichkeiten zusammen: Erstens, entweder würde Lucien ab jetzt mein ewiger Schatten sein, oder zweitens, er würde wieder verschwinden und für mich änderte sich sonst nicht viel. Dann war da noch Möglichkeit Nummer drei, denn er könnte ja mein Gehirn neu formatieren und mich alles vergessen lassen …

»Scheiße«, flüsterte ich wieder, denn ich musste ja auch noch verdauen, dass mein Vater Selbstmord begangen hatte, was mich wütend und traurig zugleich machte. Und ich hätte um ein Haar den jüngsten Sohn des Todes in der Zwischenebene umgebracht, weil ich ihm, ohne es zu wollen, fast den ganzen

Lebensatem ausgesaugt hatte. Okay, er sagte, das ginge in Wahrheit nicht, aber das mit dem Unsterblich sein wollte immer noch nicht in meinen Kopf.

»Scheiße«, hauchte ich erneut, es brachte mich allerdings nicht voran. »Verdammter Mist«, lautete mein nächster, total sinnloser Versuch. Ich schaute zu der verbotenen Tür, hinter der wahrscheinlich ein Flur lag. Derselbe Flur, welcher zum Arbeitszimmer des Todes führte? Meine Augen weiteten sich ein wenig, ich hielt wieder den Atem an. Mir wurde sofort mulmig zumute. Wenn mich sein Vater hier erwischte, drehte er uns womöglich beide durch den Fleischwolf.

Fahrig rubbelte ich mir mit beiden Händen über das Gesicht und schielte durch einen Spalt meiner Finger. Lucien lag immer noch da und schlief seelenruhig.

»Verfluchte Scheiße«, flüsterte ich, um der irrsinnigen Situation Ausdruck zu verleihen. Brachte natürlich nichts. Ich schlich mich vom Sofa weg. Nun, da ich etwas Abstand zu ihm hatte, fiel mir auf, dass er gar nicht mehr so bedrohlich aussah, wie zu Beginn seiner Offenbarung.

Okay, da waren die pechschwarzen Haare und seine ebenso schwarzen Augen. Oder waren sie braun und hatten gestern nur so dunkel und unheilvoll gewirkt? Hm …

Sahen seine Augen nur für mich unheilvoll aus, weil ich wusste, dass er der Nachwuchs des wohl gefürchtetsten Wesens der Erde war? Aber laut seinen Erzählungen war der Tod das Gegenteil von gefährlich.

Ich musterte ihn. Luciens Gesichtszüge waren männlich, aber dennoch ein wenig weich. Wie die Gesichtszüge eines Teenagers halt, der kurz davor war, erwachsen zu werden. Wie alt er wohl in Wahrheit war?

Mein Gehirn versuchte, das Ganze irgendwie einzusortieren, aber es stöhnte und ächzte wie ein alter Karren, der zu viel Last aufgeladen hatte. Ich wuschelte mir durch die Haare, wahrscheinlich sah ich ziemlich verschlafen aus.

Verdammt! Warum machte ich mir jetzt um mein Aussehen Gedanken?

Ich war komplett neben der Spur!

Völlig verunsichert lief ich im Zimmer herum. Schlich dabei so leise, dass er mich nicht bemerkte. Einmal schielte ich um die Ecke in sein Schlafzimmer. Die schwarze Bettwäsche passte zu ihm. Das Bettgestell war aus dunkelbraunem Holz, es wirkte alt, die Schnitzereien darauf waren bestimmt wertvoll. Aber sonst sah das Zimmer sehr modern aus.

Komische Mischung … Und vom Schlafzimmer aus ging noch eine Tür in einen anderen Raum. Was sich wohl dahinter befand? Ein Badezimmer? Ich guckte wieder zu Lucien.

Mussten die hier aufs Klo oder gingen die überhaupt duschen? Mussten sie essen? Und wenn ja, woher kam das Essen? Klauten sie es etwa von der Erde? So als Bezahlung der Todgeweihten für den Übergang ins Licht? Wie in der griechischen Mythologie, da musste man dem Fährmann auch Münzen überreichen, wenn man ans andere Ende wollte.

War das tatsächlich so?

Ich schüttelte den Kopf. Er schwirrte schon wieder.

Mein Blick fand Lucien. Gerade lag er so friedlich da. Mir war bewusst, dass ich keine Angst vor ihm haben musste, aber verinnerlicht hatte ich es noch nicht.

Mein Engel war also der Tod. Okay, nur dessen Sohn, aber immerhin aus der oberen Chefetage. Echt krass!

Ich unterdrückte ein Auflachen, als ich den Gedanken zu Ende gedacht hatte. Oh weh! Das war total verrückt!

Wie es hier wohl aussah? Also draußen. Gab es ein Draußen? Er hatte mir doch von dem Herzog erzählt. Wohnte der hier in der Nähe? Und wo war hier überhaupt?

Die Todeszone?

Wieder musste ich fast lachen.

Der Gedanke, dass dieser Raum und das dazugehörige Gebäude irgendwo sein mussten und dass es dadurch ein Draußen gab, brachte mich auf die Idee, nach einem Fenster zu suchen. Aber hier in diesem Zimmer und auch in seinem Schlafzimmer war keines. Eigenartig.

Ich beobachtete Lucien. Er atmete wie ich Luft, die musste ja irgendwo herkommen. Wie lüftete er sein Zimmer? Ich tippte mit dem Zeigefinger auf meine Lippen, während ich nachdachte. Dann fiel mir ein, dass ich mich gerade total verrannte.

Ich hatte die drei Wahlmöglichkeiten und sollte mir keine Gedanken darüber machen, wie man hier Luft bekam, um damit zu atmen. Nein, ich hatte eine Entscheidung zu treffen!

Ganz kurz rief ich mir die drei Wege in Erinnerung. Es gab nur einen einzigen, der für mich infrage kam. Die anderen beiden verwarf ich sofort. Aber hey, endlich hatte ich die Möglichkeit, einmal selbst zu wählen. Auch wenn sich irgendwann herausstellen würde, dass ich eben die falsche Entscheidung getroffen hatte, so fühlte sie sich jetzt gerade gut an.

Da ich diese existenzielle Entscheidung so rasant getroffen hatte, kümmerte ich mich wieder um das Draußen. Wer war schon mal in der Ebene des Todes? Ich musste erneut leise auflachen, da alles so irrsinnig war. Mit den Fingern tastete ich über die Wände. Vielleicht hatte er ja Rollläden, die gleich aussahen wie eine Wand?

»Suchst du nach einem Ausgang?«, fragte Lucien direkt hinter mir.

»Fenster«, piepste ich vor Schreck und drehte mich um. »Entschuldige, habe ich dich geweckt?«

Er schüttelte den Kopf.

»Hast du denn ein Fenster?«, fragte ich neugierig.

»Klar«, antwortete er. »Aber Avia hat es von Vallant verbergen lassen, damit du nicht zu viel siehst.«

Verdammt! »Ich kann die Todeszone nicht sehen?«, bedauerte ich.

»Die was?«

»Wie nennt man die Gegend hier sonst?«

Lucien erkannte meinen Gedankengang und lachte auf.

»Jedenfalls nicht Todeszone.«

»Wie dann?« Ich blickte ihn erwartungsvoll an. Jetzt war ich schon hier …

Er schmunzelte und betrachtete mein neugieriges Gesicht. Dann ging er zu seinem Schlafzimmer. »Komm mit«, sagte er und deutete mit dem Kopf in den Raum.

»Was willst du im Schlafzimmer?«

»Dir die Todeszone zeigen.« Er grinste breit.

Ich war ein wenig irritiert, aber lief ihm hinterher. Er ging zu der anderen Tür und bat mich hinein. Das war tatsächlich ein Badezimmer. Dusche, Wanne, Klo, Waschbecken, eben alles, was ich von daheim kannte. Und ein Fenster! Lucien zog den Vorhang zur Seite.

Meine Augen weiteten sich, ich eilte hin und schaute hinaus. Wir befanden uns auf einem Hügel in einem riesigen Gebäude, nein, es war eine große Burg, wir waren bestimmt im dritten Stockwerk oder so. Ich sah Wiesen, viele Blumen, einen Wald. Wohin ich auch schaute, überall war wunderschöne Natur.

»Das sieht ja aus wie bei uns«, stellte ich verwundert fest. Und war ein wenig enttäuscht.

»Warum sollte es anders aussehen?«

»Na ja ...« Ich dachte nach.

»Du kennst nur die Zwischenebene, klar, dass du nur Düsternis erwartest.«

»Eher Höllenfeuer oder so was«, murmelte ich.

»Wir sind doch nicht in der Hölle!«

»Gibt es die denn überhaupt?«

»Nein.«

»Echt nicht?«

»Nein«, wiederholte er.

»Was macht ihr dann mit den schlechten Menschen?«

»Wir urteilen nicht über sie. Tot ist tot.«

»Aber den Himmel gibt es?«

»Keine Ahnung, ich war noch nie im Licht.«

»Warum nicht?«

»Was soll ich da?«

»Nachgucken, ob es den Himmel gibt!«

Lucien lächelte breit. »Könnte ich mal machen.«

»Könntest du«, erwiderte ich nickend und schaute wieder aus dem Fenster.

Er lächelte immer noch, offenbar gefiel ihm meine kindliche Neugierde und ja, im Moment fühlte sich dadurch alles leichter an. Er nahm den Fenstergriff und begann, es zu öffnen. Ich wich zurück, damit er es ganz aufmachen konnte. Frische Luft strömte in den Raum, ich sog sie ganz tief in meine Lungen.

»Ist das Vogelgezwitscher?« In dem Moment sah ich einige Vögel vorbeifliegen. »Warum sieht es gleich aus wie bei uns? Warum gibt es hier Tiere? Und Blumen?«

Er zog eine Braue hoch. »Gönnst du uns keine Blumen?«

»Na sicher.« Ich rollte mit den Augen. »Aber ich hätte nicht gedacht, dass der Tod so toll wohnt.«

Meine Worte entlockten ihm abermals ein Grinsen.

Anscheinend amüsierte ihn mein Unwissen. Egal, ich mochte ihn so lieber, er hatte nämlich ein superschönes Lächeln.

Ich beugte mich etwas aus dem Fenster.

»Nicht, bitte, lass das«, sagte er schnell. »Es darf dich keiner in der Burg sehen, bleib besser weiter hinten.«

»Okay«, murmelte ich widerwillig, denn ich war so neugierig, dass ich am liebsten die ganze Gegend erkundet hätte.

Er ging zum Waschbecken, nahm seine Zahnbürste und begann, sich die Zähne zu putzen.

Ich beobachtete ihn ganz verdattert. Dann wusch er sich auch noch das Gesicht und trocknete sich ab. Als er damit fertig war, drehte er sich zu mir.

»Lass mich raten: Du wunderst dich, warum ich mich wasche und es kaum Unterschiede zur Erde gibt?«

Natürlich tat ich das! »Sind diese Gedanken sehr verwerflich?«, fragte ich kleinlaut.

»Nein. Aber sie erheitern mich ein wenig. Entschuldige.«

»Ich dachte immer, Geister müssten das alles nicht tun.«

»Sehe ich etwa aus wie ein Geist?«

Über seine Frage musste ich kurz nachdenken. Ich lehnte mich mit dem Hintern an den Fenstersims. »Was genau bist du denn?« Ich fragte es sehr vorsichtig.

»Geister haben keinen Körper. Wir hingegen sind euch Menschen ähnlich. Samt funktionierendem Körper und allem, was dazugehört«, erklärte er geduldig. »Aber wir altern nach der Kinderzeit sehr, sehr langsam, werden weder krank noch sterben wir. Und wir können in den Ebenen wandeln. Es gibt sozusagen keine Grenzen für uns.«

»Gar keine?«

Er schüttelte den Kopf.

»Und wie alt bist du?«

»Viel älter, als ich aussehe.«

Ich rollte mit den Augen. »Das war mir schon klar.«

»In Menschenjahren kann ich dir das nicht beantworten. Ein paar tausend vielleicht. Aber ich bin ja auch der Jüngste hier, meine Geschwister sind sehr viel älter.«

»Ein paar tausend Jahre«, wiederholte ich beeindruckt. »Aber warum siehst du noch so jung aus?«

»Ich sagte doch, wir altern sehr, sehr langsam. Wenn wir wollen, können wir das Altern auf unbestimmte Zeit stoppen. Das macht Avia seit Ewigkeiten. Ihr jetziges, älteres Aussehen wird aber so bleiben, sie erklärte mir einmal, dass sie ihr junges Gesicht irgendwann loswerden wollte, schließlich war sie schon lange Großmutter und wollte auch dementsprechend aussehen.«

»Und dir gefällt das Gesicht eines Teenagers?«

»Gefällt es dir denn nicht?«

Ich blinzelte stutzig. Lucien drehte sich lächelnd ab. Er stellte die Zahnbürste in den Becher, dann bückte er sich und holte ein frisches Handtuch aus dem Unterschrank.

»Hier, das ist für dich. Wenn du dich wohler dabei fühlst, kannst du auch absperren.« Er warf mir einen warmen Blick zu, dann verschwand er aus dem Badezimmer.

Obwohl ich ihn nicht mehr sehen konnte, schaute ich ihm hinterher.

Dann nahm ich sein Angebot gern an. Ich wusch mich, spülte den Mund ordentlich mit Wasser aus und sperrte tatsächlich die Tür ab, da ich dringend aufs Klo musste.

Ehe ich das Badezimmer verließ, warf ich noch einen Blick durch das offene Fenster nach draußen. Ich war tatsächlich auf einer Burg im Nirgendwo! Vorsichtig lehnte ich mich ein Stück zur Seite, da ich genau sehen wollte, wie das Gemäuer aussah. Es war aus grauem Stein. Sehr schön. Ich machte das Fenster leise zu und schob den Vorhang wieder zurecht.

Lucien wartete geduldig an der Tür in seinem Schlafzimmer auf mich. »Du willst bestimmt etwas essen?«, fragte er aufmerksam.

Ich nickte.

»Mal sehen, was ich heimlich klauen kann.«

Heimlich? Ach, sie dachten ja, er wäre nicht da. »Wenn es zu gefährlich für dich ist, dann lass es lieber.«

»Es ist nicht gefährlich für mich. Ich will nur nicht gesehen werden. Sonst ziehen sie mich auf, von wegen ich hätte schon Heimweh, oder stellen Fragen, die ich nicht beantworten will.«

»Ach so.« Unter diesen Umständen hatte ich nichts gegen etwas zu knabbern. Mein Bauch grummelte bereits lautstark.

»Du musst aber hierbleiben«, machte er deutlich.

War klar. »Ich will da eh nicht raus.« Bei meinem Glück lief mir sein Vater über den Weg …

»Bin gleich wieder da.« Schon war Lucien fort.

»Verdammt«, nuschelte ich. Hatte er sich gerade teleportiert? Musste so sein! Oh, war das abgedreht!

Ich setzte mich zurück auf das Sofa, legte die Hände auf meine Oberschenkel und wartete geduldig. Mein Blick fiel dabei auf das Schachspiel, welches auf dem unförmigen Tisch stand. Ich dachte an Martin, der komplett ahnungslos war. Ich durfte nie auch nur ein Wort über all das hier verlieren, sein Eid als Arzt würde ihn dazu zwingen, mir wieder Tabletten und eine strenge Therapie zu verordnen.

Plötzlich fuhr ich erschrocken zurück, mein Herz machte einen Sprung.

»Entschuldige«, sagte Lucien, der ohne Vorwarnung wieder mitten im Raum stand.

Ich fasste an meine Brust und versuchte, meinen Herzschlag sowie meine Atmung zu beruhigen. »Mir jetzt einen Herzinfarkt zu bescheren, wäre glatter Mord!«

»Dann kommt die Henkersmahlzeit ja genau richtig.« Er stellte einen Teller voll mit Beeren und einen mit Käse, Wurst und Tomaten auf den Tisch neben das Schachspiel, unter einem Arm klemmte eine Glasflasche mit Wasser, die er ebenfalls auf den Tisch beförderte. Er hatte auch einen Leinenbeutel dabei, den er öffnete. Frische Brötchen kamen zum Vorschein.

»Das ist ja auch alles wie bei uns!« Ich staunte nicht schlecht.

Er guckte verlegen. »Habe ich eben aus dem großen Hotel in Sunville geklaut, in dem wir übernachtet haben, ehe wir ins Newman-Haus ziehen konnten«, gestand er mir. »Meine Schwester war eben bei uns in der Küche und ich wollte nicht, dass sie mich sieht und mir blöde Fragen stellt, warum ich für zwei mitnehme. Außerdem ist das Essen aus dem Hotel echt lecker.«

Mir war im Moment egal, woher das Essen stammte, ich schnappte mir ein Brötchen und biss herzhaft hinein. »Wir sollten ihnen Trinkgeld zukommen lassen«, sagte ich kauend und schob eine kleine runde Tomate hinterher. Mann, hatte ich Hunger!

Lucien setzte sich, packte ordentlich Käse und Wurst auf ein Brötchen und ließ es sich ebenfalls schmecken.

»Sag mal …« Ich schluckte schnell hinunter. »Wenn du unsterblich bist, warum musst du dann essen?«

»Müsste ich nicht«, erklärte er. »Wir essen, weil es einfach Freude macht, es lecker schmeckt und uns mit Energie der Erde versorgt.«

Die Energie hatte er ja nicht notwendig, oder? Das kapierte ich nicht. Trotzdem nickte ich und tat, als hätte ich es verstanden.

Mein Brötchen war schnell aufgefuttert. Während er sich ein zweites belegte, mampfte ich fast alle Beeren allein auf. Ich ließ nur ein paar Erdbeeren übrig. Als wir fertig waren, saßen wir nebeneinander und sagten eine Weile nichts.

Lucien fuhr sich irgendwann durch die Haare und musterte mich. »Hast du denn schon nachgedacht, wie du dich entscheiden wirst?« Sein Blick war voller Unsicherheit. Nun, da das Licht anders in sein Gesicht fiel, erkannte ich, dass er dunkelbraune Augen hatte.

Ich rutschte zurück, um mich anzulehnen, und zog die Beine hoch. »Darf ich denn Forderungen stellen?«

Er schwieg einen Moment. »Was schwebt dir denn vor?«

Ich dachte kurz nach. Während ich das tat, gingen seine Augenbrauen fragend nach oben, er wirkte nervös. »Du hast Angst vor meiner Antwort«, sprach ich aus.

Lucien schluckte, entzog sich meinem Blick und sah kurz nach unten. »So offensichtlich?«, fragte er räuspernd und wirkte sichtlich verlegen.

»Wie fühlt sich das an, wenn ich neben dir sitze?« Ich schaute auf seine Brust, obwohl ich kein Funkeln ausmachen konnte.

»Sehr warm. Manchmal heiß, wenn wir uns nahe sind.«

»Das tut mir leid.«

»Warum entschuldigst du dich dafür?«

»Na, ich bin es doch, die das alles verursacht hat.«

Er legte den Kopf leicht schräg. »Keiner von uns trägt die Schuld an diesem Funkeln und allem, was damit zusammenhängt.«

Ich schwieg, schließlich war ich missgebildet zur Welt gekommen und nicht er. Die Schuldfrage hatte sich damit für mich erledigt.

Lucien dauerte meine Redepause zu lange. »Wie lautet deine Forderung, Mira?«

Ich kaute nachdenklich auf meiner Lippe herum und überlegte. »Ich will Tante Grace einweihen«, sagte ich dann. »Es ist mir wichtig, dass sie über dich Bescheid weiß, und ich brauche jemanden zum Reden. Jemand Menschliches. Damit ich einen Anker habe, um nicht zu denken, ich wäre verrückt.«

Über sein Gesicht rauschte eine starke Gefühlswelle.

»Das bedeutet, du nimmst mein Angebot an? Ich bleibe auf der Erde?«

Ich nickte.

Lucien versuchte, sich nicht allzu sehr anmerken zu lassen, wie er sich darüber freute.

Aber es gelang ihm nicht wirklich gut.

»Wie genau hast du dir das vorgestellt?«, fragte ich ihn. »Ich kann auf eine Schule? Eine ganz normale Schule? Vielleicht zu Tante Grace auf die Shadylight Academy oder die Sunville Highschool? Ins Kino? Du musst immer nah bei mir sein? Geht das denn immer? Was ist, wenn jemand in meiner Nähe sterben wird? Wie verhinderst du das? Was tun wir, wenn wir getrennt werden? Kann ich ab jetzt wirklich ganz normale Dinge tun, ohne diese ständigen Todesdramen?«

Lucien antwortete nicht auf meine vielen Fragen, die nur so aus meinem Mund sprudelten. Er zog einen Mundwinkel nach oben und schmunzelte nur.

»Wie bringen wir Martin dazu, dass ich ohne ihn das Haus verlassen kann? Ich meine, wenn das klappt, dann kann ich mit dir ja ins Einkaufszentrum, ohne von einem Wagen überfahren zu werden und danach im Krankenhaus zu landen. Oder? Ist es so, wie ich mir das vorstelle? Wie sieht es mit Autofahren aus? Kann ich das denn auch lernen, oder ziehe ich Unfälle an wie ein Magnet, oder umgekehrt? Müssen wir bestimmte Gegenden meiden? Krankenhäuser und so was? Da wird ja ständig gestorben …« Ich unterbrach meinen Redeschwall. »Hör auf zu grinsen«, sagte ich und klapste ihm auf den Oberschenkel.

»Entschuldige«, erwiderte er bloß und ließ das Grinsen schnell verebben.

»Soll ich weiter Fragen stellen, oder gibst du mir endlich ein paar Antworten?«

»Kann ich denn jetzt antworten?«

»Grmpf«, machte ich und verschränkte meine Arme. »Schieß los, ich bin still.«

Wieder erschien ein Grinsen in seinem Gesicht. Aber nur kurz. »Du kannst ab nun alles tun, was du willst, der einzige Nachteil ist, dass du mich an der Backe hast. Nur so kann ich rechtzeitig dein Flimmern sehen und verhindern, dass du dabei bist, wenn jemand stirbt.«

Tausend weitere Fragen tanzten in meinem Kopf herum. Es war ein richtiger Tanzwettbewerb! Ich zupfte mir die heraus, die ich zuerst beantwortet haben wollte. »Erkläre mir das mit dem Verhindern bitte genauer. Muss ich mich jedes Mal verstecken, wenn jemand zufällig neben mir umkippen will?«

»So funktioniert das nicht, Mira«, erläuterte er. »Nicht zufällig kippt neben dir jemand um, es zieht dich immer an die Orte, wo gestorben wird. Du musst dir das wie einen Sog vorstellen. Ich will ab jetzt diesen Sog von dir fernhalten, darum wollte ich ja zu dir. Wenn ich hier in meiner Welt bin, übersehe ich schnell etwas.«

»Hmmm«, machte ich nachdenklich.

»Ich versuche ja, es dir zu erklären, Mira …« Er war kurz still. »Ich kann blitzschnell die Ebene wechseln, denjenigen umleiten und wieder zu dir zurückgehen, ohne dass du es großartig bemerkst.«

»Du bist dann also bei mir, aber nicht immer bei mir?«

Er lachte leise. »So in etwa darfst du dir das vorstellen.«

»Also schaufelst du mir den Weg von Unfällen frei?«

»Genau.«

»Aha.« Ich dachte an sooo vieles gleichzeitig. An eine Schule und Jungs. Hallo? Ich war fast siebzehn und noch ungeküsst! »Was ist, wenn ich jemanden kennenlerne?«, fragte ich unschuldig, um es nicht zu wichtig klingen zu lassen.

Er kombinierte sofort. »Dann lass mich bitte vorher gucken, wann das Ablaufdatum deines Anwerbers ist. Dann kannst du so viel Privatsphäre haben, wie du willst, ersparst dir aber Kummer.«

Seine Antwort fuhr in meinen Bauch. Meine Augen verengten sich ein wenig. Ich war tatsächlich enttäuscht. »Würde es dich denn gar nicht stören, wenn ich jemanden kennenlerne? Ich meine, das wird bestimmt irgendwann passieren.«

»Davon gehe ich aus.«

Die trockene Antwort machte mich platt. »Wärst du dann nicht eifersüchtig?«

Lucien holte tief Luft. »So ist das nicht, das weißt du doch.«

»Ich kann mit Jungs knutschen und es würde dich nicht stören?«, bohrte ich nach. Das Thema anzusprechen, war mir wichtig!

Lucien beugte sich etwas zu mir, sein gutaussehendes Gesicht war mir somit recht nahe. »Willst du denn, dass es mich stört?«, flüsterte er und in seiner Tonlage schwang ein verführerischer Klang mit.

Ich merkte, wie mir die Hitze in die Wangen fuhr. Rasch drehte ich mich ab und griff nach der Wasserflasche. Ein Schmunzeln umspielte seine Lippen, als ich wieder hinsah.

Er setzte sich aufrecht hin. »Mira, ich will dir nur den Weg freischaufeln, dich beschützen. Keinesfalls will ich dich beeinflussen oder dir Dinge verbieten. Du sollst in deinem Leben völlig frei sein. Egal, was du tun willst, ich werde dich nicht davon abhalten, und du brauchst auch keine Rücksicht auf mich nehmen. Okay?«

Meine Finger drehten immer noch am Verschluss der Flasche, ich nahm ihn endlich ab und trank einen Schluck.

»Was sagen wir den Leuten, wer du bist?«, fragte ich, stellte die Flasche auf den Tisch und lehnte mich wieder zurück. »Wenn du ständig bei mir bist, wird sich kein Junge für mich interessieren.« Ich zeigte auf sein Gesicht. Er sah zu gut aus, da würde sich ja keiner an mich rantrauen …

»Hi, ich bin Lucien, der Cousin«, verkündete er überfreundlich. »Wird das nicht reichen, Mira? Man wird einfach glauben, wir wären verwandt und gute Freunde.«

»Klingt gut«, bestätigte ich. »Und die Mädchen, die auf dich stehen? Laufen die uns dann ständig hinterher, wenn wir durch die Einkaufsstraße bummeln? So im Gänsemarsch?«

»Also echt.« Er lachte. »Erstens habe ich keinerlei Interesse an einem Menschenmädchen und zweitens klang das eher, als wärst du eifersüchtig?« Er zog fragend eine Augenbraue hoch.

»Quatsch. War doch nur Spaß.« War es nicht. Die etwas abwertende Bemerkung mit dem Menschenmädchen gefiel mir nicht, aber ich ging nicht näher darauf ein.

Lucien angelte sich eine Erdbeere vom Teller und aß sie grinsend.

Ich rollte mit den Augen. »Ich will endlich auf eine normale Schule«, sagte ich, um vom Thema Mädchen wegzukommen. »Wie stellst du es an, damit wir in dieselbe Klasse gehen können?«

»Das lässt sich doch durch Grace leicht arrangieren.«

»Okay. Dann bist du einverstanden, dass ich sie einweihe?«

»Was immer du willst.«

»Und Martin?«

»Möchtest du ihn denn einweihen?«

»Nein«, sagte ich hastig. »Lieber nicht. Er soll denken, dass seine Therapie Wunder bewirkt.« Ich kicherte leise darüber. Dann fiel mir eine weitere Forderung ein. »Ich will bitte zu diesem Herzog-Magier.«

»Willst du nicht«, lehnte er sofort ab. Sein vorher sonniges Gemüt kühlte schlagartig ab.

»Das gehört aber zu meinen Forderungen«, verdeutlichte ich. »Nur einmal. Bitte. Ich will dein Herz funkeln sehen.«

Seine Kinnlade ging ein wenig nach unten, als er meinen Wunsch hörte.

»Dein Herz ist das, was uns beide verbindet«, fügte ich hinzu. »Wir sind ja jetzt schon hier in deiner Welt, da ist es bestimmt nicht schwierig, kurz mal zum Herzog zu hopsen, um mir dein Funkeln zu zeigen.«

»Äh … so einfach ist das nicht.«

»Das klang in deiner Erzählung aber anders.«

Wir tauschten einen langen Blick. »Ich will nicht zum Herzog«, gestand er schließlich.

»Warum nicht? Können wir denn ein anderes Mal zu ihm?«

Er antwortete nicht. Seine Miene bekam eigenartig harte Züge.

»Du hast Angst?«, riet ich.

Lucien presste die Kiefer zusammen und schüttelte den Kopf. »Es ist nicht Angst … Vallant ist oft unberechenbar und sehr direkt. Ich will einfach nicht, dass er dich verletzt, indem er dir sagt, dass du nicht leben dürftest oder etwas in der Art. Es wäre mir daher lieber, du würdest darauf verzichten, es sehen zu wollen.«

Ich verstand ihn, aber es machte mich sehr traurig. Seit er das funkelnde Herz das erste Mal erwähnt hatte, wollte ich es mit eigenen Augen sehen. Sein besonderes Herz hatte ja alles ausgelöst, es rettete mir seit Jahren andauernd mein Leben. Ich versuchte es, aber ich konnte mir nicht richtig vorstellen, wie das aussah. Ohne Übergang dachte ich daran, wie er mir das erste Mal das Leben geschenkt hatte und meine Eltern daran glaubten, es wäre ein großes Wunder mit ihrem neugeborenen Baby geschehen. Ob meine Mom wusste, dass ich noch lebte? Sie war ja später mit mir gemeinsam gestorben …

Lucien kam näher, streckte seine Finger aus und strich behutsam über meine Wange. »Nicht weinen«, flüsterte er.

Ich trocknete mir schnell das Gesicht. »Meine Gedanken haben mich eben zu meiner Mom gebracht«, erklärte ich ihm.

Er blieb nah bei mir und betrachtete mich mit nachdenklicher Miene. »Wenn es dir hilft, die Geschichte besser zu verstehen, dann sollst du das funkelnde Herz sehen«, sagte er leise.

»Der Herzog ist aber unberechenbar?«, wandte ich ein.

Lucien hielt mich mit seinem Blick fest und war kurz still. »Das ist er. Aber ich will dich glücklich sehen.«

»Es würde mich sehr glücklich machen, wenn du mir dein Herz zeigst«, flüsterte ich zurück.

»Habe ich dann etwas gut bei dir?« Seine Augen blitzten frech auf.

»Du bist ganz schön gerissen.«

Lucien entfernte sich schmunzelnd von mir und setzte sich wieder gerade hin. »Bist du denn danach so weit, dass wir wieder zurückkönnen?«

Ich nickte. »Hoffentlich bekommt Martin nichts mit.«

»Wird er nicht, in deiner Zeit sind kaum zwei Minuten vergangen. Bestimmt sind sie noch auf der Treppe und plaudern. Avia hilft ja mit, um ihn abzulenken und erklärt ihm einiges vom Haus. Er wird glauben, wir wären nur eine kurze Zeit alleine beim Schachspielen in der Bibliothek gewesen.«

Ich ließ den Abend Revue passieren. Dann fiel mir etwas ein. »Hoffentlich ist noch ein Glas Schokoladenmousse übrig.«

Lucien stand lachend auf. »Bestimmt. Es steht ja auch noch dein halbes Sonderdessert im Wintergarten.«

Ich verzog den Mund, auf Mango und Kokos hatte ich echt keine Lust.

»Mal sehen, ob der Herzog überhaupt zu Hause ist.« Er hielt mir seine offene Hand entgegen.

Ich stand auf. »Müssen wir ihn nicht vorher um eine Audienz bitten oder so?«

»Nein, wenn er da ist, nimmt er sich bestimmt kurz Zeit«, sagte er und nahm sich einfach meine Hand. Er fühlte sich angenehm warm an.

Lucien zwinkerte mir zu. Seine Augen lächelten, ich versank einen Moment darin und konnte nicht mehr nachvollziehen, warum ich am Vorabend so große Angst vor ihm gehabt hatte. So viel Aufrichtigkeit lag in seinem Blick, eine so tiefe Freundschaft, alles würde gut werden.

Es verging keine Sekunde, ehe ich diesen Gedanken ausgedacht hatte, da kam ich ins Wanken, weil sich der Untergrund veränderte. Der harte Holzfußboden unter mir war verschwunden, nun stand ich auf Kies und ein frischer Wind wehte um meine Nase …

»Scheiße, das geht so schnell?«, hauchte ich erschrocken. Wir standen direkt vor einem Schloss! »Aber ich hab doch von der Reise überhaupt nichts mitbekommen«, beschwerte ich mich und ließ seine Hand los, da er über meinen verdatterten Gesichtsausdruck lachte.

»Langsamer gehts nun mal nicht«, sagte er schulterzuckend. »Zu Fuß hätte unsere Reise mindestens drei Wochen angedauert. Wäre dir das lieber gewesen?«

»Bestimmt«, gab ich zurück. »Dir ist schon klar, dass das alles neu für mich ist?« Drei Wochen Fußmarsch und ich könnte bestimmt einen Roman über diese besondere Welt schreiben!

Ich legte den Kopf in den Nacken, denn das Anwesen war riesig und ich wollte alles sehen. So pompös hatte ich es mir nicht vorgestellt, das war ja eher ein Königsschloss! Direkt vor der breiten dunklen Eingangstür standen zwei Drachenfiguren aus weißem Marmor. Die beiden waren sehr eindrucksvoll und die Sonne ließ den Marmor hell glitzern, es war beinahe magisch.

»Die Drachen leben hoffentlich nicht?«, flüsterte ich nachdenklich, als wir uns in Bewegung setzten und auf die halbrunde Treppe zusteuerten.

»Die beiden blicken direkt in dein Herz«, antwortete er mit ernster Miene. »Wenn du unkeusche Gedanken hegst, beißen sie dir den Kopf ab.« Er kicherte über seinen eigenen Scherz.

»Du bist echt ein Arsch«, kommentierte ich.

Das brachte ihn nur noch mehr zum Lachen.

»Ich lasse mir von dem Herzog zeigen, wie ich dich in einen Frosch verwandeln kann«, witzelte ich.

Er hob frech eine Augenbraue. »Würdest du den Frosch dann küssen wollen?«

»Igitt.«

Lucien grinste breit. Wir waren an der breiten Flügeltür angekommen. Er klopfte auf das dunkle, massive Holz.

Ich bewunderte gerade die eingeritzten Zeichen und Symbole, da bewegte sich die Tür.

Automatisch strich ich mein Oberteil glatt. Ich hatte ja damit geschlafen, so zerknittert hier zu erscheinen, machte bestimmt keinen guten Eindruck.

Die Tür öffnete sich mit schleifenden und knarrenden Geräuschen, ein Hausmädchen kam zum Vorschein. »Ja, bitte?«, fragte mich die Frau und wandte erst anschließend ihren Blick zu Lucien. »Oh! Pardon, Herr Muertoni.« Nach einem schnellen Knicks schob sie die Tür weiter auf. »Bitte, kommt herein.«

»Danke, Agnes.« Lucien schnappte mich sanft am Arm, schon standen wir in der Eingangshalle.

Ich war total geplättet. Hier glänzte alles golden, riesige Kronleuchter hingen über uns von der Decke. Zwei prunkvolle Treppen führten hinauf in den nächsten Stock, ich staunte nur noch. Das Geländer über uns hatte filigrane Verzierungen und schimmerte in reinem Gold.

Dass Lucien etwas mit dem Hausmädchen beredete, fiel mir nur am Rande auf, ich war zu sehr damit beschäftigt, die Eindrücke zu erfassen.

»Lucien Muertoni?«, hörte ich jemanden fragen.

Ich blinzelte, hatte echt nicht mitbekommen, wie der Herzog gekommen war. Schon stand er direkt vor mir und wechselte mit Lucien einige Worte. Er erklärte ihm unser Anliegen und ich bemühte mich, gefasst zu bleiben. Das war der allererste echte Magier in meinem Leben und dieser hier war auch noch riesig, zumindest für meine Verhältnisse. Er hatte breite Schultern sowie grau melierte, zu einem Zopf gebundene lange Haare.

Seine Kleidung war wie aus einem Film, altmodisch und sehr elegant. Aus den goldenen Knöpfen seiner Weste glänzte mir mein eigenes Spiegelbild entgegen …

Lucien stupste mich an. »Er hat dich gerade was gefragt«, flüsterte er.

»Äh … ja, ich …«, stammelte ich. Was sollte ich nun sagen?

Ein tiefes Lachen erfüllte die Halle und echote von den Wänden.

»Ich war kurz abgelenkt«, murmelte ich entschuldigend.

»Wenn dir dein Name wieder einfällt, sag Bescheid.« Vallant drehte sich lachend um und ging durch die Halle. Seine lauten Schritte knallten auf den Fliesen.

Lucien schob mich an, wir sollten dem Herzog folgen.

»Sorry, das erschlägt mich gerade etwas«, hauchte ich ihm zu und zeigte mit dem Finger durch das riesige Foyer.

»Dachte ich mir schon.« Er schmunzelte kurz.

Während wir dem Magier hinterhergingen, versuchte ich, nicht wieder bloß auf die Umgebung zu achten. Schon alleine dieser Corbeau Vallant war derart eindrucksvoll, dass mich meine Gedanken schnell fortbrachten.

Wir gingen durch eine längliche Bibliothek in eine kleine Halle. An den Wänden protzten riesige Gemälde, einige Statuen standen neben antiken Möbeln.

»Soso«, tönte der Magier, ging ein paar Schritte weiter, ehe er direkt vor einem mächtigen Tisch stehen blieb. An der hölzernen Wand hinter ihm hing ein Kopf von einem echten ausgestopften Mammut. »Der kleine, zerbrechliche Mensch will also das funkelnde Herz des Todes sehen.« Der Magier wirkte neben dem Mammut so riesig, ich winzig klein und in dem Moment huschte eine Angstwelle durch mich hindurch. »Ich dachte ja, ich würde dich erst zu Gesicht bekommen, wenn wir dich für immer ins Licht befördern müssen«, redete er weiter, ohne auf meinen entsetzten Gesichtsausdruck zu achten. »Habe mich schon gewundert, warum du nicht wartest, bis du alt und grau bist, um hinüberzugehen.« Er lachte wieder tief, ein Zittern ließ meine Knochen beben.

Ich machte automatisch einen Schritt zurück. Da stand aber Lucien, er hielt mich sofort an beiden Oberarmen fest.

»Solche Scherze sind für Mira bestimmt nicht so witzig wie für einen Unsterblichen«, machte er deutlich.

Ich sah zu ihm hoch, auf einmal wirkte auch er viel, viel größer als zuvor. Seine Miene zeigte mir, dass er komplett die Beschützerrolle für mich übernommen hatte. In seiner Gegenwart würde mir nichts passieren, darauf vertraute ich. Daher war ich froh, dass mein Rücken an ihm lehnte und er immer noch meine Arme festhielt.

»Wir sollten unseren Aufenthalt kurzhalten«, sagte Lucien noch. »Großmutter erwartet uns bald zurück.« Als er redete, schaute auch ich wieder nach vorn.

Der Magier war inzwischen zu einem Schrank gegangen und öffnete diesen gerade. »Bestelle Sefora bitte schöne Grüße von mir.«

»Ich richte es ihr aus. Danke.«

Vallant nahm ein Bündel mit Kräutern und eine Schale aus dem Schrank. Er kam mit beidem zu uns.

»Bist du bereit?«, fragte mich Lucien.

Ich nickte nur, denn mir hatte es die Sprache verschlagen. Er ließ mich los und machte einen Schritt zur Seite. Ohne vorher etwas zu erklären, beugte sich der Magier ein wenig nach vorn, zündete das Bündel mit einem Fingerschnippen an und blies den Rauch auf Luciens Brust. Dabei murmelte er einen Zauberspruch in einer Sprache, die ich zuvor noch nie gehört hatte.

»Oh mein Gott«, flüsterte ich beeindruckt, als das Funkeln erschien. Es war so hell, dass es einfach überall war. Es strahlte direkt von Luciens Herzen aus, die Lichtpunkte verteilten sich im ganzen Raum.

Ich ging staunend näher und legte meine flache Hand auf seine Brust, die sich durch seinen Atem etwas auf und ab bewegte. Noch nie hatte ich etwas derart Schönes gesehen. Unter meiner Hand kribbelte es, als Lucien die seine auch noch auf meine legte. Es wurde so warm und eine so intensive Geborgenheit erfüllte mich, dass ich ihn nie wieder loslassen wollte.

Das war also das funkelnde Herz, welches mir meine Unsterblichkeit verlieh. So sah es also aus, wenn ich auf der Erde war und gerade starb. Ein Leuchtfeuer, eine kleine Explosion, ein Funkeln, und er würde mich in der Zwischenebene immer finden. Ich dachte zuvor, es wäre ein Fluch, aber das hier war ein wahrer Segen.

Ich hob den Kopf und schaute ihn an. Unzählige Lichtpunkte tanzten über seine Haut.

»Danke«, flüsterte ich, denn gerade sah er aus wie ein richtiger Engel. Durch das helle Licht wirkten die dunklen Haare, als wären sie aus silbernen und goldenen Fäden gesponnen, und seine Augen strahlten regelrecht. Genau so hatte ich mir immer meinen Engel vorgestellt. Nun stand der funkelnde Tod vor mir und es fühlte sich genauso gut an. Nein, sogar noch besser.

Lucien war einfach wunderschön.

Seine Augen schimmerten, diese Lichtpunkte waren einfach unbegreiflich. Ich fühlte eine so starke Präsenz, als wäre Gott persönlich zu uns gekommen, um uns zu segnen, dieses Band zwischen uns zu legen und uns beide für immer zu verbinden.

So schenkte er mir also meine Unsterblichkeit.

In mir wuchs der Wunsch, mich an Luciens Brust zu schmiegen und mich von ihm in den Arm nehmen zu lassen, aber ich stand nur auf der Stelle und versuchte, dieses Funkeln mit allen Sinnen zu erfassen.

Ein weiterer Blick in seine Augen und ich erkannte, dass er denselben Wunsch hegte. Aber anstatt dem nachzugeben, löste er seine Hand von meiner, sah zum Herzog und nickte.

Ich trat nur ungern zur Seite und der Herzog verbarg das Funkeln zu meinem Bedauern viel zu schnell. Aber ich hatte es mir genau eingeprägt und es fest in mir verankert. Dieses Bild würde ich nie wieder vergessen.

Der Magier Corbeau Vallant hielt immer noch die Schale und das Bündel Kräuter in der Hand. Sie glommen noch ein wenig und verbreiteten ihren herben Duft. Seinen Blick hatte er nachdenklich auf Luciens Brust gerichtet.

Lucien sagte ebenfalls kein Wort. Das sonderbare Schweigen der beiden erinnerte mich daran, dass Vallant vorher ja auch noch nie das Herz neben mir in Aktion gesehen hatte. Er wusste es nur von Luciens Erzählungen und trotzdem schaffte er es mit seiner starken Magie, dass es in meiner Nähe nicht mehr strahlte.

Die Stille breitete sich weiter in dem großen Raum aus, was mir schnell Unbehagen bereitete. Ich versuchte, möglichst leise zu atmen, um ja kein Geräusch zu machen, und ich wurde das Gefühl nicht los, als wären bereits viele Minuten vergangen. Das Glimmen der Kräuter war längst erloschen, der leichte Rauch schwebte nur noch nebulös im Raum.

Vallant atmete wieder, er hatte ebenfalls die Luft angehalten. »Ich habe nie etwas Derartiges gesehen.« Seine Augen verengten sich ein wenig, da er so angestrengt nachdachte. »Ich frage mich gerade, ob ich überhaupt in der Lage bin, irgendwann dieses Herz vollständig verdunkeln zu können.«

Die beiden sahen einander an, keiner sagte etwas.

Viele Sekunden vergingen. »Irgendwann bin ich alt und verschrumpelt«, sagte ich schließlich. »Bis dahin werdet ihr eine Lösung dafür gefunden haben.«

Der Magier sah nicht danach aus, als würde er mir zustimmen.

»Lass uns gehen, Mira«, sagte Lucien leise und wirkte, als wolle er nicht mehr darüber reden.

Ich nickte nur. Jetzt hatte ich gerade die Chance auf ein normales Leben erhalten, über meinen letzten Tod wollte ich mir echt keine Gedanken machen.

Vallant löste sich auch aus der eigenartigen Starre. »Nun gut, richte deiner Großmutter bitte aus, dass ich mich freuen würde, wenn sie für einen Tee Zeit hätte.«

»Mache ich. Vielen Dank.« Lucien drehte sich um und wollte gehen.

»Äh … danke. Dann bis in achtzig Jahren oder so«, nuschelte ich und folgte ihm.

Ein kleiner Sieg

»Wir hätten nicht herkommen sollen«, sagte Lucien ernst, als wir das Schloss verließen. Der Kies knirschte unter unseren Schuhen, er nahm unvermittelt meine Hand, schon standen wir wieder in seinem Zimmer. Der schnelle Ortswechsel irritierte mich einen Augenblick.

»Weil?«, fragte ich verwundert. Sein wunderschönes, magisches Herz funkeln zu sehen, war ein Segen für mich gewesen.

Lucien grummelte leise. »Weil sich gerade einige Probleme gelöst haben und nun stehen wir vor dem nächsten.« Er ging ins Schlafzimmer und kam mit einem Glas Whiskey zurück.

»Das mit dem Alkohol trinken musst du dir abgewöhnen«, bemerkte ich.

Er sah auf das Glas hinunter, hob es hoch und trank es in einem Zug leer. »Das muss ich wohl«, erwiderte er tonlos und stellte es auf den Tisch. »Lass uns den Besuch beim Magier vergessen, wir sollten jetzt zurück auf die Erde.«

»Ich werde den Besuch sicher nicht vergessen«, stellte ich klar. »Dein Licht zu sehen und diese Macht zu fühlen, war wichtig für mich. Ich habe mich mein Leben lang mit dem Sterben beschäftigt, damit ist nun Schluss. Du selbst hast es mir versprochen. Also hör bitte auf mit dieser Weltuntergangsmiene. Die kannst du wieder aufsetzen, wenn wir meinen echten Todestag planen. Und der liegt hoffentlich in weiter Ferne.«

Lucien entgegnete nichts darauf. Stattdessen ging er zur Ziegelwand, breitete seine Arme aus und sah mich erwartungsvoll an.

Ich blickte unsicher zu ihm auf.

»Das Portal wurde durch Magie errichtet. Ich muss dich beim Hindurchgehen wieder fest umarmen, du willst bestimmt nicht unterwegs verloren gehen.«

Entsetzt sah ich ihn an. Scherzte er gerade? »Du kannst dich doch teleportieren, warum ein Portal mit Magie?«, fragte ich verblüfft. Er war doch vorhin auch im Hotel gewesen, um das Essen zu klauen.

Er ließ seine Arme wieder sinken. »Das ist richtig, ich kann mich überall teleportieren außer direkt in unser Haus hinein. Avia ließ das Newman-Anwesen von Herzog Corbeau Vallant absichern. Ich könnte uns nur an die Grundstücksgrenze teleportieren, ins Haus direkt geht es nur durch diesen Zugang.«

»Warum?«, wollte ich voller Neugierde wissen.

»Eine Sicherheitsmaßname, damit keiner unsere Privatsphäre stört und plötzlich im Haus erscheinen kann. Vor vielen Jahren waren meine Geschwister Vitus und Celia in Rom, um dort zu studieren. Die Kinder meiner Mutter drangen in ihre Wohnung ein und erlaubten sich einige böse Scherze.«

»Die Kinder deiner Mutter? Also deine Geschwister? Oder sind es Halbgeschwister?«

»Weder noch. In unserer Familie sind nur die direkten Nachkommen meines Vaters meine richtigen Geschwister, alle anderen gehören nicht zu uns. Vater hatte im Laufe der Jahrtausende sehr viele Frauen, die nach den Trennungen noch weitere Kinder bekamen. Ihr Menschen würdet sie als Halbgeschwister ansehen, aber so denken wir nicht. Wenn du möchtest, erzähle ich dir mehr über meine Familie und unsere Gepflogenheiten. Aber dafür wäre es auf dem Sofa gemütlicher.« Er zeigte zuerst auf das Ecksofa, dann mit dem Daumen auf die Ziegelmauer hinter sich. »Oder willst du lieber zurück?«

Ich wägte ab. Meine Neugierde war riesig, aber wir konnten das Gespräch auch ein anderes Mal führen. »Was tun wir, wenn wir wieder zurück sind?«, wollte ich wissen.

»Wir müssen uns zu meinem Schachspiel setzen und eine neue Partie eröffnen«, erinnerte er mich und breitete seine Arme wieder aus. Ich nahm diese Einladung nur zögernd an, denn ich wusste, was es in mir auslöste, wenn ich ihm so nahe war.

Als er seine Arme schließlich um mich schlang, war es, als würde er mich ausknipsen. Ich legte meine Wange an ihn und erwiderte die feste Umarmung.

Er hob mich etwas hoch, ich schien kein Gewicht für ihn zu haben. »Jetzt beginnt endlich dein Leben, Mira«, flüsterte er, küsste mich flüchtig auf die Stirn und ging mit mir durch die Wand.

Ich hatte gehofft, er würde mich noch etwas länger in seinen Armen halten, aber kaum waren wir in der Bibliothek angekommen, schob er mich von sich fort und rückte das Regal wieder an die richtige Stelle. Wir setzten uns sofort an den Tisch, da hörte ich schon die Stimmen von Sefora und Martin, die nun draußen im Flur waren und sich über die Bilder dort unterhielten.

»Das ist echt schräg«, flüsterte ich. Jetzt saß ich wieder hier und war viele Stunden fort gewesen. Das musste ich erst noch verinnerlichen.

Er zwinkerte mir schmunzelnd zu. »Unser Geheimnis.«

Wir begannen damit, die Schachfiguren zu stellen, damit wir ein neues Spiel beginnen konnten. Ich lächelte fröhlich, als Martin schon wenig später die Bibliothek betrat.

»Hier haben wir unsere wertvollsten Stücke untergebracht«, erklärte Sefora. »Einige Bücher sind Einzelwerke, ich konnte sie auf privaten Auktionen ersteigern.«

Martin kam langsam weiter in den Raum hinein und ging staunend zu den alten Büchern, die sie ihm gerade zeigte.

Da er abgelenkt war, schaute Sefora fragend zu Lucien und mir. Sie wusste ja nicht, ob ich zugestimmt hatte und alles noch wusste, oder ob er meine Erinnerungen hatte löschen müssen.

Lucien nickte schnell und ich zeigte ihr den nach oben gestreckten Daumen.

Sefora fasste sich erleichtert an die Brust und atmete laut aus. Martin bemerkte es, er blickte kurz verwundert zu uns herüber.

»Ich finde den Globus cool«, sagte ich schnell und zeigte zum Fenster hinüber.

Aber der Globus interessierte ihn nicht. »Das ist ja ein tolles Schachbrett«, sagte er bewundernd und kam zu uns.

»Willst du mit Lucien eine Partie spielen?« Ich konnte mich ohnehin nicht konzentrieren.

»Nein, nein, ich will euch nicht stören«, erwiderte er. »Aber macht nicht allzu lange, wir sollten die Gastfreundschaft nicht überstrapazieren und bald nach Hause fahren.«

Auf Luciens Gesicht legte sich ein freches Grinsen. »Keine Angst, ich schlage sie ohnehin in wenigen Zügen.«

Ich trat ihm unterm Tisch gegen das Bein, aber das brachte ihn nur zum Auflachen.

»Ein Glas Whisky?«, fragte Sefora, die sich bereits etwas eingoss.

»Danke, nein, ich hatte schon ein Glas Wein und muss noch fahren«, lehnte Martin ab.

»Aber dieser ist aus Schottland, er ist achtundsechzig Jahre alt.«

Das erweckte tatsächlich sein Interesse, er ging zu ihr. »Vielleicht einen kleinen Schluck.«

Ich hatte inzwischen vor Aufregung total vergessen, wie man die Schachfiguren positionierte. Lucien stellte die Figuren fast allein auf und schob auch noch unauffällig das Spray zu mir. Das hatten wir hier liegen lassen. Ehe ich es einsteckte, starrte ich einige Sekunden darauf. Für Martin war kaum Zeit vergangen, für mich waren es einige Stunden gewesen.

»Echt schräg«, flüsterte ich.

Luciens Augen blitzten auf, dann deutete er mit dem Kinn auf das Brett hinunter. Er hatte das Spiel bereits eröffnet. Ich schob einfach einen Bauern vor. Das tat ich noch ein paarmal, schon hatte er mich erledigt. »Ein anderes Mal«, entschuldigte ich mich. Mir war klar, dass ich ohnehin nie gegen ihn gewinnen würde. Er war bestimmt ein Profi in dem Spiel. Bei dem Alter!

Meine Gedanken kreisten im Moment ausschließlich darum, dass sich für mich in den letzten Stunden alles verändert hatte. Alles! Ich wollte sofort loslegen und die Welt erobern, viel zu lange hatte ich mich bereits zurückhalten müssen.

»Wir können morgen wieder spielen«, schlug ich daher laut vor, damit mich Martin auch gut hörte. »Und am Abend dann ins Kino.« Das war plump, aber es musste sein.

Ich war total aufgeregt und voller Vorfreude und überlegte, was ich noch alles machen wollte. Meine Haare waren seit meinem Geburtstag letztes Jahr wieder einige Zentimeter nachgewachsen, vielleicht besuchte er mit mir ja auch einen Friseur? Ich war auch noch nie in einem Zoo. Hm …

Martin drehte sich sofort in meine Richtung. »Ins Kino?« Er war zurecht verdutzt.

»Lucien hat mich vorhin gefragt. Ich habe zugesagt«, schwindelte ich.

Das machte ihn noch stutziger.

»Ich darf sie doch ins Kino entführen?«, fragte Lucien überfreundlich. »Ich bringe sie auch rechtzeitig wieder zurück.«

»Ähm … ich …« Martin sah wieder zu mir.

»Das geht doch klar, Martin.« Ich sagte es langsam und blickte ihn entschlossen an. Meine neue Aufsässigkeit war er nicht gewohnt, aber das war mir gerade egal, ich wollte ganz schnell meine Freiheit genießen und das Leben erobern.

»Nein, eigentlich nicht«, entschied er.

Ich stöhnte innerlich.

»Grace würde mich lassen«, grummelte ich gefrustet.

»Würde sie nicht. Wir sollten später zu Hause in Ruhe darüber reden«, sagte er nur.

Nun stöhnte ich laut und rollte absichtlich mit den Augen.

»Das Kino läuft uns nicht weg.« Lucien zwinkerte mir zu. »Wenn ich darf, komme ich morgen zu euch und wir spielen Schach.«

»Wenn es der Herr Kerkermeister erlaubt«, nuschelte ich. Nun stupste mich Lucien unter dem Tisch an. »Sehr gerne«, tönte ich übertrieben. Wie langweilig!

Mein Verhalten hatte den Nachteil, dass sich Martin gestresst fühlte. Obwohl Sefora sofort versuchte, ihn wieder in ein Gespräch zu verwickeln, wollte er heim.

»Wir sollten dann wirklich langsam los«, drängte er kurz darauf und wechselte sofort einige Dankesworte mit Sefora.

Ich atmete so ruhig wie möglich. Er hatte ja leider nicht mitbekommen, dass ich nicht mehr die Alte war. Während wir Richtung Ausgang schlenderten und Sefora ihm noch einiges über irgendwelche langweiligen Gemälde erklärte, zermarterte ich mir den Kopf. Wie sollte ich es anstellen, dass er mir rasch die Freiheiten gab, die ich nun durch Lucien haben konnte?

Er glaubte ja, ich wäre in Ängsten gefangen. Aber die waren nicht mehr notwendig und dank Lucien nicht mehr da. Ich hatte keine Schuld an den Begräbnissen der anderen.

Im Gegenteil. Die anderen waren schließlich der Auslöser für meine eigenen Tode gewesen! Grace könnte ich das bald erklären, aber Martin? Meinem Lieblingstherapeuten und Freund? Meinem Ziehvater, dem Psychiater?

Als wir wenig später im Wagen saßen und heimfuhren, blickte ich ihn unauffällig von der Seite an und überlegte. Sollte ich ihm doch erzählen, wer Lucien wirklich war? Wer Sefora war? Er hatte schließlich mit der Mutter des Todes Kaffee getrunken … Nein, den Gedanken, ihm davon zu erzählen, verwarf ich schnell wieder. Das würde kein gutes Ende nehmen!

Ich beschloss, den für mich einfachsten Weg zu wählen, und bot ihm weiterhin den aufsässigen Teenager und damit Normalität.

»Ich bin total wütend auf dich«, zischte ich leise, aber frustriert.

Er blieb ruhig. Klar, er war ein Profi. »Wir sind uns doch einig, dass du nicht alleine mit einem fremden Jungen ins Kino kannst.«

»Wir sind uns einig, dass du total übertreibst«, konterte ich. »Er ist mir nicht fremd und du kennst sogar seine Großmutter. Andere in meinem Alter sind ständig unterwegs.«

»Ich will dich doch nur beschützen«, antwortete er ruhig. »Was machst du, wenn es dir plötzlich zu viel wird und dich deine Ängste wieder überrumpeln?«

»Notfallspray«, sagte ich gelangweilt. »Jetzt geht es also wieder um meine Ängste, nicht um den fremden Jungen?«

»Es geht um beides.«

»Du hasst mich. Darum geht's!«, schnauzte ich beleidigt.

Er fuhr in die Einfahrt und stellte den Wagen ab.

»Quatsch. Ich hasse dich doch nicht. Ich weiß aber, was gut für dich ist. Übereile bitte nichts. Lass dir einfach mehr Zeit, irgendwann kannst du bestimmt alleine Unternehmungen machen. Das verstehst du doch?«

Ich riss die Beifahrertür auf. »Ich habe dich schon richtig verstanden!«, schrie ich laut. »Du willst mir mein allererstes richtiges Date versauen! Hallo? Ich werde in nicht mal vier Monaten siebzehn und bin echt kein kleines Kind mehr!« Ich ballte eine Hand zur Faust, knurrte wütend und stürmte aus dem Wagen. Natürlich ging ich laut stampfend die Treppe zur Veranda hinauf, Hope bemerkte mich und winselte drinnen. Vor der Eingangstür musste ich zu meinem Pech stehenbleiben, da nur Martin einen Hausschlüssel dabeihatte.

Er kam seelenruhig anmarschiert, steckte den Schlüssel ins Schloss und sperrte auf.

Ich drückte die Tür so schnell auf, dass sie an die Wand dahinter knallte, und stampfte an ihm vorbei. »Ich hasse dich! Du bist der schlechteste Ziehvater, den man sich als Teenager wünschen kann!«, brüllte ich mit hochrotem Kopf und raste die Treppe nach oben. Die Zimmertür fiel hinter mir so laut ins Schloss, dass sie noch nachzitterte. Natürlich hatte ich darauf geachtet, dass Hope vorher schnell zu mir springen konnte.

Martin stand jetzt bestimmt verdattert unten. Das war mir gerade egal. Ich zog mir mein Schlafzeug an, kurze Shorts und ein schlabbriges Top, und verkrümelte mich ins Bett. Ehe ich auf die Kissen sank, kritzelte ich noch eine Nachricht in mein Zauberbuch. Ich hatte keine Ahnung, ob Lucien es jetzt noch lesen würde, aber das spielte keine Rolle.

Danke!, schrieb ich. *Ich freue mich schon auf das echte Leben!*

Mit einem Lächeln im Gesicht legte ich das Buch zur Seite und schlief bald darauf ein.

Erst am nächsten Morgen erreichte mich ein schlechtes Gewissen. Es nagte so arg in meinem Bauch, dass ich bald Bauchweh bekam. Leise schlich ich mich nach unten.

Martin war bereits in der Küche, er stand am Herd und legte gerade Speck in eine Pfanne mit Butter. Kaffee tropfte in die Kanne, auf dem Tisch standen zwei Teller. Natürlich hatte er auch für mich einen hingestellt. Das war wieder einmal so väterlich und lieb, dass ich mich noch schuldiger fühlte.

»Entschuldigung«, nuschelte ich kleinlaut. »Ich hab das gestern nicht so gemeint.«

Er sah mich kurz an. »Willst du auch Speck? Oder lieber ein Spiegelei?«

»Ei, bitte«, antwortete ich, zog die Schublade auf und nahm Gabeln und Messer heraus. Dann ging ich zum Schrank, holte seine Lieblingskaffeetasse und für mich ein Glas, welches ich mit Orangensaft füllte. Ich zupfte Brot aus der Packung, legte es in einen Korb und brachte alles schön auf dem Tisch in Stellung.

Martin beförderte den gebratenen Speck auf seinen Teller, das Spiegelei auf meinen und setzte sich zu mir. Eine Weile aßen wir schweigend. Dann schob er den leeren Teller zur Seite.

Hinter ihm stapelten sich Magazine und Klatschzeitungen auf dem hellen Holzschrank. Er holte die oberste Zeitung herunter, öffnete sie und nippte kurz an seinem Kaffee. »Ich kann dir anbieten, dass wir für den Anfang mal alle zusammen ins Kino gehen«, sagte er wie nebenbei und achtete dabei auf einen neutralen, sehr disziplinierten Ton.

Das war kein Lottogewinn, aber immerhin ein Angebot, welches ich nicht ausschlagen durfte. Ich musste es nur etwas modifizieren.

»Wenn ihr uns nicht zu sehr auf die Pelle rückt, gerne«, sagte ich zu.

»Geht klar«, erwiderte er, hob die Zeitung an und las einen wohl wichtigen Artikel.

Diese Gelegenheit nutzte ich aus, um mich zu verdrücken. Ich räumte den Tisch ab, ging nach oben und zog mich an. Hope musste raus, das zeigte sie mir mehr als deutlich, indem sie andauernd zur Tür guckte und hechelte.

Draußen sprang sie sofort übermütig über die Wiese, ich schlenderte langsam hinter ihr her und warf ein paarmal ein Stöckchen. Es war schon total warm, ich hatte mir gedankenlos eine dünne Jacke angezogen, die ich mir nun umband. Ein strahlend blauer Himmel spannte sich über mir wie eine eintönige Zeltplane. Heute würde es bestimmt heiß werden.

Wir drehten bald um, denn ich beschloss, den schönen Tag am See zu verbringen. Dort gab es ein schattiges Plätzchen unter einem schräg stehenden Baum.

Obwohl Martin beim Frühstück nicht nachtragend gewirkt hatte, wollte ich ihm heute etwas aus dem Weg gehen. Auf ein Therapiegespräch hatte ich nun echt keinen Bock.

Ich holte mir aus meinem Zimmer ein Handtuch, eine Decke, mein Telefon, ein altes Buch und alles, was mir sonst noch in den Sinn kam. Schokolade und Kekse durften natürlich auch nicht fehlen. Das alles stopfte ich in einen Beutel, es wirkte fast, als würde ich ausziehen.

»Bin am See«, sagte ich nur, als ich an der Küchentür vorbeiging.

Hope rannte voraus und schnurstracks in Richtung schräger Baum, als wüsste sie, wo ich hinwollte. Ich machte es uns gemütlich, legte mich im Schatten auf den Bauch und schrieb Grace, dass ich sie vermisste und einen Jungen kennengelernt hatte. Martin würde ihr nämlich bestimmt von Lucien erzählen, ich wollte ihm zuvorkommen.

Dann bemitleidete ich mich eine halbe Stunde selbst, da ich Luciens Telefonnummer nicht kannte und wir es ebenfalls versäumt hatten, eine Uhrzeit für heute auszumachen. Ich wusste daher nicht, wann und ob er überhaupt kommen würde.

Um mich abzulenken, steckte ich die Nase in das Buch. Ein bereits ausgelesener Roman von Tante Grace. Nicht gerade aufregend, zum Zeitvertreiben ging's.

Es war schon fast Mittag, als Martin kam. Ich hob den Kopf, da ich seine Schritte hörte.

»Ich habe gerade mit Mrs. Muertoni telefoniert, sie haben für einen gemeinsamen Kinoabend heute zugesagt«, erzählte er.

»Heute schon?«, fragte ich aufgeregt und dankbar zugleich.

»Ja. Heute.«

Wow, das ging ja schnell. Durch meinen blöden Anfall hatte er also rascher reagiert als sonst. »Welchen Film?«

»Genau deswegen bin ich hier. Es gäbe einen nagelneuen Actionthriller mit The Rock, der würde Lucien gefallen. Aber es laufen auch der Klassiker Dirty Dancing und einige andere. Am besten kommst du mit hoch und wir gucken gemeinsam nach.«

»Dirty Dancing ist doch perfekt.« Ich lächelte schadenfroh. Schließlich musste ich Lucien das mit der Schokomousse noch heimzahlen. Er stand bestimmt nicht auf schnulzige, uralte Liebesfilme. So wie ich nicht auf schokofreie Desserts stand.

»Dann reserviere ich uns Karten«, sagte Martin nur und verschwand wieder.

»Danke!«, rief ich ihm hinterher, drehte mich auf den Rücken und seufzte leise vor mich hin. Meinen ersten Ausflug ins normale Leben hätte ich mir ohne Babysitter gewünscht, aber immerhin konnte ich endlich in ein Kino! Ein echtes Kino!

Der Tag war trotzdem gelaufen. Ich freute mich zwar total auf den Abend, aber ich dachte nur noch an die bevorstehende Autofahrt mit Martin. Hoffentlich würde alles so klappen, wie Lucien es sich vorstellte.

Und falls nicht … Nun wusste ich ja, wer mich von der anderen Seite wieder zurückschicken konnte.

Der Nachmittag verging schnell, schon war der Abend da und ich stand vor meinem Kleiderschrank. Das erste Mal in meinem Leben blickte ich hinein und wusste absolut nicht, was ich anziehen sollte. Draußen war es warm, aber im Kino hatten die sicher eine Klimaanlage, oder? Ich nahm eine kurze Jeans, legte sie wieder zurück und zupfte eine Caprihose aus dem Stapel. Und ein Shirt … Ich schlüpfte hinein, zog es wieder aus und warf es aufs Bett. Vielleicht eine kurzärmelige Bluse … Hm, nein auch nicht … Der Haufen hinter mir wurde immer höher.

Irgendwann hielt ich ein Oberteil an mich, welches Grace total gut gefiel. Es war grün und gelb und hatte an den Schultern verspielte Bänder. Ich hatte es bisher nie getragen, da es zu schön für einen Waldspaziergang mit Hope war. Aber heute durfte es endlich aus dem Schrank! Ich schlüpfte hinein und bewunderte mich im Spiegel.

Keine Minute zu früh, denn Martin rief nach mir.

»Können wir nicht zusammen mit einem Auto fahren?«, fragte ich ihn, während ich die Treppe runterkam. Ich gab mir echt Mühe, dass er nicht merkte, wie nervös ich deswegen war. Wir mussten schließlich mitten in die Stadt hinein. Und das ohne Lucien! Oh weh.

»Das bringt nichts, sie wohnen in der anderen Richtung.«

»Aber zusammen zu fahren, wäre bestimmt besser«, lautete mein zweiter Versuch.

»Warum ist dir das so wichtig?« Er schüttelte den Kopf.

»Die Umwelt würde es dir danken«, log ich.

Der Benzinverbrauch war mir gerade scheißegal. Ich hoffte, die Autofahrt und der anschließende Fußmarsch zum Kino würden gutgehen. Beim letzten Mal in der Stadt war ich leider nicht sehr weit gekommen, ohne den Juwelierladen komplett zu zerlegen.

Martin schlüpfte in seine Schuhe. »War Hope noch mal draußen?«

Na toll. Die Umwelt war ihm unwichtig und meine Versuche anscheinend auch. »Ja.« Ich schob mein Smartphone in die Hose und zog es wieder heraus. Sie lag so eng an, dass es nicht sehr angenehm war, wenn das Telefon auch noch darin steckte.

Martin war schon zur Tür hinaus, da griff ich noch hastig nach meiner kleinen Umhängetasche und rannte ihm hinterher.

Er sperrte ab. »Hast du dein Spray dabei?«, fragte er gewissenhaft.

»Natürlich.« Nein, hatte ich in Wahrheit nicht. Ich hatte es in der Schublade in meinem Badezimmer versteckt. Lucien hatte mir erklärt, ich würde es nicht länger brauchen, und ich vertraute darauf. »In der Tasche«, sagte ich und klopfte beweiskräftig drauf.

Das reichte ihm. Wir stiegen ein, er drehte die Musik etwas lauter, ich sank nervös tiefer in den Sitz. Dass wir mitten in die Stadt mussten, belastete mich ziemlich. Die abgelegene Strecke von unserem Haus bis zur Abzweigung auf die stärker befahrene Straße bereitete mir gar keine Probleme, da war kein Verkehr. Aber dann kam eine Kreuzung und wir mussten bald darauf auf eine vierspurige Straße wechseln.

Ich kniff einfach die Augen zu und lauschte der Musik.

Ein Hupen ließ mich aus dem Fenster schauen. Sefora saß am Steuer ihres Mercedes, Lucien grinste vom Beifahrersitz zu mir herüber.

»Na, schau mal, wer da ist«, bemerkte Martin verwundert.

Ich blies erleichtert sämtliche Luft aus den Lungen. Das war ein Umweg für die beiden gewesen, mir war nur allzu gut bewusst, warum sie diesen auf sich genommen hatten.

Plötzlich war ich total entspannt und lächelte vor Freude vor mich hin.

Wir fuhren in ein Parkhaus, sie parkten natürlich direkt neben uns. Martin und Sefora begrüßten sich mit einem Händeschütteln.

Ich huschte sofort zu Lucien hinüber. »Das müssen wir beim nächsten Mal viel besser planen«, flüsterte ich.

»Hi, Mira, auch schön, dich zu sehen«, sagte er übertrieben laut.

»Ja. Hi.« Ich biss mir auf die Lippe. So unhöflich wollte ich eigentlich nicht sein.

Wir setzten uns in Bewegung, denn Martin und Sefora gingen bereits voraus. Wir liefen ihnen mit etwas Abstand hinterher.

Ich beugte mich ein wenig zu Lucien, damit sie mich nicht hörten. »Ihr wart nicht zufällig auf derselben Straße unterwegs, oder?«

»Dachte, du hättest gerne eine Eskorte«, flüsterte er zurück.

Ich schenkte ihm ein dankbares Lächeln. Wir nahmen die Treppe nach unten und kamen an eine Straße, die wir überqueren mussten. Danach folgte ein breiter Gehweg. Für einen Moment liefen wir vier nebeneinander, dann ließen Lucien und ich uns wieder zurückfallen. Martin drehte sich andauernd um, als hätte er Angst, ich würde unterwegs verloren gehen.

Ich ignorierte das und stupste Lucien an. »Wir müssen unbedingt Nummern austauschen.« Sofort holte ich mein Smartphone aus meiner Umhängetasche und bekam im Gegenzug seines in die Hand gedrückt. Wir speicherten gegenseitig die Nummern ein.

Er gab mir mein Handy wieder zurück.

»Prima, jetzt habe ich ganze drei Nummern abgespeichert«, bemerkte ich und bemitleidete mich kurz selbst.

Er lachte leise. »Ich habe ja auch erst zwei. Die von Avia und jetzt deine.«

»Wenn das mal nicht in die Geschichte der Menschheit eingeht«, kommentierte ich.

»Es werden bald mehr. Sobald wir auf eine Schule gehen.«

»Wenn nicht, denken wir uns ein paar Freunde aus. Das ist ja sonst echt peinlich.«

»Peinlich ist der Film, in den du mich schleppst.«

Ich unterdrückte ein Lachen. »Sag bloß, den kennst du schon?«

»Avia hat mir davon erzählt. Das reicht.«

»Vielleicht gefällt er dir ja«, sagte ich und kicherte leise. »Der Tod in Dirty Dancing …« Ich konnte nicht mehr und lachte laut los.

»Mach dich nur lustig über mich.« Er blieb total ernst. »Du weißt, dass ich auch noch nie in einem Kino war?«

Mir fiel das Lachen aus dem Gesicht. »Oh nein, daran hab ich nicht gedacht, sorry.«

»Schokolade ist für dich heute gestrichen.« Er schmunzelte frech.

Wir schwiegen kurz. Mir fiel auf, dass ich total locker war. Ich hatte kurzzeitig komplett vergessen, dass ich mir sonst andauernd Sorgen machte. Neugierig sah ich ihn an und versuchte, irgendwie zu verstehen, wie das mit meinem Schutz genau funktionierte. »Wie läuft das jetzt?«, fragte ich und stupste ihn leicht an. »Tust du gerade irgendwas? Oder bin ich neben dir automatisch außer Gefahr?«

»Bist du«, sagte er nur.

Direkt vor uns befand sich das Kino und jede Menge Menschen standen davor. Das lenkte mich von meiner Frage ab. Ich sah mich begeistert um und wirkte bestimmt wie ein kleines Kind unterm strahlenden Weihnachtsbaum. Es roch schon am Eingang nach Popcorn. Martin erledigte das mit den Eintrittskarten, wir folgten dem Geruch der Süßigkeiten.

Nicht weit von uns stand eine Gruppe Mädchen in meinem Alter. Sie kicherten ausgelassen. Für die war das hier bestimmt schon Gewohnheit. Sie kümmerten sich nicht um die bunt schillernden Bilder, die über die Reklametafeln flimmerten, oder die Geräusche der durcheinandersprechenden Menschen. Mir hingegen fielen sogar die kleinen Minilichter rund um die Popcornmaschine auf und ich musste mich zusammenreißen, nicht allzu begeistert zu gucken.

Ich hatte bisher so viel versäumt und fühlte mich, als wäre ich von einem anderen Planeten. Ob ich jemals so ausgelassen mit einer Mädchengruppe kichern und quatschen konnte? Ginge das mit Lucien an meiner Seite?

Eines der Mädchen holte gerade einen Lippenstift aus der Tasche und zeigte ihn den anderen. Neidisch beobachtete ich die Clique. Ich hatte nicht mal einen Lippenstift. War ja auch noch nie nötig gewesen. Hätte ich mir heute einen von Grace stibitzen sollen? Die anderen waren alle etwas geschminkt. Ich blickte an mir hinunter und strich über mein Oberteil, während ich mich mit den Teenies verglich. Sie waren ungefähr gleich alt wie ich, aber sie wussten über alles Bescheid. Bestimmt trafen sie sich ständig in der Schule und hingen auch danach miteinander herum. Vielleicht gab es manchmal Gezanke, aber gerade wirkten sie auf mich, als wären sie seit Ewigkeiten beste Freundinnen.

Eines der Mädchen sah mich plötzlich an, es hatte bemerkt, wie ich es anstarrte. Ich guckte sofort woanders hin und widmete mich wieder den vielen Dingen um mich herum. Meine Erinnerung brachte mich in die Vergangenheit zu Jessica. Würde sie noch leben, wären wir bestimmt immer noch beste Freundinnen, würden miteinander kichern und gegenseitig Lippenstifte austauschen …

»Milk Duds?« Lucien riss mich aus meinen Gedanken.

»Äh?« Ich blickte auf die bereits geöffnete Packung hinunter. »Sorry, war kurz abwesend«, entschuldigte ich mich und steckte mir natürlich gleich ein Schokokaramell in den Mund.

»Kurz abwesend ist gut.« Er grinste und zeigte zu Martin und Sefora hinüber, die etwas abseits auf uns warteten. Martin hielt sich also daran, uns nicht auf die Pelle zu rücken. Die beiden hatten sich schon mit Getränken und Popcorn eingedeckt. Ich guckte wieder zu Lucien, der ebenfalls Popcorn und zwei Limos in seinen Händen hielt.

»Tja, hab wohl eine Reizüberflutung«, schwindelte ich verlegen, er musste echt nicht wissen, worüber ich nachgedacht hatte. Ich nahm ihm die Tüte ab.

Er ging nicht großartig drauf ein.

»Wird mit der Zeit besser«, sagte er nebenbei.

Da der Film bald begann, mussten wir zu den anderen hinüber. Ich bemühte mich sehr, gedanklich nicht wieder abzudriften. Aber als wir uns setzten, brauchte ich einige Minuten, um wieder alles ausgiebig zu bestaunen.

Martin und Sefora hatten mit gebührendem Abstand zu uns in derselben Reihe Platz genommen. Das fand ich gut, denn so waren wir für uns. Lucien saß natürlich direkt neben mir.

»Dafür, dass du auch noch nie in einem Kino warst, bist du ganz schön gelassen«, merkte ich an.

»Ich beobachte unauffälliger«, erklärte er leise. »Du schaust auf die Details im Raum, ich auf das Verhalten der Menschen, um selbst nicht aufzufallen.«

»Scheint zu funktionieren«, erwiderte ich. Er fiel wirklich nicht sonderlich auf. Ich hingegen schon. »Das sollte ich auch machen«, beschloss ich. Die anderen saßen einfach nur hier, ohne sich den Hals zu verrenken, um auch wirklich alles rundherum zu sehen.

»Du bist mir noch eine Antwort schuldig«, erinnerte ich ihn.

Er wusste sofort, was ich meinte. »Du bist absolut sicher.« Für ihn war alles klar.

»Ich würde gern mehr darüber wissen«, flüsterte ich.

»Du wirst mich den tollen, schnulzigen Film nicht ansehen lassen, ehe du nicht alles genau weißt?«, fragte er stirnrunzelnd. Ich schüttelte den Kopf. Lucien neigte sich zu mir und senkte seine Stimme. »Ich sehe dieses besondere Flimmern, wenn jemand bald stirbt. Kurz vor dem Tod ist zudem ein heller Ton zu hören. Das sind alles Anzeichen, auf die ich ständig achte.«

Ohne es zu wollen, schaute ich mich um. »Sind denn welche hier, die so ein Flimmern haben?«

»Nein. Draußen auf der Straße war jemand.«

Ich musste schlucken. »Es bedrückt dich nicht, so etwas zu sehen?«

Er zuckte mit den Schultern und schüttelte den Kopf. »Gar nicht, ich kenne es ja nicht anders. Solange du nicht flimmerst, ist für mich alles okay.«

Ich dachte nur kurz darüber nach, denn der Film begann. Lucien futterte gemütlich Popcorn, meine Gedanken kreisten erneut um seine Worte, sodass ich mich nicht konzentrieren konnte.

»Was würdest du tun, wenn ich jetzt zu flimmern anfange?«

»Zuerst den total spannenden Film fertig gucken.«

»Und dann?«

Er neigte sich näher zu mir.

»Ich würde nachsehen, wer sterben wird, und dann zwischen zwei Möglichkeiten wählen: Ihn von dir fernzuhalten oder dich aus der Situation bringen.« Lucien sah mir ernst in die Augen. »Das hatte ich dir doch schon erklärt. Vertraust du mir denn nicht? Dir geschieht nichts. Nie wieder.«

Ich erwiderte seinen Blick. »Das ist alles noch etwas unwirklich für mich.«

»Du musst nichts anderes tun, als dein Leben zu genießen«, sagte er leise, ohne den Augenkontakt zu lösen. »Ich kümmere mich um alles andere.«

»Was, wenn du etwas übersiehst?«

»Ich kann alles gleichzeitig machen«, erklärte er leise. »Meine Sinne sind bedeutend schärfer als deine. Wir sehen mehr und hören viel besser als ihr Menschen.«

Das war mir neu. »Sefora auch? Hört sie etwa gerade unser Flüstern?«

Er zog einen Mundwinkel hoch und lächelte schräg. »Es interessiert sie bestimmt nicht, über was wir hier reden.«

Unwillkürlich fiel mein Blick auf sie. In dem Moment drehte sie den Kopf zu uns.

»Prima. Jetzt können wir nicht ungestört ablästern«, kommentierte ich und winkte hinüber. Sie quittierte meinen Satz mit einem Lächeln.

Er gab mir die Packung mit den Milk Duds und widmete sich wieder dem wohl berühmtesten Liebesfilm aus den Achtzigerjahren.

Der Rest des Abends verlief, ohne dass ich mir noch einmal Gedanken darüber machte. Ich vertraute Lucien, er hatte mich schließlich mein ganzes Leben lang beschützt.

Als ich später im Bett lag, fühlte ich mich selig und wie auf Wolken. Und am Morgen streckte ich mich mit einem Grinsen im Gesicht und fühlte mich pudelwohl. Gestern hatte ich einen Meilenstein hinter mich gebracht. Ich war im Kino gewesen. Ohne einen Zwischenfall! Dieser kleine Sieg ließ mich in eine rosige Zukunft blicken. Vor allem, da ich bereits eine Nachricht von Lucien auf meinem Smartphone hatte:

Komme am Nachmittag, okay?

Freue mich, schrieb ich zurück.

Gut gelaunt sprang ich die Treppe nach unten. Der Geruch von gebratenem Speck kitzelte mich in der Nase und zog mich in die Küche.

»Wunderschönen guten Morgen«, trällerte ich vergnügt.

Martin hob den Blick von der Bratpfanne zu mir. »Na, da hat aber jemand gute Laune.«

»Dank dir schwebe ich vor Glück.« Breit grinsend angelte ich mir ein Glas aus dem Schrank.

»Ich denke eher, dass dich Lucien so glücklich macht.«

»Der auch.« Natürlich tat er das! Ich goss mir Orangensaft ins Glas und nippte daran. »Der Abend gestern war super. Das sollten wir bald wiederholen.« Ich schob einen Stuhl zurück und setzte mich an den bereits gedeckten Tisch. »Oder denkst du, ich könnte ab nun allein mit Lucien los? Wir würden uns auch immer an die vereinbarten Zeiten halten. Versprochen.«

»Miracle, es ist schön, dich so unbeschwert zu sehen. Dennoch ist es zu früh.«

Ich rollte mit den Augen. Zu früh? Hallo? Ich schmollte. »Bald bin ich fünfzig und habe absolut nichts Spannendes erlebt.«

Martin gab mir einen Teller mit Rührei. »Sieh es locker. Mit vierzig darfst du dann das zweite Mal ins Kino.«

Damit brachte er mich ungewollt zum Kichern. »Ich werde dich so lange nerven, bis ich gewinne. Das verspreche ich dir.«

»Du schaffst es nicht einmal, mich im Schach zu schlagen«, kommentierte er leichthin, schaltete den Herd aus und setzte sich zu mir.

»Nach dem Frühstück spielen wir«, forderte ich ihn auf.

»Gerne.«

Martin ließ sich seinen Speck schmecken und strich sich seelenruhig Butter auf ein Brötchen. »Aber noch mal zurück zum Anfang: Ich bin wirklich sehr stolz auf dich. Deine Entwicklung seit dem Umzug ist schön mit anzusehen. Mach weiter so.«

Seine Worte wärmten mein Herz, ich wollte ihm ein Lob zurückgeben. »Das waren hauptsächlich Grace und du.« Das war nicht mal gelogen. Lucien hatte mir jedoch die allergrößte Last abgenommen.

Nicht verflucht zu sein, befreite mich von allem.

Eine bunte Welt

Am späten Nachmittag klingelte es endlich. Ich sprang sofort auf und rannte zur Tür, da ich schon sehnsüchtig auf ihn gewartet hatte.

»Schau, was ich dabeihabe.« Lucien deutete zur Einfahrt hinunter, dort standen zwei nagelneue Fahrräder. »Das ist tatsächlich etwas, was ich auch noch lernen muss.«

Oh weh! Er hoffte doch nicht, dass ich es ihm zeigte?

»Ich kann das aber nicht.«

Er grinste breit. »Ich weiß. Darum wird es bestimmt lustig.«

Mein Gesicht erhellte sich vor Freude, denn er hatte recht. »Cool. Der Sohn des Todes und ich beim Radfahren.«

»Psst«, machte er leise. »Wir wollen Martin doch nicht verwirren.«

Ich kicherte übermütig. »Wer es schneller lernt, der muss dem anderen eine Schokomousse servieren!« Ich schnappte mir das kleinere der beiden Räder. Es war knallrot mit gelb und gefiel mir.

»Ich freue mich schon auf deine selbstgemachte Mousse«, erwiderte er lachend und brachte sein silbernes Fahrrad in Stellung. Wir stiegen auf und rollten los.

Wackelig. Sehr wackelig! Ich schubste mich nur mit den Beinen an, er traute sich schneller, in die Pedale zu treten.

War klar.

Schon zehn Minuten später fuhren wir die Straße entlang.

In Schlangenlinien, aber wir fuhren vorwärts. Natürlich laut lachend! Hope rannte überdreht und bellend an uns vorbei. Die Stimmung war so ausgelassen, dass man uns bestimmt kilometerweit hören konnte.

Martin guckte uns lächelnd von der Veranda aus zu. Gern hätte ich ihm zugewunken, aber ich wagte es nicht, den Lenker loszulassen. Lucien war ein wenig mutiger als ich und fuhr sogar einige Sekunden freihändig. Wir alberten wie zwei kleine Schulkinder auf dem Pausenhof, irgendwann schmerzte jedoch mein Hintern und die Kraft in den Beinen ließ nach.

Wir machten eine Pause und setzten uns an den Steg des Sees. Heute war es zum Glück nicht so heiß, der Himmel war mit vielen Wolken bedeckt.

»Hast du schon mit Martin reden können?«, fragte er mich. »Können wir ohne ihn los?«

»Kannst du vergessen. Da beiße ich auf Granit«, antwortete ich seufzend.

»Schade. In Sunville errichten sie gerade einen Jahrmarkt für ein Jubiläumsfest der Stadt. Mit Kettenkarussell, Riesenrad und allem Möglichen. Offenbar gibt es auch eine Parade und was noch so dazugehört. Avia hat sich für Mittwoch beim Backwettbewerb angemeldet.«

Das klang so schön, fast wie ein Traum. »Wann ist es denn?«

»Es startet am Sonntagabend, also morgen, und geht eine Woche lang.«

»Willst du auch hingehen?«

Lucien nickte lächelnd. »Wie könnte ich dir das vorenthalten?«

»Prima. Mit Martin im Schlepptau«, nuschelte ich undankbar vor mich hin. »Jetzt könnte ich endlich losziehen, ohne zu sterben, und darf nicht.«

»Wenn Grace zurück ist und über mich Bescheid weiß, wird alles leichter.«

»Ich mag Martin total gerne, verstehe mich nicht falsch, aber mit seinem andauernden überbemutternden Blick ist er einfach eine Spaßbremse.«

»Er hat dich aus dem Krankenhaus geholt«, erinnerte er mich.

»Ja«, seufzte ich deprimiert in Richtung Wasser. »Er ist mein Held.«

Lucien stupste mich in die Seite, sodass ich lachen musste. Natürlich hatte er recht. Undankbarkeit war das, was Martin am wenigsten verdiente.

Wir redeten nicht mehr über das Jubiläumsfest, sondern düsten bald wieder gut gelaunt mit den Fahrrädern über die langgezogene Straße vor unserem Grundstück.

Diese Unbeschwertheit machte mich total glücklich und vor allem frei, ich genoss es richtig.

Als er am Abend nach Hause ging, wurde mein Leben wieder trostlos. Ich vermisste ihn.

Am nächsten Tag kam er zum Glück wieder. Er nahm sein Versprechen sehr ernst. Auch wenn wir nicht allein loskonnten, verbrachten wir unsere Zeit am See, beim Radfahren oder mit Martin bei einer Partie Schach. Er verlor natürlich immer gegen Lucien. War klar.

Am Abend, Lucien war schon wieder daheim, meldete sich endlich Grace per Videoanruf. Es waren inzwischen drei Wochen vergangen, seit sie nach Paris geflogen war.

»Hallo Süße.« Sie lächelte. Wir hatten uns lange nicht gesehen, sie sah besser aus als bei ihrer Abreise. »Wie gehts dir denn? Du musst mir alles über den Jungen erzählen.«

»Wann kommst du denn wieder?«, wollte ich vorher wissen, da ich sie vermisste.

»Darüber müssen wir noch reden. Wenn es dir nichts ausmacht, würde ich gerne noch drei Wochen länger hierbleiben. Alines Familie hat mich eingeladen, mit ihnen in die Weinberge zu fahren. Ihre Großmutter lebt dort, alle treffen sich, um Erinnerungen an Aline auszutauschen. Es wird mein letzter Besuch für eine sehr lange Zeit sein …«

»Du musst dich nicht rechtfertigen, Grace. Wenn du noch bleiben willst, dann ist das für mich okay.«

Innerlich stöhnte ich laut auf. Meine superstrenge Betreuung würde also noch andauern. Aber meine Tante brauchte diese Zeit in Frankreich, die einmal ihre Heimat gewesen war.

Grace nickte. »Martin wird bleiben, bis ich zurückkomme. Du bist also nicht alleine.«

Dachte ich mir, dass die zwei schon vorher darüber gesprochen hatten. Ich beschloss, nicht weiter darüber zu reden.

»Er heißt Lucien«, platzte es aus mir heraus und beantwortete damit ihre vorherige Frage. Ich tischte ihr danach dieselbe Geschichte auf wie Martin. Natürlich konnte ich jetzt noch nicht erzählen, wer Lucien wirklich war und dass ich in Wahrheit absolut nicht für ihn schwärmte.

Okay, ein kleines bisschen vielleicht, aber es war ein anderes Schwärmen als das, was Grace annahm.

Nach dem Telefonat ging ich runter zu Martin, der sich gerade fertig machte, um in der beginnenden Abenddämmung noch schnell eine Runde zu joggen.

»Kann ich Hope mitnehmen?«, fragte er und band die Schnürsenkel seiner Turnschuhe zu einer schönen Schlaufe.

»Wenn sie mag«, sagte ich und setzte mich auf die vorletzte Stufe der Treppe. »Ich habe gerade mit Grace telefoniert.«

»Du weißt also, dass sich mein Aufenthalt verlängert?«

Ich nickte. »Es ist so schön, dass du da bist, Martin. Wirklich, ich bin total dankbar, aber wir müssen unbedingt über Lucien reden.«

»Lucien ist toll.« Er richtete sich auf und wickelte die Kabel seiner Kopfhörer auf. »Ich bin erstaunt über dein beschwingtes Verhalten, wenn du mit dem Jungen zusammen bist.«

»Ach ja?«

»Er scheint dir wirklich gutzutun.«

Wenn er wüsste! »Kann ich dann endlich etwas alleine mit ihm unternehmen?«

Martin zögerte. »Warum fragst du schon wieder? Ich dachte, wir hätten das bereits ausgiebig besprochen?«

»Ab heute findet ein Fest in Sunville statt. Mit einem Riesenrad. Ich will unbedingt dorthin, so etwas habe ich noch nie miterlebt.«

»Ich habe davon gelesen und wollte es dir auch vorschlagen. Wir können kommende Woche gerne zusammen dort hingehen. Am besten zu einer Uhrzeit, wo noch nicht so viel los ist.« Er steckte sich einen Stöpsel ins Ohr und suchte am Smartphone nach seiner Playlist.

Argh! Martin kapierte es einfach nicht!

»Es ist nicht dasselbe, wenn du dich ständig nach mir umguckst«, erklärte ich genauer.

»Ich bin hier, um dich zu beobachten.«

»Du bist hier, damit sie mich nicht in die Irrenanstalt stecken und Tante Grace in Ruhe Aline betrauern kann.«

Martin seufzte leise. »Deine Situation ist nun mal besonders, Miracle.«

»Ich hab dich wirklich gern, das weißt du. Schließlich bist du inzwischen kein unnahbarer Doktor mehr für mich, sondern eher mein Ziehvater. Und genau da liegt mein Problem. Als Ziehvater würdest du mich mit Lucien gehen lassen. Als Doktor hängst du mich an die kurze Leine. So kann ich dir nicht beweisen, dass es mir jetzt besser geht! Ab wann ist eine Therapie beendet, Martin? Wenn es der Arzt beschließt, oder sobald der Patient gesund ist?«

Darüber musste er kurz nachdenken.

»Lucien hat mich verändert. Es tut mir leid, dass es zu schnell für dich geht, aber für mich nicht. Ich werde bald siebzehn und irgendwann musst du mir zugestehen, dass ich nicht mehr das ängstliche Mädchen bin, welches du jahrelang betreut hast.«

»Der Unfall mit Aline ist erst wenige Wochen her.«

»Ich weiß und ich kann ihn nicht ungeschehen machen. Ich kann nur nach vorne blicken und mich auf meine Zukunft konzentrieren. Du weißt schon, dass alles nur an dir liegt, oder? Wenn du willst, kannst du mir verdammt große Steine in den Weg legen. Ich bin auf dich angewiesen, das fühlt sich beengend an. Wirst du Grace sagen, dass ich auf die Schule gehen kann, oder wirst du mich dazu verdonnern, meine komplette Highschoolzeit online verbringen zu müssen? Darf ich Erfahrungen mit Gleichaltrigen sammeln oder nicht? Es liegt alles an dir, Martin. Nur an dir.«

Das gab ihm noch mehr zu denken. »Du hast mit allem recht, Miracle. Aber du selbst hast über Jahre beteuert, dass du nicht mit anderen Menschen zusammen sein möchtest. Die schweren Traumata verschwinden nicht von heute auf morgen, so etwas braucht nun mal etwas Zeit, denn sie können dich unvermittelt in eine Angst stürzen. Es genügt nur ein kleiner Trigger dazu.

Wir haben erst Anfang Juli und ich kann mir nicht vorstellen, dass du bis Herbst deine Angstzustände im Griff haben wirst. Wie würdest du denn damit umgehen, wenn du in der Klasse bist und dich plötzlich eine Panikattacke ereilt?«

Die Antwort war einfach. »Dann verwende ich mein Spray und erkläre meinen Mitschülern, was eine Panikattacke ist. Selbst Erwachsene sind nicht davor gefeit. Man muss einen Weg finden, um damit leben zu können.«

»Das klingt sehr reif.« Er staunte.

»Deine Worte. Ich habe dir all die Jahre zugehört, Martin.«

Er lächelte. »Ehe es zu dunkel wird, renne ich noch eine Runde. Lass mich darüber nachdenken. Okay?«

Das war gerade mehr, als er mir unter normalen Umständen zugestehen würde, und ich wusste es zu schätzen. »Ich warte hier auf deine Antwort«, nagelte ich ihn fest.

Martin pfiff nach Hope, die beiden verschwanden. Ich blieb tatsächlich sitzen, denn mir war es ernst damit. Ich wollte keinen Tag mehr vergeuden und endlich leben.

Als er später zurückkam, staunte er über meine Beharrlichkeit. Ich hatte mich kein Stück bewegt. Okay, hatte ich doch, aber ich war nur kurz in der Küche gewesen, um mir Kekse zu holen.

»Ich bin total verschwitzt«, sagte er entschuldigend, schlüpfte aus den Schuhen und wickelte die Kopfhörer wieder zusammen. Dann machte er sich sofort auf den Weg ins Badezimmer. Es dauerte nicht lange, da hörte ich, wie der Duschhahn aufgedreht wurde.

Ich stand nun doch auf und wärmte uns zum Abendessen die Suppe von heute Mittag. Dann schnitt ich etwas Brot auf und schnippelte ein paar Tomaten aus unserem Gemüsegarten klein. Als Martin aus dem Bad kam, war der Tisch bereits gedeckt und seine Zeitung lag fein säuberlich zusammengerollt an ihrem Platz.

Martins Haare waren noch tropfnass, er rubbelte mit dem Handtuch darüber.

»Das riecht nach Bestechung«, merkte er an.

»Das riecht nach Suppe.« Ich holte den Topf vom Herd und stellte ihn auf den Tisch.

Er legte das Handtuch zur Seite und schöpfte sich gleich seinen Teller voll.

»Hast du dich entschieden?«, drängelte ich. »Kann ich mit Lucien alleine auf das Fest?«

»Ich habe gründlich darüber nachgedacht, Miracle«, sagte er, während er aß. »Du kennst den Jungen ja erst seit wenigen Tagen.«

»Ja und?« In Wahrheit siebzehn Jahre. Aber das konnte ich ihm nicht auf die Nase binden.

»Solange Grace nicht da ist, trage ich die Verantwortung. Wir können gerne zusammen auf das Fest gehen. Ich kenne dich, du bist noch nicht so weit. Wenn irgendetwas geschieht, was dich ängstigt, dann löst es Panik in dir aus. Das kann dich in deiner Entwicklung zurückwerfen.«

Ich stöhnte laut.

»Du warst noch nie auf einem Jahrmarkt, Miracle. Da sind so viele Menschen, dass sie dich anrempeln, da wird geschossen, es ist laut, überall tönt Musik aus den Lautsprechern.«

Er hatte sich ja ausgiebig Gedanken gemacht.

»Lucien ist bei mir«, beharrte ich.

»Und ich nur ein paar Schritte von euch entfernt. Du wirst mich nicht bemerken.«

Wieder stöhnte ich. Lieblos tunkte ich Brot in die Suppe und stopfte es mir in den Mund.

»Wenn du dich weiter so gut machst, kannst du ab Herbst in die Schule«, meinte er beiläufig.

Ich verschluckte mich fast. »Echt?«

»Aber nur unter der Voraussetzung, dass wir uns weiterhin per Videochat sehen und du Grace sofort Bescheid gibst, wenn es dir schlechter geht.«

Mein ganzer Körper kribbelte vor Aufregung. »Geht klar!« Dass er mich nicht alleine zum Jahrmarkt ließ, nahm ich ihm jetzt nicht mehr sooo übel. Ich aß schnell fertig, stellte meinen Teller in die Geschirrspülmaschine und verzog mich in mein

Zimmer. Dort hörte ich noch etwas Musik und legte meine Wäsche zusammen.

Ehe ich mich zum Schlafen hinlegte, nahm ich mein Smartphone und schrieb Lucien: *Mein Kerkermeister lässt mich zum Fest, aber er kommt als Babysitter mit.*

Lucien antwortete: *Wird dir trotzdem gefallen. Versprochen.*

Ich schrieb zurück: *Bin am Schmollen. Mein erstes Mal auf dem Riesenrad hab ich mir anders vorgestellt.*

Darauf erhielt ich nur einen Smiley von ihm.

Prima. Dieser Smiley blieb das Letzte, was er für heute schickte. Das mit der Schule wollte ich ihm morgen selbst erzählen, es gab schließlich noch viel zu besprechen. Ich kuschelte mich ins Bett und stellte mir vor, wie ich das erste Mal ein Klassenzimmer betrat.

Das würde entweder toll oder richtig unangenehm werden. Ich war ja die Neue … die Sonderbare … Lucien würde aber bestimmt von mir ablenken, er war ja ebenfalls neu. Und so gut, wie er aussah, würde er sicher schnell von einer Mädchenschar umzingelt werden, auch wenn er sich nicht für Menschenmädchen interessierte, das wussten die ja nicht.

Ich würde mit Sicherheit bei den Nerds sitzen, er bei den Sportlern und Cheerleadern …

Es dauerte nicht lange, dann war ich eingeschlafen.

»Psst, aufwachen.«

Etwas strich über mein Ohr. »Hope, lass das«, murmelte ich schlaftrunken.

»Ich bin's.«

»Lucien?« Ich schreckte hoch.

»Sei leise«, flüsterte er. Im Dunkeln war sein Gesicht kaum auszumachen.

Ich knipste die Lampe an und kniff gleichzeitig die Augen zu. Jetzt war es zu hell. »Was machst du hier?«

»Ich wollte dich für dein erstes Mal entführen.« Er lachte leise, als er sich selbst hörte. »Das Fest geht heute noch bis zwei. Du willst bestimmt mit dem Riesenrad fahren?«

»Bitte was?« Ich guckte auf die Uhr. Es war gerade kurz nach Mitternacht.

»Zieh dich an, sei leise, wir stehlen uns davon«, fasste er zusammen.

Ich blinzelte und brauchte ein paar Sekunden, bis ich verstand, dass er die Bemerkung mit dem ersten Mal auf meine Textnachricht bezog. Sofort hatte ich es eilig, schob die Decke zurück und huschte ins Badezimmer. Dort schlüpfte ich einfach in die Sachen vom Vortag. Eine kurze Jeans und ein grünes Shirt.

»Was ist mit Martin?«, fragte ich unterdessen.

Lucien kam und blieb an der Türschwelle stehen.

»Er schläft. Hab gerade nachgesehen.«

»Privatsphäre ist aus«, merkte ich ironisch an.

»Dient einem guten Zweck.«

»Ich meinte meine, nicht die von Martin.« Lucien sah mir seelenruhig beim Umziehen zu. Ich stand gerade im BH vor ihm und war unsicher deswegen.

Er verzog nicht einmal das Gesicht. »Es gibt nichts, was du verstecken musst.«

Ich drehte mich eilig um und ignorierte seine Blicke, denn ich hatte andere Sorgen. »Mist. Meine Tasche mit dem Portemonnaie liegt unten«, flüsterte ich, als ich fertig angezogen war.

»Ich habe genug Geld dabei«, erwiderte er lächelnd. »Mach lieber etwas mit deinen Haaren.«

Ich fasste mir sofort an den Kopf.

Verdammt!

Ich huschte zum Spiegel und kämmte überhastet die zerzauste Frisur. »Mehr geht um diese Uhrzeit nicht«, nuschelte ich, angelte mir ein Haargummi aus der Schublade, band mir einen Minipferdeschwanz und war bereit. »Martin schläft wirklich?«, fragte ich noch einmal, um sicherzugehen.

Lucien nahm meine Hand. »Du musst endlich lernen, mir zu vertrauen.«

»Tu ich ja«, erwiderte ich, aber mein Flüstern verschwand in der lauten Musik, die plötzlich neben uns aus den Lautsprechern drang.

»Scheiße«, fluchte ich leise. »Hättest du mich nicht vorwarnen können? Du kannst mich nicht einfach teleportieren, ohne vorher Bescheid zu geben!«

Wir standen hinter einigen Schaubuden zwischen großen Mülleimern, direkt neben uns befand sich eine Truhe, auf der verhedderte Kabelknäuel und ein angeknabberter Hotdog lagen. Igitt, war das eklig.

Er ließ lachend meine Hand los. »Dann hätte ich dieses Gesicht nicht sehen können.«

Ich schnitt eine lustige Grimasse. »Dieses hier?« Ich lachte kurz mit ihm, dann wurde ich wieder ernst, denn hier hinten durfte man bestimmt nicht sein. »Was wäre passiert, wenn uns jemand gesehen hätte?«

»Das kann mir nicht passieren«, sagte er selbstsicher und ging zu dem schmalen Durchgang zwischen zwei Schaubuden. »Komm jetzt, dir bleiben nur eineinhalb Stunden Freiheit, ehe das Fest für heute zu Ende ist.«

Das ließ ich mir nicht zweimal sagen.

Aber der erste Eindruck hätte mich fast erschlagen. Die Musik war laut, die Lichter grell. »Ist um die Uhrzeit immer noch so viel los?« Martin hatte recht behalten, die Menschen rempelten mich beim Vorbeigehen an. Da ich noch kurz zuvor geschlafen hatte, war das ein wenig zu viel für mich. Ich wich Lucien nicht von der Seite und hätte mich am liebsten bei ihm untergehakt.

»Heute war Eröffnung, schon vergessen?«, antwortete er. »Leider haben wir das Jubiläumsfeuerwerk verpasst. Ich habe gelesen, dass der Bürgermeister von Sunville dafür extra viel Geld lockergemacht hat.«

Ich zog eine Schnute. Das wäre so toll gewesen, ich hatte noch nie ein Feuerwerk gesehen.

»Muss man keinen Eintritt bezahlen?«, fiel mir ein und ich blickte ihn verwundert an.

»Nur die, die sich nicht beamen können.« Wieder grinste er sein schelmisches Grinsen.

Das erinnerte mich an meine Frage von vorhin. »Warum kann es nicht passieren, dass man dich beim Beamen sieht?«

»Weil ich nicht ins Unbekannte springe.«

»Du siehst vorher, wo du rauskommst?«

»Genauso ist es.« Er blieb an einem Stand stehen, der über und über mit Teddybären dekoriert war. »Lust auf Dosenwerfen?«

»Bei meiner genialen Treffsicherheit hast du danach ein blaues Auge.«

Er lachte darüber. Wir gingen weiter.

Das Thema ließ mir keine Ruhe. »Du kannst also nicht aus Versehen in einer Mauer steckenbleiben?«, bohrte ich nach.

»Du guckst zu viel Fernsehen, Mira Blueberry.«

Ich boxte ihm auf den Arm. Er wich grinsend aus.

»Du bist das allererste Mal auf einem Jahrmarkt und willst mit mir übers Teleportieren reden, anstatt all das hier zu genießen?«

»Willst du lieber über deine Frisur reden?«

Er blieb stehen. »Die sitzt immer perfekt. Genau wie meine Sprünge.« Das klang sehr hochtrabend.

Natürlich saß seine Frisur perfekt. Aber auch wenn sie das nicht täte, sähe er immer noch wunderschön aus.

Ich stieß einen Seufzer aus und ging einfach weiter.

Lucien fiel dadurch etwas zurück, schon kam er wieder zu mir und legte einfach einen Arm um mich. Seine Körperwärme fühlte sich so gut an.

»Während für dich nur eine kleine Sekunde vergeht, habe ich genug Zeit, um zu gucken, wo wir landen«, erklärte er endlich. »Würden wir Gefahr laufen, auf ein festes Hindernis zu treffen, gehe ich einfach weiter und gut ist es.«

Das kapierte ich nur zur Hälfte. Wahrscheinlich hatte ich den passenden Gesichtsausdruck dafür aufgelegt, denn er sah mich schmunzelnd an und erklärte weiter.

»Ich hüpfe ja nicht blind, sondern gehe in den Ebenen hin und her, daher geht das.«

»Ach so.« Jetzt hatte ich es geschnallt. Klar zu denken, war bei dem engen Körperkontakt gerade nicht einfach. Sein gut duftendes Parfum lenkte mich total ab, seine Finger berührten meine Hüften, ich war sehr unsicher deswegen, denn das löste ein Gefühl in mir aus, welches ich erst noch ergründen musste.

»Schade, dass ich es dir nicht zeigen kann«, bedauerte er. »Du kannst leider viele dieser Ebenen nicht sehen. Menschliche Augen sind blind dafür.«

Ich sah ihn an, er erwiderte meinen Blick. »Deine Augen sehen auch nicht anders aus als meine.«

Lucien lachte auf. »Vielleicht habe ich in Wahrheit ja Echsenaugen.«

»Das wäre widerlich.« Als ich es mir vorstellte, musste ich kichern.

Er lachte noch etwas darüber, dann ließ er mich los. Es dauerte einige Schritte, bis ich mich an die fehlende Körperwärme gewöhnte. Dieses innige Gefühl blieb allerdings. Ich schluckte es hinunter.

Wir kamen an Essensständen vorbei, danach reihte sich ein Wahrsagestand an ein Zauberspiegelkabinett.

»Wollen wir?« Ich zeigte auf den Eingang.

»Gut, dass du dich frisiert hast«, zog er mich auf.

Ich ignorierte ihn und steuerte auf den ersten Spiegel zu. Das war wirklich lustig. Bei manchen Spiegeln konnte ich mich nicht sattsehen, diese Verzerrungen waren einfach zu irrwitzig. Auch Lucien hatte großen Spaß daran.

Danach schlenderten wir weiter, sehr langsam, damit ich alles bestaunen konnte. Es gab so viel zu sehen! Einzig die vielen Menschen störten, ich war das nicht gewöhnt und wurde deshalb so unruhig, dass ich mich kaum noch auf die vielen Marktstände konzentrieren konnte.

Lucien bemerkte es natürlich und blieb nah bei mir. Irgendwann gab ich meinem Impuls nach und hakte mich einfach bei ihm unter.

»Ich will nicht verloren gehen«, kommentierte ich entschuldigend.

Er schenkte mir einen warmen Blick. »Deswegen bin ich ja hier.«

Für einen Moment schlug mein Herz schneller. »Danke.«

Wir blickten beide wieder geradeaus und gingen langsam weiter.

Nun, da ich alles von meiner Geburt bis zur Gegenwart wusste, verspürte ich überhaupt keine Angst mehr vor meiner Vergangenheit. Ich begann damit, mich mit Lucien total wohlzufühlen. Er war der erste Freund seit einer Ewigkeit und er gab mir absolute Sicherheit. Mein vorheriges schreckliches Leben, mitsamt den vielen schmerzhaften Verlusten und der traurigen Einsamkeit, fühlte sich plötzlich wie ein unrealer Traum an. Als wären jetzt endlich die Nebel abgezogen, die zuvor alles in Grautöne angemalt hatten.

Neben Lucien erkannte ich zum ersten Mal die bunten Farben dieser Welt. Und diese bunten Farben bescherten mir ein absolutes Hochgefühl.

»An was denkst du gerade?«, fragte er.

»Warum?«

»Du hast vor dich hin gelächelt. Ich wollte wissen, weshalb.«

»Ach, nichts Wichtiges«, schwindelte ich. Er musste nicht wissen, wie froh ich über seine Anwesenheit war. Das hätte nur seine Eitelkeit hervorgeholt.

»Willst du ein Eis?«, fragte er leichthin.

»Äh? Was?« Ich hatte ihm nicht zugehört. Nicht weit von uns stand das Kettenkarussell, die Leute schienen ihren Spaß darauf zu haben.

Er legte den Kopf schräg. »Eis oder Karussell fahren?«

»Beides«, beschloss ich. »Aber erst das Karussell. Ich weiß nicht, wie ich es vertrage.«

»Dich haut doch kein Karussell um«, entschied er, nahm meine Hand und zog mich zu der Warteschlange.

Ich bestaunte die Größe des Fahrgeschäfts und bemerkte, dass Lucien ebenso neugierig hinaufblickte. »Gibt es bei euch auch so etwas?«, fragte ich.

Lucien schüttelte den Kopf, ohne mich anzusehen. »Auch keine Fahrräder, Autos oder Handys.«

»Warum nicht?«

»Es gibt Kutschen und Reittiere.«

»Wie im Mittelalter?«

»Meine Welt ist anders als deine, du kannst sie nicht mit eurem Mittelalter vergleichen.«

Ich erinnerte mich an die Lampe in seinem Zimmer und an das fließende Wasser im Badezimmer und das Klo. »Aber ihr habt Duschen und Strom?«

»Ja, so was haben wir. Aber es ist nicht dasselbe wie bei euch.«

Ich guckte fragend.

»Wir haben keine Atomkraftwerke oder Ähnliches. Wir beziehen Energie direkt von der Erde.«

»Das gibt es bei uns auch.«

»Nein«, sagte er kopfschüttelnd. »Wir schaden der Erde dabei nicht, ihr schon. Wir bitten sie darum und sie beschenkt uns.«

Es fiel mir schwer, das zu verstehen. »Zeigst du mir das bitte mal?«

Der Anflug eines Lächelns erschien in seinem Gesicht, als würde ihn meine Neugierde für seine Welt erfreuen.

»Vielleicht … irgendwann«, räumte er ein.

Das Kettenkarussell war stehengeblieben, die Menschen verließen den eingezäunten Bereich. Ich spürte meinen aufgeregten Herzschlag, da wir endlich an der Reihe waren.

»Du weißt, dass wir jetzt beide unsere Jungfräulichkeit verlieren.« Lucien lachte herzhaft über seinen Scherz und nahm sich den Einzelsitz gleich neben mir.

Ich zog kichernd den Sicherheitsbügel nach unten. Das hatte ich mir vorher bei den anderen abgeguckt. »Beim Riesenrad kommt die nächste Jungfräulichkeit dran«, scherzte ich.

Er überlegte. »Hattest du schon mal Zuckerwatte?«

»Nur die aus der Packung«, bedauerte ich lautstark. »Aber ich war noch nie in einer Geisterbahn.«

Er wackelte mit den Augenbrauen. »Du weißt, dass die hier eine haben? Wir sind eben dran vorbeigelaufen.«

Ich schüttelte den Kopf, den Stand hatte ich glatt übersehen. Das Karussell begann, sich zu drehen. »Scheiße«, fluchte ich leise, als die Schwerkraft aussetzte. Das war ein eigenartiges Gefühl und einfach nur toll! Die vielen Lichter am Karussell verschwammen zu einem leuchtend bunten Farbgemisch, ein Traum! Der Wind strich über meine Haare, sodass sich einige Strähnen aus dem Pferdeschwanz lösten. Ich zog einfach das

Haargummi ab und ließ die Haare in den Nacken fallen. Einige vor uns streckten die Hände zur Seite aus, ich machte es ihnen nach und kreischte vor Freude, als der Wind durch meine Finger glitt und ich die absolute Freiheit verspürte.

Zu meinem Bedauern wurde das Karussell zu schnell wieder langsamer, wir sanken nach unten.

»Eis oder Geisterbahn?«, drängte Lucien, noch ehe wir zum Stillstand kamen.

»Du hast Blut geleckt«, erkannte ich.

»Ich bin auf Urlaub«, protestierte er.

Wir waren stehengeblieben und schoben die Bügel nach oben.

»Vergiss deinen Auftrag nicht«, merkte ich leise an, während wir ausstiegen.

Er kam zu mir, nahm meine Hand und lächelte charmant. »Würde ich nie machen.« Mit seinem Daumen strich er zärtlich über meinen Handrücken und obwohl die Berührung nur an meiner Hand war, fuhr ein wohliger Schauer durch meinen Bauch. Er ließ meine Finger wieder los, und wir gingen zum Ausgang.

Unser kleiner Wortwechsel erinnerte mich leider wieder an meine Vergangenheit. »War denn heute ein Flimmern an mir zu sehen?«, fragte ich flüsternd.

Lucien zögerte mit seiner Antwort. An seinem veränderten Blick erkannte ich sie trotzdem.

»Wann?«, hakte ich nach. »Du kannst es mir sagen.«

»Stell nicht solche Fragen, Mira. Ich möchte dich mit den Antworten nicht beunruhigen.«

Ich berührte ihn am Arm, damit er stehen blieb. Er drehte sich zu mir und sah mir in die Augen. »Einmal, Mira«, sagte er behutsam.

Ich musste schlucken. Das bedeutete also, ich hatte in Lebensgefahr geschwebt und es war jemand gestorben?

»Aber es ist ja kein Unfall auf dem Fest geschehen, oder?«, flüsterte ich.

Er schwieg einen Moment. Dann hob er die Hand und strich mir liebevoll die Haare hinter mein Ohr. Dabei berührte er ein wenig meine Wange und meine Haut kribbelte. »Ich sagte doch, ich halte alles von dir fern, was dir schaden kann«, sagte er so leise, dass ich mich anstrengen musste, um ihn zu verstehen. »Aber wenn du das Nachdenken darüber nicht bleiben lässt, verlierst du diese Unbeschwertheit, die du gerade hattest. Die Welt ist voller bunter und fröhlicher Farben. Konzentriere dich nicht auf die Grautöne.«

Ich blickte gerade in das Gesicht eines achtzehnjährigen jungen Mannes, aber seine Worte klangen so alt und weise, wie er in Wahrheit war. »Okay«, flüsterte ich nickend.

Ein Schmunzeln legte sich auf seine Lippen. »Ab zur Geisterbahn«, sagte er in normaler Lautstärke, angelte sich meine Hand und zog mich hinter sich her.

Die Geisterbahn war überhaupt nicht gruselig. Nicht mal mit dem Sohn des Todes an meiner Seite. Oder gerade wegen ihm. Er machte sich nämlich über alles lustig, ich konnte nicht mehr aufhören zu lachen.

Danach eroberten wir das Riesenrad. Ich war erstaunt, wie klein von hier oben alles aussah.

»Das könnte ich jeden Tag machen«, schwärmte ich. »Von hier aus wirkt alles so unwichtig.«

»In Las Vegas steht ein größeres.«

»Tja, nur komme ich leider nicht so schnell dahin.«

»Das würde schon gehen«, meinte er gelassen und ließ es beiläufig klingen.

»Meinst du das jetzt ernst?«

Er sah mich an. Sein Gesicht erhellte sich. »Oh, jetzt habe ich ein super Geburtstagsgeschenk für dich.«

»Riesenradfahren in Las Vegas?« Ich lachte leise. »Du spinnst.«

»Wir müssen nicht bis zum sechzehnten Oktober warten, wir könnten auch gleich dorthin. Jetzt im Sommer ist es da bestimmt schöner und Martin schläft sicher noch.«

Das meinte er tatsächlich ernst. Ich staunte nicht schlecht. »Wir haben zum Glück noch ein ganzes Leben für so was.«

»Klingt spannend.«

»Klingt abartig.«

»Warum?«

»Na, ich muss schließlich bis ins hohe Alter mit Tod Junior rumrennen.«

»Ach!« Er winkte ab. »Gibt Schlimmeres als das hier.« Er zeigte spaßhalber auf sein Gesicht.

Damit hatte er recht. Er sah einfach umwerfend aus. »Ich steh nur auf Blonde«, erwiderte ich absichtlich schnippisch. Tat ich nicht. Dunkelhaarige waren mehr mein Fall und ausgerechnet neben mir saß der wohl hübscheste Dunkelhaarige der Welt.

»Ich steh nur auf rothaarige Unsterbliche«, antwortete er.

»Dann wäre das ja jetzt geklärt.« Ich sagte es locker, aber ich merkte, wie es mich störte, und schaute von ihm weg auf das Festgelände unter uns. Das Gefühl, welches ich gerade hatte, ärgerte mich derart, dass ich beschloss, es zu ignorieren. Leider war dieses neue Bauchflattern neben ihm sehr penetrant und wuchs sozusagen zu einem ganzen Schmetterlingsschwarm heran.

Irgendwie musste ich es schaffen, eine gewisse Distanz zu ihm zu halten und dennoch diese Nähe zwischen uns zuzulassen. Er tat es ja auch. Aber für ihn schien das leichter zu sein als für mich.

Nach dem Riesenrad schlenderten wir an einem Stand vorbei, an dem man sich selbst mit buntem Glitzer schmücken oder Tattoos aufmalen lassen konnte. Lucien ließ es sich nicht nehmen, mir ein kleines pinkes Herz auf die Wange zu zeichnen. Als er es mir aufmalte, bekam ich weiche Knie und hoffte, er würde es nicht bemerken. Obwohl ein Anflug neuerlicher Nervosität durch meine Adern rauschte, verpasste ich ihm ein Totenkopftattoo. In Glitzer-Blau. Es ihm auf die Wange zu platzieren, fiel mir nicht schwer. Diese Art der Nähe aber schon.

Danach schlenderten wir noch ein wenig weiter, bis der Zeitpunkt kam, ab dem alle Fahrgeschäfte abgestellt wurden. Nur noch einige Buden mit Essen hatten auf und verkauften die Restbestände.

Lucien holte uns Zuckerwatte. Ich setzte mich auf ein Fass und ließ gemütlich die Beine baumeln, während ich die wenigen

Leute beobachtete, die noch da waren. Lucien lehnte neben mir und zupfte sich mit mir genüsslich die süße Watte vom Stock.

So ließen wir unser Abenteuer ausklingen. Mit etwas Wehmut im Herzen, da es schon wieder vorbei war, liefen wir hinter die Marktbuden, damit er uns zurückteleportieren konnte.

Hope schlief seelenruhig in meinem Bett, als wir ankamen. Lucien brachte mich aber zuerst ins Badezimmer, damit sie sich nicht erschreckte und zu bellen anfing.

Martin hatte meinen nächtlichen Ausflug komplett verschlafen. Er ahnte absolut nichts. Ich hätte ihm gerne davon erzählt, aber stattdessen lächelte ich alleine vor mich hin und schwelgte in den tollen Erinnerungen.

Drei Tage später waren wir am Nachmittag mit Sefora und Lucien verabredet. Sie holten uns sogar mit dem Mercedes ab, damit wir gemeinsam zum Festgelände fahren konnten. Das hatte ich Sefora zu verdanken, die sich Martin mit dem gemeinsamen Autofahren regelrecht aufgedrängt hatte. Zu meinem Glück!

Am hellen Tag das Fest zu besuchen, war komplett anders. Die vielen Lichter fehlten, aber dennoch war es spannend für mich. Sefora belegte beim Kuchenwettbewerb nur den vierten Platz, aber wir applaudierten dennoch, als wäre sie Weltmeisterin geworden.

Dieses Mal versuchte ich mich auch im Dosenschießen, verlor aber gegen Lucien, der einen kleinen Teddybären gewann, den er mir in die Hand drückte.

Der Nachmittag war schnell vorbei, ich fühlte mich jede Sekunde so frei wie noch nie.

Martin merkte schnell, wie gut es mir ging, und begann endlich damit, mich nicht mehr mit den prüfenden Argusaugen eines Therapeuten anzusehen.

Er wusste ja nicht, dass ich schon zum zweiten Mal hier war. Ich hatte es ihm erfolgreich verheimlicht und vergaß es zwischendurch immer wieder selbst.

Aber als am Abend die Lichter angemacht wurden und sich die bunten Farben auf Luciens Gesicht legten, war unser geheimer Ausflug sofort wieder in meinem Gedächtnis. Ich erinnerte mich an die Fahrt im Karussell, an das Riesenrad und das glitzernde Herz auf meiner Wange, welches ich mir leider gleich am Morgen hatte abwaschen müssen, damit Martin es nicht entdeckte.

Lucien ging einen halben Schritt vor mir, während diese Erinnerungen in mir hochkamen. Plötzlich, als hätte er eben meine Gedanken gelesen, blieb er stehen, lächelte und bot mir seinen Arm an. Er sah in dem Augenblick so schön aus, sein Blick streichelte mich regelrecht und eine wohlig warme Welle kroch durch mich hindurch.

Am liebsten wäre ich zu ihm hingegangen, hätte ihn an mich gezogen und ihn stürmisch geküsst. Solche Gedanken waren mir nicht nur neu, sie waren völlig unpassend! Ich war für ihn nur ein Mensch, er war mein Freund, mein Beschützer und ganz sicher nicht mehr!

Also erwiderte ich sein Lächeln, hakte mich unter und tat, als wäre nichts gewesen. Aber in diesem Moment wusste ich, dass ich ganz dringend mit Martin reden musste.

Als wir später zu Hause waren, ging Martin in die Küche, füllte den Wasserkocher und schaltete ihn ein. »Möchtest du auch noch eine Tasse Tee vor dem Schlafengehen?«, fragte er aufmerksam.

»Ja, bitte.« Ich holte die Tassen, er pulte die Teebeutel aus der Verpackung. Ich setzte ein paarmal zum Reden an, verwarf es aber immer wieder, da mir keine passende Wortwahl einfiel.

Der Wasserkocher rauschte, bald war das Wasser heiß.

Martin goss es dampfend in unsere Tassen, nahm seine und verschwand damit ins Wohnzimmer. Ich blieb noch stehen, tauchte den Teebeutel eine Weile hinein und zog ihn wieder raus. Dann fasste ich all meinen Mut zusammen und verließ die Küche.

»Martin … ich glaube, ich verliebe mich«, sagte ich endlich und setzte mich zu ihm auf das Sofa. Den Tee stellte ich auf den Wohnzimmertisch, er war noch zu heiß zum Trinken.

»Dein Tonfall lässt mich erkennen, dass du das nicht willst?«

Ich nickte. »Damit liegst du richtig.«

»Darf ich fragen, warum?«

Als ob er jemals meine Erlaubnis für eine Frage gebraucht hätte. »Ich bin für ihn nur eine kumpelhafte Freundin, nicht mehr«, sagte ich leise und an meiner eigenen Stimme erkannte ich, wie sehr es mich störte, dass Lucien so über mich dachte.

Martin war verwundert darüber und schwieg einen Moment. »Er hängt dauernd mit dir ab, lässt dich keine Sekunde aus den Augen und sieht dich an, als wärst du eine Prinzessin. Also, warum denkst du, dass es nicht gut wäre, wenn du dich verlieben würdest und du nicht mehr für ihn sein könntest?«

»Er hat es mir sehr deutlich gesagt. Wir sind nur Freunde. Nicht mehr.«

Martin wirkte etwas geschockt. Er presste die Lippen zusammen und nickte kaum merklich. »Okay«, sagte er leise, während er nachdachte. »So etwas kann im Leben manchmal passieren. Eines ist jedoch wichtig: Du musst für dich herausfinden, was du möchtest.«

»Ich würde diese Gefühle gerne abstellen.«

»Das geht leider nicht so einfach«, verdeutlichte er. »Ich meinte damit, dass du entscheiden musst, ob du weiterhin seine kumpelhafte Freundin sein möchtest oder besser eine Weile auf Distanz zu ihm gehst, um über deine Gefühle Herrin zu werden.«

Ich lachte auf, obwohl mir nicht zum Lachen zumute war. »Distanz kommt absolut nicht infrage.« Mein ganzes Leben lang nicht! Immer wenn ich das Haus verlassen wollte, würde Lucien von nun an dabei sein.

»Das verstehe ich«, sagte er mit seiner Doktorstimme. »Er ist der Erste in deinem Alter, der dich aus deinem Mäuseloch herausholt.«

Ich rollte übertrieben mit den Augen. »Mäuseloch. Echt, Martin?«

»Angst- und Panikzustände. Klingt das besser für dich?«

Ich grummelte leise vor mich hin. »Kannst du mir jetzt irgendwelche Pillen verschreiben?«

»Gegen Liebeskummer? Ich wäre steinreich, wenn ich so was erfunden hätte.«

»Du hilfst mir gerade nicht weiter.«

Schmunzelnd schob er die Tasse Tee zu mir. »Abwarten und Tee trinken.«

Wie konnte er darüber nur einen blöden Witz reißen? »Jetzt sag schon, was ich dagegen tun kann«, forderte ich mit ernster Miene.

Martin zog den Teebeutel aus seiner Tasse, drückte ihn aus und legte ihn zur Seite. Dann kratzte er sich an der Wange und überlegte genau, was er mir raten sollte.

Ich ließ mich gefrustet auf dem Sofa zurückfallen und verschränkte ungeduldig die Arme. Das Ganze unterstrich ich noch mit einem deutlichen Stöhnen.

Er sollte wissen, wie wichtig mir das war.

»Miracle, du kannst solche Gefühle nicht unterdrücken, das ist klar«, begann sein ärztlicher Ratschlag. »Was du jedoch tun kannst, ist, dich immer zu erinnern, dass er nur Freundschaft haben möchte. Sobald du aufgeregtes Herzklopfen verspürst, sag deinem Herz, dass er nur dein Freund sein will und nicht mehr.«

»Das ist alles?«

Martin nickte.

»Wow«, hauchte ich enttäuscht. »Dafür hast du studiert.«

Er lächelte. »Ich werde gut dafür bezahlt«, konterte er und zog die Augenbrauen hoch, während er an seinem Tee nippte.

»Du nervst«, sagte ich pampig.

»Alles, was mit Liebeskummer zu tun hat, nervt. Versuch mal, meinen Rat umzusetzen, wenn es nicht klappt, reden wir wieder darüber.«

»Ich hoffe, die Zeit vergeht schnell, damit ich auf die Schule kann. Da werden hoffentlich noch andere Jungs solo sein.«

»Das klingt nach einem guten Plan.«

»Ich sollte dein Gehalt beziehen«, sagte ich schnippisch.

Wieder schmunzelte er und nippte noch mal an seinem Tee. »Lust auf eine Partie Schach?«

»Nein«, lehnte ich sofort ab. »Lieber Scrabble.« Schach war Luciens Ding. Ich wollte gerade nicht an ihn denken.

Eine tiefe Kluft

Endlich waren die drei Wochen um, das Datum Ende Juli hatte ich mir extra mit grellgelbem Leuchtstift im Kalender markiert, denn ich vermisste Tante Grace inzwischen sehr. Lucien ließ es sich nicht nehmen, bei mir zu bleiben, während Martin zum Flughafen fuhr, um sie abzuholen.

Lucien ahnte absolut nichts von meinen Gefühlen, ich verbarg sie geschickt vor ihm und alberte weiter freundschaftlich mit ihm herum. Es war besser so.

Ich trug inzwischen so viele Geheimnisse mit mir herum, dass ich manchmal das Gefühl hatte, ich müsste platzen. Martin wusste nichts von Luciens wahrer Geschichte und Lucien wusste nicht, dass ich etwas für ihn empfand.

Gerade Letzteres stellte sich aber zunehmend als ein Problem für mich heraus. Manchmal gelang es mir, ihn ohne Herzklopfen neben mir zu haben, an anderen Tagen hätte ich aber gern seinen nahezu perfekten Mund geküsst …

Es war nicht so einfach, ihm zu widerstehen, denn die Versuchungen waren einfach zu groß. Der wunderschöne, aber auch warme Sommer und unser See lockten Lucien natürlich eines Tages ins erfrischende Wasser. Nachdem ich mir meinen Badeanzug angezogen hatte, war ich ihm gefolgt und während er fröhlich plantschte, ruhte mein Blick auf seiner erotischen nackten Haut. Vor allem auf den ansehnlichen Brustmuskeln und seinem tribalen Tattoo. Es schlängelte sich vom Ohr über die Schulter bis auf den Rücken hinunter. Damit sah er so männlich und sexy aus, dass ich in seiner Gegenwart andauernd unanständige Gedanken unterdrücken musste. Meine Hormone waren erwacht und total außer Kontrolle geraten!

Ich nahm Martins Rat an und wiederholte innerlich immer wieder: Er ist nur dein Kumpel, Miracle. Nur dein Freund. Nicht mehr. Nur dein Kumpel, Miracle … Nur dein Kumpel …

Es half tatsächlich manchmal, aber leider eben nicht immer.

Daher konnte ich es kaum erwarten, endlich Grace wieder in meinem Leben zu haben. Sie sollte die einzige Person sein, die über alles Bescheid wusste. Meine Vertraute. Und ich hoffte, dass sie mir helfen konnte, denn ich musste schnell einen Weg finden, meine Gefühle besser zu unterdrücken, da sie immer stärker wurden.

Leider war Lucien einfach zu perfekt. Er war zuvorkommend, erriet oft, was ich haben wollte. Wir konnten stundenlang albern und lachen, machten lange Spaziergänge mit Hope, die ihn abgöttisch liebte. Mittlerweile waren wir zu Fahrradprofis mutiert und legten lange Strecken zurück, sogar Martin hatte sich ein Rad besorgt und sich manchmal an unseren abendlichen Touren beteiligt.

Heute fiel die Radtour allerdings aus. Wir saßen gerade auf der Veranda, Lucien erklärte mir einige Tricks auf dem Schachbrett, ich hörte ihm aufmerksam zu. Aber nicht, ohne immer wieder verstohlen dieses mir inzwischen so vertraute und lieb gewordene Gesicht zu bewundern.

Martin und Grace erlösten mich von meinen heimlichen, schmachtenden Blicken, indem sie aus der Ferne hupten, sodass ich aufsprang und ihnen entgegenrannte.

Martin konnte gerade noch parken, schon riss Grace die Beifahrertür auf und stieg aus.

Oh, wie sehr ich sie vermisst hatte! Ich fiel ihr in die Arme, sie redete einige Sätze auf Französisch, es fiel ihr zuerst nicht mal auf.

»Entschuldige.« Sie lachte herzlich. »Ich muss meinem Gehirn noch beibringen, dass wir wieder in Amerika sind.«

»Mir egal, welche Sprache du sprichst. Hauptsache, du bist wieder hier. Ich hab dich so vermisst! Wie geht's dir denn?«

»Wieder besser, ich habe dich auch sehr vermisst.« Grace blickte zur Veranda hinüber. »Ist er das?«, flüsterte sie. Noch wusste sie ja nicht, dass er besser hören konnte, als wir Menschen.

Lucien stand auf der obersten Stufe und wartete geduldig, bis wir uns fertig begrüßt hatten.

»Ja«, bestätigte ich. »Aber schau nicht so auffällig rüber, ja?« Sie lächelte nämlich ungeniert in seine Richtung.

»Mach ich nicht.« Grace küsste meine Wange, dann half sie Martin, der am Kofferraum stand und gerade das Gepäck herausholte.

Ich schnappte mir eine kleinere Tasche. Lucien kam nun auch zu uns.

»Hi, wie schön, Sie zu sehen«, begrüßte er Grace höflich mit einem Händeschütteln, nahm mir die kleine Tasche ab und griff auch nach ihrer, um beide hochzutragen.

»Bitte vergiss das Sie«, sagte Grace. »Ich habe schon so viel von dir gehört und dadurch das Gefühl, wir würden uns bereits kennen.«

Er quittierte ihren Satz mit einem fröhlichen Lächeln.

Die Koffer waren bald hochgeschleppt. Martin setzte Kaffee auf und Grace verschwand kurz im Badezimmer, um sich nach der langen Reise frisch zu machen.

Danach kam sie zu uns in die Küche. »Ich werde bald ins Bett müssen, bin total erschlagen.«

»Dann ist Kaffee nicht der beste Schlaftrunk«, merkte ich an.

»Eine Tasse wird nicht schaden.« Sie goss sich selbst eine ein, nahm sich eine Waffel und setzte sich. »Ich habe mich mit Martin während der Fahrt unterhalten«, platzte sie gleich heraus und warf ihm einen vielsagenden Blick zu. »Wenn das für dich okay ist, bleibt er noch bis morgen Abend und fliegt dann wieder nach Hause.«

Ihre überraschende Aussage überforderte mich. »Ähm … so schnell?« Ich schaute ihn entsetzt an. Das hätte er mir doch eher sagen können!

»Die Klinik erwartet mich bereits ungeduldig, Miracle«, erklärte er. »Ich bin bereits länger fort, als ursprünglich geplant. Du weißt, dass mich auch andere Kinder brauchen und obwohl ich sehr gerne hier bei dir bin, ist es Zeit, dass ich nach Hause fahre.«

»Die Weinberge bei Alines Großmutter hätten dir gefallen«, begann Grace ohne Übergang zu erzählen. Sie wollte damit ablenken, und ich ging darauf ein. Wir lauschten ihrer Geschichte von dem Treffen mit allen Verwandten und wie gut ihr die lange Reise getan hatte. Sie berichtete über die Trauerfeier und dass Alines Mutter den Verlust ihrer Tochter kaum verkraftete.

Ich atmete nur flach, war etwas vor den Kopf gestoßen.

Wegen Martins schneller Abreise und da Grace mich unbewusst wieder mit Alines Tod konfrontierte. Das Unglück war für mich schon so weit entfernt gewesen, nun erzählte sie von dem Zusammenbruch der Mutter, wie die Schwester eine Trauerrede gehalten hatte und noch vieles mehr.

Lucien, der neben mir saß, bemerkte meine bedrückte Stimmung. Er nahm unterm Tisch meine Hand und drückte sie liebevoll. Wärme und Geborgenheit fuhren durch mich hindurch. Ich wollte ihn zurückdrücken, seine Berührung war zärtlich, beschützend, angenehm und es war eine nette Geste von ihm. Aber damit wuchs mein Gefühl ihm gegenüber nur weiter, darum zog ich die Hand schnell wieder aus seiner und tat, als bräuchte ich beide Hände für meine Tasse.

Er bemerkte es. Meine kleine Abfuhr schien ihm sogar Schwierigkeiten zu bereiten, denn er blieb noch ein paar Minuten sitzen, ehe er sich mit knappen Worten entschuldigte und gehen wollte.

Ich brachte ihn zur Tür. »Sehen wir uns morgen?«, fragte ich, als wir auf die Veranda gingen.

Lucien blickte in die Dunkelheit zum See hinüber. »Willst du den letzten Tag nicht mit Martin verbringen?«

Ich stellte mich neben ihn. »Das geht ja auch, wenn du dabei bist.«

»Es tut mir leid, Mira«, sagte er und sah mich an. Sein Gesicht wirkte in diesem Moment so kühl, er war mir so fremd. Und ich verstand nicht, warum er sich entschuldigte.

»Die Distanz. Ich habe die Distanz vergessen«, äußerte er fast flüsternd und guckte wieder zum See hinüber. »Das tut mir leid. Es wird nicht mehr vorkommen.«

»Du redest vom Händehalten eben?«, fragte ich irritiert.

Er nickte. »Das hätte ich nicht tun sollen. Ich will nicht, dass du dich wegen mir unwohl fühlst.«

Ich schnappte nach Luft, wusste nicht, was ich darauf sagen sollte.

»Schlaf gut, Mira.« Er sah mich wieder kühl an, lächelte schmal und ging zu seinem Auto.

Ich blieb stehen, bis ich ihn nicht mehr sehen konnte. In diesem Moment wurde mir bewusst, dass sein Plan, immer bei mir zu sein, um mich zu beschützen, einen gewaltigen Haken hatte. Ich hatte es schon vorausgeahnt und jetzt schwammen die Probleme frei sichtbar an der Oberfläche.

Ohne es zu wollen, kullerte eine einzelne Träne über meine Wange. Ich setzte mich auf die Holzbretter der Veranda und starrte hilflos in die Nacht hinaus.

Mein Herz wollte sein Händchenhalten erwidern, mein Kopf wusste jedoch, dass ich mir damit nur selbst schaden würde. Lucien war ein unsterbliches Wesen. Er war einige tausend Jahre alt. Ich holte mir diese Tatsache wieder in Erinnerung. Die Zeit mit ihm war so schön gewesen, ich hatte für kurze Zeit vergessen, dass sein Vater der Tod war. Und er war nur bei mir, weil bei einem Erdenbesuch vor fast siebzehn Jahren zufällig sein Herz gefunkelt und ihn unfreiwillig an mich gebunden hatte. Seine Gefühle für mich waren ihm ebenso aufgezwungen worden, wie sein Pflichtgefühl.

Nichts davon geschah aus freien Stücken.

Ich hockte noch eine Weile in der Stille. Nur die halb geöffnete Tür hinter mir und das Licht, welches aus dem Wohnraum nach außen drang, ließen mich etwas sehen.

Dann rappelte ich mich auf, wünschte Grace und Martin eine gute Nacht und zog mich in mein Zimmer zurück. Dass meine Tante wieder hier war, konnte ich heute Abend nicht richtig genießen. Auch der nächste Tag verlief deprimierend. Ich traute mich nicht, Lucien zu schreiben, und auch er meldete sich nicht.

Dass Martin am späten Nachmittag abreiste, verschlimmerte alles nur noch mehr. Bereits als ich seine fertig gepackten Koffer an der Eingangstür stehen sah, kullerten die ersten Tränen.

»Ich werde dich vermissen.« Weinend fiel ich ihm einfach in die Arme. Mein Ersatzvater verließ mich, ich würde ihn bestimmt sehr lange nicht wiedersehen.

»Wir werden uns bei den wöchentlichen Terminen immer viel zu erzählen haben«, erwiderte er aufmunternd und drückte mich fest. »Ich vermisse dich jetzt schon. Und unsere Spieleabende.«

Oh Mann … Ich wollte nicht dran denken … »Was soll ich nur ohne dich tun?« Ich löste mich aus der Umarmung.

»Bald ist Herbst. Sobald du in die Schule gehst, wirst du viele Freunde finden und die Termine mit mir verschieben wollen, weil dir deine Freunde wichtiger sein werden.«

»Bestimmt nicht«, erwiderte ich empört.

Er lächelte. »Wer weiß? Vielleicht komme ich dich nächsten Sommer ja wieder besuchen?«

»Oder ich dich?«

»Wenn du das machst, verleihe ich dir einen Orden.«

»Den hole ich mir!« Ich lachte unter Tränen. »Hab dich lieb, Martin.«

Sein Blick wurde ganz weich, seine Stimme zärtlich. »Ich dich auch.«

Grace war lange fort, sie brachte Martin zum Flughafen und kaufte danach noch ein. Als sie nach Hause kam, half ich, die Einkaufstüten leerzuräumen, und wartete auf den passenden Moment, ihr alles über Lucien erzählen zu können.

Gerade als ich die Vorratsdosen in den Schrank stellte, gab ich mir einen Ruck.

Einen perfekten Moment für diese riesengroße Offenbarung abzuwarten, war bestimmt ein Ding der Unmöglichkeit! Doch gerade als ich zum Sprechen ansetzte, legte sie ihre inzwischen leere Tüte zur Seite, verließ wortlos die Küche und ging nach oben.

Hastig leerte ich meine letzte Tüte, schob die Lebensmittel nur halbherzig an ihren Platz und rannte ihr hinterher. Sie war bereits in ihrem Schlafzimmer, als ich anklopfte und wie ein begossener Pudel vor ihr stand.

»Süße, was ist denn los?«, fragte sie sofort.

Ich zog traurig die Mundwinkel nach unten und trat auf der Stelle. »Ich habe Liebeskummer und muss dir endlich erzählen, warum ich ohne Lucien nicht in die Schule kann.« Meine Stimme hörte sich weinerlich an. »Es gibt einen lebenswichtigen Grund, warum ich ohne ihn überhaupt nirgends hin kann. Ich bin total abhängig von ihm.«

»Das klingt ja gar nicht gut.« Grace berührte meine Schulter und schob mich sanft zu ihrem Bett.

Ich setzte mich. »Du musst dich auch setzen«, erklärte ich ihr. »Das, was ich jetzt sage, ist nicht einfach zu verstehen, du musst mir bitte bis zum Ende zuhören.«

Sie guckte erschrocken, hockte sich neben mich und zog ein Bein an.

»Ich habe dich angeschwindelt«, begann ich zu erzählen. »Lucien ist kein normaler Junge, für den ich schwärme. Okay, nein, also doch …« Ich hörte auf zu stammeln und holte tief Luft, um es endlich laut auszusprechen. »Grace, Lucien ist der Engel.« So, nun war es raus.

Ihre Augen weiteten sich. »Der Engel?«, wiederholte sie verwundert.

Ich begann damit, ihr alles zu erzählen. Und zwar wirklich alles. Von meinen Selbstmorden, dem unerwarteten Besuch der angeblich neuen Nachbarn und dem Ausflug in die Burg seiner Familie.

Als ich ihr schilderte, warum die alte Zeitung mit dem Artikel von ihren verstorbenen Eltern auf dem Tisch in ihrem Stammcafé gelegen hatte, holte sie ihre Notreserveschokolade aus dem Schrank. Sie hatte mir nie von dieser Zeitung erzählt und auch nie gestanden, dass sie wegen mir mit Aline hitzige Diskussionen hatte führen müssen.

Daher lauschte sie aufmerksam, wir saßen die halbe Nacht zusammen, denn da war ja noch der Besuch beim Magier und das funkelnde Herz und ich gestand ihr auch den nächtlichen Ausflug zum Festgelände.

»Ich hab es nicht kommen sehen, Grace«, sagte ich leise. »Aber ich glaube, ich habe mich an dem Abend in ihn verliebt und es wird immer schlimmer.«

Grace wischte mir eine Träne von der Wange.

»Oh Gott, Liebes.« Sie beugte sich zu ihrem Nachtkästchen hinüber und holte mir ein Taschentuch. »Das tut mir so leid, aber ich denke, das war doch nur eine Frage der Zeit, bis du dich in ihn verliebst. Was du mir bis jetzt von ihm erzählt hast. Er ist nahezu perfekt.«

»Ich war einfach zu euphorisch mit meiner neuen Freiheit. Daran habe ich zuerst überhaupt nicht gedacht. Ich hab einfach nur geglaubt, er wäre mein Kumpel. So etwas wie ein Cousin. Klar, er sieht gut aus, aber das alleine ist es nicht, Grace. Es ist seine Art, sein ganzes Wesen. Er verändert mich, wenn ich in seiner Nähe bin. Er wärmt mich und sobald er mich anlächelt, habe ich dieses aufgeregte Bauchflattern.«

Sie war kurz still. »Und du denkst nicht, dass er es vielleicht doch erwidert?«

»Nein«, sagte ich kopfschüttelnd. »Sonst hätte er gestern nicht was von Distanz gefaselt.«

»Warum sprichst du ihn nicht direkt darauf an?«, wollte sie wissen.

»Du hättest gestern sein Gesicht sehen sollen. Er war so ablehnend und kühl.« Ich trocknete mein Gesicht und schnäuzte mich. »Außerdem hat er mir ja bereits mehrfach klar gesagt, dass er weder romantische Gefühle hegt noch an Menschenmädchen interessiert ist. Er ist nun mal kein Mensch, Grace, das darf ich nie vergessen«, flüsterte ich und als ich es aussprach, klang das so schrecklich. Er war unerreichbar für mich. »So etwas gebe es bei ihnen nicht, das sagte er mehr als deutlich. Sie treffen sich nur mit anderen Unsterblichen.«

Meine Tante nickte, während sie darüber nachdachte. »Ich komme mir gerade vor wie in einer dieser blöden Vampirgeschichten.«

»Aber diese Mädchen haben wenigstens den Vorteil, dass sie sich irgendwann verwandeln lassen können, ehe sie alt und schrumpelig sind«, erwiderte ich klagend. »Und die Mädchen in den Filmen sind nicht abhängig von dem Vampir.« Erneut musste ich weinen. »Ich kann ohne Lucien keinen Schritt in die Welt machen«, schluchzte ich und Verzweiflung kroch in mir hoch. »Er darf nichts von meinen Gefühlen erfahren, das würde alles zerstören. Unsere Freundschaft wäre dahin.«

»Ach, meine Süße. Vielleicht sitzt er gerade zu Hause und denkt dasselbe?«

»Bestimmt nicht«, blockte ich ab.

»Aber er war es doch, der deine Hand genommen hat.«

»Ich bin für ihn aber nur ein zerbrechlicher kleiner Mensch, den er schützen und trösten muss«, verdeutlichte ich ihr. »Und das macht er nicht mal freiwillig, sondern dieses magnetische Band zwingt ihn dazu. Sonst wäre er bei den dreiunddreißig Selbstmorden nicht so am Ende gewesen.«

Grace' Miene wurde ernst, sie presste die Lippen zu einer schmalen Linie zusammen. »Du weißt, dass wir uns darüber ernsthaft unterhalten müssen?«

»Ich war verzweifelt, Grace.«

»Das war dumm, Miracle.«

Meine Augenbrauen schoben sich zusammen. Abermals traten Tränen in meine Augen und verschleierten meine Sicht. »Ich weiß«, sagte ich und schluchzte. »So etwas werde ich nie wieder tun, versprochen.«

Sie zog mich an sich und umarmte mich, während ich mir meinen Kummer an ihrer Schulter von der Seele weinte.

Ich schlief in dieser Nacht bei ihr. Hope rollte sich am Fußende des Bettes zusammen.

Am nächsten Morgen konnte ich deutlich die Spuren des langen Gesprächs in meinem Gesicht erkennen. Ich hatte verquollene Augen und spürte auch ein leichtes Kopfweh. Als ich in die Küche ging, vermisste ich auch noch den Geruch von gebratenem Speck. Martin fehlte mir.

Also setzte ich mich auf seinen Platz, legte die Füße hoch und blätterte in seiner Zeitung. Das brachte ihn mir näher.

»Ich hoffe, du konntest ein wenig schlafen?«, fragte Grace, die gerade in die Küche kam. Ihre kinnlangen Haare hatte sie heute glattgeföhnt. Ich sah auch, dass sie einen gräulich schimmernden Lidschatten aufgetragen hatte. Nur ein kleiner Hauch davon, aber er brachte ihre grau-grünen Augen zum Strahlen.

»Warum hast du dich so schön zurechtgemacht?«, fragte ich neugierig.

»Ich werde jetzt zum Supermarkt fahren und noch mal einkaufen«, teilte sie mir mit und schnappte sich eine leere Tasse aus dem Schrank. »Schreib Lucien, dass ich ihn und Sefora zum Mittagessen einlade. Ich will nun auch die Großmutter kennenlernen.« Sie füllte die Tasse randvoll mit Kaffee.

»Das ist keine gute Idee.«

»Das ist die beste Idee überhaupt«, beharrte sie und nippte an dem Kaffee. »Vielleicht finde ich eine Gelegenheit, um Lucien heimlich zu entlocken, was er für dich empfindet.«

Ich nahm die Füße vom Stuhl und setzte mich gerade hin. »Das machst du nicht.«

»Ist schon beschlossene Sache, Miracle. Ich denke nämlich, dass er dich lieber hat, als du glaubst.«

Das fand ich nicht. »Du machst alles kaputt. Wenn er herausfindet, dass ich ihn mag, wird er sich zurückziehen und weiter auf Distanz gehen.«

Grace setzte sich zu mir an den Tisch. »Willst du es denn gar nicht wissen?«, fragte sie und musterte mich eindringlich. »Du kannst besser damit umgehen, wenn du Klarheit hast.«

Nun war ich genervt. »Ich habe Klarheit, Tante Grace. Stochere bitte in keinem Wespennest. Wenn du ihn vertreibst, dann verliere ich nicht nur ihn, sondern kann auch nicht auf die Schule gehen.« Nun hatte ich endlich die Erlaubnis von Martin und die Möglichkeit durch Lucien dafür bekommen! Diese Freiheit ließ ich mir nicht nehmen.

»Ich habe gesehen, wie er dich ansieht, Miracle. Und er hat dir doch schon gesagt, dass er dich liebt …«

Ich unterbrach sie. »Auf eine andere Art und Weise. Hast du das immer noch nicht verstanden? Er ist mein Beschützer. Seine Liebe ist stark, aber neutral. Er macht sich nichts aus Menschenmädchen. Wie oft muss ich das noch sagen?«

Grace nickte und erwiderte nichts darauf, was mich grantig werden ließ.

»Du tust ja sowieso, was du willst!«, motzte ich.

Sie lächelte ein wenig. »Oh, den gleichen Satz sagte Aline zu mir, als ich darauf bestand, in die Staaten zu ziehen und dich aus der Jugendpsychiatrie zu holen. Und ich habe recht behalten, es war das Richtige. Hätte ich auf Aline gehört, würdest du immer noch in dem Einzelzimmer sitzen. Ich wäre in Frankreich und würde nur Mails mit dir schreiben.«

Ich sah sie verstummt an.

Sie hatte so viel für mich aufgegeben.

Grace trank ihren Kaffee aus und stellte die Tasse in die Spüle. »Als ich von dir erfahren habe, war mir sofort klar, dass wir eine Familie sind. Ich bin auch deine Beschützerin, Miracle, nicht nur Lucien. Lass mich vorsichtig die Fühler ausstrecken, okay? Ich werde weder in einem Wespennest stochern noch etwas anderes anrichten. Ich denke, ich besitze genügend Feingefühl, um euch unauffällig zu beobachten und herauszufinden, was das für eine Verbindung zwischen euch ist.«

Ich setzte die Ellbogen auf dem Tisch auf. »Verbindung«, wiederholte ich nuschelnd und stützte deprimiert mein Kinn auf die Hände.

»Eure besondere Verbindung«, hob sie deutlich hervor. »Sie begann mit deiner Geburt. Wenn es keine romantische Liebe ist, dann ist es irgendwas anderes. Du musst wissen, was es ist, um …« Sie brach ab und blieb kurz still. »Nein, ihr beide müsst es wissen«, fuhr sie fort. »Ihr müsst beide wissen, was das für eine Verbindung ist.«

»Wenn es der Magier und seine Großmutter nicht herausgefunden haben, wie willst du es dann schaffen?«

Sie kam zu mir und küsste mich auf den Kopf. »Ruf an, ich möchte Sefora wirklich kennenlernen. Das Ganze ist zu groß für mich, ich will es besser verstehen und sie könnte mir bestimmt dabei helfen. Daher ist es besser, wir würden uns zusammensetzen.« Sie griff nach ihrem Autoschlüssel, der auf der Anrichte lag. »Und das mit dem Teleportieren will ich auch sehen. Damit ich weiß, dass ich nicht spinne.« Sie verschwand aus der Küche.

Ich dachte lange über ihre Worte nach und blickte auf die Uhr. Es war gerade mal neun Uhr morgens. Hope musste gefüttert werden und während sie fraß, schrieb ich Lucien.

Grace lädt euch zum Mittagessen ein. Habt ihr beide Zeit?

Es dauerte nicht lange, da schrieb er zurück: *Avia freut sich.*

Ich tippte: *Nur Avia?*, und löschte es wieder. Es sollte nicht merken, dass ich empfindlich war, was ihn betraf.

Um eins bei uns?, schrieb ich stattdessen.

Geht klar, war alles, was er darauf erwiderte.

Ich schrieb Grace, dass die beiden gegen Mittag kommen würden, stieß einen herzzerreißenden Seufzer aus und schubste das Smartphone quer über den Tisch. Hope hatte aufgefressen und bettelte, weil sie jetzt nach draußen wollte. Wir spazierten eine kleine Runde entlang des Sees, dann ging es wieder zurück.

Abermals blickte ich auf die Uhr. Es war erst zehn. Noch drei Stunden ... Wie ätzend ...

Plötzlich wurde ich nervös.

Verdammt, nur noch drei Stunden!

»Scheiße«, fluchte ich und fuhr mir dabei unruhig durch die Haare. Dieses gemeinsame Mittagessen brachte mein Herz dazu, schneller zu klopfen. Aber warum? Ich hatte ihn die Tage zuvor doch auch ständig gesehen und war nicht kurz vorm Ausflippen gewesen.

Lag es daran, dass ich es ausgesprochen hatte? Weil Grace nun davon wusste? Weil sie glaubte, Lucien würde auch mehr für mich empfinden? Hatte sie mir damit Hoffnung gemacht? Hatte er meine Hand halten wollen, um mich bloß zu trösten, oder weil er mich tatsächlich berühren wollte?

»Scheiße«, fluchte ich wieder.

Um mich abzulenken, ging ich nach oben, duschte ausgiebig, rasierte meine Achseln und Beine fein säuberlich und bemerkte erst, was ich da tat, als ich mein Gesicht nah an den Spiegel hielt, um zu gucken, ob irgendwo ein störendes Pickelchen wuchs, welches ich überdecken musste.

Himmel, Herrgott noch mal, das konnte doch nicht wahr sein! Er hatte mich schon verschlafen, zerzaust und im BH gesehen. Was hatte sich verändert?

»Ich fange an, verrückt zu werden«, sagte ich zu Hope, aber sie wedelte nur mit dem Schwanz.

Mit umgewickeltem Badetuch ging ich zum Kleiderschrank und bemühte mich, nicht das schönste Oberteil anzuziehen. Ich wählte absichtlich eine abgetragene kurze Jeans und das ärmellose graue Trägertop, welches ich schon oft angehabt hatte. Es hatte einen kleinen Fettfleck unten am Saum, der stammte von einer Soße und war nicht mehr rausgegangen. Trotzdem wollte ich das Top nicht wegwerfen, dafür mochte ich den weichen Stoff viel zu sehr. Und da es dunkelgrau war, sah man den Fleck nicht allzu deutlich. Das Top war perfekt für heute.

Lucien sollte nicht glauben, dass ich mich wegen ihm in Schale geworfen hätte.

Aus demselben Grund ließ ich die Haare auch ungekämmt lufttrocknen. Es war warm genug dafür, ich wollte heute nicht so gut aussehen wie Tante Grace. Es reichte ja schon, dass ich mir aus Versehen penibel genau die Beine rasiert hatte!

Barfuß tapste ich nach unten. Die Uhr zeigte elf.

Ich räumte den Geschirrspüler aus, wischte den Tisch und den Schrank ab. Neun nach elf.

Sollte ich meine Haare besser doch föhnen? Ich ging zum Spiegel, der an der Wand neben der Garderobe hing. Da lag auch eine Bürste, ich kämmte mich etwas, dann fiel mir ein, dass ich ja gar nicht hübsch aussehen wollte. Also legte ich die Bürste wieder zurück und holte den Staubsauger.

Das Wohnzimmer war gerade fertig gesaugt, da kam Grace zurück. Ich ließ meinen Blick zur Uhr schweifen. Halb zwölf. Ich stöhnte.

Während meine Tante die Einkäufe wegräumte, saugte ich weiter. Den Flur, die Waschküche, das Gästezimmer, in dem Martin geschlafen hatte …

Die viele Arbeit brachte mich ins Schwitzen. Ich roch prüfend an meinen Achseln und ermahnte mich im selben Moment, es nicht zu tun. Es war doch scheißegal, ob ich stank oder nicht, meine Haare verwuschelt waren oder mein Shirt einen Fleck hatte!

Als ich das Kabel fein säuberlich aufgerollt und den Staubsauger an seinen Platz zurückgeschoben hatte, fiel mein Blick wieder auf die Uhr. Acht Minuten vor zwölf.

»Irgendwie gehen heute alle Uhren zu langsam«, motzte ich und gesellte mich zu Grace in die Küche.

»Du kommst gerade richtig.« Sie schob mir eine Packung mit Möhren sowie ein Schneidebrett über die Arbeitsplatte zu. »Bitte putzen und schneiden.«

Tat ich natürlich gern. Mit Grace in der Küche zu stehen und zu schnippeln, hatte ich wirklich vermisst.

Sie schälte gerade die Kartoffeln. »Willst du dich danach um die Nachspeise kümmern?«

»Was hast du denn geplant?« Ich drehte den Wasserhahn auf, um die Karotten zu waschen.

»Ich habe Joghurt und frische Früchte gekauft.«

»Klingt lecker.« Ich schaute an ihr vorbei, auf der Arbeitsplatte neben ihr lagen zwei Packungen Bio-Hühnerfleisch. »Gibt es dein berühmtes Spezial Pariser Schnitzel?«

Grace lächelte. »Damit liege ich nie falsch.«

Wo sie recht hatte ... »Hab dich vermisst«, sagte ich und guckte wieder auf die Karotten hinunter.

»Ich dich auch.« Sie lächelte wieder. Dann widmete sie sich dem Schneiden der Kartoffeln und kümmerte sich anschließend um die Schnitzel.

Nicht mal eine Stunde später roch es in der Küche so herrlich, dass mein Bauch vor Hunger knurrte. Wir deckten den Tisch, ich guckte so oft auf die Uhr, dass ich glaubte, sie wäre stehengeblieben.

Doch pünktlich um eins klingelte es an der Tür.

Hope bellte und rannte aus der Küche. Ich blieb nervös auf der Stelle stehen. Grace ließ die beiden ohne mich herein. Ich lehnte mich an den Schrank, auf dem die Zeitungen lagen, und hörte dem Begrüßungsgerede von der Küche aus zu. Ich konnte jetzt nicht nach vorn gehen, denn ich musste mein aufgeregtes Herz beruhigen. Dass es aufgeregt war, lag bestimmt an dem langen Gespräch mit Grace. Anders konnte ich es mir nicht erklären. Noch vor ein paar Tagen war Lucien ständig hier gewesen, wir waren schwimmen gewesen, Rad gefahren, spazieren gegangen und hatten Schach gespielt ... ohne, dass ich so ausflippte.

»Versteckst du dich hier?«, fragte Lucien, der plötzlich in der Tür stand.

Scheiße, sah er gut aus! Die schwarzen Haare waren wieder perfekt gestylt, dazu dieser aufregende dunkle Blick …

»Ähm … nein«, äußerte ich schnell, stieß mich vom Schrank ab, griff sinnlos nach einem Geschirrtuch und legte es neu zusammen.

Lucien kam zu mir und lehnte sich an den Schrank, dabei beobachtete er mich mit hochgezogener Augenbraue. »Alles okay?«

Ich nickte nur. Gott sei Dank kam Sefora in die Küche.

»Oh, das riecht ja herrlich«, sagte sie lächelnd. Ihre dunkelgrauen Locken waren im Nacken zusammengebunden, einige Haarsträhnen hatten sich gelöst und fielen neckisch über ihre Ohren. Sie sah auch zu gut aus. Jeder Mensch wäre neidisch, wüsste er um ihr wahres Alter. Das war in Menschenjahren bestimmt nicht auszumachen.

»Es riecht nicht so gut wie dein Kuchen«, schwärmte Grace, die eine runde Keramikplatte in der Hand hielt.

Sefora hatte einen gedeckten Apfelkuchen gebacken. Ich nahm ihn Grace gleich ab und stellte ihn zur Seite. Natürlich roch ich daran, denn er war noch warm und duftete verführerisch. Fast so verführerisch wie das Parfum, welches Lucien immer aufgelegt hatte. Ich setzte mich auf meinen Platz und musterte ihn unauffällig. Er trug seine schwarzen Lieblingsjeans und ein blaues Shirt, das locker über den Hosenbund hing.

Grace bot den beiden Plätze an, selbstverständlich setzte er sich neben mich.

Die Pariser Schnitzel waren lecker. Ich brachte allerdings nur ein kleines Stück hinunter, denn mir war neben Lucien zu mulmig zumute. Heute wünschte ich mir, dass er unter dem Tisch seine Hand nach meiner ausstreckte, aber er tat es nicht. Er war genauso schweigsam wie ich. Grace und seine Großmutter unterhielten sich hingegen prächtig über Frankreich und alles, was an Kunst und Kulinarischem dazugehörte.

Das Thema, welches Grace in Wahrheit interessierte, wurde jedoch nicht angesprochen. Obwohl sie es vorgehabt hatte, erwähnte sie mit keiner Silbe die Tatsache, dass zwei überirdische Familienmitglieder des Todes mit uns speisten. Wahrscheinlich wollte sie sich langsam vortasten. Ich sagte auch nichts, sondern lauschte nur.

Immer wieder schielte ich verstohlen zu Lucien und merkte, dass er sich auch nicht wohlfühlte.

»Ich soll dich von Martin schön grüßen«, sagte ich irgendwann, um das Eis zu brechen.

Er sah mich an, seine Miene war eigenartig hart. »Danke«, erwiderte er höflich.

Ich vermisste ihn schrecklich.

»Du hattest natürlich recht. Den Tag nur mit Martin zu verbringen, war für unseren Abschied sehr gut.«

Er lächelte ein wenig, als er nickte, doch seine Augen blieben von dem Lächeln gänzlich unberührt. Er nahm sein Glas und drehte es spielerisch mit den Fingern.

Ich beschloss, ihm eine simple Erklärung abzuliefern. »Ich war zu sehr in Gedanken, darum hab ich die Hand weggezogen. Das hatte sonst absolut keinen Grund.«

Er hob das Glas und hielt inne, bevor er daraus trank.

»Du musst dich nicht rechtfertigen«, sagte er leise und nahm einen Schluck.

»Du dich auch nicht.«

Lucien schmunzelte unsicher darüber, stellte das Glas zurück auf den Tisch und beugte sich ganz nah zu mir. »Hast du schon mit ihr gesprochen?« Sein Atem kitzelte an meinem Ohr.

War er deswegen gerade so anders und unnahbar? »Ja«, sagte ich schnell. Wahrscheinlich hatte er sich viele Gedanken über die Reaktion von Grace gemacht.

Lucien hielt mich mit seinem Blick fest. Er war fragend, fordernd. Seine dunkelbraunen Augen hatten wieder einmal diese besondere Tiefe, die ich nicht ergründen konnte. Ich versank darin.

»Sie ist cool. Aber ich glaube, sie braucht trotzdem einen Beweis«, flüsterte ich.

»Jetzt gleich?« Er lächelte schelmisch, seine Augen blitzten frech auf.

Da war er wieder, mein Lucien, so kannte ich ihn. Das mochte ich an ihm.

»Lass sie erst zu Ende essen.« Ich lachte leise.

»Schade.« Er sah kurz zu Grace, die sich angeregt mit Sefora unterhielt, dann wieder zu mir. Aber er sagte nichts, versank stattdessen in meinen Augen. Sekundenlang.

»Und jetzt?« Der Schalk saß ihm im Nacken.

»Immer noch zu früh«, entgegnete ich sehr leise. »Sie bekäme einen Herzinfarkt, wenn du jetzt verschwinden würdest.«

»Sie würde ihn ja überleben.«

»Zum Glück.« Nun musste ich schmunzeln.

Er setzte sich wieder gerade hin. Ich wartete, bis Sefora endlich aufgegessen hatte, dann stand ich auf und begann damit, den Tisch abzuräumen. Grace half mir dabei.

»Von uns gibt's nur Früchtedessert«, sagte Grace fast schon entschuldigend und zeigte ihnen ein Glas davon. Ich hatte mir extra viel Mühe gegeben und alle Früchte in schönen Schichten übereinander platziert. »Wollt ihr lieber den Apfelkuchen?«, fragte sie.

»Beides.« Lucien grinste. War klar. Er konnte ja alles in sich hineinschaufeln.

»Ich bin für den Apfelkuchen«, entschied ich.

»Und ich bräuchte einen Schnaps«, platzte es aus Grace heraus. »Ich überlege ständig, wie ich es anspreche, aber anscheinend brauche ich einen Mutmacher.«

Auffordernd schaute ich zu Lucien. »Jetzt.«

Er schob den Stuhl zurück, um aufzustehen, da fiel Grace das Glas mit dem Dessert aus der Hand. Lucien war verschwunden. Er tauchte neben ihr wieder auf. Sie stieß einen leisen Schrei aus.

»Oje, oje, oje!«, tönte Sefora langsam und kopfschüttelnd. »Das hätte eine Vorwarnung gebraucht.« Sie lachte herrlich tief.

Ich bückte mich sofort, um das Dessertglas hochzuheben. Leider war es genau in der Mitte in zwei Teile zerbrochen. Der Joghurt tropfte auf den Boden.

Grace legte sich ihre Hand auf die Brust. »Vorwarnung. Ja. Wäre gut gewesen.« Sie musste vor Schreck kichern.

»Entschuldigung.« Lucien schmunzelte. In seinen Augen erkannte ich aber, dass es ihm gar nicht leidtat.

»Nun ist es raus«, sagte ich zu Grace und schmiss das zerbrochene Glas samt Inhalt in den Mülleimer. »Frag, was du fragen willst.«

»Zuerst der Schnaps.« Wieder kicherte sie, es klang verlegen.

»Ich setze besser Kaffee auf«, schlug ich vor und schob sie zum Tisch. »Nimm Platz, ehe du noch umkippst.«

»Also, ich wusste ja schon davon, aber du hast mich trotzdem erschreckt«, erklärte sie entschuldigend, während sie sich hinsetzte. »Miracle hat mir gestern Nacht alles erzählt, ich brauche aber noch etwas Zeit, bis ich es verinnerlicht habe.«

Sefora berührte sie sachte am Arm. »Du wirst einige Fragen haben.«

Grace nickte. »Ich habe sehr viele Fragen. Aber die wichtigste beschäftigt mich so sehr, dass ich kaum schlafen konnte.« Sie ließ ihren Blick zu Lucien wandern, der neben mir an der Arbeitsplatte lehnte. »Wie hast du dir das mit der Schule vorgestellt?« War klar, dass ihr diese Frage keine Ruhe ließ. Schließlich kannte sie als Lehrerin den Ablauf dort.

Lucien sah kurz zu mir. »Ich denke, das Beste wäre, wenn wir auf die Shadylight Academy gehen würden«, antwortete er.

»Das dachte ich mir schon«, erwiderte meine Tante nickend. »Aber was machst du, wenn ihr nicht immer zusammen sein könnt? Wie soll das funktionieren? Bei einigen Aktivitäten kann es vorkommen, dass ihr nicht immer in einer Gruppe seid. Sport zum Beispiel.«

Ich unterbrach sie. »Müssen wir denn zum Sport?«

»Miracle, bitte«, sagte sie streng. »Gerade Sport und Gruppenaktivitäten machen solche Privatschulen aus.«

Ich steckte den Filter in die Kaffeemaschine und löffelte ordentlich Pulver hinein. »Da ich eine alte Knieverletzung habe und Lucien ein schwaches Herz, können wir beide nicht jeden Sport betreiben.«

»Ein schwaches Herz?« Er schaute mich verwundert an.

Ich zuckte mit den Schultern. »Dann halt was anderes, mir ist nichts Besseres eingefallen.«

»Schwaches Herz«, wiederholte er leise und kopfschüttelnd.

»Dann habe ich halt das schwache Herz. Mir doch egal.« Ich drückte schwungvoll den Knopf, um die Kaffeemaschine einzuschalten. »Was Tante Grace eigentlich wissen möchte, ist, wie das mit meinem Schutz genau abläuft.«

Grace nickte. »Das hätte ich direkt fragen sollen, genau.«

»Oje, oje, hast du es Miracle denn nicht erklärt?« Sefora blickte streng zu Lucien.

»Natürlich habe ich das!«

»Hat er«, bestätigte ich.

»Ich verstehe es aber nicht«, gab Grace zu. »Für euch mag alles klar sein, aber für mich nicht.«

Lucien kam zu mir und nahm meine Hand. »Nicht erschrecken«, sagte er, plötzlich standen wir draußen am See.

»Soll das deine Erklärung sein?«, fragte ich verwundert.

»Ja, genau«, antwortete er, schon standen wir wieder in der Küche.

Grace hatte den Mund etwas offen und blickte mit geweiteten Augen zu uns. »Okay«, sagte sie ganz langsam. »Du kannst also meine Nichte schnell aus der Gefahrenzone bringen.« Sie nickte, als ob sie es sich selbst bestätigen müsse. »Aber wie verhinderst du einen Unfall, ohne dass ihr beide für kurze Zeit verschwindet? Wie soll das auf einem Schulgelände unter hunderten Jugendlichen funktionieren?«

»Er sieht ja rechtzeitig, wenn ich flimmere«, erinnerte ich sie.

»Ja klar. Aber das beantwortet nicht meine Frage.«

»Am Flimmern kann er ausmachen, ob Gefahr droht«, äußerte Sefora.

»Das habe ich schon verstanden.« Wieder nickte Grace.

»Wo siehst du dann ein Problem?«, fragte ich verwundert.

»Darf ich jetzt endlich antworten?« Lucien redete laut, zog die Brauen hoch und wartete, bis wir endlich still waren.

Der Kaffee gurgelte leise und verbreitete seinen wohltuenden Duft. Ganz kurz war das Kaffeegurgeln das einzige Geräusch in der Küche.

Sein Blick fand den von Tante Grace. »Ich verstehe natürlich, dass du dir Sorgen machst«, begann er. »Getrennte Gruppen sind tatsächlich ein Problem, aber wir werden eine Lösung finden. Es reicht ja, wenn wir im selben Raum sind. Unfälle vermeide ich, indem ich in eine andere Ebene springe und die bestimmte Person von Mira fernhalte, ohne dass es jemand bemerkt. Solche Momente sind für das menschliche Auge nicht sichtbar, denn in den Ebenen herrscht eine andere Zeit, das kommt mir zugute. Und wenn es sein muss, kann ich Menschen meinen Willen aufzwingen.«

»Du meinst, ihre Erinnerungen löschen?«, hakte ich nach. Das wusste ich ja bereits.

»Nein, Gedankenmanipulation.«

»Wie sieht das aus?«, fragte ich nur, ohne das Gesicht zu verziehen, obwohl mich diese Offenbarung schockierte.

»Na ja.« Er kratzte sich am Hinterkopf und zögerte. »Dabei lege ich jemandem einen Gedanken in den Kopf. Ich hatte dir doch erzählt, dass ich bei eurem Flug von Ohio nach Virginia einige Menschen manipulieren musste, damit sie nicht auf derselben Strecke waren wie ihr.«

Ich erinnerte mich wieder und nickte.

»Es kostet mich nur einen Fingerwink und der Mensch biegt links ab, obwohl er nach rechts wollte.«

Grace entspannte sich. »Ach, und dadurch kannst du noch schneller einen Unfall verhindern.« Sie wirkte total erleichtert.

Für mich war das aber nicht so einfach. »Hast du das schon mal bei mir angewendet?«

Er hob die Hände, die Handflächen zu mir gedreht. »Das würde ich niemals tun!«

Ich glaubte ihm vor allem deshalb, weil er mich gerade aufrichtig ansah. Dennoch wollte ich auf Nummer sicher gehen. »Wenn du das einmal machst, rede ich kein Wort mehr mit dir. Du hast mir als Kind öfter meine Erinnerungen gelöscht, dabei muss es bleiben.« Meine Stimme klang unabsichtlich drohend.

Grace verzog den Mund. Jetzt, wo ich es laut ausgesprochen hatte, fiel auch ihr auf, dass diese Offenbarung vielleicht doch nicht so gut gewesen war. »Also, darauf kann ich auch verzichten«, sagte sie hastig.

Sefora legte eine Hand auf ihre. »Das ist eine Beeinflussung eines Menschen«, äußerte sie ruhig, tätschelte Grace kurz und zog ihre Hand wieder weg. »So etwas machen wir nur, wenn es nicht anders geht.«

Meine Tante nahm einen tiefen Atemzug und blies die Luft sehr langsam wieder aus. »Dass ihr so viel Macht habt, ist zwar gut für Miracle, aber es verunsichert mich«, gab sie leise zu.

Ich bemerkte, dass Lucien gekränkt war.

»Das sollte kein Vorwurf sein«, entschuldigte ich mich leise.

Er schaute sehr frostig. »Ich hatte gehofft, du würdest mir inzwischen vertrauen.«

Wir schwiegen uns an. Ich vertraute ihm ja, aber die Tatsache, dass er mich so einfach beeinflussen konnte, löste extremes Unbehagen in mir aus. Das musste er doch verstehen.

Grace stand auf und unterbrach unser Schweigen. »Kaffee ist fertig.« Sie schob mich etwas an, damit ich die Tassen aus dem Schrank hinter mir herausholte, und kümmerte sich um den Apfelkuchen.

Ein paar Minuten später saßen wir bei einem guten Stück Kuchen und Kaffee wieder beisammen, aber Lucien sah mich nicht mehr an. Die Stimmung war im Keller. Keiner wollte den Kuchen essen, geschweige denn den Kaffee trinken.

Nur Sefora bemühte sich, ein lockeres Gespräch über verschiedene Schulaktivitäten zu führen, aber Grace war mit den Gedanken komplett woanders.

Sie pustete leise Luft aus. »Bitte, seid mir nicht böse, aber je länger ich darüber nachdenke, desto mehr komme ich zu dem Schluss, dass ihr besser nicht zur Schule geht.« Sie blickte in mein entsetztes Gesicht. »Ich musste eben an die Gasexplosion im Kindergarten denken. Da sind fünf Menschen gestorben.« Nun wanderte ihr Blick prüfend zu Lucien. »Ich glaube nicht, dass du so etwas Schreckliches verhindern kannst.«

Er wurde noch steifer als zuvor. »Nein. Das kann ich nicht«, antwortete er dann ehrlich und mit einer sehr ernsten Miene. »Wenn eine solche Explosion stattfinden soll und es das Schicksal will, dass dabei Schüler und Lehrer sterben, dann mischt sich auch der Tod nicht ein.« Über sein jugendliches Gesicht legten sich eine Weisheit und Reife, die uns für einen Moment sein wahres Alter zeigten. Weder Grace noch ich waren in der Lage, einen Einwand zu äußern, obwohl er mir auf der Zunge lag.

»Mein Enkel ist ausschließlich hier, um Miracle zu beschützen«, fügte Sefora ebenso ernst hinzu.

Dem konnten wir nicht widersprechen.

Grace fand als Erstes die Sprache wieder. Sie wandte sich der Großmutter zu. »Auf der Shadylight Academy laufen gerade Bewerbungen für eine Lehrperson für Geschichte.«

Stille erfüllte den Raum. Die Luft war zum Schneiden.

Ich musste schlucken. »Du willst tatsächlich meine Security verdoppeln?«

Grace blieb todernst und nickte. »Ich liebe dich«, sagte sie bestimmt. »Aber aus irgendeinem Grund ziehst du tödliche Unglücksfälle an. Ich würde mich echt wohler fühlen, wenn mehrere Personen dein Flimmern oder Nicht-Flimmern beobachten könnten.«

Lucien knurrte leise. »Es ist nicht nötig, dass Avia dabei ist«, stellte er klar. Er war jetzt offensichtlich angepisst. Das kratzte wohl zu sehr an seinem Ego. Das und mein Vorwurf wegen der Gedankenmanipulation.

Auch Sefora bemerkte seine Anspannung. Er wirkte nämlich, als würde er gleich explodieren.

»Kann es sein, dass Hope raus muss?«, fragte sie mich, um abzulenken.

Ich schob sofort den Stuhl zurück und stand auf. »Ja, sie muss bestimmt nach draußen.« Ich zupfte Lucien am Ärmel. Er sah mich mit eiserner Miene an, aber er folgte mir und Hope ins Freie. Es war sicher gut, wenn Sefora allein mit Grace darüber redete. Die beiden hatten von Anfang an einen guten Draht zueinander gehabt.

Wir gingen über die Wiese zu einer Baumreihe. Da war genug Schatten, denn die Sonne knallte um diese Uhrzeit von oben, als wollte sie uns grillen.

»Ich vertraue dir doch«, sagte ich, als wir stehen blieben. Ich verstand, dass er mir nicht glaubte. Ich hätte meine Worte vorher behutsamer wählen sollen.

Er richtete seinen Blick in die Ferne, presste die Kiefer zusammen und schwieg. Die Grillen auf der Wiese vertrieben mit ihrem Konzert die Stille zwischen uns. Ich lauschte ihnen, spürte den leichten Wind im Gesicht und hoffte, diese Spannung zwischen uns würde vom Wind fortgetragen werden.

Aber sie blieb. Ich fühlte mich schlecht deswegen. »Wir sind Menschen«, sagte ich entschuldigend, obwohl ich auch nichts dafürkonnte. »Wir sind unsicher und haben Angst.« Ich überlegte, wie ich es ihm am besten erklären konnte, und erinnerte mich an meinen Tod letztes Jahr. »Grace war bei dem Autounfall beim Juwelier dabei. Sie war natürlich total geschockt, als ich ihr von den vielen anderen Unfällen in meiner Kindheit erzählt hatte und ...«

»Schon gut.« Er runzelte die Stirn und sah mich endlich an. »Willst du denn überhaupt zur Schule?«

»Wir können es gerne probieren.« Autsch. Das klang ungewollt unsicher und wieder so, als würde ich ihm nicht vertrauen. »Natürlich will ich zur Schule«, korrigierte ich.

Er musterte mich, als wollte er auf diese Weise meine Gedanken ergründen. »Was hat sich zwischen uns verändert?«

Oh Mann. Diese direkte Frage überforderte mich ein wenig. Ich zog fragend die Brauen hoch, sagte aber nichts.

»Du bist verändert«, flüsterte er verunsichert. »Was habe ich falsch gemacht?«

»Nichts«, sagte ich schnell. Zu schnell.

Lucien glaubte mir zu Recht nicht.

Er lehnte sich mit der Schulter an einen Baum. »Es ist die fehlende Distanz, oder?«, fragte er, wartete aber meine Antwort nicht ab. »Wir waren bestimmt zu oft zusammen, dabei dachte ich, wir könnten richtige Freunde sein.« Er seufzte leise, setzte sich ins Gras, ein Bein zog er an, das andere streckte er aus. »Aber das verursacht zu viele Spannungen und Emotionen zwischen uns, mit denen ich nicht gerechnet habe. Es ist besser, wenn du mich nur als das siehst, was ich bin.« Kurz schwieg er. »Ich kam nur hierher, um dein Bodyguard zu sein, alles andere müssen wir unterlassen.«

Ich ging zu ihm und setzte mich neben ihm ins Gras. »Was genau meinst du damit? Sind wir nun keine Freunde mehr?«

Er sah mir in die Augen. Sein Blick war klar, aber kalt. »Du rufst mich ab jetzt nur an, wenn du das Grundstück verlassen willst. Ich begleite dich unauffällig und achte darauf, dass dir nichts geschieht. Du wirst mich nicht bemerken.«

Mein Herz rutschte in die Hose. Das kam einer kompletten Abfuhr gleich.

»Aber wir können doch Freunde sein.« Meine Stimme hörte sich etwas heiser an.

Lucien sah wieder in die Ferne und schwieg einen Moment. »Wir brauchen sofort emotionalen Abstand, Mira. Ich will mich nicht gekränkt fühlen, nur weil ihr Menschen wegen etwas unsicher seid und nachfragt. Meine eigenen Gefühle haben bei meinem Aufenthalt hier nichts zu tun.«

Das klang knallhart. Es war sein Verantwortungsbewusstsein, das ihn dazu drängte, das Richtige zu tun.

Ich nahm seine Hand und hielt sie fest. »Ich will diese Distanz aber nicht zwischen uns haben«, flüsterte ich kaum hörbar. Ich verlor ihn gerade, er entglitt mir. Das machte mir Angst.

»Mira, ich wünsche mir so sehr, dass du ganz normal leben kannst. Das verdienst du«, antwortete er und erwiderte das Händehalten für einen Moment. »Du sollst in der Schule Freundinnen finden, mit ihnen lachen, über Jungs ablästern. Und wenn du einen Jungen kennenlernst, der dir gefällt, sollst du auch deine erste Liebe erfahren dürfen. Wenn ich nicht auf der Erde bin, wird keine Leichtigkeit in dein Leben gelangen. Darum muss ich hier sein und in deiner Nähe bleiben, aber ich werde mich ab jetzt nicht mehr in dein Leben einmischen, damit du in deinen Entscheidungen völlig frei bist.« Er zog seine Hand aus meiner und zupfte einen Grashalm neben sich ab, den er gleich darauf in der Mitte knickte. »Irgendwann wirst du auch eine Familie gründen wollen. Ich will und werde dir all das ermöglichen, Mira.« Er blickte wieder in die Ferne.

Mein flacher Atem füllte kaum noch meine Lungen mit ausreichend Sauerstoff. Darum musste ich tief Luft holen. »Wie du willst, Lucien«, erwiderte ich knapp, obwohl ich etwas anderes sagen wollte. Meine erste Liebe saß schließlich direkt neben mir. Ich hätte ihn gern sanft berührt, aber er würde diese Intimität niemals wieder zulassen, er erwiderte diese Art der Zuneigung einfach nicht.

Das war mir nun noch klarer. Es bohrte sich wie ein scharfes Schwert in meinen Bauch. Die schneidende Klinge war deutlich zu spüren, ich hätte am liebsten losgeheult und mich unter meiner Bettdecke in Liebeskummer und mit Schokolade vergraben. Lucien war mir jedoch viel zu wichtig, um dem Schmerz jetzt so viel Raum zu geben.

Ich versuchte, meine wirren Gedanken zu sortieren. »Aber du holst mich morgens ab, um gemeinsam zur Schule zu fahren?«, fragte ich nüchtern. »Ich könnte auch mit Grace fahren, aber ich brauche wohl meinen Bodyguard dazu, um ohne Angst zur Schule zu kommen.«

Lucien sah mich wieder an. »Ja. Ich hole dich ab und bringe dich wieder zurück.«

Ich gab mir Mühe, in seinen Augen zu lesen, was er gerade fühlte. Aber sie waren so kühl. Fast schon abweisend und unergründlich. Ich spürte, wie ich immer trauriger wurde. Ein immenser Druck legte sich auf meine Brust, nicht mehr lange und die Traurigkeit würde mich zum Heulen bringen. »Wir sollten wieder zurück zu den anderen«, sagte ich und stand auf, denn ich wollte neben ihm meine Gefühle nicht zeigen. Ohne auf ihn zu warten, ging ich an den Bäumen vorbei und über die Wiese zum Haus. Hope rannte wie immer voraus, Lucien folgte mir, das hörte ich an den raschelnden Schritten im Gras hinter mir.

Grace hatte wieder einmal recht behalten. Nun hatte ich Klarheit. Aber diese Klarheit tat so verdammt weh. Die Distanz, die Lucien wollte, war nun endgültig zwischen uns entstanden. Sie fühlte sich an wie eine unüberwindbare Kluft, die unendlich tief nach unten reichte und niemals wieder geschlossen werden könnte.

Schulfahrtkumpels

Ich wartete einige Tage, ob er sich meldete, aber er tat es nicht. Darum schrieb ich ihm ein paarmal, löschte den Text aber immer wieder und legte dann das Smartphone weg, da ich jedes Mal heulen musste. Das gemeinsame Radfahren und auch alle anderen Aktivitäten waren komplett gestrichen …

Das Loch in meinem Herzen fühlte sich riesengroß an, meistens weinte ich mich abends in den Schlaf und ertappte mich dabei, wie meine Gedanken ständig um ihn kreisten. Ich erlebte gerade meinen allerersten richtigen Liebeskummer, weder Schokolade noch die Ablenkungsversuche von Grace konnten mir Linderung verschaffen. Ohne diese Abhängigkeit von Lucien wäre es irgendwann bestimmt leichter geworden. Sein funkelndes Herz war jedoch eine Tatsache, die uns auf ewig zusammenschweißte, obwohl er Distanz wollte. Es tat so unendlich weh, ich vermisste ihn so sehr … Das Schachspiel hatte ich in die hinterste Ecke meines Schrankes geschoben, selbst das Zauberbuch wollte ich nicht mehr ansehen. Ich verzichtete darauf, hineinzuschreiben, er hätte eh nicht geantwortet.

Wir hatten gerade einen wunderschönen Sommer … Zumindest vom Wetter her. Die letzten Tage des Julis verstrichen, selbst der August ging an mir vorüber, ohne dass ich irgendwelche Freude verspürte. Die Spaziergänge mit Hope waren der einzige Grund, warum ich das Haus verließ. Grace drängte mich nicht, Lucien anzurufen, sie wusste um meinen Kummer. Auch Martin, der in unseren wöchentlichen Gesprächen andauernd versuchte, mir die Schule schmackhaft zu machen. Er dachte, dass mich die Vorfreude auf die Schule von meinem Liebeskummer heilen könnte.

Das Gegenteil war der Fall, schließlich würde ich bald Lucien gegenüberstehen und da er mich nicht wollte, schmerzte es einfach nur.

Als Grace mit der Schuluniform nach Hause kam und ich sie anprobierte, freute ich mich nur kurz, dann musste ich bitterlich schluchzen. Ich konnte meiner Tante nicht genau erklären, warum, aber diese Liebe zu Lucien wuchs ins Unermessliche, anstatt durch den Abstand zu ihm abzuflachen. Ich sehnte mich so sehr nach ihm, dass ich kaum an etwas anderes denken konnte.

Sechs lange Wochen waren inzwischen vergangen, der Termin Anfang September rückte immer näher, denn in wenigen Tagen begann die Highschool. Dass ich irgendwann noch einmal auf eine echte Schule gehen konnte, hätte ich nie zu träumen gewagt. Nun auch noch auf die Shadylight Academy gehen zu dürfen, war die absolute Krönung in meinem bisherigen Lebenslauf.

Leider verdunkelte die penetrante kummervolle Gewitterwolke über mir dieses Highlight mehr und mehr. Ich fühlte mich schrecklich, als ich Lucien schreiben musste, da ich ohne ihn ja keinen Schritt von unserem Grundstück heruntergehen konnte. Ich hatte so große Angst, ihn wiederzusehen, da ich nicht wusste, wie es sein würde. Bei unserem letzten Kontakt war er so kühl und unnahbar gewesen, dass ich immer noch nicht darüber hinweg war.

Meine Nachricht an ihn fiel daher knapp aus: *Montag ist Schulbeginn, bitte sei pünktlich.* Erst als ich es gesendet hatte, bemerkte ich, wie kaltherzig und komisch das klang, also schickte ich noch ein paar fröhliche Smileys hinterher.

Freu mich schon, schrieb er zurück.

Das klang zumindest nicht angepisst. Ich hatte ja keine Ahnung, wie er sich gerade fühlte.

Ich mich auch, antwortete ich noch, bevor ich das Smartphone zur Seite legte.

Die Situation war zermürbend … Ich wollte ihn unbedingt sehen, da ich ihn vermisste, aber weil er mich nicht haben wollte, musste ich den Kontakt auf das Nötigste beschränken.

Das Frühstück an meinem ersten Schultag verlief still. Ich würgte ein paar Flakes hinunter und versuchte, nicht daran zu denken, dass ich bald fast zwanzig Minuten im Auto neben Lucien sitzen musste.

Mein karierter grüner Rock und die weiße Bluse waren schön glattgebügelt. Grace erinnerte mich daran, den Schülerausweis stets in der Jacke oder in der kleinen eingenähten Tasche meines Rocks mitzuführen. Darauf waren nicht nur Name und Alter eingetragen, sondern auch Klasse und Klassenlehrer, die wichtigsten Nummern und Regeln standen hinten drauf. Auch das Schulemblem befand sich auf der Karte, ebenso wie auf der Jacke. Es bestand aus einem Kreis, in dem Sonne und Mond verschlungen dargestellt wurden.

»Aufgeregt?« Grace lächelte mich an.

»Sicher«, nuschelte ich und kontrollierte bereits zum x-ten Mal meinen Rucksack. »Mr. Hobbs ist mein Klassenlehrer, Mrs. Parker die Vertrauenslehrerin, ich muss zuerst meine Bücher abholen und mein Schließfach finden und das Wichtigste: Im Gang ist Laufen verboten, auch wenn ich es eilig habe und deswegen zu spät in die Klasse komme«, ratterte ich wie ein Maschinengewehr herunter.

Sie kicherte. »Du bist aber gut vorbereitet.«

Ich sah sie an. Das war nicht ihr Ernst? »Also echt! Ich war mit acht Jahren das letzte Mal in einer normalen Schule«, stellte ich klar. »Ich bin mehr als überreif für eine Klasse voller pubertierender, hormongesteuerter Teenies.«

Grace musste auflachen. »Dann bist du auf der Shadylight bestens aufgehoben.«

»Vergiss nicht, dass du mich nicht kennst«, erinnerte ich sie. »Wenn die erfahren, dass wir verwandt sind, dann werde ich so schnell keine Freunde finden.«

»Oder schneller, wer weiß«, meinte sie leichthin.

Es klingelte. Das Geräusch ließ mich zusammenzucken.

»Benimm dich einfach ganz normal«, flüsterte Grace und ging zur Tür.

Ich rollte mit den Augen. Nichts anderes hatte ich vorgehabt! Ich schulterte meinen Rucksack und ging hinaus. Lucien stand auf der Veranda, eine Hand locker in der Hosentasche, die Krawatte perfekt gebunden, seine Haare waren noch perfekter als sonst und das Gesicht sah natürlich einfach umwerfend aus. Ebenso sein Blick. Und als ich diese dunkelbraunen Augen und sein Lächeln sah, fuhr mir sofort eine unangenehme Hitze in den Bauch.

Ich schluckte das Gefühl von Verliebtheit hinunter und ging an ihm vorbei. »Wir sollten los, ich will nicht zu spät kommen.« Rasch setzte ich mich in seinen schwarzen Volvo und stellte den Rucksack auf meinen Schoß.

»Willst du ihn nicht auf die Rückbank legen?«, schlug er vor, als er einstieg.

»Nein, will ich nicht«, sagte ich nur. Ich brauchte den Rucksack, so hatte ich etwas zum Festhalten und meine Hände lagen nicht sinnlos auf meinem Schoß herum. Ich winkte Grace zum Abschied, als wir losfuhren.

Fünfzehn Minuten lang schwiegen wir.

»Wird das jetzt immer so laufen?«, fragte er schließlich.

»Wie?«

»Na, dass du mich so eiskalt ignorierst«, verdeutlichte er. »Ich wollte Distanz und keine Frostbeule neben mir.« Er ließ es scherzhaft klingen und warf mir einen warmen Blick zu.

»Es tut mir leid, aber ich weiß echt nicht, wie ich damit umgehen soll«, erwiderte ich zerknirscht. »Du wolltest, dass wir keine Freunde sind. Aber ich weiß nicht, was wir dann sind.«

»Ich will schon, dass wir Freunde sind«, stellte er klar. »Mit Distanz eben. Du sollst dich unbeeinflusst und frei fühlen.«

Ich schnalzte laut mit der Zunge. »Wenn du mir sagst, wie ich mich zu fühlen habe, dann ist das sehr wohl eine Beeinflussung.«

Er schwieg kurz und dachte darüber nach. »Entschuldige, ich hab's total verbockt. So meinte ich es nicht.«

»Wie dann?«, zischte ich leise. »Distanz, keine Distanz? Freunde, keine Freunde? Bodyguard oder Fahrdienst mit höflichen, distanzierten Zusatzleistungen? Was willst du?«

Lucien lachte leise. »Ich nehme den lockeren Freund. Geht das denn noch?« Er nahm den Blick von der Fahrbahn, sah mich an, hob fragend eine Augenbraue und wartete auf meine Antwort.

Ich aber guckte sofort aus dem Fenster und tat, als sähe ich dort etwas Interessantes. Denn neben mir saß Mister Perfekt und das Parfum, das er heute wieder trug, verführte mich eher dazu, eng an seinem Hals zu schnuppern, als dass es mich auf Abstand hielt.

»Wir sind also Schulfahrtkumpels«, antwortete ich schließlich. Prima. Genau das, was ich wollte.

»Nein, keine Schulfahrtkumpels.« Er stöhnte genervt und schaute wieder nach vorn. »Ich weiß ja auch nicht, was wir sind, Mira.«

Ich stöhnte ebenfalls genervt. »Dann halt die Klappe und hör endlich auf, es definieren zu wollen.« Ich machte eine Pause. »Du bist für die Mitschüler ab nun mein Cousin, das ist alles, was wir definieren.«

Er verengte kurz die Augen und nickte leicht. »Okay.«

»Okay«, wiederholte ich laut und hoffte, die Sache wäre damit geklärt. Meinen Blick richtete ich nach vorn. »Ist sie das?«

Das musste sie sein! Der Gebäudekomplex, der sich gerade vor uns auftat, war riesig. Ein Teil bestand aus der Schule, der andere aus dem Wohnheim für Schüler, die von außerhalb kamen.

»Den pickeligen Teenies nach zu urteilen ist sie das.«

»Mach dich nicht lustig über sie, nur weil du reine Haut hast«, beschwerte ich mich. »Deine Pubertät liegt schließlich ein paar tausend Jahre zurück.«

»Jetzt, wo du es so aussprichst, klingt es fast, als wäre ich alt.«

»Ein Greis, Lucien, ein Greis.« Ich musste kichern. »Fahr rechts ran, ich will nicht, dass man mich mit einem alten Sack sieht.«

Er guckte total böse, was mich augenblicklich laut loslachen ließ. Mich über ihn lustig zu machen, fand ich leichter, als darüber nachzudenken, wie gern ich diesen sinnlichen Mund und diese außerordentlichen Brustmuskeln erkundet hätte.

»Dann bin ich wohl eher dein Onkel und nicht dein Cousin«, merkte er an. »Ich habe mit dir Prinzessinnen-Teeparty gespielt, als du noch auf das Töpfchen gingst.«

Jetzt guckte ich bitterböse zu ihm. »Sag bloß, du hast mich auf dem Töpfchen gesehen?«

Er lachte herzhaft und nickte. »Und immer am Abend musstest du die Bauklötze aufräumen, ich habe dich sozusagen erzogen.«

Meine Wangen wurden rot. »Ich hasse dich«, grummelte ich. »Das ist echt peinlich, weißt du das?«

Lucien fuhr den Volvo auf einen freien Parkplatz. »Damals fandest du es toll, wenn ich dir die Windel gewechselt habe und mit Brownies und Schokolade zu dir gekommen bin.«

Er stellte den Wagen ab und grinste mir frech ins Gesicht.

»Da wusstest du noch nichts von meiner schokoladenfreien Diät.«

Sein breites Grinsen verebbte und wurde zu einem sanften Schmunzeln. »So gefällt es mir viel besser zwischen uns. Ich habe deine Stänkereien sehr vermisst, Mira Blueberry.«

»Die kannst du tonnenweise haben«, erwiderte ich, fasste an den Türgriff, stieg aber noch nicht aus.

Er sah mir nämlich immer noch in die Augen, öffnete leicht den Mund und wollte etwas sagen, aber er verwarf es kopfschüttelnd wieder. »Bereit für deinen ersten Schultag?«

Ich überlegte, was er ursprünglich sagen wollte.

»Überreif«, antwortete ich, zog am Riegel und schubste die Tür auf.

Als ich ausstieg, verharrte ich einen Moment und ließ meinen Blick über die ansehnlichen Gebäude schweifen. Das mehrstöckige Wohnheim hatte die gleiche helle Fassade wie die Schule, aber nur vor dieser stand das riesengroße Sonne-Mond-Zeichen aus gemeißeltem Stein mit Glitzerteilchen. Die Shadylight machte sofort mächtig Eindruck auf mich. Es war nun mal eine Privatschule und ich war total aufgeregt, endlich hier zu sein, anstatt allein vor dem Laptop zu versauern.

Ich schmiss die Autotür zu und schob den Rucksackriemen über meine Schulter. Wir gingen vom Parkplatz auf den hell gepflasterten Gehweg. Das Gras neben uns war penibel genau geschnitten. Kein Unkraut wuchs zwischen den perfekten

Grashalmen des englischen Rasens empor. Der Hausmeister hatte hier wohl viel zu tun.

Am besten gefiel mir, dass viele riesige Bäume und Büsche auf dem Gelände wuchsen, einige Blumenrabatten lockerten das Bild mit bunten Farbtupfern auf. Man hatte zwischen den Blumen getöpferte Kugeln und bunte Stelen platziert. Ob die alle von Tante Grace stammten?

Einigen Schülern war der perfekte Rasen offensichtlich egal, sie liefen einfach quer über die kurze Wiese. Ich sah, dass sich bereits Gruppen gebildet hatten. Die Unterschiede zwischen den Schülern, was Alter und Interessen anging, waren für mich schnell auszumachen. Ein paar Pärchen knutschten bereits am Morgen hinter den großen Bäumen herum.

Ein Stimmengewirr von unzähligen Schülern tönte direkt vom Eingang herüber, wo sich die meisten tummelten.

»Na, hoffentlich geht das mal gut«, flüsterte ich.

»Ich sorge für dein Überleben«, erwiderte Lucien ernst.

Hatte ich schon wieder unabsichtlich an seinem Ego gekratzt? »An das habe ich gerade nicht gedacht«, berichtigte ich. »Ich meinte die Mitschüler.«

»Ach so.« Er entspannte sich wieder. »Na, ob ich dich vor denen retten kann, ist fraglich.«

»Eher nicht«, bemerkte ich leise, denn gerade gingen drei Mädchen an uns vorbei, eine davon rempelte mich an. Unabsichtlich, aber sie sah mich nur an und lief weiter, ohne sich zu entschuldigen. Ich bewunderte kurz ihre schönen Haare, sie waren fast schwarz, schulterlang und hatten einen seidigen Schimmer. Meine waren nur langweilig dunkelblond.

Lucien kam etwas näher. »Du weißt, wo wir hinmüssen?«

»Na, in die Verwaltung? Ins Sekretariat? Wir müssen den Stundenplan und die Bücher abholen.«

»Dann geht's dort entlang.« Er zeigte auf ein etwas vorstehendes Gebäude mit der Aufschrift: *Verwaltung.*

Wir gingen durch die Glastür, ein muffiger Geruch strömte uns entgegen. Wie lange hatten die hier nicht mehr gelüftet? Oder waren das die vielen Schüler, die entlang des Flures bereits eine Warteschlange gebildet hatten? War ja auch egal. Wir reihten uns in die Schlange, die durch zwei schnell arbeitende Damen zum Glück zügig voranschritt. Vor uns standen hauptsächlich jüngere Schüler, die ebenfalls zum ersten Mal hier waren.

Lucien stand schweigend neben mir. Irgendwie kam er mir heute größer vor als sonst. War ich geschrumpft? Ich richtete meine Wirbelsäule gerade, indem ich meinen Rücken streckte, aber das kleine Stück brachte auch nicht viel. Ich betrachtete ihn heimlich von der Seite, dann fiel mir auf, warum er größer auf mich wirkte. Das war eindeutig die Distanz zwischen uns. Er wirkte fast unnahbar. Und das tat mir leid …

»Was hast du die letzten Tage gemacht?«, fragte ich.

Er sah mich an. »Mich ständig geärgert, dass ich so überreagiert habe.«

Das kam jetzt überraschend. »Du hättest dich ja melden können.«

»Du auch.«

Na toll. »Ich war ein paarmal knapp davor.«

»Ich auch.« Er lächelte, sein Blick war warm.

Obwohl sich diese Wärme gut anfühlte, schaute ich weg. Denn der Schmetterlingsschwarm in meinem Bauch flatterte in seiner Nähe aufgeregt herum. Ich sehnte mich nach einem Insektizid, um ihn auszurotten.

Wir rückten wieder auf. Es waren nur noch wenige vor uns, bald würden wir dran sein.

»Ich bin nervös«, gestand ich ihm. »Am liebsten würde ich die Zeit auf nächste Woche vordrehen.«

»Und den ersten Auftritt in der Klasse verpassen?«

Ich beugte mich näher zu ihm. »Du musst vor mir in die Klasse, dann gucken sie mich nicht an, weil sie von dir begeistert sind, und ich kann mir schnell einen Sitzplatz aussuchen.«

Er lächelte breit, kam aber nicht mehr zum Antworten, denn eine der beiden Frauen hatte nun für uns Zeit.

»Ausweis?«, fragte die grauhaarige Dame hinter dem Empfangstresen.

Ich wühlte sofort in meiner kleinen Tasche am Rock und gab ihn ihr. Lucien hatte seinen schon griffbereit. Sie las unsere

Daten ab, dann kramte sie sich durch einen Stapel Akten, bis sie die passenden Unterlagen gefunden hatte. Sie gab uns einen Stundenplan und die Nummern der Klassenräume, dann packte sie für uns beide ein paar Bücher aus einer Kiste zusammen und reichte sie uns. Ich verstaute mein Zeug sofort in meinem Rucksack.

Danach zupfte die Dame von vier verschiedenen Ablagen Zettel heraus. An den eingeübten Bewegungen erkannte ich schnell, dass sie heute nichts anderes tun würde. Ihre Kollegin war genauso schnell.

»Habt ihr euch schon mit dem Schulgelände vertraut gemacht?«, fragte sie, ohne aufzublicken.

»Nein«, antwortete ich ehrlich.

Sie griff nach zwei Plänen des Schulgeländes und legte auch die ausgesuchten Zettel auf den Tresen. Mit dem Zeigefinger tippte sie auf einen davon. »Da müsst ihr eure gewählten Aktivitäten eintragen. Bitte vollständig ausfüllen und bis Ende der Woche hier abgeben.«

»Welche Aktivitäten?«, fragte ich stutzig.

»Jeder muss sich für drei Aktivitäten einschreiben«, erklärte sie im Eiltempo. »Steht alles auf den Zetteln. Am besten, ihr beeilt euch damit, manche Gruppen haben eine maximale Teilnehmerzahl. Die meisten geben die Formulare deswegen schon heute ab.«

»Danke«, sagte Lucien noch schnell, denn der Nächste kam dran und drängelte schon.

Während wir an der Schlange vorbeigingen und in Richtung Ausgang steuerten, warf ich einen Blick auf die Kategorien auf dem Zettel. »Sport. Umwelt. Musik.« Ich stöhnte.

»Dann hätten wir ja schon die drei Aktivitäten«, sagte Lucien trocken.

»Sport?« Meine Fitness war unterdurchschnittlich. Ich schüttelte den Kopf. »Musik? Ich kann doch nicht singen!« Ich schubste die Glastür auf und freute mich über die frische Luft hier draußen. Wir gingen ein paar Schritte, dann blieben wir an der Seite stehen.

Lucien las den Zettel im Eiltempo. »Tja, dann bleibt ja nur Umwelt«, kommentierte er, drehte das Papier um. »Ah … da sind ja noch mehr. Theater, Debattierclub, Schach …«

»Ja, dann Schach. Mit Nerds in einer Gruppe. Toll.«

»Warum wertest du es ab? Du spielst doch gerne?«

»Streber spielen Schach. Die freuen sich bestimmt, wenn du dich zu ihnen gesellst.«

An seinem Gesichtsausdruck konnte ich ablesen, dass er meine blöde Bemerkung nicht verstand. Klar, Schach war für ihn ein Königsspiel.

»Du suchst die Aktivitäten aus, Mira«, sagte er ruhig. »Wenn der Schachclub sich für dich nicht gut anfühlt, dann gehen wir auch nicht dorthin.«

Das wollte ich aber nicht. »Am besten, wir setzen uns heute Mittag zusammen und wählen in aller Ruhe gemeinsam, okay? Damit für jeden von uns was dabei ist.«

»Wie du willst.« Er faltete den Zettel in der Mitte.

»Das ist für uns beide das erste Schuljahr«, verdeutlichte ich. »Wir finden etwas, was uns beiden zusagt.« Was anderes kam für mich nicht infrage. »Und hör bitte damit auf, mir alles recht machen zu wollen.«

Er erwiderte nichts darauf. Musste er auch gar nicht, denn ich hörte seinen stillen Satz auch so: *Darum bin ich hier, Mira.*

Ich stöhnte innerlich laut auf. Das konnte ja noch heiter werden … Eilig überflog ich die anderen Zettel.

Auf einem standen die Schließfachnummer, die Geheimkombination und ein paar Regeln, was mit ins Schließfach durfte und was nicht … Kein Alkohol. Keine Drogen. War klar.

»Dann mal auf ins Getümmel.« Wir behielten die Zettel in der Hand, während wir zum Hauptgebäude gingen. Womöglich brauchten wir sie noch.

Die breite Eingangstür stand weit offen. Wir mussten ein paar Stufen nach oben, schon waren wir da. Drinnen war es genauso perfekt wie draußen. Die Fußböden waren auf Hochglanz poliert und grelle Lampen leuchteten von der Decke. Direkt nach dem Eingang reihten sich zu beiden Seiten protzige Vitrinen aneinander. Hell beleuchtete Pokale, Fotos der Siegergruppen,

Medaillen. Die Vitrinen waren riesig und ebenso die Vielzahl der Ehrungen.

Der Ruf der exklusiven Privatschule war überall präsent.

Lucien und ich waren wirklich rechtzeitig hier, bis zum Beginn des Unterrichts blieb noch etwas Zeit und dennoch herrschte bei einigen Schülern schon pure Hektik. Das waren eindeutig die Streberschüler. Die erkannte ich sofort an ihrem steifen Gang und der überaus korrekt sitzenden Kleidung.

Scheiße, war ich aufgeregt. Diese Hierarchien kannte ich bisher nur aus Filmen. Ich ließ meinen Blick umherschweifen und betrachtete die Unterschiede der Schüler.

Zwei Dinge fielen mir sofort auf: Die angesagten Mädchen trugen die Röcke etwas kürzer und die Blusen nicht komplett bis zum Hals geschlossen.

Meine Finger wanderten während des Gehens unauffällig zu meiner Bluse. Ich knöpfte beiläufig weitere Knöpfe am Hals auf. Der Rock würde aber nicht kürzer werden, so viel stand fest. Tante Grace würde es sofort bemängeln, außerdem ging er mir eh nur bis zu den Knien.

»Da entlang.« Lucien steuerte nach rechts, ich folgte ihm nahtlos.

Es tummelten sich so viele Schüler in den Gängen, dass ich einen Kloß im Hals bekam. So viele junge Menschen auf einem Haufen … Ich bekam den Drang, Lucien zu fragen, ob ich bereits dieses Flimmern gehabt hatte. Mit Mühe schob ich den Drang beiseite, da ich ihn nicht wieder unabsichtlich kränken wollte.

»Bleib ja bei mir«, merkte ich stattdessen an. »Sonst gehe ich womöglich noch verloren.«

Er lächelte nur schmal. Natürlich würde ich in seiner Obhut nicht verloren gehen.

Da Lucien die ganzen Zettel ebenso wie ich in der Hand hielt, erhaschte ich einen Blick auf seinen Ausweis. Dort stand sein Alter … Verdammt! Wir hatten zuvor nicht besprochen, wie er sich auf die Shadylight vorbereitet hatte. Half ihm Grace vielleicht dabei? Durch meinen Kummer hatte ich total vergessen, nachzufragen.

»Du bist ja achtzehn auf dem Ausweis?«

»Celia hatte unsere Dokumente und Pässe einfach so angelegt«, sagte er schulterzuckend.

Ich musste schlucken. »Dann bist du ja eine Klasse über mir?«

»Nein«, beruhigte er mich. »Durch das ständige Umziehen und viele Fehlstunden beginne ich eine Klasse unter meiner eigentlichen Schulstufe. Du hast mich also die nächsten zwei Jahre an der Backe.«

»Sehr toll«, murmelte ich undankbar.

»Und danach studieren wir zusammen an einem College deiner Wahl.«

»Wow«, hauchte ich. »Du hast ja schon Zukunftspläne für mich geschmiedet.«

»Du willst nicht aufs College?«

»Doch.« Ich schluckte wieder. »Vergiss es einfach«, winkte ich ab. »Lass uns die Schränke und die Klasse finden.«

Lucien sagte nichts mehr dazu. Wahrscheinlich war er abgelenkt von den zwei Mädchen, die ihn gerade abcheckten. Es war total deprimierend. Lucien fiel einfach auf. Ich marschierte mit dem wohl am besten aussehenden Jungen der ganzen Schule durch die Flure, um unsere Schließfächer zu suchen. Dabei bildete ich mir ein, dass die Schülerinnen nur ihn anhimmelten und mich höchstens kritisch beäugten.

Etwas neidisch war ich schon. Andere durften ihn anhimmeln, ich musste meine Gefühle verbergen, weil er mich nicht haben wollte. Meine Finger krallten sich wie von selbst in den Rucksackriemen, mein Selbstwertgefühl sank dem absoluten Nullpunkt entgegen.

»Na, da sind sie doch.« Lucien machte eine lockere Drehbewegung zu den Schließfächern und lächelte siegessicher.

Ich war noch mit meinem verminderten Selbstwert beschäftigt.

»Habe ich dir schon gesagt, wie gut dir die Schuluniform steht?«, fragte er und drehte am Zahlenschloss.

Bitte was? Ich sah ihn total erschrocken an. »Hast du meine Gedanken gelesen?«

»Oh Gott, nein.« Er schüttelte den Kopf. »Warum sollte ich so was tun?«

Ich blies die Luft nach oben aus. »Weil ich mich gerade hässlich gefühlt habe.«

Seine Miene wurde total ernst. »Mira Blueberry, du bist alles andere als hässlich.« Er schob die Bücher in das Schließfach. »Wie kommst du bloß auf so was?« Er schüttelte den Kopf.

Ich blieb ihm eine Antwort schuldig und grummelte leise vor mich hin. Wenigstens ging mein Schließfach ohne Probleme auf. Die schweren Bücher fanden darin Platz, nun konnten wir die Klasse suchen. Ich wollte gerade weitergehen, aber Lucien hinderte mich daran, indem er mir mit seinem ausgestreckten Arm den Weg versperrte.

»Also, wie kommst du darauf?«

Ich entschied mich, einfach ehrlich zu sein. »Neben dir fühle ich mich wie ein hässliches Entlein«, flüsterte ich.

Er schmunzelte. »Du weißt, dass du in Wahrheit ein wunderschöner Schwan bist?«

Argh! Ich schaute bitterböse. »Ich kann nichts dafür, dass ich so empfinde.«

»Das ist ein Trugschluss.« Mein Blick war ihm offensichtlich egal, stattdessen sah er mir so tief in die Augen, dass mir schwindelig wurde. »Jemand hat schon ein Auge auf dich geworfen, aber du hast ihn einfach ignoriert.«

Bitte was? Obwohl ich vor Neugierde fast platzte und sofort wissen wollte, wen er meinte, musste ich zunächst etwas klarstellen.

»Deswegen bin ich nicht hier.« Das klang unehrlich. Er durchschaute mich sofort. »Doch, schon«, korrigierte ich hastig. »Auch … vielleicht … Ach, nerv mich nicht.«

»Ist doch nicht schlimm«, sagte er locker. »Jeder guckt sich am ersten Schultag um.«

Ich duckte mich, damit ich unter seinem Arm hindurchhuschen konnte. »Wir müssen in die Klasse. Ich will nicht vorne sitzen.« Nun war ich wütend auf mich selbst. Meinen allerersten Schultag wollte ich echt nicht so unzufrieden beginnen.

Es dauerte nicht lange, da hatte Lucien aufgeholt und ging wieder neben mir. Wir kamen an einem knutschenden Pärchen vorbei, da wurde mir wieder bewusst, warum ich heute so unzufrieden war. Verstohlen schaute ich zu Lucien, er bemerkte es zum Glück nicht.

Unser Klassenraum war nur noch wenige Schritte entfernt.

»Wir sitzen besser nicht nebeneinander«, flüsterte er mir zu, ehe wir den Raum betraten.

Er wollte mir damit Freiraum geben, allerdings versetzte es mir einen heftigen Stich. Mein Hals wurde schlagartig rau, ich schluckte die Antwort darauf hinunter und nickte nur. Natürlich wollte ich lieber neben ihm sitzen, er gab mir Halt und in seiner Nähe fühlte ich mich wohl. Aber er hatte recht, es war besser, wenn wir nicht aufeinander klebten.

Wir gingen hinein. Etwa die Hälfte aller Plätze war bereits besetzt, entweder saß dort schon jemand, oder Bücher lagen als eindeutiges Signal auf dem Tisch. Ich marschierte zielstrebig nach hinten und hockte mich auf einen freien Fensterplatz in der vorletzten Reihe. Lucien platzierte sich ganz in die letzte Reihe zwei Bänke seitlich von mir. Dort saß bereits ein Junge mit langem braunem Haar, sie wechselten ein paar Worte, schon waren sie Banknachbarn.

Ich nahm mir vor, nicht mehr nach hinten zu gucken. Stattdessen betrachtete ich das große Klassenzimmer und war froh, bereits zu sitzen und keinen peinlichen Sonderauftritt vor der vollen Klasse hinlegen zu müssen. Ich wäre bestimmt gestolpert oder was anderes Blödes, denn ich war einfach zu nervös.

Der Klassenlehrer war noch nicht anwesend und die Bänke füllten sich stetig, es war genauso lebhaft, wie ich es mir immer vorgestellt hatte. Die meisten kannten sich bereits gut, einige alberten herum oder erzählten sich von ihrem Sommer.

Ein Mädchen mit langen dunklen Haaren kam gerade zur Tür herein, blickte sich um und redete mit zwei anderen Mädchen. Die drei kicherten und plauderten vertraut miteinander. Ganz kurz war ich neidisch auf sie, ich hätte auch gern jemanden zum Reden gehabt.

Die mit den dunklen Haaren bemerkte, dass ich sie ansah, und deutete mit dem Finger auf den leeren Platz neben mir. Rasch kam sie zu mir herüber.

»Noch frei?« Sie wartete meine Antwort nicht ab, sondern setzte sich gleich. »Puh, über den Sitzplatz bin ich froh. Hatte schon Angst, ich müsste ganz vorne sitzen.« Sie lächelte total fröhlich und schmiss die langen dunkelbraunen Haare über die Schulter. »Hi, ich bin Dottie.«

»Miracle.« Ich erwiderte ihr Lächeln. Es war ansteckend, sie war mir auf Anhieb sympathisch.

»Bist du etwa die Tochter der sexy Kunstlehrerin Miss Blue?«, riet sie.

»Ähm?« Ich war total perplex.

Dottie kicherte. »Jérôme steht total auf Miss Blue, aber verrate ihm nicht, dass ich es dir gesagt habe.« Sie schob ihre Tasche unter den Tisch.

»Keine Ahnung, wer Jérôme ist.«

»Der große schwarze Kerl mit den kurzen Haaren.« Sie zeigte auf die Reihe neben der Tür, aber dort saßen zwei Jungs mit derselben Kurzhaarfrisur und dunkler Hautfarbe. »Er sieht verdammt gut aus, findest du nicht?«

»Welcher ist es denn?«

»Na, der megaheiße Typ mit dem grünen Rucksack.«

Also der linke. Er hatte uns den Rücken zugewandt, daher konnte ich nicht beurteilen, wie er von vorn aussah. Von hinten jedenfalls nicht schlecht. Sein Rücken war breit und die sehnigen Arme verrieten, dass er viel Sport trieb.

Ich widmete mich wieder meiner Banknachbarin. »Miss Blue ist meine Tante, nicht meine Mom«, stellte ich richtig.

Sie öffnete erstaunt ihren Mund. »Du siehst ihr so ähnlich, da dachte ich eben, du wärst bestimmt ihre Tochter.«

Verdammt. Ich sank etwas tiefer in den Stuhl und hoffte, dass sonst keiner die Ähnlichkeit feststellte. Meine kurze Hoffnung wurde leider schnell zunichtegemacht.

»Jérôme, guck mal!«, rief Dottie quer durch die Klasse zu ihm hinüber. Er drehte sich sofort zu uns um. Ich musste ihr tatsächlich recht geben, er sah wirklich gut aus. »Das ist die Nichte von Miss Blue!«, platzte es laut aus ihr heraus.

Fast alle in der Klasse drehten den Kopf in meine Richtung. Sofort wurde getuschelt.

»Musste das sein?«, flüsterte ich ihr zu, denn das war mir gerade megapeinlich.

Jérôme stand auf und kam zu uns, sein Kumpel folgte ihm. »Wow«, gab er übertrieben langgezogen und bewundernd von sich. »Die junge Version von Miss Sexy. Haben wir im Lotto gewonnen?« Er lehnte sich an den Tisch, sein Kumpel blieb daneben stehen und musterte mich. Es gesellten sich noch andere dazu.

»Wo hatte sie dich denn versteckt?«, fragte sein Kumpel.

Ich versuchte, locker zu bleiben. »Wer fragt das?«

Alle lachten darüber.

»Ja, wo ist dein Benehmen, Clayton?« Jérôme schlug ihm mit dem Handrücken auf die Brust und grinste dabei.

Dottie lehnte sich zu mir. »Darf ich vorstellen: Jérôme, Wichtigtuer Nummer eins, und Clayton, Wichtigtuer Nummer zwei.«

»Die kann ich mir bestimmt nicht merken«, erwiderte ich frech.

»Mich vergisst man nicht so schnell«, kommentierte Jérôme hochmütig und erntete dafür einige zustimmende Gesten und Zurufe.

Der Lehrer kam in den Raum. »Guten Morgen!«, hallte es zu uns herüber.

»Wir verschieben das auf später.« Jérôme zwinkerte mir selbstgefällig zu und machte sich wie die anderen wieder auf den Weg zu seinem Platz.

»Da jeder nun einen eigenen Stuhl gefunden hat, können wir ja mit dem Unterricht beginnen«, sagte der Lehrer laut und wartete einen Moment, denn noch immer herrschte unruhiges Gemurmel im Raum. Ich musterte ihn schnell. Er war mittleren Alters, seine braunen Haare waren an den Schläfen bereits ergraut, sonst wirkte er total junggeblieben.

Er schrieb seinen Namen an die Tafel. *Mr. Hobbs.* »Damit auch alle wieder wissen, wer ich bin«, kommentierte er und ließ es witzig klingen. »Wie euch bereits aufgefallen ist: Es gibt ein paar neue Schüler.«

Natürlich drehten jetzt alle die Köpfe und guckten herum. Ich versuchte, mich nicht zu bewegen. Peinlicher ging es ja wohl nicht mehr.

»Oh. Mein. Gott«, hauchte Dottie neben mir.

Ich hatte unrecht. Es ging noch peinlicher.

»Hast du den megascharfen Typen dort hinten gesehen?«, flüsterte sie aufgeregt.

Klar, Dottie, bin mit ihm hergekommen … Und da er gut hören konnte, hatte er jedes Wort mitbekommen. »Der megascharfe Typ heißt Lucien«, flüsterte ich, wohl wissend, dass er gerade zu uns herüberguckte, weil er auch mein Flüstern gut hören konnte.

»Du kennst ihn?« Sie winkte in seine Richtung.

»Ja.«

»Oh mein Gott«, hauchte sie wieder und setzte sich ordentlich hin. »Du musst mich ihm unbedingt vorstellen.«

»Klar.« Wollte ich nicht. Vor allem nicht, weil sie ihn scharf fand. Und wenn ich ihn nicht haben konnte, durfte ihn keine haben. Ich stöhnte innerlich, als ich den dämlichen Gedanken zu Ende gedacht hatte …

Der Lehrer ging zu seinem Tisch und griff nach einem Blatt Papier.

»Willkommen, Alicia Summer, Miracle Blueberry und Lucien Muertoni«, las er ab. »Drei neue Schüler fehlen noch. Sie kommen morgen zu uns«, erklärte er. »Da vier aus eurem Jahrgang die letzten Prüfungen nicht bestanden haben und das Jahr an einer öffentlichen Schule wiederholen müssen, erweitert sich die Gesamtzahl der Schüler dieser Klasse insgesamt nur um zwei. Wir sind dieses Jahr dennoch eine große Klasse von nun fünfundzwanzig Schülern in den Hauptfächern, ich bitte euch daher um Disziplin und Ruhe während des Unterrichts, wir sind ja hier, um zu lernen. Wir verzichten auf eine Vorstellungsrunde, vermutlich habt ihr euch schon selbst bekannt gemacht, und wenn nicht, holt es bitte in der Pause nach. Nehmt die Neuen bitte anstandslos in die Klasse auf, erinnert euch an den Verhaltenscodex.« Mr. Hobbs legte das Papier wieder auf den Tisch. »Ich lege euch allen nahe, eure Aufmerksamkeit dieses Jahr einzig auf den Schulstoff zu richten, nicht auf Partys. Wie schnell man von der Academy fliegen kann, seht ihr an den vieren, die durch ihr wiederholtes Fehlverhalten nun auf eine andere Schule gehen müssen.«

Während Mr. Hobbs redete, guckte ich mich um und überlegte, wo diese Alicia Summer saß. Da sie auch neu war, hatten wir schon eine Gemeinsamkeit. War es die Blonde mit dem Pferdeschwanz? Sie hatte zuvor mit keinem geredet und beim Betreten der Klasse ein wenig schüchtern gewirkt.

Der Klassenlehrer begann damit, Zettel auszuteilen. Die nächste halbe Stunde gingen wir den Stundenplan durch, er erklärte ausführlich die Hausregeln, obwohl die jeder schon vorab bekommen hatte, und nahm sich viel Zeit, uns zu verdeutlichen, wie wichtig es sei, dass wir von Anfang an die Nase in die Bücher steckten. Dann fing er endlich mit dem Englischunterricht an.

Als die schrille Glocke nach zwei Stunden läutete, war ich froh über die anschließende kurze Pause.

Ich warf einen Blick auf den Stundenplan. Mathe. Störte mich nicht, darin war ich gut.

»Wir sollten zusammen rübergehen«, sagte Dottie und stieß mich neckisch mit dem Ellbogen an, während ich aufstand. Sie schaute dabei zu Lucien, der sich gerade mit seinem Banknachbarn mit den langen Haaren unterhielt.

»Hi, ich bin Alicia Summer«, ertönte im selben Moment eine freundliche Stimme hinter mir.

Ich drehte den Kopf. Es war tatsächlich die Blonde mit dem Pferdeschwanz.

»Hi, ich bin Miracle.«

»Kann ich mich bei dir dranhängen?«, fragte sie leise und wirkte etwas schüchtern.

»Ja sicher, sehr gerne.« Darüber war ich echt froh. Da Dottie auf Lucien abfuhr, wäre ich bestimmt bald das fünfte Rad am

Wagen gewesen. »Wohnst du im Wohnheim oder bist du aus Sunville?«, fragte ich neugierig.

»Aus Sunville«, antwortete Alicia. »Wir sind vor ein paar Wochen hergezogen.«

Dottie kramte noch in ihrer Tasche, wir gingen schon mal Richtung Tür.

»Wir leben seit letztem Herbst hier«, erwiderte ich und blieb vor der offenen Tür stehen, um auf Lucien und Dottie zu warten.

Alicia atmete hörbar aus. »Was bin ich froh, nicht die einzig Neue zu sein. Ich kenne noch gar keinen in Sunville.«

»Da geht es uns beiden ja ähnlich.«

Dottie kam schnell zu uns, sie hatte es plötzlich eilig. Lucien schlenderte gerade langsam den Gang entlang, er plauderte immer noch mit seinem Banknachbarn.

»Hat er eine Freundin?«, fragte mich Dottie flüsternd.

»Nein.« Als ich es aussprach, begannen ihre Ohren regelrecht zu leuchten.

Lucien kam endlich auch zu uns.

»Bis später«, sagte sein Banknachbar zu ihm, schwenkte seinen Blick zu mir und lächelte mich direkt an, ehe er an uns vorbeiging.

»Das ist Trey«, teilte mir Lucien mit. »Er hat mir gerade von einem Projekt erzählt, das dich interessieren könnte.«

Dottie zupfte an meinem Ärmel. »Wolltest du uns nicht vorstellen?«

»Lucien, das sind Alicia und Dottie«, sagte ich, um es schnell hinter mich zu bringen.

Alicia lächelte. »Hi.«

Die selbstbewusste Dottie witterte ihre Chance und plapperte ihn sofort zu. »Du bist nicht im Wohnheim, oder? Nein, sonst hätte ich dich gestern dort gesehen …«

Dottie war echt nett, trotzdem drehte ich mich um und ging in den Flur hinaus. Alicia folgte mir.

»Ich komme ursprünglich aus Cincinnati, Ohio. Wo hast du vorher gewohnt?«, fragte ich sie und blieb wieder stehen.

»Toronto.« Sie blickte sich unsicher um. »Müssen wir da entlang?«

Ich schaute, wohin die anderen marschierten. »Ja, da lang«, sagte ich nickend.

Sie setzte sich in Bewegung. Nach ein paar Schritten fiel ihr auf, dass ich immer noch auf der Stelle stand. »Kommst du?«

Zögerlich machte ich einen Schritt, denn ich musste notgedrungen auf Lucien warten. Der war noch im Klassenraum.

»Besser, wir warten. Dottie wollte auch mitgehen«, erklärte ich, obwohl wir bestimmt nicht auf sie Rücksicht nehmen mussten. Mein Problem war die fehlende Anwesenheit von Lucien und ich ärgerte mich maßlos darüber, dass ich mich nicht frei bewegen konnte. Und dass er sich so schnell ablenken ließ.

Alicia bemerkte nicht, wie sehr ich mich ärgerte. »Wir haben ja noch Zeit«, meinte sie leichthin und kam zu mir zurück.

»Die haben wir«, antwortete ich zerknirscht. Als Lucien mit Dottie eine halbe Minute später aus der Klasse kam, warf ich ihm den bösesten Blick zu, den ich auf Lager hatte. Er erwiderte den Augenkontakt, aber es wirkte entschuldigend.

»Ihr hättet nicht warten müssen«, sagte Dottie nur.

»Du wolltest doch gemeinsam gehen«, erinnerte ich sie.

Sie lächelte Lucien an und wir marschierten los. Als keiner hersah, erntete er von mir wieder einen bösen Blick. Meine Leine war genau so lang, wie er entschied. Ich hasste das!

Wenigstens wusste Dottie genau, wohin wir mussten.

»Ist es aufdringlich, wenn ich dich bitte, neben mir zu sitzen?«, fragte Alicia, als wir ankamen.

»Gar nicht«, erwiderte ich. Sie war nett, ich mochte sie.

»Stört es dich?«, fragte sie Dottie.

Diese winkte ab. »Kein Ding, ich setz mich neben euch.« Sie zeigte auf drei freie Plätze, es war nur ein schmaler Durchgang dazwischen. Zu meinem Pech stand dieser freie Doppeltisch direkt vor Jérôme und Clayton.

»Hallo, heiße Beere«, flüsterte er hinter mir grinsend, als wir uns setzten.

Ich beachtete die kleine Anmache nicht und drehte ihm den Rücken zu.

Lucien kam, stellte sich vor meinen Tisch und beugte sich ganz nah zu mir, um in mein Ohr zu flüstern. »Ich übersehe nichts, vertrau mir bitte«, sagte er fast lautlos.

Ich wich etwas zurück und sah ihn an. »Auch wenn wir so einen Abstand haben wie eben?«

Er näherte sich mir wieder. »Dein besonderes Flimmern würde ich niemals übersehen. Ich achte ja auch auf die anderen.«

Sein Atem an meinem Ohr und die Körperwärme, da seine Wange etwas die meine berührte, bescherten mir ein wohliges Gefühl und einen leichten Schauer. Ich schloss kurz die Augen und genoss den Moment, während ich mir seinen Duft einprägte. Seine Haut roch so angenehm vertraut, nach ihm selbst und dem unverkennbaren Parfum.

»Ich beschütze dich«, flüsterte er. Dann wich er ein kleines Stück zurück, sein Gesicht war dennoch ganz nah vor meinem. Er zog einen Mundwinkel hoch und schmunzelte leicht. Das und sein warmer Blick ließen nun gänzlich den vorherigen Ärger auf ihn verschwinden.

Ich nickte nur und schaute ihm nach, denn er ging und setzte sich wieder ganz nach hinten zu dem Typen mit den langen braunen Haaren.

Ich drehte mich wieder vor und bemerkte dadurch zufällig Dottie, die mich eigenartig ansah.

»Ist Lucien dein Freund?«, fragte Alicia neugierig.

Unabsichtlich guckte ich wieder zu ihm zurück. Leider hörte Lucien seinen Namen und es entging mir nicht, dass er total gespannt lauschte. Auch Jérôme reckte den Kopf.

»Mein Cousin«, antwortete ich in normaler Lautstärke. Das war ursprünglich seine Idee gewesen und nun wussten es alle.

Alicia formte den Mund zu einem lautlosen O. »Das hat aber eben anders ausgesehen.«

Ach, jetzt verstand ich auch den komischen Blick von Dottie. Verdammt. Mein inniger Moment war nicht unbemerkt geblieben! Daran hatte ich natürlich nicht gedacht …

»Wir sind wie Geschwister aufgewachsen und haben eine sehr enge Verbindung.«

Sie nahm mir die Schwindelei ab. Auch Dottie entspannte sich wieder, da sie gelauscht hatte.

Der Mathelehrer kam herein und fing ohne Umschweife mit dem Stoff an.

Obwohl ich total gut in Mathe war, hatte ich große Mühe, mich einzufinden. In der Physikstunde danach ging es mir ähnlich. Hinter meinen Augen fing es an zu pochen, ein leichter Kopfschmerz gesellte sich bald dazu und begleitete mich hartnäckig.

Die für mich neue Art des Unterrichts überforderte mich total und mein alter Lehrplan hinkte auch noch ziemlich hinterher. Das musste ich dringend aufholen.

Ein paar Stunden Lebenszeit

Der Vormittag ging rasch vorbei, als die schrille Glocke zu Mittag läutete, kam Lucien sofort zu uns. »Na, Mädels«, sagte er locker. »Seid ihr hungrig?« Er wirkte im Gegensatz zu mir überhaupt nicht müde.

»Ich sterbe vor Hunger«, antwortete Alicia.

»Heute nicht.« Lucien musste deswegen auflachen. Sie guckte irritiert, ich kicherte aber auch, also glaubte sie, nur die Pointe nicht verstanden zu haben, und kicherte ebenfalls.

Wir gingen in die Cafeteria, ich holte mir ein saftiges Sandwich und einen Salat. Die Auswahl an Gemüse und Beilagen konnte sich echt sehen lassen.

»Hoffentlich gewöhne ich mich bald an das Unterrichtsniveau und das rasche Tempo der Lehrer«, sagte ich, als wir uns setzten.

Alicia pustete angestrengt die Luft aus. »Ich dachte auch nicht, dass die am ersten Tag schon so loslegen. Mom hat mich schon vorgewarnt. Sie meinte, diese Schule würde seit Jahrzehnten ihren erstklassigen Ruf halten können, weil sie eben auch ordentlich Leistungsdruck macht. Tja. Freizeit ade …«

Dottie rümpfte die Nase. »Meine alte Clique ist genau deswegen von der Schule geflogen.«

»Die vier Schüler, von denen Mr. Hobbs gesprochen hat?«, fragte Alicia nach.

»Ja.« Sie verzog traurig ihr Gesicht. »Die haben mich alleingelassen.«

»Na, jetzt sind wir ja da«, sagte Lucien locker.

Sie blinzelte verlegen. »Da hatte ich Glück im Unglück.«

Wir schwiegen und aßen in Ruhe. Das Sandwich schmeckte echt lecker. Ich schlang es fast schon zu schnell hinunter.

Lucien fing irgendwann meinen Blick auf. »Wenn du Nachhilfe brauchst, sag Bescheid.«

Er sagte das in einem Tonfall wie ein alter Lehrer.

»Du kennst das alles schon?«

Lucien schmunzelte, es wirkte schadenfroh. »Die Rechenwege sind nur manchmal anders, sonst war echt nichts neu.«

Er hatte ja auch tausende Jahre Vorsprung, das war so was von unfair! »Wenn das in der Geschwindigkeit so weitergeht, bin ich gezwungen, dein Angebot anzunehmen.« Ich stöhnte leise.

Dottie beugte sich etwas über den Tisch. »Lerngruppe, perfekt, bin dabei.«

Natürlich war sie das. Auch Alicia nickte schnell. »Ich auch!«

Super.

»Cool«, hauchte ich und stopfte mir den letzten Bissen meines Sandwichs in den Mund. Alle anderen aßen noch. Ich lehnte mich zurück und sah mich um. Die Cafeteria war sehr voll, die meisten Gesichter mir noch unbekannt.

Mir fiel sofort wieder auf, dass es nur um das eine ging. Jeder checkte heute jeden ab, es ging um Beliebtheit und wer sich gleich zu Beginn ins beste Licht rückte.

Ich hatte ja meine bisherige Highschoolzeit und pubertäre Gepflogenheiten verpasst, daher beobachtete ich das Verhalten der Mitschüler so, wie Lucien das der Menschen beobachtet hatte, als er auf die Erde gekommen war. Ich versuchte, es ebenso unauffällig zu machen wie er und guckte nur beiläufig zu den unterschiedlichen Schülern.

Obwohl, so unterschiedlich waren sie auch wieder nicht, denn sie hatten etwas gemeinsam: Alle waren schon viel weiter als ich.

Bestimmt hatten sie schon längst herumgeknutscht und ihre ersten Sex-Erfahrungen hinter sich gebracht. Und ich hatte die letzten Jahre abgesondert in der Jugendpsychiatrie gelebt und mich schon gefreut, als ich mich endlich auf unserem Grundstück frei bewegen konnte. Meine einzige Erfahrung mit dem anderen Geschlecht war das kurze, freundschaftliche Händchenhalten mit Lucien gewesen.

Allein der Gedanke daran verursachte ein Kribbeln in mir. Ich seufzte leise. Würde das denn nie vergehen?

Mein Blick glitt unwillkürlich nach oben zu den Deckenlampen. Ohne es zu wollen, dachte ich daran, ob sich gerade ein Unglück anbahnte. Unauffällig guckte ich zu Lucien, aber der aß seelenruhig seinen Burger und tauchte gerade eine Pommes in Ketchup.

Die letzten Stunden hatte ich mich nicht mit dem Tod beschäftigt, aber der kurze Gedanke daran und die Tatsache, dass hier in der Cafeteria schwere, frei hängende Deckenleuchten über mir schwebten, reichten aus, um mir ein ungutes Gefühl zu bescheren. Die Leuchten waren sehr lang und dadurch bestimmt ganz schön schwer. Wieder schaute ich mich um. Die Küche war frei einsehbar.

Hatten die hier Elektro- oder Gasherde? Kaum auszudenken, was eine Explosion hier drinnen anrichten würde. Bestimmt wären viele Schüler betroffen, von dem Küchenpersonal ganz zu schweigen. Die kleine Explosion des Grills in unserem Garten war ja schon heftig gewesen!

Oje …

Eine alte Angst rollte unbarmherzig auf mich zu und mein Spray lag daheim, ich hatte es dort liegen lassen, da Lucien gesagt hatte, ich würde es nicht brauchen. Schnell bewegte ich meine Finger, da sie schon taub wurden. Schlagartig wurde mir heiß und die Geräusche um mich herum entfernten sich. Es hörte sich nur mehr an, wie ein windiges Stimmenrauschen.

Lucien beobachtete mich und bemerkte meinen Ausflug ins Angstreich sofort.

»Alles okay?«, fragte er leise.

Ich presste die Lippen zusammen, nickte und schüttelte gleichzeitig den Kopf, der sich anfühlte, als würde er gleich platzen. Mit einer Hand fasste ich mir an die Brust.

Atmete ich noch? Ich war sofort damit beschäftigt, nicht umzukippen und zur selben Zeit nicht aufzufallen. Der Raum drehte sich eigenartig und die harte Bank unter mir wurde mit einem Mal so weich wie Gummi.

Hilfesuchend fixierte ich Lucien mit meinem Blick, er war mein Anker, ich befand mich auf einer stürmischen See und drohte, unterzugehen. Das Einzige, was ich noch sehen konnte, waren seine dunkelbraunen Augen.

Er streckte unter dem Tisch ein Bein zu mir und drückte es an meines. Der kleine Körperkontakt half, damit ich mich besser über Wasser halten konnte. Am liebsten hätte ich seine Hand genommen, aber der Tisch stand zwischen uns und die Entfernung zu ihm war zu groß.

Die Panikattacke ließ bereits meine Beine zittern, ich hatte riesige Angst, dass es jemand bemerkte! Ich musste leise nach Luft schnappen, mühte mich gleichzeitig ab, es nicht zu tun.

Nur Luciens braune Augen und sein Bein an meinem hielten mich davon ab, bebend zusammenzubrechen.

»Hope wird dich total übermütig begrüßen, wenn du nach Hause kommst«, sagte er plötzlich mit fester Stimme. »Ich glaube, sie wird nicht damit aufhören können, sich vor Freude im Kreis zu drehen und an dir hochzuspringen. Du wirst sofort mit ihr über die Wiese rennen und lachend das Stöckchen werfen, sonst wird sie keine Ruhe geben. Vielleicht geht ihr ja die große Runde um den See, die Stelle hinter den Büschen, wo sie immer buddelt, ist dann nicht mehr weit. Dort wächst auch der Apfelbaum, unter dem du gerne sitzt. Du wirst sie danach wieder bürsten müssen, damit die ganze Erde aus dem Fell geht und Grace nicht schimpft, weil das Sofa schon wieder dreckig ist. Hoffentlich findest du die rote Bürste gleich, die braune funktioniert ja nicht so gut wie die rote, die feinere Borsten hat. Außerdem ist an der braunen Bürste etwas abgesplittert, da Hope mal dran gekaut hat, als du nicht hingesehen hast. Du kannst die Erde an ihrer Schnauze auch mit einem Tuch abrubbeln oder du springst mit ihr noch eine Runde in den See. Vergiss dabei nicht das Frisbee, sonst kommt sie wieder mit allerlei Ästen an, die sich nicht so gut werfen lassen.«

Lucien blickte nur einen ganz kurzen Moment zu Alicia und Dottie, die sich über seine lange Rede wunderten. »Mira hat eine supertolle Hündin, sie heißt Hope«, sagte er und sah mich wieder an. Sein Blick war fest, er ließ mich nicht umfallen oder ertrinken. »Ihre Hündin ist ein Traum«, redete er weiter. »Mit goldbraunem Fell, weißen Pfoten und einer weißen Schnauze.

Leider buddelt sie gerne, daher ist die weiße Schnauze nicht immer weiß. Heute ist Hope zum ersten Mal seit Langem von Mira getrennt und liegt bestimmt gerade vor der Eingangstür und achtet auf jedes kleine Geräusch, um zu gucken, ob ihr Frauchen endlich wieder heimkommt.« Er machte eine kleine Pause. »Mögt ihr auch Hunde? Habt ihr Haustiere?«, fragte er die beiden, ohne seinen Blick von mir abzuwenden.

»Ich hatte mal einen kleinen Hund«, erzählte Dottie. »Leider ist er vorletztes Jahr an Altersschwäche gestorben. Mom war so traurig deswegen. Dad hätte für mich gerne einen neuen aus dem Tierheim geholt, aber sie wollte nicht. Teddy ist nicht zu ersetzen.« Sie zog bei der Erinnerung die Mundwinkel nach unten.

Alicia blickte mitleidig zu ihr. »Wir haben eine Katze und einen frechen Wellensittich. Mom mag keine Hunde. Leider.«

»Ein Wellensittich? Kann er reden?«, fragte Dottie neugierig.

Alicia kicherte. »Er redet nicht nur, er quatscht so viel, dass wir manchmal ein Handtuch über den Käfig legen, damit er still ist.«

Dottie lachte darüber. »Den Vogel musst du mir mal zeigen.«

»Gerne mal nach der Schule«, erwiderte Alicia und begann damit, Dottie einige lustige Wellensittich-Geschichten zu erzählen. »Sein Name ist Zitrone, da seine Federn knallgelb sind. Wenn es bei uns Salat gibt, dann sitzt er auf dem Rand der Schüssel und knabbert an den grünen Blättern. Den Essig schüttelt er herunter, das spritzt ganz schön …«

Lucien fing sich wieder meinen Blick. Ich strich meine schwitzigen Handflächen über den Rock und beeilte mich, auch meine Augen zu trocknen, da sie feucht geworden waren.

»Danke«, flüsterte ich lautlos. Ohne ihn wäre ich bestimmt umgekippt.

Er nickte kaum sichtbar und ließ mich nicht mehr aus den Augen. Aber es ging wieder. Ich achtete auf meine Atmung, wie es Martin mir beigebracht hatte, und stellte mir vor, wie Hope sich freuen würde, wenn ich heute nach Hause kam. Hoffentlich hatte Grace nicht vergessen, den Kauknochen reinzuholen, den sie gestern auf der Veranda angeknabbert hatte.

Sonst würde ihr bestimmt langweilig werden und sie würde sich mit den Schuhen vergnügen. Martin hatte sich leider neue Laufschuhe zulegen müssen. Hope hatte nicht nur die Schnürsenkel komplett zerkaut, sondern auch ein Stück der Sohle aufgefressen …

Ich guckte wieder zu Lucien, ein Schmunzeln umspielte seine Lippen. Konnte er vielleicht doch meine Gedanken lesen?

Oder war er nur mit sich selbst zufrieden, weil er meine Panikattacke losgeworden war? Egal. Ich nahm einen erleichterten, tiefen Atemzug und schmunzelte dankbar zurück.

Sein Bein war immer noch dicht an meinem. Er stupste mich leicht damit an.

»Wir müssen noch das Formular ausfüllen«, erinnerte er mich.

Lucien schaute zu Alicia und Dottie, die immer noch über Zitrone redeten, und quatschte einfach dazwischen.

»Habt ihr euch schon für Aktivitäten eingetragen?«

»Noch nicht«, stöhnte Dottie. »Da meine Clique nicht mehr hier ist, läuft es dieses Jahr anders.«

»Was hast du letztes Jahr gemacht?«, fragte er sie.

»Cheerleading und Schülerzeitung.«

»Musstet ihr nicht drei wählen?«

»Ja. Aber wenn du die richtige Sportart wählst und argumentierst, dass die ganze Freizeit für das Training draufgeht, dann lassen sie auch zwei durchgehen.«

»Klingt nach einem guten Plan«, sagte er. »Schülerzeitung könnte ich mir vorstellen.« Er schaute fragend zu mir. Ich nickte zustimmend. Das gefiel mir.

»Bin dabei«, entschied Alicia schnell.

Dottie nickte auch. »Ist gebongt. Ein kurzer Artikel pro Woche reicht oder ein Blogbeitrag fürs Internet, mit einigen aktuellen Fotos. Mehr mussten wir nie abgeben.«

»Sehr gut.« Lucien steckte sich wieder eine Pommes in den Mund. Ich war so frech und stibitzte mir auch eine von seinem Teller. Viele hatte er nicht mehr, trotzdem schob er den Teller näher zu mir, um zu teilen.

Das war für Dottie die Aufforderung, sich auch eine zu nehmen. »Dann brauchst du noch eine Sportart und du kannst dir die dritte Aktivität schenken«, schlug sie vor, knabberte an der Pommes und holte sich gleich noch eine.

»Du wirst wohl wieder zu den Cheerleadern gehen?«, fragte Lucien.

Sie schüttelte den Kopf. »Nein, das war echt anstrengend. Ich bin gut, aber das sind Profis, sie trainieren ständig, da die Gruppe an sehr vielen Turnieren teilnimmt.«

»Wie siehst du das, Mira? Willst du zu den Cheerleadern?«, fragte er mich.

Damit war ich gerade überfordert. »Nein. Denke, das wird mir zu viel«, antwortete ich kopfschüttelnd. Freiheit und ein normales Leben klangen gut, aber ich musste es wirklich nicht übertreiben. Die ganzen Schüler in der Cafeteria überforderten mich ja schon, wie sollte das bei einer Sportveranstaltung mit vielen Zuschauern werden?

»An Auswahl mangelt es uns jedenfalls nicht.« Lucien holte aus seiner Hosentasche ein paar zusammengefaltete bunte Zettel heraus.

»Was ist das?« Ich griff nach einem und blätterte darin. Es war ein professionell gestalteter Werbeflyer der Baseballmannschaft. Auf den anderen waren Fußballer, Tennisspieler und so weiter abgebildet.

»Die werden mir ständig zugesteckt«, erklärte er.

»Das wundert mich nicht«, bemerkte Dottie lächelnd. »Die gehen am ersten Tag immer auf Fang und suchen nach den Besten. Du bist sehr groß und siehst wie eine Sportskanone aus, daher werden sie sich um dich streiten.«

»Dann bin ich grottenschlecht, ich habe keinen Flyer bekommen«, kicherte Alicia.

»Ich auch nicht. Wir sollten uns einen Häkelkurs suchen«, alberte ich.

Sie stieg drauf ein. »Oder wir gehen in den Schachclub, die haben bestimmt noch Platz.«

Ich lachte aus Versehen kurz darüber, aber dann bremste ich mich Lucien zuliebe sofort ab.

»Aber jetzt mal im Ernst«, sagte ich hastig. »Schach ist schwierig, macht aber Spaß. Wir sollten uns eintragen.«

Nerds hin oder her. Lucien liebte Schach, ich wollte unbedingt, dass wir an Aktivitäten teilnahmen, die ihm auch gut gefielen.

»Ja, genau.« Alicia kicherte, sie nahm mich nicht ernst.

Lucien reagierte nicht darauf, was mich verwunderte.

Bestimmt wollte er sich nicht in den Vordergrund drängen.

Eine Gruppe Jungs gesellte sich zu uns. Einer von ihnen griff sich die Flyer, die auf dem Tisch lagen, und schob sie zur Seite. Er legte einen anderen direkt vor Lucien hin.

»Vergiss die«, sagte er. »Deine Oberarme müssen ins Footballteam.«

Lucien zog die Brauen hoch und runzelte die Stirn. »Meine Oberarme?«

Der Junge nickte. »Wir holen nur die Besten in unser Team.«

»Schon klar, aber nein danke«, lehnte er höflich ab.

»Du kannst nicht Nein sagen. Du bist schon dabei, Seth hat dich bereits ausgewählt.« Er zeigte mit dem Daumen hinter sich auf einen Tisch, an dem auch Jérôme und Clayton saßen.

»Aha.« Lucien schien unbeeindruckt, obwohl er gut zu ihnen gepasst hätte. Er war genauso groß und gut gebaut wie sie. Bestimmt hatten sie ihn deswegen im Visier.

»Heute um fünf am Platz. Wir erwarten dich.« Die Jungs verschwanden wieder.

»Wenn du ins Shadylight Footballteam kommst, hast du gewonnen«, kommentierte Dottie sofort. »Keiner würde es zugeben, aber die werden überall bevorteilt.«

»Tja.« Lucien guckte nur eine Millisekunde zu mir. »Für so intensiven Sport habe ich momentan keine Zeit.«

Ich bekam sofort ein schlechtes Gewissen, aber ich sagte nichts dazu. Wir zwei wussten, dass er genauso an mich gebunden war wie ich an ihn. Wir hingen beide an der kurzen Leine.

Dottie verstand es natürlich nicht. »Die Chance wirst du dir doch nicht entgehen lassen?«

»Ich spiele lieber mit euch Schach«, platzte Lucien heraus und zwinkerte ihr zu.

»Also gut, wir melden uns für den Schachclub an«, sagte ich sofort zu. Dass da bestimmt auch Streber sein würden, störte mich überhaupt nicht mehr.

Alicia zog angewidert die Oberlippe nach oben. »Echt? Schach?«

»Bist du nicht dabei?«, fragte Lucien und ließ es so klingen, als hätte er sie schon fest eingeplant.

Sie blinzelte und zog es ernsthaft in Erwägung. »Mal gucken.«

Dottie blickte uns nacheinander verblüfft an. »Das ist ein Scherz, oder?«

»Nein. Kein Scherz.« Lucien schüttelte den Kopf. »Ich spiele wirklich gerne Schach und ich wette mit dir, ich schlage sie alle. Egal bei welchem Wettbewerb ihr mich anmeldet. Kein Mensch wird gegen mich gewinnen.« Er klang sehr herausfordernd, aber auch eingebildet, und redete einfach weiter. »Schach ist nicht zu unterschätzen, eigentlich ist es ein Sport, aber da es einen höheren IQ erfordert, hat es unter Jugendlichen einen schlechten Ruf. Bevor ihr es verurteilt, solltet ihr es mal versuchen. Einem Ball hinterherrennen, kann schnell jeder. Beim Schach komplexe Züge zu machen, können nur die wenigsten. Menschen in hohen Führungspositionen spielen Schach, das könnte schon ein Anreiz für euch sein, dem Schachclub zumindest probehalber beizutreten.«

Seine Rede machte mich platt und ließ auch Dottie umdenken. Das und die Tatsache, sich in dieselbe Gruppe mit ihm eintragen zu können.

»Okay«, sagte sie schließlich zu. »Versuchen wir es.«

Alicia zögerte noch. Ganz langsam lehnte sie sich zurück. »Okay, bin dabei. Mom wird mich für verrückt halten.«

Er lachte leise. »Dann wählst du die letzte Aktivität aus.«

Alicia gab ein leises »Mhm« von sich und überlegte sichtlich angestrengt.

»Du wirst als Drittes bestimmt Kunst wählen, oder?«, fragte mich Dottie.

»Ich bin nicht so begabt wie meine Tante«, erklärte ich. Meine Fähigkeiten reichten gerade mal aus, um ein Ausmalbild farbig anzukritzeln. Unbewusst berührte ich mein Armband und drehte es ein wenig.

Lucien setzte sich gerade hin. »Trey hat mir vorhin von einem Projekt erzählt, bei dem er dabei ist. Grace leitet es. Da werden Keramiken getöpfert und für einen guten Zweck verkauft. Die Gelder bekommt dieses Jahr das Tierheim in Sunville.«

Davon hörte ich zum ersten Mal. Warum hatte sie mir das nicht erzählt?

»Wenn ihr das macht, wäre ich gerne dabei«, äußerte sich Alicia. »Das klingt nach Spaß und ist nicht sinnlos.«

»So wie Schach, meinst du?« Lucien hob fragend eine Braue.

Sie lief sofort rot an. »Nein«, hauchte sie verlegen und zwirbelte an ihren Pferdeschwanz.

»Hey, zuckersüße Berry.« Jérôme kam und unterbrach uns. Er setzte sich einfach neben mich auf den Tisch und stellte ein Bein auf die Bank. »Hast du schon ein Date für die Party am Freitag?«

Party? Ich? Date? »Ich weiß nichts von einer Party.«

»Jetzt weißt du es ja und du gehst mit mir dahin.« Er lächelte zufrieden.

Ich wurde stutzig. »Wie kommst du darauf, dass ich verfügbar bin?«

Das Lächeln fiel ihm fast aus dem Gesicht. »Bist du nicht?«

Dottie stieß mich unter dem Tisch an. »Sie ist verfügbar.«

Ich stupste sie zurück. »Kommt drauf an, wer mich um ein Date bittet.«

Über sein Gesicht legte sich wieder ein breites Lächeln.

»Alles klar, Berry, wir sind für Freitagabend verabredet.« Seine braunen Augen blitzten freudig auf. Er rutschte vom Tisch, ging einen Schritt rückwärts, dann drehte er sich um und verschwand.

Dottie beugte sich zu mir. »Cool, Jérôme steht total auf dich«, sagte sie leise.

Ich überlegte noch, ob ich das cool fand. »Er steht auf meine sexy Tante«, flüsterte ich mit einem Würgegeräusch. »Ich bin für ihn doch nur die junge Version.«

Sie zuckte mit den Schultern. »Ihr seid beide sexy. Und Jérôme ist im Footballteam. Einen besseren Start an der Shadylight kann man kaum hinlegen.«

Sexy hatte mich auch noch keiner genannt. Ich überlegte, ob das ein Kompliment war.

»Gehst du denn auf diese Party? Wo findet die überhaupt statt?« Ich fragte, obwohl ich nicht vorhatte, dort zu erscheinen. Das war mir für den Anfang einfach zu viel. Ich wollte es langsam angehen lassen, um mich nicht selbst zu überfordern.

»Die Party ist jedes Jahr beim Quarterback, also bei Seth zu Hause. Alle sind eingeladen, aber ich weiß noch nicht, ob ich hingehe«, antwortete sie unzufrieden. »Meine Clique ist ja nicht mehr da.«

Sie tat mir echt leid. »Hast du nur mit denen rumgehangen?«

»Ja.« Sie seufzte und strich sich ihre langen dunklen Haare hinters Ohr. »Die vielen Partys und verbotenen Saufgelage waren der Grund, warum ich die nächste Stufe nur knapp geschafft habe.«

»Vielleicht solltest du mit mir hingehen«, schlug Lucien überraschend vor. »Ich bringe dich zu einer annehmbaren Uhrzeit nach Hause, bei der du danach nicht den Tag verpennst und noch lernen kannst.«

Sofort fuhr es mir schmerzhaft in den Bauch. Ich versuchte, nicht aufzufallen. Hatte er sie gerade eingeladen?

Dottie lächelte, spielte wieder mit ihrem Haar und legte den Kopf etwas schräg. »Wir haben ein Date?«

»Wenn du zusagst.«

»Gerne.«

Verdammt! Am liebsten wäre ich sofort abgehauen. Stattdessen blieb ich sitzen und tat, als wäre gerade nichts Besonderes geschehen.

Er ist nur dein Kumpel, er ist nur dein Kumpel, er ist nur dein Kumpel, ein Freund, nur ein Freund … Verdammt. Was ich mir auch einzureden versuchte, es funktionierte nicht!

»Prima.« Alicia stöhnte genervt. »Die erste Party für alle und ich muss alleine hingehen.«

Lucien schaute zu ihr. »Du kannst ja mit uns oder mit Trey hingehen. Er wollte eigentlich Mira fragen und hat nun auch keinen mehr.«

Ich warf ihm einen strafenden Blick zu. Das war etwas zu ehrlich. Obwohl ich mich geschmeichelt fühlte, dass mich Trey fragen wollte, hätte er es ihr gegenüber besser verschwiegen.

»Nein danke, schon gut«, erwiderte Alicia. »Lieber sitze ich zu Hause, als zweite Wahl zu sein.«

»Ich gehe auch nicht auf die Party«, eröffnete ich ihr.

Lucien war überrascht. »Gehst du nicht?«

»Nein.«

»Darüber reden wir noch.«

»Nein«, wiederholte ich, damit er mir glaubte, und stand auf, um das Tablett zurückzugeben.

Dottie rutschte von der Bank und eilte mir hinterher. »Bist du verrückt? Du kannst Jérôme keinen Korb geben.«

Ich legte das Besteck in den dafür vorgesehenen Eimer und schob das Tablett in den Geschirrwagen. »Ich habe nicht zugesagt, er hat ja nicht mal auf meine Antwort Wert gelegt.« Ich ging zur Seite und wartete, bis sie ebenfalls fertig war.

»Das spielt doch keine Rolle. Wenn du ihm einen Korb gibst, wird dich sonst keiner mehr einladen. Er steht auf dich, er hat dich sozusagen schon besetzt.«

Ich schüttelte den Kopf und lachte leise. »Besetzt«, wiederholte ich amüsiert.

Sie schnaubte. »Na, das ist nun mal so.«

»Das Revier wurde schon abgesteckt«, kommentierte Lucien, der plötzlich neben mir stand.

Dottie pflichtete ihm bei. Ich wollte davon nichts wissen. Dieser Jérôme war ja ganz cool, aber ich war nicht frei. Weder für einen Typen noch für eine Party.

Ich ließ das Thema fallen. »Wir haben gleich Amerikanische Geschichte und sollten uns darauf konzentrieren.« Mit einem komischen Bauchgefühl verließ ich die Cafeteria. In der Tür blieb ich stehen, um auf die anderen zu warten. Nein, in Wahrheit wartete ich schon wieder auf Lucien, ich konnte ja keinen Schritt ohne ihn machen. Er war leider noch immer am

Geschirrwagen und hörte Dottie zu. Wahrscheinlich redeten sie noch über Freitagabend.

Wenigstens kam Alicia schon zu mir. »Wenn du mit Jérôme nicht hingehen möchtest, vielleicht ja mit Trey?«

Das Thema nun doch weiterzuführen, wollte ich echt nicht. »Sei mir bitte nicht böse, aber ich bin hier, um zu lernen, und nicht, um mir so schnell wie möglich einen Jungen zu angeln.«

Sie kicherte leise. »Das geht doch gleichzeitig.«

»Nein, nicht für mich«, antwortete ich und wollte ehrlich zu ihr sein. »Ich muss mich erst einfinden, die letzten Jahre habe ich zu Hause Onlineunterricht bekommen. Warum das so war, erzähle ich dir ein anderes Mal. Aber behalte es bitte für dich, das muss keiner wissen.«

»Natürlich, kein Problem, ich sage nichts.«

Obwohl ich keine Zusage von Lucien hatte, lud ich Alicia ein. »Wir können gerne am Freitagabend bei mir zu Hause darüber reden.«

»Ich komme gerne«, erwiderte sie lächelnd. »Ich hatte gleich das Gefühl, dass wir uns gut verstehen werden.«

»Ich auch«, sagte ich nickend. Mein Aufenthalt in der Jugendpsychiatrie war nichts, was ich verschweigen wollte. Es gehörte zu meinem Leben dazu und ich fand es besser, es ihr gegenüber nicht für mich zu behalten.

Okay, vielleicht war es zu voreilig gewesen, Alicia einzuladen, doch ich war mir sicher, Lucien würde mich davon abhalten, wenn es nicht ginge. Er hatte es mir ja versprochen, das Angebot nahm ich nur zu gern an.

Dottie und Lucien kamen endlich zu uns. Wir schwiegen, als wir in die Klasse gingen, und zum Glück redete auch danach keiner mehr über die Party. Jérôme suchte während des Unterrichtes immer wieder Blickkontakt zu mir, ich erwiderte ihn nur kurz. Unter anderen Umständen hätte ich mich bestimmt für ihn interessiert. Afroamerikanische Jungs fand ich wegen ihres Aussehens schon immer besonders aufregend, er hatte noch dazu ein sehr hübsches Lächeln, und sein Körperbau konnte sich echt sehen lassen.

Es schmeichelte mir, dass bereits am ersten Tag jemand Interesse an mir zeigte, das hatte ich mir insgeheim ja auch gewünscht. Aber mein Herz war nicht frei, es fühlte sich an, als würde ich Lucien hintergehen. Dieses Gefühl hasste ich wie die Pest.

Ich verschob mein Gefühlschaos in den hintersten Winkel meines Kopfes, denn ich hatte weiterhin Mühe mit der für mich neuen Unterrichtart und wollte nichts verpassen.

Der erste Schultag ging langsam zu Ende. Als ich zu Lucien in den schwarzen Volvo stieg, hatte ich zwei ganze Kontakte mehr in meinem Smartphone. Dottie und Alicia.

Zumindest dieses Ziel hatte ich problemlos erreicht.

»Dieser Jérôme scheint nett zu sein«, erwähnte Lucien beiläufig, als er vom Parkplatz fuhr.

»Bestimmt ist er das.«

Er schwieg einige Zeit.

»Ich bin schon neugierig auf die Party«, sagte er schließlich.

»Dottie ist auch nett«, kommentierte ich tonlos. »Ihr gebt ein hübsches Paar ab.«

Lucien musterte mich kurz. »Stört es dich, dass ich sie eingeladen habe?«

Natürlich! Ich schüttelte zur Antwort nur den Kopf.

»Dachte, bevor ich nur mit Trey hingehe, frage ich eben sie.«

»Warum klingt das nach einer Entschuldigung?«

»Weil es eine ist. Ich war der Meinung, du würdest auf die Party wollen, also muss ich ja auch da hin. Und als dein Cousin kann ich schlecht deine Begleitung sein.«

»Danke, sehr lieb von dir«, flüsterte ich.

»Verrätst du mir, warum du nicht hinwillst?«

Ich seufzte leise und sah durchs Fenster auf die vorbeirauschende Landschaft. »Manchmal habe ich das Gefühl, dass die Welt da draußen zu groß für mich ist«, erklärte ich ihm leise. »Für andere ist ein Schultag etwas Normales. Das ständige Alleinsein und die Furcht, jemanden umzubringen, haben mich derart geprägt, dass ich langsam befürchte, es nie ganz ablegen zu können.«

Er presste die Kiefer zusammen und schwieg lange. »Das tut mir so leid«, sagte er nach einer Weile.

Ohne Vorwarnung traten Tränen in meine Augen. Ich blinzelte sie schnell weg. »Ich war heute wütend auf dich, obwohl ich nicht wütend auf dich sein will. Du tust alles, um mir zu helfen, und ich habe ständig nur den kleinen Radius im Kopf, in dem ich mich frei bewegen kann.« Mist. An meiner weinerlichen Stimme erkannte er bestimmt, wie traurig ich gerade war.

»Auch das tut mir leid.« Seine Hand zuckte kurz, als wollte er zu mir herübergreifen und mich trösten. Aber er hielt sich in letzter Sekunde zurück und umklammerte das Lenkrad wieder fester.

»Es ist nicht deine Schuld, Lucien«, sagte ich leise. »Ich ärgere mich nur, weil ich mich über dich ärgere, obwohl ich mich nicht ärgern will, und das wiederum ärgert mich total. Verstehst du?«

Er lachte leise auf. »Kein Stück, aber wir sollten dringend was gegen deinen Ärger tun.«

»Ja.« Ich lächelte nickend und wischte mir eine Träne von der Wange. »Lucien«, flüsterte ich und hielt einen Moment inne. »Sei bitte ehrlich.« Ich sah ihn an, auch wenn er dadurch meine feuchten Augen bemerkte. »Habe ich heute geflimmert?« Diese Frage zu stellen, war bestimmt töricht, trotzdem wollte ich endlich begreifen, wie mein neues Leben in Wahrheit aussah. Nun hatte ich die Frage gestellt und war gespannt auf die Antwort, gleichzeitig hatte ich Angst davor. Weitere Tränen kullerten einfach über meine Wangen, sie zeigten mir meine traumatische Vergangenheit. Kurzzeitig hatte ich sie heute vergessen.

Lucien setzte zur Antwort an, aber anstatt etwas zu sagen, nahm er nun doch meine Hand und hielt sie fest. Dieses Mal zog ich die Hand nicht weg, ich brauchte seine Nähe und Wärme gerade sehr.

»Das Gesetz der Anziehung wirkt ständig«, erklärte er behutsam. Unsere Finger fanden zueinander und verschränkten sich. »Das bedeutet aber nicht, dass andauernd Menschen in deiner Umgebung sind, die bald einen Unfall haben werden.«

Das klang sehr ausweichend für mich. »Ich habe also nicht geflimmert?«, bohrte ich nach, um es besser verstehen zu können.

Er zögerte sehr eigenartig. Dieses Zögern beantwortete meine Frage jedoch von selbst.

»Wann?«, hauchte ich fragend.

»Direkt morgens, als wir über das Schulgelände gegangen sind.«

Ich schluckte. Das hieß ja, jemand war gestorben, oder? »Wer?«

»Da stehen drei riesengroße Bäume direkt am Gehweg, an einen war eine Leiter gelehnt.« Er wartete einen Moment, bis ich nickte, da ich mich an sie erinnern konnte. Diese Laubbäume waren so ausladend, dass der Platz darunter komplett im Schatten lag.

»An den Bäumen hängen viele LEDs«, erklärte er weiter. »Die werden wahrscheinlich abends und in der Winterzeit eingeschaltet. Der Hausmeister überprüfte heute eine Stelle in der Lichterkette und war dabei abzurutschen.« Er schwieg einen Moment. »Wäre er gefallen, hätte er dich mit voller Wucht erwischt.«

Ich hielt die Luft an. »Aber er ist nicht gefallen?«

Lucien schüttelte den Kopf. »Ich bin zu ihm und hab schnell seine Hand auf einen tragenden Ast gelegt, damit er sich daran festhalten konnte.«

Ein paar Sekunden vergingen, ehe ich es begriff. »Aber ich habe nicht gesehen, dass du fort warst?« Er war immer neben mir gewesen, da war ich mir ganz sicher!

»Ich war in einer anderen Ebene unterwegs, da herrschen andere Zeiten. Für dich bin ich immer noch neben dir gewesen. Wie ich dir bereits erklärt habe, sind meine raschen Bewegungen für das menschliche Auge nicht sichtbar. Trotzdem muss ich mich beeilen, denn wenn ich zu langsam bin, könnte es einem guten Beobachter vielleicht auffallen. Das wäre dann so, als würdest du eine Sekunde aus einem Videofilm löschen.«

»Wie ein kleines Vorwärtsspringen in der Bilderfolge?« Nun verstand ich es. »Du konntest dadurch sein Leben retten, das finde ich klasse.«

Er schüttelte den Kopf und hob entschuldigend seine Schultern. »Nicht gerettet. Ich habe seinen Tod lediglich verschoben, durch mein Eingreifen bekam er höchstens ein paar Stunden zusätzliche Lebenszeit. Wenn er morgen noch nicht tot ist, werde ich ihn sehr gut im Auge behalten müssen. Er ist körperlich gesund, dass er durch einen Unfall stirbt, steht deswegen bereits fest.«

Ich gab ihm keine Antwort darauf. Mein Versuch, ruhig zu atmen, gelang mir nicht. Zu wissen, dass dieser Mensch nicht mehr lange zu leben hatte, war schrecklich.

Luciens Hand lag noch immer in meiner. Ich drückte sie. »Danke«, flüsterte ich leise.

Er fuhr mit seinem Daumen über meinen Handrücken. »Dafür bin ich doch hier.«

Den Satz kannte ich inzwischen auswendig, er war sein Mantra. »Danke«, wiederholte ich. Ich könnte es vermutlich noch tausendmal wiederholen, es würde nie ausreichen. Mit einem Blick aus dem Fenster registrierte ich, dass die Fahrt zu Ende war. Ich bedauerte, dass wir schon da waren.

Lucien hielt direkt neben dem silbernen Honda vor unserem Haus. Ich musste seine Hand loslassen, obwohl ich das Gegenteil tun wollte, aber um den Rucksack von der Rückbank zu holen, brauchte ich beide Hände. Meinen sehnlichsten Wunsch, er möge mit mir mitkommen, damit wir gemeinsam mit Hope eine Runde um den See spazieren konnten, behielt ich für mich.

»Dann bis morgen«, sagte ich locker und lächelte verkrampft, als ich ausstieg.

»Bis morgen.« Ich warf die Beifahrertür zu und ging geradewegs zum Haus. Lucien wendete hinter mir seinen Volvo, ich blickte erst zurück, als er aus der Einfahrt verschwunden war.

Hope bellte hinter der Eingangstür, da sie meine Ankunft bemerkt hatte. Ich kam nur dazu, die Tür aufzumachen, schon sprang sie mich vor Freude an. Die Begrüßung war noch stürmischer als gedacht. Ich ließ den Rucksack auf der Veranda liegen und rannte mit ihr über die Wiese, und zwar genau so, wie es Lucien am Mittag erzählt hatte.

»Das war ein megaharter Tag«, stöhnte ich laut, als ich endlich wieder beim Haus ankam. Hope blieb nah bei mir, sie hatte mich wirklich vermisst. »Wärst du arg sauer, wenn ich die Schule nicht schaffe?«, fragte ich Grace. Sie stand schon voller Neugierde am Geländer der Veranda. »Der Unterricht ist echt extrem. Ich glaube, ich bin zu blöd dafür.«

»Dass es zu Beginn mühsam werden würde, war mir klar«, erwiderte sie nüchtern. »Du bist ein sehr kluges Mädchen, sag nie wieder, du wärst zu blöd. Du wirst das schaffen.«

»Hallo?« Ich winkte theatralisch mit dem Arm. »Das ist keine Highschool, sondern eine Universität. Die haben bestimmt alle einen IQ von hundertachtzig. Da kann ich mit meinen fünf Prozent nicht mithalten.« Ich setzte mich schwungvoll auf die breite Hollywoodschaukel. Sie wippte deswegen hin und her.

Grace kam lächelnd zu mir. »Es sind ganz normale Teenies dort.« Sie setzte sich neben mich.

Ich zog die Beine an und setzte mich in den Schneidersitz. »Du hast mir gar nicht erzählt, dass du ein Spendenprojekt leitest«, beschwerte ich mich.

Ihre Miene erhellte sich auf neugierige Weise. Sie zog die Augenbrauen hoch und wartete, ob ich weiterredete.

»Du hast Glück, dass dieser Langhaar-Trey dich wärmstens bei Lucien empfohlen hat«, erzählte ich ihr. »Es war einstimmig. Lucien, Dottie und Alicia haben sich auch eingetragen.«

Ihre Miene strahlte nun noch mehr. »Das habe ich mir gewünscht«, verriet sie mir. »Darum habe ich es für mich behalten. Ich wollte nicht, dass du dich dazu gezwungen fühlst.« Sie schubste uns mit dem Fuß etwas an.

»Spinnst du? Das Projekt klingt, als wäre es wie für mich gemacht. Ob ich töpfern kann, weiß ich noch nicht, aber für ein Tierheim Spenden zu sammeln, finde ich super.«

»Du kannst bestimmt gut töpfern.« Sie rutschte etwas rüber und klopfte neben sich, damit Hope zwischen uns auf die Schaukel hopsen konnte. Diese ließ sich nicht zweimal bitten. Ich beugte mich zu ihr, schmuste und kraulte sie.

»Was habt ihr denn noch ausgewählt?«, wollte Grace wissen.

»Schülerzeitung.« Ich kicherte in Hopes Fell. »Und den Schachclub.«

Sie kicherte ebenfalls. »Na, das passt doch. Wollte Lucien nicht in eine Sportmannschaft?«

Ich setzte mich gerade hin. »Bestimmt. Er wäre sicher supergut darin. Aber wie soll das gehen? Die Trainings sind zu häufig und überschneiden sich mit den anderen Aktivitäten.«

»Verstehe.« Tante Grace verzog kurz den Mund. »Erzähl mal, wie es sonst war.«

»Ich denke, ich habe zwei Freundinnen gefunden. Dottie Brewster kennst du ja bereits vom letzten Jahr. Alicia Summer ist neu, sie kommt am Freitagabend zu uns, wenn du nichts dagegen hast?«

»Wie könnte ich? Endlich kennst du Mädchen in deinem Alter, du kannst natürlich einladen, wen du möchtest. Kommt Lucien auch? Oder sieht er vorher nach, ob deine neuen Freundinnen in Gefahr sind?«

»Das macht er bestimmt. Er wiederholt andauernd, ich solle ihm in diesen Belangen vertrauen, also tue ich das auch.« Ich seufzte herzzerreißend. »Er geht mit Dottie am Freitag auf eine Party, daher wird nur Alicia kommen«, teilte ich ihr mit und berichtete ihr über den kompletten Schultag. Auch das mit dem Hausmeister erfuhr sie, denn sie sollte immer alles wissen. Tante Grace war ziemlich betroffen deswegen, aber damit mussten wir beide ab nun zurechtkommen, daher ließen wir das Thema schnell wieder fallen. Es brachte ja nichts, wir hatten inzwischen verstanden, wie das mit dem Tod funktionierte.

Lieber redeten wir über die ganzen Schüler. Sie verriet mir einiges, was sie mir vorher verheimlicht hatte. Und ich verriet ihr etwas, was sie bestimmt noch nicht wusste.

»Du trägst den Spitznamen *sexy Kunstlehrerin,* ich denke, er stammt von Jérôme.«

Sie lachte herzhaft darüber. »Ach, Jérôme West.« Sie seufzte und grinste. »Der Typ schlägt sie alle. Er ist nicht nur ein Charmeur, sondern reißt auch die Klappe am weitesten auf. Dabei ist er total nett.«

»Er ist nett«, bestätigte ich. »Und er sieht verdammt gut aus.«
»Dottie hat bestimmt recht. Mit Jérôme West hast du gleich zu Beginn tatsächlich einen Glücksgriff gemacht.«
Ich schwieg, kraulte Hope und schaute auf sie hinunter.

Tödlicher Funkenschlag

Grace beugte sich vor, um mich anzusehen. »Liebeskummer überwindet man am leichtesten, indem man sich mit jemand anderem ablenkt. Du kannst ja erst mal eine lockere Romanze beginnen, wer weiß, vielleicht verliebst du dich ja in ihn? Was spricht dagegen?«

Das war nicht ihr Ernst, oder? »Alles, Grace. Es spricht alles dagegen. Ich müsste Lucien ständig um Erlaubnis fragen, wenn ich mich mit ihm treffen will. Er müsste irgendwie und andauernd dabei sein, und mich fahren, wenn wir etwas unternehmen. Sorry, nein, das kann ich mir momentan echt nicht vorstellen.«

Sie verzog ihr Gesicht und nickte. »Das ist tatsächlich blöd, das hatte ich nicht bedacht, sorry. Aber ein Junge, den du interessant findest, könnte ja auch hierherkommen?«

»Sicher. Aber ständig?« Ich schüttelte den Kopf. »Keiner in meinem Alter will bloß zu Hause rumhängen. Außerdem müsste ich Lucien vorher gucken lassen, welches Mindesthaltbarkeitsdatum der Junge hat. Das ist echt dämlich. Was mache ich, wenn ich den Todeszeitpunkt erfahre? Will ich das denn wissen?«

Grace schubste uns wieder mit dem Fuß an, während sie darüber nachdachte.

»Lucien wüsste immer, wann, wo und mit wem ich mich treffe«, gestand ich seufzend und tat mir dabei selbst leid. »Ich werde als alte Jungfer sterben«, stöhnte ich herzzerreißend.

»Es wird sich bestimmt von selbst regeln«, sagte sie hoffnungsvoll. »Lucien hat sich über alles sicher schon Gedanken gemacht. Glaubst du nicht?«

»Natürlich hat er das. Er redet ja schon übers College und dass er mir eine Familie mit Kindern ermöglichen will.«

»Er ist nun mal älter, als er aussieht. Logisch, dass er so weit nach vorne denkt.«

»Ich denke jetzt noch nicht so weit voraus. Bin schon froh, wenn ich die ersten Prüfungen überlebe.« Das klang jetzt doppeldeutig, ich musste deswegen leise auflachen. »Na, wenigstens habe ich jetzt zwei Mädels, mit denen ich quatschen kann. Wenn ich schon auf kein Date kann, dann zumindest das.«

»Du kannst doch auf ein Date«, erinnerte sie mich.

»Mit Jérôme, Wichtigtuer Nummer eins?« Ich schüttelte hastig den Kopf.

»Gefällt er dir nicht?«

»Doch. Sehr sogar.« Er war aber nicht Lucien. Ich rutschte etwas nach unten und versank kurz in Selbstmitleid.

Tante Grace blieb für einen Augenblick still. »Trey Collister ist auch ein netter Junge«, sagte sie dann. »Dem würde es nichts ausmachen, wenn du nicht auf Partys willst. Er ist einer von der ruhigeren Sorte. Total ausgeglichen und hilfsbereit. Außerdem ist er ein hübscher Kerl.«

»Ich soll Luciens Banknachbarn daten?« Sicher nicht!

»Trey ist der Sohn des Bürgermeisters von Sunville. Wusstest du das?«

Ich wusste nicht mal mehr, wie er aussah, nur dass er längere Haare hatte. Welche Haarfarbe war das gleich noch mal gewesen? Braun? Hellbraun? Ich schüttelte den Kopf. »Nein. Ich habe noch kein Wort mit ihm gewechselt.«

Grace hatte einen prima Vorschlag für mich. »Wenn Jérôme für dich zu reif ist, solltest du es mal mit Trey versuchen. Oder mit einem anderen ruhigen Jungen.«

Zu reif? Ich guckte sie entsetzt an. »Warum willst du mich unbedingt verkuppeln?«

»Damit du deinen Fokus nicht nur auf Lucien legst.«

Ich stöhnte extrem genervt und blies mir eine dünne Haarsträhne aus dem Gesicht.

»Versuchs es doch einfach mal mit einem Date, Miracle«, bat sie mich. »Du hast die Wahl zwischen einem Jungen, der schon weiß, wo es langgeht, und einem, der dich bestimmt nicht zu irgendetwas drängen wird. So, wie ich Jérôme einschätze, ist er keiner, der lange mit Küssen und Herumfummeln wartet und bestimmt stürmischer vorgeht. Trey ist sicher der romantische, langsame Typ.«

Ich schnalzte laut mir der Zunge. »Also echt!«

Grace schmunzelte vielsagend.

»Das wird jetzt aber kein Sexgespräch?«

»Es ginge in die Richtung«, erwiderte sie mit einem eindeutigen Blick, versuchte aber, ernst zu bleiben. »Willst du nicht darüber reden? Vielleicht hast du Fragen?«

»Hallo? Internet!«

Nun lachte sie. »Na, das gab es bei uns damals noch nicht.«

»Ihr hattet ja auch noch Achselhaare!«

Das brachte sie noch mehr zum Lachen. Die Hollywoodschaukel wackelte und zitterte mit.

»Ach, Miracle«, sagte sie ganz langsam und guckte nach oben, als würde sie sich an etwas erinnern. »Es ist noch nicht so lange her, dass ich in deinem Alter war. Daher weiß ich noch gut, wie schnell es manchmal gehen kann.« Sie sah mich wieder an. »Sex und alles, was noch dazugehört, ist etwas, auf das du dich in Wahrheit nicht vorbereiten kannst. Es geschieht einfach. Wichtig ist nur, dass du dich in jeder Sekunde wohl dabei fühlst.« Sie veränderte ihre Miene und guckte mich verschmitzt an. »Als ich in deinem Alter war, nutzten wir jeden Ort und jede Gelegenheit zum Rummachen …«

»La, la, la, la, la!«, machte ich und hielt mir beide Ohren zu. »Hör sofort auf damit! Diese Bilder bekomme ich sonst nie wieder aus dem Kopf!« Ich tippte an meine Schläfen. »Kleine rosa Ponys, kleine rosa Ponys, kleine rosa Ponys …«

Grace lachte wieder laut auf. »Ich will damit doch nur sagen, dass du einiges versäumt hast, es ist daher völlig in Ordnung, wenn du das nun rasch nachholen möchtest. Ein junger Mann wie Jérôme lässt sich nun mal schneller darauf ein, als ein ruhiger Kerl. Egal wie du entscheidest, es ist beides okay.«

Ich konnte es nicht fassen, sie hörte einfach nicht auf! »Ich habe dir bereits erklärt, dass ich nie auf ein Date kann und du kommst jetzt mit deinem Sexgespräch daher?«

»Na ja, jetzt sitzen wir schon so nett zusammen. Dachte, die Zeit würde passen, irgendwann müssen wir das Gespräch ja führen.«

»Nachhilfe in Mathe wäre mir lieber gewesen.« Ich grinste.

»Für Mathe gibt es Formeln, beim Sex leider nicht.«

»Hörst du jetzt auf damit!«, regte ich mich auf. »Fehlt nur noch, dass du mir Kondome ins Zimmer gelegt hast.« Grace antwortete nicht. »Du hast doch keine Kondome in mein Zimmer gelegt?«, fragte ich und meine Stimme wurde heller dabei.

»Nein.« Sie schüttelte den Kopf. »Aber wenn du welche brauchst, dann schreibe es einfach auf den Einkaufszettel …«

»Aaahhh!«, machte ich laut und löste meine Beine aus dem Schneidersitz. »Ich muss Hausaufgaben machen. Sofort!«

Tante Grace blieb sitzen und lachte leise, als ich meinen Rucksack schnappte und im Haus verschwand. Ich zog mir gemütlichere Kleidung an. Meine geliebte Schlabberhose und ein Shirt. Dann angelte ich mir eine Tafel Schokolade aus dem Nachtkästchen und steckte meine Nase in die Bücher. Später machte ich nur kurz Pause, um etwas Nahrhaftes aus der Küche zu holen, und lernte direkt weiter. Wenn ich nicht sofort büffelte, dann konnte ich das Schuljahr nämlich vergessen.

Zum Glück weckte mich Grace am nächsten Morgen, ansonsten hätte ich verschlafen. Ich huschte sofort unter die Dusche, wusch mir den Schlaf aus dem Gesicht und schlüpfte in die Schuluniform. Das Frühstück musste ich notgedrungen ausfallen lassen, denn gerade als ich die Treppe hinunterhopste, klingelte Lucien an der Tür.

»Komme schon!«, rief ich, holte mir im Vorbeigehen einen Pancake aus der Küche, klappte ihn in der Mitte zusammen und ging kauend nach draußen. »Scheiße«, nuschelte ich, denn es regnete in Strömen. Die Einfahrt bestand nur noch aus Pfützen. Das Sauwetter hatte ich in meiner Eile nicht bemerkt.

»Dir auch einen schönen Morgen.« Sein Hemd hatte einige dunkle Flecken abbekommen.

»Das *Scheiße* galt dem Regen.« Ich holte von der Garderobe schnell zwei Regenschirme, einen drückte ich ihm in die Hand.

»Natürlich wünsche ich dir auch einen wunderschönen guten Morgen!«, tönte ich übertrieben gut gelaunt, öffnete meinen Schirm und ging zum Auto.

Lucien behielt seinen Schirm in der Hand und rannte im Schnellschritt hinterher.

»Warum beamst du dich nicht?«, fragte ich verwundert.

Viele Regentropfen hingen in seinem Gesicht und in der Frisur. Er fuhr sich durch die feuchten Haare. »Ich will nicht auffallen, ich kann mich nicht ständig rumbeamen.« Ein schneller Blick in den Rückspiegel zeigte ihm, dass er immer noch gut aussah. Mit sich zufrieden startete er den Wagen und fuhr los.

»Ich würde mich andauernd nur beamen«, kommentierte ich. »Wir könnten Benzin einsparen, wenn du uns in die Schule zappen würdest.« Das stellte ich mir echt toll vor. »Ich könnte zwanzig Minuten länger schlafen.«

»Das würde dir so passen.«

»Klar.« Ich schaute auf den Pancake in meiner Hand. »Magst du auch ein Stück?«

»Nein danke, Avia hat mich heute Morgen schon mit French Toast und Rührei bekocht.«

Ich biss ab und kaute genüsslich zu Ende. »Hab gestern lange geackert, darum das Handfrühstück.« Und das ließ ich mir nun in Ruhe schmecken.

»Das mit dem Nachhilfeangebot steht«, erinnerte er mich.

»Ich weiß«, seufzte ich.

»Klingt nicht, als würdest du es annehmen?«

Ich zögerte. Die Regentropfen prasselten laut auf die Windschutzscheibe, der Scheibenwischer kam kaum hinterher, um sie fortzuwischen. Meine Gedanken gingen zu dem Gespräch mit Tante Grace gestern und dass ich nicht mal einen Jungen daten konnte, ohne dass Lucien es erfuhr. Mein ganzes Leben lang würde ich ihn brauchen, wenn ich nicht wieder sterben wollte. »Ich will dich mit meinem Kram nicht zu sehr belasten«, sagte ich schließlich.

Lucien sah mich kurz an. »Tust du doch nicht.«

Tat ich wohl. Und ich glaubte auch nicht daran, dass ich meine Gefühle ihm gegenüber irgendwann einfach so würde abstellen können. Die Liebe zu ihm war übermächtig, so was verging nicht von selbst, vor allem da ich das Gefühl hatte, dass sie stetig wuchs. Er musste ja nicht mal etwas tun, es reichte, wenn er neben mir saß. Meine Hände wollten zu ihm hinübergreifen und ihn berühren, aber das ging nicht. Das zwischen uns wollte ich keinesfalls zerstören. Nein, in Wahrheit durfte ich es nicht zerstören. Er war zu wertvoll für mich. In allen Belangen.

»Ich will es alleine schaffen, das ist mir wichtig«, erwiderte ich endlich. »Wenn ich irgendwo hänge, frage ich dich.«

Damit gab er sich vorerst zufrieden und nickte. Ich drehte das Radio etwas lauter. Obwohl er eine gute Anlage im Wagen hatte, verschluckte der Regen die Hälfte aller Töne. Ein Blick nach draußen auf die Wolkendecke verriet mir, dass es sich bestimmt nicht bald bessern würde. Der Himmel war überwiegend dunkelgrau, leichter Morgennebel lag auf dem Boden. Der Herbst marschierte in schnellen Schritten daher. Nicht mehr lange und ich hatte Geburtstag. Siebzehn. Hm. Nur noch fünf Wochen. Was ich an dem Tag wohl unternehmen könnte?

»Wann hast du eigentlich Geburtstag?«, fragte ich unvermittelt. »Feiert man den noch in deinem Alter?«

Er sah mich stirnrunzelnd an. »Wirst du wohl damit aufhören, mich immer als alten Tattergreis darzustellen?«

»Ich werde erst siebzehn. Du bist ein paar tausend Jahre alt«, fasste ich zusammen.

Seine Stirn blieb gerunzelt. »Du bist ein Baby.« Er zog noch eine Augenbraue hoch und blickte strafend auf mich hinab.

Ich kicherte. »Hast du nun einen Geburtstag oder nicht?«

»Den hat doch jeder«, beschwerte er sich. »Ich bin nicht vom Himmel gefallen.«

»Und selbst da hättest du ein Datum, an dem ich dir einen Kuchen besorgen könnte.«

»Du würdest ihn nicht selbst backen?«

»Natürlich würde ich das«, stellte ich richtig.

Er schmunzelte spitzbübisch vor sich hin.

»Was ist nun?«, fragte ich fordernd.

»Wir haben keinen Kalender«, erklärte er endlich. »Wir leben nach Zyklen.«

»Aha, und das bedeutet?«

»Die Zyklen lesen wir an den Sternbildern ab«, erklärte er ausführlicher. »Ein Zyklus kann mal hundert Jahre dauern oder auch länger. Unsere Welt ist kein Planet, sie ist nicht rund wie eure Erde.«

»Wie bitte?« Das konnte ich mir absolut nicht vorstellen.

»Meine Welt wird von euren Schamanen und hellsichtigen Menschen die *Anderswelt* genannt, Mira«, erklärte er geduldig. »Sie ist für normale Menschen eine unsichtbare Welt, die alles umschließt, in der es Naturgeister und Fabelwesen gibt.« Er zog beide Augenbrauen hoch und verkniff sich ein Lachen. »Nun guck nicht so, ich rede kein wirres Zeug.«

»Das hörte sich aber gerade anders an.« Ich konnte keinem seiner Worte folgen.

»Lassen wir das besser. Wo waren wir? Ach, jetzt weiß ich es wieder. Wenn das Sternbild meiner Geburt am Nachthimmel erscheint, ist ein Zyklus für mich zu Ende und ein neuer beginnt.«

»Das feiert ihr dann?« Seine Erzählung von den Fabelwesen und der Anderswelt hätte mich sehr interessiert, aber ich bohrte nicht weiter nach, es war wohl zu groß, um es während der kurzen Autofahrt zu verstehen.

Er schüttelte den Kopf. »Nein, das feiern wir nicht.«

Ich dachte darüber nach. Das war natürlich ganz anders als bei uns, aber nun war er ja als Mensch hier. »Welches Datum hast du als Geburtstag auf der Erde eingetragen?«

»Ich werde keinen Geburtstag feiern, den ich nicht habe«, sagte er nur.

Wahrscheinlich lag ihm nichts daran, er war es ja auch nicht gewohnt. »Ich werde bald siebzehn«, holte ich ihm in Erinnerung.

»Ich weiß.« Er lächelte zärtlich, mir wurde warm dabei. »Wie könnte ich deinen Geburtstag vergessen?« Wir sahen uns kurz in die Augen, dann guckte er wieder auf die Fahrbahn. Natürlich würde er den Tag nicht vergessen können, da hatte sein Herz zu funkeln begonnen.

Ich betrachtete ihn unauffällig von der Seite. Am liebsten hätte ich mich zu ihm gebeugt, seine Wange geküsst und mich dann an seine Schulter gelehnt. Aber das würde er bestimmt nicht wollen. Er war der Sohn des Todes, dessen Nachfolger, und überirdisch schön. Ich war nur ein Mensch, unsere Welten waren zu verschieden.

Mein Blick ging wieder seitlich aus dem Fenster, da mich der Liebeskummer schon wieder in seinen Fängen hatte. Mir wurde in dem Moment klar, dass Tante Grace vollkommen recht hatte. Ich musste meinen Fokus verlagern, auch wenn es sich komisch und falsch anfühlte. Vielleicht wurde es ja besser, wenn ich es einfach tat?

»Ich habe es mir anders überlegt, ich will doch auf die Party am Freitag«, teilte ich ihm mit.

Er war überrascht. »Mit Jérôme?«

Ich nickte und ließ es selbstbewusst aussehen. »Ja.« Ich sollte mich wirklich ins Getümmel stürzen. Schnell noch vor meinem siebzehnten Geburtstag mit jemandem knutschen, mich ablenken. »Er ist total heiß, ich mag seine schwarze Haut und seinen aufregenden Blick«, fügte ich schwärmend hinzu, um es deutlicher zu machen und ihn schon mal vorzuwarnen. »Er hat auch einen tollen Körperbau und einen knackigen Hintern.« Ein paar Erfahrungen im Eiltempo zu sammeln, konnte ja nicht schaden. War besser, als Lucien heimlich anzuschmachten und unsere verzwickte Situation zu betrauern. Denn Lucien war absolut unerreichbar für mich …

Jérôme würde bestimmt bald herumknutschen wollen. Es war ja nicht gelogen, er sah wirklich gut aus. Hm. Er konnte sicher gut küssen und bemerkte hoffentlich nicht, dass ich selbst noch nie geküsst hatte. Das wäre zu peinlich.

Luciens Gesichtszüge verhärteten sich. Er äußerte sich nicht zu meinen Datingplänen.

»Du musst diesen langhaarigen Trey dazu bringen, dass er Alicia datet«, fiel mir noch ein.

Er presste die Kiefer zusammen und schwieg für einen Moment. »Muss man denn unbedingt als Paar zu dieser Party?«

»Alle sind eingeladen. Denke, das ist offen. Trotzdem fände ich es nett, wenn sich Alicia nicht alleine fühlt. Sie kennt ja noch keinen.«

Das leuchtete ihm ein. »Ich rede mit ihm«, sagte er nur.

Inzwischen waren wir angekommen, er parkte den Wagen. Ich hielt den Regenschirm griffbereit und öffnete ihn schnell, als ich ausstieg. Da es so stark regnete, nahm Lucien nun doch den anderen Schirm zur Hand. An der Bordsteinkante gluckerte das Wasser wie ein kleiner Bach entlang. Wir mussten mit einem großen Schritt drübersteigen, um nicht nass zu werden, und beeilten uns damit, in die Schule zu kommen.

Heute stand keiner draußen herum, alle tummelten sich bereits in den warmen Fluren. Auch an den Schließfächern unserer Schulstufe standen schon einige Schüler. Den blonden Pferdeschwanz von Alicia Summer entdeckte ich zuerst. Ihr Schrank war nicht weit von meinem entfernt. »Freitag, Party?«, platzte ich leise mit meinen Neuigkeiten heraus, als ich bei ihr ankam. »Wir können den abendlichen Plausch bei mir auch am Samstag abhalten.«

»Ich weiß nicht so recht«, überlegte sie und wirkte betrübt.

»Trey wird dich vielleicht einladen, wenn du möchtest«, flüsterte ich ihr zu. Lucien würde das schon regeln. »Ich habe ja keine Ahnung, wie viele Partys es geben wird, aber die allererste im Jahr dürfen wir echt nicht verpassen.« Das klang, als wäre ich tatsächlich davon überzeugt. Derweil wollte ich mir nur meinen ersten Kuss abholen, ehe ich siebzehn wurde. »Sieh es als Einstandsparty, wir werden großen Spaß haben.«

Alicia drückte ihr Schließfach zu. »Stimmt auch wieder.«

»Mädels!«, rief Dottie und rannte auf uns zu. Ihre langen dunklen Haare waren klitschnass, ebenso die Schultern und ihre Jacke. Sie tropfte alles voll. »Es regnet«, keuchte sie, total außer Atem vom Rennen.

»Na, hoffentlich hat dich keiner laufen sehen«, bemerkte Alicia leise.

»Ach, bestimmt nicht.« Dottie winkte ab. »Mitkommen«, befahl sie, packte uns an unseren Ärmeln und zog uns beide mit.

Alicia guckte verdutzt, ging aber anstandslos weiter. »Wohin willst du?«

»Stylecheck. Ins Mädchenklo.«

»Hör auf zu ziehen, ich komm ja schon«, wehrte ich mich, zupfte am Stoff meiner Bluse und befreite mich aus ihrem festen Griff. Aber sie schnappte sich einfach meine Hand und schleifte mich den Flur entlang. Hilflos schaute ich nach Lucien, der an seinem Schließschrank stand und uns unauffällig beobachtete, um nicht zu stören. Ich deutete ihm, dass er mir folgen sollte. Er sah mich an und nickte nur.

Ich musste wieder nach vorne gucken, um nicht zu stolpern.

»Warum hast du es denn so eilig?«, raunte ich.

»Hallo?« Sie kicherte. »Haare nass! Und ich habe Eyeliner für euch mitgebracht.« Dottie ließ uns los und stieß die Tür zum Toilettenraum auf. Ehe sie mich hineinschob, erhaschte ich noch einen kurzen Blick auf Lucien, der uns unauffällig folgte. Die Tür fiel langsam zurück ins Schloss. Ein kurzer Angstfunke keimte in mir auf. Lucien war nicht mehr zu sehen.

»Du bist ja rabiat«, beschwerte ich mich.

Dottie, das temperamentvolle Energiebündel, lachte nur leise darüber. Ich blickte zurück auf die inzwischen geschlossene Tür und schluckte den Angstfunken hinunter.

Gestern hatte ich extra wenig Wasser getrunken, weil ich in der Schule nicht aufs Klo gehen wollte. Ich fühlte mich unbeschützt, wenn Lucien mich nicht direkt sehen und mein Flimmern überprüfen konnte. Nun stand ich hier und war nervös. Zu meiner Erleichterung hatte er wenigstens mitbekommen, wohin mich Dottie gezerrt hatte. Er wusste also, wo ich war.

Ich sah mich um. Der Toilettenraum war recht groß und roch so gar nicht nach Klo, was mich bei der großen Schülerzahl verwunderte. Ein Duft von Lavendel und Rose lag in der Luft, dieser kam bestimmt von dem kleinen Tisch, der unter dem Fenster stand. Darauf befand sich eine Schale mit einem Blütenpotpourri. Sechs elegant geschwungene Waschbecken waren aneinandergereiht, die Wände und der Boden glänzten in schöner Fliesenoptik. An und für sich ein schicker und sehr moderner Waschraum. Was mich hier leider störte, war die riesengroße Lampe über uns, die flackerte und ein klickendes Geräusch von sich gab.

Dottie holte aus ihrer Tasche ein Schminktäschchen heraus. Den Inhalt kippte sie einfach auf den breiten Waschbeckenrand. »Darf ich vorstellen? Das sind Eyeliner und Kajal.«

»Bah. Ich weiß, was ein Kajal ist!«, motzte Alicia sofort.

Dottie kramte eine Minibürste hervor. »Dann fang endlich damit an, ihn zu benutzen«, merkte sie an und kämmte ihre langen dunkelbraunen Haare durch.

»Mom will nicht, dass ich mich für die Schule schminke«, erklärte Alicia.

»Das will keine Mom! Darum schminkt man sich ja in der Schule und nicht zu Hause!« Sie legte die Bürste aufs Waschbecken und schüttelte die Haare durch.

»Schon klar, aber nein danke«, lehnte Alicia ab. »Außerdem will ich keine Probleme mit den Lehrern bekommen.«

Das ließ Dottie nicht so stehen. »Gegen leichte Schminke haben die Lehrer überhaupt nichts, alle angesagten Mädchen laufen hier so rum, ihr dürft es nur nicht übertreiben und wirklich nur minimal auftragen. Ihr seid ja nun meine neue Clique und wenn wir öfter zusammen abhängen, müsst ihr euch dringend aus dem Landei-Look schälen.«

»Landei-Look?«

»Schau bitte in den Spiegel, Alicia.« Dottie nahm sie an der Wange und drehte ihren Kopf ein wenig. »Du bist ein echtes Sahneschnittchen, aber man übersieht dich schnell.« Dottie guckte fragend zu mir. Ich stand immer noch auf derselben Stelle und schaute zwischen dem Schminkzeug und ihnen hin und her. Das Licht flackerte wieder und klickte unaufhörlich leise dabei. Es war wirklich nervtötend.

»Ich hab so was noch nie benutzt«, gestand ich den beiden kleinlaut. Lieber brachte ich es sofort auf den Punkt, anstatt herumzulügen, nur um besser dazustehen.

»Was?« Dotties Stimme erhellte sich ein wenig. »Lässt dich Miss Blue nicht?«

Wieder war ich ehrlich. »Sie hätte bestimmt nichts dagegen. Ich hatte nur noch nie einen Grund, mich zu schminken. Ich wurde bisher nur online unterrichtet.« Und zum Spazierengehen mit Hope brauchte ich bestimmt keinen Eyeliner.

Dotties Miene erstarrte für einige Sekunden. »Das erfordert eine Erklärung.«

Ich wechselte mit Alicia einen schnellen Blick. »Das ist eine Geschichte, die ich nicht im Mädchenklo erzählen möchte«, sagte ich den beiden. »Hier die Kurzfassung: Ich war viele Jahre in einer Klinik und konnte nicht zur Schule gehen. Gestern war mein allererster richtiger Schultag.« Diese knappe Zusammenfassung musste für den Moment reichen.

Dotties Gesicht wurde länger. Alicia blieb gefasster. Keine Ahnung, was sich die beiden gerade dachten, aber das mit meinen verstorbenen Eltern und der Jugendpsychiatrie wollte ich jetzt echt nicht aussprechen.

»Okay«, sagte Dottie ganz langsam. »Das haben wir gleich.« Sie griff nach dem Eyeliner, kam zu mir und begann, mir einen Lidstrich zu ziehen. Da ich neugierig war, hielt ich still. Die Lampe über uns flackerte und klickte immer wieder, aber das schien Dottie nicht zu stören. Sie brauchte nicht lange, kümmerte sich auch um das andere Auge und wischte danach an meinen Lidern herum.

»Nun guck«, forderte sie. »Hat nicht mal eine Minute gedauert!«

Ich öffnete die Augen, drehte den Kopf zum Spiegel und war erstaunt. »Das bekomme ich alleine nie so hin.« Meine Augen wirkten viel größer, die Schminke war gerade mal so dünn aufgetragen, dass es nicht sonderlich auffiel. Es wirkte einfach, als hätte ich dichtere Wimpern.

»Ich will auch«, freute sich Alicia lautstark. »Wenn ich das so dezent hinbekomme, wird es Mom nicht mal bemerken!«

Dottie legte gleich los und bearbeitete Alicias Augen.

»Mädels, ich mache aus euch noch Superstars«, kommentierte sie kichernd. »Für Freitagabend bringe ich euch Lidschatten mit, der macht einen sexy Blick, ohne dass es so übertrieben wirkt wie bei Bitch Rebekah.«

»Rebekah?«, fragte ich nach.

»Na die wasserstoffblonde Cheerleaderin in der zweiten Reihe.«

»Ach die.« Ich erinnerte mich wieder. Sie hatte gestern andauernd total arrogant geguckt und die Bluse so eng getragen, dass sie um die großen Brüste spannte.

»Mann, das Licht nervt«, beschwerte sich Dottie und guckte kurz nach oben. Die Lampe hörte nicht auf zu flackern. Trotzdem zauberte Dottie einen perfekten Lidstrich auf Alicias Augen. Das sah richtig, richtig gut aus.

»Du bist wirklich eine Sahneschnitte«, bestätigte ich lächelnd. »Wenn du jetzt noch die Haare offen hättest, würden dir die Jungs hinterherpfeifen.«

»Superstars.« Dottie kicherte, beugte sich zum Spiegel und zog ihren eigenen Lidstrich nach.

»Komme gleich wieder«, sagte ich, stellte meinen Rucksack auf den Tisch neben das gut duftende Potpourri und ging in eine Kabine, da sich meine Blase bemerkbar machte. Ich drehte den Riegel an der Tür zu, schob den Rock nach oben und erstarrte.

Draußen vor meiner Kabine erklang eine Männerstimme. »Entschuldigung, aber ich muss die Lampe jetzt reparieren. Später habe ich keine Zeit mehr dafür.«

Ich hielt die Luft an und bewegte mich nicht mehr. Hilfe! Das war bestimmt der Hausmeister!

»Wir gehen schon mal raus, Miracle!«, rief Dottie durch die Kabinentür. An ihren Schritten hörte ich, dass sie den Toilettenraum verließen. Die Tür fiel ins Schloss.

Ich wollte etwas sagen, aber es ging nicht, meine Sprache war fort. Ich wollte ihnen nachrennen, aber ich war wie angewurzelt und schaffte es nicht mal, meinen eben hochgeschobenen Rock loszulassen. Draußen bewegte sich jemand, dann sah ich oben im offenen Spalt über der Kabinentür, dass der Hausmeister eine Doppelleiter aufstellte. Das silberne Metall quietschte ein wenig, er kletterte hoch und atmete laut dabei.

Plötzlich spürte ich Lucien hauteng um mich geschwungen, das Licht schaltete sich zur selben Zeit aus. Ich hob den Kopf und sah ihn erschrocken an, auf seinem Gesicht lag ein unheimlicher Schatten, da nur etwas Helligkeit von einem schmalen Fenster zu uns drang.

Er ließ mich wieder los.

Kurz war mir schwindelig. Ich blinzelte benommen und erkannte, dass wir nicht mehr auf der Mädchentoilette waren.

»Oh mein Gott«, hauchte ich beschämt. Hektisch zog ich den Rock nach unten. »Was soll das?«, kreischte ich ein wenig.

»Der Hausmeister war bei dir«, erklärte er ruhig. »Ihr habt beide geflimmert.«

Meine Augen gewöhnten sich langsam an die Dunkelheit. Graue Wände, silberne Regale, überall stand und lag etwas herum. »Wo sind wir hier?«

»Im Keller. Der einzige Platz im Schulgebäude, wo gerade keiner war.«

»Oh mein Gott«, hauchte ich wieder. Mein Herz pochte, seine Worte drangen erst jetzt richtig zu mir durch. »Was ist passiert?« Blöde Frage! Wir hatten beide geflimmert! Das konnte nur eines bedeuten … »War es knapp?«

Ich war total durcheinander.

Er ließ sich mit der Antwort Zeit. »Es war knapp, ja«, flüsterte er nickend. »Ich musste aufs Jungenklo rennen, damit ich mich ungesehen zu dir teleportieren konnte.«

Ich schwieg einen Moment. »Ist er jetzt …?« Ich zeigte mit dem Finger nach oben.

»Warte, ich guck nach«, sagte er und verschwand.

Eine halbe Sekunde später erschien er wieder. Ich schaute ihn mit großen Augen an.

Lucien nickte ganz langsam. »Offenbar hat sich die ganze Deckenleuchte gelöst oder der Hausmeister wollte sich daran festhalten, als die Leiter umfiel, denn sie liegt quer im Raum. Da oben sieht es aus, als wäre etwas explodiert. Zwei der Waschbecken sind komplett zerbrochen, Wasser ist überall. Ein ganzes Kabelbündel hängt von der Decke und schlägt Funken.«

Ich war vor Entsetzen nicht fähig, etwas darauf zu sagen.

»Mira, ich muss dich jetzt wieder zurückbringen, schaffst du das?«, sagte er. Als er es aussprach, wurde mir schlecht.

Automatisch machte ich einen Schritt nach hinten und stieß mit dem Fuß an einen Eimer, der hinter mir stand.

Er schepperte ein wenig.

»Du bringst mich bestimmt nicht zu einer Leiche!« Hilfe! Der sah sicher schlimm aus!

»Dottie und Alicia wissen aber, dass du auf der Toilette warst.«

»Ist mir egal«, wehrte ich mich, schob den Eimer mit dem Fuß weg und ging noch einen Schritt zurück. »Bitte, ich will den toten Hausmeister nicht sehen«, wimmerte ich verzweifelt und ging noch einen Schritt zurück. Ich hatte in meinem Leben schon so viele Leichen und hysterische Menschen gesehen, ich wollte nicht schon wieder in so ein Chaos gebracht werden. »Bitte, ich will nicht.« Direkt hinter mir war nun ein Regal, ich konnte nicht weiter ausweichen.

Ein schmerzhafter Ausdruck legte sich auf sein Gesicht. »Warum hast du das Gefühl, dich vor mir verstecken zu müssen?«

Ich brachte kein Wort heraus. Obwohl ich mich abmühte, sie wegzublinzeln, traten Tränen in meine Augen.

Lucien betrachtete mich ein paar Sekunden lang. »Hey, komm her«, flüsterte er, schon war er bei mir und schlang seine Arme fest um mich. Er strich über meine Haare, um mich zu trösten. Seine Nähe war so angenehm und er strahlte eine Wärme und Geborgenheit aus, sodass ich für wenige Sekunden vergaß, dass dort oben ein toter Mann lag und ich ebenfalls fast gestorben wäre.

Erst als ich wieder ganz ruhig atmete, wurde seine feste Umarmung etwas lockerer. Aber er ließ mich trotzdem nicht los. Mein Kopf lehnte an seiner starken Schulter, ich hielt mich an seinem Rücken fest und machte ebenfalls keine Anstalten, diese innige Umarmung zu lösen. Ich spürte seinen gleichmäßigen Herzschlag und hatte das Gefühl, das Funkeln seines Herzens würde direkt das meine berühren.

Der Moment dauerte ewig an. Als er mich schließlich doch losließ, beugte er sich etwas zu mir und schaute mir in die Augen. »Dann bringe ich dich jetzt hoch ins Jungenklo«, schlug er vor. »Wir beeilen uns dann, in den Flur zu kommen, und sagen einfach, dass du kurz vor dem Unfall die Mädchentoilette verlassen hast.«

Ich nickte schnell, denn über diesen Vorschlag war ich froh.

»Aber wir sollten uns wirklich beeilen, Mira. Sonst fällt dein Fehlen noch mehr auf.«

»Moment noch.« Ich trocknete hastig meine Augen und bemühte mich, den Eyeliner nicht zu verschmieren. »Geht's?«, fragte ich sicherheitshalber. »Man soll nicht sehen, dass ich geheult habe.«

Er lächelte. »Sie lebt und ist wunderschön.« Seine Hand streichelte über meine Wange. Ehe ich antworten konnte, erhellte sich die Umgebung. Wir befanden uns in einer Kabine in der Jungentoilette. Vom Flur her drangen viele aufgeregte Stimmen zu uns. Lucien legte seinen Zeigefinger an den Mund, damit ich leise war. Er öffnete die Kabinentür und sah sich um.

»Komm«, flüsterte er. Auch in den Flur warf er zuerst einen prüfenden Blick, dann huschten wir eilig hinaus.

Dort herrschte zu unserem Glück Hektik, man sah uns deshalb nicht. Alle Augen waren auf die Mädchentoiletten gerichtet, alle redeten durcheinander, ein Lehrer versuchte gerade, die Schüler zu beruhigen und zum Gehen zu bewegen.

»Bitte, seid leise!«, bat er laut. »Geht in eure Klassen! Bald ist der Notarzt da, ihr müsst unbedingt Platz machen!«

Alicia stand direkt neben der Tür und war blasser als die weiße Wand neben ihr.

»Sie liegt bestimmt irgendwo«, stotterte Dottie aufgebracht. Der Toilettenraum war halb geöffnet, sie hielt sich am Türrahmen fest und schaute entsetzt hinein. Jemand war drinnen und redete mit ihr. Sie beugte sich ein wenig vor und blickte um die Ecke. »Miracle war mit uns zusammen im Klo, das haben wir uns nicht eingebildet! Suchen Sie gefälligst genauer!«

Hinter ihr drängten sich einige Neugierige vor, um ebenfalls einen Blick zu erhaschen.

»Ich will keinen mehr im Flur sehen!«, rief der Lehrer. »Alle in die Klassen, und zwar sofort!«

Lucien half mir zwischen den Schülern hindurch, die den Schauplatz aufgeregt verließen und nun in unsere Richtung strömten. Ich eilte nach vorn.

»Hier! Ich bin hier!«, rief ich und drängte mich an zwei großen Jungs vorbei. »Dottie! Alicia! Es geht mir gut!« Um mich sichtbar zu machen, hob ich eine Hand und winkte.

Alicia sah mich zuerst. »Wir haben dich nicht gefunden.« Sie war total fertig mit den Nerven.

Dottie fiel mir um den Hals. »Oh Gott, oh Gott, ich dachte, du wärst hinüber!«

»Wir haben geglaubt, es hätte dich ebenso gegrillt wie den Hausmeister«, wimmerte Alicia.

Meine Kehle schnürte sich zu, ich musste schlucken.

Dottie nickte. »Drinnen ist alles überschwemmt, sie haben den Strom abgestellt, um hineingehen zu können! Das schlug vorher total viele Funken!«

»Mira war bei mir«, erklärte Lucien ganz ruhig. Sein Pokerface verriet absolut nichts.

Sie schaute misstrauisch zu mir. »Wie kann das sein? Du warst ja auf dem Klo?«

»Ich bin wegen des Hausmeisters gleich nach euch raus«, beruhigte ich sie. »Da ich Lucien noch was fragen musste, bin ich direkt zu ihm.« Was Besseres fiel mir nicht ein.

»Wir standen dort hinten«, bestätigte Lucien rasch und zeigte in Richtung Jungentoiletten.

Alicia blies die Luft scharf aus. »Ist ja egal, Hauptsache, es geht dir gut.«

Dottie senkte ihre Stimme. »Ich glaube, der Hausmeister ist tot. Zwei Lehrer sind dabei, ihn zu reanimieren, aber er bewegt sich schon lange nicht mehr.«

Ich schaute sie total betroffen an. Natürlich war er tot.

Er hätte gestern schon sterben sollen, nur durch Lucien hatte er noch einen Tag länger am Leben bleiben können.

Ein Lehrer kam zu uns. »Ihr zwei geht bitte jetzt gleich zu Mrs. Parker, der Vertrauenslehrerin«, sagte er zu Dottie und Alicia.

»Warum?«, wollte Dottie wissen.

»Damit sie mit euch über den Unfall und euren Schreck reden kann. Mrs. Parker wird sich gut um euch kümmern, ihr könnt offen mit ihr sprechen.«

Dottie und Alicia wechselten einen vielsagenden, traurigen Blick. Alicia zeigte uns ihre ausgestreckten Finger. »Ich zittere immer noch.«

Dottie nickte. »Mir schlottern die Knie.«

»Darum geht ihr jetzt sofort zu Mrs. Parker. Aber bitte ohne Umwege.« Der Lehrer wandte sich Lucien und mir zu. »Und ihr zwei sofort in eure Klassen. Was macht ihr immer noch hier?« Er winkte uns weiter, damit wir uns endlich in Bewegung setzten.

»Bis später«, sagte ich leise zu meinen Freundinnen, ehe wir uns entfernten und zu unserem Klassenraum gingen. Dass sie wegen mir so etwas mitansehen mussten, tat mir echt leid.

Wir waren schon knapp vor der Tür, da fasste ich Luciens Arm und hielt ihn fest. »Mein Rucksack liegt noch im Mädchenklo«, flüsterte ich hastig. »Er lag auf dem Tisch, direkt unter dem Fenster.«

»Oje, das ist ein Problem«, erwiderte er leise und reagierte sofort. »Ich bin dann mal für kleine Jungs.« Ohne abzuwarten, drehte er ab und steuerte im Schnellschritt erneut die Toiletten an.

Ich lehnte mich an die Wand neben der Klassentür, damit mich die Mitschüler nicht sehen konnten. Es dauerte nicht lange, da kam Lucien wieder heraus. Offenbar hatte er seinen Rucksack ebenfalls vergessen, er hing ihm nun locker über eine Schulter. Meinen hielt er in der Hand. Er war an der Seite klitschnass und voller Bröcklein vom Mauerwerk und anderem Dreck. Lucien schüttelte ihn unauffällig, als er zu mir kam, und gab ihn mir.

Wir standen uns einen Moment schweigend gegenüber.

»Wie geht es dir?«, fragte er flüsternd.

»Ich will heim.«

»Soll ich dich nach Hause fahren?«

Ich seufzte leise. »Nein. Ich komm schon irgendwie klar.«

Lucien presste die Lippen aufeinander und musterte mich besorgt. Natürlich kam ich nicht damit klar. Es war genau das geschehen, wovor ich solche Angst gehabt hatte. Dann war da noch die Tatsache, dass Grace sich bestimmt Sorgen machte. Genau so einen Unglücksfall hatte sie kommen sehen.

Meine Vergangenheit war nicht abgestreift, wir hatten sie an die Shadylight mitgenommen.

Er hob die Hand und strich tröstend über meinen Oberarm. »Wenn du doch nach Hause willst, sag es mir bitte. Ich kann dich in einer halben Sekunde zu Hope beamen.«

Ich zwang mich zu einem schmalen Lächeln und nickte.

Dann taten wir das, was alle anderen Schüler taten. Wir setzten uns auf unsere Plätze und lauschten den Worten von Mr. Hobbs, der gerade dabei war, die Schüler zu beruhigen.

Ich rutschte tiefer in den Stuhl und zog mich in mein Mäuseloch zurück. Gestern wäre der arme Mann nur vom Baum gestürzt und hätte sich dabei das Genick gebrochen. Ein einfacher, schneller Fall, etwas, das mal passieren konnte. Heute hatte er in einer wahren Tragödie sterben müssen und würde es damit bestimmt in die Schlagzeilen der hiesigen Zeitung schaffen.

Dass ich das Unglück überlebt hatte, freute mich deswegen nicht so richtig. Mein Schicksal hatte diesem Mann keinen ruhigen, sondern einen ereignisreichen Tod beschert. Was das für seine arme Familie bedeutete, mochte ich mir gar nicht erst ausmalen.

Ich seufzte innerlich. Musste mich nicht umdrehen, um zu wissen, dass Lucien mich gerade sehr sorgenvoll beobachtete, da ich seinen intensiven Blick gut auf mir spürte. Könnte er Gedanken lesen, hätte ich ihn nun in meine traurigsten Erinnerungen entführt. Zurück zu den vielen Unglücken, die ich bereits hatte erleben müssen. Ich dachte an die ertrunkene Jessica und alle anderen …

Mr. Hobbs ging sprechend an mir vorbei durch den Gang nach hinten. Ich hörte nicht, was er sagte, und brauchte ein paar Sekunden, bis ich wieder in der Gegenwart ankam und den ganzen Klassenraum um mich herum wahrnahm. Mit einem Mal redeten die Schüler durcheinander, Stühle wurden zurückgeschoben, sie standen auf.

Benommen versuchte ich zu verstehen, was eben geschehen war, denn schon wurde die Tür aufgemacht. Einige verließen bereits den Raum.

Ratlos schaute ich zu Lucien, der gerade zu mir kam. Er hatte seinen Rucksack in der Hand, bückte sich und hob meinen ebenfalls hoch.

»Lass uns gehen«, sagte er leise, als er bemerkte, dass ich nicht ganz bei mir war.

»Wohin?«

»Nach Hause. Heute findet kein Unterricht mehr statt. Polizei und Feuerwehr untersuchen den Unglücksort.«

Ich schluckte hart. Es war mein zweiter Schultag, schon war etwas so Schreckliches geschehen.

»Das ist alles meine Schuld«, hauchte ich kaum hörbar.

Tränen traten in meine Augen.

Sein Blick wurde ganz weich. »Ist es nicht. Lass uns gehen«, drängte er behutsam, nahm meine Hand und zog mich hoch.

Schweigend verließen wir das Schulgebäude und ich mühte mich ab, nicht zwischen den Schülern zu weinen. Draußen regnete es noch immer in Strömen, das Wetter passte zu meiner Traurigkeit, und als ich im Wagen saß, konnte ich meinen Kummer nicht länger zurückhalten. Es ging einfach nicht mehr. Der Regen prasselte laut auf das Dach und verschluckte mein Geschluchze.

»Das mit der Schule klappt nicht«, jammerte ich. »Ich werde nie wieder einen Fuß auf das Gelände setzen, um keinen zu gefährden.«

»Mira, das war nicht deine Schuld, du gefährdest keinen, okay? Versteh das doch endlich.«

»Ich habe es schon verstanden, der Hausmeister wäre so oder so gestorben. Aber Dottie und Alicia mussten wegen mir diesen Unfall miterleben.« Ich schluchzte wieder auf. »Und ich weiß nur allzu gut, wie es ist, wenn man so etwas sieht.«

Lucien sagte nichts darauf. Er nahm sachte meine Hand und hielt sie fest. Mehr musste er nicht tun, um mich zu trösten. Ich schaute seitlich aus dem Fenster, ließ die Tränen einfach fließen.

Ich hasste mein Leben!

Das war alles so ungerecht!

»Soll ich bei dir bleiben, bis Grace kommt?«, fragte mich Lucien, als er den schwarzen Volvo wenig später in unserer Einfahrt parkte.

Ich trocknete mein Gesicht und sah ihn an. Natürlich wollte ich, dass er bei mir blieb. Gar keine Frage! »Nein danke. Grace wird bestimmt bald nach Hause kommen«, lehnte ich wehmütig ab. Die Worte kamen nur mühsam aus meinem Mund.

»Es geht dir nicht gut«, sagte er besorgt und musterte mich. »Ich bleibe.« Entschieden stellte er den Motor ab und stieg einfach aus. Er öffnete die Beifahrertür und streckte mir einladend seine Hand entgegen. »Komm, Mira.«

Dicke Regentropfen legten sich auf seine Haut und seine Kleidung.

»Es regnet«, sprach ich aus, da es ihn offensichtlich nicht störte.

»Dann lass mich nicht so lange im Regen stehen.« Er zog einen Mundwinkel hoch und schmunzelte schräg.

»Okay«, sagte ich leise und nahm seine Hand. Wir rannten zur Veranda und blieben vor der Eingangstür stehen. »Fühlst du dich denn gar nicht schlecht nach so einem Unfall?«, fragte ich, während ich den Schlüssel aus meinem Rucksack kramte. Er hatte den Hausmeister ja gesehen, so etwas ging bestimmt nicht spurlos an ihm vorbei.

»Ich bin mit dem Tod aufgewachsen«, erwiderte er schulterzuckend.

»Und trotzdem kannst du nachvollziehen, wie es mir gerade geht?«

»Ich fühle deinen Schmerz und deine Traurigkeit.«

Natürlich tat er das. Er kannte mich wie kein anderer. Ich legte den Kopf schräg. »Danke, dass du da bist.«

»Du warst nie alleine, Mira. Ich werde dein ganzes Leben lang immer für dich da sein.« Er sagte es, als wäre es das Normalste der Welt.

Und ja, er war mein Fels in der Brandung. Ich versank in seinen Augen, in meiner Brust wurde es ganz warm. In dem Moment liebte ich ihn noch mehr und hätte ihn so gern liebevoll umarmt. Stattdessen nickte ich nur und sperrte endlich die Tür auf.

Hope begrüßte uns überschwänglich. Ich stellte meinen Rucksack zur Garderobe und ging in die Küche, um etwas zu trinken. Lucien folgte mir und nahm am Tisch Platz.

Am Schrank stand eine große Limoflasche, die ich öffnete und zwei Gläser damit füllte.

»Mira …«, setzte er an und hielt inne.

Ich wartete kurz. »Nun sag schon«, forderte ich, schob ihm sein Glas hinüber und setzte mich.

Er sah mir in die Augen und schwieg. Die Küchenuhr machte laut ticktack. Sonst war kein Geräusch zu hören.

»Es tut mir wirklich leid.« Seine Stimme wurde samtweich. »Ich werde alles tun, damit mir so ein Fehler nie wieder geschieht.«

Verwundert zog ich die Brauen zusammen. »Du hast doch keinen Fehler gemacht?«

»Ich habe aber zugelassen, dass dieser Unfall geschehen konnte und deine Freunde dabei waren. Ich will nicht, dass du jetzt denkst, du könntest nicht mehr zur Schule gehen.«

»Mit der Schuld, meine Mitschüler einer Gefahr auszusetzen, will ich nicht leben«, verdeutlichte ich. »Dottie und Alicia sind heute zu Schaden gekommen, weil sie etwas gesehen haben, was eigentlich gar nicht hätte passieren sollen.«

Ebenso die Lehrer, der Notarzt, die Polizei … Der Toilettenraum war kaputt … Was noch alles damit zusammenhing, mochte ich mir nicht ausmalen. Ich musste auf die Schule verzichten, es blieb mir nichts anderes übrig.

Darauf sagte er nichts. Wieder legte sich ein Schweigen zwischen uns. Die Küchenuhr kam mir diesmal noch lauter vor. Ich schaute auf das linienförmige Muster der Tischplatte und versuchte, einen entspannten Gesichtsausdruck aufzusetzen.

Hope sprang auf und rannte aus der Küche. Wenige Sekunden danach hörte ich Grace ins Haus kommen. Ich schob meinen Stuhl zurück und ging ihr entgegen.

Ein rätselhaftes Ereignis

»Ich hab dich zigmal angerufen«, schimpfte sie, stellte ihren Regenschirm in die Garderobe und kam zu mir. »Wenn du noch einmal vergisst, mich nach so etwas anzurufen, dann setzt es was!« Sie umarmte mich bebend.

»Es tut mir leid, ich hatte es wegen des Unterrichts auf lautlos gestellt.« Eine dünne Ausrede. In Wahrheit war ich mit mir selbst beschäftigt gewesen und hatte nicht mal daran gedacht, mich bei ihr zu melden.

Wir lösten uns aus der Umarmung. Tante Grace hielt mich an den Schultern fest und sah mich an. »Dir geht es auch wirklich gut? Bist du in den Unfall verwickelt gewesen?«

»Wäre ich leider fast. Lucien hat mich rechtzeitig in den Keller gebracht, es geht mir gut.«

Sie nickte, ließ mich los und richtete ihren Blick an mir vorbei. Lucien war zu uns gekommen, er stand ein paar Schritte weiter weg.

»Danke, Lucien«, sagte sie, dann veränderte sich schlagartig ihre Miene. Sie kniff ein wenig die Augen zusammen und wurde todernst. »Wir zwei unterhalten uns jetzt«, bestimmte sie. Kaum ausgesprochen, wandte sie sich ab und ging zur Haustür, die sie öffnete. »Ungestört. Draußen. Alleine«, fügte sie hinzu und klang inzwischen sehr zornig.

Lucien blieb ruhig, er folgte ihr nach draußen.

»So hatte ich mir das nicht vorgestellt.« Grace sprach und schloss gleichzeitig die Tür, sodass ich nicht weiter mithören konnte.

Sie wollte ungestört mit ihm reden, ich ignorierte allerdings ihren Wunsch, denn ich war zu neugierig. Darum huschte ich über die Treppe hinauf, nahm zwei Stufen auf einmal und öffnete oben im Flur das Fenster, so leise es ging. Die Veranda befand sich direkt unter mir, durch das Dach konnte ich die beiden nicht sehen, aber das machte nichts. Hauptsache, ich konnte lauschen.

»… ist dir klar, was das angerichtet hat? Unzählige Eltern beschweren sich bereits!« Tante Grace war total aufgebracht. »Stell dir vor, ein anderes Mädchen wäre in der Toilette gewesen und hätte sich dabei verletzt oder – noch schlimmer – wäre ebenfalls getötet worden …«

Lucien unterbrach sie. »Ich kann nicht verhindern, dass jemand stirbt«, verteidigte er sich.

»Du kannst ja auch Miracle beschützen! Wie stellst du dir das vor? Was glaubst du, wie es den Schülern geht, die das mitansehen mussten?«

»Ich verstehe, dass du wütend auf mich bist. Ich verspreche dir, dass ich mich ab morgen mehr bemü…«

»Ab morgen? Du denkst doch nicht, dass Miracle morgen wieder zur Schule geht?«

Kurz war es still.

»Nimm ihr das bitte nicht weg, Grace«, bat er ruhig. »Das heute war ein blöder Unfall. Ich hab bereits mit ihr darüber gesprochen, denn ich werde ab jetzt viel vorsichtiger sein und schauen, dass es die Schule nicht betrifft. Für Mira wäre es schrecklich, wieder nur zu Hause bleiben zu müssen. Das verstehst du doch? Sie wünscht sich doch schon so lange Normalität in ihrem Leben.«

»Und ob ich das verstehe, Lucien. Aber ich trage auch Verantwortung für die anderen Schüler.«

»Ja. Ich auch.«

»Soll das heißen, du beschützt ab jetzt auch sie?«

»Ich werde immer all meine Möglichkeiten ausschöpfen. Versprochen.«

Einen Moment war es still.

»Versprochen? Ich bin stinkwütend! Besser, du gehst jetzt und überlegst dir, ob du das Versprechen auch einhalten kannst.«

Einige Sekunden vergingen, ohne dass er antwortete.

»Ich hole Mira morgen früh ab«, sagte er schließlich entschieden. Dann hörte ich Schritte und eine Autotür. Lucien startete den Wagen und fuhr davon.

Ich eilte über den Flur zur Treppe, schaffte es jedoch nicht mehr bis ganz nach unten, da kam Grace wieder ins Haus.

»Nanu? Wo ist Lucien?«, fragte ich gespielt verwundert.

»Heim. Und du meldest dich jetzt sofort bei Martin.«

»Okay«, antwortete ich kleinlaut und lief in mein Zimmer. Tante Grace so sauer zu erleben, war komisch. Natürlich verstand ich ihre Wut, sie hatte ja recht und machte sich große Sorgen.

Bevor ich Martin schrieb, tippte ich allerdings Lucien eine Nachricht: *Tut mir leid, für Grace ist das alles nicht einfach.*

Es dauerte, ehe seine Antwort kam: *Alles gut. Bis morgen.*

Ich schickte ihm noch ein paar passende Smileys, dann schrieb ich Martin. Er meldete sich sofort, wir vereinbarten einen Termin für den Nachmittag, an dem ich ihm alles schilderte. Natürlich nur die abgemilderte Version: Der Hausmeister hatte einen tödlichen Unfall gehabt, als wir davon gehört hatten, waren alle traurig darüber.

Tante Grace, die hingegen alles wusste, war zum Glück nicht lange sauer auf mich. Ich spürte, wie ängstlich sie wegen mir war, ihr Vertrauen auf Lucien war zwar noch vorhanden, aber angekratzt.

Am nächsten Morgen war zwischen uns alles wieder in Ordnung. Lucien holte mich pünktlich ab, er benahm sich so, als wäre gestern nichts gewesen. Ich redete auch nicht mehr darüber, es war besser, das Thema fallen zu lassen.

Erst als wir das Schulgebäude betraten, wurden wir wieder jäh daran erinnert, was am Vortag geschehen war. Gleich nach den großen Vitrinen im Erdgeschoss stand ein Tisch mit vielen Kerzen. Ein Foto vom Hausmeister stand darauf, einige Blumen lagen daneben.

Wir hielten an, traurig blickte ich auf das Foto. Er trug auf dem Bild die grauen Haare ganz kurz und wirkte total sympathisch. »Ich wusste nicht mal, wie er aussah«, flüsterte ich Lucien leise zu. »Hatte er Frau und Kinder?«

»Ich weiß es nicht.« Lucien betrachtete mich von der Seite. »Vergiss nicht, dass er vom Baum fallen sollte. Laste dir bitte nichts auf.«

Ich seufzte kaum hörbar. »Ich versuch's.«

»Mach das.« Er schenkte mir ein aufmunterndes Lächeln.

Wir gingen zu unseren Schließfächern, um die Bücher zu holen, und dann in unsere Klasse.

Dottie und Alicia waren bereits da und redeten gerade miteinander. Ich gesellte mich zu ihnen. »Wie geht's euch heute?«

»Wieder besser«, antwortete Alicia.

Dottie nickte. »Mrs. Parker hat gestern sehr lange mit uns gesprochen, das tat wirklich gut.«

Wie sehr solche Gespräche halfen, wusste ich. »Wir reden später«, sagte ich eilig, denn Mr. Hobbs kam in den Klassenraum. Alicia ging zu ihrem Platz, ich schob meinen Rucksack unter den Tisch und setzte mich ebenfalls. Es dauerte nicht lange, da verstummten die raschelnden Geräusche der Schüler.

Mr. Hobbs erhob das Wort. »Guten Morgen. Bevor wir beginnen, möchte ich, dass wir den verstorbenen Hausmeister Mr. Tucker mit einer Gedenkminute würdigen. Seid bitte so lieb und schickt eure Gedanken und Gebete zu seiner Familie, die es gerade sehr schwer hat.«

Die meisten senkten ihre Köpfe, manche schlossen die Augen. Die Minute des Schweigens war so traurig, sie war fast zu schnell vorbei und als Mr. Hobbs wieder redete, kam mir das plötzlich viel zu laut vor.

Es folgte eine kleine Ansprache, in der er uns nahelegte, die Vertrauenslehrerin aufzusuchen, wann immer wir über den Vorfall reden wollten. Dann ließ er das traurige Thema fallen und widmete sich den neuen Mitschülern.

»Wir sind eigentlich seit gestern vollzählig«, sagte er. »Leider kamen wir nicht dazu, euch anständig willkommen zu heißen, Micha, Michelle und Micaela Markou.«

Nun, da ich sie sah, wunderte ich mich, dass ich sie bisher übersehen hatte. Alle drei hatten denselben blonden Lockenkopf. Beide Mädchen trugen die langen Haare offen, sie hingen ihnen ungezähmt über Schultern und Rücken. Auch der Junge hatte wilde Locken, sie fielen ihm etwas kürzer im Fluffy-Style in die Stirn.

Nicht nur an den Namen erkannte man schnell, dass sie Drillinge waren. Ich konnte sie nur von der Seite betrachten, aber Micaela und Michelle waren auch im Sitzen absolute Granaten. Obwohl wir alle die gleiche Schulkleidung trugen, stachen die beiden heraus und übertrumpften sogar die sehr auffällige Rebekah. Sie hatten volle, kugelrunde Brüste, Wespentaillen, lange und vor allem schmale Beine. Es hätte mich nicht verwundert, wenn sie nebenbei modelten und ihr Taschengeld damit aufbesserten oder alle drei auf YouTube bekannt wären.

Mr. Hobbs begann mit dem eigentlichen Unterricht und lenkte meine Aufmerksamkeit damit wieder auf sich. Ich stöhnte. Schon bald war ich total ermüdet und als wir mittags in der Cafeteria unser Essen holten, hätte ich am liebsten die Beine ausgestreckt und geschlafen.

Trey setzte sich dieses Mal zu uns. Seine langen braunen Haare fielen ihm ins Gesicht, als er von seinem Sandwich abbiss. Grace hatte recht, er war total süß, aber eben etwas ruhig.

Das absolute Gegenteil von Jérôme, der gerade zu mir kam.

»Hey, sexy Berry. Du wolltest mir deine Nummer geben«, sagte er selbstbewusst und schmunzelte wieder frech. »Außerdem kannst du dich gerne zu uns setzen. Bei uns ist es nicht so langweilig wie hier.« Er warf einen Blick auf Trey. Dieser blieb cool und ignorierte die abfällige Bemerkung.

Aber ich ignorierte sie nicht. »Du kannst mir deine Nummer geben und wenn du dich meinen Freunden gegenüber besser benimmst, schreibe ich dir irgendwann.«

Dass ich die Klappe so weit aufriss, gefiel ihm. »Heiß. Kein Püppchen, das mir nach dem Mund redet. Oh, Berry, ich freue mich schon so auf Freitag. Das wird echt heiß.«

»Mal sehen, ob du so viel Hitze auch verträgst«, konterte ich und zog eine Augenbraue hoch.

»Sooo heiß.« Er ließ das *ß* noch lange nachzischen, lachte leise auf und ging zurück an seinen Tisch.

Ich drehte mich etwas, um ihm nachzusehen. Für mich stand fest: Am Freitag ließ ich mich küssen. Bei all dem Sterben und

Nicht-Sterben sowie dem Liebeskummer brauchte ich ein Ziel, welches ich anvisieren konnte. Und das waren eindeutig seine erfahrenen Lippen.

Dottie stupste mich am Arm an. »Wenn du dich an deren Tisch setzt, bin ich echt sauer«, raunte sie mir zu.

»Warum sollte ich das tun?«

»Na, so beginnt es doch immer. Die werben die coolsten Leute ab. Mich wundert es, dass Lucien noch hier sitzen darf.«

Wir guckten beide zu ihm. Ein verwegenes Schmunzeln erschien auf seinem Gesicht. »Man wollte mich tatsächlich schon abwerben, damit ich mich an einen anderen Tisch setze.«

»Wann?« Das hatte ich gar nicht mitbekommen.

»Vorgestern, heute …« Lucien hob ungeniert eingebildet den Kopf. »Morgen, übermorgen …« Er genoss es regelrecht, dass wir ihn alle anguckten, lehnte sich zurück und legte locker seinen Arm auf die Rückenlehne der Bank.

Ich deutete auf Alicia und Dottie. »Wenn du unsere heiße Nähe nicht verträgst, kannst du dich ja zu den Frostbeulen hinübersetzen.«

Er lächelte schräg. »Ich komme auch mit mehreren heißen Mädels gut zurecht.« Sein Blick blieb auf Dottie hängen, die sofort knallrot anlief.

»Prima«, nuschelte sie leise zu mir. »Jetzt ist mir zu warm.«

Ich nickte und kicherte ein wenig, damit sie nicht merkte, wie sehr mich sein intensiver Blick auf sie gerade gestört hatte.

Dann wurde ich abgelenkt, weil die Drillinge an uns vorbeigingen. Ich musste mich sehr zusammenreißen, sie nicht allzu auffällig zu mustern.

»Dieser Micha ist auch nicht ohne«, flüsterte Alicia uns zu.

Als hätte er es gehört, drehte sich der Neue um und sah uns an. Micha Markou. Ich musste Alicia zustimmen, er hatte was. Eine Mischung aus zuckersüßem, rundlichem Gesicht und aufregenden Augen. In seinem Blick lag etwas Magisches, Geheimnisvolles. Er schüttelte die lockigen Haare, lächelte ein schneeweißes Lächeln und drehte sich wieder ab.

Alicia kicherte. »Jetzt ist mir zu heiß«, flüsterte sie.

Lucien schob ihren Trinkbecher über den Tisch. »Hier, zum Abkühlen.« Er wirkte amüsiert.

»Oder ihr setzt euch zum Abkühlen zu den Frostbeulen hinüber«, kommentierte Trey und erntete einige Lacher.

Am Nachmittag mussten wir in die Turnhalle zum Sportunterricht. Während ich versuchte, bei den Aufwärmübungen mit dem Ball eine halbwegs gute Figur zu machen, wirbelte Dottie herum, als würde sie immer noch am Cheerleading-Training teilnehmen. Ich beobachtete sie neidisch.

Danach mussten wir an die hohe Kletterwand.

»Scheiße, da komm ich nie rauf!«, jammerte Alicia sofort.

Dottie machte ihr Siegesgesicht, das kannte sie bereits vom letzten Jahr. »Ich schaffe es bis ganz nach oben.« Sie strahlte.

»Ich schaffe hoffentlich die ersten paar Hubbel«, murmelte ich. Das konnte ja noch heiter werden. Meine Kondition ließ sehr zu wünschen übrig.

Die beiden Sportlehrer teilten uns in zwei Gruppen auf und trennten die Jungs von den Mädchen. Wir durften an die leichte Wand, die Jungs hatten auf der hohen Wand ein paar Schwierigkeitsgrade und ein ganzes Stück mehr zu leisten.

Wir setzten uns und guckten den anderen Mädchen zu, wie sie geübt hochkletterten. Immer wieder schaute ich zu Lucien hinüber, der im ärmellosen Shirt wirklich sexy aussah. Das Tattoo war teilweise gut zu erkennen, durch das tribale Muster wirkte er sehr männlich, fast schon erwachsen.

Ich verpasste natürlich keine Sekunde davon, wie er die steile Wand hochkletterte und auch noch den überhängenden Teil locker schaffte. Die Muskeln seiner Oberarme spannten sich dabei so kraftvoll an, dass ich schlucken musste, weil es meine Hormone auf Hochtouren brachte. Ich konnte meinen Blick kaum abbringen und bemühte mich, nicht zu offensichtlich zu starren.

Auch Jérôme erreichte das Ziel in Rekordgeschwindigkeit, war dabei jedoch nicht so geschmeidig wie Lucien. Ich versuchte, mich nur auf Jérôme zu konzentrieren, bewunderte seine ebenmäßige schwarze Haut und sein gut trainiertes Sixpack, das sich deutlich unter dem engen Shirt abzeichnete. Sein

Lachen war erfrischend, als er wieder am Boden war und ich bemerkte, wie er immer wieder verstohlen zu mir herüberguckte. Als er sich kurz wegen eines Gesprächs mit einem Mitschüler von mir abwandte, schaute ich auf seinen breiten Nacken und den knackigen Hintern. Dann glitt mein Blick zu Luciens Nacken und Hintern und ich musste unwillkürlich seufzen. Lucien war einfach in nichts zu schlagen.

Dottie beugte sich näher zu mir. »Sabberst du wegen dem Neuen?«

»Micha?«, fragte ich verdutzt. Leider etwas zu laut, denn seine beiden Schwestern schauten gleichzeitig zu mir herüber. »Nein, ich hab Jérôme beobachtet«, berichtigte ich schnell. Es war ja nicht mal gelogen.

Wobei ich mit meinem Blick einzig Lucien auszog ... Meine Finger hätten gern die ansehnlichen Brustmuskeln erkundet. Vielleicht hätte ich sogar hineingebissen ... Seine Haut schmeckte bestimmt so gut, wie er immer roch.

Dottie durchbrach meine hitzigen Gedanken. »Ich sabbere wegen Lucien. Also echt, dass der noch Single ist ... Stimmt das wirklich?«

Alicia rutschte näher zu uns heran. »Wenn du noch länger wartest, ist er es nicht mehr.«

Das machte Dottie platt. »Warum?«

Alicia senkte ihre Stimme. »Ich konnte Rebekah hören, wie sie von ihm gesprochen hat, und eine aus der anderen Klasse hat ihn auch schon angebaggert. Da er ja gerne flirtet, lässt er keine Gelegenheit aus.«

Mein Bauch verkrampfte sich. Er flirtete gern? Das hatte ich alles nicht mitbekommen. Hatte ich mich zu sehr auf den Unterricht und aufs Lernen konzentriert?

Dottie verengte ihre Augen zu schmalen Schlitzen. »Dann muss ich mich wohl mehr ins Zeug legen.«

Dieser Satz trug dazu bei, dass ich nun tatsächlich Bauchschmerzen bekam.

Zu allem Übel rief uns jetzt die Sportlehrerin auf. »Blueberry und Brewster, ihr seid die Nächsten.«

Wir standen auf und stellten uns neben die Lehrerin. Dottie, die nichts von meinen Gefühlen für Lucien ahnte, lächelte mich verschwörerisch an. »Wenigstens habe ich mit ihm das Date am Freitag.«

Ich lächelte zurück, aber es war total gezwungen.

Die Lehrerin kam mit den Gurten und sicherte uns. Ich ging näher zur Kletterwand, zuckte kurz zusammen, weil mein Bauch immer noch wehtat, und begann hochzuklettern.

Zu meiner Verwunderung kam ich leichter hoch, als gedacht. Trotz Bauchweh!

Vielleicht war ich ja doch ein Naturtalent in Sachen Sport, oder die Radtouren mit Lucien hatten meine Beine in Form gebracht? Egal, ich vergaß meine Bauchschmerzen und kletterte bis ganz nach oben. Ein Glücksgefühl erfüllte mich, als ich den letzten Griff erreichte und mich hochziehen konnte.

»Mann, bist du schnell«, stöhnte Dottie, die nur ein kleines Stück unter mir an der Wand hing und bald ebenfalls auf selber Höhe war.

»Wenn ich schon Mathe nicht schaffe, dann wenigstens das hier,« gab ich triumphierend von mir. Plötzlich war ein leises Knacken zu hören, ich schaute über mich und fand sofort die Ursache dafür. Ein Riss hatte sich in der Decke direkt über Dottie und ihrem massiven Sicherheitshaken gebildet und bewegte sich rasend schnell auf meinen Haken zu.

Mir blieb keine Zeit zu denken, denn in der nächsten Sekunde verloren wir beide den Halt und stürzten. Dottie schrie, schon fiel sie wie ein nasser Sack hinunter. Auch ich raste auf den Boden zu. Ich hörte noch ihren dumpfen Aufprall und wie die Schüler durcheinanderschrien und hatte plötzlich Luciens schnellen Atem in meinem Ohr. Er rannte noch ein paar Schritte mit mir auf dem Arm, weil er einen rasanten Schwung draufhatte, dann bremste er ab und presste mich dabei so fest an seine Brust, dass ich kaum Luft bekam.

»Bist du okay?«, fragte er keuchend. Sein Gesicht war meinem ganz nah, sein Blick streichelte mich besorgt.

»Du hast mich gefangen.« Mein Rücken tat extrem weh, genau an der Stelle zwischen den Schulterblättern, mit der ich im schnellen Fall auf seinen harten Arm aufgeschlagen war. Meine Finger krallten sich in seine Haut. »Oh mein Gott, Dottie!!«

Lucien ließ mich runter, aber meine Knie gaben durch die Aufregung nach, daher fischte ich nach ihm und hielt mich fest.

Die Lehrerin beugte sich gerade über Dottie und hinderte sie daran, sich aufzusetzen. »Bleib bitte still liegen, bis ein Arzt da ist«, redete sie ruhig auf sie ein. »Wenn etwas gebrochen ist, darfst du dich nicht bewegen.« Sie winkte einige Schüler herbei, die helfen sollten.

Fragend blickte ich zu Lucien.

»Ich hätte ihr nicht helfen können, das ging zu schnell«, entschuldigte er sich.

»Auch nicht mit deinen speziellen Kräften?«, flüsterte ich.

»Zu viele Menschen haben hingesehen.«

Ich fasste mir an den Nacken, weil er plötzlich schmerzte. Der Schmerz strahlte vom Rücken nach oben. »Mir ist schwindelig«, sagte ich noch, dann wurde mir schwarz vor Augen.

Als ich wieder wach wurde, lag ich erneut in Luciens Armen. Alicia rannte voraus und öffnete die Tür der Krankenstation. Lucien drehte sich ab, damit wir hineingehen konnten.

»Ich glaube, ich war kurz weg«, murmelte ich benommen. Da spürte ich den Schmerz bereits wieder und erinnerte mich an alles. »Was ist mit Dottie?«

Lucien musterte mich besorgt. »Weiß ich nicht, sie haben einen Rettungswagen gerufen.«

Eine weißhaarige Frau kam auf uns zu. »Was ist passiert?«

»Unfall an der Kletterwand, sie ist von ganz oben heruntergefallen«, fasste Alicia zusammen.

Die weißhaarige Frau riss die Augen auf. »Ihr hättet sie nicht bewegen dürfen!«

»Ich habe sie aufgefangen«, stellte Lucien klar.

»Mit Superhelden-Vampirkräften«, machte Alicia deutlich und klang euphorisch.

Er lachte leise. »Ja, ganz bestimmt.«

»Bringt sie hier rüber.« Die Frau holte uns in einen Raum. »Bitte, ganz vorsichtig ablegen, ich rufe sofort einen Rettungswagen.«

Alicia schnappte sich ein Kissen und legte es für mich zurecht. Lucien bettete mich behutsam auf die Untersuchungsliege.

»Ich bin okay, es geht mir gut«, nuschelte ich und klang wie besoffen.

Lucien bemerkte es und blickte mich erheitert an. »Das lass mal besser die Profis feststellen.« Er strich über meinen Kopf und meine Haare wie bei einem Kleinkind, das man beruhigen wollte.

»Du hast dir bestimmt etwas gebrochen«, diagnostizierte Alicia naseweis. »Ich schwöre, das hat ganz laut geknackt, als er dich aufgefangen hat. Jeder andere wäre in die Knie gegangen, aber Lucien ist einfach mit dir weitergerannt, als hätte er gar kein Gewicht auf den Armen. Dein Cousin ist bestimmt ein übersinnlicher Held, ein Vampir oder so was.«

»Das erklärt auch, warum ich immer so verdammt gut aussehe«, äußerte er eingebildet und lachte.

Alicia nickte mit hochgezogenen Augenbrauen. »Nach deiner Showeinlage werden sie dich noch energischer anwerben wollen. Sowohl die Baseballmannschaft als auch das Footballteam werden sich jetzt um dich reißen. Die stehen auf gutaussehende Vampire.«

»Er glitzert aber nicht in der Sonne«, bemerkte ich und wollte lachen, aber das funktionierte nur kurz, schon zuckte ich vor Schmerz zusammen. »Dr. Alicia hat recht«, stöhnte ich. »Du hast mir den Rücken zertrümmert.«

Alicia verzog das Gesicht. »Die flicken dich bestimmt wieder zusammen.«

»Das tut mir so leid«, sagte Lucien leise und strich wieder über meinen Kopf und die Haare.

»Mann, bist du süß«, stellte Alicia fest. »Du hast ihr gerade das Leben gerettet und entschuldigst dich auch noch dafür.«

Ich hielt Lucien mit meinem Blick fest. »Hab ich geflimmert?«, wollte ich ganz leise wissen.

»Nein. Hast du nicht.« Er streichelte weiter über meinen Kopf. Ich hatte das Gefühl, als würde er sich damit selbst beruhigen. »Aber etwas war komisch …«, setzte ich an.

Die weißhaarige Frau kam zurück. »Ihr könnt wieder hoch in eure Klasse gehen«, sagte sie zu ihnen und sah zu mir. »Um dich zu röntgen, bringen wir dich jetzt ins Krankenhaus. Ein zweiter Rettungswagen ist schon unterwegs.«

»Es geht schon wieder«, sagte ich und setzte mich auf. Nein, es ging nicht. Sofort musste ich mich wieder hinlegen, denn ein stechender Schmerz raste meine Wirbelsäule entlang. Der Schwindel ließ nicht lange auf sich warten.

»Ich komme aber mit«, beschloss Lucien.

Die Frau blickte ablehnend zu ihm. »Zurück in die Klassen, der Unterricht endet auch heute für alle um fünf und nicht früher.«

Lucien ignorierte sie und sah mir seelenruhig in die Augen. »Ich bin immer da und direkt dort, wenn du ankommst.«

Kein anderer verstand den Satz, aber ich schon.

Er würde ab nun unsichtbar in einer anderen Ebene bei mir sein und auf mich aufpassen. Ich blickte ihm dankbar hinterher, als er mit Alicia die Krankenstation der Shadylight verließ.

Es dauerte nicht lange, schon kam der Rettungswagen. Sie verpassten mir eine Halskrause, hievten mich auf eine andere Liege und brachten mich mit Blaulicht in die Stadt.

Lucien stand direkt am Noteingang des Krankenhauses, als wir ankamen. Seine Sportsachen hatte er gegen die Schulkleidung getauscht. Für jemanden, der in Ebenen und in einer anderen Zeit herumspringen konnte, war das bestimmt ein Klacks. Ich bewunderte ihn dafür.

Ab nun blieb er jede Sekunde bei mir, er musste sich nicht mehr in einer anderen Ebene verstecken. Nur beim Röntgen wartete er vor der Tür. Danach konnten wir in ein Zimmer direkt neben die Notaufnahme wechseln. Er zog sein Smartphone aus der Tasche und telefonierte erneut mit Grace, um sie zu beruhigen und sie auf den neuesten Stand zu bringen, denn sie hatte gerade Unterricht und ich ließ ihr ausrichten, dass sie nicht herkommen musste. Lucien war ja bei mir.

Meine Tante machte sich Sorgen um mich, ich mir um Dottie. Wie es ihr wohl gerade ging? War sie in derselben Etage wie ich? Meine sorgenvollen Gedanken wurden unterbrochen, als ein Arzt zu uns kam, um die Aufnahmen zu besprechen.

»Miss Blueberry, Sie hatten großes Glück«, sagte er. »Sie haben sich nichts gebrochen, sondern sich ein paar Wirbel verschoben. Das ist ziemlich schmerzhaft, aber wir beheben diese Blockade jetzt, dann warten wir etwas und wenn es keine Probleme gibt, dürfen Sie anschließend nach Hause.«

Ich atmete erleichtert aus. Meine größte Angst zeichnete sich nicht durch einen Knochenbruch aus, sondern dadurch, dass sie mich hier wieder wegsperren könnten.

»Wir sind ein ganzheitliches Krankenhaus, ich habe nach einem Chiropraktiker gerufen, er ist gleich bei Ihnen.« Der Arzt schaute zu Lucien. »Sie können inzwischen draußen warten.«

»Nein, er bleibt«, sagte ich hastig. »Er ist mein Cousin und darf das.«

Der Arzt sah mich eindringlich an. »Der Chiropraktiker braucht nicht nur Platz, das Lösen der Blockade tut auch weh.«

Ich verstand, dass er damit meinte, es wäre ohne Zuschauer besser. »Er hat sie mir beim Auffangen ausgerenkt, er kann auch zusehen, wie ich wieder repariert werde«, sagte ich scherzhaft, aber der Doc wollte davon nichts hören. Er öffnete einfach die Tür und blieb mit ausgestreckter Hand stehen. »Bitte, es dauert nicht lange.«

Lucien gab zu meiner Überraschung sofort nach und folgte dem Arzt hinaus. Ich guckte entsetzt hinterher. Er hatte mich allein gelassen!

Eine Minute verging, ich starrte unentwegt auf die Tür und wartete, bis sie sich öffnete und Lucien zurückkam. Plötzlich stand er wieder neben mir, ich erschrak.

»Der Doktor nervt«, kommentierte er.

Ich musste auflachen, konnte aber nicht, weil mein ganzer Rücken immer noch schmerzte.

Der Chiropraktiker kam zum Glück bald und ja, ich musste die Zähne zusammenbeißen, um nicht laut loszuschreien. Aber kaum waren die Wirbel wieder an ihrem Platz, bekam ich normal Luft. Der Schmerz war fast fort. Trotzdem arbeitete der Doc noch weiter, er schien alle Knochen zu kontrollieren und massierte auch noch ausgiebig die Rückenmuskulatur.

»Es wird heute und morgen noch ziehen, als wäre es ein starker Muskelkater. Vielleicht auch noch eine Weile länger, kein Grund zur Sorge«, erklärte er und gab mir ein Röhrchen mit Pillen. »Sie sind schmerzlindernd und entspannen das Gewebe. Bei Bedarf immer gleich drei davon einnehmen. Ich empfehle, sofort welche zu nehmen und dann alle drei Stunden. Bis morgen noch langsam machen, wenn sich alles beruhigt hat, können Sie sich wieder ganz normal bewegen. Aber schonen Sie sich trotzdem. Ich richte Ihnen nun die Papiere her und notiere auch meine Nummer. Wenn es Ihnen gut geht, können sie am Freitag wieder in die Schule. Am Freitagnachmittag ist Ihr Kontrolltermin. Sollte vorher was sein, bitte sofort melden.«

»Mach ich, danke«, erwiderte ich.

Der Chiropraktiker ging wieder. Ich schüttete drei Pillen aus dem Röhrchen und schluckte sie ohne Wasser hinunter. Sie waren klein genug dafür.

Lucien stand schweigend neben meinem Bett.

»Wehe, du machst dir gerade Vorwürfe«, bemerkte ich.

Er nickte ganz langsam. »Ja, das auch.«

»Das auch?«

»Ich hätte schneller reagieren müssen.«

»Und wie?«

»Das weiß ich nicht. Aber ein paar Sekunden, bevor sich der Haken aus der Verankerung gelöst hat, wurde mein Herz ganz heiß.«

Stille.

»Bitte was? Ich dachte, ich hätte nicht geflimmert?«

»Das hast du auch nicht. Es wurde nur ganz heiß in meiner Brust.« Er atmete flach, dann holte er tief Luft. »Mira, das war echt eigenartig. Ich kann es mir selbst nicht erklären.«

»Offenbar ist dein Herz eine Art Alarmanlage?«

Lucien antwortete nicht darauf. Ihm bereitete etwas anderes Kopfzerbrechen. »Dass sich zwei so massive Haken komplett aus der Betondecke lösen, ist nicht normal.«

»Da hatte sich ein Riss in der Decke gebildet«, erklärte ich ihm.

»Ihr habt euch beide an den Klettergriffen festgehalten«, erläuterte er. »Keine von euch beiden hing im Seil. Warum lösen sich zwei Haken, obwohl kein Gewicht dranhängt? Warum seid ihr beide gefallen? Ihr hattet ja festen Halt.«

Ich erwiderte seinen Blick und wurde kreidebleich. Obwohl ich schlucken musste, ging das nicht.

»Da war eine Vibration, ehe ihr gefallen seid. Was genau hast du mitbekommen?«

Meine Gedanken gingen zurück zu dem Moment, an dem ich den Riss über mir gesehen hatte. »Hm. Jetzt, wo du es sagst, fühlte es sich ganz kurz so an wie ein kleiner Stromschlag.«

Lucien verengte die Augen, während er nachdachte. Auf seiner Stirn bildete sich eine Denkerfalte. »Ich komm nicht drauf«, sagte er schließlich. »Aber etwas ging nicht mit rechten Dingen zu.«

Die Tür ging auf. »Hier sind die Papiere und meine Karte«, unterbrach uns der Chiropraktiker. »Hat sich der Rücken beruhigt?«

»Ja, kein Vergleich zu vorher«, antwortete ich. »Vielen Dank für alles.«

»Kein Problem. Dann bis Freitag. Sie melden sich bei Bedarf?«

Ich nickte.

»Dann auf Wiedersehen.« Schon verschwand er wieder, er hatte es wohl eilig.

Ich drehte mich vorsichtig und ließ die Beine aus dem Bett baumeln. »Kannst du Tante Grace anrufen? Sag ihr bitte, dass sie mir was zum Anziehen mitbringen soll.« Ich hatte immer noch die Turnhose und mein Trägershirt an.

»Wirklich, Mira?« Er rollte mit den Augen. »Steh auf, wir sind in zwei Sekunden bei dir zu Hause.«

»Ach ja, stimmt.« Langsam rutschte ich vom Bett. »Du bist ja mein schnelles, umweltbewusstes Taxi.« Ich kicherte leise. »Hoppla«, machte ich, denn wir standen schon in meinem Zimmer. »Das ging jetzt etwas zu flott.«

Ich hatte nicht mal bemerkt, wie er meine Hand berührt hatte.

»Leg dich hin, ich hole dir einen Tee«, sagte er nur und ließ mich allein.

Ganz kurz blieb ich auf der Stelle stehen und ließ das Erlebte sacken. Vorsichtig bewegte ich mich und war erstaunt, wie gut ich das wieder konnte. Dennoch ging ich behutsam ins Badezimmer und wusch mir das Gesicht und die Hände. Da war immer noch etwas Kreidepulver an meinen Fingern. Das hätte mir eigentlich einen besseren Halt bieten sollen …

Ich krabbelte ins Bett und zog das Kissen höher, damit ich mich an die Wand lehnen konnte. Mich jetzt hinzulegen, kam nicht infrage.

Lucien erschien mit Hope und einer dampfenden Tasse Tee. Er stellte sie auf mein Nachtkästchen und wirkte total angespannt. Hope sprang sofort zu mir ins Bett und kuschelte sich an mich. Ich kraulte ihren Nacken.

»Hör auf, dir Gedanken zu machen«, sagte ich zu ihm. »Es ist schon passiert, ich denke, das war nur ein blöder Unfall.«

»Ich weiß aber, dass es kein Unfall war.«

»Was sollte es dann gewesen sein?«

Er nahm einen tiefen Atemzug, zuckte mit den Schultern und schaute durchs Fenster in die Ferne.

So gefiel er mir gar nicht.

»Wollen wir einen Film auf dem Laptop angucken?«, lenkte ich ab. »Oder wir spielen Scrabble? Aber nur, wenn du deine lateinischen Wörter weglässt.«

»Netter Versuch, Mira. Ich kann mich bestimmt nicht konzentrieren.« Er fuhr sich unruhig durch die Haare.

Ich klopfte auf die Bettseite neben mir. »Mein Laptop steht da drüben. Wir gucken einen Actionfilm mit Dwayne Johnson, der gefällt dir doch.« Wieder klopfte ich einladend auf die Decke. »Komm. Hopp, hopp. Ich bin gespannt auf The Rock.«

Lucien legte den Kopf etwas schräg. »Das ist keine gute Idee«, sagte er langsam. Seine Augen wurden dunkler, als er mich so ansah.

»Ich hab nur gute Ideen«, erwiderte ich und klopfte erneut. »Unten sind Popcorn und Chips.«

Er ging zum Schreibtisch, zog den Laptop vom Kabel und legte ihn auf die Bettdecke neben mich. »Ruf an, wenn du etwas brauchst«, sagte er und war mit einem Mal komplett abweisend.

Das machte mich so perplex, dass ich nichts darauf sagte. Schon war er fort.

Ich hockte verdattert auf dem Bett und versuchte, irgendwie zu verstehen, warum er sich zuerst so rührend um mich kümmerte und dann so schnell verschwand. Nach einer Weile hörte ich, wie ein Auto in die Einfahrt fuhr. Das war bestimmt Tante Grace! Eine Autotür wurde zugeworfen, schon kurz danach kam sie die Treppe hoch und eilte in mein Zimmer. Sie ließ meinen Rucksack neben mein Bett fallen, setzte sich auf die Bettkante und nahm meine Hand. »Oh, du Süße, ich hab mir solche Sorgen um dich gemacht. Was bin ich froh, dass Lucien bei dir war, ich bin mir sicher, dein Sturz wäre sonst nicht so glimpflich verlaufen.«

»Weißt du was von Dottie? Ich habe sie im Krankenhaus nicht gesehen.«

»Noch nicht«, bedauerte sie leise. Dann wurde ihr Gesicht ernster. »Ich habe mir beim Herfahren das Gehirn zermartert«, sagte sie, schaute kurz auf Hope hinunter, dann wieder zu mir. »Gestern das mit dem Hausmeister, heute der Unfall. Du bist erst drei Tage auf der Schule. Schatz, bist du dir im Klaren, was das bedeutet?«

Ich schwieg.

Sie ließ sich mit dem nächsten Satz Zeit. »Wir wissen beide, dass es besser für dich ist, wenn du nicht mehr zur Shadylight Academy gehst. Ganz egal, was Lucien dazu sagt.«

Grace machte sich nur Sorgen, aber ich wurde zornig deswegen.

»Der Hausmeister wäre so oder so gestorben, das weißt du doch!«, grollte ich. »Und dafür, dass die Haken nicht anständig im Mauerwerk verankert waren, kann ich auch nichts.«

Luciens Vermutung, dass etwas nicht mit rechten Dingen zuging, glaubte ich nicht. Ich wollte sie nicht glauben! Das war bestimmt nur ein Unfall gewesen und sein Herz hatte ihn alarmiert, damit er meinen Sturz abfangen konnte. Etwas anderes ließ ich nicht gelten.

»Wenn es nicht uns getroffen hätte, dann wären zwei andere Mädchen gefallen«, fügte ich hinzu. »An dem Unfall heute trägt die Shadylight Schuld, sonst keiner. Die sollten dringend mal die Geräte überprüfen, findest du nicht?«

»Kann schon sein, aber …«

»Bitte nicht, Tante Grace. Mach das nicht«, flehte ich. »Martin würde jetzt sagen, dass so etwas einfach geschieht. Auch andere Menschen fallen irgendwo runter oder haben einen Unfall. Mach nicht aus einer Mücke einen Elefanten. Das hätte dir auch passieren können.«

Sie nickte langsam. »Du hast recht«, bestätigte sie. »Aber du bist nun mal nicht wie andere Menschen, dich ziehen diese Dinge an.«

Ich stöhnte genervt. »Grace, es ist heute niemand gestorben. Es war nur ein blöder Unfall!«

»Das sehe ich anders.« Sie ließ das Thema fallen, streichelte mir flüchtig über die Wange und lächelte mütterlich. »Ich koche uns jetzt was. Hast du einen bestimmten Wunsch?«

»Ich hab keinen Hunger.«

Sie ignorierte meinen Satz, stand auf und ging zur Tür. »Okay, ich mache uns Hotdogs und würzige Pommes.«

Hope sprang vom Bett und rannte ihr hinterher, als sie ging. Bestimmt musste sie raus.

Ich bückte mich, zog meinen Rucksack zu mir und kramte nach meinem Telefon. Zuerst schrieb ich Dottie und hoffte, jemand hatte ihr das Handy ins Krankenhaus gebracht. Ohne würde sie glatt zugrunde gehen. Es war für sie ja schon schlimm, dass wir die Dinger nicht im Klassenzimmer verwenden durften. Dann schrieb ich Alicia. Keine zwei Minuten später klingelte es, da sie mich anrief.

»Bist du noch im Krankenhaus?«, fragte sie mich ohne Umschweife.

»Nein, zu Hause. Hatte mir nur einige Wirbel verschoben, übermorgen komm ich schon wieder in die Schule. Was ist mit Dottie?«

»Dottie geht's so lala«, teilte sie mir mit. Ihre Stimme klang bedrückt. »Sie hat zum Glück nur eine ganz leichte Gehirnerschütterung. Ich konnte kurz mit ihr telefonieren, sie hat ununterbrochen geheult. Sie muss nämlich im Krankenhaus bleiben, dürfte aber schon wieder gehen.«

»Dürfte?« Ich verstand nicht, was sie meinte.

»Sie lebt im Wohnheim der Schule. Die Betreuer lassen sie aber lieber im Krankenhaus, im Wohnheim kann sich keiner um sie kümmern, sie wollen die Verantwortung nicht übernehmen.«

»Ja, und ihre Eltern? Die werden wohl ihre Mom benachrichtigt haben?«

»Dotties Eltern sind beide in Baltimore auf einer Tagung.«

»Das kann man wegen der Tochter nicht abbrechen?«

Alicia atmete laut durchs Telefon. »Wie ich mitbekommen habe, kümmern sich ihre Eltern gar nicht um sie. Darum hat sie vorhin ja so geheult.«

»Okay«, sagte ich ganz langsam und fasste einen Entschluss. »Du, Alicia, ich muss jetzt aufhören, können wir später telefonieren?«

»Klar. Bis später.«

»Bye.« Ich schob die Decke von meinen Beinen und stieg aus meinem Bett. Mein Rücken fühlte sich etwas taub an, aber ansonsten ging's. Langsam tapste ich die Treppe hinunter. »Grace!«, rief ich, als ich die letzten Stufen nahm. »Grace, du musst sofort losfahren und Dottie zu uns holen«, teilte ich ihr mit. »Ihre Eltern scheren sich einen Dreck um sie.«

Grace kam aus der Küche. »Ähm … wie bitte? Um was geht es genau?«

»Dottie muss im Krankenhaus bleiben, weil sie im Wohnheim untergebracht ist und die sich nicht um sie kümmern wollen. Sie hat aber nur kleine Verletzungen und dürfte an sich nach Hause. Wenn du sie jetzt holst, muss sie weniger leiden. Du weißt, wie doof es im Krankenhaus ist. Sie hat ja keinen, der sich um sie kümmert. Ihre Eltern sind nicht mal gekommen.« Ich ging mit ihr in die Küche und setzte mich.

»Süße, es geht bestimmt nicht, dass ich Dottie mitnehme. Wir sind nicht verwandt.«

»Du hast schon öfter mit den Ärzten gestritten und bist sehr überzeugend gewesen«, machte ich deutlich. »Ich kann auch Lucien fragen, ob er sein Gedankendingens bei denen anwendet. Dann kannst du Dottie ohne Probleme zu mir bringen.« Ich sah sie bettelnd an. »Wir sind Leidensgenossinnen, Grace. Du darfst sie nicht im Stich lassen. Ich weiß genau, wie es ist, wenn man alleine im Krankenhaus liegt, aber eigentlich nicht da sein müsste. Dottie hat sich genauso wie ich erschrocken, sie braucht bestimmt jemanden zum Reden. Normalerweise machen das die Eltern, aber offenbar sind wir beide so was wie Waisen. Hätte Dottie so eine tolle Tante wie dich, würde auch für sie jemand leckere Hotdogs machen.« Bei dem Teil mit den Waisen und der tollen Tante hatte ich sie. »Hotdogs mag sie übrigens total gerne.«

Grace dachte darüber nach. Sie ging zum Herd, auf dem bereits der Topf mit den Würstchen stand, und guckte kurz hinein. Dann machte sie den Herd wieder aus. Sie drehte sich um und schaute mir in die Augen. »Ruf Lucien an. Wenn er zusagt, ausnahmsweise das Gedankendingens zu machen, dann kann Dottie bei uns bleiben. Aber wirklich nur dieses eine Mal, ja? Jemanden zu manipulieren, ist nicht schön, ich fühle mich unwohl dabei.«

Vor Freude quietschte ich leise.

»Freue dich nicht zu früh, ich denke nämlich nicht, dass Lucien es macht. Ohne ihn geht es aber nicht, keiner entlässt eine Minderjährige in die Obhut einer wildfremden Person, schon gar nicht ohne die Zustimmung der Eltern, eines Verwandten oder der Schule. Er muss also alle manipulieren, damit sie denken, es wäre ihre eigene Entscheidung.«

War mir klar. Meine Finger wischten schon am Smartphone, ich rief ihn direkt an.

»Nicht nur die Ärzte, auch der Wohnheimleiter und Direktor haben was zu sagen«, flüsterte sie hastig, damit wir auch an alles dachten.

»Grace Blue, du bist der Knaller«, freute ich mich.

»Das bereue ich vielleicht noch.«

»Bestimmt nicht!«, antwortete ich. Lucien hob ab. »Dottie braucht dich«, teilte ich ihm übereilt mit und erzählte ihm meinen ganzen Plan.

Aber er blockte ab. »Mira, ich habe mir vorgenommen, keine Menschen zu manipulieren, wenn es nicht dein Überleben betrifft.«

Sein Verantwortungsbewusstsein in allen Ehren, aber ich wollte etwas anderes und um das zu erreichen, erforderte es mehr Überredungsgeschick.

Ich stand auf und ging aus der Küche in den Waschraum, da ich nicht wollte, dass Grace weiter mithören konnte. »Es betrifft mich ja direkt«, sagte ich leise. »Wenn mein Unfall kein Unfall war, dann ist Dottie ein Kollateralschaden, den wir beide nicht verantworten wollen.«

Er blieb kurz still.

Seine Denkpause nutzte ich gleich aus. »Du schadest ja keinem«, machte ich klar. »Du sollst sie nur offiziell aus dem Krankenhaus holen und zu mir bringen. Den Ärzten und auch der Shadylight ist es piepegal, wo Dottie schläft. Das beeinflusst ja keinen negativ. Nur auf Dottie hat es eine positive Wirkung.«

Er redete immer noch nicht, aber ich hörte ihn schwer atmen.

»Bitte, Lucien!«, bettelte ich. »Du bist der Einzige, der helfen kann. Ich brauche dich. Du bist mein wunderschöner Held, vergiss das nicht. Ich wäre dir auf ewig dankbar.«

Er stöhnte ganz leise und genervt. »Das grenzt an Erpressung.«

»Ja«, gab ich zu. »Funktioniert es? Mein Held? Mein Retter? Mein Beschützer? Der umwerfendste Tod aller Tode? Du bist bestimmt der Hübscheste in eurer Familie. Der heißeste Superheld aller unsterblichen Nichterdenbewohner.«

Lucien lachte leise. »Schon gut, ich kapier schon. Übertreib mal nicht so.«

»Ehre, wem Ehre gebührt. Ich mach dir zwei Hotdogs mit, dann bekommst du deine Heldenmahlzeit, sobald du Dottie hergebracht hast.«

»Wenn ich das mache, dann habe ich mir aber mehr verdient als zwei Hotdogs.«

»Geht klar!« Ich lächelte vor Freude. »Du bekommst auch ein schokofreies Dessert!«

»Wehe«, warnte er. »Ich bin dann mal weg«, sagte er bedeutungsvoll und bescherte mir mit seiner Zusage ein riesengroßes Glücksgefühl. »Auf Heldenmission.«

»Du bist der beste angehende Tod aller Zeiten!«, sagte ich noch schnell, ehe er auflegte.

Ich ging wieder zu Grace und erzählte ihr alles.

»Dann räum die Hotdogs weg, die wärmen wir uns morgen auf«, sagte sie. »Ich mache uns überbackene Makkaroni mit viel Käse, das hat ihm letztens so gut geschmeckt, dass er die halbe Auflaufform alleine ausgelöffelt hat.«

Makkaroni klangen lecker. »Prima, ich mach uns einen Salat dazu.«

»Du setzt dich, bitte. Dein Rücken soll unbedingt noch geschont werden.«

»Dann mach ich den Salat im Sitzen.«

»Du bist genauso starrköpfig wie dein Vater.« Ihre Worte ehrten mich, denn Grace redete kaum über meinen Dad, daher gingen solche Bemerkungen bei mir runter wie Öl.

Während Lucien die arme Dottie aus dem Krankenhaus befreite, zauberten wir ein leckeres Abendessen und deckten schon mal den Tisch.

Bevor sie kamen, nahm ich noch mal drei von den kleinen Pillen. Dann saß ich wartend am Tisch und spielte mit dem Smartphone herum. Hope bellte, als Lucien vorfuhr. Ich stand langsam auf und ging gelassen zur Tür, denn Tante Grace beobachtete mich mit strengen Argusaugen.

Als ich Dottie sah, erschrak ich. Alicia hatte zwar etwas von einer leichten Gehirnerschütterung erzählt, aber Dottie hatte zudem eine geschwollene Augenbraue und ihr linker Arm war verbunden.

»Du bekommst eine Rundumverpflegung«, versprach ich ihr sofort.

»Ich bin so froh, dass ich nicht im Krankenhaus bleiben musste.« Sie ging einige Schritte ins Wohnzimmer und schaute zu Tante Grace. »Vielen Dank, Miss Blue.«

Meine Tante winkte ab. »Dank nicht mir, sondern Miracle und Lucien. Das war ihre Idee.«

Dottie lächelte verstohlen in Luciens Richtung, der neben ihr stand und eine Tüte in der Hand hielt. »Meine Rettung«, äußerte sie fast flüsternd.

»Na, er hat dich auf den Boden fallen lassen, das musste er jetzt geradebiegen«, scherzte ich sofort. Dafür erntete ich einen bösen Blick von Lucien. Ich lachte leise, nutzte schamlos die Gunst der Stunde und ging einfach zu ihm.

»Mein Cousin ist ein wahrer Held«, sagte ich, stellte mich auf Zehenspitzen und gab ihm einfach einen Kuss auf die Wange, um mich zu bedanken. Das war sehr egoistisch von mir, aber diese Gelegenheit konnte ich nicht an mir vorüberziehen lassen, ohne sie anständig auszunutzen. Später würde er wieder auf Distanz pochen und sich zurückziehen. Ich war mir nicht sicher, ob ihn der Kuss störte oder nicht. Denn ich drehte mich danach sofort ab und wagte es nicht, ihn anzusehen, wahrscheinlich guckte er verwundert oder gar entsetzt.

Aber das war mir egal.

Ich hatte meinen Kuss, schwebte auf Wolke sieben und hatte endlich mal aus nächster Nähe den betörenden Duft seiner Haut einatmen können.

»Ich hoffe, ihr habt Hunger.« Grace ging zur Küche. »Es gibt Makkaroni mit extraviel Käse für Lucien.«

»Deine Heldenmahlzeit«, merkte ich an, während wir Tante Grace folgten. Und ich war total happy, dass er sich zu uns an den Tisch setzte und nicht sofort wieder abhaute.

»Ist die Hand gebrochen?«, fragte Grace Dottie, stellte den heißen Auflauf auf den Tisch und setzte sich.

»Nur eine leichte Prellung«, erwiderte Dottie. »Der Arzt meinte, ich sei glücklich gefallen.«

»Das klang mehr nach nassem Sack«, witzelte ich.

»Dem Ton nach bestimmt«, stimmte sie mir nickend zu. »Ich dachte zunächst, alle meine Knochen wären gebrochen.«

Grace schöpfte für Dottie die Makkaroni auf den Teller. »Aber es sind nur die Rippen?«

»Ja. Zum Glück, und auch nur ganz leicht angeknackst. Die im Krankenhaus meinten, das hätte schlimm ausgehen können. Ich darf in nächster Zeit nicht schwer heben und muss mich schonen, aber ansonsten geht's mir überraschend gut.«

»Ich bin froh, dass nicht mehr passiert ist«, sagte ich erleichtert. »Schön, dass du da bist.«

Dottie schenkte mir ein fröhliches Lächeln.

Ein Feuerwerk

Lucien blieb nach dem Essen noch etwas, bevor er nach Hause fuhr. Anschließend ging Tante Grace mit uns hoch in mein Zimmer und steckte ein zweites Bettzeug in frische Wäsche.

»Du willst wirklich nicht im Gästezimmer schlafen?«, fragte sie noch mal.

Dottie schüttelte den Kopf. »Danke, Miss Blue, lieber bin ich heute Nacht nicht alleine.«

Ich rückte mein Kissen zurecht. »Mein Bett ist außerdem groß genug.« Und wir würden die halbe Nacht quatschen, das stand schon fest.

»Braucht ihr noch was?«, fragte Grace, als sie zur Tür ging.

Mir fiel tatsächlich was Dringendes für unser abendliches Geplapper ein. »Haben wir noch Mini-Marshmallows?«

Sie lächelte. »Zweimal heiße Schokolade mit Marshmallows?«

Dottie nickte sofort. »Ja, bitte.«

Tante Grace verschwand, ich öffnete die große Schranktür. »Bitte schön«, sagte ich einladend. »Nimm dir, was du brauchst.«

»Du bist lustig«, lachte sie. »Du trägst eine kleinere Größe als ich.«

»Ach Quatsch. Mach dich nicht größer, als du bist.« Ich zog ein langes, sehr bequemes Shirt aus dem Stapel und gab es ihr. »Das ist zum Schlafen perfekt.«

»Danke.« Sie ging ins Badezimmer. Wenig später hörte ich, wie der Wasserhahn aufgedreht wurde.

Ich setzte mich derweil aufs Bett und nahm mein Handy, um Alicia zu schreiben, da klingelte es an der Haustür. Unerwartete Besucher waren für unser abgelegenes Haus eigenartig, vor allem um diese Uhrzeit. Neugierig rutschte ich aus dem Bett und steckte den Kopf aus der Tür, um zu lauschen. Als ich seine Stimme erkannte, ging ich in den Flur hinaus.

»Sie ist oben«, hörte ich Tante Grace sagen.

Da kam Lucien schon die Treppe hoch. Oh weh! Mein Herz pochte plötzlich wie wild. Ich trug lediglich ein knappes Schlafshirt samt Slip, keine Hose drüber. Diese lag zerknittert im Wäschekorb. Aber es war zu spät, um mir noch was anderes anzuziehen, denn er sah mich bereits.

»Ich habe nur was vergessen, bin gleich wieder weg«, sagte er und es klang nicht, als wäre er gern hier.

Verlegen zog ich mein Shirt etwas nach unten, aber sein Blick ruhte ohnehin nicht auf mir, sondern auf dem, was er in der Hand hielt. Es war ein Blumenstrauß.

»Hier, die lagen noch im Wagen.« Er klang komisch.

Ich nahm sie an mich und guckte verwundert. »Für Dottie?«

»Deine«, antwortete er knapp und wollte sich schon wieder umdrehen, um zu gehen.

»Äh? Was?«

Lucien hielt inne und knirschte hörbar mit den Zähnen.

»Die wurden im Krankenhaus für dich abgegeben. Man hat sie aus Versehen zu Dottie gebracht.« Er ging zur ersten Stufe, blieb wieder einen Moment stehen und schaute mir in die Augen, ehe er nach unten lief. »Von Jérôme West.« Ein eigenartig missbilligender Ton lag in seiner Stimme.

Verblüfft wanderte mein Blick zurück zum Blumenstrauß. Am Rande nahm ich wahr, wie Lucien das Haus verließ. Unterdessen suchte ich nach einer Karte und fand sie auch. Sie steckte zwischen zwei knallroten Rosen.

Ich faltete sie auf. »Für die heiße Beere. Gute Besserung. Jérôme #crush«, las ich laut ab.

Unwillkürlich musste ich lächeln. So einen Blumenstrauß hatte ich noch nie bekommen. Er war wirklich süß! Ich holte eine Vase und platzierte die Blumen auf meiner Kommode. Dann schrieb ich endlich Alicia, die sich sofort per Videoanruf meldete. Ich rief nach Dottie, die aus dem Badezimmer eilte.

»Ihr seid echt gemein«, beschwerte sich Alicia, als sie uns beide sah. »Die erste Pyjamaparty des Jahres und ich bin nicht eingeladen!«

»Wenn du darfst, kannst du auch kommen«, erwiderte ich.

»Cool, Mädelsabend!« Dottie war begeistert. »Lässt dich deine Mom noch aus dem Haus?«

Alicia zuckte mit den Schultern. »Fragt zuerst Miss Blue.«

Obwohl ich mich schonen sollte, eilte ich barfuß hinunter und bettelte Grace um Erlaubnis. Dann sprang ich in mein Zimmer zurück.

»Du kannst zu uns kommen.« Dabei lächelte ich bis über beide Ohren.

Schon eine halbe Stunde später saß Alicia bei uns im Bett. Grace brachte uns ein weiteres Bettzeug und eine dritte Tasse heiße Schokolade samt Knabberzeug.

»Ich war so erstaunt, als Lucien im Krankenhaus aufgetaucht ist«, erzählte uns Dottie, während sie gebrannte Nüsse knabberte. »Er hat angeklopft und gesagt, er wäre mein Chauffeur und würde mich jetzt zu dir bringen. Ich konnte es kaum glauben, aber da hielt er schon die Papiere für meine Entlassung in der Hand.«

Alicia lauschte neugierig. »Er hatte Glück, dass du mit ihm gegangen bist. Besser wäre es allerdings gewesen, er hätte dich zuerst gefragt.«

Dottie kicherte. »Wenn dich so ein heißer Typ abholt, gehst du auch mit, ohne zimperlich zu sein und Fragen zu stellen.«

Ich öffnete laut raschelnd die Tüte mit den kleinen salzigen Brezeln und überlegte mir, wie ich das Thema von Lucien abbringen konnte. »Fällt die Party übermorgen aus, oder gehen wir hin?« Über die Party zu reden, würde uns bestimmt genügend Gesprächsstoff geben.

Aber ich hatte nicht mit Dotties Lieblingsthema gerechnet. »Ich habe mit Lucien ein Date, selbst in Krücken würde ich hingehen.« Sie lächelte verträumt, schaute kurz nach oben und seufzte. »Er mag mich, sonst hätte er mich nicht aus dem Krankenhaus geholt. Ihr hättet sehen sollen, wie zuvorkommend er war. Sogar die Autotür hat er mir aufgehalten! Ich könnte ihn stundenlang nur ansehen. Ich liebe es, wenn er eine Augenbraue hochzieht, dann lächelt er immer so verführerisch. Ich kann es kaum erwarten, denn ich bin mir sicher, dass wir am Freitag knutschen und fummeln werden.«

Sofort hielt ich die Luft an. Am liebsten hätte ich gar nicht mehr geatmet. Nie wieder! Nie! Dann erinnerte ich mich wieder an meinen eigenen Plan.

»Ich werde Jérôme am Freitag küssen«, platzte ich heraus.

Dottie quietschte leise. »Dieser Blumenstrauß ist ja so romantisch! Dass er ihn dir geschickt hat, beweist, wie sehr er auf dich steht.«

»Das hätte ich ihm nicht zugetraut«, kommentierte Alicia.

»Er ist eben ein Charmeur«, schwärmte ich übertrieben. »Ich steh total auf ihn.« Das war so was von gelogen, dass mich mein schlechtes Gewissen zwickte. Ich ignorierte es.

»Jérôme war letztes Schuljahr fünf Monate mit Valeria aus meiner Clique zusammen«, eröffnete mir Dottie. »Die beiden hatten so viel Sex, dass es keine Party gab, bei der sie nicht für eine halbe Stunde verschwanden.«

Ich überlegte fieberhaft, warum sie mir ausgerechnet das erzählte. »Hattet ihr etwa schon Sex?«, fragte ich geradeheraus.

Beide nickten. »Du nicht?«, fragte Alicia, dann fiel ihr meine Geschichte wieder ein. »Oh, tut mir leid. Du warst ja in der Klinik.«

Jetzt war wohl der Moment der Wahrheit gekommen.

»Mit neun bin ich in die Jugendpsychiatrie gekommen«, erzählte ich einfach. »Ich war da bis letztes Jahr. Aber nicht, weil ich verrückt bin, keine Sorge, sondern weil meine Eltern und Großeltern früh gestorben sind und meine Pflegeeltern einen tödlichen Unfall hatten. Ich war traumatisiert und hatte Panikattacken deswegen.« Ich berichtete den beiden von den letzten Jahren, behielt aber die meisten Unglücke für mich. Sie erfuhren nur so viel, dass sie grob über meine Vergangenheit Bescheid wussten, ohne dass es komisch klang.

»Ach, deswegen ist dein Cousin so beschützend, wenn es um dich geht«, meinte Dottie. »Er lässt dich ja nie aus den Augen.«

»Er spielt sich gerne als mein Beschützer auf, ja«, sagte ich etwas abwertend, weil ich das Gefühl hatte, seine Position in dem Ganzen etwas abschwächen zu müssen.

Wir plapperten noch die halbe Nacht. Irgendwann in der Früh läutete Alicias Wecker. Sie verschwand in die Schule, wir blieben noch liegen und lümmelten den ganzen Tag herum, um uns zu schonen.

Am Nachmittag setzte ich Dottie vor den Fernseher und meldete mich bei Martin für meine Therapiesitzung. Ich erzählte ihm von dem unglücklichen Vorfall an der Kletterwand und meiner ersten Pyjamaparty.

Dottie kühlte sich andauernd ihre Augenbraue, die am Abend schon wieder fast normal aussah. Auch mein Rücken war wieder wie vorher. Das bisschen Muskelkater störte mich nicht.

So konnten wir am Freitagmorgen von Lucien abgeholt werden. Heute war der für mich wichtigste Tag der gesamten ersten Schulwoche, denn alle freuten sich auf die Party am Abend. Nach der schlimmen Woche hatten wir echt etwas Spaß verdient.

Dottie setzte sich vorne in Luciens Volvo, ich schluckte die bittere Pille und nahm hinten Platz. Während sie sich angeregt mit ihm unterhielt, rutschte ich etwas tiefer in den Sitz und schmollte, da die Eifersucht in meinem Bauch nagte. Das wurde noch schlimmer, als wir später in der Klasse nebeneinandersaßen.

Dottie beugte sich näher zu mir. »Ich denke, ich werde Lucien heute vernaschen.«

Für einen Moment war ich so perplex, dass ich nicht antworten konnte.

»Ihr habt euch noch nicht mal geküsst«, flüsterte ich dann ganz leise und in der Hoffnung, Lucien würde mir nicht zuhören. »Warum machst du schon Pläne für eure erste Nacht?«

Dottie leckte sich wollüstig über die Lippen. »Na, weil ich so was von scharf auf ihn bin.«

»Willst du nicht trotzdem noch etwas warten?«, fragte ich leise.

»Oh nein, bestimmt nicht.« Sie biss sich auf die Lippe. »Ich bin mir sicher, er knutscht total gut. Sobald sich die Gelegenheit heute ergibt, reiße ich ihm schnell seine Kleidung runter. Oh Mann, das wird so … Na, du weißt schon.«

»Du hast einen geprellten Arm.« Eine dämliche Aussage meinerseits, aber ein anderes Gegenargument hatte ich nicht, ohne dass sie meine Gefühle ihm gegenüber bemerkte.

»Na und? Wird schon irgendwie gehen. Wegen der blöden Verletzung verpass ich doch keine Nacht mit dem heißesten Kerl der ganzen Schule.«

Ihr Vorhaben lag mir schwer im Magen. Ich hatte absolut keine Ahnung, was ich jetzt noch sagen sollte.

Dottie bemerkte meine steife Miene. »Wenn du dein erstes Mal hinter dir hast, dann verschwendest du auch keinen Gedanken mehr daran, noch abzuwarten. Das tut echt keiner.«

Als sie das sagte, kam ich mir total blöd vor. »Ich will keine Details wissen. Er ist schließlich mein Cousin«, flüsterte ich einfach. Nichts zu sagen, wäre dämlich gewesen.

»Wenn du Jérôme lässt, dann kannst du dein erstes Mal heute hinter dich bringen«, fiel Dottie ein. »Und keine Angst, du bist keine Bitch, wenn du dich sofort nageln lässt. Das Zaghafte lässt man heutzutage spätestens ab fünfzehn hinter sich.« Dottie grinste, stupste mich mit dem Ellbogen an und kicherte leise. »Ich hab Kondome mit Schokoladengeschmack für dich.« Sie wackelte auffordernd mit den Augenbrauen.

»Nehme ich doch gerne«, kam es schnell und locker aus meinem Mund. »Am besten gleich zwei, bestimmt ist Jérôme gut in der Kiste.« Ich lächelte unzüchtig und überspielte damit, dass ich mich total unwohl fühlte. Dann setzte ich mich wieder gerade hin und deutete mit dem Finger nach vorn, damit sie wusste, dass ich dem Lehrer zuhören wollte.

Es war ja schon ein Wunder, dass er uns noch nicht ermahnt hatte.

Dottie lächelte vielsagend und wackelte wieder mit den Augenbrauen. Ich erwiderte die Geste, als hätten wir einen festen Plan für unsere Dates.

Derweil reichte mein Plan nur bis zu einem Kuss mit Jérôme. Aber an diesen konnte ich nun nicht mehr denken, da ich nur noch Dottie und Lucien im Kopf hatte. Wie sie sich in den Laken wälzten … Ich nahm mir vor, nicht hinzusehen, wenn die beiden heute knutschten. Ob Lucien das überhaupt wollte, spielte dabei keine Rolle. So wie ich Dottie kannte, kam er nicht drum herum.

Nun fand ich die Party heute Abend doch nicht mehr so aufregend und überlegte, welche Ausrede ich für eine kurzfristige Absage liefern könnte. Ich könnte behaupten, mein Rücken wäre wieder schlimmer geworden. Hm.

Verdammt! Ich war so frustriert, dass ich zu schwitzen begann. Es kostete mich viel Mühe, meine Aufmerksamkeit auf den Unterricht zu ziehen.

Nach dem Mittagessen mussten wir beide zum Kontrolltermin ins Krankenhaus fahren. Das ärgerte mich ganz besonders, denn heute hätten wir bei Tante Grace Kunstunterricht gehabt. Der fiel für nun leider aus.

Bevor Lucien mit uns nach dem Krankenhaus nach Hause fuhr, holte Dottie noch Klamotten und Schminkzeug aus dem Wohnheim. Danach stieg sie wieder selbstbewusst auf den Beifahrersitz und ich musste von der Rückbank aus zusehen, wie die zwei schamlos miteinander flirteten.

Die zwanzigminütige Heimfahrt kam mir eher wie zwei ewig lange Stunden vor, vor allem, weil die beiden total vergaßen, dass ich auch noch im Auto saß.

Die Frage, ob Lucien auf Dottie abfuhr, hatte sich für mich inzwischen erledigt. Sie berührte ihn ständig an der Schulter und er warf ihr andauernd verführerische Blicke zu und ließ keinen Moment verstreichen, sie nicht anzumachen. Ich war so eifersüchtig, dass ich am liebsten aus dem Auto gesprungen wäre. Wann hatte er angefangen, sich doch für Menschenmädchen zu interessieren? Das war zum Kotzen!

Anstatt sinnlos überzureagieren, ging ich nach unserer Ankunft sofort unter die Dusche und shampoonierte mir dreimal die Haare, damit sie gut nach Pfirsich dufteten. Anschließend rasierte ich mir fein säuberlich die Beine. Nicht, dass ich heute wirklich eine Sexnacht geplant hätte, aber besser glatte Beine als Stoppeln.

Nach mir ging Dottie duschen. Ich wählte inzwischen meine Kleidung aus.

Ich entschied mich für die hautenge schwarze Hose, die hatte coole Risse und Flecken und wirkte bestimmt nicht, als trüge so was eine alte Jungfer! Dann zog ich ein lockeres Chiffon-Trägertop vom Kleiderbügel. Es war blau und glitzerte ein wenig. Der Stoff fiel so fließend weich, dass es sich fast so anfühlte, als hätte ich nichts an. Auch zeigte es etwas Dekolleté, meine Brüste fielen aber nicht heraus. Ich hatte zwar nur eine kleine Oberweite, aber die wasserstoffblonde Rebekah musste ich nun wirklich nicht nachahmen.

Tante Grace föhnte mir die Haare glatt, inzwischen war Dottie fertig und konnte sich wirklich sehen lassen.

»Superstar«, lobte ich grinsend, als ich sie sah. Sie trug ebenfalls eine hautenge Hose, dazu ein abgeschnittenes, bauchfreies Shirt, das locker saß und total frech wirkte. Ihre Kleidung passte perfekt zu ihr.

Ihre Augenbraue war nur noch ganz leicht geschwollen.

Etwas Make-up und man sah gar nichts mehr. Lediglich der Verband an ihrem Arm erinnerte an den schrecklichen Sturz vor ein paar Tagen.

Tante Grace kam mit superteurem Schminkzeug an und verpasste mir einen noch perfekteren Lidstrich, als Dottie ihn am Morgen auf der Toilette gezogen hatte.

»Oh mein Gott, sind das sexy Augen, Miracle«, schwärmte Dottie und betrachtete mich näher. »Miss Blue, dass Sie Künstlerin sind, merkt man auch beim Schminken.«

»Ach, ich hab nur ein ruhiges Händchen.« Tante Grace lächelte und freute sich über das Kompliment.

Die beiden gingen schon mal nach unten. Ich betrachtete mich noch einmal ausgiebig im Spiegel. Ich fand mich nicht so hübsch wie die quirlige Dottie, sie war irgendwie zu meinem Vorbild geworden, aber ich war total zufrieden mit mir.

»Heute wirst du geküsst, Miracle«, flüsterte ich meinem eigenen Spiegelbild zu und stellte mir kurz Jérôme West neben mir vor. Groß, Footballspieler, durchtrainiert, sexy, und er stand total auf mich. Seine dunkle Haut und die kurze Frisur gefielen mir gut, sein weißes Lächeln ebenso und auch seine leicht fordernde Art. Meine erste Schulwoche war zwar von zwei Unfällen getrübt worden, aber davon wollte ich heute absolut nichts wissen. In vier Wochen wurde ich siebzehn. Dieser Geburtstag würde mein absolutes Highlight werden, zum allerersten Mal hatte ich Freunde, mit denen ich feiern konnte. Ich war endlich im Leben angekommen. Dazu gehörte auch, dass ich endlich wissen wollte, wie es sich anfühlte, einen Jungen zu küssen.

Überschwänglich ging ich aus dem Zimmer, denn Lucien hatte gerade geklingelt.

»Wow, Dottie, du siehst echt scharf aus«, hörte ich ihn sagen.

Tapfer und im vollen Bewusstsein, sein Liebesleben nicht kontrollieren zu können, schritt ich die Treppe hinunter.

Lucien sah in seiner schwarzen Lederjacke leider zum Anbeißen aus. Sein Shirt darunter lag eng auf seinen Brustmuskeln und sein Blick war dunkel und aufregend.

»Erste Party, Mira.« Er lächelte mir zu, als er mich bemerkte.

So, wie er es aussprach, klang es, als würde er mit einem kleinen Kind reden. In dem Moment verstand ich noch deutlicher den Unterschied zwischen Dottie und mir. Ich war für Lucien lediglich das schwache Mädchen, welches er beschützen musste. Natürlich war ich das, er hatte mir schließlich die Windeln gewechselt und mit mir mit Bauklötzen gespielt … Er würde mich nicht einmal aufregend finden, wenn ich in Dessous oder gar nackt auf der Treppe stehen würde. Ansonsten hätte er wenigstens anstandshalber erwähnt, dass ich heute auch gut aussah. Da er es nicht tat, obwohl ich mich herausgeputzt hatte, und Dottie hingegen als scharf bezeichnete, wusste ich, dass die beiden ab jetzt sicher offiziell zusammen waren.

Ich schluckte das saublöde Gefühl hinunter.

Er war hier auf der Erde, er durfte sein Leben natürlich weiterführen. Das stand ihm zu, so wie es mir zustand, meines in Angriff zu nehmen.

Lucien bemerkte nicht, dass ich Mühe hatte, den Kloß hinunterzuschlucken, denn er hatte sich sofort wieder Dottie zugewandt.

»Trey ist schon dort. Er hat vorhin angerufen und erzählt, dass es schon heiß hergeht.«

Ich guckte zu Grace, die neben uns stand. Wie sie wohl reagierte, wenn Lucien von einer heißen Party redete?

Sie lachte bloß auf, da sie sofort wusste, warum ich so fragend schaute.

»Genieße es«, sagte sie. »Auf lahme Partys kannst du bestimmt verzichten.«

»Die Partys von Seth sind immer heiß und genial«, teilte uns Dottie mit und schlüpfte in ihre Stiefeletten. »Das ist so was wie Familientradition. Schon seine zwei älteren Brüder haben zu ihrer Zeit zu diesen Partys eingeladen. Den Eltern macht es anscheinend nichts aus, wenn sich die ganze Schule in ihrer Villa tummelt.«

»Sie sind im Elternrat«, verriet uns Grace. »Ich glaube eher, dass nicht die Jungs die Schulbeginn-Party ausrichten, sondern die Eltern.«

»Ist doch total egal, wer sie ausrichtet.« Dottie winkte ab. »Wir sollten langsam los.«

Ich schlüpfte in meine Sneakers.

Dottie machte ein entsetztes Gesicht. »Hast du nichts mit Absatz?«

»Nein. Ich bin der gemütliche Sneakertyp«, erwiderte ich, denn ich hasste hohe Absätze. Diese leicht knallenden Töne beim Gehen konnte ich nicht leiden. Das nervte mich total.

»Na ja, jeder hat so seine Marotten«, witzelte sie.

»Wenn es nichts Schlimmeres ist«, antwortete ich leichthin, griff nach meiner Jacke und folgte den beiden nach draußen.

Grace kam mit, blieb aber auf der Veranda stehen. »Viel Spaß!«, rief sie uns noch zu, als wir in den schwarzen Volvo stiegen.

Dottie drehte die Musik laut auf und zeigte uns, dass sie in Feierlaune war. Ich setzte mich wieder auf die Rückbank und konnte an nichts anderes mehr denken als an Luciens Hals. Sein Parfum zog mich regelrecht an, ich starrte förmlich auf die kürzeren Haare in seinem Nacken.

Wieder stellte ich mir Jérôme West neben mir vor. Ich versuchte, ihn gedanklich auf den Platz neben mich zu setzen. »Scheiße«, nuschelte ich deprimiert, denn es funktionierte nicht. Mein Blick glitt erneut zu Lucien. Draußen war es dunkel, lediglich die Lichter der vorbeifahrenden Autos beleuchteten sein Gesicht von der Seite ein wenig.

Dottie beugte sich etwas zu ihm hinüber, berührte ihn an der Schulter und drückte gleichzeitig mit der anderen Hand auf der Anlage herum, um sich ein anderes Lied auszusuchen.

Automatisch kniff ich eifersüchtig die Augen zusammen.

Da war dieses tiefe Gefühl der Liebe, welches ich ihm gegenüber empfand, und auch wenn ich mir noch so krampfhaft Jérôme vorstellte, er konnte Lucien einfach nicht das Wasser reichen.

»Oh, ich hab vergessen, dich einzuweihen«, sagte Dottie plötzlich und drehte sich zu mir um. »Es gibt zwei Arten von Bowle. Die rote ist ohne und die grüne mit Stoff.«

Das machte mich stutzig. »Die schenken Alkohol an Minderjährige aus?«

»Boah«, stöhnte sie abfällig. »Mach dich locker!«

»Ich. Bin. Locker«, betonte ich. »Das war nur eine Frage.« Also echt, manchmal konnte sie so was von forsch sein. »Alles klar, ich weiß Bescheid. Wir trinken nur die grüne Bowle.«

»Logo«, kicherte sie und setzte sich wieder richtig hin. Ihr Blick lag ununterbrochen auf Lucien. Dieser warf seinerseits nur einen schnellen Blick durch den Rückspiegel zu mir, schon quatschte er mit Dottie über einen mir unbekannten Sänger und dessen Konzert, welches bald in Washington D.C. stattfinden würde.

»Ich besorge uns zwei Karten, mein Dad kommt an gute ran«, sagte Dottie begeistert.

»Bin dabei«, erwiderte Lucien.

Ich rutschte etwas nach unten und wollte mich am liebsten verstecken. Zum Glück dauerte es nicht allzu lange, schon waren wir da. Die Villa von Seths Eltern konnte sich echt sehen lassen. Das Gelände war riesig, die Party bereits in vollem Gange. Musik dröhnte vom Pool in die Einfahrt, das Gegröle von Teenies war nicht zu überhören.

Wir stiegen aus und mussten über die breite Einfahrt zur Eingangstür laufen, die weit offen stand. Auf der Treppe davor saßen bereits einige unserer Mitschüler, die herumknutschten.

Lucien zögerte nicht und legte während des Gehens den Arm um Dottie. Sie schmiegte sich an ihn und schickte ihm einige verträumte Blicke.

Ich ertrug das nicht, also ignorierte ich es. Ich ignorierte ihn. Ich ignorierte die Tatsache, dass ich mich in seiner Nähe aufhalten musste und schmollte. Das mit dem Beschützen war ab nun sein Problem, nicht mehr meines. Schließlich beschützte er ja mich, wie er das anstellte, war nun echt seine Sache.

Als wir in der Villa waren, ließ ich die beiden eiskalt stehen und hielt Ausschau nach Alicia. Aber ich fand sie nicht.

Stattdessen liefen mir Rebekah und Claire über den Weg. Rebekah hatte ihre stark blondierten Haare hochgesteckt, sie sah mit dieser Frisur sehr reif aus. Claire lief auf Stöckelschuhen und trug die brünetten Haare offen. Sie war einfach atemberaubend schön.

»Da bist du ja endlich«, sagte Claire und zog mich sofort an der Hand hinter sich her. »Hier haben wir unsere exklusive VIP-Lounge.« Ihr Lächeln wirkte geheimnisvoll. Rebekah öffnete eine Tür, schon waren wir in einem riesigen Raum. Ledersofa, Klavier, eine Champagner-Pyramide, und ein Butler stand daneben. Mehr konnte ich im ersten Moment nicht ausmachen, denn die reine Größe des Raumes und die vielen Leute erschlugen mich fast. Was ich aber sofort feststellte, waren die ganzen Cheerleader, die sich hier aufhielten. Warum brachten mich Rebekah und Claire ausgerechnet hierher? Mich!

»Wow, Berry«, sagte Jérôme hinter mir.

Ach, darum musste ich hier rein. Ich drehte mich um, da war Jérôme schon bei mir, legte seine Hände um meine Taille und drückte mir einfach einen Kuss auf die Wange. Er nahm sich meine Hand und hob sie etwas hoch, als müsste er seine Errungenschaft bewundern und vorführen.

»Du bist die heißeste Beere hier«, sagte er und lächelte charmant.

Er sah ebenfalls verdammt gut aus und bescherte mir für einen kleinen Moment ein Bauchflattern. »Gerade erst angekommen«, erwiderte ich verlegen.

»Das erklärt, warum du noch nichts zu trinken hast.« Er schnippte nach dem Butler, der mir sofort ein Glas Champagner brachte.

Ich überspielte sofort, dass ich keinen Alkohol trinken wollte, und nippte nur angedeutet daran. »Ich komme gleich wieder«, entschuldigte ich mich. »Ich muss Alicia suchen.«

»Die sitzt draußen am Pool.« Er lächelte. »Ich warte hier auf dich.«

Ich lächelte zurück. »Mach das.« Schon war ich weg. Als ich wieder im Flur war und mich unbeobachtet fühlte, stellte ich das Glas auf einem Schrank ab und ging einfach weiter. Den Poolbereich fand ich zum Glück schnell.

Die Terrasse war protzig und riesig. Ich hielt inne und ließ meinen Blick schweifen. Alicia stand zu meinem Pech genau neben Dottie und Lucien. Sein Arm lag immer noch um Dottie, aber er redete mit Trey. Dann beugte er sich während des Redens etwas zu Dottie, die beiden lachten, er zog sie ganz nah an sich und wirkte, als würde er sie gleich küssen wollen. Das zu sehen, zog mir den Boden unter den Füßen fort und versetzte mir einen Stich, sodass ich fast Schnappatmung bekam.

Ich musste hier raus! Sonst platzte ich gleich!

Mein Plan, heute herzukommen, um Jérôme zu küssen, war total dumm gewesen. Wie konnte ich mich mit jemandem ablenken, wenn ich so sehr in Lucien verliebt war?

Nichts wie weg hier. Ich drehte mich schwungvoll um und hatte direkt Micha Markou im Gesicht.

»Na, du gehst aber schnell ran.«

Perfekt. Das waren also die ersten Worte, die der Dreamboy zu mir sagte. Die gingen bestimmt in die Geschichte ein.

»Lass mich vorbei«, bat ich.

Er wich nicht zur Seite aus. Im Gegenteil. Er lächelte sein schneeweißes Lächeln, hob die Hand und zeigte mir, was er dabeihatte. Eine Flasche Alkohol. Irgendein weißes Gesöff.

»Gegen Kummer hilft das am allerbesten«, kommentierte er.

»Bitte was?«

»Trink einen Schluck, dann willst du bestimmt nicht mehr nach Hause.«

»Ähm?«

»Er bricht dir das Herz. Er sieht dich nicht, Miracle«, machte er deutlich und wackelte etwas mit der Flasche. Der Alkohol schlug kleine Wellen darin.

»Wie kommst du darauf?«, fragte ich verdutzt.

Er lächelte wieder, schüttelte seine blonden Locken etwas zurück und beugte sich zu mir herunter. »Ich weiß so einiges über dich, Miracle Blueberry.«

Ich fühlte seinen warmen, nach Alkohol riechenden Atem an meiner Wange und es war mir unangenehm, daher wich ich zurück. »Das beantwortet nicht meine Frage.«

Micha zuckte mit den Schultern. Er hob die Flasche an und trank einen Schluck. »So, wie er dich nicht sieht, so hat er auch mich nicht gesehen.« Erneut hielt er mir die Flasche hin. »Ich sagte ja schon, das hilft gegen Kummer.« Seine blauen Augen waren nicht mehr klar. Er hatte schon zu viel getrunken.

Obwohl ich wusste, dass er nur Schwachsinn redete, nahm ich cool die Flasche und trank tatsächlich einen kleinen Schluck. Es brannte in meinem Hals. Trotzdem nahm ich noch einen und gab ihm die Flasche wieder zurück. Er beobachtete mich dabei genau.

»Wenn du dich vergnügen willst …«, setzte er an.

Ich unterbrach ihn sofort. »Danke, aber nein«, lehnte ich entschieden ab, ging einen Schritt zur Seite und drängte mich an ihm vorbei.

Micha schnappte sich in letzter Sekunde meinen Arm und hielt mich fest. »Wenn du klug bist, hältst du dich von ihm fern.« Er ließ mich wieder los.

Seine seltsame Warnung klang in meinen Ohren nach. Hastig verließ ich den Poolbereich und ging in die Villa zurück, um den Ausgang zu suchen. Bei der Menschenmenge, die sich hier herumtrieb, kein leichtes Unterfangen. Ich hatte beschlossen, das Gelände sowie die Party zu verlassen und Tante Grace anzurufen. Sie war die Einzige, mit der ich hoffentlich sicher nach Hause fahren konnte, ohne dass ein Unfall geschehen würde.

Aber Jérôme fing mich ab. »Hey, da bist du ja wieder«, sagte er und kam zu mir. So schnell konnte ich nicht denken, da lagen beide Hände wieder auf meiner Taille. Sein Gesicht war meinem ganz nah. Nur noch ein bisschen näher, und wir hätten uns geküsst. Aber er tat es nicht. Zum Glück. »Komm mit, Berry, jetzt wird gefeiert.« Seine Hände glitten von meinem Körper, aber nur einen Augenblick später legte er einen Arm um meine Schultern.

Plötzlich standen wir neben dem weißen Sofa, ohne dass ich verstand, wie wir dorthin gekommen waren. Was war eben passiert? An dem winzigen Schluck Alkohol konnte es jedenfalls nicht liegen, vermutlich war ich im Moment einfach zu durcheinander.

Ich verwarf meine Fluchtgedanken sofort wieder und setzte mich neben Claire und Rebekah auf die Sofalehne. Jérôme kam mit zwei Gläsern an, beide waren mit grüner Bowle gefüllt.

»Für die heiße Beere«, tönte er verführerisch, zog sich einen Stuhl heran und setzte sich rücklings darauf.

Wir stießen an, allerdings nippte ich wieder nur daran, denn ich wusste nicht, wie ich den Alkohol vertrug. Aber das grüne Zeug schmeckte sehr lecker und brannte nicht so, wie das Getränk von Micha, also nahm ich einen richtigen Schluck davon.

Ab nun wurde es ganz witzig. Es wurde getrunken, mit der Musik gegrölt. Einige tanzten, andere plauderten. Wir blieben auf dem Sofa sitzen und Jérôme flirtete mit mir, was das Zeug hielt. Eine kurze Zeit lang gefiel mir die Zugehörigkeit zu den Footballern und Cheerleadern, doch dann drängte sich wieder das Gefühl in mein Bewusstsein, ich müsste gehen.

Während die anderen Spaß hatten, Alkohol tranken, sich gegenseitig süße Kirschen in den Mund schoben und ein

Trinkspiel nach dem anderen veranstalteten, wurde ich innerlich total unruhig. Es lag auch daran, dass Jérôme mir immer näher kam. Gleichzeitig ließ er sich Zeit damit, als wolle er mit mir spielen, mich erobern. Er war cool und wäre perfekt für mich gewesen, aber ich liebte nun mal Lucien. Jede Berührung von Jérôme fühlte sich deswegen komisch und falsch an.

Nach einer Weile entschuldigte ich mich unauffällig, von wegen ich müsste mal für kleine Beeren. Ich suchte aber nicht die Toilette, sondern den Ausgang.

Als ich schließlich durch die offenstehende Flügeltür ging, nahm ich einen tiefen Atemzug. Das fühlte sich ein kleines bisschen nach Freiheit an. Ich schaute nicht zur Party zurück, sondern nahm die Treppe nach unten. Oben am beleuchteten Pool war viel los, laute Musik, Gelächter, dort wurde ausgelassen getanzt und gefeiert. Hier im Treppenbereich hingegen waren einige am Knutschen. Oder immer noch, wer konnte das schon so genau sagen.

»Hey, Berry!«, rief Jérôme hinter mir und ich zuckte kurz zusammen, weil er mein Verschwinden bemerkt hatte. »Willst du gehen?«

»Äh ja, ich muss leider nach Hause«, schwindelte ich einfach.

»Du kannst jetzt noch nicht gehen.« Er kam zu mir. »Die Party hat gerade erst angefangen.«

»Ihr habt auch Spaß ohne mich«, meinte ich leichthin und ging weiter.

Aber Jérôme überholte mich und stellte sich mir in den Weg. »Es macht nur halb so viel Spaß, wenn du jetzt gehst. Habe ich was falsch gemacht? Gehst du wegen mir?«

»Nein«, wehrte ich schnell ab. »Das hat nichts mit dir zu tun. Du bist toll.« War er wirklich.

»Ach, ich bin toll?« Er schmunzelte. »Das nehme ich jetzt mal als Kompliment.«

Ich lächelte und wollte weitergehen.

»Ich möchte dich gerne küssen, Miracle«, sagte Jérôme geradeheraus und kam immer näher. »Das will ich schon, seit ich dich das erste Mal gesehen habe.« Er war mir inzwischen so nahe, dass er seine Hand wieder an meine Taille legen konnte. Behutsam tastete er sich vor und zog mich zu sich heran.

Ich ließ es einfach zu, denn jetzt war er schon kurz davor, mich zu küssen, und ich war neugierig genug, um es einfach geschehen zu lassen. Es würde mein erster Kuss werden. Aufregung durchströmte mich, vor allem, als seine Lippen sich den meinen näherten. Ich spürte mein Herz aufgeregt in meiner Brust pochen und hoffte, er würde meine Nervosität nicht bemerken.

Nur noch wenige Zentimeter Abstand waren zwischen uns, bald würde es endlich geschehen.

Ich konnte plötzlich an nichts anderes mehr denken ... außer an Lucien. Verdammt!

In weniger als einer Sekunde würde ich Jérômes Lippen auf meinen spüren, aber jetzt wollte ich das ja gar nicht mehr.

Hilfe! Erschrocken wich ich mit dem Kopf zurück.

»Das ist keine gute Idee«, sagte ich hastig.

»Du willst es doch auch.«

»Nein, ich habe es mir anders überlegt«, sagte ich ehrlich und versuchte, mich aus seinen Armen zu winden. Aber Jérôme hörte mich nicht. Er hielt mich fester und kam diesmal schneller auf mich zu.

»Nein, hör auf damit!« Ich wehrte mich etwas stärker und erschrak.

Lucien war überraschend aufgetaucht, er packte Jérôme an den Schultern und riss ihn gewaltsam von mir fort.

»Alter, spinnst du?«, schnauzte Jérôme zornig.

»Verschwinde, du Idiot!« Lucien funkelte ihn wütend an. Sein Blick war so dunkel wie seine Haare, er wirkte gerade so bedrohlich, dass selbst ich Muffensausen bekam. Er stellte sich vor Jérôme und schubste ihn an beiden Schultern kraftvoll nach hinten.

Dieser kam sofort ins Wanken, fing sich aber wieder. »Hör auf damit! Das ist mein Mädchen!«, sagte er laut.

»Sie hat Nein gesagt«, holte ihm Lucien in Erinnerung.

»Ach komm, das hat sie doch nicht so gemeint, sie ziert sich eben!«

»Das hast du nicht zu beurteilen«, grollte Lucien total wütend. »Ein Nein gilt, egal wie du das siehst.« Wieder schubste er Jérôme zurück.

Oben vom Pool guckten schon einige Leute herunter.

Jérôme war nun auch sauer und ballte seine Hände zu Fäusten. Aber weiter kam er nicht, denn Lucien tat etwas, was ich nie für möglich gehalten hätte. Er verschaffte seiner Wut Luft, holte aus und ballerte Jérôme einen gezielten Schlag mitten ins Gesicht. Jérôme, obwohl groß und kräftig, konnte dieser überirdischen Kraft nichts entgegensetzen und fiel sofort zurück auf den Boden.

Ich kreischte vor Schreck auf, denn seine Nase blutete.

»Was machst du da?«, rief ich Lucien zu.

Aber dieser stand nur da, mächtig, riesengroß, dunkel und wütend. Ganz kurz hatte ich Angst vor ihm.

»Du hast mir die Nase gebrochen!«, schrie Jérôme voller Entsetzen. Das Blut tropfte zwischen seinen Fingern heraus und auf sein Shirt hinunter. Von der Treppe rannten bereits einige seiner Kumpels zu uns.

Lucien zeigte keinerlei Reue. Er drehte sich von Jérôme ab, kam zu mir, packte mich fest am Handgelenk und zog mich hinter sich her.

»Was ist los? Hey, du tust mir weh!« Ich wehrte mich, aber ich hatte keine Chance gegen ihn. Er riss mich schnell die Einfahrt hinunter und zog mich hinter ein Auto, sodass wir außer Sichtweite waren. Nur einen Wimpernschlag später wechselte er den Ort.

Plötzlich standen wir in einer Gasse. Es war außer uns keiner da, ein paar Laternen beleuchteten die Umgebung nur spärlich, was den Ort etwas unheimlich erscheinen ließ.

»Bist du völlig verrückt geworden?«, kreischte ich hysterisch, als er mich endlich losließ. Ich rieb mein Handgelenk. »Du hast mir gerade echt wehgetan!«

»Das wollte ich nicht«, sagte er mit steifer Miene.

»Warum hast du es dann getan?«, fragte ich vorwurfsvoll. »Und warum hast du Jérôme geschlagen?«

»Weil ich …« Er redete nicht zu Ende, sondern ging ein paar Schritte von mir weg. »Ich … Es ist …« Lucien drehte sich wieder zu mir und wollte etwas sagen, aber er blieb mir die Worte schuldig.

»Was denn?« Nun funkelte ich ihn wütend an. »Du hast gerade Jérôme verletzt! Warum machst du so was Dummes?«

Er atmete schwer, fuhr sich durch die Haare. »Weil …« Wieder ging er ein paar Schritte von mir weg, er drehte sich ab.

»Ist dir eine Sicherung durchgebrannt? Was ist los?« Ich schüttelte den Kopf. »Bist du betrunken?«

Lucien sah mich an, sein Gesichtsausdruck verhärtete sich. »Du darfst den Typen nicht küssen.«

»Das wollte ich auch nicht.« Warum rechtfertigte ich mich überhaupt? Ich wartete einige Sekunden, aber er sagte nichts weiter. »Seit wann brauche ich deine Erlaubnis für so was?«, schnauzte ich frustriert. »Sagtest du nicht, es wäre okay, wenn ich einen Freund hätte?«

»Er ist nicht okay!«, schrie er unerwartet laut. Seine Stimme hallte in der Gasse wider.

»Das hast du nicht zu entscheiden!«, giftete ich zurück.

Lucien kam blitzschnell zu mir zurück, gute zwei Schritte vor mir blieb er stehen.

Er war aufgekratzt und wirkte unruhig.

»Was zur Hölle ist los mit dir?«

»Du darfst ihn nicht küssen«, sagte er schnell atmend.

Ich schüttelte verwundert den Kopf. »Warum nicht?«

»Weil …« Er atmete wieder schneller und holte tief Luft. Was auch immer er mir sagen wollte, er brachte es nicht heraus.

»Ach, scheiß auf Distanz«, sagte er schließlich, kam die zwei Schritte schnell zu mir und legte seine Lippen für einen Kuss auf meine.

Boom!

In meinem Kopf explodierte ein Feuerwerk, welches so erschütternd, hell und strahlend war, dass es mich in seiner Intensität blendete.

Mit einer Hand strich er sanft meine Haare zurück, die andere fuhr an meiner Seite zu meinem Rücken. Lucien zog mich so nah an sich, dass ich sein Herz an meiner Brust pochen fühlte. Seine weichen Lippen schmeckten nach Vertrautheit, ich roch sein Parfum und konnte nichts anderes mehr tun, als mich ihm komplett hinzugeben. Er küsste mich gleichzeitig so stürmisch und zärtlich, dass ich froh war, dass er mich hielt, denn ich bekam augenblicklich weiche Knie.

»Du darfst Jérôme nicht küssen, Mira. Du darfst auch keinen anderen küssen. Weil nur ich dich küssen will«, flüsterte er, als er sich kurz von mir löste, und legte seine Stirn an meine. »Ich verzehre mich nach dir. Ich kann nicht denken. Ich kann nicht schlafen. Ich will immer nur bei dir sein.«

Eine tonnenschwere Last fiel von mir ab. Seine Worte ließen mich leise aufschluchzen. »Mir geht es genauso«, erwiderte ich flüsternd. Es war so befreiend, das endlich sagen zu können.

Er nahm mein Gesicht in beide Hände, schaute mir tief in die Augen.

»Ich liebe dich, Mira«, flüsterte er und wischte mit seinen Daumen meine Tränen fort. »Ich liebe dich so sehr, dass mein Herz für dich in Flammen steht.« Er näherte sich meinen Lippen und küsste mich erneut. Dieses Mal war der Kuss intensiver, wärmer, er schmeckte durch meine Tränen leicht salzig.

Es waren meine ersten Küsse, aber ich fühlte mich, als hätten meine Lippen nur darauf gewartet, endlich mit den seinen in Kontakt zu treten. Er tastete sich behutsam heran, seine Zunge vollendete unsere Berührungen, die mich einfach nur dahinschmelzen ließen.

Ich krallte meine Finger in seinen Rücken, musste schneller atmen, da er mir all meine Sinne raubte. Ein Vibrieren ging durch mich hindurch, das Feuerwerk hatte erst begonnen, es war noch lange nicht zu Ende. Denn der leidenschaftliche Kuss wollte ebenso nicht enden.

So oft hatte ich mir vorgestellt, wie es wäre, ihn zu küssen. Aber nichts, was ich mir ausgemalt hatte, kam dem nahe, was gerade tatsächlich geschah. Unsere Zungen spielten miteinander, wir entdeckten uns auf eine Art und Weise völlig neu. Seine Finger fuhren zärtlich an meinen Hosenbund, er schob mein weiches Top etwas hoch und ein Schauer fuhr durch mich hindurch, als er meine nackte Haut darunter berührte. Gänsehaut breitete sich auf mir aus. Völlig überwältigt von diesen vielen Gefühlen atmete ich laut ein und erwiderte den Kuss nun fordernder. Ich war hungrig auf ihn, stürmisch, und ließ endlich dieses intensive Gefühl frei.

Bisher hatte ich es in einen Eisenkäfig gesperrt, ihm verboten, herauszukommen. Aber nun explodierte ich, denn das Gefühl war da. Mit aller Macht.

»Ich liebe dich«, flüsterte ich, als er kurz meine Lippen freigab, um etwas zu sagen. Doch das, was ich zu ihm sagte, verschlug ihm die Sprache. Er sah mich kurz an, schob mich zu der Hausmauer zurück und küsste mich wieder.

Ich fasste an seinen Nacken, streichelte dort seine kürzeren Haare und zog ihn begierig näher.

Lucien erwiderte es, sein Atem beschleunigte sich und seine Küsse wurden wilder. Doch dann zügelte er seine stürmische Leidenschaft und wechselte wieder in eine unaufdringliche Zärtlichkeit, sodass ich vor Erregung fast zerplatzte. Seine Küsse wanderten von meinem Mund zu meinem Hals. Ich ließ die Augen geschlossen, genoss all diese Gefühle.

»Ich will mit dir zusammen sein, Mira«, flüsterte er. »Ich will dich nicht mit einem anderen teilen.«

»Musst du nicht« erwiderte ich hauchend. Ich wollte ja auch keinen anderen, nur ihn. »Aber da du mein *Cousin* bist, werden wir wohl Schwierigkeiten bekommen, das zu erklären.« Ich musste kichern.

Er drückte sein Gesicht an meinen Hals und lachte leise.

»Du musst dich trotzdem bei Jérôme entschuldigen«, sagte ich bittend.

»Es gibt vieles, was wir regeln müssen«, erwiderte er an meinem Hals. »Aber daran will ich jetzt nicht denken.«

Aber ich dachte daran. Allen voran an Dottie. »Willst du das wirklich?«, fragte ich unsicher.

Lucien hob den Kopf und sah mich an. »Du fragst, ob ich dich will?«

Ich nickte. »Dottie«, sagte ich nur, auch auf die Gefahr hin, den Moment zu zerstören.

Er fasste fordernd in meinen Nacken. »Nur gespielt, Mira. Ich wollte dir Freiheit geben.«

»Was soll ich mit Freiheit, wenn ich sie schon gefunden habe?«

Seine Hand in meinem Nacken schob mich etwas nach vorn, er küsste mich wieder. Dann wich er zurück, hob einen Mundwinkel und lächelte schräg.

Schon befanden wir uns woanders. Da die Mauer, an die ich vorher gelehnt hatte, nun fehlte, wankte ich. Er hielt mir sofort den Rücken, drehte mich etwas und sah mich mit einem wilden Blick an. Seine Augen wechselten die Farben, von Dunkelbraun zu Schwarz und wieder zurück. So viel Leidenschaft lag in ihnen.

»Du machst mich verrückt«, flüsterte er und sein Atem kitzelte mich.

Silberblaues Mondlicht drang vom Fenster her in den Raum und ich erkannte an der schwarzen Bettwäsche und dem Schrank mit dem Whiskey, dass wir in seinem Zimmer in der Burg waren. Aus der Erdenzeit herausgetreten. In seine Welt hinein.

Lucien stand nun endlich vor mir, er war mir jetzt so nah, wie ich es mir schon lange gewünscht hatte. Ich zögerte nicht, zog ihm die Lederjacke aus und nahm sofort den Bund seines Shirts, um es nach oben zu schieben, damit er es ausziehen musste. Nun lag seine wunderschöne, muskulöse Brust frei, ich beugte mich vor und biss sanft hinein, denn das hatte ich schon lange tun wollen. Sein Atem ging etwas lauter, als ich ihn sanft kostete und meine Finger zugleich fordernd über seinen nackten Rücken gleiten ließ und die Haut dort zentimeterweise erkundete.

Er hob mich einfach hoch und trug mich zu seinem Bett hinüber. Dort legten wir uns hin, küssten uns wieder leidenschaftlich. Wir schienen beide komplett ausgehungert zu sein, nun konnten wir endlich der Sehnsucht nachgeben, die wir so lange gebremst hatten. Mein Top flog kurz darauf ebenfalls zu Boden. Wir streichelten und küssten uns lange, mal schnell atmend und wild, mal so zart, als würden wir uns gegenseitig behüten wollen. Ich hätte ihn am liebsten ganz ausgezogen, wollte ihn spüren, ihm nahe sein. Wollte unsere tiefe und magische Verbindung besiegeln.

Aber wir gingen nicht weiter, wir behielten unsere Hosen an. Stattdessen blieben wir beim Küssen und den vielen zärtlichen Berührungen. Erst nach langer Zeit wurden wir ruhiger. Er legte sich auf den Rücken, schlang seinen Arm um mich und hielt meine Hand. Mein Kopf lag halb auf seiner Brust, die sich beim Atmen sanft auf und ab bewegte.

Diese Verbundenheit, die ich in seiner Nähe immer fühlte, war gerade so stark vorhanden, dass ich kaum denken konnte.

»Seit wann weißt du es?«, flüsterte er.

Ich musste nicht überlegen, verstand sofort, was er meinte. »Seit dem Riesenrad. Und du?«

»Seit wir bei Corbeau Vallant waren und deine Hand auf meinem Herzen lag.«

»Da schon?« Ich versuchte, mich zurückzuerinnern. Zuvor hatte er mir noch erklärt, dass er keine solche Liebesgefühle für mich empfand.

Lucien nickte. »Das Herzfunkeln lag auf deinem Gesicht. Du warst in dem Moment so wunderschön und ich verstand in dem Augenblick, was unsere Verbindung wirklich bedeutet.«

Ich hob meinen Kopf, damit ich ihn ansehen konnte. Sein dunkler Blick ruhte auf mir.

»Du weißt, dass es kein Zurück mehr gibt?«, fragte er leise. »Dir zu widerstehen, war so schwer für mich. Das schaffe ich nicht noch einmal.«

»Was bedeutet die Verbindung, Lucien?«, fragte ich nach.

»Liebe«, flüsterte er. »Aber nicht die Liebe, an die ich zuvor glaubte, sondern eine reine Seelenverbindung. Eine Liebe, die kaum Wesen erfahren können, weil sie so selten ist.«

Ich dachte darüber nach. »Warum hast du nicht mit mir darüber geredet?«

Er streichelte meine Wange und hielt mich fest. »Ich wollte doch, dass du endlich frei bist und leben kannst.«

Ich streichelte über seine Hand. »Du wusstest von einer Seelenverbindung und redest von Distanz?«

»Du hast mir zu Beginn deutlich gezeigt, was du von mir hältst.« Lucien schlang seine Arme enger um mich. »Das mit Dottie tut mir leid«, flüsterte er.

Ich schwieg kurz. »Du weißt, was du tun musst?«

»Ja. Ich werde nachher meinen Superheldentrick anwenden. Alles andere würde Dottie verletzen. Das hat sie nicht verdient.«

»Du willst Dottie manipulieren?« Ich dachte zuvor daran, er müsste ihr alles erklären und sich entschuldigen. »Das wolltest du doch bleiben lassen. Ist das nicht ein wenig übertrieben?«

»Nein. Ja. Nein ...« Er dachte darüber nach. »Ich will es nicht machen, aber ich habe gar keine andere Möglichkeit, Mira. Ich muss alles richtigstellen, sonst haben wir nur Probleme. Ich weiß, das ist sehr eigennützig, aber das Wort *Cousin* ist dann nicht mehr gefallen. Diese Lüge müssen wir wieder rückgängig machen.«

Damit hatte er nicht unrecht. Dass alle glaubten, er sei mein Cousin, war tatsächlich ein riesengroßes Problem. »Und wie erklärst du alles andere? Du hast Dottie angemacht, sie mag dich bereits viel zu sehr.«

»Das hat dann ja alles nie stattgefunden. Sie wüsste nichts mehr davon.«

»Ich weiß nicht, ob mir das gefällt.«

»Fällt dir etwas Besseres ein? Mir leider nicht. In einer Sekunde wäre das Problem gelöst, alle wären zufrieden, keiner würde verletzt werden.«

Nun dachte ich darüber nach. Was könnten wir den anderen erklären, wenn er seinen Trick nicht anwenden würde? Unsicherheit keimte in mir, wie würde es weitergehen? »Sind wir denn jetzt zusammen?«

Lucien richtete sich auf, drehte mich um und lag plötzlich über mir. Mit seinen Unterarmen stützte er sich neben meinem Kopf ab. Er sah mir tief in die Augen. »Willst du es nicht?«

Was für eine blöde Frage! Mir fiel auf, dass ich ihm vorhin in der Gasse eine ähnlich blöde Frage gestellt hatte.

Unsere nackten Oberkörper lagen gerade aufeinander, seine Nähe weckte Gefühle in mir, die ich vorher noch nicht gekannt hatte. »Ich will nur dich«, wisperte ich. »Aber ich werde schnell alt und du nicht. Bestimmt willst du mich bald nicht mehr.«

Er lachte leise darüber, beugte sich und küsste die Haut über meiner Brust. Seine Lippen wanderten ganz zärtlich nach oben, über meinen Hals und zu meinem Mund.

»Ich liebe dich, Mira«, flüsterte er und sein Flüstern klang samtweich und verführerisch. »Ich kann dir nicht widerstehen.« Er küsste mich flüchtig. »Mein Herz schlägt nur für dich, auch wenn wir aus zwei verschiedenen Welten kommen, die Zwischenebene hat uns durch deine Tode zusammengebracht. Dort spürten wir unsere Verbindung das erste Mal, sie ist etwas Besonderes. Das ist größer als alles, was mir bekannt ist.« Er senkte seine Lippen wieder auf meine. Eine warme Woge fuhr durch mich hindurch, sein Kuss war so voller Liebe, dass sich für mich die Frage, ob das alles gutgehen würde, nicht mehr stellte.

Wir gehörten zusammen. Das wussten wir beide.

Das Medaillon

Leider mussten wir unsere frisch verliebte Zweisamkeit bald wieder beenden. Denn da waren noch Menschen auf der Erde, für die wir Ordnung bringen mussten, damit deren Leben durch unser Verhalten nicht in Chaos versank.

Lucien zog sein Shirt wieder an und verriet mir seinen Plan. »Ich werde ihre Erinnerungen jetzt so verändern, dass sie denken, wir wären von Anfang an zusammen gewesen.«

Ich dachte darüber nach, unterdessen schlüpfte ich in mein Oberteil. Hunderte Fragen wirbelten in meinem Kopf herum. »Was ist mit all jenen, die dich und Dottie gesehen haben? Verschwindet dann wirklich automatisch Dotties Verliebtheit? Ist das nicht gemein?« Die Sache war mir nicht geheuer. »Lass uns das bitte gut überlegen.«

»Was sollen wir denn sonst tun? Als Freundin ist Dottie bestimmt fort, wenn sie die Wahrheit erfährt. Sie wird sich betrogen fühlen und hätte damit ja nicht unrecht.«

Das gefiel mir auch nicht. Ich presste die Lippen aufeinander und dachte weiter nach.

»Mira, das haben wir doch schon besprochen. Wie willst du allen die Lüge mit mir als deinem Cousin erklären? Wie dein Tête-à-Tête mit Jérôme?«

Ich rollte mit den Augen. »Also echt. Das mit ihm war doch bloß mein Ausweichplan.«

»War es das?«

»Ich musste mich von meinen steten unkeuschen Gedanken über dich ja irgendwie ablenken«, gestand ich ihm.

Obwohl es nur dämmrig im Zimmer war, sah ich, wie er bei meinen Worten breit grinste.

»Das freut dich?«, motzte ich.

Lucien nahm meine Hand und zog mich an sich.

»Ja«, hauchte er. Seine Augen blitzten auf. Er küsste meinen Handrücken. »Ich hatte schon Angst, du hättest wegen ihm unkeusche Gedanken.«

»Jérôme ist ein toller Kerl. Aber er ist nicht meiner. Meine Gedanken drehen sich ausschließlich um dich.«

Wieder sah ich ihn im Dämmerlicht breit lächeln.

»Sag bloß, du hast nur an Schach gedacht, wann immer wir zusammen zur Schule gefahren sind?«

Er lachte leise und es klang durchtrieben. »Ausschließlich. Im Gegensatz zu dir kann ich mich ja zusammenreißen«, schwindelte er und lachte.

»Ja klar«, erwiderte ich kichernd.

Luciens Lachen verebbte und wurde zu einem leichten Schmunzeln. Er sah mich an, als hätte er mich noch nie gesehen und müsste sich nun alles einprägen.

»Ich bin so glücklich«, flüsterte er. »Die letzten Wochen waren echt hart.« Seine Finger strichen über meine Wange und mein Kinn. »Mira, ich werde dir die Welt zu Füßen legen, du wirst es niemals bereuen, meine tiefe Liebe zu erwidern.«

Seine Worte berührten mich. Auch ich schwebte im Glücksgefühl, da er mich von meinem Liebeskummer befreit hatte.

»Ich frage mich gerade, ob das alles bloß ein Traum ist«, hauchte ich leise.

»Ist es nicht.« Er küsste mich kaum spürbar auf den Mund. Seine flüchtige Berührung hinterließ ein Kribbeln auf meinen Lippen. Es kitzelte leicht. »Wir kehren jetzt zurück auf die Erde und stellen alles richtig, damit wir uns nicht verstecken müssen und Dottie ein Herzschmerz erspart bleibt.«

Ich nickte. »Okay.«

Die Umgebung veränderte sich. Es wurde lauter, kühlere Luft drang in unsere Lungen, ich hörte Musik. Wir standen bei den parkenden Autos, etwas von der Einfahrt zu Seths Villa entfernt. Lucien hatte uns wieder dorthin zurückgebracht, von wo aus wir verschwunden waren. Er drückte mir seinen Autoschlüssel in die Hand.

»Setz dich besser in den Wagen, bin gleich wieder da.«

»Warte noch«, flüsterte ich hastig, ehe er sich wegteleportieren konnte. »Wie ist das jetzt? Erinnern sich Dottie und Alicia noch an unsere Gespräche? Wir hatten ja oft über dich und Jérôme geredet.«

»All das hat nie stattgefunden«, erklärte er. »Ihr habt bloß nett geplaudert und ein bisschen Spaß gehabt, das war es.«

»Aber meine Erinnerungen lässt du mir, ja? Meine unkeuschen Gedanken wären sonst nämlich fort«, erinnerte ich ihn und biss mir auf die Lippe.

Dieses breite Grinsen erschien wieder auf seinem Gesicht.

»Hör auf damit«, schimpfte ich und gab ihm einen Klaps auf den Arm.

»Natürlich behältst du sie, Mira. Ich ändere bei den anderen ja auch nur das, was unbedingt sein muss«, erklärte er. »Alle anderen Erinnerungen bleiben für sie selbstverständlich bestehen.«

Er drückte mir einen liebevollen Kuss auf die Lippen, dann verschwand er und ich wartete nervös auf seine Rückkehr. Es dauerte für mich nicht lange, nur ein paar Sekunden, dennoch war es lange genug, dass ich mir totale Sorgen machte. Lucien wandelte jetzt in irgendeiner für Menschen unsichtbaren Ebene und manipulierte bei allen beteiligten Schulfreunden das Gedächtnis, wie auch immer das ging.

Hoffentlich vergaß er keinen …

Folgsam drückte ich auf den Autoschlüssel, damit der Wagen aufsperrte. Die Lichter leuchteten kurz blinkend auf.

Schon war Lucien wieder da und schien mit sich und seiner Arbeit zufrieden.

»Du bist fertig? Jetzt schon? Wie ist es gelaufen?« Ich platzte vor Neugierde.

Lucien öffnete die Autotür, damit ich einsteigen konnte. Danach ging er auf seine Seite und setzte sich in den Volvo.

»Jérôme ist total angetrunken gegen eine Säule gerannt und hat sich dabei die Nase gebrochen«, erzählte er und wirkte sehr erleichtert. »Dottie weiß, dass deine Tante Grace streng ist und darauf besteht, dass ihr schon jetzt nach Hause kommt, damit ihr euch nach dem Unfall noch schont. Sie akzeptiert das und verabschiedet sich gerade von Alicia und Trey, denn sie weiß, dass wir hier bereits auf sie warten. Alle denken, wir wären als festes Paar zur Schule gekommen. Sie haben uns schon oft Händchen haltend und knutschend gesehen.« Er lächelte mich an. »Mira«, sagte er leise. »Sie erinnern sich genau an das, was ich mir die ganze Zeit gewünscht habe.«

Ich lehnte meinen Kopf zurück. »Das ist so unglaublich«, erwiderte ich.

Lucien nahm meine Hand und streichelte sie voller Liebe. »Du bist unglaublich.«

Ein leises Seufzen verließ mich. Ich erwiderte nichts darauf, sondern sah ihn einfach nur an. Luciens Finger schlangen sich in meine. Das Gefühl, ihn endlich berühren zu können, war total befreiend. Offenbar ging es ihm genauso, denn als Dottie kam und mit uns über die tolle Party redete und wie viel Spaß sie gehabt hatte, ließ er meine Hand nur los, wenn er es wegen des Autofahrens musste.

Dass Dottie plötzlich hinten saß und absolut nicht darauf reagierte, dass wir unsere Hände hielten, war echt komisch. Es störte sie auch nicht, dass sie schon ins Haus hineinging und wir uns noch auf der Veranda voneinander verabschiedeten. Unser Verhalten war normal für sie. Nur Tante Grace guckte verblüfft, als sie uns zusammen sah, aber sie sagte nichts darauf.

Lucien nahm mich in die Arme. »Ich habe dir leider noch nicht gesagt, dass du heute umwerfend aussiehst.«

»Hast du nicht«, bestätigte ich.

»Ich will dich nicht loslassen. Wann sehen wir uns morgen?«

»Abendessen, du kochst?«, scherzte ich.

»Ein Date?« Er zog eine Braue hoch.

»Brauchen wir denn ein Date?« Über dieses Stadium waren wir doch längst hinaus. »Aber nein, Dottie ist hier, ich werde sie nicht alleine lassen. Das, was wir heute getan haben, ist schon egoistisch genug.«

»Avia wird euch gerne alle zum Abendessen bei uns einladen«, sagte er. »Grace war noch nie bei uns. Der Pool ist beheizt, vielleicht gefällt Dottie ja ein Ausflug in die Wood Road 17?«

Der Vorschlag gefiel mir. »Du kochst«, beharrte ich und grinste frech.

»Okay, ich mache das Dessert«, versprach er mir.

»Mit Schokolade.«

»Natürlich.« Er lachte. Dann küsste er mich wieder. Nicht flüchtig oder kurz, sondern liebevoll und voller Sehnsucht. Nur ungern ließ er mich los, mir erging es ebenso.

»Schlaf gut, Mira.« Er küsste meine Nasenspitze.

»Du auch«, erwiderte ich und blieb noch so lange auf der Veranda stehen, bis ich die Lichter des Volvos nicht mehr sehen konnte.

Tante Grace passte mich hinter der Tür an der Garderobe ab. »Dottie ist oben im Badezimmer, sie kommt gleich wieder runter. Ich hab gesagt, wir würden noch einen Film zusammen gucken.« Sie lächelte übers ganze Gesicht und musterte mich. »Mach schnell. Ich will sofort alles wissen.«

»Wir sind morgen Abend alle bei Sefora und Lucien eingeladen.« Ich beugte ich mich nah an ihr Ohr. »Er liebt mich, wir haben uns geküsst«, hauchte ich, wich wieder zurück und strahlte wie ein Honigkuchenpferd.

Tante Grace quietschte ganz leise und wippte etwas auf und ab. »Ich wusste es! Aber was ist mit Dottie? Hatte sie nicht das Date mit ihm?«

Ich nickte. »Das war ja unser Problem. Leider musste Lucien ihre Gedanken manipulieren, sonst könnten wir nicht richtig zusammen sein. Dottie glaubt jetzt, wir wären schon immer ein Paar gewesen.« Ich legte den Zeigefinger an den Mund, damit Grace wusste, dass sie niemals was verraten durfte. »Ich hoffe, du schimpfst deswegen nicht mit uns? Anders gings nicht, das musst du mir glauben. Die Wahrheit hätte Dottie total verletzt.«

Meine Tante verzog missbilligend den Mund, es gefiel ihr nicht. »Versprich mir, dass ihr so was nie wieder macht.«

»Wir wollten nicht, dass Dottie verletzt wird«, wiederholte ich.

»Schon verstanden. Es ist trotzdem falsch, Menschen so zu manipulieren. Ab jetzt ist Schluss damit.«

»Okay.« Ich horchte auf, denn Dottie kam zurück.

Grace warf mir noch einen strafenden Blick zu, danach benahm sie sich, als wäre nichts gewesen. »Wollt ihr Popcorn oder lieber Tacos?«

»Ich hätte Lust auf beides«, sagte Dottie.

»Dann sucht ihr in der Zwischenzeit schon mal den Film aus.« Grace ging in die Küche und kam wenig später mit jeder Menge Snacks wieder heraus.

Dottie hatte sich inzwischen für eine Komödie entschieden, die wir kaum ansehen konnten, weil sie andauernd plapperte und die Schauspieler veräppelte. Wir lachten, bis uns die Bäuche wehtaten.

Dottie schnarchte noch leise, als ich mit Hope am nächsten Morgen hinunterging und zum See spazierte.

Morgentau lag auf den Gräsern, die Blätter der Bäume waren bereits herbstlich gefärbt. Sie leuchteten knallrot und gelb, manche schimmerten sogar in einem kräftigen Pink.

Es war nun fast ein Jahr her, seit ich diesen See zum allerersten Mal gesehen hatte. So viel war inzwischen geschehen, doch durch Luciens Offenbarung fühlte sich seit gestern alles so leicht an.

Daheim angekommen richtete ich für Grace Kaffee und backte Brötchen für alle auf. Die kleinen ovalen Baguettes liebte meine Tante, denn sie erinnerten sie an Frankreich. Und für Dottie legte ich einige Streifen Speck in die Pfanne und ließ sie knusprig brutzeln.

»Das duftet bis nach oben.« Dottie kam in die Küche und setzte sich.

»Magst du Tee?«, fragte ich sie.

Sie schüttelte den Kopf und gähnte. »Nein, danke.« Verschlafen kratzte sie sich im Nacken und schüttete sich danach Orangensaft in ein Glas.

Auch Grace wurde vom Geruch nach Frühstück in die Küche gelockt. »Perfekt. Kaffee.« Sie goss sich schnell eine Tasse davon ein und trank sie leer. »Ich muss jetzt nach Sunville. Braucht ihr was?«

Beide schüttelten wir den Kopf, aber dann fiel mir doch was ein. »Bring bitte für Sefora Pralinen mit, dann kommen wir heute Abend nicht mit leeren Händen.«

»Gute Idee.« Grace nickte. Sie belegte sich im Stehen ein kleines Baguette, füllte einen Kaffeebecher voll, schloss den Deckel, schon war sie fort.

Dottie und ich frühstückten gemütlich, danach guckten wir auf ihrem Smartphone einige lustige Videos. Die Zeit verging wie im Flug. Grace kam erst am Nachmittag wieder, aber dann hatte sie Zeit für uns. Sie holte das Monopoly, wir setzten uns ins Wohnzimmer und legten los. Natürlich nicht ohne Knabbereien und Schokonüsse.

Irgendwann piepste mein Telefon. Lucien hatte mir geschrieben. Mein Herz klopfte vor Freude bis zum Hals, als ich die Nachricht öffnete: *Ich kann nicht bis heute Abend warten, muss dich jetzt sehen.*

Dann komm vorbei, schrieb ich schnell zurück, denn ich vermisste ihn auch schrecklich.

Bin schon da. In deinem Zimmer.

Mein Herz klopfte nun noch aufgeregter. »Ich muss mal«, sagte ich zu den beiden anderen und eilte in mein Zimmer. Als ich die Tür öffnete, stand tatsächlich Lucien da. Mitten im Raum. Groß, wunderschön und mit einem verführerischen Lächeln im Gesicht.

Wir redeten kein Wort, sondern küssten uns stürmisch. Ich schlang meine Arme um seinen Hals und drängte mich an ihn. Er fuhr mit einer Hand in meinen Nacken und bestimmte die Stärke des Kusses. Seine weiche Zunge eroberte mich, zur selben Zeit verschwamm alles um mich herum. Es gab für den Moment nur uns beide.

Er presste mich an sich und wechselte den Kuss in einen begierigen, der mich total erregte. Automatisch ging mein Atem schneller, ich musste mich an ihm festhalten, um nicht zu fallen, da meine Knie so weich wurden. Seine Hand wanderte runter zu meinem Po, er zog mich ruckartig näher, sodass ich leise aufstöhnen musste. Das gefiel ihm. Ich war wie elektrisiert, er fand genau die Stellen an meinem Körper, die das Gefühl noch verstärkten.

»Du zitterst«, flüsterte er, als er meine Lippen freigab.

Ich beruhigte meinen schnellen Atem. »Das wundert dich?«

»Wir müssen aufhören«, hauchte er.

»Nein, bitte nicht.« Nun küsste ich ihn. Stürmisch, voller Sehnsucht. Meine Finger krallten sich in seine Haut, begierig sog ich seinen unwiderstehlichen Duft ein. Das Zungenspiel mit ihm und diese körperliche Nähe waren so aufregend, mein Herz galoppierte dabei fast davon.

Lucien zügelte mich, obwohl oder vor allem, weil er auch vor Lust leise stöhnen musste.

»Wir müssen aufhören«, flüsterte er wieder und räusperte sich, was seine große Selbstbeherrschung zeigte. Er zog mich so eng an sich, dass wir uns nicht mehr küssen konnten. Ich schmiegte mich an ihn.

»Ich dachte, jetzt herzukommen, sei eine gute Idee«, sagte er leise. »Aber jetzt will ich nicht mehr gehen.«

»Du kannst auch bleiben. Du musst nur an der Tür klingeln, damit sich Dottie und Grace nicht wundern.«

»Ich habe ein schlechtes Gewissen wegen Dottie«, gestand er. »Sie genießt das Familiäre bei euch, daher will ich euch nicht stören. Außerdem würde ich dich andauern küssen und berühren wollen.«

Seine Worte zauberten mir ein selbstzufriedenes Lächeln auf die Lippen. »Bald ist Dottie wieder im Wohnheim, dann kannst du mich stundenlang küssen und berühren.«

»Ich hoffe, das ist ein Versprechen.«

»Ist es.« Ich schmunzelte.

»Sie kommt«, sagte er, drückte mich wieder etwas von sich und schaute mir tief in die Augen. »Bis später.«

Ich sah noch, wie er lächelte, dann war er fort.

Dottie öffnete die Tür. »Was machst du denn so lange? Wir warten, du bist dran.«

»Komme schon«, antwortete ich und folgte ihr nach unten. Leider war meine Konzentration auf Monopoly völlig hinüber. Ich verlor natürlich. War klar.

Zum Glück war es bald Abend und die Vorfreude auf Lucien war inzwischen so groß, dass ich ein aufgeregtes Bauchflattern verspürte. Wir kannten uns inzwischen total gut, aber dennoch war alles neu.

Das zeigte sich schon beim Anziehen, denn ich zog mich so oft um, dass ich fast zu schwitzen begann. Irgendwann entschied ich mich notgedrungen für einen mittellangen Rock und eine kurzärmelige passende Bluse. Sie hatte am großzügig geschnittenen Kragen winzig kleine Perlen angenäht, die ein wenig glitzerten. Es sah schön aus. Und der weiche Stoff des Rocks war übersät mit weißen Miniblümchen. Das passte beides gut zusammen.

Natürlich bemerkte Dottie meine kleine Modenschau. »Wir gehen doch nur essen, oder?«

»Ja«, nickte ich.

»Warum wirfst du dich so in Schale?«

»Hatte Lust, mich schick zu machen.«

»Badesachen dabei?«

»Stehen unten schon gepackt.«

»Ich bin echt neugierig, wie Lucien wohnt.«

»Groß«, antwortete ich knapp. »Wird dir gefallen.«

Dottie lächelte freudig. »Die haben einen beheizten Pool, natürlich wird es mir dort gefallen!«

Wir sind direkt bei der Familie Tod eingeladen, dachte ich mir. Die haben nicht nur einen riesigen beheizten Pool, sondern auch ein Portal zu einer anderen Welt in der Bibliothek …

Das alles blieb natürlich mein Geheimnis.

»Kommt ihr?«, rief Tante Grace.

»Sind gleich da!«, rief Dottie zurück.

Wir gingen nach unten, nahmen die Tasche mit den Badesachen und verließen das Haus. Auf der Fahrt plauderten wir über nichts Bestimmtes. Ich war so aufgeregt, dass ich Mühe hatte, es zu verbergen.

Grace fiel es auf, sie lächelte mir vielsagend zu. Natürlich verstand sie meine Nervosität, schließlich hatte sich für mich alles verändert. War klar, dass mein Puls schneller ging, weil ich nun endlich mit Lucien zusammen sein konnte.

Grace fuhr an der alten Weide vorbei, da konnte ich das Haus schon sehen. Mein Puls war nun auf hundertachtzig, als sie parkte und Lucien, der offenbar ebenfalls ungeduldig auf mich gewartet hatte, uns entgegenkam.

Er steuerte direkt auf mich zu und gab mir einen Kuss zur Begrüßung.

Für Dottie ganz normal.

Für mich der erste offizielle Kuss neben Tante Grace. Ich sah aus dem Augenwinkel, wie sie lächelte. Ihr Lächeln wurde sogar noch breiter, als sie Luciens Begrüßungsworte hörte.

»Du siehst total umwerfend aus. Gut, dass ich der einzige Kerl hier bin, sonst müsste ich dich verteidigen.«

Wir gingen zur Eingangstür. Ich stupste ihn an. »Wie das mit dem Verteidigen aussieht, haben wir ja schon gesehen«, flüsterte ich.

Er lachte spitzbübisch. »Mein rechter Haken ist überirdisch«, antwortete er leise.

»Hoffentlich ist das Dessert auch überirdisch.«

»Avia hat für dich ein Blaubeeren-Schoko-Dings kreiert. Ich hab gerührt, mehr durfte ich nicht machen.«

»Das ist auch besser so«, sagte Sefora, die in der Tür stand. »Er kann viel, aber nicht kochen.« Sie winkte uns herein. »Ihr kommt gerade richtig, es ist alles fertig.«

Hinter ihr stand das Hausmädchen, welches zur Begrüßung freundlich nickte.

Grace und Dottie gaben Sefora die Hand, mich umarmte sie dieses Mal. »Du bist willkommen, Miracle«, flüsterte sie mir leise und heimlich zu und zwinkerte.

Ich lächelte verlegen, freute mich sehr darüber. Die Mutter vom Tod hieß mich in ihrer Familie willkommen, das war gerade alles so unglaublich für mich.

Wir gingen ins Esszimmer, Dottie und auch Grace waren vom Haus begeistert. Das Essen schmeckte herrlich. Ehe wir uns über die Nachspeise hermachen konnten, sprangen Dottie, Grace und Sefora in den dampfenden Pool.

Lucien entführte mich inzwischen in sein Zimmer. Neugierig betrat ich es, denn ich war das erste Mal hier.

»Gefällt mir. Sieht aber nicht viel anders aus als das in der Burg«, stellte ich fest und guckte zum Bett. »Hast du nur schwarze Bettwäsche?« Bestimmt sein Markenzeichen.

»Mein Geschmack ist derselbe, daher auch die Einrichtung.« Er ging zur Anlage und schaltete Musik ein, die im Hintergrund leise lief. »Magst du keine schwarze Bettwäsche?«

Ich sah ihn an und biss mir verlegen auf die Lippe. »Ich steh drauf.«

Lucien zog einen Mundwinkel hoch und lächelte schräg. Meine Anspielung gefiel ihm, aber er sagte nichts dazu.

»Ich hab etwas für dich.« Er drehte sich kurz ab und zog eine Schublade auf, aus der er etwas herausnahm. »Aber ich weiß nicht, ob es dir gefällt. Ich war heute mit Avia in Sunville in einem Antiquitätenladen und als ich es sah, musste ich an dich denken.« Lucien hob bedeutungsvoll seine Hand vor mich und öffnete sie. Darin lag eine silberne Kette mit einem kleinen Anhänger in Herzform. Er redete nicht weiter, sondern blickte mich erwartungsvoll an.

»Sie ist so wunderschön, Lucien«, flüsterte ich. Auf dem silbernen Herz war ein kleiner Schmetterling hervorgehoben und rundherum fanden sich florale Verzierungen. Ich entdeckte ein winziges Scharnier an der Seite. »Das ist zum Aufklappen?«

»Ja, ist aber noch leer. Dachte, das Füllen überlasse ich dir.«

Ich ließ meinen Blick von dem wunderschönen Medaillon zu ihm hochwandern. »Ich liebe es.«

»Mehr als mich?«, fragte er rotzfrech.

»Natürlich nicht.«

Er öffnete den Verschluss, ich drehte mich, damit er mir das Kettchen anlegen konnte. Seine Berührungen waren warm und das Medaillon fand seinen Platz. Es fühlte sich total gut an.

Seine Hände glitten danach langsam streichelnd meine Hüften hinunter.

»Jetzt trägst du mein Herz immer bei dir«, flüsterte er nah an meinem Ohr.

Sein Atem erfüllte mich mit einem angenehmen Schauer. Da er mit seinen Händen noch immer meine Hüften streichelte und nun gleichzeitig meinen Hals küsste, wollte der angenehme

Schauer auch nicht aufhören. »Wir sollten nach unten gehen«, wisperte er, mich weiterküssend.

Ich fuhr langsam über seine Hände und verkettete meine Finger mit den seinen, damit er mich nicht mehr streicheln konnte. »Du spielst mit mir«, raunte ich.

Da zog er mich noch näher an sich, mein Rücken wurde ganz heiß. Ich atmete schneller.

»Nein, ich spiele nicht mit dir«, hauchte er. »Ich habe mich nur so lange danach gesehnt, dich berühren und küssen zu dürfen, dass ich jetzt nicht mehr damit aufhören will.«

Ich schloss die Augen und verfolgte seine zärtlichen Küsse auf meiner Haut.

»Wir könnten auch aus der Erdenzeit heraustreten und in die Burg gehen«, schlug er vorsichtig vor.

Mir war klar, was das bedeutete. Und es machte mich total nervös.

»Nicht heute«, erwiderte ich schüchtern. »Aber bald.« Da er mich wahnsinnig machte und mir all diese wunderschönen neuen Empfindungen entlockte, wusste ich, ich würde ihm nicht lange widerstehen können.

Lucien hörte auf, meinen Hals zu küssen, er drehte mich und küsste ganz langsam und behutsam meinen Mund. »Willst du auch in den Pool?«, fragte er leise und durchbrach damit den Moment der Nähe.

Ich antwortete ihm mit einem fordernden Kuss, er stieg sofort darauf ein, aber dann schob er mich sanft von sich.

»Okay.« Jetzt atmete er schneller. »Ab zu den anderen.« Ein Lächeln umspielte seine Lippen.

Ich schmunzelte und nickte.

Wir schlenderten langsam zu den anderen zurück, die immer noch im Pool plantschten. Dottie hatte sich Plastikfolie um den Verband an ihrem Arm gewickelt, damit er trocken blieb.

»Bereit für das Blaubeer-Dessert?«, rief Lucien den dreien zu. »Ich habe immerhin gerührt, das Lob würde ich mir jetzt gerne abholen, das habe ich mir redlich verdient!« Er grinste verschmitzt und kicherte leise.

»Du durftest nur umrühren, damit du es nicht mit zu viel Zucker verhaust.« Sefora stieg aus dem Wasser und wickelte sich ein weißes Handtuch um.

»Avia, bitte«, motzte er leise. »Du solltest mich unterstützen und nicht vor allen runtermachen.«

Sie kicherte. »Das geschieht dir nur recht. Du wolltest ja meine Lorbeeren ernten.«

»Mira wollte, dass ich etwas koche«, erwiderte er und hob unschuldig seine Schultern.

»Mein lieber Nepos! Rühren ist nicht Kochen!«, rief sie und verschwand im Wintergarten.

Lucien sah mich an, ein spitzbübischer Ausdruck lag auf seinem Gesicht. »Bitte entschuldige, Mira«, sagte er und machte einen Schritt rückwärts. Der Schalk stand ihm ins Gesicht geschrieben. »Ich helfe schnell meiner Großmutter, sie schafft das mit dem Dessert bestimmt nicht ohne mich.«

Lachend sah ich ihm zu, wie er ebenfalls im Wintergarten verschwand.

Dottie war inzwischen aus dem Pool gestiegen und kam tropfnass zu mir.

»Der Bikini sieht toll aus«, lobte ich. Er war perfekt geschnitten und betonte ihre schlanke Figur.

Sie trocknete sich mit einem Handtuch ab. »Danke. Das Modell und vor allem das Dunkelgrün haben mir sofort gefallen.« Ihr Blick glitt zu meinem Hals. »Das ist neu, oder?«

»Ja.« Ich befühlte sofort das Medaillon. »Lucien hat es mir vorhin geschenkt.«

Sie seufzte langgezogen. »Ach, ich hätte auch gerne so einen tollen Freund.«

Ihr Satz versetzte mir einen Stich. Sofort bekam ich ein schlechtes Gewissen.

Grace unterbrach unseren kurzen Wortwechsel. »Das Poolwasser ist herrlich warm. Aber jetzt hab ich Lust auf etwas Süßes.«

Wir gingen in den Wintergarten und während alle das leckere Dessert auslöffelten, tauschte ich mit Lucien verliebte Blicke. Schon wenig später plantschten wir alle zusammen im Pool.

Der Abend ging wirklich schnell zu Ende, ich bedauerte, als wir schon wieder heimfahren mussten.

Dottie und ich plauderten noch die halbe Nacht. Irgendwann verstummten unsere Gespräche, ich griff wieder auf das kleine silberne Herz an meinem Hals und hielt es lange in der Hand, ehe mich der Schlaf erwischte.

Das Medaillon war so wunderschön.

Ich bewunderte es auch am Morgen ausgiebig im Spiegel und suchte extra ein Shirt mit V-Ausschnitt heraus, damit man es gut sehen konnte. Nun hatte ich zwei Schmuckstücke an meinem Körper und beide waren so besonders, dass ich sie bestimmt nie wieder ablegen würde. Mein Armkettchen von Tante Grace war ja ebenfalls aus Silber und da ein kleiner Schmetterling daran baumelte, sah es fast so aus, als gehörten beide wie ein Set zusammen.

Ich klappte das Herz immer wieder auf und betrachtete die Innenseiten, denn ich war mir noch nicht sicher, ob ich ein kleines Foto hineinkleben oder es mit etwas anderem befüllen sollte.

Der Sonntag verlief ähnlich wie der Samstag. Lucien kam zweimal heimlich vorbei, wir tauschten viele wilde und leidenschaftliche Küsse. Grace und Dottie bekamen davon absolut nichts mit. Wir spielten ein paar Brettspiele, ansonsten faulenzten wir nur oder schauten einige YouTube-Videos.

Da Dottie heute den letzten Abend bei uns war und ab morgen wieder im Wohnheim schlafen würde, ließen wir den Tag mit einem lustigen Film und viel Popcorn ausklingen.

Montagfrüh, als Lucien uns für die Schule abholte, überraschte er mich.

»Für meine Sonne«, sagte er schmunzelnd und verneigte sich leicht vor mir. Dann zeigte er mir, was er für mich besorgt hatte: eine Sonnenblume.

»Das ist echt kitschig. Ich steh total drauf!«, freute ich mich lauthals. Nun war für mich klar, was in das Medaillon kommen würde.

Ich ging sofort zu dem Vogelhäuschen, welches Grace bereits aufgestellt hatte, und stocherte mit dem Finger im Vogelfutter herum, um den schönsten Sonnenblumenkern herauszusuchen. Ich fand schnell einen und platzierte ihn im Herz. Das war viel besser als ein Foto!

»Eine schöne Idee«, merkte Lucien an.

Ich war überglücklich. »Lass uns jetzt zur Schule fahren«, erwiderte ich beschwingt und senkte meine Stimme, um zu flüstern. »Als Paar.«

Lucien warf mir einen vielsagenden Blick zu. Ich eilte zurück ins Haus, um die Sonnenblume ins Wasser zu stellen und Dottie zu holen.

Sie bedankte sich gerade bei Tante Grace und verabschiedete sich noch schnell. Danach setzten wir uns in den schwarzen Volvo.

Dottie nahm hinten Platz. »Es war echt schön bei euch, wie schade, dass ich ab heute wieder im Wohnheim bin.«

Ich drehte mich zu ihr um. »Du hast doch erzählt, dass es dort Spaß macht?«

»Ja, schon«, murmelte sie nur und blickte seitlich aus dem Fenster.

Die gemeinsamen Essen, Spaziergänge und Brettspiele hatten ihr wohl besser gefallen als gedacht.

»Du kannst wieder mal hier übernachten«, schlug ich vor.

Ihr Gesicht entspannte sich, sie sah mich kurz an. »Gerne.«

Später in der Schule war von ihrer Schwermut absolut nichts mehr vorhanden. Sie war wieder genauso locker wie immer.

Nur Lucien und ich waren anders. Was für uns total neu und aufregend war, sahen die anderen nicht. Alle dachten ja, wir seien schon lange ein Paar.

Lucien hielt meine Hand, als wir die Schule betraten. Meine Augen strahlten, seine ebenfalls. Es fühlte sich so unendlich gut an, aber auch total eigenartig. Am komischsten war das erste Zusammentreffen mit Jérôme West. Er stand mit Clayton am Schließfach, über seine Nase war ein weißes Pflaster geklebt. Ich sagte nur ein freundliches »Hi« zu den beiden und ging mit Lucien an ihnen vorbei.

Jérôme lächelte leicht. »Hi«, erwiderte er knapp. Dann redete er mit Clayton weiter, als wäre nichts Besonderes geschehen. Seiner Erinnerung nach war es das ja auch nicht.

»Buh«, machte ich leise zu Lucien. »Das ist mehr als sonderbar. Hoffentlich gewöhne ich mich bald daran.«

»Du bist für ihn nur eine neue Mitschülerin«, flüsterte er. »Dottie sieht mich ja auch neutral. Alles ist gut.«

War es das wirklich? Alles gut? »Aber dass sie das tut, ist doch auch komisch für dich, oder?« Ich drehte meine Zahlen ins Schloss des Schließfachs und öffnete es.

Lucien griff nach oben, hielt sich mit der Hand an der Schranktür fest und neigte sich zu mir. »Das hier ist nicht komisch für mich.« Er küsste sachte meine Wange und atmete mir dabei extra ins Ohr.

Ich wandte mich ab. »Das macht mich wuschig, hör auf damit.«

Er richtete sich lachend wieder auf. »Das war der Plan.«

»War klar.« Ich hatte meine Bücher für Englisch herausgeholt und klappte das Schließfach wieder zu. Wir machten uns auf den Weg in die Klasse.

Ehe Lucien sich zu Trey in die hinterste Reihe setzte, drückte er mir einen weiteren, sehr zärtlichen Kuss auf die Lippen. Dieses zärtliche Gefühl klang noch eine Weile nach und ich musste mich zusammennehmen, um nicht ständig zu ihm zu blicken, sondern mich auf den Unterricht zu konzentrieren.

Später beim Mittagessen erfuhren wir von Alicia und Trey alles, was sich nach unserem Fortgang auf der Party zugetragen hatte. Zum Beispiel, wie Jérôme gegen eine Säule gerannt war. Sie berichteten uns detailliert davon und lachten dabei. Musste wohl irre komisch ausgesehen haben, auch wenn wir wussten, was wirklich geschehen war.

Lucien fuhr unter dem Tisch auf meinen Oberschenkel und angelte sich meine Hand. Ein Schmunzeln zuckte um seine Mundwinkel und in seinen Augen blitzte es auf.

»Du bist ein Genie«, bemerkte ich leise.

Er neigte den Kopf zu mir. »Ein Perfektionist.« Er küsste meine Wange.

Dass dieses Gedankendings so gut funktionierte, hätte ich echt nicht gedacht! Keiner erinnerte sich mehr an das, was Lucien bei ihnen ausgelöscht hatte. Stattdessen erhielten sie neue Erinnerungen, und auch wenn diese nicht real waren, ging es ihnen offensichtlich gut dabei.

Nur Micha Markou hatte die neuen Erinnerungen scheinbar nicht. Wir waren gerade mit dem Essen fertig und ich brachte mein Tablett in die Geschirrabgabe zurück, da kam er zu mir. Sein sonst so rundliches und süßes Boy-Gesicht wirkte kühl und distanziert.

»Du und dein Cousin? Ist das nicht verboten?« Es klang sehr herablassend und er provozierte mich wohl mit Absicht.

Schlagartig wurde ich nervös. »Er ist nicht mein Cousin«, stellte ich klar. Verdammt! Vielleicht hatte er die Party schon verlassen, als Lucien das mit den Erinnerungen gemacht hatte?

Ich schaute kurz zu ihm hinüber, aber er redete gerade mit Trey und war abgelenkt.

Micha grummelte leise. »Sagte ich dir nicht, dass es klüger wäre, wenn du dich von ihm fernhältst?« In seinen Augen lag ein eigenartiges Funkeln.

»Ich frage mich, was dich das überhaupt angeht?«, entgegnete ich schnippisch. »Kümmere dich besser um deinen Kram.«

Micha verengte abweisend die Augen, machte sich dann locker und schüttelte mit einer schnellen Bewegung seine fluffigen blonden Locken zurück. Er wollte mir gerade antworten, da ließ ich ihn einfach am Geschirrwagen stehen und eilte zu Lucien zurück.

»Du hast Micha Markou vergessen, er glaubt leider immer noch, wir wären verwandt«, flüsterte ich ihm hastig zu.

Wir beide guckten unwillkürlich zu ihm rüber. Micha stand noch steif an derselben Stelle und erwiderte unseren Blick mit eisiger Miene. Er machte auf mich den Eindruck, als hätte er uns gehört.

Lucien schaute wieder zu mir. »Jetzt erinnert er sich nicht mehr daran«, sagte er leise.

Na, das ging aber schnell! »War er nicht mehr auf der Party? Oder wie sonst konnte das geschehen?«, fragte ich flüsternd und guckte mich nervös um. Vielleicht hatte er noch mehr Leute vergessen?

»Nein, er war dort. Dass ich ihn vergessen habe, ist eigentlich unmöglich«, erwiderte Lucien. »Ich mache keine Fehler.«

»Dann hattest du gerade dein erstes Mal.«

Er zuckte nur mit einer Schulter. »Ist ja jetzt behoben.«

Na, hoffentlich stimmte das! Ich schaute wieder zu Micha. Dieser hielt seinen Blick immer noch auf uns gerichtet. Sein Gesichtsausdruck wirkte nun jedoch zornig. Der Typ wurde immer eigenartiger. Ich suchte mit den Augen nach seinen Schwestern und erschrak, als ich sie entdeckte. Beide blickten ebenfalls starr in unsere Richtung.

»Die Schwestern«, hauchte ich Lucien schnell zu. Mich schauderte es, die Situation war gerade so unheimlich.

Lucien wandte seinen Blick in ihre Richtung. Aber da waren sie wieder ganz normal. Sie plauderten und lachten mit den anderen. »Was soll mit ihnen sein?«

»Die haben uns gehört. Ich schwöre! Sie haben uns angestarrt, sie wissen es ebenfalls.«

»Hör bitte auf damit. Bekomme jetzt keinen Verfolgungswahn. Es ist alles okay.«

»Ist es nicht«, beharrte ich.

»Es ist alles okay«, wiederholte er. »Oder vertraust du mir immer noch nicht?«

»Doch, natürlich. Voll und ganz.« Wahrscheinlich hatte er recht. Ich gab nach. Ein unruhiges, misstrauisches Gefühl hielt sich dennoch hartnäckig in mir.

Immer, wenn mich einer der Drillinge ansah, fand ich es eigenartig. Die Begegnungen waren so seltsam, dass es mich den ganzen Tag beschäftigte.

Sogar am Abend grübelte ich darüber nach. Vor dem Zubettgehen wusch ich mir in meinem Badezimmer die Hände und das Gesicht und drückte ordentlich Zahnpasta mit Minzgeschmack auf meine Zahnbürste. Während ich mir die Zähne putzte, dachte ich erneut an die Drillinge und überlegte, ob es vielleicht mein schlechtes Gewissen war, das sich meldete. Und ich dadurch bei ihnen in jeder Geste, jedem Blick etwas

Sonderbares vermutete. Wahrscheinlich wartete ich nur darauf, dass man uns zur Rede stellte, weil wir ja etwas getan hatten, was in Wahrheit unverzeihlich war.

Ich spuckte aus und spülte mir den Mund mit Wasser aus. Danach starrte ich mein eigenes Spiegelbild an. Lucien machte mich so glücklich und ich hatte nur die Gedankenmanipulation und deren Auswirkungen im Kopf. Ein genervtes Stöhnen entwich mir. Rasch schlüpfte ich in mein Schlafshirt und legte mich ins Bett. Hope rollte sich sofort neben mir zusammen, ich kraulte sie und zermarterte mir weiter den Kopf.

Plötzlich stand Lucien im Raum. Ich erschrak im ersten Moment, Hope fuhr hoch, wedelte aber sofort mit dem Schwanz, als sie sah, wer da war.

»Spinnst du?«, motzte ich leise.

Er lächelte. »Ich wollte dir nur gute Nacht sagen.«

»Hallo? Telefon?« Mein Herz raste immer noch vor Schreck.

»Soll ich wieder gehen?«

»Wehe.« Nun war er schon da, also konnte ich ihm auch einen Kuss stibitzen.

Lucien setzte sich auf die Bettkante neben mich. »Ich hab gelogen, ich wollte dir nicht gute Nacht wünschen.«

»Was dann?«

Er nahm meine Hand und streichelte liebevoll über meinen Handrücken. »Ich ertrage es in Wahrheit nicht, ohne dich zu sein.«

Ich rutschte etwas zur Seite, damit er sich zu mir legen konnte. Lucien folgte meiner stillen Einladung, ohne zu zögern. Er streifte sich die Schuhe ab und kam zu mir ins Bett. Ich ließ mich in den Arm nehmen, schmiegte mich sofort an ihn und genoss das Gefühl der Geborgenheit.

»Das ist besser, als nur mit Hope zu kuscheln«, bemerkte ich leise. »Ich habe dich auch vermisst.«

Er küsste meinen Kopf und zog mich noch näher an sich. »Jetzt ist alles perfekt«, flüsterte er. »Du liegst in meinen Armen. Genau da, wo du hingehörst.«

Ich lächelte vor mich hin und legte meine flache Hand auf seine Brust, direkt über sein Herz. Darunter funkelte es gerade, ich bedauerte, dass ich es durch die Magie des Herzogs nicht sehen konnte.

Lucien hier bei mir zu haben, fühlte sich einfach nur gut an. Ich hoffte, dieser Moment würde ewig andauern. Wir redeten kein Wort, sondern genossen unsere Nähe in der Stille.

Irgendwann musste ich eingeschlafen sein, denn als am Morgen mein Wecker klingelte, schreckte ich auf. Lucien lag immer noch neben mir, er blinzelte verschlafen.

»Scheiße, du musst gehen«, sagte ich hektisch. »Bald kommt Tante Grace, um mich zu wecken. Wenn sie dich hier sieht, bekommen wir großen Ärger.«

Er streckte sich und setzte sich auf. »Guten Morgen«, murmelte er schlaftrunken.

Ich gab ihm einen schnellen Kuss. »Mach dich fertig, du musst mich in einer halben Stunde abholen.«

Er musste grinsen. »Du schickst mich jetzt fort, damit ich dich mit dem Auto hole, obwohl wir in einem Bruchteil einer Sekunde in der Schule sein könnten? Ich bin schon hier. Also?«

»Normalität, mein Schatz. Ich will Normalität.« Ich kicherte. »Du musst dir ja auch noch die Schulsachen anziehen. Und nun Abmarsch. Meine Tante kommt gleich.«

Lucien drückte mir einen Kuss auf die Wange. »Bis gleich.«

Schon war er verschwunden. Nur die Wärme und Berührung seines Kusses blieben noch einen Augenblick auf meiner Haut zurück.

Ich schälte mich aus dem Bett und schlüpfte in meine Schuluniform.

Es klopfte an der Tür, ehe sie einen Spaltbreit geöffnet wurde. »Sehr schön, du bist wach. Guten Morgen.«

»Guten Morgen.« Ich rückte den Rock zurecht und zog den Reißverschluss nach oben. Da erkannte ich aus dem Augenwinkel Luciens Schuhe, die immer noch neben meinem Bett standen. Es fuhr mir ruckartig in den Bauch. Hoffentlich bemerkte sie das nicht! Ich beeilte mich zur Tür, damit Grace nicht ganz in mein Zimmer schauen konnte.

»Was willst du frühstücken?«, fragte sie.

»Flakes reichen, danke. Ich komme gleich, geh du schon mal runter«, versuchte ich, sie abzuwimmeln.

»Ich kann dir auch Waffeln machen.«

»Hab heut keinen großen Hunger. Gerne morgen.«

»Dann Flakes.« Sie drehte sich um und ging. Ich hastete zu den Schuhen und versteckte sie schnell in meinem Rucksack. Danach nahm ich mir einige Sekunden und atmete tief durch, denn mein Puls raste immer noch vor Schreck.

Nachdem ich im Badezimmer fertig war, ging ich zu meiner Tante in die Küche und löffelte meine Flakes aus. Schon wenig später klingelte es an der Tür. Ich musste mir ein Lachen verkneifen, als ich ihm öffnete.

»Guten Morgen, Lucien«, säuselte ich laut.

Er grinste total breit. »Guten Morgen. Gut geschlafen?« Er zog fragend eine Augenbraue hoch.

»Wie ein Bär.« Ich kicherte, holte rasch meine Jacke und den Rucksack, dann konnten wir in seinen Wagen steigen. »Du hast deine Schuhe bei mir vergessen«, kommentierte ich und zog sie aus dem Rucksack.

Lucien lachte darüber. »Solange es nur die Schuhe sind.«

Ich beugte mich zurück und legte sie auf die Rückbank. Gut gelaunt fuhren wir in die Schule. Mein Glück war nahezu perfekt. Lucien hielt, wann immer es ging, meine Hand, meine beiden Freundinnen kicherten in den Pausen mit mir und ich fühlte mich, als würde ich schweben.

Wenn da nicht die Drillinge gewesen wären …

Micha Markou und seine Schwestern beobachteten mich auf sonderbare Weise, aber das behielt ich für mich. Lucien würde eh wieder nur darauf pochen, dass ich ihm vertrauen sollte, dessen war ich mir sicher.

Obwohl ich mein Unwohlsein überspielte, bemerkte Lucien es trotzdem und sprach mich am Nachmittag beim Heimfahren darauf an.

»Die Drillinge haben dieselben Erinnerungen wie alle anderen«, sagte er ohne Vorwarnung.

Meine Gedankengänge abzustreiten, hatte keinen Sinn. »Das alleine ist es nicht.«

»Was dann? Immer wenn du einen Raum betrittst, schaust du dich zuerst nach ihnen um. Warum machst du das?«

»Sie sind komisch«, antwortete ich und sah ihn an. »Findest du nicht?«

Lucien erwiderte meinen Blick und legte den Kopf leicht schräg. »Ich finde, du könntest dich endlich entspannen. Es ist die zweite Woche an der Schule, alles läuft prima. Warum zerstörst du es uns?«

Ich dachte darüber nach, wahrscheinlich hatte er recht und ich musste endlich lernen, mich auf das Schöne zu konzentrieren.

»Alles ist gut, Mira.« Er streichelte liebevoll über meine Hand. Unsere Finger verschränkten sich ineinander. »Du kannst glücklich sein. Frei sein und endlich leben.«

Ich nahm einen tiefen Atemzug und nickte. Lucien hatte recht damit, aber ein unsicheres Gefühl blieb leider. Mein Blick glitt aus dem Fenster, ich betrachtete die vorbeibrausende Landschaft und bemühte mich, mein Misstrauen gegenüber den Drillingen fallen zu lassen.

Es gelang mir sogar, denn dieses Mal kam ich am Abend gar nicht dazu, darüber nachzugrübeln. Lucien besuchte mich nämlich wieder heimlich. Wir tauschten viele Küsse aus, er blieb die ganze Nacht. Gleich am Morgen schickte ich ihn wieder fort.

Das wiederholten wir auch die Tage darauf. So verging die Woche wie im Flug und ehe ich mich versah, war Freitag.

Am Nachmittag hatten wir endlich Kunstunterricht. Ich war mega aufgeregt, da er durch den Kontrolltermin im Krankenhaus letzte Woche für uns ausgefallen war. Um etwas Zeit mit Grace allein zu haben, liefen Lucien und ich heimlich und kichernd in den Abstellraum, er teleportierte uns zu meiner Tante hinüber. Alle anderen Schüler mussten quer über den Campus gehen. Die Kunsträume befanden sich nämlich in einem anderen Gebäude.

Grace, die gerade im Malraum stand, fasste sich sofort an die Brust, als wir eintrafen. »Huch, habt ihr mich erschreckt.«

»Wir wollen eine exklusive Führung«, forderte ich lächelnd. »Du hast zwei Minuten dafür.«

Ihr Atem ging immer noch schnell, sie lachte darüber. »Dann kommt gleich mit«, sagte sie und winkte uns zu sich. »Hier wird gemalt, wie man an den vielen Farbklecksen an Wänden und Fußboden erkennen kann und da …« Sie öffnete eine Tür. »… ist der Raum für die Töpferarbeiten.«

Ich warf einen Blick hinein. »Cool«, raunte ich bewundernd. Da standen viele halbfertige Kunstwerke, ich sah auch einige ihrer Figuren. Ihr Stil war einfach unverkennbar. Wir gingen weiter und einen Flur entlang.

Grace hielt an einer Tür an, die mit einem roten Schild mit folgender Aufschrift versehen war: *Zutritt für Schüler verboten.*

»Was ist da drin?«, fragte ich ungeduldig. Grace würde es mir bestimmt bald zeigen, denn sie hatte bereits ihre Hand auf die Klinke gelegt und steckte gerade den Schlüssel ins Schloss.

»Ich weiß es«, gab Lucien triumphierend von sich.

»Woher?«, fragte Grace stutzig. Sie hatte noch nicht mal den Schlüssel umgedreht.

»War gerade drin«, sagte er lachend.

Ich klapste ihm auf den Oberarm. »Wirst du das wohl lassen? Dieses Hin- und Hergehopse, und ich bekomme es nicht mal mit!« Für mich hatte er immer neben mir gestanden. Dass er einen Bruchteil einer Sekunde nicht da gewesen war, hatte ich nicht bemerkt. »Hoffentlich machst du das sonst nicht auch. Meine Privatsphäre ist mir heilig.«

»Mach ich nicht. Das eben war eine Ausnahme.«

Wer's glaubt. Sein spitzbübischer Gesichtsausdruck sprach Bände. Ich ritt nicht weiter darauf herum und wandte mich wieder meiner Tante zu. »Was ist nun hinter der Tür?«

»Jetzt ist meine Überraschung dahin«, beschwerte sie sich und warf ihm einen strafenden Blick zu, dann drehte sie den Schlüssel um und drückte die Klinke nach unten. Neugierig ging ich hinein. Der Raum war länglich geschnitten und als Werkstätte eingerichtet. Einige Regale, ein Hochschrank sowie ein Ecktisch standen darin. Auf dem Tischchen hatten eine Lupenlampe, viele Zangen und Werkzeuge, Perlen, Silberteile und so weiter ihren Platz gefunden. Auch einen Gasbrenner, eine Standbohrmaschine und einen Tischamboss gab es.

»Du hast wieder angefangen, Schmuck zu machen?«, fragte ich verblüfft. Ich ging zu einem weiteren Tisch, auf dem eine schwarze Filzmatte lag. Darauf waren fertige Kunstwerke platziert.

Sie kam zu mir. »Ich konnte den Raum anmieten, denn ich habe immer wieder ein paar Stunden Pause, ehe der nächste Unterricht stattfindet. Um die Zeit zu nutzen, wollte ich wieder Schmuck herstellen, um den Onlineshop neu zu beleben.«

Ich beäugelte die Kunstwerke ausgiebig. »Wow, Grace, sie sind mega!«, schwärmte ich. Da lagen einige Halsketten mit den passenden Ohrringen und Armbändern. »Hast du schon was verkauft?«

»Noch nicht. Ich will erst die ganze Kollektion fertigstellen.«

Vom Flur drangen Stimmen zu uns. »Wir müssen jetzt zum Unterricht«, sagte ich. »Über die Kollektion reden wir später weiter. Ich bin total neugierig, was du alles geplant hast. Die Ketten da sind schon mal der Hammer!« Alle waren schön, mein spezielles Armkettchen fand ich allerdings immer noch am schönsten.

»Danke.« Grace fühlte sich geschmeichelt. Sie ging hinter uns aus ihrer Schmuckschmiede und überholte uns auf dem Flur, um vor uns in den Malraum zu gelangen.

Die halbe Klasse war bereits anwesend, immer wieder kamen Schüler hinzu. Lucien ging zu Trey, ich gesellte mich zu Dottie und Alicia und ließ neugierig meine Blicke umherschweifen.

Viele Staffeleien standen am Rand, daneben einige Wägelchen mit allerlei Farben und Pinseln. Ich war nicht kunstbegabt, fand aber trotzdem alles spannend. Vor allem, als Grace loslegte und uns erklärte, was heute zu tun war.

»Hier habe ich fertige Ausdrucke von Bildern in Graustufen für euch vorbereitet«, erklärte sie und hob ein Blatt hoch, damit wir es sehen konnten. Darauf war eine Landschaft mit Bergen, einer Hütte und einem See abgebildet. »Eure Aufgabe ist es heute, etwas auszuwählen, was ihr in Farbe hervorheben wollt. Es ist wichtig, dass ihr euch Gedanken macht, warum ihr gerade das aus dem Bild herausholen wollt. Auch bedeutsam ist es, diesen Teil so anzumalen, dass man nicht erkennt, dass Farbe aufgetragen wurde. Es soll fotografisch wirken. Also spart mit dicken Farbklecksen und rührt die Farben dünn an. Alle Farben sind hochpigmentiert, ihr erreicht also euer Ziel, wenn ihr sparsam damit umgeht.« Grace blickte in die Runde. »Habt ihr noch Fragen dazu?«

Alicia hob die Hand. »Mit einem Teil ist ein ganzer Baum gemeint oder nur eine Blume? Was ist, wenn ich die ganze Hütte und die Büsche rundherum hervorheben möchte?«

Grace stellte eine Gegenfrage. »Warum würdest du denn die Hütte und Büsche hervorheben wollen und nicht nur die einzelne Hütte?«

Alicia antwortete blitzschnell. »Die Hütte, weil sie für Familie steht, und die Büsche, weil sie Geborgenheit hervorrufen. Ohne Büsche wirkt die Hütte, als hätte sie keine Anbindung zu etwas.«

Grace nickte anerkennend. »Genau deshalb bestimmt jeder den Teil selbst. Aber malt bitte nicht einfach irgendwas an, ich werde jeden nach einer Begründung fragen, die einen tieferen Sinn haben muss. Sucht euch nun eure Bilder aus. Ihr könnt sie dann an die Staffeleien klemmen, wie das geht, wisst ihr ja.«

Wusste ich nicht, aber so schwer konnte das nicht sein. Da alle gleichzeitig nach vorn drängelten, erhaschte ich kaum einen Blick auf die Ausdrucke. Aber es waren genug da und als ich an die Reihe kam, entdeckte ich einen, den ich mir sofort unter den Nagel reißen musste.

Es war ein Sonnenblumenfeld.

Lucien grinste breit, als er es sah. »Schau, ich hab auch ein tolles Bild gefunden.« Er hob seines hoch. Es war ein alter Friedhof mit einem knorrigen Baum und einigen Engelsstatuen.

»Echt jetzt?« Ich schüttelte lachend den Kopf. »Zu offensichtlich.«

Er amüsierte sich darüber. »Ich überlege, ob ich den Grabstein oder den Engel anmale.«

»Bitte den Grabstein, alles andere wäre zu eingebildet.«

»Also den Engel«, witzelte er.

»Geh da rüber.« Ich deutete von mir weg. »Du mit deinem abgestorbenen Friedhof vermiest mir noch mein sonniges Bild.«

Er kicherte wieder, schnappte sich eine Staffelei und stellte sich damit neben Trey ans andere Ende des Raumes. Ich zeigte ihm den Daumen hoch und wollte auch zu den Staffeleien gehen, aber Grace brachte mir schon eine.

»Schau, hier kannst du die Höhe und Neigung bestimmen«, erklärte sie und half mir beim Einklemmen des Bildes. Dann zog sie ein Wägelchen näher. »Die Farben musst du dir mit deinen Mitschülern teilen, wir haben nicht genug für alle.«

»Kein Problem.«

»Genau.« Sie schenkte mir ein Lächeln, an dem ich erkannte, wie glücklich sie über meine Anwesenheit war. Dann ging sie zu den anderen, die Unterstützung brauchten.

Ich stellte mich vor mein Bild und betrachtete es in Ruhe. Eine Sonnenblume sprach mich besonders an. Sie hatte in etwa die gleichen leicht gekräuselten Blütenblätter wie die letzte, die mir Lucien geschenkt hatte. Ich entschied, nur die Blüte und ein Stück des Stiels anzumalen. Vielleicht noch ein, zwei grüne Blätter? Oder nur ein paar einzelne Blütenblätter? Hm …

Während ich nachdachte, fasste ich an meinen Hals und befühlte das Medaillon. Ein Sonnenblumenkern lag darin. Für mich der Samen unserer tiefen Verbindung.

Ich merkte, wie ich vor Glück lächelte.

Ein unsichtbarer Feind

Als ich mich entschieden hatte, holte ich mir wie alle anderen ein Glas Wasser und überlegte, wie ich beginnen wollte. Ich war so auf das Bild fixiert, dass ich nicht bemerkte, wer neben mir arbeitete und mit wem ich mir das Wägelchen teilen musste.

»Ein schönes Bild hast du ausgewählt«, sagte Micha Markou zu mir und ich zuckte für einen Moment zusammen.

Mann! Musste das sein? Ich stöhnte innerlich genervt auf. »Danke«, murmelte ich nur und richtete meine Konzentration wieder auf meine Sonnenblume. Keinen weiteren Gedanken wollte ich an den komischen Typen verschwenden, darum atmete ich tief durch und schaute auf mein Bild. Da ich so etwas noch nie angemalt hatte, wusste ich nicht, ob es eine bestimmte Reihenfolge der Farbschichten gab. Ich entschied, einfach mit den gelben Blütenblättern zu beginnen, und griff nach der gelben Tube, jedoch streckte Micha blitzschnell seine Hand danach aus.

»Entschuldige«, sagte ich und zog meine Hand zurück.

Er nahm die Tube nicht, sondern griff nach einer braunen, die ein ganzes Stück von der gelben entfernt lag. Das fand ich komisch, aber ich beließ es dabei. Während ich mir die gelbe Farbe holte, schielte ich auf sein Bild. Es war ein großer Stier mit langen Hörnern auf einer Wiese.

Micha bemerkte, dass ich sein Bild betrachtete, und drehte seine Staffelei etwas ab.

»Hast du ein Problem?«, fragte ich geradeheraus.

Er fuhr übertrieben schwungvoll mit dem Kopf zurück. »Ich? Warum?«

»Nur so«, erwiderte ich. Der Typ war eigenartig. Ich ignorierte ihn und widmete mich wieder der Sonnenblume, auf die ich zaghaft etwas Gelb pinselte.

Mist. Der Pinsel war zu groß, ich brauchte einen kleineren.

Also stellte ich diesen Pinsel ins Wasser und sah auf dem Wägelchen nach, welcher besser geeignet war. Ich suchte alle durch und entschied mich für einen dünnen, der etwas abgeflacht war. Gerade als ich ihn herausziehen wollte, kam mir Micha zuvor und schnappte sich ausgerechnet meinen.

Dabei sah er mir direkt in die Augen und das mit einer Miene, die sehr berechnend wirkte. So schnell er nach dem Pinsel gegriffen hatte, so langsam holte er ihn zu sich. Sein sonst so liebes, rundliches Gesicht und der wuschelige Lockenkopf konnten diesen Gesichtsausdruck und sein Verhalten nicht entschuldigen. Das war gerade Absicht gewesen.

Ich fand ihn nicht nur komisch, er war es auch. Total genervt zog ich die Malschürze aus, legte sie zur Seite und verließ den Raum, um die Toilette aufzusuchen.

Diese war ganz hinten im Flur, gegenüber der Schmuckschmiede von Tante Grace. Ich legte die Hand auf die Türklinke, da fuhr ein stechender Schmerz in meinen Bauch. Mein Oberkörper klappte automatisch nach vorn, ich atmete die ganze Luft heraus, die sich in meinen Lungen befand. Verstört fasste ich an die schmerzende Stelle und schaute nach unten. Da steckte tatsächlich etwas in meinem Bauch! Hilfe! Was war das denn?

Ich erkannte einen Holzgriff, umklammerte ihn mit meinen Fingern und zog daran. Meine Augen wurden groß. Das war gar kein Stückchen Holz, sondern eine sehr lange und spitze Feile.

Was zum …? Oh mein Gott. Mir wurde sofort schwindlig. Alles war so schnell gegangen, dass ich erst jetzt verstand, wie schwer verletzt ich war. Durch das Herausziehen der Feile floss das Blut nämlich nur so aus der Bauchwunde. Panik ergriff mich. Ich wollte um Hilfe schreien, aber es kam nur ein Röcheln aus meinem Mund. Hilflos sackte ich auf die Knie und versuchte, mich an der Tür festzuhalten, aber ich rutschte ab, da meine Hand voller Blut war.

Ich musste husten, Blut gurgelte durch meine Kehle nach oben. Ich spuckte es zitternd aus.

»Was ist passiert?«, fragte Lucien, der plötzlich bei mir war.

Mit einem Finger zeigte ich zur Feile, schlotterte am ganzen Körper und mit einem Mal war mir unfassbar kalt.

»Ich sterbe«, wimmerte ich leise. Das Blut sprudelte regelrecht aus meiner Wunde.

»Du flimmerst nicht«, versuchte er mich zu beruhigen, beugte sich über mich und sah endlich die stark blutende Wunde auf meinem Bauch.

Ich rüttelte ihn am Arm. »Bring mich hier weg, bitte.«

»Wir müssen einen Arzt holen.«

»Nein«, hustete ich leise. »Zu spät. Ich sterbe. Bring mich weg von hier.« Die Feile hatte bestimmt meine Organe durchbohrt, denn diese komische Kälte kannte ich nur zu gut. Ich hatte vielleicht noch eine halbe Minute zu leben. Kein Arzt würde mir jetzt noch helfen können, im Gegenteil. Jemanden zu Hilfe zu holen, hätte nur Aufruhr verursacht.

Er hob mich sofort hoch und trug mich in den Toilettenraum.

»Mein Herz ist ganz heiß«, sagte er und schaute auf seine Brust, nachdem er mich auf den Boden abgesetzt hatte.

Ich spürte, wie sich meine Muskeln verkrampften. Der Schmerz in meinem Bauch wurde weniger. Ich krallte mich an seinem Hemd fest. »Lass mich nicht los.« Über meine Ohren legte sich Watte, ich war so froh, dass ich nicht allein war.

»Ich bin bei dir.« Lucien drückte mich eng an sich. Er strich tröstend über meine Haare. »Ich lass dich nicht los«, flüsterte er. »Ich liebe dich.«

»Ich liebe dich auch«, hauchte ich mit letzter Kraft, dann verstummte ich.

Das Blut, welches so zahlreich und warm aus meinem Bauch geflossen war, versiegte und meine Hand, mit der ich mich an ihm festgehalten hatte, rutschte leblos nach unten. Ein leiser, steter Summton begleitete mein Sterben, er verschwand, als die schwarze Nacht herbeieilte und mich aus meinem Körper zog.

Ich war schon fast erleichtert, als ich in der Zwischenebene ankam. Jetzt, wo ich wusste, dass Lucien mich hier herausholte, hatten der Tod und die dazugehörige Angst absolut keine Macht mehr über mich.

Der kleine helle Lichtpunkt und der Schatten kamen näher, wieder sah ich nur verschwommene Umrisse, aber dieses Gefühl, als er bei mir war und meine Stirn küsste, war dasselbe, wie wenn er mich auf der Erde im Arm hielt. Diese Verbundenheit. Ich liebte ihn so sehr.

Sein kostbarer Lebensatem holte mich wieder zurück in meinen Körper. Ich sog tief die Luft ein und war dankbar, diese schmerzhafte Wunde losgeworden zu sein.

Ich lag am Boden neben meiner eigenen Blutlache. Lucien hob mich etwas an und umarmte mich ganz fest. Dann schob er mich etwas von sich und sah mich ernst an. »Was zur Hölle ist geschehen?«

»Ich war komplett alleine«, erzählte ich aufgelöst. »Gerade als ich ins Klo gehen wollte, steckte plötzlich die Feile in meinem Bauch.« Er hatte sie selbst gesehen, sie war lang und sehr spitz. »Oh, verdammt!«, keuchte ich. »Wir müssen sofort das Blut wegwischen.«

Er war entsetzt. »Ich habe gerade andere Sorgen!«

»Ich will nicht, dass jemand was mitbekommt, schon gar nicht Grace!« Ich schubste ihn von mir, stand auf und zupfte sofort einige Papierhandtücher aus dem Spender. Damit wischte ich mir zuerst notdürftig über den Bauch, was leider eine komplette Schmiererei hinterließ, aber es tropfte wenigstens nicht mehr. Dann holte ich mir neue Tücher und guckte hinaus. Lucien stand auf, nahm sich ebenfalls welche und befeuchtete einige davon.

Keiner war im Flur, mein Verbluten war zum Glück unbemerkt geblieben. Wir säuberten eilig und sehr leise den Tatort. Lucien nahm die Feile mit auf die Toilette, die wir anschließend putzten.

Ich wollte die blutigen Tücher gerade in den Abfalleimer werfen, da hielt er mich davon ab.

»Knüll alles zusammen, wir verschwinden aus der Zeit, um in Ruhe zu reden.«

Ich nickte, denn die Idee war gut. Nicht lange, dann standen wir in seinem Zimmer in der Burg. Beide hatten wir blutige Tücher in den Händen, er zusätzlich noch die Feile.

Wir standen uns gegenüber und sahen uns einige Zeit nur schweigend an. Wir brauchten diesen Moment der Ruhe dringend. Meine Gedanken wirbelten chaotisch umher.

»Du warst alleine und plötzlich steckte eine Feile in deinem Bauch?«, fasste er schließlich zusammen. »Wie kann das sein?«

Ich hob unsicher meine Schultern. »Ich war vollkommen alleine, Lucien. Ich schwöre.«

Er presste die Kiefer zusammen und dachte darüber nach.

Meine Finger fühlten mein eigenes Blut auf den durchtränkten Tüchern. Ich hielt den Beweis für meinen Tod in meinen Händen. Jemand hatte mich ermordet und jetzt, wo es vorbei war, rauschte ein gruseliger Angstschauer durch mich. Ich war in einem Albtraum gefangen und versuchte dennoch, stark zu bleiben und meine Furcht vor Lucien zu verbergen. Aber das war im Moment nicht einfach, denn ich berührte schließlich gerade das kalte Blut meines Körpers.

Mein Magen wurde flau und rebellierte, mir wurde übel. »Wo kann ich die Tücher hinlegen?«

»Im Badezimmer ist ein Eimer. Du solltest dich waschen«, antwortete er mechanisch.

»Du dich auch.« Ich zeigte mit meinem Kinn auf seine roten Hände und das Hemd.

Er atmete tief ein. Dann folgte er mir.

Ich wusch zuerst meine Finger sauber. Die Bluse war total hinüber. Ich zog sie aus und stopfte sie in den Eimer zu den Tüchern. Dass er mich dabei im BH sah, störte mich nicht. Was mich jedoch störte, war, dass auch der BH ordentlich Blut abbekommen hatte.

Lucien gab mir ein Handtuch. »Hast du was zum Anziehen für mich?«, fragte ich und säuberte notdürftig meinen BH und den Bauch von der Schmiererei.

»Nimm dir was aus dem Kleiderschrank.« Er tauchte seine Hände unter Wasser und rubbelte sie ab, das Waschbecken färbte sich rot.

Ich ging unterdessen in sein Schlafzimmer und zupfte das erstbeste Shirt aus dem Kleiderschrank. Es war schwarz mit grauen Mustern und mir viel zu groß, aber es war sauber und trocken.

Lucien kam mit nacktem Oberkörper ins Schlafzimmer. Er holte sich ein frisches Hemd und während er das tat, betrachtete ich das Tattoo auf seinem Rücken.

»Haben diese tribalen Muster deines Tattoos eigentlich eine Bedeutung?«, fragte ich.

»Das ist kein Tattoo, aber nenn es ruhig so.« Lucien schlüpfte in das Hemd. »Es ist unsere Familienkraft, wir werden mit dem Zeichen geboren. Alle aus der Blutlinie meines Vaters haben eines«, erklärte er weiter und knöpfte das Hemd zu. »Meines ist aber sehr viel größer als das meiner Geschwister, denn immer, wenn Vater mir eine Kraft aktiviert, wächst es.«

»Dann sieht jedes anders aus?«

»Ja. Das meiner Geschwister ist klein, es schlängelt sich nur vom Hals auf die Schulter. Das Zeichen meines Vaters bedeckt den kompletten Rücken.«

Ich verstand. »Ich finde deines wunderschön«, flüsterte ich.

Er schaute mich mit zusammengepressten Lippen an und schwieg einen Moment. Dann ging er zu dem Schrank mit den vielen Whiskeyflaschen und goss sich einen ein. Er trank einen Schluck, schaute danach ins Glas und schüttelte den Kopf.

»Jemand hat dich angegriffen. Wir müssen darüber reden.«

Lucien drehte den Kopf und sah mich kurz an.

»Ja.« Ich setzte mich auf die Bettkante. Jetzt, wo er es ausgesprochen hatte, kamen das Elend und die Angst wieder in mir hoch. »Wer tut so was, und warum?«, fragte ich und unterdrückte die Tränen, da ich jetzt nicht heulen wollte. Ich sah ihn an, aber er erwiderte meinen Blick nicht. Sein Gesicht lag im Schatten, er wirkte gerade sehr weit entfernt.

»Ich habe keine Antwort darauf, Mira«, sagte er nach einer Weile. Er trank das Glas leer, stellte es auf den Schrank und kam endlich zu mir. »Ab nun bleibst du immer bei mir, okay?«, beschloss er und setzte sich. »Ich lasse dich keine einzige Sekunde mehr aus den Augen.«

Ich nickte schnell.

»Das heißt aber auch, dass wir im selben Zimmer schlafen und uns gleichzeitig im Badezimmer aufhalten werden.«

»Das Badezimmer kannst du vergessen«, sagte ich hastig.

»Du wolltest eben auch nur schnell aufs Klo und bist gestorben«, erinnerte er mich. »Nun habe ich Gewissheit: Das mit der Kletterwand war auch ein Angriff auf dich, Mira«, machte er deutlich. »Etwas stinkt ganz gewaltig und ich werde herausfinden, was es ist, das verspreche ich dir. Denn dass du nicht geflimmert hast, ehe du gestorben bist, macht mir große Sorgen. Das ist nicht normal, so etwas gibt es nicht.« An seiner Stimme erkannte ich die Wut, die in ihm brodelte. »Ich will, dass du zu jeder Zeit in Sicherheit bist. Wenn jemand glaubt, dir schaden zu können, dann hat er nicht mit mir gerechnet.« Seine Augen wurden schwarz vor Zorn.

Ich legte meine Hand auf seine Wange. »Schon okay«, sagte ich leise. »Ich bin okay.« War ich in Wahrheit nicht. Der Vorfall mit der Feile machte mir eine höllische Angst.

Er versteifte sich. »Du bist erst okay, wenn du vollkommen in Sicherheit bist, Mira.« Er sagte es ganz langsam.

»Komm«, flüsterte ich und rutschte zurück, um mich hinzulegen. Lucien richtete das Kissen und legte sich zu mir. Ich kuschelte mich an ihn. Lange lagen wir schweigend da und hingen unseren Gedanken nach. Meine drehten sich um den Moment, als mich die Feile erwischt hatte, aber keiner dagewesen war. Keiner! Wie war das möglich?

Ich drängte mich näher an ihn, er küsste meinen Kopf und hielt mich ganz fest. So nah beieinanderzuliegen, fühlte sich beschützend an. Ich konnte mich fallen lassen. Das hatte ich nach dem riesengroßen Schreck auch dringend nötig.

Diese Geborgenheit hüllte mich so ein, dass ich einschlief, und als ich aufwachte, lag ich immer noch in seinem Arm.

Er streichelte meine Finger. »Guten Morgen«, flüsterte er.

»Entschuldigung«, murmelte ich. »Wie lange habe ich geschlafen?«

»Ein, zwei Stunden.« Er ließ es nach nicht viel klingen.

»Oh«, hauchte ich.

»Hatte gehofft, du würdest bald wach werden, mein Arm ist schon ganz taub und mein Magen knurrt.«

Ich schreckte hoch. »Tut mir leid.«

»Muss es nicht. Ich hätte meinen Arm auch herausziehen können. Aber dich beim Schlafen zu halten, war so schön, dass mir die tauben Finger egal waren.«

»Und mir jetzt ein schlechtes Gewissen machen.« Ich gähnte herzhaft. »Hunger hätte ich auch.« Und Durst. Ich schaute zur Bar und überlegte, ob mir ein Schluck Whiskey schmecken würde.

Lucien setzte sich auf. »Was willst du essen?« Er rieb über seinen tauben Arm, schüttelte ihn und bewegte die Finger. »Vielleicht haben wir Glück und meine Schwester Celia hat Käse-Nuss-Brot gebacken. Das schmeckt dir bestimmt.«

Es hörte sich lecker an. »Wann lerne ich deine Geschwister kennen?«, fragte ich einfach drauflos.

Sein Gesicht wurde länger.

»Schon gut, ich verstehe schon«, sagte ich, da ich seine Gedanken erahnte.

»Es liegt an meinem Vater. Er darf nie von dir erfahren.«

Das versetzte mir einen Stich.

»Du willst mich wirklich so lange geheim halten, bis ich irgendwann alt bin und endgültig sterbe?« Ich musste schlucken, als mir das bewusst wurde. »Und danach erfährt auch keiner aus deiner Familie von mir?«

»Avia weiß von dir.« Das war wie eine Entschuldigung. Die Großmutter hieß mich zwar in der Familie willkommen, vor allen anderen wurde ich aber verheimlicht.

»Das fühlt sich komisch an.« Eher ausgrenzend. Ich konnte das Gefühl noch nicht genau deuten. Es schmerzte jedenfalls.

Er atmete scharf aus. »Du kennst meinen Vater nicht. Wenn er von dir erfährt, wird er einen Weg finden, um dich endgültig ins Licht zu schicken. Was er aber mit Sicherheit sofort macht, ist, unsere Verbindung zu kappen und mir zu verbieten, dich zu sehen.«

Unwillkürlich hielt ich die Luft an. »Warum sollte er das tun?«

»Weil es falsch ist«, rutschte es ihm heraus.

Was? Entsetzt richtete ich meinen Blick auf ihn. »Du denkst, es sei falsch, mich zu lieben, aber du genießt das Verbotene dennoch ein wenig?« Ich schnappte nach Luft. »Bin ich bloß dein Spielzeug? Wenn es kaputt geht, holst du dir ein neues?«

Er weitete die Augen, meine Aussage traf ihn sehr. »Nein, Mira, so ist es nicht. Ich liebe dich. Aber dennoch ist es falsch.« Er atmete langsam ein und entzog sich kurz meinem Blick, während er nachdachte. Dann sah er mich wieder an. »Unsere ganze Familie und allen voran mein Vater hält sich streng an die Regeln. Eine davon ist, dass wir uns nicht mit Menschen einlassen und uns schon gar nicht mit ihnen fortpflanzen. Es würden nicht nur Mischwesen entstehen, es könnte Chaos hinterlassen und viele durch die weitergegebene Macht ins Verderben stürzen. Stell dir vor, es gäbe Menschen, die sich teleportieren können. Nein, das geht nicht, das darf nicht geschehen. Daher würde dich mein Vater nie an meiner Seite akzeptieren.«

Die Kluft, die sich gerade zwischen uns auftat, gefiel mir nicht. Mir drängte sich Sefora in Erinnerung und die Frage, warum sie mich akzeptierte. »Sehe ich das richtig, nur deine Großmutter bricht mit dir die Regeln, weil sie selbst immer wieder über die Stränge schlägt? Wer macht denn diese Regeln überhaupt?«

»Ja, genau deswegen lässt sie uns zusammen sein. Und weil sie weiß, wie viel du mir bedeutest. Das ist aber eine absolute Ausnahme. Sie hält sich sonst auch streng an die Regeln, denn das sind universelle Gesetze, Mira. Es gibt sie seit jeher und mein Vater muss sie einhalten, das ist schließlich seine Bestimmung, nur dafür gibt es ihn.«

»Und wenn er beschließt, dass du der Tod wirst, ist es deine Bestimmung?«

Lucien nickte.

Ich brauchte Luft, rutschte vom Bett und ging ins Badezimmer. Dort öffnete ich einfach das Fenster, machte einen Schritt zur Seite, damit man mich nicht sehen konnte, und schaute hinaus. Es war gerade dämmrig, ich wusste nicht einmal, ob es Morgen oder Abend war.

»Tut mir leid. Ich hätte nichts davon erwähnen sollen.«

Ich drehte mich nicht um. »Schon gut, ich schätze deine Ehrlichkeit. Du kannst nichts dafür, dass es so ist.«

»Wenn ich wüsste, wie, würde ich dich in meine Welt holen, dich in ein Wesen meiner Welt verwandeln. Aber das geht nicht.«

Ein Wesen seiner Welt? Was wäre ich dann? Bestimmt kein Mensch mehr. Ich verstand seinen Wunsch, aber ich teilte ihn nicht mit ihm, da es zu befremdlich auf mich wirkte. Zumindest in diesem Augenblick, mir war gerade alles zu viel. Ich hatte ja noch nicht mal richtig auf der Erde gelebt! Wäre Lucien ein Vampir, würde ich mich auch nicht einfach so verwandeln lassen. Die Konsequenzen waren kaum greifbar. Nie und nimmer würde ich Tante Grace zurücklassen, das wäre einfach zu egoistisch.

»Vielleicht würde ich es gar nicht wollen.« Immer noch blickte ich hinaus in die Ferne auf die Bäume.

Ich hörte, wie er näherkam. »Noch nie habe ich für jemanden das gefühlt, was ich für dich empfinde, Mira«, gestand er mir leise. Er strich zärtlich über meine Arme und küsste meinen Kopf. »Du bist meine Gefährtin, mein Leben und meine Seelenverwandte.« Seine Hände wanderten an meinen Bauch, er drängte sich von hinten an mich und umarmte mich fest. »Vergiss nicht, du hast mich ein ganzes Leben. Ich muss danach ohne dich weiterleben. Den Gedanken ertrage ich bereits jetzt nicht. Es fühlt sich wie eine Strafe an. Ich halte gerade eine Kostbarkeit in meinen Armen und verliere sie wieder. Ich kann nicht sterben, Mira. Ich kann mich für dich älter machen, aber ich kann dir nicht ins Licht folgen. Ich werde allein zurückbleiben, mit all dem Schmerz.«

Meine Augen füllten sich mit Tränen. Ich wischte sie schnell fort.

»Was kann ich tun, damit du dich wieder besser fühlst?«, fragte er flüsternd.

»Lass mich nicht los«, erwiderte ich leise und nahm seine Hände.

»Niemals.«

Ich legte meinen Kopf an seine Brust zurück.

So standen wir lange einfach nur da. Es war Abend. Die Dämmerung schritt nämlich fort und ein wunderschöner, glitzernder Sternenhimmel erschien vor unseren Augen. Er war dem auf der Erde sehr ähnlich, aber eben nur ähnlich. Die Sterne wirkten hier viel näher, sie leuchteten intensiver, fast schon so, als würden sie ein besonderes Bewusstsein in sich tragen.

Ich seufzte leise, da mein Bauch grummelte und den schönen Moment zerstörte. »Ich weiß, du musst mich vorübergehend verlassen, aber ich hab Hunger. Kannst du uns was besorgen?«

»Hatte schon gedacht, du würdest nie fragen.«

»Wehe, du kommst ohne das Käse-Nuss-Brot zurück.«

Lucien ließ mich los, beugte sich zu mir und küsste meine Wange. »Ich werde Celia zwingen, eines zu backen, wenn keines da ist.«

Ich drehte mich um, damit ich ihn ansehen konnte. »Dürfen sie denn wissen, dass du hier bist?«

Er antwortete mir nicht auf die Frage. »Du willst so ein Brot, ich beschaffe es dir.« Er schmunzelte spitzbübisch.

Dann war er weg.

Ich vermisste die Wärme an meinem Rücken. Kurz blieb ich noch an dem Fenster stehen, dann schloss ich es wieder, ging durch das Schlafzimmer und in den Raum mit dem Sofa. Dort staunte ich, denn das Fenster neben dem Schreibtisch war wieder sichtbar. Es war größer als das des Badezimmers und gab den Blick auf eine andere Seite des Gebäudes frei. Voller Neugierde guckte ich hinaus. Das war der Innenhof! Wow! Er war riesig, gegenüber ging die Burg weiter, sie machte einen Bogen, der mit Kletterrosen überwuchert war.

Überall waren Fackeln aufgestellt und erhellten den gesamten Platz, dadurch erkannte ich auch die vielen kleinen roten Rosenblüten. Das sah sehr romantisch aus.

Ich erschrak kurz, denn über den Hof ging jemand. Eine Frau. Ich reckte meinen Kopf, um sie besser sehen zu können. Sie hatte ihre langen schwarzen Haare zu einem aufwändigen Zopf gebunden, das schwarze Zeichen am Hals zeigte mir, dass sie wohl Luciens Verwandte sein musste. Sie trug ein bodenlanges, wunderschönes Kleid und wirkte auf mich fast wie eine Prinzessin aus einem historischen Film. Ihr Gewand erinnerte mich nämlich an die Kleider des Mittelalters, aber zugleich auch an ein modernes Design. Eine atemberaubende Mischung eben, von der ich mir so viele Details wie möglich einprägte. Sie hatte ein wunderschönes, ebenmäßiges Gesicht und lächelte.

Plötzlich lief ein Kind über den Hof und direkt auf sie zu. Ich durfte es zwar nicht, aber ich quetschte meine Nase an das Glas, um besser sehen zu können. Der kohlrabenschwarze Haarschopf des Jungen war ein wenig zerzaust. Wäre er ein Mensch, hätte ich ihn auf fünf oder sechs Jahre geschätzt.

Aber hier?

»Das ist Celia«, sagte Lucien hinter mir. »Aber du musst bitte vom Fenster weggehen, damit sie dich nicht sieht. Sie ist sehr korrekt und würde uns sofort bei Vater verpetzen.«

Ich wich sofort von der Glasscheibe zurück. »Der Junge ist ihr Sohn?«

»Der fünfte.«

»Hat sie auch Töchter?«

»Leider nein. Aber einige meiner anderen Schwestern haben welche.«

»Wie viele Schwestern hast du?«

»Siebenundzwanzig.« Auf Luciens Gesicht erschien ein breites Grinsen. »Und dreimal so viele Brüder.«

Ich riss die Augen auf. »Was?«

»Mein Vater ist ein sehr begehrter, charismatischer und vor allem schöner Mann«, sagte er schulterzuckend und hielt mir seine Errungenschaft hin. »Ich hab das Brot geklaut.« Er zog das Tuch zurück, in das es eingewickelt war.

Ich staunte nicht schlecht, denn es war knallrot! Der süße Duft kitzelte mich sofort in der Nase. Ich nahm mir ein Stück davon und als ich abbiss, glaubte ich, im Himmel zu schweben. »Ich hab noch nie etwas so Gutes gegessen.« Sofort gönnte ich mir noch einen Bissen, es schmeckte einfach herrlich.

»Liegt an den süßen Nüssen. Celia sammelt sie am Waldrand, sie stammen von einem besonderen Baum. Er ist knallrot, vom Stamm bis zu den Blattspitzen, und macht gute Laune.«

»Du musst Celia losschicken, damit sie mehr sammelt.« Kauend schmunzelte ich.

»Ich besorge dir welche«, sagte er leichthin und setzte sich gemütlich auf das Sofa. »Wir essen jetzt und müssen uns dann vorbereiten. Keiner ahnt, dass wir fort sind. Wenn wir zurückkehren, dann haben wir immer noch Kunstunterricht und danach Chemie.«

Ich nickte nur und aß schweigend weiter. Es war bestimmt komisch, nach dem Vorfall so zu tun, als wären wir nicht fort gewesen. Mein Blick streifte das Shirt, welches ich anhatte, wanderte zu meinem Rock und blieb an den inzwischen eingetrockneten Blutstropfen hängen.

»Ich brauche neue Kleidung«, sagte ich tonlos.

»Wenn du mir sagst, wo ich die herbekomme, hole ich sie dir.«

»In meinem Kleiderschrank ganz rechts. Ich brauche einen neuen Rock und eine Bluse.« Und einen BH. Aber die Schublade mit meiner Unterwäsche blieb Privatsache und war für ihn tabu.

Lucien behielt sein knallrotes Brot in der Hand, biss ab und verschwand kauend. Als er zurückkam, hatte er einen Kleiderbügel in der anderen Hand und kaute immer noch.

»Danke.« Ich nahm meine Sachen und ging damit ins Bad. Dort bemerkte ich, dass meine Lippen von dem Nuss-Brot ganz rot waren. Ich rubbelte die Farbe mit etwas Wasser ab und zog mich um. Nun stand ich da. In perfekt gebügelter Schuluniform. Keiner würde etwas von meiner Ermordung ahnen. Wie irrsinnig das Ganze doch war!

»Bist du so weit, um zurückzugehen?«, fragte Lucien durch die Tür. »Oder brauchst du noch Zeit?«

Ich öffnete ihm. »Wie viel Zeit braucht ein Mensch, um seinen eigenen Tod, einen Mord, zu verdauen?«, fragte ich zurück. »Nach den vielen Selbstmorden habe ich übrigens Übung darin, meinen Kummer zu verbergen.«

»Du bist so stark, Mira.«

»Bin ich das?« Meine Tonlage wurde etwas höher. Ich holte Luft. »Ich will nicht mehr sterben, echt nicht. Und ich dachte, ich müsste das auch nicht mehr. Aber du hast mich vorhin in deinen

Armen gehalten und mir gesagt, dass du mich liebst. Das war der schönste Tod von allen. Darum geht es mir jetzt gut.«

Er versank in meinen Augen. So viel Hingabe lag in seinem Blick, mit dem er mich sanft streichelte.

»Wir können wieder zurück, Lucien. Aber bleib nah bei mir, ja?« Ein leichtes Zittern lag in meiner Stimme, die mir verriet, wie ängstlich ich war. Er glaubte, ich wäre stark, aber das fand ich nicht. Der Vorfall mit der Feile hatte mir meine allerletzte Freiheit genommen.

Nun hatte ich nicht nur vor dem Flimmern Angst, sondern auch, dass mich irgendwer attackierte, ohne dass Lucien es vorhersehen konnte. Doch wer war in der Lage, so etwas zu tun? »Jemand aus deiner Welt will mir schaden«, sprach ich aus. Alles andere ergab keinen Sinn für mich. Das mit der Feile war übernatürlich gewesen.

»Ich werde Avia am Abend zu Corbeau Vallant schicken, bis dahin lasse ich dich nicht aus den Augen.« Er hob das Brot in seinen Händen etwas hoch. »Sollen wir es mitnehmen? Hier trocknet es nur ein, wäre schade drum«, fragte er und wickelte das Tuch wieder herum. »Grace wird sich wundern, wenn sie ein rotes Brot sieht.«

»Sie wird denken, wir hätten zum Spaß Farbe untergemischt.«

Lucien kam zu mir und nahm meine Hand. »Mira, ich komme dahinter, wer oder was es ist. Ich werde über jeden hart richten, der dir schaden will.« Er gab mir einen schnellen Kuss auf die Lippen. »Ich beschütze dich.«

Dankbar nickte ich.

Schon waren wir wieder im Toilettenraum. Ehe wir hinausgingen, guckte ich noch schnell, ob wir alles sauber geputzt hatten. Aber weder hier noch draußen im Flur fanden sich irgendwelche Spuren meines Todes.

Wir gingen schweigend zurück in den Kunstraum. Da wir nicht lange fort gewesen waren, reagierte keiner auf uns. Ich ging zu meinem Platz, zog mir die Malschürze wieder an.

Schon kam Lucien, der seine Staffelei einfach hochgehoben und zu mir getragen hatte. Er stellte sie nah zu meiner, sodass wir nun ganz dicht beieinander waren.

Auch das störte keinen.

Nur Grace schaute kurz verwundert zu uns, aber dann lächelte sie. Wahrscheinlich schob sie es auf unsere Verliebtheit und dass wir nicht getrennt sein wollten.

Micha beobachtete uns verstohlen. Einen weiteren sonderbaren Moment wie zuvor gab es jedoch nicht mehr zwischen uns. Er ließ mich in Ruhe meine Sonnenblume einfärben. Als ich damit fertig war, gefiel mir mein Bild richtig gut. Ich neigte mich zu Lucien.

»Wunderschön«, flüsterte ich, als ich sein Werk bestaunte. Er hatte weder einen Grabstein noch den Engel angemalt, sondern dem knorrigen Baum Leben eingehaucht.

Grace sah, dass wir fertig waren, und kam zu uns.

»Für was die Sonnenblume steht, weiß ich«, sagte sie und guckte auf sein Bild. »Aber für was steht der Baum?«

»Für uns beide«, sagte er leise. Er schmunzelte, als er mich dabei ansah. »Der Baum ist uralt, aber er hat junge Blätter.«

Das zauberte mir ein Lächeln auf die Lippen. »Du hast dich wieder einmal selbst übertroffen«, sagte ich neckisch.

»Ich weiß, ich bin gut«, erwiderte er eingebildet.

Grace nickte und betrachtete seine Arbeit genauer. »Bis auf die paar Kleckse gute Technik.«

Er zog eine Augenbraue hoch. »Das ist gewollt«, redete er sich heraus.

»Sicher.« Sie kicherte leise und ging zu Micha hinüber.

»Das ist dir sehr gut gelungen«, lobte sie ihn. »Warum hast du bei dem Bullen nur die Hörner hervorgehoben?«

Anstatt Grace anzugucken, schwenkte er seinen Blick zu Lucien und schaute ihm direkt in die Augen. »Ohne Hörner ist der Bulle ein Nichts. Nur die langen Hörner machen ihn so richtig mächtig.« Micha hielt den Blick noch einige Sekunden aufrecht, dann sah er wieder zu Grace.

»Eine interessante Ansicht«, antwortete sie lobend und ging zum nächsten Schüler weiter.

Lucien runzelte nachdenklich die Stirn, dann neigte er sich etwas zu mir, um zu flüstern: »Du hast recht, er ist eigenartig.«

»Entweder hat sich der Typ in dich verguckt, oder er braucht einen Termin bei Martin.« Ich kicherte leise über meine eigene Bemerkung.

Auch Lucien lachte verstohlen. Dann gingen wir zum Waschbecken, um die Pinsel auszuwaschen und die Wassergläser zum Trocknen hinzustellen. Nach und nach waren alle fertig, einige der Bilder konnten sich wirklich sehen lassen. Dottie war genial, sie hatte ein Bild einer Großstadt ausgewählt und eine Reklametafel bemalt.

»Superstar«, witzelte sie, als ich es anguckte. »Ich steche überall hervor.«

»Deine außergewöhnliche Begabung«, bestätigte ich und ging zu Alicia. Diese hatte sich tatsächlich das Vorführbild mit den Bergen, der Hütte und dem See ausgesucht. »Boah, das sieht ja mega aus«, staunte ich. Die Hütte und die Büsche sprangen durch die Malerei regelrecht aus dem Bild.

»Ich bin ganz zufrieden«, sagte sie leise und lief ein wenig rot an.

»Zufrieden reicht nicht. Du kannst stolz auf dich sein.« Ich bewunderte noch einmal ihr Bild, dann machten wir uns an die Arbeit.

Gemeinsam räumten wir den Malraum wieder so auf, wie wir ihn vorgefunden hatten. Nun hatten wir noch Chemie. Diesmal gingen wir mit den anderen Schülern quer über das Gelände in die Räume für Naturwissenschaften.

Ich fand das Labor total spannend. Bisher hatte ich nur wenig Chemie gehabt. Das Fach hatten meine Onlinelehrer nur oberflächlich gelehrt, aber das machte mir nichts aus. Ohne Experimente war es langweilig und trocken und bestand irgendwie nur aus Kürzeln und Formeln, die ich mir nicht merken konnte.

Es blieben noch ein paar Minuten, bis der Unterricht begann. Die anderen bildeten kleine Grüppchen, um über das kommende Wochenende zu reden, ich guckte neugierig die ganzen Gerätschaften an. Lucien blieb immer dicht bei mir.

»Habt ihr so was bei euch auch?«, fragte ich ihn und betrachtete die unzähligen bunten Fläschchen, Pipetten und Reagenzgläser.

»Es gibt bei uns einige, die Alchemie beherrschen«, antwortete er leise. »Aber nur wenige erlangen das tiefe Wissen darüber und werden Meister darin.«

»Studiert ihr deshalb auf der Erde?«

»Technik und diese Art der Wissenschaft sind tatsächlich ein Spezialgebiet der Erde.«

Alicia, die hinter uns stand, hatte uns gehört. »Redet ihr von dem neuen Onlinespiel *Meister der dunklen Alchemie?* Mein Onkel spielt es total fanatisch.«

»Es ist ganz interessant«, sagte Lucien, ohne es wichtig klingen zu lassen.

Auch Dottie gesellte sich zu uns und beteiligte sich gleich am Gespräch. »Bei den blöden Spielen kommt man nur voran, wenn man ordentlich dafür bezahlt.«

Ich wechselte das Thema. »Ihr müsst mir bitte helfen«, flüsterte ich ihnen leise zu. »Das ist meine erste richtige Chemiestunde. Ich will mich vor der Klasse nicht blamieren.« Ich guckte rasch zu Lucien. Auch für ihn war das alles neu, aber Angst vor einer Blamage kannte er wohl nicht, dafür war er viel zu cool.

»Du wirst dich nicht blamieren.« Dottie winkte ab. »Mr. Gillies ist total nett und seine Experimente sind immer eher lustig und spannend als kompliziert.«

»Bestimmt bilden wir wieder Gruppen, so wie letzte Woche«, meinte Alicia.

»Dann holen wir Trey aber noch dazu«, schlug Lucien vor und fragte ihn gleich.

Ich guckte zur Seite, denn der Lehrer kam in den Raum.

Mr. Gillies war hager und hochgewachsen, mit einer Halbglatze und er trug eine graue Krawatte, die am Kragen so eng zugezogen war, dass es mir beim bloßen Hinsehen die Kehle zuschnürte.

Wir versammelten uns alle rund um den großen, länglichen Labortisch. Er legte seine braune Ledertasche darauf ab und verteilte sofort einen Schwung Arbeitsblätter.

»Wir beginnen mit einem Projekt, das sich über die nächsten Wochen ziehen wird«, erklärte er uns dazu. »Wir werden nämlich Feuerwerkskörper selbst bauen, arbeitet dazu das Arbeitsblatt *Pyrotechnik mit Gefahrenstoffen* ab, ich werde euch nächste Woche darüber abfragen.«

Sofort wurde ich unsicher. Nach dem Erlebnis mit der Feile war ich wachsam und mein Gefahrenradar sagte mir, dass ich mit Pyrotechnik und gefährlichen Stoffen sehr vorsichtig sein sollte. Ich schielte zu Lucien, der im Eiltempo das Blatt durchlas, und an seinem Gesichtsausdruck erkannte ich, dass ihm das Thema total gefiel. Er schien sich im Gegensatz zu mir keine Sorgen zu machen.

Ich schaute wieder zu unserem Lehrer.

»Zuerst werden wir mit Feuerfarben experimentieren.« Mr. Gillies nahm einen Bunsenbrenner und zündete ihn an. Dann zeigte er uns weiße Stäbchen. »Jede Gruppe bekommt diese Magnesiastäbchen und Röhrchen mit verschiedenen Salzen. Taucht das Stäbchen gut in die Röhrchen und haltet es anschließend in die Flamme.« Er machte es uns vor und als er das erste Stäbchen in die Flamme hielt, staunte ich nicht schlecht. Die Flamme wurde knallrot.

Trotz meiner Begeisterung nagte die Furcht an mir.

Feuer. Gas. Verdammt! So viele Gefahrenstoffe! Unzählige ängstliche Gedanken rasten nur so durch meinen Kopf.

Ich wollte am liebsten nach Hause und überlegte, es Lucien einfach zu sagen. Aber er schaute total begeistert Mr. Gillies zu. Das war endlich mal was, das er noch nicht kannte und ihm Spaß machte. Er war immer für mich da und nun wollte ich ihm etwas nehmen, was ihm gefiel? Ich stieß ein innerliches Stöhnen aus. Ihm zuliebe schob ich meine Gedanken, die sich um eine unabwendbare Explosion drehten, zur Seite.

Mr. Gillies stellte indes den Bunsenbrenner wieder ab und erklärte noch einiges dazu. »Ihr notiert bitte genau, welche Menge an Salzen ihr verwendet habt und welche Farbe man damit erzielt. Wichtig: Die Salze sind giftig, also bitte nicht einatmen oder verschlucken. Die Sicherheitsmaßnahmen kennt ihr ja bereits. Vergesst nicht die Schutzbrillen und arbeitet in Gruppen zusammen.« Der Lehrer holte weitere Blätter aus seiner braunen Ledertasche. »Dann mal los. Hier sind die Blätter mit den Tabellen, in die ihr die Ergebnisse eintragen könnt.«

Aufgeregtes Geplapper erfüllte den Raum, weil sich alle die Zettel schnappten und zu Gruppen zusammenfanden.

»Das macht sicher Spaß«, hörte ich Micaela Markou neben mir sagen. Sie strich ihre langen blonden Locken über die Schulter zurück und lächelte. »Hast du Lust, bei uns mitzumachen? Wir hatten noch keine Gelegenheit, uns näher kennenzulernen.«

Ihre Schwester Michelle beugte sich ein wenig nach vorne, damit ich sie auch sehen konnte. »Wir sollten uns wirklich für dieses Experiment zusammentun. Wird bestimmt lustig.«

»Wir haben schon eine Gruppe, vielleicht ein anderes Mal«, lehnte ich höflich ab.

»Dann machen wir einfach bei euch mit«, fiel Micaela ein.

»Wir sind schon zu fünft.«

Michelle winkte ab. »Mr. Gillies hat sicher nichts dagegen.«

Ratlos suchte ich Luciens Blick und hoffte auf Hilfe.

Doch der zuckte nur mit den Schultern. »Zwei mehr ist doch auch okay, wenn der Lehrer nichts dagegen hat.«

Er hatte wohl vergessen, dass ich die Drillinge nicht mochte! Als sie mir auch noch vorgriffen und sofort zu Mr. Gillies und danach zu Alicia und Dottie gingen, um allen die frohe Kunde der erweiterten Gruppe mitzuteilen, schaute ich Lucien bitterböse an.

»Ich will die nicht in meiner Nähe haben!«, motzte ich. »Mit denen stimmt was nicht.«

Er legte seinen Arm um meine Schultern und schob mich an, damit wir zu einem freien Tisch gingen. »Es ist alles okay mit ihnen«, wollte er mir weismachen.

»Sie sind komisch«, beharrte ich leise.

»Ihr Bruder ist komisch«, verdeutlichte er. »Mit den beiden ist alles okay. Das Experiment dauert nur eine Schulstunde lang«, sagte er leise. »Du musst dich ja nicht mit ihnen unterhalten. Gib ihnen eine Chance. Bloß weil der Bruder so eigen ist, müssen sie es ja nicht auch sein.«

Ich stöhnte genervt, diesmal laut.

Alicia und Dottie plapperten bereits fröhlich mit den zwei superschönen Lockenköpfen und fanden sie offenbar nett. Ich gab mich geschlagen. Herumzuzicken lag mir nicht. »Na gut, aber wenn ich in die Luft gehe, ist es deine Schuld.«

Er lachte leise. »Du wirst bei dem Experiment nicht explodieren. Oder hast du die Nähe der Blondinen gemeint?«

Zur Antwort rollte ich mit den Augen.

Wir holten uns, was wir brauchten, und stellten alles auf den letzten freien Tisch ganz hinten im Raum. Dottie organisierte noch ein Feuerzeug, um den Bunsenbrenner anzuzünden, ich pulte schon mal einige Magnesiastäbchen aus der Verpackung. Dabei lehnte ich mich an den Tisch und las ein Hinweisschild. Direkt hinter uns befand sich nämlich ein massiver, sehr großer Hängeschrank mit versperrten Türen. Den vielen Warnhinweisen nach enthielt er heikle Stoffe. Gut, dass der lange Hängeschrank aus feuerfestem Metall bestand.

Meine Gedanken begannen wieder zu rasen. »Sollten wir hier schon Feuer machen?«, fragte ich Trey, der neben mir stand und mir mit den Stäbchen half. Ich deutete auf den Schrank hoch. »Nicht, dass wir noch alles in die Luft jagen.«

»Quatsch.« Er schüttelte den Kopf. »Da kann echt nichts passieren.«

Und was alles passieren konnte! In meinem Kopf begann sofort ein Film zu laufen, der sich darum drehte, dass Funken emporstiegen und wir alle in einer gewaltigen Detonation zerfetzt wurden. Ich schüttelte den Kopf. Das war gerade gruselig gewesen, ich sollte nicht pausenlos schwarzmalen. Aber diese Schreckensszenarien ließen mich nicht mehr los.

»Wie sicher sind denn diese Bunsenbrenner?«, fragte ich Trey. »Da ist doch Gas drinnen?«

Er wollte mir gerade antworten, da berührte mich Lucien am Arm und ich guckte zu ihm hoch. »Weniger Gas als bei einem Gasgrill.« Sein Blick hielt mich fest. Ich kapierte, was er mir mitteilen wollte. Es beruhigte mich dennoch nicht. Diese kleine Menge würde bestimmt ausreichen, um tödliche Verletzungen hervorzurufen.

»Ich habe zwei dieser Bunsenbrenner zu Hause«, erklärte Trey. »Da ist noch nie etwas passiert.«

Micaela und ihre Schwester stellten sich mir gegenüber auf die andere Tischseite. »Bist du immer so ängstlich?«, fragte Micaela direkt. Eigenartigerweise lächelten ihre Augen bei dieser Frage, aber die Stimme klang total frostig. Diese Art und Weise, mich anzusprechen, war nicht nur komisch, ich empfand sie als unterschwelligen Angriff auf mich.

»Ich? Angst?« Absichtlich sagte ich es in höherer Stimmlage, um es ins Lächerliche zu ziehen. »Mir macht so schnell nichts Angst. Ich will nur nicht, dass ihr euch den wilden Haarschopf verbrennt«, fügte ich noch piesackend hinzu.

»Oh, danke für den Hinweis«, antwortete Michelle übertrieben dankbar und holte ein Haargummi aus der Tasche ihres Rockes.

Ich drehte mich rasch ab und guckte auf die Röhrchen mit den verschiedenen Salzen. CaCl2, BaCl2, LiCl … und so weiter. Oje. Ich wusste echt nicht mehr, welche Kürzel das waren. Obwohl das Trey sicher alles wusste und ich ihn nur zu fragen bräuchte, zückte ich heimlich mein Smartphone und suchte schnell im Internet danach.

Calciumchlorid, Bariumchlorid, Lithiumchlorid … Jetzt, wo ich es las, klang es wieder logisch für mich.

Lucien schaute mir über die Schulter und las mit.

»Ich nehme das Bariumchlorid«, entschied ich schnell, denn im Internet stand, dass es eine grüne Flamme ergeben würde. Das gefiel mir.

Lucien griff nach dem Lithiumchlorid. »Was kommt dabei raus?«

Ein verstohlener Blick auf mein Smartphone und ich wusste die Antwort. »Rot.« Ich schmunzelte. »Oh, wir zwei Streber.« Ich ließ das Handy wieder in meiner Tasche verschwinden.

Trey, der Klügste in unserer Gruppe, setzte sich schon mal die Schutzbrille auf und schraubte an dem Röhrchen mit dem Calciumchlorid. Ich verfolgte seine Handgriffe, die er wie ein Profi ausübte. Er versuchte zuerst nur ganz wenig von dem

Stoff, seine Flamme wurde sofort knallgelb mit einem Hauch Orange.

»Faszinierend«, hauchte Lucien.

Trey probierte noch verschiedene Mengen aus, die tatsächlich eine Auswirkung auf die Farbe hatten. Je mehr er verwendete, desto satter wurde sie. Wir notierten alles in der Tabelle.

Die komischen Lockenkopf-Schwestern, Dottie und Alicia experimentierten anschließend.

Lucien freute sich über seine knallrote Flamme und testete gerade ein paar unterschiedliche Mengen, da kam der Lehrer an unseren Tisch.

»Ist euch aufgefallen, dass es sich nur um Chloride handelt?«, fragte Mr. Gillies. »Kann mir jemand sagen, was für die unterschiedlichen Farben verantwortlich ist?« Er warf einen Blick auf unsere Tabelle und las sich die Ergebnisse genauestens durch.

Lucien wusste die Antwort nicht, er guckte zu Trey, der sie ihm fast lautlos zuflüsterte.

»Die Kationen«, antwortete Lucien und tat, als hätte er es gewusst.

Unser Lehrer hob den Blick von der Liste, nickte anerkennend und ging zur nächsten Gruppe. Lucien deutete Trey zum Dank, sie verkniffen sich ein Lachen.

Nun war ich an der Reihe. Mit Schutzbrille bewaffnet stellte ich mich vor den Bunsenbrenner und tauchte mein Stäbchen ordentlich in das Bariumchlorid ein, um sofort ein schönes und sattes Ergebnis zu haben.

»Kann es auch zu viel sein?«, fragte ich vor mich hin.

»Das sehen wir gleich, wenn du in die Luft gehst«, kicherte Dottie gemein.

Ich schmunzelte darüber, da ich ja nun schon gesehen hatte, dass es ungefährlich war, und guckte konzentriert auf den Bunsenbrenner, der in dem Moment ausging. »Nanu?« Ich drehte am Rad und versuchte, ihn anzuzünden, aber es ging nicht.

»Ist bestimmt leer«, meinte Trey.

»Ich hole einen neuen.« Lucien schnappte sich den Bunsenbrenner und brachte ihn vor, um ihn auszutauschen. Ich nahm die Schutzbrille ab, da sie etwas zu eng saß, und stellte das Gummiband länger.

Auf einmal ging alles rasend schnell und alles geschah zur selben Zeit.

Alicia und Dottie, die neben mir standen, wurden wie durch eine unsichtbare Kraft von mir weggerissen und zurückgeschleudert. Ich erschrak und fühlte deutlich zwei Hände, die mich mit einem heftigen Stoß zurückschubsten, und sah für den Bruchteil einer Sekunde wilde blonde Locken, obwohl die Schwestern nicht in meiner Nähe waren!

Der Stoß war heftig, ich knallte gegen die Wand hinter mir und stieß mit dem Kopf an den Hängeschrank. Schon gab über mir die Wandhalterung nach, er krachte mit voller Wucht samt einem riesengroßen Stück des Mauerwerks herunter und begrub mich unter sich.

Stille.

An was genau ich starb, wusste ich nicht, es ging zu schnell. Wahrscheinlich hatte ich mir das Genick gebrochen oder der schwere Metallschrank hatte mir den Schädel eingedrückt.

Dass ich tot war, erfuhr ich erst durch den hellen Lichtpunkt und den Schatten, der auf mich zukam. Mein Trost, schon wieder gestorben zu sein, war einzig und allein Lucien. Seine verschwommenen Umrisse kamen immer näher, bald war er bei mir.

»Jemand hat mich gestoßen!«, rief ich ihm zu. »Entweder Michelle oder Micaela!«

Lucien war bei mir, ich konnte nicht mehr sprechen. Sein verschwommenes Aussehen war so magisch, es fühlte sich für einen kleinen Augenblick an, als würde er mir tröstend über die Wange streicheln, und als er seine Lippen auf meine Stirn legte, um mich zu küssen und mir seinen Lebensatem zu übertragen, verspürte ich reinen Frieden in mir. Dann schickte er mich zurück auf die Erde.

Ich schlug die Augen auf.

Es gab nur eine winzige Nische zwischen der Wand und dem riesigen Hängeschrank. Und genau in dieser kauerte ich jetzt. Unverletzt und völlig klar im Kopf. Ich brauchte trotzdem einige Sekunden, um in der Realität anzukommen, denn die hektischen und panischen Schreie meiner Mitschüler waren nach dem Frieden und der Stille in der Zwischenebene im ersten Moment zu laut und verwirrend für mich.

Dottie kreischte so hysterisch, dass es mir in den Ohren schmerzte.

»Es geht mir gut!«, rief ich laut, um sie beruhigen.

»Habt ihr gehört?«, schrie jemand.

Alle redeten laut durcheinander.

Ich fand einen Spalt und steckte die Hand hindurch. »Nichts passiert!«

Jemand nahm sich meine Hand und hielt sie fest. »Halte durch.« Es war Alicia.

»Auf drei!«, bestimmte Mr. Gillies und zählte. »Eins, zwei, drei.«

Die stärksten Jungs hoben den langen, schweren Schrank gleichzeitig an. Staub und Mauerbrocken bröselten wie ein rauschender Wasserfall aus Dreck zu Boden und machten die Luft kurzzeitig stickig.

Da ich wie immer nach meinem Tod total fit war, sprang ich sofort auf. »Oh mein Gott, hatte ich Glück!«, sagte ich schnell zu unserem Lehrer, der zu mir eilte. »Da war eine Nische, die hat mir das Leben gerettet.« Ich stieg über die Mauerstücke und ging zu Lucien, der mich fast schon zu ruhig ansah. Etwas in seinem Blick stimmte nicht.

Ich wandte mich dem Lehrer zu und tastete beweiskräftig über meinen Körper. »Ich habe nicht mal eine kleine Schramme«, bestätigte ich und wischte den Staub von meiner Bluse, aber er verschmierte nur. »Das hätte echt schlimm ausgehen können.« Wehe, er schickte mich trotzdem gleich auf die blöde Krankenstation. Auf sinnlose medizinische Versorgung, samt Krankenhaus und Röntgen, hatte ich jetzt echt keinen Bock. Lieber wollte ich mit Lucien zur Burg, um ungestört mit ihm über meinen Tod und den Angriff reden zu können.

Mr. Gillies glaubte mir, doch er war wegen etwas anderem nervös. »Verlasst bitte alle ruhig, aber ganz schnell den Raum«, ordnete er mit rauer Stimme an und rannte vor zu seiner Ledertasche. »Trey, löse bitte den Feueralarm aus.« Der Lehrer zog sein Telefon aus der Tasche, Trey rannte bereits los.

Obwohl Mr. Gillies sagte, wir sollten ruhig bleiben, brach Panik aus, denn jedem wurden die gefährlichen Stoffe in dem nun zerstörten Hängeschrank bewusst.

Der Alarm schrillte extrem laut und hoch, noch ehe alle im Flur waren.

Enttarnt

Wir rannten, um schnell Abstand zum Chemielabor zu gewinnen. Ebenso andere Schüler und Lehrer, die wegen des Feueralarms in den Flur strömten. Etwas von dem Gebäude entfernt versammelten wir uns klassenweise auf den Notplätzen.

Lucien war direkt neben mir. »Etwas stimmt nicht«, flüsterte er schnell atmend. »Kurz bevor der Schrank herunterkrachte, wurde es in meiner Brust ganz heiß. Und du hast wieder nicht geflimmert, Mira. Du hättest also gar nicht sterben dürfen.«

Ich antwortete nicht, denn ich entschied mich für eine direkte Konfrontation und stürmte wutentbrannt zu den Drillingen. Micha, Michelle und Micaela standen bereits beieinander.

»Warum hast du mich unter den Schrank geschubst?« Ich guckte beide Schwestern an, denn ich wusste nicht, welche es gewesen war.

Keiner der drei verzog eine Miene.

»Warum hätte ich das tun sollen? Du bist ja verrückt, ist sicher der Schock.« Micaelas Blick war ganz ruhig auf mich gerichtet. Ihre blauen Augen hatten wirklich Tiefgang und zeigten eine sonderbare Ehrlichkeit, aber ich traute ihr nicht. Ich traute einzig meinem Bauchgefühl und dem, was ich gesehen hatte!

Das hier war einer jener Momente, in denen man genau wusste, dass etwas nicht stimmte, aber ich konnte es nicht beweisen. Ich war total verärgert deswegen. »Eine von euch hat mich gestoßen! Ich habe es genau gespürt!«, grollte ich laut.

Lucien berührte mich am Arm. »Das ist unmöglich, sie waren auf der anderen Seite des Tisches.«

Nun war ich wütend auf ihn.

»Und du hast gerade den Bunsenbrenner ausgetauscht und trotzdem warst du gleichzeitig in der Zwischenebene!« Ich schrie es laut und ballte eine Hand zur Faust.

Die Drillinge zeigten immer noch keine Reaktion, und das trotz meiner lautstarken Schuldzuweisung. Für mich stand fest, dass sie es gewesen waren. Daran gab es absolut keinen Zweifel!

Mein Wutausbruch hatte zur Folge, dass sich die Mitschüler um uns scharten. Ich nahm sie nur am Rande wahr, denn ich funkelte die drei Geschwister giftig an.

»Mit euch stimmt was nicht! Ich hab es genau gesehen! Ihr habt mich geschubst und den Schrank zu Fall gebracht!«, brüllte ich und erntete fragende Blicke meiner Klassenkameraden.

»Hör auf, Mira«, versuchte Lucien, mich leise zu beschwichtigen.

Die Cheerleaderin Rebekah schüttelte den Kopf. »Du weißt, dass das an den Haaren herbeigezogen ist? Wer könnte schon so einen schweren Schrank zu Fall bringen? Das geht doch nicht.« Sie bekam Zustimmung von den anderen.

Claire kräuselte die Nase. »Hast du dir doch den Kopf gestoßen? Oder warum faselst du solche Worte wie Zwischenebene? Das ergibt echt keinen Sinn.«

Dottie kam näher zu mir und schaute mich besorgt an. »Du solltest dich besser untersuchen lassen, du hast vielleicht eine Gehirnerschütterung.«

»Oder giftige Dämpfe eingeatmet.« Michelle grinste hämisch.

Das machte mich noch wütender, als ich ohnehin schon war. Die Drillinge strahlten auch noch eine Ruhe aus, die einfach nur unfassbar war. Ich hätte schwören können, dass sie mich lauthals auslachen wollten, aber sie unterdrückten es gerade nahezu meisterhaft.

Ich war so verärgert darüber, dass ich davonrannte. Lucien folgte mir natürlich. Ich lief über die kurz geschnittene Wiese und steuerte den Parkplatz an.

»Mira, bleib stehen.« Er hatte mich schnell eingeholt und griff auf meine Schulter, um mich festzuhalten.

Aber ich war so sauer auf ihn, also machte ich mich los und lief weiter. Er hielt mich nicht weiter davon ab, sondern sperrte den schwarzen Volvo auf, als er sah, dass ich direkt darauf zusteuerte. Ich riss die Autotür auf, setzte mich hinein und musste heulen.

»Es tut mir leid, Mira.« Lucien stieg ein, zog mich in seine Arme und ließ mich an seiner Schulter weinen.

»Da waren eindeutig Hände und blonde Locken, Lucien, ich habe mir das doch nicht eingebildet«, sagte ich mit tränenerstickter Stimme. »Sie haben mich gestoßen, ehe der Schrank auf mich gekracht ist. Ganz sicher. Und jemand anderes zog Dottie und Alicia weg. Du kannst sie ja selbst fragen.«

Lucien erwiderte nichts darauf.

Ich löste mich aus seinen Armen, wischte über meine Wangen. »Du glaubst mir nicht?«

»Doch.« Er nickte. »Aber ich verstehe es nicht.«

»Haben sie Zauberkräfte oder so was?«

»Mir ist nichts dergleichen aufgefallen«, sinnierte er. »Ich denke eher, dass der Angreifer zufällig blonde Locken hat, denn die Drillinge sind ja normale Menschen.«

Jetzt hatte er auch noch eine Ausrede für sie parat, das war ja nicht zu fassen! »Wie erklärst du dir ihr komisches Verhalten?«

Lucien nahm einen sehr langen und tiefen Atemzug. »Es gibt viele Menschen, die sich komisch verhalten. Das muss nichts bedeuten.«

Ich sah ihn ernst an. »Und wie, mein lieber Lucien, erklärst du dir, dass mich jemand andauernd ermorden will? Kennst du jemanden mit blonden Locken? Wer könnte das sein?«

Er rang um Worte, aber er konnte nicht antworten.

»Wie willst du das in Zukunft verhindern?«, fragte ich, sehr zornig, obwohl ich echt nicht auf ihn böse sein sollte. »Hast du Feinde? Denn da war eindeutig jemand in deiner Geisterebene und hat in meine Ebene gegriffen, um mich zu stoßen oder mir die Feile in den Bauch zu rammen. Dadurch konnte ich vorhin im Labor kurz Hände fühlen und Haare sehen.«

»Ich wüsste nichts von einem Feind.« Lucien dachte darüber nach. »Es gibt leider sehr viele Ebenen, Mira. Das bereitet mir ja gerade Kopfzerbrechen. Ich kann nicht in allen gleichzeitig nachsehen, ob da jemand ist. Und selbst wenn, könnte derjenige sofort in eine andere Ebene wechseln und mir so ganz leicht entwischen. Das ist, als würdest du Nebel hinterherjagen.« Er startete den Volvo. »Wir fahren jetzt zu Avia«, lautete seine

Entscheidung. »Vielleicht kennt sie jemanden mit blonden Locken oder hat einen Rat für uns.«

Ich nickte. Andere Möglichkeiten hatten wir ja nicht.

Lucien fuhr vom Schulgelände und bog auf die lange Zufahrtsstraße. »Melde dich bei Grace, damit sie weiß, dass alles okay ist und sie uns bei der Schule entschuldigen kann.«

Scheiße! »Geht nicht. Mein Rucksack liegt noch im giftigen Klassenraum.«

Er stöhnte genervt. »Da, halt das Lenkrad«, sagte er, nahm meine Hand und zwang mich regelrecht dazu, zum Lenkrad zu greifen, schon war der Fahrersitz leer. Voller Panik griff ich auch mit der zweiten Hand ans Lenkrad und versuchte, irgendwie den Wagen in seiner Spur zu halten. War er verrückt geworden? Hier war ein Unfall vorprogrammiert!

Drei Sekunden später plumpste Lucien auf den Fahrersitz zurück, schob rasch meine Hände fort und drückte mir den Rucksack ins Gesicht.

»Du Idiot!«, motzte ich. »Fahr das nächste Mal an die Seite!«

»Wir haben keine Zeit für einen Halt.«

»Du riskierst lieber einen Unfall?« Auf solche Stunts konnte ich verzichten.

»Wir müssen zu Avia. Schon vergessen?«

»Du könntest uns auch dorthin teleportieren!«

Er blieb ruhig. »Jetzt sitzen wir schon im Auto, also bringe ich es auch nach Hause. Ruf bitte Grace an.«

Ich stieß einen gefrusteten Ton aus und tippte ins Telefon, um ihr zu schreiben.

Uns geht's gut. Fahren zu Lucien nach Hause. Sag bitte Mr. Hobbs Bescheid. Sehen uns später, dann können wir in Ruhe reden.

»Erledigt.« Ich ließ das Smartphone in den Rucksack zurückgleiten und schubste ihn auf den Boden hinunter. Dann verschränkte ich die Arme. »Das ist ziemlich deprimierend«, ärgerte ich mich. »Jederzeit kann mich jemand attackieren. Das Einzige, was ich tun kann, ist, möglichst schnell zu sterben, damit es nicht arg wehtut. Und das Einzige, was du tun kannst, ist, mir in der Zwischenebene den Kuss zu geben. Echt witzig. So hatte ich mir mein supertolles Leben immer vorgestellt.«

Luciens warme Hand fuhr auf meine verschränkten Arme, er berührte mich sanft an meinen Fingern. »Ich finde die Situation unerträglich, Mira«, sagte er leise und langsam. Seine Stimme klang ungewohnt tief. »Aber wir müssen jetzt ruhig bleiben. In der Sache kann nur der Magier helfen und das macht er am schnellsten, wenn wir Avia zu ihm schicken.«

»Woher willst du wissen, dass nur Vallant helfen kann?«

»Da ist Magie im Spiel, ganz sicher. Das mit den Haken an der Kletterwand und dem Hängeschrank sind keine Zufälle.«

Ich schnappte nach Luft. »Gegen was kämpfen wir da an?«

»Bald wissen wir mehr.« Für einen unendlich langen Moment sah er mich an, dann schaute er wieder auf die Fahrbahn.

Mein Smartphone piepste, ich hob den Rucksack wieder auf meinen Schoß und guckte aufs Display. Es war Dottie, sie fragte, wo wir waren. Ich schrieb es ihr.

»Was zur Hölle?«, presste Lucien hervor und der Wagen beschleunigte. Er nahm kurz beide Hände vom Lenkrad. »Jemand steuert den Wagen!« Er zog den Fuß vom Gaspedal, aber es drückte voll durch.

»Bremse!« Oh mein Gott! Der Volvo raste über die Straße!

»Das geht nicht.« Er atmete schnell und drückte das Bremspedal, aber es hatte keinen Widerstand. »Scheiße, ich habe absolut keine Kontrolle mehr!«

Mir wurde sofort schwummrig vor Augen.

»Achtung!«, rief ich. Der Wagen lenkte von selbst auf die Gegenfahrbahn. Lucien gab sich alle Mühe, das Lenkrad herumzureißen und konnte einem entgegenkommenden Wagen gerade noch ausweichen. Bei dem Auto danach gelang es ihm leider nicht. Die Seitenspiegel beider Wagen krachten aufeinander und wurden abgerissen.

Das gab einen Krach, dass mein Herzschlag kurzzeitig aussetzte. Ich riss die Augen auf, stieß vor Schreck einen hysterischen Schrei aus. Angst brannte sich wie ein unberechenbarer Feuersturm durch meinen Körper. Meine Knie schlotterten, ich konnte kaum atmen.

Zum Glück war nun kein Auto auf der anderen Spur, es war nur ein weit entfernter Lastwagen vor uns auf der Straße.

Der Volvo beschleunigte immer noch.

Unfassbare Panik erfüllte mich, denn wir steuerten geradewegs auf den Lastwagen zu.

»Wir müssen hier raus!« Lucien löste seinen Gurt.

»Spinnst du? Dann rast dein Wagen alleine über die Straße«, sagte ich schnell. Mein Herz pochte vor Angst so schnell wie der Wagen fuhr. »Das bisschen Kontrolle, das du noch hast, musst du verwenden, um den Volvo ins Grüne zu lenken.«

»Das war mein Plan.« Lucien umklammerte mit aller Kraft das Lenkrad und tat alles, um auf unserer Fahrbahn zu bleiben und nicht wieder auf die Gegenspur zu wechseln.

Aber auch unsere Fahrbahn war bald zu Ende, denn der Lastwagen vor uns kam immer näher. »Schnall dich ab und halte dich bereit«, keuchte er angestrengt.

Ich löste meinen Gurt und hielt den Rucksack fest an mich gedrückt.

Wir ließen viele Meter hinter uns, die Lücke zu dem Lastwagen vor uns wurde stetig kleiner. Lucien hängte sich voll ins Lenkrad, seine Armmuskeln traten hervor. Er schrie auf und riss es endlich auf die andere Seite.

Der schwarze Volvo schoss über den Straßenrand in die Höhe.

Lucien berührte mich, schon waren wir etwas abseits auf einer Wiese. Er stand aufrecht auf seinen Beinen, aber ich fiel ins Gras, da ich vorher gesessen hatte.

Er half mir sofort hoch und hielt mich fest. Wir guckten tatenlos und fassungslos dabei zu, wie sein Auto durch die Luft flog und die Böschung hinunterkrachte. Das Metall verbog sich so leicht, als wäre es butterweich, die Fensterscheiben zersplitterten, es krachte, Äste knickten. Der schwarze Volvo überschlug sich ein paarmal, durchbrach einige Büsche und blieb dann rauchend auf dem Dach zwischen den Bäumen liegen.

Ich konnte nichts mehr sehen, weil dicke Tränen meine Sicht verschleierten. »Ich hab solche Angst«, brachte ich mühsam heraus und schlotterte am ganzen Körper.

Lucien sah mich besorgt an. Da wechselte die Umgebung und wir standen direkt vor dem Grundstück des alten Newman-

Anwesens. Weiter konnte er sich nicht teleportieren, da es ja vom Magier abgesichert worden war.

»Beeil dich.« Lucien zog sofort an meiner Hand, damit ich mich in Bewegung setzte. Wir gingen ein paar Schritte in die Einfahrt. »Ab hier bist du absolut sicher«, erklärte er. »Weder jemand mit Magie noch jemand aus einer Zwischenebene kann uns hier angreifen.« Er zog mich an sich und hielt mich wieder, aber dieses Mal ganz fest. Nichts passte mehr zwischen uns. Ich hörte seinen schnellen Herzschlag und seinen aufgebrachten Atem.

»Wer tut so was?«, wimmerte ich. Meine Knie waren weich, mein Hals war trocken. Ich sah zu ihm hoch. »Wie geht es dir?« Er hatte sich ja eben genauso erschrocken wie ich.

»Ich bin gerade unendlich dankbar für diese Sicherheitszone, Mira.« Er gab mich wieder frei, streichelte über meine Haare und strich sie hinter mein Ohr. »Bis wir den Täter gefunden haben, darfst du das Grundstück ab jetzt nicht mehr verlassen.«

Ich wollte stark sein und nicht weinen, aber das war gerade verdammt schwer.

Lucien nahm meine Hand. Wir gingen zum Haus.

»Avia?«, rief er laut, als er die Tür geöffnet hatte. »Avia, komm schnell, bitte beeil dich!«

Wir hörten ein Geräusch von oben. Lucien trabte sofort die Treppe hinauf. »Avia!«, brüllte er, nun lauter. »Wo bist du? Avia?!«

Ich blieb im Eingang stehen und wartete aufgewühlt und verunsichert, weil ich ihn nicht mehr sehen konnte. Da kam Sefora aus einem Zimmer im Erdgeschoss.

»Warum schreit er das ganze Haus zusammen?«

»Er denkt, du wärst oben.«

»Da ist keiner, nur der Fernseher. Ich wollte mir gerade einen Snack holen.«

»Lucien! Sefora ist hier!«, rief ich laut die Treppe hinauf, dann sah ich sie an. »Sefora, ganz schreckliche Dinge sind geschehen«, erzählte ich und musste aufschluchzen. Ich ließ den Rucksack auf den Boden fallen, hielt mir die Hand vor den Mund und bekam kein Wort mehr heraus. Das mit dem Auto eben hatte mir echt den Rest gegeben. Mein Nervenkostüm war vollständig aufgebraucht.

Seine Großmutter eilte besorgt herbei. »Was ist geschehen?«

Lucien kam schnell die Treppe herunter. »Jemand hat sie heute dreimal angegriffen«, platzte er heraus und erzählte ihr eine Kurzfassung davon. »Ein Attentat mit einer Stichwunde in den Bauch, dann fiel ein Schrank auf sie. Beide Male ist sie gestorben und eben hatten wir einen Autounfall, da jemand Unsichtbares die Kontrolle über das Fahrzeug hatte. Wären wir nicht rausgesprungen, hätte sie heute ein drittes Mal in der Zwischenebene geschwebt.«

Sefora presste die Hand an ihre Brust und war sichtlich geschockt. Sie sah mich mit großen Augen an. Ich stand da und war nur noch ein Häufchen Elend. Ihr Blick wurde weich. »Jetzt beruhigen wir uns erst einmal bei einer Tasse Tee«, sagte sie dann großmütterlich. »Ihr seid hier sicher. Wir müssen in Ruhe nachdenken. Ich möchte mehr Details wissen.«

Ich nickte. Eine warme Tasse Tee wäre bestimmt eine Wohltat, denn es ging mir gerade gar nicht gut. Ich hatte das Gefühl, mein Kreislauf würde bald zusammenbrechen.

Wir gingen Richtung Küche.

Meine Finger begannen, taub zu werden und kalter Schweiß legte sich auf meinen Rücken. Ich kämpfte ein paar Schritte dagegen an, aber es war zu übermächtig. Ich fischte hilfesuchend nach Luciens Arm, da mein Atem fernblieb.

»Spray«, keuchte ich.

»Oje. Komm her«, flüsterte er, beugte sich vor und nahm mich sofort auf seinen Arm, um mich zu tragen. »Du brauchst kein Spray. Ich bin immer noch die beste Medizin«, sagte er leise und lächelte, als er sah, dass ich schon wieder normal atmete.

Mein ganzes System normalisierte sich. Ich lehnte meinen Kopf an ihn und schmiegte mich an seinen Hals. »So hilflos zu sein, mag ich nicht«, murmelte ich in sein Hemd.

»Zeig mir einen Menschen, der an einem einzigen Tag zweimal stirbt, einen Autounfall hat und danach noch gerade stehen kann.«

Diese Zusammenfassung klang schrecklich. »Du weißt, dass mein Leben in deinen Händen liegt?«

Er lachte leise. »Ich weiß, dass dein ganzer Körper in meinen Händen liegt. Und das fühlt sich unglaublich gut an.«

Ich seufzte. Nun, da ich so nah bei ihm war und er mit seinem magischen, funkelnden Herzen irgendwie meine Panikattacke absorbiert hatte, fühlte sich das Erlebte vom heutigen Tag für einen Moment lang weit entfernt an.

Wir waren in der Küche angekommen. Sefora rückte einen Hocker an der Küchenbar für mich zurecht und setzte sofort eine Kanne Wasser auf. Lucien half mir behutsam auf den Hocker und holte Tassen. Dann kam er wieder zu mir und musterte mich besorgt.

Mein Kopf war irgendwie Matsch, ich war total fertig.

»Entspanne dich, Mira«, sagte er leise. »Das ganze Haus und der Garten sind durch starke Magie geschützt.«

»Das habe ich schon verstanden, Lucien«, erwiderte ich abgekämpft. »Und ich bin auch sehr dankbar und erleichtert deswegen. Aber mich bekümmert die Tatsache, dass jemand Fremdes so bedrohlich in unser Leben eingreifen kann.«

Er sagte nichts darauf.

»Fang bitte an zu erzählen«, bat Sefora, guckte in eine Holzschachtel und wählte unter verschiedenen Teesorten eine für sich aus. »Ich nehme an, der erste Angriff war der in der Turnhalle?« Sie hob den Blick zu Lucien. »Da hast du doch auch schon herumgegrübelt.«

Er nickte und spannte sich an. »Ich war ein Narr, Avia. Ich habe es nicht weiterverfolgt, es nicht wahrhaben wollen.«

»Du hast deinen Auftrag vergessen, weil du dich hingegeben hast«, erinnerte sie ihn und blickte strafend zu uns.

Verwundert sah ich Lucien an. War seine Großmutter doch nicht einverstanden mit uns? Oder meinte sie etwas anderes damit?

»Wir wollen keine Vorwürfe streuen«, sagte er nur. »Heute im Kunstunterricht war der erste Angriff …«, begann er zu erzählen. Sefora lauschte wachsam allen Einzelheiten und füllte unsere Tassen mit heißem Wasser. Lucien tauchte während des

Erzählens die Teebeutel für uns beide hinein, und gab seine Sicht des Vorfalls in Chemie wieder.

Meine war natürlich eine ganz andere und selbstverständlich brachte ich die Drillinge ins Spiel. »Ich schwöre es, Sefora. Das war eine der beiden Schwestern.«

»Ich kann keinen Zusammenhang erkennen, außer dass der Bruder eigenartig ist«, gab Lucien seinen Senf dazu.

»Habt ihr ein Foto von ihnen?«, fragte Sefora. »Ich werde zu Vallant gehen, ein Bild wäre von Vorteil.«

Mein Rucksack samt Smartphone lag an der Eingangstür, aber Lucien hatte seines dabei. Er suchte sogleich auf der Webseite der Shadylight Academy und loggte sich ein. »Hier sind alle Schüler aus diesem Jahrgang.« Er reichte ihr das Handy und zeigte es ihr.

»Hm … hm … hm …«, machte sie nachdenklich. »Oje, oje, oje, ich hatte gehofft, sie zu kennen, aber nein, die Kinder sind mir gänzlich unbekannt.«

»An wen hattest du gedacht, Avia?«

»Keinen Bestimmten. Es wäre ja auch zu einfach gewesen.« Sie schob das Smartphone über den Tisch zu ihm. »Drucke es mir bitte aus. Um sicherzugehen, wird der Herzog einen Zauber aussprechen und das Bild womöglich dabei verbrennen müssen. Du weißt ja, wie genau er arbeitet.«

»Mache ich sofort.« Lucien griff nach dem Telefon, küsste meine Wange und rauschte aus der Küche.

Stille legte sich über den Raum. Mein eigener Atem kam mir für einen Moment zu laut vor.

Sefora schien die Stille nicht zu stören. Sie trank langsam und genüsslich ihren Tee und schaute auf nichts Bestimmtes.

Ich hingegen sah gedankenverloren in meine Tasse und hielt mit einer Hand das Herzmedaillon an meinem Hals, um mich in der Ruhe zu halten. Es wirbelten nämlich gerade so viele unkontrollierte Bilder in meinem Kopf herum, die sich nur um die ganzen Unfälle drehten. Immer wieder ging ich die Momente durch, bevor ich geschubst worden war und der Schrank auf mich gekracht war. Ich kam nicht drauf, wie das geschehen konnte.

So viele Ungereimtheiten türmten sich auf.

Es klingelte an der Tür, ich zuckte vor Schreck zusammen.

Sefora hob wachsam den Kopf. »Nanu? Wer kann das sein?«

»Mach bloß nicht auf«, warnte ich sie ängstlich. »Nicht dass der Angreifer es auf diesem Weg versucht.«

Sefora legte ihren Zeigefinger an die Lippe, damit ich still war. Sie lauschte.

Auch ich versuchte, den Geräuschen zu lauschen, aber mein Gehör war nicht überdurchschnittlich gut. Um die Stille nicht zu stören, hielt ich die Luft an.

»Es ist Grace«, sagte sie endlich. »Lucien hat sie gerade hereingebeten.«

Erleichtert atmete ich aus. Wenn das so weiterging, würde ich mehr als einen Tee zur Beruhigung brauchen.

Schritte und Stimmen kamen näher, ich hörte Lucien und Grace miteinander reden und bemerkte, wie Sefora noch immer lauschte.

»Hoffentlich verrät er ihr nichts von der Feile im Kunstunterricht«, flüsterte ich leise. Das käme einem Verrat gleich. Grace würde uns ewig vorhalten, es ihr nicht sofort erzählt zu haben. Sie glaubte, beim Unterricht wäre alles okay gewesen, und das sollte sie auch weiterhin tun.

Seine Großmutter antwortete einige Zeit nicht. »Sie reden nur über den Vorfall in Chemie. Das andere hat er mit keiner Silbe erwähnt.«

Je näher die beiden kamen, desto mehr verstand ich auch von dem Gespräch. Lucien war ehrlich zu ihr und verriet ihr alles. Na ja, bis auf meine Ermordung im Atelier.

Draußen vor der Küchentür blieben die beiden stehen und redeten noch zu Ende. Warum sie nicht direkt reinkamen, verstand ich nicht. Grace hatte von dem Unfall mit dem schwarzen Volvo nichts mitbekommen, obwohl sie dieselbe Strecke gefahren war. Keine Polizei, keine Absperrung. Ich wunderte mich kurz darüber, offenbar hatte es nicht mal der Lastwagenfahrer bemerkt.

»Das ist doch zu unserem Vorteil«, sagte Lucien. »Wenn der Wagen entdeckt wird, sucht man nach dem Besitzer. Ich habe jetzt echt keinen Kopf für so was.«

Es tat mir leid, dass er sich immer so um mich kümmern musste. Ich fühlte mich wieder einmal wie ein hilfloses Kleinkind oder wie jemand, der ohne Medizin keinen Tag überleben konnte. Ich war aber auf meine Medizin angewiesen. Und die war nun mal er.

Endlich kamen Lucien und Grace in die Küche. Er blickte mir sofort in die Augen. Er war die wohl schönste Medizin, die es gab. Jetzt wo er mich so ansah, fühlte ich mich gestärkt. Ich schenkte ihm ein Lächeln, er erwiderte es und legte noch einen liebenden Blick obendrauf. Das ging runter wie Butter und wärmte mein zerrüttetes Innerstes.

Grace grüßte Sefora und eilte zu mir.

»Du hast mir einen großen Schreck eingejagt.« Sie umarmte mich. »Und du hast viele Fragen aufgeworfen, Miracle«, sagte sie und ließ mich wieder los. »Mr. Hobbs hat deine Anschuldigungen bezüglich der Markou-Geschwister mitbekommen.« Sie verzog das Gesicht.

»Ich wurde von ihnen angegriffen«, stellte ich klar.

»Das wissen wir noch nicht«, kommentierte Sefora. »Die Möglichkeit der Theorie meines Enkels besteht immer noch.« Lucien hatte ihr das ausgedruckte Bild bereits gegeben, sie guckte darauf. »Blonde Locken haben viele Leute. Corbeau Vallant wird Klarheit in die Sache bringen.«

Eine leise, aber hartnäckige Stimme in mir mahnte mich, nichts darauf zu sagen. Ausnahmsweise hörte ich auf die Warnung.

Lucien hatte meinen Rucksack von der Eingangstür mitgebracht und stellte ihn an die Seite. Er ging zu einem Küchenschrank, öffnete ihn und holte eine Packung Kekse heraus.

»Tee?«, fragte er Grace, die nickte und sich setzte.

Ich rutschte unterdessen vom Hocker und holte mein Smartphone aus meinem Rucksack. Bestimmt hatten Dottie oder Alicia wegen Mr. Hobbs geschrieben. Ich hatte ja eine ganz schöne Verwirrung hinterlassen.

»Kannst du mir später ein paar Anziehsachen zusammenpacken?«, fragte ich Grace und spielte mit dem Gedanken, für länger hier einzuziehen. Das sicherste Haus aller Zeiten. »Und meine Zahnbürste. Am besten, wir telefonieren, während du in meinem Zimmer bist, dann kann ich dir sagen, wo du alles findest«, redete ich weiter und wischte auf meinem Telefon herum. Dottie hatte mir geschrieben, ich öffnete die Nachricht und riss erschrocken die Augen auf.

Ihre Nachricht bestand aus einer kurzen Textzeile und einem Foto. Plötzlich zog es mir den Boden unter den Füßen weg. Ich wankte und schnappte nach Luft.

»Ich hatte recht«, krächzte ich und es klang total erbärmlich. »Es sind die Drillinge.« Ich hielt das Handy hoch und drehte es, damit alle das Foto sehen konnten.

Schon stand Lucien bei mir, er war wie die anderen geschockt.

Das Foto zeigte Dottie, Alicia und Trey. An einen Holzpfosten gefesselt und geknebelt in einer düsteren Scheune. Es war ein Selfie, Micaela stand im Vordergrund, die Hälfte ihres Gesichts war gut zu sehen. Sie schmunzelte durchtrieben.

Lucien las die Textzeile vor. »Du hast drei Stunden, ehe alle tot sind. Wir bringen jede volle Stunde einen um. Ticktack, Mira … Und dann stehen noch Koordinaten dabei.«

Sefora blickte ihm über die Schulter, ebenso Grace. Es dauerte einige Sekunden, bis alle begriffen, was das bedeutete.

»Wer zur Hölle sind die drei?«, fragte ich mit einem Hauch Hysterie in der Stimme. »Und Scheiße, verdammt noch mal, was wollen die?«

Grace war kreidebleich im Gesicht. »Warum nennen sie dich Mira? Haben sie das in der Schule auch schon mal getan?«

Ich schüttelte den Kopf. Mira sagte ausschließlich Lucien zu mir.

Seine Augen verengten sich zu Schlitzen. »Das hat etwas mit mir zu tun.«

»Mit euch beiden«, erkannte Sefora. »Wissen sie, dass du nicht sterben kannst?« Ihr Blick war fragend auf mich gerichtet.

»Nur ihr wisst davon, sonst niemand«, erklärte ich. »Außerdem kamen die Angriffe von jemand Unsichtbarem. Na ja, bis auf das Geschubse im Labor. Die kommen bestimmt nicht von der Erde und wussten sicher schon vorher was!«

Grace behielt einen kühlen Kopf, aber ihre Finger zitterten. »Von wann ist die Nachricht?«

»Sie ist vor einer halben Stunde abgeschickt worden.« Lucien bemühte sich ebenfalls, ruhig zu bleiben, aber an seinem hektischen Atem erkannte ich, dass es ihm schwerfiel.

»Was machen wir nun?« Ich war völlig am Ende.

»Warte, ich überprüfe die Koordinaten«, sagte Lucien und nahm sein Smartphone zu Hilfe. »Das ist nicht weit von hier«, erklärte er uns. »Vorne an der großen, alten Eiche geht eine Landstraße über die Felder, ganz hinten an der Baumreihe befindet sich eine abrissreife Scheune.« Er dachte kurz nach. »Ich kenne die Scheune, da war ich schon mal, als wir hergezogen sind und ich die Gegend erkundet habe. Bin gleich wieder da.« Er legte mein Smartphone auf die Theke und rannte zur Tür.

»Sofort stehenbleiben!«, rief Sefora laut. »Du teleportierst dich jetzt nicht dorthin!«

Lucien bremste ab. »Avia, ich befreie sie jetzt.«

»Nein, nein, nein!« Ihr sonst so liebes Gesicht wurde total ernst. »Du rennst schnurstracks in eine Falle, mein Nepos!«

»Argh!« Er musste ihr zustimmen und kam wieder zu uns. »Was dann, Avia?«, schnauzte er.

»Du rufst an und findest heraus, was sie wollen.«

»Ich hoffe, das ist nur ein böser Streich unter Teenagern.« Tante Grace zitterte.

»Sie wollen mich. Da steht ja mein Name«, mischte ich mich ein und Grace riss ängstlich die Augen auf. Ich griff nach dem Telefon und zeigte ihr das Bild. »Sieht das für dich nach einem Scherz aus?« Trey hatte eine Platzwunde am Kopf, frisches Blut tropfte über den Knebel auf seine Schultern, er hatte sich bestimmt gewehrt. Und meinen beiden Freundinnen stand die Angst ins Gesicht geschrieben. »Egal was ihr dazu sagt, ich gehe jetzt in diese Scheune«, beschloss ich.

Grace erschrak. »Das wirst du nicht tun.«

»Ich kann nicht sterben, Tante Grace. Was sollen sie mir anhaben?«

Lucien atmete scharf Luft aus. »Ich kann auch nicht sterben, schon vergessen?«

»Dann müssen wir beide in die Scheune. Ich lenke sie ab und du holst unsere Freunde raus.«

Sefora winkte strafend mit dem Finger. »Ihr bleibt beide hier. Es ist bestimmt eine Falle.«

»Kann sein«, sagte ich mutig. »Aber keiner wird wegen mir leiden oder sterben, das lasse ich nicht zu. Willst du dafür verantwortlich sein? Wohl kaum!«

Mein Argument hatte Gewicht. Aber Seforas Stimme war entscheidend.

Sie klatschte mit der flachen Hand auf die Theke. Alle Blicke richteten sich auf sie.

»Keiner geht!«, bestimmte sie und schaute ihren Enkelsohn ernst an. »Ruf jetzt an und finde heraus, um was es ihnen genau geht.«

Lucien nickte, griff nach meinem Smartphone und rief Dottie an. Er stellte auf Lautsprecher.

»Es bleiben dir nur noch zwanzig Minuten«, sagte eine der blonden Schwestern sofort, als sie abhob. »Wir überlegen gerade, wen wir zuerst killen. Dottie oder Alicia?«

Lucien presste die Kiefer zusammen, ich hörte ihn mit den Zähnen knirschen.

»Was wollt ihr?«, fragte er langsam und todernst.

»Ach, du bist es.« Sie kicherte. »Ich dachte, Mira würde auswählen, wer stirbt. Da du dran bist, kannst du nun zwischen Trey und den beiden heulenden Bitches wählen.«

Lucien fing sich meinen Blick. Ich beugte mich vor und sprach ins Telefon.

»Was wollt ihr?«, wiederholte ich seine Frage.

»Na dich, du Dummerchen. Entweder bist du in neunzehn Minuten hier, oder Alicia stirbt. Ich habe mich kurzerhand für das schüchterne Blondchen entschieden.« Wieder kicherte sie und klang dabei wie eine Psychopathin. »Hier hast du eine Kostprobe.«

Wir hörten raschelnde Geräusche, Schritte. Dann einen lauten Schmerzensschrei, ehe aufgelegt wurde.

Wir sahen uns an. Schon piepste das Telefon, sie hatte uns ein Foto geschickt.

»Oh mein Gott«, brachte ich nur mühsam heraus. Das war Alicia, sie hatten ihr ein Messer in die Schulter gerammt und es dort stecken lassen. Ihr Gesicht war schmerzverzerrt und verheult.

Grace nahm mein Telefon an sich und sah genauer hin, um Details zu erkennen.

»Wir müssen sofort die Polizei rufen«, sagte sie mit bebender Stimme.

»Die Polizei kann hier nichts ausrichten«, erklärte Sefora ihr besonnen. »Was tun die, wenn ein Täter teleportieren oder zaubern kann?«

Grace verstand. »Ihr könnt ja auch teleportieren. Warum holt ihr sie da nicht schnell raus und kommt dann wieder her?«

»So einfach ist das nicht. Das ist bestimmt eine Falle. Wir müssen jetzt den Herzog hinzuholen und meinen Sohn.«

Lucien blockte sofort ab. »Nicht Vater!«

»Verstehst du denn nicht?« Sefora ging auf ihn zu. »Das ist kein Angriff auf die Menschen, sondern ein Angriff auf dich und unsere ganze Familie!«

Ich sprang auf. »Unsere Freunde sind dort drüben in der Scheune und ihr diskutiert über Familienangelegenheiten?« Ich war fassungslos. »Es ist mir völlig egal, was ihr sonst noch macht, ich tue jetzt etwas Menschliches: Ich gehe jetzt in die Scheune.« Entschlossen stapfte ich davon.

Lucien und Grace eilten mir sofort hinterher, um mich daran zu hindern.

»Bleib hier, Miracle«, versuchte Grace, mich zu bremsen.

»Nein.« Ich ging im Schnellschritt weiter.

Lucien legte seine Hand auf meine Schulter, um mich zu stoppen.

»Fass mich nicht an!«, brüllte ich warnend und wand mich aus seinem Griff. »Wehe, du versuchst, mich aufzuhalten!«

An meinem Blick erkannte er, dass es mir absolut ernst damit war, und er war etwas stutzig, weil ich ihn so angefahren hatte.

Ich rannte den Flur entlang und schaute über meine Schulter zurück zu Grace, die mir wie Lucien nachrannte. »Versuche es erst gar nicht, Grace!«

Er aber stoppte mich dennoch ein zweites Mal. Ich stieß einen lauten, wütenden Schrei aus. Lucien hielt mich nun an beiden Schultern fest. »Mach keine Dummheiten.«

»Nichts zu tun, wäre eine Dummheit. Ich kann sie doch nicht sterben lassen«, knurrte ich.

»Mira«, sagte er bestimmt. »Wir gehen beide.«

»Das werdet ihr nicht tun!« Sefora kam zu uns, bog ab und stapfte die Treppe hoch. »Ich hole jetzt Vallant, ihr wartet gefälligst hier!«

»In fünfzehn Minuten läuft der erste Countdown ab«, erinnerte uns Grace. »Ich weiß, ihr habt dieses übersinnliche Ding am Laufen, aber ich werde jetzt die Polizei und einen Rettungswagen rufen.«

»Ja, mach das bitte, Tante Grace, vielleicht können die ja doch was ausrichten.« Ich nickte und sah zu Lucien. »Wir warten hier an der Treppe, bis deine Großmutter mit dem Magier kommt.«

Da ich keinen Widerstand mehr leistete, ließ er mich los, wir gingen zur Treppe und setzten uns auf die dritte Stufe. Tante Grace lief den Flur zurück in die Küche, da dort ihre Handtasche mit dem Telefon lag.

Verzweifelte Hilfeschreie

Ich wartete ein paar Sekunden. Kaum war Grace außer Sichtweite, sprang ich auf und rannte zur Tür hinaus.

»Mira, warte bitte!« Lucien lief neben mir über die Einfahrt, er wusste, dass es keinen Sinn hatte, mich aufhalten zu wollen.

Ich rannte exakt bis zur Grundstücksgrenze, dann bekam ich Angst und hielt an. Ein Stück weiter und die Sicherheitszone läge hinter mir. Mein Mut verließ mich ein wenig, nun wagte ich es doch nicht, den Schritt nach draußen zu machen.

Lucien kam zu mir. »Du musst hier drinnen bleiben, ich habe Angst um dich.«

Die hatte ich auch. »Unsere Freunde erleiden wegen uns Schmerzen, Lucien.« Ich versuchte, mich zusammenzureißen und nicht auszuflippen.

»Du hast recht. Wir befreien sie jetzt«, pflichtete er mir bei. »Warte du bitte hier, ich springe in die Scheune und bringe sie her.«

»Kannst du machen. Aber nimm mich in die Nähe der Scheune mit. Wenn es eine Falle ist, kann ich dir helfen. Und Lucien, wenn du mich hier alleine lässt, verzeihe ich dir das nie!«

Er dachte kurz nach. »Ich nehme dich mit, aber du versteckst dich und wartest, bis ich dir ein Zeichen gebe, dass es sicher ist. Wenn ich dir kein Zeichen gebe und es eine Falle ist, bringe dich sofort in Sicherheit und laufe wieder hierher. Dann musst du Avia Bescheid geben. Nur auf dem Grundstück bist du vor unsichtbaren Feinden geschützt. Keiner kann sich in dem Gebiet teleportieren.«

»Versprochen. Ehrenwort.« Ich kreuzte meine Finger und legte sie an meine Brust. Ob ich das Versprechen auch halten würde, war fraglich.

»Okay.«

Wir gingen über die Grundstücksgrenze.

Schon teleportierte er uns und wir standen auf einmal unter einigen Birken und gut versteckt hinter Sträuchern. Die Scheune war nicht weit von uns, ich konnte sie zwischen den Blättern der Büsche erkennen. Und ja, sie war baufällig. Das halbe Dach fehlte, viele der Bretter waren vermodert. Rundherum lag verrostetes Gerümpel, neben der Tür stand ein von Gras überwuchertes uraltes Auto ohne Reifen.

Lucien sah mich mit einem sonderbaren Blick an. »Mira, ich rette sie jetzt, okay?«

Hä? Genau darüber hatten wir doch eben gesprochen?

»Ich warte hier auf dich«, bestätigte ich noch einmal.

Seine Finger fuhren an meinen Nacken und strichen über meinen Hals. Er zog mich für einen Kuss näher zu sich heran. Mit seinen weichen Lippen küsste er mich so voller Liebe, ich erwiderte es und schlang meine Arme um seinen Hals. Seine Hände wanderten über meinen Rücken, er dachte nicht daran, den Kuss zu unterbrechen. Im Gegenteil. Lucien legte sich schon fast zu sehr ins Zeug und spielte so anregend mit mir, dass ich schneller atmete. Kurzzeitig funktionierte sein Plan, nur noch Lucien existierte für mich. Dann hatte ich eine helle Sekunde, wich zurück und befreite mich von einem wirklich genialen, leidenschaftlichen Kuss. Unter anderen Umständen hätte ich ihn genüsslich zu Ende geführt.

»Du willst mich hinhalten, bis Sefora mit Corbeau Vallant kommt«, erkannte ich.

»Mira, der Magier kann die Drillinge mit einem Fingerschnippen in einen Schlaf versetzen. Aber er muss sie dabei ansehen, sonst geht das nicht.«

Das erzählte er erst jetzt? »Warum wolltest du vorher nicht, dass er kommt und uns hilft?«

Sein Gesicht wurde mit einem Mal total steif. »Er wird Vater davon berichten«, sagte er sehr leise.

Nun war ich wieder wütend. »Euer Familienkram ist nicht auszuhalten! Darum geht es jetzt doch gar nicht. Versteh das endlich!«

»Vater wird mir verbieten, bei dir zu sein«, stellte er klar.

Das wäre natürlich schrecklich für mich. Aber ich wusste auch, dass wir bestimmt irgendeinen Weg finden würden, damit wir auch ohne die Zustimmung seines Vaters zusammen sein konnten. »Ticktack, Lucien«, machte ich deutlich. Ich wollte jetzt nicht über unsere Belange nachdenken, wo doch unsere Freunde in unmittelbarer Gefahr schwebten.

»Würde der Herzog kommen, wäre er schon da, oder nicht? Da ist etwas schiefgelaufen.« Inzwischen waren drüben in seiner Welt bestimmt viele Stunden vergangen.

Lucien knirschte mit den Zähnen, aber er antwortete nicht. Natürlich nicht. Ich hatte leider genau ins Schwarze getroffen.

»Bitte, lass uns noch zwei Minuten warten«, sagte er schließlich, aber auch er machte sich Sorgen, ich las es an seinen Augen ab.

»Zwei Minuten mit einem Messer in der Schulter sind zu lange, Lucien.«

»Zwei Minuten, wenn Avia dann nicht mit Vallant kommt, gehe ich hinein.«

Ich wollte sofort in die Scheune, aber er hatte recht. Wenn der Magier die drei schnell und gefahrlos ausschalten konnte, war das besser, als unsere Freunde zu gefährden, weil wir unüberlegt handelten.

»Was denkst du, was Sefora aufhält?«, wollte ich wissen. Denn dass sie immer noch nicht hier war, machte mir mehr Angst, als ich zugeben wollte.

Lucien wollte gerade antworten, aber stattdessen weiteten sich seine Augen und er wirkte für einen Moment wie erstarrt.

»Mira«, sagte Lucien dann und seine Stimme klang trocken. »Mira, lauf.« Nein, seine Stimme klang nicht trocken, sondern müde. »Mira …« Lucien wankte etwas, er hielt sich an mir fest. »Wir werden angegriffen …« Er flüsterte es kraftlos und ging vor mir auf die Knie.

Panik ergriff mich. »Lucien? Was ist mit dir?«

»Lauf weg, Mira … rette dich …«

Ehe ich verstand, was geschah, packte mich jemand von hinten und riss mich an den Haaren zurück.

Ich stieß einen erschrockenen Schrei aus. Meinen Angreifer konnte ich nicht sehen, meine angsterfüllten Augen waren fest auf Lucien gerichtet. Er war kurz vor einer Ohnmacht, blinzelte und kämpfte dagegen an. Seine Hand griff nach mir und meine nach seiner, aber wir erwischten uns nicht, sondern fischten ins Leere.

Urplötzlich stand Micaela neben mir. Sie fasste grob in meine Haare am Hinterkopf und lachte amüsiert auf.

»Lass mich sofort los, du Trampel!«, schrie ich, aber sie packte daraufhin fester zu. Es fühlte sich an, als würde sie mir alle Haare zur selben Zeit ausreißen.

Lucien ging es total schlecht, er röchelte und keuchte.

»Was hast du ihm angetan? Was soll das?« Ich fluchte und schrie laut und strampelte mit Händen und Füßen. Aber Micaela kicherte nur und riss mich zurück. Meine Hilflosigkeit schien ihr zu gefallen.

Lucien fasste sich um Atem ringend an den Hals, er konnte nicht reden, war wie betäubt.

Micha wechselte die Ebene und zeigte sich. Er stand direkt bei Lucien und wirkte nun ebenfalls wie ein Psychopath. Keine Emotion war zu erkennen. Als hätte sich eine gefrorene Winternacht über sein Gesicht gelegt und ihn zu einem kalten, herzlosen Wesen erstarren lassen.

»Wie gefällt dir das magische Giftpulver?«, sagte er spitz und lächelte schmal auf Lucien hinunter, ohne irgendeine andere Regung zu zeigen. »Plötzlich bist du machtlos und weißt nicht, ob sich deine Organe auflösen oder du von innen heraus verbrennst.«

»Er kann nicht sterben, du Idiot!«, schrie ich und versuchte, Micaela zu kratzen, aber sie stand so hinter mir, dass ich sie nicht erwischte. Sie riss mich erneut ein Stückchen zurück. Ich schrie wieder auf.

»Wir wissen alles über ihn, du Dummerchen«, hauchte sie in mein Ohr und redete in normalem Tonfall weiter. »Schmerzen kann er fühlen und darum sind wir doch da, oder, Bruder?«

Micha verzog den Mund zu einem gehässigen Schmunzeln. Ohne Vorwarnung bückte er sich und packte Lucien kraftvoll, um ihn zur Scheune zu schleifen. Dabei war ihm egal, ob er ihn über spitze Steine oder Wurzeln zerrte. Micaela zog unterdessen grob an meinem Hinterkopf, damit ich mit ihr gehen musste. Meine Haarwurzeln brannten bereits, ich zischte leise und versuchte, mit ihr mitzuhalten, damit ich den Schmerz etwas abmildern konnte.

Lucien bekam kaum noch Luft. In seinem schreckensstarren Gesicht konnte ich lesen, wie sehr ihm das Gift zusetzte und dass er sich wehren wollte, aber er kam nicht dagegen an. Es hatte ihn komplett außer Gefecht gesetzt.

Ich dachte an Sefora. Hatten sie das auch mit ihr gemacht? Waren sie und Grace ebenfalls in Gefahr? »Wo ist Michelle?«, fragte ich ängstlich und Micaela lachte herzhaft darüber.

»Die ist in seinem Haus und kümmert sich um die anderen. Alles läuft perfekt nach Plan.«

Ich hatte eine riesengroße Angst um Tante Grace und Luciens Großmutter, kam jedoch nicht zum Nachdenken, denn Micaela kicherte selbstgefällig und zog mich ruckartig an, damit ich schneller ging.

Ich wehrte mich nicht, denn das Haareziehen tat zu sehr weh. Micha schleifte Lucien unterdessen weiterhin über den Boden, direkt vor dem Scheunentor ließ er ihn wie einen nassen Sack fallen. Obwohl er gelähmt war, erkannte ich, welch riesengroße Schmerzen ihm das magische Gift bereitete. Die Angst um mich war für ihn allerdings noch viel schlimmer als die Schmerzen. Das sah ich in seinen dunklen Augen. Ich hörte sein Wehklagen, obwohl er nicht sprechen konnte. Diese Hilflosigkeit war nicht zu ertragen. Mit so einem Hinterhalt hatten wir beide nicht gerechnet. Die Handlungen der Drillinge waren bestimmt lange geplant gewesen. Sie wirkten so berechnend und eiskalt. Den mächtigen Sohn des Todes derart auszutricksen, erforderte erschreckendes Können.

»Warum tut ihr das?«, fragte ich Micaela keuchend. »Wer zur Hölle seid ihr? Was wollt ihr?«

Sie lachte übertrieben hell auf. »Das wüsstest du gerne.«

Micha schob das Tor zur Seite. Es gab quietschende, schleifende Geräusche von sich. Der Ton fröstelte mich, sodass ich mir am liebsten die Ohren zuhalten wollte. Als das Tor zum Stillstand kam, konnte ich unsere Freunde sehen. Alicia war ohnmächtig, ihr Kopf hing schlaff hinunter. War sie etwa tot? Ich betete still, dass sie noch lebte und nur bewusstlos war. Sie musste unglaubliche Schmerzen erlitten haben, denn das Messer steckte immer noch in ihrer Schulter, das Blut hatte die weiße Bluse ihrer Schuluniform tiefrot gefärbt.

Trey wollte uns etwas durch den Knebel zurufen, aber der Stofffetzen hinderte ihn daran. Ich verstand kein Wort. Dottie versuchte erst gar nicht, mit mir zu reden, sie wimmerte unter Tränen und war offensichtlich kurz vor einem Kreislaufkollaps, da sie immer wieder wegsackte.

Micaela zerrte mich einfach an ihnen vorbei, als wären sie nicht da. Flehend und entschuldigend zugleich blickte ich in ihre Richtung. Nie und nimmer hatte ich gewollt, dass sie wegen uns in Gefahr waren.

Micha packte Lucien wieder kraftvoll an den Schultern und schleifte ihn durch den Scheuneneingang zu dem unseren Freunden gegenüberstehenden Holzpfosten und schmiss ihn dort unsanft zu Boden. An dem Pfosten hinter ihm hingen massive Eisenketten und breite Eisenschellen mit unzähligen spitzen Zacken an der Innenseite. Micha öffnete sie und legte sie Lucien um beide Handgelenke.

Ganz kurz hielt Micha inne, als müsste er überlegen. Aber dann klappte er sie, ohne mit der Wimper zu zucken, zu und ließ die Schellen mit einem Klicken einrasten. Die spitzen Zacken bohrten sich sofort in Luciens Fleisch. Hätte er gekonnt, hätte er laut vor Schmerz geschrien. So jedoch spiegelte sich die qualvolle Pein nur in seinen Augen wider.

Das Schreien übernahm ich für ihn. Ich spürte seinen Schmerz und schrie so laut, dass meine Lunge brannte. Micaela riss mich mit voller Gewalt zurück.

»Beeile dich, Bruder«, sagte sie. »Ich will das Miststück nicht so lange halten müssen.«

»Komme schon.« Micha kam und ich hörte hinter mir ein Kettenrasseln.

Ich kniff vorsorglich die Augen zusammen, die würden mir jetzt bestimmt auch solche Fesseln anlegen. Schon spürte ich das kalte Metall auf meiner Haut, aber es waren keine Schellen, denn Micha wickelte eine Eisenkette ein paarmal straff um meinen Oberkörper und meine Arme herum.

Ich wehrte mich nicht dagegen, denn gegen die beiden überirdischen Wesen kam ich so oder so nicht an. Micaela schnappte sich einen Karabiner und hakte ihn hinter mir in die Holzwand ein. Nun konnte ich mich kaum noch bewegen, war gefangen und ihnen hilflos ausgeliefert.

So wie unsere Freunde. Dottie sah mich mit weit aufgerissenen Augen an und atmete schnappend vor Angst. Nicht mehr lange und sie würde auch zusammensacken.

»Warum tut ihr so was?«, fragte ich unsere Peiniger. »Seid ihr Irre? Psychopaten?« Mein verbaler Angriff gefiel Micaela gar nicht, sie holte aus und versetzte mir einen heftigen Schlag ins Gesicht, sodass ich sofort verstummte. Mein Kiefer schmerzte.

Dottie schrie gedämpft in den Knebel und begann zu weinen. Die Tränen hinterließen eine helle Spur in ihrem staubigen Gesicht. Trey sah sie besorgt an, er zog immer wieder an den Schnüren, aber er konnte sich nicht befreien, sie saßen zu stramm. Beide sahen mich an und stellten wortlos tausende Fragen. Ich konnte ihnen keine einzige beantworten.

»Es tut mir so leid«, flüsterte ich tonlos, aber das brachte Dottie noch mehr zu weinen. Sie tat mir unsagbar leid.

Micha war inzwischen wieder zu Lucien gegangen, der auf dem dreckigen Boden lag und Höllenqualen erlitt. Der Junge stand ganz nah bei ihm und schaute einfach nur auf ihn hinunter. Er zeigte keinerlei Regung, obwohl Lucien vor Schmerzen durchgeschüttelt wurde. Er zitterte am ganzen Körper, vielleicht waren es Kälte und heftiger Schüttelfrost, die ihn so quälten, oder er verbrannte innerlich. Jedenfalls musste es schrecklich sein. Viele Schweißperlen bildeten sich auf seiner Stirn, er krampfte regelrecht.

Ich folgte dem Impuls, zu ihm zu wollen, stemmte meine Beine in den Boden, um mit aller Kraft an der Kette und dem Haken hinter mir zu ziehen. Aber ich war gefangen, konnte nicht zu Lucien und ihm helfen. Wieder zog ich mit meinem gesamten Gewicht an den Ketten, stöhnte unter Tränen auf und unterdrückte einen Schrei.

Micaela riss mich zurück und stieß mich mit voller Wucht an den Haken hinter mir. Mein Kopf knallte auf die Holzbretter zurück und als ich nach vorn ging, hatte ich ihre Faust im Gesicht. Meine Schläfe brannte, ich fühlte das warme Blut über meine Haut tropfen.

Ich ignorierte es, denn mein Blick war nur auf Lucien gerichtet. Wehrlos musste ich dabei zusehen, wie er diese Schmerzen erlitt und seine Kräfte schwanden. Wie lange würde er noch durchhalten? Es war schrecklich, dass ich ihm nicht helfen konnte!

»Bitte, bitte«, wimmerte ich. »Warum tut ihr das?« Meine Stimme klang hysterisch. »Micha? Warum? Was bringt euch das? Ihr habt ihn doch schon gefesselt, so helft ihm doch endlich. Das Gift muss irgendwie wieder raus!« Meine verzweifelten Worte erreichten ihn nicht. Eine Kälte umgab den blonden Jungen, die alles um ihn herum gefrieren ließ. Noch nie hatte ich jemanden ohne Emotionen gesehen. »Micha, bitte!«, flehte ich wieder und wieder.

»Halt endlich deine Klappe!« Micaela riss mich wieder zurück, ich strauchelte, konnte mich aber auf den Beinen halten.

»Ihr wollt ihn leiden sehen?« Ich versuchte, ruhig zu reden, aber ich bebte zu sehr. »Dann sagt ihm wenigstens, wofür er leiden muss!«

»Klappe!«, zischte Micaela nur. Sie gesellte sich zu ihrem Bruder. Nun schauten beide auf Lucien hinab, keiner von ihnen zeigte eine Regung. Luciens Körper zuckte, das Gift bahnte sich seinen Weg durch alle Fasern seines Leibes, seine Augen waren matt. Er widersetzte sich, aber er war hilflos, das Gift war bereits überall.

Meine Finger schmerzten, weil ich sie zu Fäusten ballte. Obwohl es sinnlos war, stemmte ich mich wieder gegen die Ketten. Aber was konnte ich schon gegen die Eisen ausrichten?

Atemlos schaute ich zu Trey, der ebenfalls alles daransetzte, freizukommen.

Dottie war wie starr vor Entsetzen. Neben ihr bewegte sich Alicia etwas, sie schien das Bewusstsein wiederzuerlangen. Ich war total erleichtert, dass sie lebte, aber gleichzeitig wünschte ich mir für sie, dass sie wieder ohnmächtig werden würde. So müsste sie das alles nicht miterleben.

»Micha, bitte«, wimmerte ich wieder. »Micaela … wie lange wollt ihr Lucien noch dabei zusehen, wie er leidet?« Micha sah für einen flüchtigen Moment zu mir. »Micha, ich flehe dich an!«, bettelte ich weiter. Lucien bekam kaum noch Sauerstoff in seine Lungen. Jeder andere wäre schon tot, er aber konnte nicht sterben. Er lag zitternd auf dem dreckigen Bretterboden, sein Gesicht war aschfahl und in den Augen war kaum noch der Lucien zu sehen, den ich kannte.

Trey gab auf, es hatte keinen Sinn, an den Fesseln zu reißen. Wir sahen uns an, beide mit Tränen in den Augen.

»Bitte«, flehte ich wieder, weil es das Einzige war, das ich tun konnte. »Micaela, bitte!«

Sie drehte sich zu mir, stürmte auf mich zu und donnerte mir eine Ohrfeige ins Gesicht, dass sich sofort ein Summton über meine Ohren legte. »Halt die Klappe, Mensch!« So viel Abscheu schwang in ihren Worten. »Begreifst du es immer noch nicht? Wir tun das, damit er so leidet! Also warum sollten wir ihm helfen?«

Obwohl mir zum Heulen zumute war, öffnete ich den Mund und schrie so laut wie möglich, sammelte all meine mir verbliebene Kraft und rüttelte wie eine Verrücktgewordene an den Ketten.

Micaela lächelte über meinen sinnlosen Versuch, mich zu befreien. »Keine Angst, Schätzchen, um dich kümmern wir uns auch noch.« Sie warf mit einer schwungvollen Bewegung ihre blonden Locken über die Schulter zurück und ging wieder zu ihrem Bruder, um Lucien abermals beim Leiden zuzusehen. Die beiden ergötzten sich regelrecht daran, wie er sich wand.

Minutenlang. Tränen der Verzweiflung kullerten über meine Wangen, ich schickte ein Stoßgebet in den Himmel, flehte um Gnade oder darum, dass uns jemand zu Hilfe kommen würde.

Vielleicht konnten sich Grace und Sefora gegen Michelle wehren und kamen bald mit dem Magier, um uns zu retten? Oder sein Vater, der Tod, spürte von selbst, dass sein Sohn in Not war? Egal wer kommen würde, wir brauchten dringend Hilfe!

Aber es kam keiner und je mehr Zeit verging, desto kraftloser wurde ich. Der Boden unter mir fühlte sich mit einem Mal schwammig an, oder es waren meine Beine, die ich andauernd in die Bretter stemmte, um den Haken hinter mir aus dem Holz zu reißen. Er wackelte nicht mal. Aber ich konnte die Ketten ein Stück nach oben schieben und hatte dadurch etwas mehr Spielraum für meine Hände. Ich drehte mich und versuchte, den Karabiner zu öffnen. Es klickte bereits, da spürte ich einen Schlag auf meinem Hinterkopf.

Blut sickerte sofort in meine Haare, ich ging fast zu Boden, konnte mich gerade noch an dem Holzpfosten halten, um nicht umzukippen. Benommen sah ich mich um. Es war wieder Micaela. Sie hielt drohend einen dicken Ast in der Hand. »Wenn du nicht endlich Ruhe gibst, dann töte ich dich sofort.«

»Wenn es dich glücklich macht, nur zu«, erwiderte ich keuchend. Meine Sicht verschwamm für ein paar Sekunden, der Schlag hatte Spuren hinterlassen. Mir war kurzzeitig so schwindelig, dass ich glaubte, die ganze Scheune würde sich drehen. Ich lehnte mich mit der Schulter an die Wand und wehrte mich, zu Boden zu gehen.

Micaela stapfte wieder zu Lucien und trat ihm ins Gesicht.

»Hör auf damit«, wollte ich schreien, aber heraus kam nur ein heiseres Krächzen.

Ob Lucien den Tritt bewusst mitbekommen hatte, wusste ich nicht. Er wirkte weit fort. Seine Atmung ging flach, manchmal schnappte er wie ein Fisch im Trockenen nach Luft. Seine Unsterblichkeit verhinderte, dass der erlösende Tod kam und ihn von der Qual befreite. Die Geschwister sahen ihm zu, als säßen sie in einem Kino. Minutenlang. Ohne Gefühl. Ohne Reue. Meine Welt brach zusammen. Diese Hilflosigkeit war nicht zu ertragen. Lucien zitterte am ganzen Körper. Aus seinen Ohren trat Blut. Er gab das Atmen auf, aber die Lunge holte reflexartig Luft. Dunkle Schatten bildeten sich in seinem Gesicht und die beiden Peiniger ergötzten sich daran. Ich war vor Verzweiflung wie gelähmt. Konnte nur noch erschüttert zusehen und schaffte es nicht mal, meinen Blick abzuwenden. Es war so schrecklich, was sie ihm gerade antaten.

Micha griff irgendwann in die Innentasche seiner Jacke und holte einen Beutel heraus.

»Nein, warte noch damit.« Micaela griff danach.

Aber ihr Bruder umklammerte den Beutel und zog ihn ruckartig zurück. »Ich will hören, was er zu sagen hat.«

»Lügen, Bruder. Nur Lügen.«

Er stieß einen verächtlichen Ton aus. »Ich will nicht mehr warten. Bringen wir es zu Ende.«

Mein Herz setzte aus und drohte, nie wieder zu schlagen. Das klang, als ginge ihr Plan noch weiter, als Lucien durch das Gift leiden zu sehen. Was hatten sie vor?

Micha öffnete den Beutel und schmiss Lucien den kompletten Inhalt ins Gesicht.

Sekunden vergingen. Dann atmete Lucien laut ein. Er holte tief Luft und musste husten, wieder atmete er tief.

Nur ganz langsam kehrte Leben in ihn zurück. Das Pulver war wohl das Gegengift. Ich zitterte vor Erleichterung, er zitterte, weil das Gift seinen Körper verließ.

Lucien hustete wieder und keuchte, er drehte sich und versuchte, sich mit den Händen abzustützen, aber die Zacken der breiten Eisenschellen steckten so tief in seinem Fleisch, dass ihn jede noch so kleine Bewegung schmerzte.

Hellrotes Blut floss an seinen Fingern entlang. Es tropfte auf die Bodenbretter, wurde von dem trockenen Holz aufgesogen und hinterließ große Flecken. Trotz der unsagbaren Schmerzen stützte sich Lucien bebend mit den Händen ab und hustete. Die dunklen Blutflecken auf den Brettern vermehrten sich, es bildeten sich kleine Pfützen.

Seine Willenskraft war so groß, dass er es schaffte, allen körperlichen Schmerzen zu trotzen und sich aufzurichten. Nur langsam, er fixierte mich mit seinem Blick und atmete schwer dabei, aber dann richtete er sich in voller Größe auf und straffte seine Schultern. In dem Moment wirkte er nicht mehr wie ein

Mensch. Ich erkannte wieder einmal, wer er wirklich war. Ein unsterbliches, mächtiges Wesen aus der anderen Welt.

Wieder musste er husten. Er holte angestrengt Luft.

»Wer seid ihr?«, presste er mühsam heraus und wechselte seinen Blick zwischen Micha und Micaela.

Die beiden standen mit etwas Abstand vor Lucien. Ich erkannte, dass Micha total wütend auf ihn war. Aber warum? Er zog bei dieser Frage nämlich die Augenbrauen zusammen, tiefe Zornesfalten bildeten sich auf seiner Stirn.

»Du fragst dich wirklich, wer wir sind?« Micha redete ganz langsam und leise, seine Stimme flatterte. Dann beugte er sich etwas vor. »Vater.«

Ende Band 1

Wenn dir das Buch gefallen hat, kannst du es gerne an Freunde und Bekannte weiterempfehlen.

Ich freue mich immer über Rezensionen, Postings, Fotos und Nachrichten – Danke dafür!

Spezielle Buchboxen und Merch findest du auf www.dalila.at

Danksagung

Wow. Nun auf dieser Seite angelangt zu sein bedeutet, den ersten Band zu Ende gebracht zu haben. Es bedeutet unzählige durchgemachte Nächte, ständiges Lesen und Überarbeiten, ein Mitfiebern, Hoffen und Bangen – aber hey, es hat sich gelohnt. Es ist vollbracht.
Als mich die Geschichte von Miracle und Lucien erreichte, fühlte es sich wie ein sanfter Windhauch aus einer anderen Welt an. Ein Gedanke, ein Gefühl, eine Erinnerung.
Nun wurde aus diesem Windhauch ein richtiges Buch und ich hoffe, du konntest in der Geschichte versinken, so wie ich es während des Schreibens tat. Oh, und sorry wegen des Cliffhangers, aber der musste sein :)

Mein erstes Danke geht speziell an dich, denn nur durch dein Lesen konnten die Protagonisten in der Gedankenwelt Form annehmen. Miracle und Lucien wurde Leben eingehaucht und es geht mit den Folgebänden spannend weiter.
Danke, dass du dieses Buch in den Händen hältst.
Danke, dass du du bist!

Ein riesengroßer, liebevoller Dank geht natürlich an meine liebe Sybille. Es gab nie einen Tag, an dem du nicht an mich geglaubt hast, und nur durch deine Unterstützung konnten meine Bücher Form annehmen. Du bist etwas ganz Besonderes!
Meine liebe Mira – danke für dein stets offenes Ohr, das ich dir in unzähligen Telefonaten bestimmt schon dreimal abgekaut habe.
Vielen Dank an all meine Testleser!
Ganz besonders dir, Michaela, deine Rückmeldungen und Anregungen sind einfach klasse. Ich freu mich immer über deine

Begeisterung und Hingabe und vor allem die Schnelligkeit, mit der du meine Manuskripte verschlingst :-)
Leni und Melina – meinen jüngsten, aber auch anspruchsvollsten Testlesern – danke für eure Tipps in Sachen Teenager und Jungs.
Auch danken möchte ich Jil Aimeé, meiner Lektorin. Du bist nie müde geworden, mit mir an der Geschichte zu feilen, damit aus dem Manuskript ein tolles Buch werden konnte.
Anna Dörscheln und Stephanie Schmid, tausend Dank für das Ausbügeln der letzten Rechtschreibfehler und eure kurzfristige Zusage, das Buch zu übernehmen.
Und natürlich einen riesengroßen Dank an Alexander Kopainski für dieses wundervolle Cover – ich liebe es!

Die Allerwichtigsten kommen aber zum Schluss:
Danke an meinen wundervollen Sohn Dominik, der mir geholfen hat, den magischen Titel für das Buch zu kreieren. Und danke an meine kleine Tochter Ina für ihre Geduld, wenn Mama den Absatz zu Ende tippen musste, ehe sie Mittagessen kochen konnte. :-)

Lasst euch umarmen! Lasst eure Herzen strahlen!
Eure Dalila